William Shakespeare
Six Selections

真訳

河出書房新社

シェイクスピア傑作選

Romeo and Juliet/A Midsummer Night's Dream/As You Like It/
Twelfth Night/The Winter's Tale/The Tempest

ロミオとジュリエット・夏の夜の夢・
お気に召すまま・十二夜・冬物語・テンペスト

ウィリアム・シェイクスピア

石井美樹子 訳

真訳　シェイクスピア傑作選―目次

はじめに　005
ロミオとジュリエット　011
解説　「目には目を……」の悲劇　093
夏の夜の夢　099
解説　愛の不条理と激烈な力　157
お気に召すまま　161
解説　強まる言論規制のなかで　230
十二夜　235
解説　パロディ化で照射される人間の真理　306
冬物語　309
解説　大航海時代の三つの国　390
テンペスト　399
解説　帝国化する祖国　459
訳者あとがき　464

真訳　シェイクスピア傑作選

【凡例】

＊（　　）内は翻訳底本の編者によるト書き。

＊OEDの語釈はオンラインの二〇二三年七月以降のリニューアル版による。

＊聖書は『主教訳聖書』（*Bishops' Bible*, 一五八四、英国ケンブリッジ大学図書館蔵）他を参照。

＊聖書からの引用は『聖書—新改訳』（いのちのことば社、一九八一）による。

右掲四点は、本書の他の作品に共通。

はじめに

シェイクスピア翻訳の三種の神器

二〇二一年五月『真訳　シェイクスピア四大悲劇　ハムレット・オセロー・リア王・マクベス』（河出書房新社）を上梓《じょうし》した。シェイクスピア作品の翻訳に取り組む決意したのは、退職を一年ほど後に控えた二〇一二年夏のことだった。四〇〇年も前の英語の作品を日本語に翻訳するのは至難の業である。まず、オックスフォード・イングリッシュ・ディクショナリー（OED）に引用されている語彙《ごい》のすべてを検索することから始めた。作業を始めて腰を抜かした。三万二五〇〇語以上、一作品につき一〇〇〇語ほどの語彙が引用されているのだ。語彙の検索だけで一生かかる！　とうてい無理！　そこで、個人的な思い入れの強い四大悲劇と『ロミオとジュリエット』、そして本書に収めた喜劇五作品に照準を合わせた。

OEDに次いで、頼りにしたのは、当然聖書であった。[1]のちに詳述する。

それから、かねてから温めていた、シェイクスピアと同時代人のエドマンド・スペンサー作『妖精の女王』を参照した。[2]スペンサーは『カンタベリー物語』で名高いジェフリー・チョーサー以来の最も偉大な詩人とされ、シェイクスピアと同じくダービー伯爵ファーディナンド・スタンリーの庇護を受けていた。龍や怪物、悪党らと闘う騎士たちの心躍るファンタジー『妖精の女王』は英文学の最高峰と言われながら、日

1——シェイクスピアが愛読したのは、プロテスタント色の濃い『ジュネーヴ聖書』（一五六〇）ではなく、カトリックへの弾圧が緩やかな時代に出版された『主教訳聖書』（*Bishops' Bible*、一五六八）であろう。本書は一五八四年版（ケンブリッジ大学図書館所蔵）を参照した。一五六九年版の扉は「正義」「慈悲」「剛毅」「思慮」を表す女性像に囲まれた、王座に座るエリザベス一世の肖像画で飾られている。一六〇二年版は『欽定訳聖書』（一六一一）の基となった。

2——本書での『妖精の女王』の引用は『韻文訳　妖精の女王』福田昇八訳、九州大学出版会、二〇一六に依拠する。

本では「難しい」とのレッテルを貼られ、あまり読まれていない。第一版は一五九〇年に、六年後に、第二版が出版された。シェイクスピアが熟読したのは一五九〇年版、むろん第二版にも目を通したであろう。[3]

新しいシェイクスピア・ワールド

驚きの発見が山ほどあった。誰もが知りたい、かの有名なハムレットの独白 To be, or not to be—that is the question について。『ハムレット』の翻訳は四三作品ほど刊行されているが、そのほとんどが、生きるか死ぬかと「解釈」しており、優柔不断なハムレット像が主流を占めてきた。だが、to be について、OEDは思いもかけない語釈を掲げている。

To have place in the objective universe or realm of fact, to exist; (spec. of God, etc.) to exist independently of other beings. Also: to exist in life, to live. Now literary (OED. v.I.1.a). 要するに、神がこの世に存在するか否かという場合のように、「この世に実在する」。この語釈は、二〇二三年七月に三四年ぶりにリニューアルされた最新の版でも変わらない。ハムレットは毒殺された父の亡霊に仇討ちを命じられるものの、亡霊の存在を信じることが出来ず、逡巡《しゅんじゅん》する。「存在するか、しないか——そこが肝心だ」。劇中劇を使って、父を毒殺した叔父の罪を確信した後は疑いを抱かない、「亡霊の言葉に千金の価値を置くぞ」。きりりとしたハムレット像が立ち現れる。

ハムレットの父は弟に毒殺され、最後に、四人の王者が次々に毒による死を遂げる。毒殺が法律で固く禁じられ、毒殺事件は皆無といっていいほどの時代に、どうしてこれほど毒殺にこだわったのか。一五九四年に、シェイクスピアの大切なパトロン、ダービー伯爵(第一位王位継承権保持者)が当局に毒殺された事実(当局は魔女の呪いによる死、と発表)を見逃してはならない。パトロンを毒殺されたシェイクスピアの怒り、悲しみが炸裂してはいまいか。『ハムレット』はパトロンに捧げる壮大な鎮魂歌でもあったのだ。歴史的検証も絶対に欠かせないとつくづく思う。

魔女の姦計にはまり、人殺しを続けて王冠へ手をかけ、滅びの道を行くマクベス、憐憫の情は一滴も湧かないが、最後の決戦では、魔女の桎梏《しっこく》から身を放ち、敵将マクダフに対峙する。「戦士の盾を構えるぞ」(before my body / I throw my warlike shield)。歴代の翻訳者は

throw の解釈に苦労したようだ。「盾を投げ捨てる」「盾を掲げる」「盾を突き出す」などの既訳がある。盾は掲げるものでも、突き出すものでもなく、構えるものである。そもそも、盾を投げ捨てたのでは戦えない。OEDによると、左肘に付けた丸盾の紐をほどき、盾を左手に取って構える。マクベスは正々堂々と戦って果てるのだ。殺戮者が一瞬、ヒーローになる。

四大悲劇と『ロミオとジュリエット』

四大悲劇の最後には、かすかな希望がある。『ロミオとジュリエット』には、希望の灯は微塵もない。隣人を隣人の血で汚す憎しみ・怨念の連鎖（同害報復）が、次世代の子らを焼き尽くす。わたしたちは、現在、その現実を、ウクライナや中東で日々目《ま》の当たりにしている。大公が裁定者として登場するが、無能ぶりが白日の下に曝《さら》される。大公の親族の若者二人も犠牲となり、ヴェローナの次世代の若者は（ベンヴォーリオを除いて）皆無となる。残るは、二つの名家が建立するロミオとジュリエットの黄金の像。荒涼とした無の世界が広がる。何と空しい結末か。

シェイクスピアの喜劇

本書に収めたシェイクスピアの喜劇は単なる「お笑い」でも、結婚祝歌でもない。結婚で終わるものの、どの結婚も波乱の種を含んでいる。何よりも重要なのは、力ある者の暴虐や法の不合理が力なき者、社会の底辺で生きる者たちによって露わにされ、彼らがひたすら愚直に生きることによって、悪が正され、新しい世界が現出することである。『夏の夜の夢』では、混沌とした妖精の世界と人間の世界を結び、平和をもたらすのは職人と、職人たちによるドタバタ劇、「いとも悲劇的な浮かれ騒ぎ」である。『お気に召すまま』と『十二夜』のヒロインたちは、小姓や羊飼いに身を窶《やつ》し、底辺の生活を生きながら幸せを摑《つか》む。『冬物語』では、貧しい羊飼い親子と悪徳行商人オートリカスが、いがみ合うシチリアとボヘミアを結ぶのに大活躍する。

3——*The Spenser Encyclopedia*. A. C. Hamilton, general editor. Toronto: University of Toronto Press; London: Routledge, 1990, pp. 641–3.

『テンペスト』の人間か魚かわからない奇怪な原地人キャリバンは、絶対者、魔法使いプロスペローに「この黒いもの（キャリバン）はわたしのもの」と言わしめる。キャリバンのなかに、現地人から領土を簒奪《さんだつ》した自分の姿を見たのだ。

シェイクスピアと聖書――言葉、言葉、言葉

『ハムレット』の第二幕第二場、ハムレットが本を読みながら登場すると、ポローニアスが「何をお読みで、殿下？」と訊ねる。ハムレットは「言葉だ、言葉、言葉」と答える。シェイクスピアの劇作家人生は、まさに言葉探しの旅そのものだった。

シェイクスピアが生きた時代は、近代英語の生成期の最中《さなか》にあった。語彙・文法の体系はなく、語彙は不十分で、耳にしたとおりに記すから、幾通りもの綴りがあった。そのような環境の中、英訳聖書が解禁され、刊行されたのは革命的なことだった。劇作家や詩人にとって、英訳聖書は「正しい英語」を知るための唯一の「辞書」、「事典」、「辞典」であった。芝居は、教会での説教に次ぐ最大のマスメディア。シェイクスピアは大衆の心に響く言葉を探して、どれほど腐心したか。

ＯＥＤには、シェイクスピア作品から三万二五一二語が引用されている。シェイクスピアによる造語・新語は一四四〇、独自の意味を含んだ言葉は七一六四語、単語を二つ繋《つな》げて意味を強調する二詞一意、矛盾する語句を並べて効果を出す矛盾語法などは数え切れず、近代英語生成への貢献は計り知れない。

『妖精の女王』とその学際的研究

翻訳作業をしながら、シェイクスピアが聖書の他に頼りにしたのは『妖精の女王』ではないか、との思いが募った。語彙のみならず、テーマ、モチーフ、登場人物、自然や物語の場面の描写など、シェイクスピア作品との類似は数えきれない。例えば、第一巻第二篇（三一―三四）の、残酷な魔女によって樹皮に閉じ込められた「みじめな男」は、『テンペスト』の妖精エアリエルを想起させる。愛するロザリンドの名を森の木に刻む『お気に召すまま』のオーランドは、第四巻第七篇のアーサー王子の従者を想起させる。従者は不慮《ふりよ》の事件で王子と離れ離れになり、森のなかをさ迷い、零落《れいらく》し果てる。たまたま通りかかった王子が変わり果てた従者に遭遇《そうぐう》する。

周りの木々に
愛する人と思われる
名が彫《ほ》り込《こ》んであることで
そのための苦悶と分かり
ベルフィービーと名は読めた。（四・七・四六）

スペンサーとシェイクスピアは同じ時代の空気を吸い、心情的には、権力に厳しいまなざしを向けていた。共に、労働者階級出身、スペンサーは仕立屋を、シェイクスピアは手袋職人を父とする。スペンサーはケンブリッジ大学を出た後、役人として赴《おもむ》いた先のアイルランドで大地主となり、大作『妖精の女王』を上梓して、エリザベス女王に捧げるも、暴動で財産と家族を失い、『ハバードおばさんの話』（*Mother Hubberd's Tale*、一五九一）で、最高権力者の宰相ウィリアム・セシルを揶揄《やゆ》したとして零落し、ロンドンの旅籠《はたご》で自死した。シェイクスピアは劇作家として大成功するも、その一生は過酷な検閲との闘いの連続、『トマス・モア』の刊行を断念した（『お気に召すまま』も?）。カトリック教徒への弾圧が強まるなか、父をはじめ家族や近親者や同郷者にカトリック教徒を多く持つシェイクスピアも辛酸を舐《な》めた。

若かりし頃、光輝く銀色の表紙のどっしりした全訳『妖精の女王』を手にしたときの感激を、わたしは今も忘れない。[4] その後、この版を基礎に、二つの全訳が出版されている。[5]『妖精の女王』の英米文学界への学際的な貢献としては、「ロングマン・英詩人叢書」のハミルトン注解第二版 *The Faerie Queene*、二〇〇一[6]に、二人の日本人学者山下浩と鈴木紀之による再編纂《へんさん》・校訂された本文があり、福田昇八による「登場人物事典」が付されていることである。

4——和田勇一・福田昇八監修、熊本大学スペンサー研究会、文理書院、一九六九。
5——『妖精の女王』和田勇一・福田昇八訳、筑摩書房、一九九四。『韻文訳　妖精の女王』。
6——*Spenser The Faerie Queene*. Edited by A. C. Hamilton. Revised Second Edition. Text edited by Hiroshi Yamashita, Toshiyuki Suzuki. The Characters of *The Faerie Queen* by Shohachi Fukuda. Harlow: Pearson Education, 2007. 本書はこの版を参照。

スペンサー翻訳の秘密兵器はOED、そして、国際的な学者間の連携と、たゆまぬ学者魂。最初の翻訳に関わった熊本大学スペンサー研究会の七人の学者は手分けして、片端からOEDにあたった。OEDを検証して出来上がった原稿を皆で検討し、訳文を磨きあげた。当時のOEDの値段は一一万円。大卒の初任給が五五〇〇〇円の時代、二〇か月分に相当する。このOEDを購入した福田昇八は、「下宿に家具屋を呼んで、辞典を入れる本棚を作ってもらった」と回顧している。[7]

優れた校訂本を大切に

英文学の主流を占める日本のシェイクスピア学界で、このような一級の成果がなぜ得られなかったのか。これまでの翻訳書を紐解くと、訳者に書誌学の知識がないことがわかる。校訂本の名を記載しない翻訳、複数の校訂本をごちゃまぜにした翻訳、シェイクスピアの生前に出版された四つ折り本《クオート》や、死後に出版された二つ折り本《フォリオ》の原典・原文をそのまま使用したと称する翻訳も。四つ折り本にも二つ折り本にも、古い原典である以上、綴りや句読点などに無数の不備があり、そのままでは校訂本に出来ない。翻訳の前に、精緻《せいち》な校訂が必要である。優れた校訂本を選び、学恩に感謝しながら、忠実に翻訳する姿勢が求められる。

アーデン版の最初の校訂本『ハムレット』が出版されたのは一八九九年。以来、第一版を基に編纂し直され、現在は第三シリーズ。第一級の錚々《そうそう》たる学者が総出で関わり、第三シリーズまで百年以上をかけている。

OEDを軽んじ、学問に裏打ちされた校訂本の重要性を認識せず、欧米で、歴史や伝記的背景と結びつけず作品を論じるニュークリティシズムが流行すると飛びつき、社会・文化的現象に、目に見えない構造があるとする構造主義が流行すると、向きを変え、それに対する脱構築主義が現れると、そちらに奔走する。理論を追うのに忙しく、原書をじっくり読み、独自の研究をするいとまがない。振り返れば、死屍累々《ししるいるい》。本書は、わが慟哭《どうこく》の記である。

7――福田昇八『運は前髪で掴め―カムカムエブリバディで運が開けた男』文芸社、二〇二三、三七頁。

ロミオとジュリエット

Romeo and Juliet

『ロミオとジュリエット』

登場人物

キャピュレット家

ジュリエット……キャピュレット家の一人娘

キャピュレット……ジュリエットの父

キャピュレット夫人

キャピュレットの親戚

乳母……ジュリエットの乳母

ピーター……乳母の付き人

ティボルト……キャピュレット夫人の甥

ティボルトの小姓

ペトルーキオ……ティボルトの子分

サムソン……召使い

グレゴリ……召使い

召使いたち

モンタギュー家

ロミオ……モンタギュー家の一人息子

モンタギュー……ロミオの父

モンタギュー夫人

ベンヴォーリオ……ロミオの従兄

バルサザー……ロミオの従者

アブラム……召使い

召使いたち

大公エスカラス家

大公エスカラス……ヴェローナの領主

マキューショー……大公の親戚、ロミオの友人

パリス伯爵……大公の親戚、ジュリエットの求婚者

パリスの小姓

マキューショーの小姓

他

口上役

ヴェローナ市民たち

ローレンス修道士

ジョン修道士

マントヴァの薬屋

夜警……三人

部下の夜警

楽師……………………三人
従者たち、仮面舞踏会参加者、松明持ち、客、淑女たち

翻訳底本は The Arden Shakespeare *Romeo and Juliet*. Edited by René Weis. London: Bloomsbury, 2012.

プロローグ

（口上役登場）[1]

口上役　これからご覧に入れまするは
花の都ヴェローナで、共に権勢を誇る二つの名家
古き恨みより、新たな憎悪を燃え上がらせ
隣人の血が隣人の手を汚《けが》しまする。
憎しみ合う両家より生まれた
薄幸《はっこう》の恋人たちが自ら命を絶つ
哀れなる、痛ましい破滅
死をもって、親の不和を葬ります。
死の影を帯びたる愛の悲しい航路
お子たちの死でしか除きえぬ
親たちの長きにわたる憤怒を
これより二時間にわたり、ご覧に入れまする。
ご清聴いただけますれば
至らぬところは、改めるべく精進致しまする。（退場）

第一幕第一場

〔キャピュレット家のサムソン、グレゴリ、剣と丸盾を持って登場〕

サムソン　グレゴリ、いいか、面汚《つらよご》しはするな。[1]

グレゴリ　合点だ、面を汚したら、石炭売りになっちまう。[2]

サムソン　かっときたら、抜くってことよ。

グレゴリ　あいよ、生きているうちは、首根っこをお縄[3]に近付けてなんねえ。

サムソン　こちとら、かっときたら、素早く噛《か》ます口だ。

グレゴリ　おまえはかっときて噛ますのが遅いんだよ。

サムソン　モンタギューの犬っころ見てもかっとなる。

グレゴリ　かっときたら、逃げる、勇敢なら、立ち向かう。だけど、おまえはかっときたら、逃げ出す口だ。

サムソン　あの家の犬っころ見てもかっとなる。モンタギューの男か女なら、おれは壁際に行くね。[4]

グレゴリ　だからおまえは弱虫なんだ、弱いやつほど壁際に行く。

サムソン　そうだ、だから、弱っちい女はいつも壁に押しつけられる。だから、モンタギューの野郎を押しのけ、女を壁に押しつける。

グレゴリ　喧嘩はご主人同士、おれたち男同士のもんだぞ。

サムソン　同じこった。やりまくるぞ。野郎と喧嘩したときは、女に優しくし、首をちょん切る。

グレゴリ　女の首を？

サムソン　ああ、女の首か、女の操《みさお》だ、どうとでも取れ。

グレゴリ　どう取るかはおれじゃない、女がどう感じるかだ。

サムソン　おっ立っている間は、感じて貰う、おれがいけてるのは周知の事実だ。

グレゴリ　魚でなくてよかったな。魚なら、塩漬け干し魚だ。腰のもんを抜け、モンタギューの輩《やから》が来る。〔剣を抜く〕

〔二人の召使い（一人はモンタギュー家のアブラム）登場〕

サムソン　抜いたぞ。やれ、おれは後方支援だ。
グレゴリ　えっ？　背を向けてずらかる気か？
サムソン　ずらかるもんか。
グレゴリ　いや、絶対に、ずらかる気だ！
サムソン　法律を味方につけるんだ。喧嘩を売らせろ。
グレゴリ　すれ違いざまに、眉をひそめる、どう取ろうとあちら次第。
サムソン　いや、度胸次第だ。おれは親指を噛んで見せる。我慢するなら、恥知らずだ。
アブラム　おい、おれらに向かって親指を噛んでいるのか？
サムソン　自分の親指を噛んでいる、旦那さんよ。
アブラム　おれらに向かって親指を噛んでいるのか？
サムソン　（グレゴリに）「そうだ」と言えば、法律はこっちの味方か？
グレゴリ　（サムソンに）いや。

サムソン　いや、あんたたちに向かって親指を噛んでいるわけじゃない、自分の親指を噛んでいるだけだ、旦那さんよ。
グレゴリ　おい、喧嘩を売る気か？
アブラム　喧嘩だって、旦那さん？　滅相《めっそう》もない。
サムソン　売る気なら、買おうじゃないか。あんたと同じくらい立派な親方に仕える身だ。
アブラム　こちとらより上ではあるまい。
サムソン　ああ、上だ。
（ベンヴォーリオ登場）
グレゴリ　（サムソンに）ずっと上だと言え。親方の身内が来た。
サムソン　ああ、ずっと上だ。
アブラム　嘘をつけ。
サムソン　男なら、抜け。グレゴリ、得意のめちゃ切りを忘れるな。〔闘う〕

1——口上役は通常、黒い長衣《クローク》を着て登場した。
1——We'll not carry coals. carry coals=to submit to humiliating treatment (OED.coal.n.P.4)、「屈辱的な扱いに甘んじる」。
2——石炭売りはごまかしが多いため、評判が悪かった。
3——collar. collar-the hangman's halter (OED.n.I.8.b). ことわざ「難を逃れろ」（Slip the collar）、「お縄の次は絞首台」（After a collar, comes a halter）。先に手を出したほうが絞首刑（お縄）になるので、そうならないよう、グレゴリは警告。
4——「壁際に行く」は有利な立場を取るという意味。トイレがなく、バケツに入れた汚物を階上の窓から道路に放り投げる習慣のため、壁際を歩かないと汚物まみれになる。男性が女性を歩道の内側にエスコートする習慣も、汚物まみれの都市から生まれた。
5——I will frown as I pass by. 眉をひそめるのも、親指を噛むのも、相手を侮辱する仕草。

ベンヴォーリオ　（剣を抜く）　止《や》めろ、馬鹿者ども！
剣を納めろ。何をやっているか、わかっているのか。
〔ティボルト登場〕
ティボルト　おい、へっぴり腰相手に、剣を抜いているのか？
（剣を抜く）こっちを向け、ベンヴォーリオ、覚悟しろ。
ベンヴォーリオ　止《と》めようとしているだけだ。剣を納めろ
さもなきゃ、そいつでこいつらを引き離してくれ。
ティボルト　何だと？　抜き身の剣で喧嘩を止める？
洒落臭《しゃらくさ》い、地獄も、モンタギューも貴さまも、糞食《くそく》らえ。
これでも食らえ、腰抜け！（二人は闘う）
〔棍棒《こんぼう》や矛《ほこ》を手にした市民三、四人登場〕
市民たち　棍棒だ、槍《やり》だ、矛だ！　突け、殴り倒せ
キャピュレットをぶっ潰せ、モンタギューをぶっ潰せ！
〔部屋着姿の老キャピュレット、夫人登場〕
キャピュレット　何の騒ぎだ？　おい、長剣[6]を寄こせ！
キャピュレット夫人　杖《つえ》、杖でしょう！　どうして長剣など？
〔老モンタギュー、夫人登場〕
キャピュレット　剣だと言うに。モンタギューが来た。
剣を振り回しておるわい、挑発しおって。
モンタギュー　悪党キャピュレット！――止めるな、放せ。
モンタギュー夫人　敵をお求めなら、一歩も行かせません。
〔従者たちを従えた大公エスカラス登場〕
大公　謀叛の民、平和の敵
隣人の血を剣《つるぎ》で流す冒瀆《ぼうとく》の輩――

聞こえぬか？　おい、おまえたち、犬畜生ども
己の血管から迸《ほとばし》り出る紅《くれない》の血の泉で
破壊的な怒りの炎を消そうというのか。
拷問にかけられたくないなら、血まみれの手から
隣人の血で鍛えられた悪しき剣[7]を
大地に投げ捨て、怒れる大公の宣告を聞け。
言いがかりから、三度《みたび》争いが生じた。
老キャピュレットに、老モンタギュー
汝らは三度町の平安を乱し
ヴェローナの長老たちに
威厳ある装いを脱ぎ捨てさせ、怨恨を鎮めるために
平和ボケして錆び付き古びた長槍を
古びた手に持たせ、振り回させた。
町をふたたび乱そうものなら
平和を乱した科《とが》で、命にて償わせる。
此度《こたび》は、みな立ち去るがよい。
キャピュレット、余と共に来るのだ。
それにモンタギュー、本日の午後
この件に関する処分を伝えるゆえ
フリータウンの法廷に出頭せよ。
よいか、命が惜しくば、みな立ち去れ。
〔（モンタギュー、その夫人、ベンヴォーリオを除き）退場〕
モンタギュー　誰だ、この古い争いを始めたのは？　言え
ベンヴォーリオ、争いが始まったとき、居合わせたか？

ベンヴォーリオ　敵の召使いたちとおじ上の召使いたちが
わたしが来る前に、互角の争いを繰り広げていました。
わたしは剣を抜き、止めようとした。まさにそのとき
血気に逸《はや》るティボルトが抜き身の剣を手に
わたしの耳に罵《ののし》りの言葉を吹きかけながら
剣を振り回し、風を切ったのですが、甲斐《かい》なく
風は嘲笑《あざわら》ってシューという音を立てるばかり。
突いたり打ったりしているうちに
人の数が増えに増え、小競り合いとなり
ついに大公が来られ、双方を引き分けられたのです。
モンタギュー夫人　それはそうと、ロミオはどこ？　今日
見かけた？　この騒動に居合わせなくてよかったけど。
ベンヴォーリオ　おば上、尊い太陽が東の黄金の窓から
顔を覗《のぞ》かせる一時間ほど前に、わたしは
悩める心を抱えて散歩に出かけ
町の西方に繁る
楓《かえで》[8]の木立のあたりを、朝まだき、ロミオが
歩いているのを目にしました。
わたしが近付くと、ロミオは気付き
木立のなかにすっと隠れました。
自分の気持ちで彼の気持ちを推《お》しはかり
一人でいたい、見つかりたくないのだ
悩めるこの身さえ重荷ですから
その気分に従い、追わずに
逃げたい一心のロミオを喜んで逃がしたのです。
モンタギュー　毎朝のように、あのあたりで見かけられ
涙でみずみずしい朝露《あさつゆ》を増し
深い溜息《ためいき》で朝靄《もや》を濃《こ》くしている。
だが、すべてを慰める太陽が東の彼方で
夜明けの女神オーロラの寝所の
くすんだ帳《とばり》を開け始めるや
塞《ふさ》ぎの虫の倅は光を避けてそっと家路につき
部屋に閉じ籠《こも》り
窓を閉め、麗《うるわ》しい昼の光を締め出し
紛《まが》い物の夜を作り出す。
良き助言で塞ぎの原因を除かなければ

6――long sword　時代遅れの、両手使いの重い長剣。
7――mistempered weapon. mistempered=of a weapon: made or tempered for an evil purpose (OED.adj.4). オセローが隠し持っていた短剣のように、名剣は冷水で鍛えられる。
8――sycamore.「シカモア」の発音がsick-amor=love sickと似ているので、恋煩いの木とされた。シェイクスピア劇では三度（他に『恋の骨折り損』第五幕第二場、『オセロー』第四幕第三場）使用されている。

気質が暗く不吉なものになるかも知れぬ。

ベンヴォーリオ　おじ上、原因をご存じですか？

モンタギュー　知らぬ、倅から聞くことも出来ぬ。

ベンヴォーリオ　是が非でも、聞き出そうとなさいましたか？

モンタギュー　わしも、友人たちもな。

だが、誰にも自分の気持ちを打ち明けず

自分だけを頼りに——どれほど頼りになるかわからぬが——

自分だけを頼りに、ひた隠しに隠し

探ろうにも知ろうにも手立てがなく

蕾《つぼみ》が嫉妬深い害虫に蝕《むしば》まれているよう

初々しい花弁を空に広げ

美しい姿を捧げる前にな。

悲しみがどこから来るのか、わかりさえすれば

癒してやれるのだが。

〔ロミオ登場〕

ベンヴォーリオ　ロミオが来ます。どうか、あちらへ。

悲しみの原因を聞き出してみます、拒まれるでしょうが。

モンタギュー　倅から洗いざらい聞き出してくれ。

さあ、おいで、行こうか。

〔（モンタギュー、モンタギュー夫人）退場〕

ベンヴォーリオ　おはよう、ロミオ。

ロミオ　まだそんなか？

ベンヴォーリオ　九時を打ったばかり。

ロミオ　そうか、悲しいと

長く感じる。そそくさと立ち去ったのは親父か？

ベンヴォーリオ　ああ。どんな悲しみがロミオの時を長くして

いるのだ？

ロミオ　短くしてくれるものがないからだ。

ベンヴォーリオ　好きな人でも？

ロミオ　失った。

ベンヴォーリオ　好きな人を？

ロミオ　好きなのに、好きになって貰えない。

ベンヴォーリオ　ああ、恋の神め、見かけはあんなにも

おとなしいのに、こんなにも残酷なのか。

ロミオ　ああ、恋の神はいつも目隠しをしている

目が見えなくとも、思いのまま。

どこで飯を食おうか？　そうだ、ここでどんな喧嘩が？

いや、話さなくていい、すっかり聞いたから。

ここでは、憎しみは手に余るが、恋はもっと手に余る。

そう、争う愛、愛する憎しみ

無から生まれる有

重い軽薄、敬虔な虚栄

綺麗《きれい》な上辺の歪んだ混沌《こんとん》[9]

鉛の羽、輝く煙、冷たい火、病める健康

眠りと言えない、つねに目覚めている眠り。

愛しているのに、愛されない。

笑わないのか？

ベンヴォーリオ　いや、ロミオ、泣けてくる。

ロミオ　優しいね、どうして？
ベンヴォーリオ　優しい心が苦しんでいると思うと。
ロミオ　おい、そんなの友情に対する背信行為だ。
悲しみで胸が潰れそうなのに
きみの悲しみを押し付けて
圧《お》し潰す気か。きみの友情は
おれの悲しみに悲しみを加えるだけだ。
愛は溜息の霧で出来た煙だ。[10]
晴れると、恋人たちの目に煌《きら》めく炎となる。
霞《かす》むと、恋人たちの涙の大海《たいかい》となる。
他に何が？　分別ある狂気
息を詰まらせる酸味と癒しの甘味。
じゃあな、ベンヴォーリオ。
ベンヴォーリオ　待て、一緒に行く。
こんな風に見捨てるのは、酷いじゃないか。
ロミオ　見捨てるわけじゃない、おれはここにはいない
ここにいるのはおれじゃないから。
ロミオじゃない、ロミオはどこか他にいる。
ベンヴォーリオ　真面目に言え、お目当ては誰だ？
ロミオ　えっ、呻《うめ》いて告白しろって？
呻く？　とんでもない。
ベンヴォーリオ　いや、真面目に言ってくれ、誰だ？
ロミオ　心底病む男が遺書を書くか。
こんな重病人にそれを強いるか。
真面目な話、ある女性《ひと》を愛していた。
ベンヴォーリオ　そうだと思っていた。
ロミオ　当たり、射撃の名手だな、美人だぞ。
ベンヴォーリオ　美人なら目立つから、すぐに射落とせる。
ロミオ　外れたな。あの女性はキューピッドの
矢では射落とせない。分別はダイアナ女神なみ
純潔の鎧《よろい》で身を固め
キューピッドの柔《やわ》な弓にびくともしない。
愛の言葉に耳を傾け
憧れの目で見つめるのを許しても
黄金の雨に膝を開かない。[11]
ああ、美貌に恵まれ、死んで貧しくなる
美貌と共に恵みも滅びるからだ。
ベンヴォーリオ　というと、純潔の誓いをしたのか？

9——相反するものを並列している。
10——ここから先の行は、愛の形を暗示する。（1）成就される愛。「炎」は情熱。（2）拒絶される愛、あるいは、（追放で）危うくなる愛。（3）酸味と甘味。死で終わる永遠の愛。
11——ギリシア神話の最高神ゼウスが黄金の雨となって、王女ダナエを訪れ、ペルセウスを産ませた神話に依拠する。

ロミオ　そうだ、その身を惜しむあまりの巨大な浪費
　自制して美が飢え死にすれば
美貌を子孫に遺せない。
美しすぎ、賢すぎ、賢くも美しすぎる。
ぼくを絶望に陥れて、お恵みを得るつもりだ。[12]
あの女性は愛を捨てる誓いをした、その誓いのせいで
ぼくは生きる屍《しかばね》、それを語るためにこうして生きている。
ベンヴォーリオ　いいか、彼女のことは忘れろ。
ロミオ　どうしたら忘れられるか教えてくれ！
ベンヴォーリオ　目を解放しろ。
他にも美人はいる、よく見ろ。
ロミオ　　　　そんなことすれば
あの女性の得も言われぬ美しさを思い知るだけ。
美女の額に口づけする幸せな仮面《マスク》[13]は
黒いゆえに、仮面の下の白さを思わせる。
目が見えない恐怖に襲われた者は
視力が失った大切な宝を忘れはしまい。
通りすがりの美人を見せてくれ
その人の美しさは単なる備忘録《びぼうろく》
通りすがりの美人を凌《しの》ぐ美人を想うだけだ。
じゃあな、忘れる方法なんか、教えられないよ。
ベンヴォーリオ　教えてやる、何が何でも。[14]〔退場〕

第一幕第二場

〔キャピュレット、パリス伯爵、召使い登場〕
キャピュレット　しかし、モンタギューにも義務があり
同じくお咎《とが》めを受けた。それに、わしら年寄りが
治安を守るのは難しいことではありません。
パリス　ご両家とも、立派なお家柄
久しく反目してきたのは残念です。
ところで、お願いの件はいかがでしょうか？
キャピュレット　前に申したことを繰り返すだけ。
あの娘《こ》は世間知らず。
一四にもなっていない。
花嫁に相応しくなるには
あと二夏、越さなければならんでしょう。
パリス　お嬢さまより若くて幸せな母になる娘もいます。
キャピュレット　早婚は早く散るもの。
あの娘はわたしの相続人。[15]
だが、口説きなされ、パリス殿、娘の心を得るがよい。
わたしの意志は娘の同意の添えものにすぎず
あの娘が承諾すれば、誰を選ぼうと
同意し、心から賛同しよう。
今宵《こよい》、拙宅で恒例の宴会を催し
懇意にしているお客を
大勢招いている。あなたもどうぞ
一人増えるのは大歓迎、なお盛り上がります。

粗末な我が家で、今宵、ご覧ください
暗い夜空を照らし、大地を踏む星々を。
足を引き摺る冬の
すぐ後に、盛装した四月が続くとき
血気盛んな若者が感じる安堵感を
新鮮な茴香《ういきょう》[16]の蕾に囲まれる喜びを、今宵、我が家で
お楽しみください。[17]すべてを耳にし、すべてを目にし
これぞと思われる方を好きになるのがよろしい。
美しい娘たちのなかに、我が娘も入って
おりましょうが、際立ちますか。
さあ、ご一緒に。（召使いに）おい
ヴェローナを回り
ここに名前が記された方々を見つけ
お待ち申し上げていますと、伝えよ。
〔（キャピュレット、パリス）退場〕

召使い　ここに名前が記された方々を見つける！　靴屋は物差し、仕立屋は靴型、魚屋は鉛筆、塗装工は投網《とあみ》をいじくり回すと書かれているんだろうけど、ここに書かれた名前の人を見つけろと言われても、書き手が何という名前を書いたのか、さっぱりわからない。学のある人を探さなくちゃ。ちょうどいい！

〔ベンヴォーリオ、ロミオ登場〕

ベンヴォーリオ　おい、ロミオ、一つの火が消えると
別の火が灯《とも》る。一つの痛みは別の痛みで和らげられる。
回って眩暈《めまい》がしたら、逆に回ればいい。
絶望的な悲しみも別の悩みで癒される。
きみの目が新しい恋の病に罹《かか》れば
古い恋の臭い毒は消される。

ロミオ　きみの大葉子[18]はよく効きそうだな。

ベンヴォーリオ　何に効く？

12——中世以来、女性には、独身、結婚、寡婦の三つの生き方があったが、純潔を守り、独身を通す生き方が、最も神の恵みを受けるとされた。
13——当時のイギリス人の女性は、肌を太陽光線から守るために、外出時に、額と頬を覆う仮面をつけた。色白は美女の条件の一つ。
14——or else die in debt、「さもなくば、友人の債務を払って死んでやる」。
15——hopeful lady. hopeful=giving promise of success or future good (OED.adj.2.a).
16——芳香性のある黄色い花。胃腸薬として珍重された。
17——Inherit at my house. inherit=to receive, obtain (OED.v.3).
18——大葉子の軟膏は止血に用いられた。ベンヴォーリオの助言など、かすり傷の軟膏にしかならないと皮肉っている。

ロミオ　向《む》こう脛《ずね》のかすり傷に。
ベンヴォーリオ　おいおい、ロミオ、気は確かか？
ロミオ　確かだ、でも、狂人以上に拘束されている。[19]
監禁され、食事はあたえられず
鞭打たれて折檻《せっかん》され、それに——やあ、こんにちは。
召使い　こんにちは。旦那さま、読むことは出来ますか？
ロミオ　ああ、己のみじめな運命はな。
召使い　それは本がなくとも読めます。でも、これ読めます？
ロミオ　ああ、学があればな。
召使い　正直ですな。では、ご機嫌よう。
ロミオ　おい、待て、読めるよ。（名簿を読む）
「マルティーノ殿と奥方、ならびにご令嬢方
アンセルム伯爵ならびに麗しきご姉妹方
ヴィトルーヴィオ未亡人
プラセンティオ殿ならびに愛らしき姪御《めいご》方
マキュショー殿ならびに舎弟ヴァレンティーン殿
親戚のキャピュレットと奥方、ならびにご令嬢方
麗しき姪ロザラインとリヴィアさま
ヴァレンティノ殿ならびにお従弟ティボルト殿
ルチーノならびに陽気なヘレナさま」。
豪勢な顔ぶれだ。どこに集まるのだ？
召使い　あっち。
ロミオ　どっちだ？　晩餐会か？
召使い　あっしどもの家。

ロミオ　誰の家だ？
召使い　ご主人の家。
ロミオ　そうか、それを先に聞くべきだった。
召使い　では、聞かれる前に申し上げます。主人は大金持ちのキャピュレットさま、旦那さまがモンタギューの方でなければ、一杯飲みにいらしてください。ご機嫌よう。（退場）
ベンヴォーリオ　キャピュレット家恒例の宴会で
きみが熱愛する麗しのロザラインも夕食を取る。
ヴェローナの評判の美女たちが勢揃いする。
宴会へ行き、公平な目で
ロザラインの顔を、ぼくがこれと思う女性の顔と
比べてみるんだ。白鳥を鴉《からす》と思わせてやる。
ロミオ　信仰にも似た愛を捧げるこの目が
そんな偽りをぼくに言うなら、涙は炎になり
溺れても溺れても死ねなかったこの目は
紛れもない[20]異端者、[21]嘘をついた罪で火炙《ひあぶ》りになるがいい。
ぼくの恋人より美しいだと？　すべてを見そなわす太陽も
世界の始まり以来、あの人ほどの美女を見たことはない。
ベンヴォーリオ　へえ、側に誰もいないから、美人に見え
彼女は、きみの両の目で、釣り合いを取っていた。
でも、きみの恋人と、ぼくが示す
今夜の宴会で輝く女性を
その水晶の天秤《てんびん》に掛けてみろ。
今、最高と見える女性が見劣りするはずだ。

ロミオ　行くけど、そんな光景を見るためじゃない
ぼくの恋人の素晴らしさを喜ぶためだ。〔退場〕

第一幕第三場

〔キャピュレット夫人、乳母登場〕

キャピュレット夫人　ばあや、娘はどこ？　呼んでおくれ。

乳母　一二歳のときのわたしの処女に懸けて
お呼びしましたよ。ねえ、子羊さん！　天道虫《てんとうむし》さん！
いやですねえ、どこなの？　ジュリエットさま！

〔ジュリエット登場〕

ジュリエット　なあに？　誰のお呼び？

乳母　お母さまですよ。

ジュリエット　お母さま、何でしょう？

キャピュレット夫人　大事な話が。——ばあや、ちょっと席を
外して、内密の話なの。ばあや、こっちへ来て。
思い直したの、聞いて貰いましょう。
この娘《こ》が年頃なのは承知よね。

乳母　はい、何歳と何時間まで申せます。

キャピュレット夫人　一四にはならないけど。[22]

乳母　この
一四本の歯に懸けて、悲しいことに、残りは
四本ですけど、一四歳ではありません。
収穫祭[23]まであと何日でしょうか？

キャピュレット夫人　二週間とちょっと。

乳母　ちょっとでも、ちょっとでなくても、今年中に
この収穫祭の前夜に、一四におなりに。
スーザンとジュリエットさまは、信者の御霊《みたま》にお恵みを
同い歳。ええ、スーザンは神の御許に。
わたしには過ぎた娘でした。でも、申した通り[24]
ジュリエットさまは収穫祭の前夜に
一四に、そうですとも！　よく覚えています。
あの地震から一一年
お嬢さまが乳離れなさった、忘れませんとも
紛れもなくあの日でした。

19——狂人を治す唯一の治療法は拘束だった。
20——transparent=easily seen through (OED.adj.2.b).
21——heretics. 異端者は火炙りになった。ロミオはロザラインに信仰にも似た愛を抱いている。
22——貴族の娘は一四歳から一五歳で結婚する例が少なくなかった。
23——八月一日。ジュリエットが生まれたのは七月三一日、収穫祭前夜。七月（July）に因《ちな》み、ジュリエットと名づけられた。
24——as I said. 乳母の口癖。

わたしは乳首に苦蓬《にがよもぎ》を塗り
鳩小屋の壁の下で日向《ひなた》ぼっこをしていました。
旦那さまと奥さまはマントヴァにおいででした。
ええ、記憶は確かです。でも、申した通り
わたしの乳首の苦蓬を舐《な》め
苦《にが》かったのでしょう、お可哀そうに
むずかり、乳首を嫌がりました！
鳩小屋が「揺れるぞ」と言いました。
言われるまでもなく逃げました。
あれから一一年
あのときは一人立ちがお出来になりました。
それどころか、よちよち歩きも走るのもお出来になり
前の日に、おでこに怪我をされましてねえ。
それで、主人が――神のお加護を
愉快な人で――お嬢さまを抱き上げました。
「まあまあ、うつ伏せに転んだのですね？
もっとお利口になったら、仰向けに転ぶんですよ
よろしいですね、嬢ちゃま？」聖母さまに懸けて
可愛いお嬢さまったら、泣き止んで「はい」と。
冗談が本当になるなんて！
千年生きても、あの出来事を忘れやしません。
主人が「よろしいですね、嬢ちゃま？」と言い
可愛いお嬢さまが泣き止んで「はい」と。
キャピュレット夫人　いい加減にして、お黙りなさい。

乳母　はい、奥さま、でも、笑わずにおれませんわ
泣き止んで「はい」とおっしゃったのを思い出しますと。
そうそう、おでこに、ひよこのおちんちんほどの
瘤《こぶ》が出来ました。よほど痛かったのでしょう
酷くお泣きになりました。
主人が言いました。「うつ伏せに転んだのですね？
お年頃になったら、仰向けに転ぶんですよ。
よろしいですね、嬢ちゃま？」泣き止み、「はい」と。
ジュリエット　止めて、ばあや、申しているでしょう。[25]
乳母　ええ、止めますよ。格別のお恵みがありますように
わたしがお乳をあげたなかで一番可愛い赤ちゃんでした。
目の黒いうちに、結婚なさるのを目に出来れば
本望ですよ。
キャピュレット夫人　そうそう、結婚のことなのですよ
そのことを話しに来たのですよ。どう、ジュリエット
結婚のこと、どう思っているの？
ジュリエット　夢見ることさえない栄誉です。
乳母　栄誉！　わたしがお乳を差し上げたたった一人の
乳母でなければ、賢いのはお乳のせいと申すところですよ。
キャピュレット夫人　そうなら、今、結婚を考えなさい。
ここヴェローナには、あなたより若くして
母親になった良家の娘が幾人もいます。そう言えば
わたしはあなたほどの年で
あなたを産みました。手短に言います。

ご立派なパリスさまがあなたを妻に求めておられます。
乳母　立派な方、お嬢さま。お嬢さま、あのような方は
天下一品――ええ、完璧《かんぺき》な方ですよ。
キャピュレット夫人　ヴェローナの夏にあれほどの花は咲きません。
乳母　ええ、あの方は花、花のなかの花。
キャピュレット夫人　どう？　あの方を愛せますか？
今宵、宴会で、お目にかかれます。
パリスさまのお顔を書物[26]と思って読んでご覧
美の女神の筆で書かれた喜びを見出すでしょう。
釣り合いのとれた[27]お顔立ちをよく見てご覧
目鼻立ちが調和しているのがわかるでしょう。
この美しい書物に曖昧《あいまい》なところがあれば
目という注釈に書かれていることを読んでご覧。
この尊い愛の書物、綴《と》じられていない恋人が
欠いているのは、美しくする表紙だけ。
魚が海に生きるように、[28]美しい表紙が
美しい物語を包むのはこの上ない誉れ。
黄金の留め金で綴じられた黄金の物語[29]は
多くの人と栄光を分かち合うもの。
あの方を夫に持てば、何も失わず
あの方の持てるすべてを持てるのです。
乳母　失う！　いえ、もっと――女は男で大きくなります。
キャピュレット夫人　どう、パリスさまを好きになれる？
ジュリエット　好きになるように致します
好きになれるものなら。でも、目の矢を、お母さまが
お許しくださるより先には飛ばしません。
〔召使い登場〕
召使い　奥さま、お客さまたちが到着されました、食事の用意が整い、奥さまとお嬢さまのお越しを待つばかり。台所では、ばあやが罵られ、てんてこまい、わたしは接待をしなければなりません。すぐにお越しください。〔退場〕
キャピュレット夫人　すぐに。ジュリエット、伯爵がお待ちよ。
乳母　お行きなさいお嬢さま。幸せな昼に続く幸せな夜を求め

25――「申した通り」を連発する乳母をからかっている。
26――volume-something which in character or nature is comparable to a book (OED.n.I.3.a).
27――married lineament. married=joined together (OED.adj.2.a).
28――魚が水に生きるように、ジュリエットはパリスにとって必要。
29――That book in many's eyes doth share the glory/That in gold clasps locks in the golden story. 一行目の that は「あの」本、二行目の that 以下の文章は「本」を修飾。

て。〔退場〕

第一幕第四場

〔ロミオ、マキューショー、ベンヴォーリオ、他に五、六人の仮面をつけた男たち、松明持ちたち登場〕

ロミオ　さて、飛び入りの口上を述べようか
それとも断りなしで入るか？
ベンヴォーリオ　そんな面倒は流行遅れだ。
スカーフで目を隠して
タタール風の色付き木弓《きゆみ》を手に、案山子《かかし》よろしく
ご婦人方を怖がらせる口上役のキューピッドはいない。
プロンプターについて暗記した
台詞をおずおず述べる俳優もいない。
おれたちのことはどうとでも取らせろ
ひと踊りして引き上げるだけだ。
ロミオ　松明をくれ。踊る気になれない
心が暗いだけに、明かりを持ちたい。
マキューショー　だめだ、ロミオ、踊らせてやる。
ロミオ　いや、止めとく。きみたちは軽い舞踏靴を
履いているけど、おれの心は鉛のように重く
大地に繋《つな》ぎ止められ、動けないんだ。[30]
マキューショー　恋する男だろう。キューピッドの翼を借りろ
そして、いつもより高く舞い上がれ。
ロミオ　恋の矢であまりに深く射られ
やつの軽い翼では舞い上がれない、あまりにきつく
縛られていて、悲しみを超えるほど高く
飛べない。[31]おれは恋の重荷に沈んでいる。
マキューショー　沈むと、恋人に荷を負わせる[32]
か弱きものには、重すぎる。
ロミオ　か弱きものだと？　あまりに粗暴
あまりに粗野、あまりに荒々しく、棘《とげ》のように刺す。
マキューショー　粗暴なら、粗暴になれ。
刺すなら、刺して、打ちのめしてやれ。
この顔を隠す仮面をこっちに
醜い面に仮面！　目敏《めざと》い連中が
指差しても構うものか！
このげじげじ眉が代わりに赤面してくれるさ。
ベンヴォーリオ　さあ、門を叩いて入ろう
入ったらすぐに、踊り始めろ。
ロミオ　松明をくれ。心の軽い陽気な男は
踵《かかと》で床の藺草《いぐさ》をくすぐれ[33]
おれはことわざをひとくさり
松明持ちは高みの見物[34]
宴《えん》はたけなわ、おれは踊る気になれない。[35]
マキューショー　静かに、声をひそめて。
落ち込んでいるなら、泥沼から、[36]いや、すまん
耳まで浸かった恋の泥沼から引き上げてやる。
行こう、手間取り、明かりを無駄にした、さあ！

ロミオ　いや、無駄になんかしていない。
マキューショー　いいか、手間取ると
明かりを無駄にする、昼間に灯《ひ》を灯すようにな。
真意を汲《く》み取れ、良識は平易な物言いにある
五感を合わせて感じる五倍もだ。
ロミオ　舞踏会に行くのに悪気はないとしても
賢明でないかも。
マキューショー　なぜだ？
ロミオ　夕べ夢を見た。
マキューショー　おれも。
ロミオ　で、どんな？

マキューショー　夢見る者はしばしば嘘をつくという夢。
ロミオ　寝床で見る夢は正夢だ。
マキューショー　そうか、それならマブ女王と一緒にいたな。
マブは、人間に夢を見せる妖精の産婆[37]
参事会員の人差し指を飾る
瑪瑙《めのう》ほどの大きさ
芥子粒ほど小さい妖精たちが牽《ひ》く戦車に乗り
寝ている人の鼻先をかすめる
戦車は榛《はしばみ》の殻
太古の昔から馬車作りを生業《なりわい》とする
指物師の栗鼠《りす》や木食い虫の作[38]

30――You have dancing shoes/With nimble soles, I have a soul of lead/So stakes me to the ground I cannot move. 発音が同じ「靴底」（sole）と「心」（soul）の言葉遊び。
31――I cannot bound a pitch. pitch=the height to which a bird of prey soars before swooping down on its quarry (OED.n.21). pitch、「（鷹《たか》が獲物を目がけて舞い降りる）高さ」。鷹匠《たかじょう》の手を離れた鷹は高く舞い上がり、それから獲物をめがけて下降する。
32――burden=to lay a (material) burden on (OED.v.1.a).
33――床には、藺草が敷かれていた。藺草はくすぐられても感じない。時間の無駄という意味。
34――I'll be a candleholder and look on. look on、「見物する」。ことわざ「良い松明持ちは立派な勝負師」（A good candleholder proves a good gamester）のもじり。
35――The game was ne'er so fair, and I am dun. ことわざ「宴がたけなわのときは、退出の潮時」（When play is best it is time to leave）のもじり。dun=of a dull or dingy brown colour (OED.adj.1.a)、「陰鬱な」。
36――木の馬を泥から引き上げるクリスマスゲームがあった。
37――妖精は三〇〇年以上生きるので、めったに子どもが生まれない。お産のときは、しばし人間の産婆を誘拐して妊婦の世話をさせる。ここでは、夢を見せる妖精。

車輪の輻《や》は足長蜘蛛《あしながぐも》の脚
幌《ほろ》は飛蝗《ばった》の羽
引き綱《づな》は小さな蜘蛛の糸
軛《くびき》は水面《みなも》に映る月の光束《こうそく》[39]
鞭は蟋蟀《こおろぎ》の骨、鞭紐《ひも》は蜘蛛の糸
御者は灰色の服を着た蚋《ぶよ》
怠惰な娘の指に湧く
小さな丸い蛆虫《うじむし》の半分足らず[40]
この勿体《もったい》で、マブは夜な夜な疾駆《しっく》し
恋人の脳裏《のうり》をかすめ、愛の夢
宮廷人の膝をかすめ、敬礼の夢
弁護士の指をかすめ、謝礼の夢
淑女の唇をかすめ、たちまち接吻の夢
砂糖菓子の食べ過ぎで息が臭いと[41]
マブは怒って、淑女の唇を水ぶくれにする
ときに、宮廷人の鼻先をかすめる、すると
宮廷人は口利きを嗅《か》ぎ当てる夢を見る
ときに、奉納用の豚のしっぽ[42]を手にやって来て
寝ている司祭の鼻をくすぐる、すると
司祭は聖職禄《せいしょくろく》がもう一つ入る夢を見る
ときに、兵士の首をかすめる、すると
兵士は敵兵の喉をかき切る夢
砦の裂け目や、奇襲や、スペイン産の名剣[43]や
祝杯を上げて泥酔する夢を見る、するとただちに
耳元で、軍鼓の音、それに驚いて飛び起き
恐怖に慄きながら、祈りを一つ二つ唱え
また眠りに落ちる。夜に
馬のたてがみを編むのも、自堕落女の汚い髪を
もつれさせて固くするのもマブ。
もつれ髪がほどけるのは、不幸の前兆《ぜんちょう》
女の子が仰向けに寝ていると
押しつけ、子を孕《はら》む術《すべ》を教え
乗せ上手にするのも、あの婆《ばばあ》だ
それに、マブは――

ロミオ　もういい、止めろ、マキュショー
くだらないことをべらべら。

マキューショー　そうさ、夢の話だからな
夢は怠惰な脳の落とし子
空虚な幻想のたまものに過ぎず
空気のように実体がなく
言い寄る風よりも気まぐれで
北の凍てつく胸に言い寄ったかと思うと
怒り狂って、フンと鼻であしらい
露滴《したた》る南へ向きを変える。

ベンヴォーリオ　その風とやらで、注意がそがれた。
晩餐が終わり、間に合わないかも知れない。

ロミオ　早すぎるかもな、胸騒ぎがする。
何か重大事が、まだ運命の星に掛かっているだけだが

今夜の宴《うたげ》を機に、酷く恐ろしい事が始まり
この胸に秘められたつまらぬ命の期限が
時ならぬ死という忌まわしい罰によって
切れるのではないか。
でも、おれの人生の舵を取る神さまが航路を
お導きくださる。さあ、行こう。

ベンヴォーリオ　太鼓を打て。

第一幕第五場

〔ロミオたち行進。給仕人たち、ナプキンを手に登場〕

給仕長　ポットパンはどこだ、片付けを手伝わずに？　皿を片付けもせず、拭きもせずにか！

給仕人一　作法通りに給仕出来るのは一人か二人なのに、手も洗っていないとは、困ったもんだ。

給仕長　椅子を折りたたみ、食器棚を片付け動かし、皿に気をつけろ。すまぬが、マジパンを一切れ取って置いてくれ、出来れば、スーザン・グラインドストーンとネルを入れるよう、門番に頼んでくれ。アントニー、ポットパン。

給仕人二　はい、ここに。

給仕長　大広間で、大騒ぎで探しているぞ。

給仕人三　ここにも、あそこにもいるわけにはゆきません。さあ、みんな、目一杯、働こう、長生きするが勝ちだ。[44]〔退場〕

〔（キャピュレット、キャピュレット夫人、ジュリエット、ティボルト、乳母、パリス伯爵、キャピュレットの親戚、ティボルトの小姓、従者たち、それに）仮面舞踏会の客と淑女たち登場〕

キャピュレット　ようこそ、みなさま。足に豆が
出来ていないご婦人方が一緒に踊ってくださいましょう。
まさか、ご婦人方、踊れないなどと言う
お人はおられないでしょうな？　遠慮がちの方は

38——栗鼠（棒を集める）と木食い虫（穴を開ける）は妖精の馬車作りを生業とする。
39——「銀色の面《おも》を水鏡に映し」Her silver visage in the wat'ry glass（『夏の夜の夢』第一幕第一場）。
40——怠惰な娘の指には蛆が湧くと信じられていた。
41——砂糖はスパイスの一種で、高価だった。上流階級の女性には、砂糖菓子を食べ過ぎて、息の臭い人が多かった。
42——十分の一税として、豚を教会に納める場合があった。
43——スペインのトレド産の剣が最高級とされた。『オセロー』で、オセローが自害するときに使うのもスペイン産の短剣。
44——the longer liver take all. ことわざ「長生きするが勝ち」（Let the one who lives longest takes everything）、「勝者が一人占め」（Winner takes all）のもじり。

豆が出来ているのに違いない。図星でしょう？
ようこそ、紳士のみなさま。かつてはこのわたしも
仮面をつけ、美しい女性の耳元で
甘い言葉を囁《ささや》いたものです
昔、昔、大昔の話ですがね。
ようこそ、みなさま。さあ、楽師たち、演奏を。
〔音楽と踊り〕
どいて、どいて！　場所を空け、踊って、お嬢さま方。
おい、もっと明かりを、テーブルを片付け
暖炉の火を消せ、部屋が暑すぎる。
おや、仮面をつけたお客が丁度いいところに。
いや、座って、座って、親戚のキャピュレット殿[45]
あなたもわたしも踊る歳《とし》ではありませんな。
仮面舞踏会で最後に踊ってから
どれほどになりますか？

親戚　かれこれ、三〇年。

キャピュレット　まさか、そんなに、そんなには。
ルーセンティオの婚礼以来
次の聖霊降臨日[46]には
かれこれ二五年、あの時は仮装して踊りましたな。

親戚　もっと、もっと昔だよ。あいつの息子は
それより上、三〇になる。

キャピュレット　　　　まさか！
あれは二年前は、被後見人の身だった。

ロミオ　（給仕人に）あちらの紳士の手に
華を添えている女性《かた》はどなたですか？

給仕人　　　　存じません、旦那さま。

ロミオ　おお、あの方は松明に輝き方を教えている。
エチオピア人の耳を飾る豪華な宝石のように
夜の頬を飾っている。
使うには豪華すぎ、この世には尊すぎる。
鴉の群れに舞い降りる白い鳩のように
周りの女性に一際《ひときわ》まさる美しさ。
踊りが終わったら、立つ場所を見逃さず
あの女性の手に触れ、この粗野な手を清めて貰おう。
これまで、恋したことがあるか？　目よ、誓いを破れ
今宵まで、まことの美女を目にしたことはない。

ティボルト　あの声からするに、モンタギューに違いない。
おい、小姓、剣を持って来い。（小姓退場）
　　　　何と、悪党が
のこのこやって来た。おかしな仮面をつけて
祝宴を嘲《あざけ》り[47]に来たのか？
我が一族とその名誉に懸けて
ぶっ殺してやる、罪と思うものか。

キャピュレット　おい、ティボルト、何を喚《わめ》きたてておる？

ティボルト　おじ上、あれはモンタギュー、我らの敵《かたき》ですぞ。
悪党が、嫌がらせに、今夜の祝宴を
からかいに来たのです。

キャピュレット　ロミオか？

ティボルト　ええ、あの悪党ロミオです。

キャピュレット　堪《こら》えろ、よいか、放っておけ。
紳士に相応しく振る舞っておる。
それに、実は、ヴェローナじゅうが
高潔で自制心のある若者だと褒めそやしている。
この町の全財産を貰っても、この家で
無礼を働きたくない。
だから、辛抱しろ、気に留めるな。
これは命令だ、守る気があるなら
わけ隔てなく振る舞い、しかめっ面はよせ
宴会に似つかわしくないぞ。

ティボルト　あんな悪党が客に交じっているから
相応しいのです。我慢しません。

キャピュレット　我慢してやれ。
えい、若造、我慢してやれと言っているのだ、いやはや！
この家《や》のあるじはわしかおまえか？　いやはや！
我慢せぬと？　まさか
客人の前で騒ぎを起こし
自制心を放棄する気だな、[48]おまえがあるじか！

ティボルト　でも、おじ上、これは恥です。

キャピュレット　いやはや。
生意気な若造だ。わしに指図する気か？
こんな態度はおまえのためにならん、[49]よいな。
楯突《たてつ》きおって！――今宵は
みなさま、お見事でした。――生意気な犬っころめ、行け
口出しするな、さもないと――もっと、もっと明かりを！
――恥知らず、黙れ。――さあ、陽気に、みなさま！

ティボルト　忍耐を強いられ、怒りが湧いてくる。
そのせめぎ合いで、否応なしに体が震える。
引き下がるか、だが、この家宅侵入
今は甘く見えても、苦い憎しみに変えてやる。〔退場〕

ロミオ　卑しむべき我が手で
清らかなこの手を汚すなら、これは愛の罪。
我が唇、恥じらう二人の巡礼が控えており
粗野な手で触れたところを、柔らかな口づけで清めます。

45――cousin Capulet. 招待状には uncle Capulet と記されている。
46――復活祭の後の第七日曜日。
47――To fleer and scorn at our solemnity? fleer and scorn は同じ意味の言葉を二つ使って強調する二詞一意の修辞法。
48――set cock-a-hoop=cast off all restraint (OED.P3.b).
49――to scathe you. scathe=to injure, hurt (OED.v.1.a). ティボルトが相続する金銭上の問題を仄《ほの》めかしているのか。

ジュリエット　優しい巡礼さん、ご自分の手に酷すぎます
こうして礼儀正しく信心を表しておりますのに。
聖者には、巡礼の手が触れる手があり
手のひらには手のひらが敬虔な巡礼の接吻です。
ロミオ　聖者にも敬虔な巡礼にも、唇があるのでは？
ジュリエット　はい、巡礼さん、祈りに用いる唇が。
ロミオ　おお、では、愛《いと》しき聖者よ、手が為すことを唇にも
――
唇が祈ります。お許しを、信心が絶望に変わりませんよう。
ジュリエット　聖者は動きません、祈りを許しても。
ロミオ　では、動かないで、祈りのご利益《りやく》をいただく間は。
（ジュリエットに接吻）
あなたの唇でわたしの唇から罪が取り除かれました。
ジュリエット　この唇には、あなたの唇の罪が。
ロミオ　わたしの唇の罪？　ああ、何と甘いお咎め！
わたしの罪をお返しください。（ジュリエットに接吻）
ジュリエット　型通りの接吻ですわね。
乳母　お嬢さま、お母さまがお呼びですよ。
（ジュリエットは母のところに行く）
ロミオ　お母さまとは？
乳母　そりゃ、お若い方
このお屋敷の奥さま
賢くて貞淑、いい方ですよ。
わたしがその方のお嬢さま、今までお話ししていた方を
お育てしました。よろしいこと、お嬢さまを
お貰いになる方は金持ちになれますよ。
ロミオ　キャピュレット家の？
高いつけだ！　おれの命は敵の手に。
ベンヴォーリオ　引き上げよう、宴はたけなわだ。
ロミオ　ああ、そうしよう。不安が募る。
キャピュレット　いや、みなさま、お帰りの支度はなさらずに。
ささやかな茶菓を用意しておりますゆえ。
〔耳打ちされる〕
そうですか？　それでは、みなさまにお礼を申します。
ありがとうございます。みなさま、おやすみなさい。
こっちに、もっと明かりを！　では、床に就《つ》くとするか。
ああ、だいぶ夜が更けたな。
休むとしよう。〔（ジュリエットと乳母を除いて）退場〕
ジュリエット　ばあや、こっちへ来て。あの方はどなた？
乳母　ティベリオさまのご子息でお世継ぎですよ。
ジュリエット　今出て行かれた方は？
乳母　そうですね、ペトルーキオさまだと思いますよ。
ジュリエット　その後の、踊ろうとなさらなかった方は？
乳母　存じません。
ジュリエット　名前を聞いてきて。（乳母退場）
結婚しているなら
お墓が新床《にいどこ》になりそう。
乳母　〔戻る〕お名前はロミオ、モンタギューの方

お嬢さまの敵の一人息子ですよ。

ジュリエット　初恋の人は敵の生まれ
それと知らずに恋に落ちた！
不吉な恋の誕生
愛するは憎い敵

乳母　何です？　何ですか？

ジュリエット　　一緒に踊った方から
教わった歌の一節よ。

〔奥で、「ジュリエット」と呼ぶ声〕

乳母　ただいま、ただいま！
さあ、あちらに、お客さまはみな帰られました。〔退場〕

第二幕

〔〈口上役〉登場〕

口上役　今や、古き恋は死の床に
新しき愛が、しきりに後を継がんとする。[1]
死ぬほど恋い焦がれた佳人《かじん》は色褪《いろあ》せ
今や、優しきジュリエットに比べるべくもない。
今や、ロミオは愛し、愛され
共に美しき面に心奪われる。なれど
ロミオが愛を乞うは敵と見なすべき娘
娘が掠《かす》める愛の美味《びみ》は恐ろしき釣り針の餌。
敵なれば、ロミオはジュリエットに近付き
愛の誓いを囁くことままならず
ジュリエットは愛する人に
逢《あ》う術はなし。
愛が力をあたえ、時が力を貸し
逢瀬《おうせ》の甘美で、苦しみが和らがんことを。〔退場〕

第二幕第一場

〔ロミオ登場〕

ロミオ　心がここにあるのに、先へ行けるか？
引き返せ、鈍い体よ、意中の人を見つけ出せ。〔奥へ〕

〔ベンヴォーリオ、マキューショー登場〕

ベンヴォーリオ　ロミオ、おーい、ロミオ、ロミオ！

マキューショー　　要領が
いいからこっそり帰って寝ているに違いない。

ベンヴォーリオ　この道を走り、果樹園の壁を跳び越えた。
呼べ、マキューショー。

マキューショー　　いや、呪文で呼び出す。

50——処女のまま死ぬ。プロローグの「死の影を帯びたる愛の悲しい航路」に呼応。
1——young affection gapes to be his heir. gape=to desire eagerly to do (OED.v.4.b)、「熱望する」。

ロミオ、むっつり男、気違い男、愛欲男、色男
溜息の姿で出て来い。
詩の一節でも唱えれば、勘弁してやる。
「ああ」とか、「ラブ」と「ダブ《ハト》」とか韻を踏み
おれの友達のヴィーナスに甘い言葉の一つもかけ
翳目《かすみめ》の息子の跡取りに、[2]あだ名の一つもつけてやれ。
あのとっちゃん坊やはコフェテュア王を射抜き
王は乞食娘にめろめろになった――
やつは聞こえず、身じろぎせず、動きもしない。
猿め、死んじまった、なら呪文で生き返らせてやる。
ロザラインの輝く目に懸けて
広い額と紅色《くれないいろ》の唇に懸けて
綺麗な足、すらりとした脚、ぷりぷりの太腿《ふともも》
それに、そのあたりの[3]藪に懸けて
いつもの姿で現れろ。

ベンヴォーリオ　聞いたら、逆上するぞ。

マキューショー　逆上なんかするものか。
あいつの恋人の丸いあそこに
何か奇怪な精霊を呼び出し、彼女が精を抜いて
歩けなくなるまで、[4]おっ立たせれば――
逆上するかも。おれの呪いは
まっとうで正当だ。やつの恋人の名に懸け
呪文で呼び出しているだけだ。

ベンヴォーリオ　帰ろうか、あいつはこの木立に隠れて
湿った夜と連《つる》むつもりだ。
恋は盲目、暗い夜にぴったりだ。
恋が盲目なら、命中は無理。

マキューショー　今頃、あいつは花梨《かりん》[5]の木の下に座り
恋人が花梨だったらな、と願っているんだ。
「花梨」と言うたび乙女たちは忍び笑いをする。
おお、ロミオ、彼女が花梨なら、おお、花梨なら
花梨なら、おまえは長梨《ながなし》だ！
ロミオ、おやすみ、おれは寝床[6]に直行だ。
野外じゃ、寒くて眠れない。
さあ、行こうか？

ベンヴォーリオ　そうだな、見つかりたくない
やつを見つけようとしても、無駄だ。
〔（ベンヴォーリオ、マキューショー）退場〕

第二幕第二場

（ロミオ進み出る）

ロミオ　恋したことのないやつは恋の痛みを嘲笑う。
おや、シーッ、向こうの窓から漏れる明かりは？
向こうは東、ジュリエットは太陽だ。
昇れ、麗しき太陽よ、嫉妬深い月を追い払え
月はすでに、悲しみで病み蒼《あお》ざめ
月の乙女のあなたは月よりずっと美しい。
月は嫉妬深い、月に仕えるのはやめてくれ。

月の乙女のお仕着せは病んだ緑色
道化の他に着る者はいない。脱いでくれ。
（ジュリエット、バルコニーに登場）
我が愛しの人、ああ、我が恋人！
ああ、それをわかって貰えたら！
口を開いた、でも、何も言っていない。それが何だ？
目が語っている、答えよう。
厚かましすぎるか、おれに語っているわけではないのに。
天国で一番美しい二つの星が
使いに行くので、戻るまで、代わりに星の軌道で
輝いているよう、あの人の目に頼んだのだ。
あの人の目が天に、星があの人の顔にあるとすれば？
頬の輝きは星々を恥じ入らせるだろう
日の光がランプを恥じ入らせるように。あの人の目は
天空のあちこちであまりに明るい輝きを放つので[7]
鳥は夜と思わず囀《さえず》るだろう。

頬杖《ほおづえ》をついているぞ。
ああ、おれがあの人の手袋なら、あの頬に
触れることが出来るのに！

ジュリエット　ああ。

ロミオ　口を開いた。
もう一度、言ってくれ、輝く天使よ
我が頭上にあって、夜に輝きを添えている
翼ある天使のように。
天使が、物憂げに流れる雲にまたがり
天空を浮動するとき
人はその姿を目にしようと、のけぞり
驚愕《きょうがく》の白い眼《まなこ》を天に向ける。

ジュリエット　ああ、ロミオ、ロミオ、どうしてロミオなの？
お父さまと縁を切り、あなたの名前を捨てて
捨てないなら、わたしに愛を誓って
そうすれば、わたしはキャピュレットでなくなるから。

2――Young Abraham Cupid. Abraham はユダヤ人の始祖、young, Cupid と対比。意味が矛盾する二つの語句を並べて強調する矛盾語法。
3――demesne=figurative. district, region (OED.n.II.6)、「領地」、女性器の暗示？
4――she had laid it and conjured it down. lay=to prevent (a spirit) from walking (OED.v.I.3.b).
5――medlars. 花梨の実は形が女性器に似ていることから、the female genitals, a disreputable woman (OED.n.3.a) の意味がある。長梨はイエス・キリストのシンボル、聖画に添えられる。
6――truckle-bed. 大人用の寝台の下に収納する、四隅に車輪がついた寝台。
7――Would through the airy region stream so bright. airy region. stream=to emit a continuous stream of beams (OED.v.I.6.a)、「天空」。

ロミオ　もっと聞いていようか、それとも話し掛けようか？
ジュリエット　わたしの敵はあなたの名前だけ。
あなたはあなた、モンタギューでなくとも。
モンタギューって何なの？　手でも、足でもない
腕でも顔でも人の体のどの部分でもない。
ああ、何か他の名前になって！
名前に何があるの？　薔薇《ばら》と呼ぶものは
他の名前でも、甘い香りに変わりはない。
だから、ロミオと呼ばれなくとも
ロミオが持つ高貴な素晴らしさはそのまま
その名がなくとも。ロミオ、名前を捨てて
あなたの一部でさえない名前の代わりに
わたしのすべてを受け取ってちょうだい。
ロミオ　　　　　　　受け取ります。
恋人と呼んでください、そうすれば、名前を変えます。
もう、ロミオではありません。
ジュリエット　夜の闇に隠れて、こっそり
わたしの心の秘密を聞いたのは誰？
ロミオ　　　　　　　名前では
自分が何者か、どう言えば良いかわかりません。
わたしの名は、愛しい聖者よ、わたしにとり
憎むべきもの、あなたの敵の名前だから。
紙に書いたことがあれば、引きちぎりたい。
ジュリエット　わたしの耳はあなたの言葉を

百とは聞いていないけど、声でわかります。
ロミオではないの、モンタギューでは？
ロミオ　そのどちらでも、美しい人よ、どちらもお嫌いなら。
ジュリエット　どのようにしてここに、教えて、なぜ？
この庭の壁は高く、越えるのは難しく
身内に見つかれば、死の場所
あなたが誰であるかを考えると。
ロミオ　軽やかな愛の翼でこの壁を飛び越えた
石壁に、愛を締め出す力はなく
愛は何でもやってのける、愛がやろうとすることは。
だから、お身内にぼくの邪魔は出来ません。
ジュリエット　見つければ、あなたを殺します。
ロミオ　ああ、お身内の二〇の剣よりも
あなたの目が怖い。優しい眼差しを向けてください
そうすれば、お身内の敵意に耐えられます。
ジュリエット　絶対に、見つかって欲しくない。
ロミオ　夜の帳がお身内の目から隠してくれますが
愛してくれないなら、見つかるようにしてください。
あなたの愛なく、生き永らえるより
お身内の敵意で果てるほうがずっといい。
ジュリエット　誰の手引きで、ここがわかったの？
ロミオ　愛の手引きで、愛が、探すよう促した。
愛がぼくに知恵を貸し、ぼくが愛に目を貸した。
ぼくは水先案内人《みずさきあんないにん》ではない、けど、あなたが

海に洗われる遥《はる》か遠くの広大な浜辺にいても
これほどの商品を得るためなら、海の冒険に挑みます。

ジュリエット　わたしの顔には夜の帳が、でなければ
恥ずかしさのあまり、頬が真っ赤なのがおわかりになるわ。
さっき、独り言を聞かれてしまったのだもの。
お作法通りに振る舞いたい、出来れば、出来れば、口にした
ことを打ち消したい。でも、どうでもいい、お作法なんか。
わたしが好き？　もちろん「はい」でしょ
あなたの言葉を信じるわ。でも、そう誓っても
誓いを破るかも。恋人たちの誓い破りには
ゼウス神も苦笑するとか。ああ、優しいロミオ
わたしが好きなら、そうはっきり言って、あるいは
あまりに軽々と口説き落とされる娘だとお考えなら
わたしは顔をしかめ、拗《す》ね、嫌いと言って
口説いていただきます、でなければ、世界を貰っても嫌。
素敵なモンタギュー、本当に、あなたに夢中なの
だから、わたしの態度を軽々しいと思うかも知れない。
でも、信じて、優しい方、淑やかに振る舞う娘より
ずっと誠実なのを証明して見せますから。
もっと淑やかに振る舞うべきだった
でも、気付く前に、心のなかの熱い気持ちを
聞かれてしまった。だから、赦《ゆる》してね
こうして心を許したのを、浮ついた愛と思わないで
暗い夜がなにもかも暴露してしまったのだもの。

ロミオ　神聖な月に懸けて誓います
梢《こずえ》をことごとく銀色に染める月に懸けて——

ジュリエット　月に懸けて誓わないで、月って気まぐれ
月毎《ごと》に、丸い軌道で変わるでしょ
あなたの愛が月のように変わるといけないもの。

ロミオ　何に懸けて誓おうか？

ジュリエット　いっそ誓わないで
そうしたいなら、素敵なご自身に懸けて
あなたはわたしが崇める神さまなのだもの
そうすれば、あなたを信じるわ。

ロミオ　心から愛する人が——

ジュリエット　やっぱり、誓わないで。あなたが好きだけど
今夜、誓いを交わす気になれないの。
あまりに性急、あまりに無分別、あまりに唐突
「光った」と言うと、消える
稲妻のよう。大好きな方、おやすみなさい。
この愛の蕾が夏の息吹《いぶき》を受けて
次に逢うときは、美しい花になっていますように。
おやすみなさい、おやすみなさい。この胸の内と同じ
安らぎが、あなたの胸に訪れますように。

ロミオ　ああ、これほど満たされないぼくを置いてきぼりに？

ジュリエット　今夜、どうすれば、満足なさる？

ロミオ　誠実な愛の誓いを交わしたい。

ジュリエット　求められる前に差し上げたわ

でも、もう一度、差し上げられるといいけど。
ロミオ　引っ込めるの？　どうして、愛する人？
ジュリエット　気前よく、もう一度差し上げるため。
でも、貰っても、もっと差し上げたくなる。
わたしの気前のよさは海のように限りなく
愛は海のように深い。あげればあげるほど
もっと欲しくなり、どちらも限りがない。
奥で声が。愛しい人、さようなら。
（奥で乳母が呼ぶ声）
すぐに、ばあや！——愛しいロミオ、変わらないでね。
ちょっと待っていて、戻ってきます。（退場）
ロミオ　何と幸せな、幸せな夜！
夜だから、何もかも夢に過ぎないかも
現実にしては出来過ぎている。
（ジュリエット、バルコニーに登場）
ジュリエット　ほんの一言、ロミオ、それからおやすみを。
お気持ちに嘘偽りなく、結婚する
お気持ちなら、明日、お言付けをちょうだい
使いを遣《や》るので
いつ、どこで、お式を挙げるか知らせて。
運命のすべてをあなたの足元に捧げ
世界じゅう、どこへでもついて行きます。
乳母　お嬢さま！
ジュリエット　すぐに、行くわよ！——

でも、結婚をお考えでないなら、どうか——
乳母　（奥で）お嬢さま！
ジュリエット　すぐに、行くわ！——
これ以上何もせず、わたしを悲しみに浸らせて。
明日、使いを遣ります。
ロミオ　　ぼくの魂に誓って——
ジュリエット　千たび、おやすみなさい。（退場）
ロミオ　きみという光がないと、千たび、悲惨だ。
恋人に会うときは、下校する生徒のように心軽く
別れるときは、登校する生徒のように浮かぬ顔。
〔ジュリエット再び登場〕
ジュリエット　ねえ、ロミオ、ねえ！　鷹匠の声があれば
あの気高い鷹を呼びもどせるのに——
親の目が厳しく、大きな声を出せない
そうでなければ、木霊《こだま》[8]が住む洞窟《どうくつ》を砕いて
「ロミオ」と幾度も叫ばせて、空気のような声を
わたしの声より擦《かす》れさせてやるのに。
ロミオ　名を呼ぶのはおれの魂。
夜に交わす恋人たちの声は銀の鈴の音のように甘く
そばだてる耳には柔らかな音楽のよう。
ジュリエット　ロミオ！
ロミオ　　ぼくの若鷹？
ジュリエット　　何時に
使いを遣りましょうか？

ロミオ　九時までに。
ジュリエット　必ずや。それまで二〇年もあるよう。
なぜあなたを呼びとめたのか、忘れていた。
ロミオ　思い出すまで、ここに立っているよ。
ジュリエット　思い出さないわ、立っていて貰いたいから
一緒にいるとどんなに楽しいかは忘れないけど。
ロミオ　ずっと忘れて貰うために、立ち続けよう
ここ以外に住処《すみか》があるのは忘れて。
ジュリエット　もう朝。帰って貰わなければ。
でも、悪戯《いたずら》っ子が飼う小鳥[9]より遠くへは飛ばしません。
手から少し飛ばしてあげるけど
足枷《あしかせ》をはめられた可哀そうな囚人のように
脚につけた絹糸で連れ戻します
可愛いから自由にさせたくないの。
ロミオ　きみの小鳥になりたい。
ジュリエット　ええ、そうしてあげたい。
でも、可愛がり過ぎて死なせてしまうかも。[10]
おやすみ、おやすみなさい。別れがあまりに甘く切なく
朝になるまでおやすみなさいと言っていたい。
ロミオ　その目に眠りが、その心に安らぎが宿るように。
この身が眠りと安らぎになれるなら、どんなに甘美か。
（ジュリエット退場）
灰色の目をした朝が、眉をひそめる夜に微笑《ほほえ》み
東雲《しののめ》に光の筋で色とりどりの模様を刻み
斑点模様の暗闇が、酔いどれの千鳥足で
陽の神ティターンの車輪の轍《わだち》から追い立てられる。
これから、神父さまの庵《いおり》を訪ね
力をお借りし、この幸せをお知らせしよう。（退場）

第二幕第三場

〔（ローレンス）修道士、籠《かご》を手に登場〕
ローレンス　さて、太陽が燃える目を上げ
昼を褒めそやし、夜露《よつゆ》を乾かす前に
この柳の籠を
毒草や生薬《しょうやく》の花で一杯にせねば。
自然界の母なる大地は御霊屋

8――ローマの詩人オウィディウス（紀元前四三―紀元後一七頃）作『変身物語』のアーサー・ゴールディングの英訳 *Metamorphoses* が一五六四年に出版され、シェイクスピアも愛読したと思われる。山の精エコーはナルキッソスに恋をしたが嫌われ、山の洞窟に住むようになった。農耕の女神ユーノーにも嫌われ、他人が発した言葉の最後の部分しか言えなくなった。
9――五色鶸《ひわ》の脚を細い紐で縛り、飛ばす遊びが流行した。
10――ジュリエットに愛されたロミオは最後に死に至る。

埋葬の墓、命を育む胎《はら》。
その胎から出でたる様々な子らが
大地の胸をまさぐり、乳を吸う。
たいていは多くの癒しの力を持ち
何かの効力のないものはない、が、効力は様々。
植物、薬草、岩石、それらの本来の特性には
おお、偉大なる恵みが秘められている。
命ある大地の生きもので、益のないものはなく
何がしかの善を大地になし
良きものとて、正しい用途から逸《そ》れると
本来の効力を失い、濫用に転じる。
美徳は道を誤ると、悪徳に
悪徳は善用されて美徳に転じることもある。
〔ロミオ登場〕
この可憐な花の花弁は
毒にもなれば薬にもなる。
嗅げば、香りで全身が活気づき
口に含めば、心臓もろとも五感が麻痺《まひ》する。
常に陣営を張って対峙する二人の王
美徳と野獣の本能が薬草にも人間にもあり
本能が勝れば
ただちに、死という害虫が食らい尽くす。

ロミオ　おはようございます、神父さま。

ローレンス　お恵みあれ。

かくも優しく挨拶するのは、どこの早起きさんかな？
若者よ、早々に床を離れるのは
悩みがあるからに違いない。
心労は年寄りの目のなかでこそ寝ずの番
心労が宿る目に眠りは訪れぬ。
だが、人生の波に打たれず、悩みなきお頭《つむ》の若者は
寝床で手足を伸ばせば、黄金の眠りに襲われる。
それゆえ、何か悩みがあって
早起きしたのだな。
そうでないなら、ずばり言い当ててやろう
ロミオは夕べ寝床にはいなかったと。

ロミオ　そうです。甘い安らぎのなかにいました。

ローレンス　何と罪深い！　ロザラインと一緒だったのか？

ロミオ　ロザラインと、神父さま？　いいえ
その名も、その名に因む苦しみも忘れました。

ローレンス　それはよかった。で、どこにいたのだ？

ロミオ　もう一度聞かれる前にお答えします。
敵の家の宴会を楽しんでいたところ
突然、ある方がぼくを恋の矢で傷つけ
相手の方もぼくに傷つけられました。ぼくたちを
治せるのは、神父さまのお助けと聖なる癒しの力。
憎しみはなく、神父さま、ええ
ぼくのお願いは、敵のためにもなります。[11]

ローレンス　包み隠さずに、我が子よ。

不可解な告解には、不可解な赦ししかあたえられぬ。

ロミオ　それでは、包み隠さずに、ぼくの心からの愛は
キャピュレット家の美しい娘に向けられています。
ぼくの心はあの方に、あの方の心はぼくに向けられ
神父さまに、神聖な結婚で結んでいただくだけ。
いつ、どこで、どのようにして
出逢い、求愛し、誓いを交わしたかは
道々、お話しします。ですが、どうか
今日、わたしたちを結婚させてください。

ローレンス　聖フランチェスコさま、[12]何たる変わりよう！
あれほど愛していたロザラインを
こんなにも早く捨てたのか？　それなら、若者の愛は
心ではなく目に宿るのだな。
おお、イエスさま、マリアさま、ロザラインのために
どれほどおびただしい涙を、その痩《こ》けた頬に流したか！
味気のない愛に味付けをしようとして
塩辛い涙をどれほど無駄に流したか。
太陽はそなたの溜息の霧を追い払っておらず
そなたの嘆きはこの老いた耳に未だ響いておる。
見ろ、その頬には、洗い流されていない
古い涙の跡がある。そなたが過去の
そなたと同じで、あの嘆きがそなたのものなら
そなたもその嘆きもみなロザラインのためだった。
心変わりしたのか？　それなら、警句を一つ。
男が気まぐれなら、女の気まぐれを責められぬ。

ロミオ　ロザラインを愛したことで、しばしばお怒りになった。

ローレンス　溺《おぼ》れるなと、愛するなとは言っていない。

ロミオ　恋を葬《ほうむ》れと。

ローレンス　墓にではない
葬るのに、別のを掘り出せとは。[13]

ロミオ　お怒りにならないで。今愛する人は
情けには情けで、愛には愛で報いてくれる。
もう一人は違いました。

ローレンス　そう、もう一人はわかっていた
そなたの愛は未熟で、綴《つづ》りもままならぬ類のものだとな。
だが、さあ、気まぐれな若者よ、さあ、一緒に来なさい。
ある思惑があって、力を貸してやりたい。
この縁組がうまくゆけば

11——steads=to avail, profit (OED.v.I.1.a).
12——ローレンス神父はフランシスコ修道会の修道士。
13——『ハムレット』の墓掘り人たちの場面からわかるように、埋葬するために墓を掘れば、埋められていた亡骸《なきがら》を掘り出すことになる。

両家の恨深い憎しみを、真の愛に変えられるかも知れぬ。
ロミオ　行きましょう、気が急《せ》きます。
ローレンス　急がば回れ、走ると躓《つまず》くものだ。〔退場〕

第二幕第四場

〔ベンヴォーリオ、マキューショー登場〕
マキューショー　ロミオめ、どこにいっちまったんだ？　昨夜は家に帰らなかったのか？
ベンヴォーリオ　親父さんの家にはな。使用人と話した。
マキューショー　なに、あの青白い冷酷な女、あのロザラインがあまり苦しめるから、今に気が狂うぞ。
ベンヴォーリオ　ティボルトが、キャピュレットの甥がロミオの親父の家に手紙を送り付けた。
マキューショー　果たし状だ、絶対に。
ベンヴォーリオ　ロミオは応えるさ。[14]
マキューショー　字が書けるなら、手紙には答えるものだ。
ベンヴォーリオ　そうじゃない、ロミオは決闘状の主に応える、挑まれたら、敢えて応じる男だ。
マキューショー　ああ、哀れなるかな、ロミオ、すでにお陀仏だ。青白い女の黒目にグサリとやられ、恋歌で耳を貫通され、目の見えないキューピッドの矢で心臓を射抜かれちまった――ティボルトと闘えるか？
ベンヴォーリオ　えっ、ティボルトってどんな奴だ？
マキューショー　猫の王さまティベール[15]より手強《てごわ》い。剣術書通りに闘う強者《つわもの》よ。譜面を見て歌うように剣を使い、拍子、間合い、[16]リズムを守る。休止は二分音符、ワン、ツー、スリーで胸を突く。上着の絹ボタンを突くなんて朝飯前、剣豪中の剣豪、名門剣術学校[17]の出、決闘の正当な二つの理由を心得ている。[18]ああ、不朽のパサード、パント・リヴェルソ、えい[19]！
ベンヴォーリオ　それが？
マキューショー　くそっ、へんてこで、もったいぶり、気取った途方もない阿呆、あの新しがり屋のもっともらしい喋《しゃべ》り方ときたら！　これまた、なかなか立派な男めかけ！　なかなか勇ましい男[20]、なかなか雄々しい闘士[21]、なかなか嘆かわしいではないか、ベンヴォーリオじいさんよ、こういう外国かぶれの寄生虫[22]、こういう流行追っかけ野郎、こういうフランスかぶれに悩まされなければならないんだぞ。新し物好きが高じて、古い椅子に気楽に座れないのか？　おお、骨が、骨が痛む！
〔ロミオ登場〕
ベンヴォーリオ　ロミオだ、ロミオだ！
マキューショー　腹子《はらこ》[23]抜かれて、まるで干し鰊《にしん》だ。おお、肉よ肉よ、鰊になっちまったか！　今や、ペトラルカ[24]がよどみなく書いた恋愛詩にぴったり。やつの恋人に比べれば、ラウラなんか台所女[25]――むろん、ラウラにはもっとましな詩人がいた――ディドは襤褸《ぼろ》着女[26]、クレオパトラはあばずれ、ヘレネとヘーロー[27]はくずの淫売、灰色の目とかのティスベ[28]はどうってことない。シニョール・ロミオ、ボンジュール。フランス風のだぶだぶズボンには、フランス語でご挨拶を。夕べは、よくも偽物を撒きやがったな。[29]

ロミオ　おはよう、ご両人、何の偽物を撒いたっけ?

マキューショー　贋金《にせがね》だ、[30] 贋金だよ、意味、わかんないの?

ロミオ　許せ、マキューショー、大事な用が、そんな場合、礼を失するものだ。

マキューショー　そう言うからには、お宅のような場合、無理に腿を曲げるものだ。

ロミオ　お辞儀だな。

マキューショー　見事に射抜いたんだろう。

ロミオ　これまた丁重なご説明。

マキューショー　そう、おれは礼節の華よ。[31]

ロミオ　花のなかの華だな。

マキューショー　そうだ。

ロミオ　へえー、花なら、おれの靴についている。[32]

マキューショー　うまいね、その調子で、おまえの薄底靴が摩《す》り減るまでついて来い、薄底を完璧に履き尽くした後で、靴の

14——Romeo will answer. answer=to meet (an opponent) in a fight (OED.v.12)、「挑戦に応じる」。次行で、マキューショーは answer を「返答する」の意味に変え、物騒な話を逸らそうとする。

15——ウィリアム・キャックストン出版の中世動物物語『狐物語』の英訳版(一四八一)に、猫の王ティベール(ティボルトとほぼ同音)が登場する。

16——distance=a definite interval of space to be observed between two combatants (OED.n.5.b). 剣術では「一足一刀の間合い」。譜面を見ながら歌うように(prick-song)に続き、音楽用語の拍子(time)、間合い(distance)、リズム(proportion)で剣の使い方を表現している。Joan Ozark Holmer, “Draw, if you be men’: Saviolo’s Significance for *Romeo and Juliet*”, *Shakespeare Quarterly* 45, No. 2 (Summer, 1994), pp. 163–89.

17——一五七六年に、ロンドンのブラックフライヤーズにイタリア人の有名な剣術家ロッコ・ボネッティが剣術学校を開き、名を馳せた。「名門剣術学校」はこの学校のことと思われる。また、「名門剣術学校の出」(a gentleman of the very first house) は「立派な家柄の紳士」(the gentleman of the very first head) のもじりで、「大層な家柄の出」との揶揄も込められている。

18——決闘が許される二つの理由は(1)敵《かたき》討ち(2)名誉毀損《きそん》。

19——*passado* は「片足踏み込み突き」、*punto reverso* は「逆手突き」、*the hay*「えい!」はイタリア人ヴィンチェンティオ・サヴィオロ著の剣術書(*Vincentio Saviolo His Practise*、一五九五)に記された基本的な剣術法。『ロミオとジュリエット』には、剣術は暴力になってはならない、復讐のために決闘してはならないといった著者の倫理観の影響も見られる。

20——a very good blade. blade=a gallant, free-and-easy fellow (OED.n.5.c).

21——a very tall man.

22——these strange flies. fly=a parasite (OED.n.5.c). strange=alien, foreign (OED.adj.6.c). フランスかぶれのティボルトを皮肉っている。

薄底が摩り減りゃ、洒落が残る。
ロミオ　薄底靴の洒落、馬鹿にかけちゃ、完璧に天下一品。
マキューショー　割り込め、ベンヴォーリオ、頼む、洒落切れだ。
ロミオ　さあ来い、さあ来い、さもなきゃ、こっちの勝ちだ。
マキューショー　いや、馬鹿の洒落合戦[33]なら、おれの負け、馬鹿にかけちゃ、おれの五感[34]をかき集めたって、おまえに敵わない。馬鹿合戦で、おれが優位に立ったことがあるか？
ロミオ　何であれ、優位に立ったことなんかない、こと、馬鹿にかけちゃ。
マキューショー　ふざけたことを言うと、耳を嚙み嚙みするぞ。
ロミオ　止めろ、いい子、いや、いい馬鹿よ、嚙むな。
マキューショー　おまえの洒落は酸っぱく甘いりんご、ぴり辛ソースだ。
ロミオ　それなら、甘い鵞鳥料理に添えるにぴったりでは？
マキューショー　なめし革の洒落、一インチから四五インチまで伸びに伸びる。
ロミオ　「伸びる」を伸ばしに伸ばして、鵞鳥料理に添えりゃ、広く知れ渡る、お頭の伸びた鵞鳥だとな。
マキューショー　そりゃ、恋に呻くよりましでは？　今や、ようやく付き合い易くなった、ようやくロミオだ、今や、正真正銘の、見た目も中身もロミオだ。この情けない色男は、生まれつきの阿呆のように、道化棒を穴に隠そうと[35]、行ったり来たり。
ベンヴォーリオ　そこで止めとけ、そこで止めとけ！
マキューショー　話の腰を折る気か、しょうがねえな[36]？
ベンヴォーリオ　そうしないと、話がデカくなる。
マキューショー　そんなことない。切り上げようとしていた、話が底をつき、ほんとのところ、これ以上続けられなくなった。
ロミオ　おい、ド派手なものが来たぞ！
〔乳母、付き人（ピーター）登場〕
船だ、船だ！
マキューショー　二隻、二隻、男船と女船だ。
乳母　ピーター！
ピーター　ただいま。
乳母　扇子を、ピーター。
マキューショー　よう、ピーター、顔を隠してやれ。扇子のほうがよっぽど別嬪《べっぴん》だ。
乳母　お早《はよ》うございます、みなさま。
マキューショー　おばんでございます[37]。奥さま。
乳母　あら、もうそんな時刻？
マキューショー　お早くはないですよ、時計の淫らな手が正午のあそこを指していますからね。
乳母　まあ、下品な！　何て男なの？
ロミオ　神さまが、いちかばちかで、お創りになった男です。
乳母　まあ、良いおっしゃりよう。「いちかばちか」ですって？　お若いロミオさまにどこで会えるか、誰か、教えてくださらない？
ロミオ　ぼくが教えてあげます。けど、見つけたときには、お探しのときのロミオより老けているかも知れませんよ。ぼくがその名で一番若いロミオ、その名を持つ者で、ぼくより悪いやつはいないので。

乳母　良いおっしゃりよう。

マキュショー　いいぞ、悪いを良いと？　うまい解釈だ、まったく、賢いね、賢いね。

乳母　あなたがロミオさまなら、ナイナイのお話が。

ベンヴォーリオ　ナイナイの夕食にお招きしたいそうだ。

マキュショー　うさぎ[38]、うさぎ、うさぎだ！　それ、獲物だ[39]！

ロミオ　何を見つけた？

マキュショー　うさぎじゃない、四旬節[40]のパイに入れるうさぎじゃなければ、食う前に腐って黴びたうさぎだよ。

〔歩きながら歌う〕

黴びた老いぼれうさぎ、黴びた老いぼれうさぎ
四旬節にはもってこい
でも、黴びたうさぎにゃ銭は払えない

23——roe=the mass of eggs contained in the ovaries of a female fish (OED.n.a). 朝帰りのロミオをからかっている。直前のベンヴォーリオの「ロミオ」Romeo から m と二つ目の o を取ると roe になる。

24——一四世紀イタリアの詩人。美少女ラウラを見初め、恋愛詩を書いた。

25——カルタゴの女王。ウェルギリウス作『アエネイス』の主人公。アイネイアスに捨てられ焼身自殺する。

26——dowdy=shabbily dressed woman. The Arden Shakespeare *Romeo and Juliet* (2012).

27——ギリシア神話に登場するヘレネはゼウスとレダの娘で絶世の美女。トロイのパリスに誘拐されたのがもとでトロイ戦争が起きた。ヘーローはアプロディテに仕えた女神官、溺死した恋人リアンダーを追い自殺する。

28——ギリシア神話『ピュラモスとティスベ』の主人公。親の反対にあい、悲恋の死を遂げる。『夏の夜の夢』で、職人たちがこの悲恋をテーマにした喜劇を演じる。灰色の目は賛美の対象だった。

29——You gave us the counterfeit. counterfeit、「偽造物」。

30——The slip, sir, the slip. slip=a counterfeit coin (OED.sb.4)、「贋金」。

31——the very pink of courtesy. pink=the most excellent example of something (OED.n.II.3.a). 英語の pink には、日本語のピンクが持つエロティックな意味合いはない。ラファエロの有名な聖母子像 *The Madonna of the Pinks*（一五〇六—七、ロンドン、ナショナル・ギャラリー）では、聖母子が赤いカーネーション（pinks）を交わしている。pink は「聖愛」（divine love）の象徴。pink を花、鑑、華と訳さないと、「花なら、おれの靴についている」に繋がらない。

32——my pump well flowered. flowered=embellished with figures of flowers (OED.adj.3.a). 花鋏《はなばさみ》で革を切り込んで作った薔薇飾り付きの紳士靴が流行していた。ロミオは舞踏会用の衣装を着て、舞踏靴を履いている。ベンヴォーリオとマキュショーは帰宅して着替えを済ませている。

食う前に黴だらけ
ロミオ、親父さんの家に行こうか？　昼飯どきだ。

ロミオ　後で行く。

マキュショー　じゃな、老いぼれ奥方、じゃ、レディ。（歌いながら）レディ、レディ[41]。

（マキュショー、ベンヴォーリオ退場）

乳母　悪ふざけが過ぎるあの下品な男は誰なの？

ロミオ　紳士ですよ、ばあやさん、自分が話すのを聞くのが好きで、一月かかることを、一分で喋ってのけます。

乳母　わたしの悪口を言おうものなら、喋れなくしてやる。見かけよりお盛んで二〇人力で、わたしに無理なら、盛んな連中を見つける。梅毒男！　あんな男といちゃつく女とはわけが違う、あんな男と連む女じゃない。（ピーターに）何よ、突っ立って、悪党に好きにされるのを眺めていたのかね！

ピーター　好きにされているとは思わなかったです。思ったら、腰のもん引っこ抜いていた。抜くのにかけちゃ、誰にも負けない。真っ当な喧嘩で法律がこっちの味方なら[42]。

乳母　ああ、神さま、あんまり腹が立って体が震える。嫌らしいったらありゃしない！　ところで、ロミオさま、一言。申したように、あなたを探すよう、お嬢さまに言い付けられました。お嬢さまのお言付けは、この胸に。言っておきますが、もしお嬢さまを、人さまの言う、阿呆の楽園にお連れするつもりなら、それは、人さまの言う、破廉恥《はれんち》な行為。お嬢さまはお若い。ですから、騙《だま》すつもりなら、そんなことは、どちらのお嬢さま相手でも、いけません。

ロミオ　ばあやさん、お嬢さまに伝えてくれ。誓って——

乳母　良い心がけ。ええ、ええ、そう伝えますよ。お喜びになりますよ。

ロミオ　何を伝えるの、ばあやさん？　何も言っていないよ。

乳母　あなたが「誓って」とおっしゃったとお伝えします。殿方に相応しい申しようですよ。

ロミオ　伝えてくれ、今日の午後、何とか口実を見つけて懺悔《ざんげ》に来るように。ローレンス修道士の庵で懺悔を済ませそれから結婚する。さあ、心付けだ。

乳母　いいえ、旦那さま、いただけません。

ロミオ　いいから、受け取ってくれ。

乳母　今日の午後ですね、旦那さま？　では、必ずや。

ロミオ　それから、ばあやさん、修道院の塀《へい》の陰で待っていてくれ。一時間以内に、使いの者を差し向け、船上梯子《せんじょうはしご》のような縄を届ける。その梯子で、夜の闇に紛れて
マストの天辺《てっぺん》、愛する人の部屋に昇って行く。さようなら、頼みにしているよ。骨折りには礼をする。さようなら。お嬢さまによろしく。

乳母　神のお加護がありますように。もし、旦那さま。

ロミオ　何だい、大切なばあやさん？

乳母　使いの者は口が堅いですか？「秘密を守るには三人目は不要」と言うじゃありませんか？

ロミオ　大丈夫、鋼《はがね》のように口の堅い男だ。

乳母　それなら、結構。お嬢さまはとっても可愛い方。お小さいときにはねえ、あなた、お喋りでね――そう、そう、この町のパリスさまという身分の高い方がお嬢さまに言い寄っていましてね、でも、気立ての良いお嬢さまはパリスさまの顔を見るくらいなら、蟇蛙《ひきがえる》を、蟇蛙をですよ、見るほうがましなどと仰《おっしゃ》るのですよ。パリスさまのほうがずっとよろしいと申し上げて、ときどき怒らせてしまいます。断言しますが、わたしがそう申し上げると、シーツよりも青ざめてしまうのです。ローズマリー[43]とロミオは二つとも頭文字が同じですよね？

ロミオ　そうだよ、ばあやさん、それで？　どちらもR《アール》だ。

乳母　まあ、おかしい！　それじゃ、犬の唸り声みたい。Rは――いえ、別の頭文字のはず。それに、お嬢さまはあなたとローズマリーについて、素敵な警句[44]をお作りですよ。聞かせて貰えるとよろしいですね。

同じ音の、靴底（sole）、薄底（single sole）、二つとない（sole）、「完璧に」（solely）の言葉遊びを楽しんでいる。

33――if our wits run the wild goose chase. wild goose chase は先頭の馬の後を、後続の馬が走る過酷なレース。無駄な試みの意味。goose（雁、鵞鳥）には、阿呆、間抜けの意味がある。

34――「五感」（whole five）は、常識（common sense）、記憶（memory）、空想（fantasy）、想像力（imagination）、判断（judgement）。

35――to hide his bauble in a hole. hole=the orifice of any organ (OED.n.II.8). bauble は道化棒。道化棒の先には、ふくらませた膀胱《ぼうこう》や道化の顔がついていた。男根の暗喩もある。

36――Thou desirest me to stop in my tale against the hair. against the hair は against the grain と同じく成句で「意に反して」。tale には同音の tail「尻尾」の意味もある。

37――God ye good den=good evening、「こんばんは」は午後二時以降の挨拶。

38――bawd=procuress, a hare (OED.n.).「うさぎ」には、淫売の意味がある。

39――So, ho! は猟師が獲物を見つけたときの叫び声。

40――復活祭までの日曜日を除いた四〇日間の四旬節（断食と改悛の期間）には、肉食が禁じられているので、四旬節のパイに肉は入っていない。マキュショーの歌には、四旬節のパイには新鮮な肉を入れてはいけないが、黴びたうさぎ肉（娼婦）でも、入っていないよりまし、でも食えない、という皮肉が込められている。

41――バラッド「スザンナの貞節」（Constancy of Susanna）の繰り返し文句《リフレイン》。「昔、バビロンに男が住んでいた／名を馳せた男／美しい女を妻にした／名はスザンナ／レディ、レディ」。『十二夜』第二幕第三場で、サー・トービーが一部を口ずさむ。

42――仕掛けたほうが罪に問われる。

ロミオ　お嬢さまによろしく。
乳母　ええ、何度でも伝えます。〔ロミオ退場〕
ピーター！
ピーター　ただいま。
乳母　先をお行き。急ぐんだよ。〔退場〕

第二幕第五場

〔ジュリエット登場〕

ジュリエット　ばあやを使いに出したのは九時。
半時《はんとき》で戻って来ると約束したのに。
会えなかったのかも。そんなはずない。
ばあやは足が悪いのだった！　恋の使者は思いであるべき
思いは太陽の光より一〇倍も速く疾走し
丘にかかる影を追い返す。
だから、飛ぶように速い鳩が愛の女神の戦車を牽き
だから、風のように速いキューピッドには翼がある。
太陽は一日の旅路の
峠にかかり、九時から一二時まで
三時間も経つのに、ばあやはまだ戻らない。
ばあやに感情や若くて熱い血があれば
テニスボールのように素早く動くのに。
わたしの言葉があの方に
あの方の言葉がわたしに、打ち合うはずなのに。
でも、年寄りって、だいたいが、死んだように
ぶざまで、のろまで、ぐずで、鉛のように血の気がない。
〔乳母（とピーター）登場〕
良かった、戻ったわ。ああ、大好きなばあや、どうだった？
会えたの？　召使いは下がらせて。
乳母　ピーター、門の所で待ってなさい。〔ピーター退場〕
ジュリエット　さあ、優しいばあや──まあ、どうしてそんな
悲しい顔を？　悲しい知らせでも
楽しそうに知らせて。良い知らせなら、甘い調べを
そんな酸っぱい顔で奏でたら侮辱することになるわ。
乳母　もうへとへと。ちょっとお待ちください。
ああ、骨が痛む。どれほど駆けずり回ったか！
ジュリエット　わたしの骨をあげるから、知らせをちょうだい。
もう、ねえ、お願い、話して、お願い、ばあや、話して。
乳母　何と忙《せわ》しい！　ちょっとの間、待てないのですか？
息切れしているのが、おわかりにならないの？
ジュリエット　切れていると言うだけの息があるのに
どうして息が切れているなんて言えるの？
こんな風にじらして言い訳しているけど
言い訳のほうが長いじゃないの。
良い知らせ、それとも悪い知らせ？　答えなさい
どっちなの、そしたら、細かいことは待ってあげる。
心配させないで、良いの、悪いの？
乳母　さても、お嬢さまはとんでもない選択をされた。男の選
び方がおわかりにならない。ロミオですって？　いいえ、あ

れはいけません。お顔は誰よりもいいとしても、脚ときたら、誰よりも素敵。それに手と足と体つきは、お話にもならないほど、比べようもなく素晴らしい。礼節の華と言えないまでも、間違いなく、子羊のようにお優しい。幸運ですよ、お嬢さま、ご機嫌を直して。お食事はお済み？

ジュリエット　いえ、まだよ。そんなことみなわかってるわ。
結婚のことで何か、お言付けは？

乳母　ああ、頭が痛い！　何て頭なの！
ずきずき痛み、割れそう。
こっち側の背中が、ああ、背中が、背中が！
酷いったら、ありゃしない、お使いに出したりして
駆けずり回って死にそうなのですよ。

ジュリエット　ご免なさい、本当に具合が悪そうね。
優しい、優しい、優しいばあや、ねえ、あの人、何て？

乳母　あの方は言いました、立派な殿方らしく
礼儀正しく、親切で、凛々《りり》しく
それに、高潔な方ですよ——お母さまはどこ？

ジュリエット　お母さまはどこ！　そう、お家よ。
そうに決まっているでしょ？　おかしな返事ね！
「立派な殿方らしく
「お母さまはどこ！」

乳母　　　何とまあ、お嬢さま
頭に血がのぼったのですか？　何てこと。
これが痛む骨の湿布剤？
これからは、お使いはご自分でなさいませ。

ジュリエット　そんな！　ねえ、ロミオは何と？

乳母　今日は、懺悔においでになるお許しは？

ジュリエット　いただいたわ。

乳母　では、今からローレンス修道士の庵にお急ぎなさい。
そこでお嬢さまを妻になさる方がお待ちです。
ほうら、血がのぼって、ほっぺが真っ赤。
何を聞いてもすぐに赤くなる。
教会にお急ぎなさい。ばあやは他にすることが
縄梯子を取って来なければ。その梯子で、あの方が
暗くなったら小鳥さんの巣に昇って行きますよ。
ばあやはお嬢さまのお楽しみのために、骨折り仕事。
でも、今夜、骨折るのはお嬢さま。
さて、ばあやはお食事に、庵にお急ぎなさい。

ジュリエット　幸福へまっしぐら。誠実なばあや、じゃね。〔退場〕

43——花言葉は「追憶」「思い出」。婚礼の日の朝「急死」したジュリエットの遺骸を飾る。
44——sententious. sentences「金言」の言い違え。

第二幕第六場

〔（ローレンス）修道士、ロミオ登場〕

ローレンス　天がこの聖なる儀式を祝福し
　この後、我らを悲しみでお叱りになりませんように。

ロミオ　アーメン、アーメン、でも、どんな悲しみでも
来るなら来い、ほんのちょっとあの人を目にし
交わし合う歓びを帳消しには出来ない。
どうぞ、神聖な言葉で二人の手を結んでください
そうすれば、愛を貪る死が何を仕掛けようと
あの人を妻と呼べるだけで十分です。

ローレンス　かくも激しい歓びには、激しい結末
勝利のさなかに死滅する、口づけしたとたん炸裂《さくれつ》する
火と火薬のように。甘すぎる蜜は
甘みゆえに鼻につき
味わうほどに、食欲を損なう。だから
控え目に愛しなさい。永き愛には節度あり。[45]
急ぎ過ぎたるは、鈍《のろ》過ぎたるに同じこと。
〔足早にジュリエット登場、ロミオを抱擁〕
花嫁のご到来。おお、あれほど軽やかな足取りでは
硬い石畳を擦り減らせまい。
恋する者は蜘蛛の糸にまたがり
気ままな夏の空気のなかで戯れても
落ちはせぬ、かくも軽きは、空しいことなり。[46]

ジュリエット　こんにちは、神父さま。

ローレンス　お返しの接吻はロミオから、二人ぶん。
〔ロミオ、ジュリエットに接吻〕

ジュリエット　ロミオにも、でないと、いただき過ぎ。
〔ジュリエット、ロミオに接吻〕

ロミオ　ああ、ジュリエット、きみの喜びが
ぼくの喜びのように溢れるほどで、それを
ぼくより上手《じょうず》に謳《うた》えるなら、きみの息で
あたりの空気を快《こころよ》くし、美しい声で
この素敵な出会いからぼくたちが得る
幸せを、思い描く限り謳い上げてくれ。

ジュリエット　思いは豊かで言葉では尽くせず
上手かどうかより、内容を誇るものですわ。
富を数えることが出来るのは貧しい人だけ
でも、わたしの真《まこと》の愛はあまりに大きく
その半分も数えきれません。

ローレンス　さあ、一緒に来なさい。急いで済ませねば。
すまぬが、聖なる儀式でそなたたちを結ぶまで
二人だけにしてはおけぬのだ。〔退場〕

第三幕第一場

〔ベンヴォーリオ、マキューショー（その小姓）他登場〕

ベンヴォーリオ　マキューショー、頼む、引き上げよう。
日差しは強く、キャピュレットの連中がうろついている
顔を合わせれば、喧嘩になり

この暑さでは、熱い血が騒ぐ。

マキューショー　おまえは、居酒屋の敷居を跨《また》ぐや、剣をテーブルに置き[1]、「てめえに用はねえ！」と言う輩の一人だ。二杯目の酔いが回るころには、用もないのに、給仕に剣を向ける。

ベンヴォーリオ　おれがそんな男かよ？

マキューショー　ほら、ほら、むかっとくると、イタリア一の熱い男になる。かっとなれば、むかっとなり、むかっとなれば、かっとなる。

ベンヴォーリオ　それが何だ？

マキューショー　何、そういう男が二人いてみろ、じきにいなくなる。一人がもう一人を殺《や》っちまうからな。おまえは――何せ、相手の鬚がおまえより一本多いか少ないかで喧嘩する。栗を割ったといって喧嘩する、おまえが栗色の目をしている以外に理由はない。そんな喧嘩を嗅ぎ出すのは、そんな色の目の男の他にいるか？　おまえの頭には、中身の詰まった卵みたいに、喧嘩が詰まっている、けど、喧嘩のせいで、ぶっ叩かれて、腐った卵みたいにぶよぶよだ。通りで咳をした男と喧嘩した、日向ぼっこをしていたおまえの犬を起こしたといってな。復活祭前に、新調の上着に手を通したといって[2]仕立屋と喧嘩しなかったか？　まだある。新調の靴に古い靴紐をつけたといって別の男と喧嘩した、なのに、説教垂れ、喧嘩させない気か！

ベンヴォーリオ　おれがおまえみたいに喧嘩っ早かったら、誰かがおれの命の全所有権を買っても、せいぜい一時間一五分ぶんだ[3]。

マキューショー　全所有権？　笑わせるな！

〔ティボルト、ペトルーキオ他登場〕

ベンヴォーリオ　おっ、キャピュレットの連中だ。

マキューショー　へっ、かまうものか！

ティボルト　おれから離れるな、話し掛けて見るから。やあ、みなさん、こんばんは、お一方《ひとかた》とちょいと一言《ひとこと》。

マキューショー　お一方とちょいと一言？　ちょいと色をつけ、手を出せ[4]。

45――ことわざ「ほどよく、長く愛せよ」（Love me little love me long）。

46――vanity.「快楽を味わってみるがよい。楽しんでみるがよい。しかし、これもまた、なんとむなしいことか（vanity）」（『伝道者の書』二・一）。

1――claps me his sword. me は相手の注意を引くために挿入される与格で、現代標準語では用いられない。clap=place (OED.v.IV.10.a).

2――新しい流行は復活祭と共に訪れる。その前に、新調の服に袖を通すのはルール違反。

3――any man should buy the fee-simple of my life. fee-simple は「全所有権」、法律用語。

ティボルト　見ての通り、覚悟は出来てる、正当な理由をいただければな。
マキュショー　いただかなければ、手が出せないのか？
ティボルト　マキュショー、ロミオと連んでいるな。
マキュショー　「連む」？　くそっ、芸人扱いする気か？　芸人扱いするなら、耳障りな音を聞かせてやる。これがおれのバイオリンの弓、これで踊らせてやる。畜生、「連む」だと！
ベンヴォーリオ　ここは人通りが多い。
人目につかない場所に行くか
憤りのわけを冷静に話し合うか
あるいは別れるかしよう。ここは人目につき過ぎる。
マキュショー　人の目は見るためにある。見させておけ。
一歩も動かないぞ、おれはな。
〔ロミオ登場〕
ティボルト　おやっ、主の平和[5]、目当ての男が来た。
マキュショー　あいつがお宅のお仕着せを着ているなら[6]
おれは首を括《くく》る。いいか、先に決闘場に行け、おっつけあいつも行く。閣下、その意味で、目当ての男と呼べ[7]。
ティボルト　ロミオ、貴さまに抱く憎しみから
こう挨拶する他ない。貴さまは悪党だ[8]。
ロミオ　ティボルト、ぼくには、きみを愛する理由があり
そんな挨拶に、かっとなるわけにはゆかない。
ぼくは悪党じゃない、だから
別れよう。ぼくのことをわかっていないようだ。
ティボルト　小童《こわっぱ》、おれに加えた侮辱を
許すわけにはゆかない。こっちを向き、剣を抜け。
ロミオ　きみを侮辱した覚えはない
それどころか、きみが思う以上に
きみを愛している、そのわけは今にわかる。
お願いだ、キャピュレット、その名を
自分の名のように大切に思っている、わかってくれ。
マキュショー　落ち着き払いやがって、下劣なへりくだり[9]！
アラ・ストッカード[10]の勝ちだぞ。〔剣を抜く〕
おい、ティボルト、鼠取り、おれと一戦交えるか？
ティボルト　おれと一戦だと？
マキュショー　猫の王さまよ、九つの命のうち一つをちょうだいする。殺すってこと、今後、おれをどう扱うかで、残りの八つも叩きのめす[11]。嫌でも、剣を鞘から抜いてくれ[12]まいか？
さっさと抜け、この剣が貴さまの耳をお見舞いする前にな。
ティボルト　相手になってやる。〔剣を抜く〕
ロミオ　頼む、マキュショー、剣を納めろ。
マキュショー　来い、お得意のパッサード[13]だ！〔決闘する〕
ロミオ　〔剣を抜く〕抜け、ベンヴォーリオ、こいつらの剣を
叩き落とせ。二人とも、恥を知れ、不法行為は止めろ。
ティボルト、マキュショー、大公はヴェローナの
町なかでの決闘を厳しく禁じている。
止めろ、ティボルト！　お願いだ、マキュショー！
〔ティボルト、ロミオの腕の下からマキュショーを刺し、逃げ

る〕
ペトルーキオ 逃げろ、ティボルト！
マキューショー やられた。
両家とも疫病にやられちまえ！[14] 終わりだ。
やつは逃げたか、かすり傷も負わずに？
ベンヴォーリオ おい、やられたか？
マキューショー ああ、引っ掻き、引っ掻き傷。くそ、参った。
小姓は？ 悪たれ、医者を呼んで来い。（小姓退場）

ロミオ おい、しっかりしろ。たいした傷じゃない。
マキューショー ああ、井戸ほど深くも、教会の扉ほど広くもない、でも参ったよ、おれを殺すに十分。明日、来てみろ、おれは墓のなか。この世とおさらばだ。両家とも疫病にやられちまえ！ ちくしょう、犬、溝鼠《どぶねずみ》、二十日鼠、猫めが人間を引っ掻き殺しやがる！ 自慢屋、ならず者、悪党、剣術書[15]通りに剣を使いやがる！ おい、何で割り込んで来た？ おまえの腕の下から突かれたんだぞ。

4——make it a word and a blow. ことわざ的表現「言うが早いか手を出すこと」（a word and a blow.OED.P.2.b）。先に手を出したほうが、法に問われる。公道での決闘はご法度。
5——peace be with you、ミサの最後の方で、信者同士が交わす挨拶。
6——ロミオは挑戦に軽々と応じ、負ける男ではない、との仄めかし。
7——決闘状をロミオの家に送ったティボルトはロミオを「目当ての男」（my man）と呼び、マキューショーはそれに応える。
8——悪党呼ばわりは名誉毀損、決闘の理由になる。
9——O calm, dishonourable, vile submission! submission=the action of admitting or confessing (OED.n.II.4).
10——*alla stoccado* は右足を踏み込み、左手の短剣で相手の突きを払いながら、右手の剣（rapier）で突く剣術法。ここではティボルトのこと。
11——猫には九つの命があると信じられていた。
12——lest mine be about your ears. 剣先にしか刃がついていない細身の長剣《レピアー》で「みじん切り」も「そぎ落とす」ことも出来ない。
13——*passado* は片足を踏み込んでの突き。
14——『ロミオとジュリエット』の初演は一五九五年頃。一五九二年から三年にかけて、ロンドンは疫病に見舞われた。シェイクスピアの活躍中、ロンドンは幾度も疫病の流行に見舞われた。ローレンス神父の手紙が疫病のせいでロミオに届かず、悲劇が誘発される。
15——fights by the book of arithmetic. the book は当時のイギリスで広く読まれた剣術書のこと。*Three Elizabethan Fencing Manuals.* Facsim. reprodutions, with an introd. by James L. Jackson. New York: Delmar, 1972 に収録されている。スペイン人カランサ（Jerónimo Sánchez de Carranza）の剣術書 *De la Filosofia de las Armas y de su Destreza, y de la Agresio y Defensia. Christiana,* 1582 も広く読まれ、このなかでは、数の技

ロミオ　よかれと思った。
マキューショー　ベンヴォーリオ、近くの家に連れて行ってくれ
気を失いそうだ。両家とも疫病にやられちまえ！
おれを蛆虫の餌食にしやがった。
突きを食らった、[16]ぐさりと。両家とも！
〔（ベンヴォーリオと）退場〕
ロミオ　親友のマキューショーが
大公のお身内が、おれのせいで深手を負った。
おれの名誉がティボルトの誹謗《ひぼう》で汚された——
ティボルト、親戚になって一時間。
おお、愛するジュリエット
きみの美しさがおれを女々しくし
鋼のような勇気を鈍らせた。
〔ベンヴォーリオ登場〕
ベンヴォーリオ　ああ、ロミオ、ロミオ、ロミオ、勇敢な
マキューショーは死んだ。勇ましい魂は天に昇り
この世を蔑《さげす》み、あまりに早く逝《い》った。
ロミオ　この日の痛ましい出来事の報いは未来に
今始まったばかり、さらなる禍《わざわい》が待ち受けている。
〔ティボルト登場〕
ベンヴォーリオ　猛々《たけだけ》しいティボルトが戻って来た。
ロミオ　マキューショーを殺害しておいて、おめおめと！
親戚の情[17]など糞食らえ
燃える目の怒りよ、さあおれを導け。

おい、ティボルト、さっきの悪党呼ばわりを
取り消せ、マキューショーの魂は
まだ、おれたちの頭のすぐ上
おまえを道連れにするのを待っている。
おまえかおれか、二人ともか、伴になるんだ。
ティボルト　悪餓鬼《わるがき》め、この世であいつと連んだ
おまえこそ、伴をしろ。
ロミオ　　　　　この剣が決着をつける。
〔二人は闘う。ティボルトが倒れる（死ぬ）〕
ベンヴォーリオ　ロミオ、逃げろ、行け！
市民が騒ぎ出した、ティボルトは死んだ。
ぼんやり突っ立っているな。捕まったら
大公が死刑を宣告する。逃げろ、行け！
ロミオ　おお、おれは運命の慰みもの。[18]
ベンヴォーリオ　　　　ぐずぐずするな。
〔ロミオ退場〕
〔市民たち登場〕
市民　マキューショーを殺したやつはどっちへ逃げた？
ティボルト、あの人殺しはどっちへ逃げた？
ベンヴォーリオ　そこに。
市民　　　立て、ついて来い。
大公の名において命令する。
〔大公、老モンタギュー、キャピュレット、夫人たち、その他
登場〕

大公　この騒ぎの張本人はどこだ？
ベンヴォーリオ　ああ、気高き大公さま、死を招いた
騒動の不幸な顛末《てんまつ》を、わたくしがお話し致します。
そこに、ロミオに殺された男が、この男が
お身内の勇敢なマキュショーを殺しました。
キャピュレット夫人　ティボルトが、甥が、兄の息子が！
ああ、大公さま、ああ、甥が、あなた、甥の血が
流れたのです！　大公さま！　あなたは公正なお方
一族の血の代償に、モンタギューの血を。
おお、ティボルト、ティボルト！
大公　ベンヴォーリオ、誰がこの流血騒ぎを始めた？
ベンヴォーリオ　ティボルトです、ロミオに殺されてここに。
ロミオは丁寧に語り掛け、よく考えるよう諭し——
この喧嘩がいかにつまらないか、さらに
大公のお怒りを招くと警告しました。こういうことをすべて
穏やかな口調で、落ち着いた表情で、謙虚に膝を折り
しかし、聞く耳を持たない猛々しい気性のティボルトを
宥めることが出来ず、ティボルトは鋭い剣で
勇敢なマキュショーの胸を突き
マキュショーも血を滾《たぎ》らせ、必殺《ひっさつ》の突きで返し
勇ましく嘲笑いながら、片手に持つ短剣で
死の切っ先を払い、もう一方の手の剣で
ティボルトに突きを返し、[19]ティボルトのほうは巧みな
剣さばきで突きを返しました。ロミオは叫びました
「止めろ、二人とも、二人とも、離れろ！」
言うが早いか、素早く、死の剣を叩き落とし
二人の間に勢いよく割って入りました。その腕の下を
かいくぐって、ティボルトの憎悪の突きが勇敢な
マキュショーに止めを刺し、ティボルトは逃げました。
しかし、じきにロミオのところに戻って来ました。
ロミオは復讐を誓ったばかり
二人は稲妻のような凄まじさで闘い、わたしが
二人を離す間もなく、勇敢なティボルトは殺され
ティボルトが倒れるや、ロミオは背を向け
逃げたのです。命に懸けて、これが真実です。
キャピュレット夫人　この男はロミオの身内。

法（mathematical system）を用いて剣術が図解されている。

16——I have it. it は、ティボルトが得意とする「えい！」（the hay）（第二幕第四場）。

17——respective lenity. respective=partial (OED.adj.2.c). ジュリエットの夫ロミオにとり、ティボルトは親戚筋。

18——I am fortune's fool. fool=a person who is made to appear ridiculous by another (OED.n.I.3)、「愚か者」。

19——二人は、右手に長剣を、左手に短剣を持って闘っている。イタリア式剣術法。

身びいきから、嘘をついている。真実を語っていない。
二〇人もが殺傷沙汰に関わっている
二〇人がよってたかって一人を殺《あや》めた。
大公さま、どうか公正なお裁きを。
ロミオがティボルトを殺した、生かしておくものか。

大公　ロミオがこの男を、この男がマキュショーを殺めた
マキュショーの尊い血を誰が贖《あがな》うのだ？

モンタギュー　ロミオではありません、大公さま。
あれはマキュショーの友人。倅の過ちは、法に代わって
ティボルトの命にけりをつけたまでです。

大公　その罪ゆえに
ただちにロミオをヴェローナから追放する。
両家の憎悪の争いに、わたしも巻き込まれた。
この悪しき争いのために、身内が血を流し倒れている。
その方たちに厳罰を科す。
我が一族の血を流したことを悔いて貰おう。
嘆願にも弁解にも、耳は貸さぬ
涙も祈りも罪を贖いはせぬ
ゆえに何もするな。ロミオを速やかに追放せよ。
この町で姿が見つかれば、命はない。
遺体を片付け、沙汰を待て。
人殺しに情けをかければ、さらなる死を招く。〔退場〕

第三幕第二場

〔ジュリエット登場〕

ジュリエット　潑剌とした駿馬《しゅんめ》たちよ、速く駆けて
太陽神ヘリオスの住処へ急いで。
パエトン[20]のような馭者なら、あなたたちを西に鞭打ち
すぐに、暗い夜をもたらすでしょうに。
愛の営みの夜よ、どっしりした帳[21]を広げて
駿馬たち[22]の目が見えないようにし、ロミオが噂をされず
姿を見られず、この腕に飛び込んで来られるように。
愛の儀式を営む恋人たちに
必要なのは互いの美しさ
愛が盲目なら
夜にこそ相応しい。来て、厳《おごそ》かな夜よ
厳《いか》めしい黒装束の婦人よ
教えて、操を捧げて愛を得る術を
汚れなき二人が賭けるのですもの。
頰で羽ばたく、恥じらうこの頰の血を
黒いマントで隠しておくれ、新しい愛が大胆になり
真の愛の営みを清らかに思えるようになるまで。
来て、夜よ、来て、ロミオ、来て、夜を照らす人
夜の翼に乗るあなたは
黒い鴉の背の新雪より白い。
来て、優しい夜よ、来て、黒い額の優しい夜よ
ロミオをください、そうすれば、わたしが死んだら

ロミオをあげる、そうしたら、小さな星に刻んでください
そうしたら、ロミオが夜の顔を美しくするので
誰もが夜に恋をして
ぎらぎらする太陽を崇《あが》めなくなるでしょう。
ああ、恋の館を買ったのに
自分のものになっていない、売られたのに
愛《め》でて貰えていない。長い一日だった
お祭りの前夜に、新しい晴れ着を貰っても
着ることが出来ず、駄々をこねる
子どもみたい。

〔乳母、縄梯子を持ち、手を揉《も》み絞《しぼ》りながら登場〕

あら、ばあやだわ
知らせがあるのだわ、ロミオの名を
口にするだけで、天使が話しているように聞こえる。
さあ、ばあや、どんな知らせ？　手にしている縄は
ロミオに頼まれたの？

乳母　ええ、ええ、縄ですよ。

ジュリエット　そう、知らせは？　どうして手を揉み絞るの？

乳母　ああ、死んだ、死んだ、死んでしまいました！
もう終まい、お嬢さま、終まい。
ああ、悲しい、死んだ、殺された、死んでしまいました。

ジュリエット　神さまがそんな酷いことを？

乳母　ロミオには出来る
神さまに出来なくとも。ああ、ロミオ、ロミオ
誰が考えたとしても——ロミオですよ！

ジュリエット　ばあやは悪魔なの、こんな風に苦しめて？
そんな言葉は陰気な地獄で叫びなさい。
ロミオが自らを殺めたの？「はい」とだけ言いなさい
そうすれば、その「はい」は、一睨《ひとにら》みで殺す
怪鳥鶏蛇《コカトリス》の目よりもっと作用の激しい毒。
「はい」なら、わたしはわたしでなくなる。それとも
ロミオの目が閉じ、それで、「はい」と言ったのね。
殺されたのなら「はい」、でなければ「いいえ」とお言い。
その短い音がわたしの幸、不幸を決める。

乳母　傷を、傷をこの目で見たのです——
神よ、お加護を——あの方の男らしい胸の傷
痛ましい亡骸、血まみれの痛ましい亡骸
蒼ざめ、灰のように蒼ざめ、全身、血まみれ

20——父ヘリオスの戦車の操縦を誤って地球に接近し過ぎ、ゼウスによって倒された。
21——close curtain. 貴族の館などで使われた四柱式寝台の重々しいカーテンを想起させる。
22——runaway(s)=a horse which has a tendency to bolt (OED.n.2.a).

血糊がべっとり。それを見て、気を失いました。
ジュリエット　おお、張り裂けよ、すべてを失った胸よ、すぐ
張り裂けよ！　牢獄へお行き、目よ、自由を見ないで。
卑しい体よ、大地に還《かえ》り、動きを止めよ
そうすれば、ロミオと一緒に一つの柩《ひつぎ》に納まる。
乳母　おお、ティボルト、ティボルト、大切な友よ！
おお、優しいティボルト、高潔な紳士
生きてあなたの死を目にするなんて！
ジュリエット　風向きを変えるこの嵐は何なの？
ロミオが殺され、ティボルトが死んだ
大切な従兄と、大切な夫が？
それなら、厳めしい喇叭《らっぱ》[23]よ、世の終わりを告げよ
二人が死んだのなら、誰が生きていられる？
乳母　ティボルトが死んで、ロミオは追放された
ティボルトを殺したロミオは追放されました。
ジュリエット　えっ、ロミオの手がティボルトの血を？
乳母　そう、そうです。ああ、悲しい、そうです。
ジュリエット　ああ、蛇の心が花咲く顔に隠れていた！
竜があんなに綺麗な洞窟に棲《す》んだことがあって？
麗しい暴君、天使のような悪魔
鳩の羽の鴉、狼《おおかみ》のように貪欲な子羊
神々《こうごう》しい見かけの卑劣な本性
見た目と反対の中身
堕《お》ちた聖人、高潔な悪党。
ああ、自然の女神よ、地獄で何をなさったの
あんなに美しい人の楽園に
悪魔の心を棲まわせたとき？
あれほど忌まわしい書物があれほど美しく
装丁されたことがあって？　あんなに豪華な
宮殿に、嘘つきが棲むなんて。
乳母　信用出来ません。
男には真心も誠意もない——みんな嘘つき
みんな誓いを破り、みんな悪辣で、みんな猫かぶり。
あら、ピーターはどこ？　ブランディをおくれ。
こんなに悲しく、苦しく、心が痛むと、老け込みます。
恥を曝せ、ロミオめ！
ジュリエット　そんな願いをする
口は爛《ただ》れるがいい！　恥を曝す人間ではない
恥はあの人の額に座るのさえ恥じる
あの方の額は名誉がこの世のたった一人の王として
戴冠する王座。
ああ、あの人を悪く言ったわたしは人でなしだわ！
乳母　ご親戚を殺した人を良く言えますか？
ジュリエット　自分の夫を悪く言える？
ああ、可哀そうなあなた、妻となって三時間のわたしが
あなたの名を傷つけたのに、誰が汚名を雪《そそ》げましょう？
でも、悪い人ね、なぜわたしの従兄を殺したの？
悪党の従兄が夫を殺していたかも知れない。

戻りなさい、愚かな涙よ、元いたところに
貢ぎとして納める涙は悲しみに相応しいのに
間違えて、喜びに捧げている。
ティボルトが殺したかも知れない夫は生きており
夫を殺したかも知れないティボルトは死んだ。
慰められることばかりなのに。それなら、なぜ泣くの？
あの言葉、ティボルトの死より恐ろしいあの言葉が
わたしを殺した。出来れば、忘れたい
でも、ああ、記憶に刻みつけられる
まるで罪人《つみびと》の心が悪事に苛《さいな》まれるように。
ティボルトが死に、ロミオが追放された。
「追放された」、「追放された」、その一言が
一万ものティボルトを殺した。ティボルトの死だけでも
悲しいのに、そこで終わっていれば
あるいは、辛《つら》い悲しみが道連れを欲しいなら
どうしても、別の悲しみを道連れにしたいなら
ばあやが「ティボルトは死んだ」と言ったとき
「お父さまが」とか「お母さまが」とか、「お二人」が
続いたら、月並みに悲しんだのでは？
でも、ティボルトが死んだに続く
「ロミオは追放された」——その一言が
お父さま、お母さま、ティボルト、ロミオ、ジュリエットを
殺し、みんなが死んだ。「ロミオは追放された」——
その言葉がもたらす死に、終わりも限りも程度も境界もない
どんな言葉も、その悲しみを言い表せない。
ばあや、お父さまとお母さまはどこ？

乳母　ティボルトさまの亡骸にすがり、泣いておられます。
ご両親のところへ？　お連れします。

ジュリエット　ティボルトの傷を涙で清めているのかしら？
お二人の涙が涸《か》れたら、わたしが涙を流す番、ロミオが
追放されたのだもの。縄梯子を片付けて。哀れな縄梯子
騙された、おまえもわたしも、ロミオが追放されたのよ。
ロミオはわたしの寝室に来るのにおまえを使うはずだった
でも、わたしは乙女、乙女のまま寡婦として死にます。
さあ、縄梯子、さあ、ばあや、わたしは新床へ
ロミオにではなく、死神に処女を捧げます。

乳母　お部屋へお急ぎください。ロミオを捜して
お嬢さまをお慰めします。どこにいるか知っています。
よろしいですか、今夜、ここにいらっしゃいますよ。
わたしはあの方のところに。神父さまの庵に隠れています。

23——最後の審判のラッパ。「ラッパが鳴ると、死者は朽ちないものによみがえり、私たちは変えられるのです」（『コリント人への手紙一』一五・五二）。

ジュリエット　必ず見つけてきて。この指輪をわたしの騎士に。
最後のお別れに来るよう伝えてね。〔退場〕

第三幕第三場

〔（ローレンス）修道士登場〕

ローレンス　ロミオ、こっちへ、こっちへ来なさい、小心者よ。
苦しみがおまえに惚れ込み
おまえは不幸と契りを結んだようだな。

〔ロミオ登場〕

ロミオ　神父さま、何か知らせは？　大公のお裁きは？
ぼくの知らないどんな悲しみがぼくを
待ち受けているのでしょうか？

ローレンス　こうした意地の悪い
連中との付き合いはもう十分だろう。
大公のお裁きを伝える。

ロミオ　死より軽いお裁きはありますか？

ローレンス　もっと寛大なお裁きが発せられた。
死刑ではなく、追放だ。

ロミオ　えっ、追放！　お慈悲を、「死」と言ってください
追放の顔は死よりずっと、ずっと恐ろしい
「追放」と言わないでください。

ローレンス　そなたはヴェローナから追放された。
堪えろ、世界は広く大きいのだぞ。

ロミオ　ヴェローナの壁の外に世界はなく
煉獄、責め苦、地獄があるだけ。
ここからの追放は、世界からの追放
この世からの「追放」は死。ですから「追放」は
死と呼ぶべき。神父さまは死を「追放」と呼び
黄金の斧でぼくの首を刎《は》ねて
ぼくを殺した一撃に微笑んでおられる。

ローレンス　おお、恐ろしい罪、おお、恩知らずの無礼者！
そなたの罪は法に照らして死に値するが
寛大な大公はそなたを庇《かば》い、法を曲げ
「死」という非情な言葉を「追放」に変えた。
有難いお慈悲、それがわからぬか。

ロミオ　これは拷問、お慈悲じゃない。天国はここ
ジュリエットがいるところ、犬も猫も
小さな二十日鼠も、どんなにつまらないものも
ここ、天国にいて、ジュリエットを目に出来る
なのに、ロミオは出来ない。ロミオより
腐肉にたかる蝿のほうが、ずっとまっとうに
ずっと高貴に、ずっと優雅に生きている。
蝿は、愛しいジュリエットの白く美しい手に止まり
彼女の唇から不滅の恵みを掠め取ることも出来る。
あの唇は、互いに触れるのさえ罪と思い
清らかな乙女の恥じらいでいつも赤らんでいる。
でも、ロミオは出来ない、追放されたのだから。
蝿には出来るのに、ぼくはここから飛び立たなければ。

蠅は自由の身、ぼくは追放された。
それでも、追放は死ではないとおっしゃるのですか？
毒薬か、鋭い刃物か
すぐに死ねる方法か、それほど卑劣でなくとも
「追放」以外に死ぬ方法をお持ちでは？　追放！
おお、神父さま、それは堕ちた魂が地獄で使う言葉。
泣き喚く声が伴います。心はお持ちですか？
神学者であり、聴罪司祭《ちょうざい》であり
罪の赦しを申し渡す方であり、ぼくの友人でもある方が
「追放」の言葉でぼくをめった切りにするのですか？

ローレンス　たわけめ、しばし、わたしの言うことを聞け。

ロミオ　ああ、また追放のお話をなさるのですね。

ローレンス　その言葉を近付けないための鎧を授けよう。
逆境にある者の滋養、哲学を
追放されたとて、その身の慰めとなろう。

ロミオ　またも追放？　哲学なんぞくたばれ！
哲学でジュリエットを作れなければ
町を根こそぎにし、大公のお裁きを覆せなければ
助けにも、益にもならない。もう結構です。

ローレンス　おお、そうか、愚者には耳がないと見える。

ロミオ　賢者に目がないのに、どうして耳が？

ローレンス　そなたの立場について話し合おう。

ロミオ　神父さまが感じていないことを話せるわけがない。
ぼくのように若く、ジュリエットを愛していて
ほんの一時間前に結婚し、ティボルトを殺め
恋に溺れ、追放されたら
話せるかも知れません、そしたら、髪を掻きむしり
こんな風に、床に倒れ
新しい墓を測《はか》ることも出来ましょう。〔倒れる〕
〔奥で〕乳母が戸を叩く〕

ローレンス　立て、戸を叩く音が、ロミオ、隠れなさい。

ロミオ　いやです。悲嘆に暮れる呻き声が霧となって
追手の目からぼくを包んでくれなければ。

ローレンス　聴け、叩いている。――誰だ？――ロミオ、立て。
捕まるぞ。――少々お待ちを！――立つのだ。
〔激しく戸を叩く音〕
書斎へ走れ。――ただいま！――命令だ
何というたわけか？――ただいま、ただいま！〔叩く音〕
戸を激しく叩くのは誰だ？　誰の使いだ？　何の用向きだ？
〔乳母登場〕

乳母　入れてください、そうすれば、用向きをお伝えします。
ジュリエットさまのお使いです。

ローレンス　よう参った。

乳母　ああ、神父さま、ああ、お教えを、高徳の神父さま
お嬢さまの旦那さま、ロミオさまはいずこに？

ローレンス　そこ、床の上に、おのが涙に溺れておる。

乳母　まあ、お嬢さまと同じ
まさにお嬢さまと同じ有様。同じように悲しみ

同じように痛ましい様子！　お嬢さまもお倒れに
おいおい泣いてはめそめそ、めそめそ泣いてはおいおい。
お立ちなさい、お立ちなさい、男なら、お立ちなさい。
ジュリエットさま、お嬢さまのために、しゃんと立って！
どうしてそんなに深い悲しみに沈んでいるのです？

〔ロミオ立ち上がる〕

ロミオ　ばあやさん――

乳母　ああ、ああ、死ねば、終わりですよ。

ロミオ　ジュリエットのことを話していたね。どうしている？
ぼくを人殺しの名人と思っていないだろうか？
生まれたばかりのぼくたちの喜びを
あの人の身内の血で汚してしまったから。
どこにいる、どうしている、密かに結婚したぼくの妻は
無効にされた愛[24]について何と言っている？

乳母　何も、旦那さま、泣いてばかり。
寝床に身を投げ出したかと思うと、急に起き上がり
ティボルトの名を呼び、ロミオと叫び
それからまた身を投げ出す始末。

ロミオ　　　　ロミオの名が
死の銃口から発射され
あの人を撃ち殺し、その名の呪われた手が
あの人の従兄を殺したかのよう。ああ、教えて、神父さま
教えてください、この体のどの下劣な部分に
ぼくの名が棲んでいるのか？　教えてください
憎むべき館[25]を略奪出来るように。

〔自害しようとする。乳母、短剣をひったくる〕

ローレンス　自棄《やけ》っぱちの手を控えろ！
そなたは男か？　確かに、外見は男だ。
涙は女々しく、気違いじみた振る舞いは
理性のない畜生の猛りそのもの。
男の姿をして、女々しく泣き
男にも女にも見える、奇矯《ききょう》な両性具有！
呆れた。聖職に懸けて
もっとましな気性の男だと思っておった。
ティボルトを殺したな？　自分を殺め
永遠の断罪を受ける罪を犯して[26]
そなたを命と生きる妻まで殺めるのか？
何故、家柄、魂、肉体[27]を呪うのか？
家柄、魂、肉体は三つながらそなたのなかで
相まみえ、それを、一度に失う気か？
呆れたやつじゃ、美貌、愛、知性を辱《はずかし》め
金貸しのように、三つをため込み
どれも、正しく用いていない
美貌、愛、知性に光彩を添えるべきなのに。
そなたの高貴な美貌は蠟《ろう》人形さながら
男の勇気から逸脱している。
そなたの愛の誓いは虚《うつ》ろな偽証に過ぎず
慈しむと誓った恋人を殺している。

そなたの知性は、美貌と愛を飾るべきもの
美貌と愛を共に誤って導けば
未熟な兵士の筒のなかの火薬のごとく
己の無知で発火し、身を守るべき武器で
粉々に砕け散る。
えい、起き上がれ、男よ！ ジュリエットは生きている
その人のために、そなたはたった今死のうとした。
運がいいのだ。ティボルトがそなたを殺そうとした
だが、そなたがティボルトを殺した。運がいいのだ。
死刑を宣告する法律がそなたに味方し
追放と相成った。運がいいのだ。
恵みの束がそなたの背に降り
幸福の女神が晴れ着をまとって、そなたに言い寄る
なのに、行儀が悪い拗《ひね》ねた小娘のように
幸運にも愛にも、捻くれた態度を取っている。

心せよ、心せよ、それではろくな死に方はせぬ。
行け、約束した通り、愛する人のところへ行け。
部屋へ昇って行って、慰めてやれ。
だが、よいか、夜警が持ち場に着くまでいてはならぬ[28]
門が閉まると、マントヴァへ行けなくなる。
あの町にしばらく身を潜《ひそ》めておれ。折を見て
そなたたちの結婚を公表し、両家を仲直りさせ
大公の赦しを請い、呼び戻してやる。
悲嘆に暮れながらヴェローナを離れたときの
二〇〇万倍もの喜びと共に戻って来るがよい。
ばあや、先に行きなさい。お嬢さまによろしく。
家の者たちを早めに床に就かせるよう。
深い悲しみがそうさせるであろうが。
ロミオが行く。

乳母 ああ、神父さま、一晩じゅうここにいて

24——cancelled love. cancelled=annulled (the legal use), The Arden Shakespeare *Romeo and Juliet* (2012).

25——mansion. ジュリエットは第三幕第二場で、同じ比喩を用い、自分の身体を「恋の館」（mansion）と、また同じ場で、ロミオの肉体を「宮殿」（palace）と表現する。

26——By doing damned hate upon thyself? 自殺者は永遠の罰を受け、『ハムレット』のオフィーリアのように、教会で埋葬されるのを許されなかった。自殺したところで放置され、朽ち果てるままにされた。

27——Why rail'st thou on thy birth, the heaven and earth? thy birth はモンタギューの生まれ、the heaven は「魂」（spiritual part）、the earth は「肉体」（physical body）。

28——夜警は早朝に城門を開け、夕刻に城門を閉めた。門が閉まるまでジュリエットの部屋にいると、監禁状態になる。第四幕第四場、キャピュレットによると、夏のヴェローナでは午前三時に城門が開く。

有難いお話を拝聴していたい。ああ、学識って何と素敵！
ロミオさま、お嬢さまにあなたのお越しを伝えます。

ロミオ　そうしてくれ。それに、叱ってくれとも。

〔乳母行きかけて戻る〕

乳母　旦那さま、お嬢さまがこの指輪をお渡しするようにと。
お急ぎ、お急ぎください。夜が更けてきました。〔退場〕

ロミオ　この指輪でだいぶ、慰められた。

ローレンス　行け。おやすみ。こういうことだ、覚えておけ。
夜警が持ち場に着く前に出て行くか
夜が明けてから、変装して出て行くか。
しばらくマントヴァにおれ。使いの者を見つけ
折にふれ、その者を通じて、ここでの
良き出来事を逐一知らせる。
そなたの手を。夜が更けた。さらばじゃ。おやすみ。

ロミオ　喜びにまさる喜びがぼくを呼んでいなければ
こんなに急いでお別れするのは残念です。
さようなら。〔（別々に）退場〕

第三幕第四場

〔キャピュレット、夫人、パリス登場〕

キャピュレット　パリス殿、あいにくの不幸で
娘に言い出す間がありませんでした。
何せ、娘はティボルトを心から好いていました
わたしもそうですが。所詮、人は生まれて死ぬもの。
だいぶ夜が更けた。今夜は、娘は降りてこんでしょう。
あなたがお越しにならなければ、わたしも
一時間前に、床に就いていましたよ。

パリス　ご不幸のさなか、縁談どころではありませんね。
奥さま、おやすみなさい。お嬢さまによろしく。

キャピュレット夫人　伝えます、娘の気持ちは明朝に。
今夜は、気落ちして閉じ籠っておりますので。

〔パリス部屋を出ようとする。キャピュレット、呼びとめる〕

キャピュレット　パリス殿、思い切って、娘の愛を
わたしが差し上げよう。娘は何事につけ
わたしに従います。いや、必ず、疑いなく。
おい、休む前に娘のところへ行き
婿殿のお気持ちを伝え
こう言いなさい、聞いているか、この水曜日に——
待てよ、今日は何曜日ですかな？

パリス　月曜日です。

キャピュレット　月曜日！　はっ、はっ。そう、水曜日では
早すぎますな。木曜日、木曜日にしよう、あの娘《こ》に
言いなさい、この立派な伯爵さまに嫁ぐのだと。
よろしいかな？　急ぐのは構いませぬか？
大騒ぎせずに、友人を一人、二人
何せ、ティボルトが殺されたばかりですから
浮かれ騒げば、身内なのに、ティボルトを
悼んでいないと思われる。

ですから、せいぜい六人ほどの友人を
それだけで。木曜日でいかがですかな?

パリス　木曜日が明日であればと思います。

キャピュレット　では、これにて。木曜日ですぞ。
おまえは休む前にジュリエットのところへ行きなさい。
婚礼日に備え、準備をさせなさい。
さようなら、伯爵殿。おい、寝室に明かりを!
何とまあ、すっかり夜が更け
じきに朝だ。おやすみ。〔退場〕

第三幕第五場

〔窓辺にロミオ、ジュリエット登場〕

ジュリエット　もう行くの?　まだ朝じゃないわ。
あなたの怯《おび》える耳を劈《つんざ》いたのは
夜鳴鳥《ナイチンゲール》よ、雲雀《ひばり》じゃない。
夜毎、向こうの柘榴《ざくろ》の木で歌うの。
信じて、あなた、夜鳴鳥だったのよ。

ロミオ　雲雀だった、朝を告げる鳥
夜鳴鳥じゃない。ほら、妬《ねた》ましげな光が
向こうの東の空で、去り行く雲に縞模様をつけている。[29]
星々が燃え尽き、陽気な朝が
靄の立ち込める山の頂でつま先立ちしている。
行って生きるか、ここにいて果てるか。

ジュリエット　あれは朝の光じゃないわ。わかるの。
太陽が吐き出した流星だわ[30]
今夜、あなたの松明持ちになって
マントヴァへの道を照らしてくれるのよ。
だから、いてちょうだい。まだ行かないで。

ロミオ　捕まっても、殺されてもいい。
それがきみの望みなら本望だ。
あの灰色の明かりは朝の光じゃない
月の女神の額の青白い反射に過ぎない。
ぼくたちの頭上、あんなに高い大空で
続けざまに鳴くのは雲雀ではない。
出来れば、出て行かずにここにいたい。
来い、死よ、歓迎するぞ!　ジュリエットの望みなのだ。
どうした、愛しい人?　お喋りをしよう。朝じゃないよ。

ジュリエット　朝、朝よ!　急いで、行って、さあ!

29——envious streaks/Do lace the severing clouds. lace=to adorn as though embroidered with a lace (OED.v.5.a)、「レースのような模様をつける」。serving=parting、「去り行く、別れ行く」。

30——太陽が大地の蒸気を吸い上げ、火をつけて出来たのが流星だと信じられていた。

あんな調子外れの声で鳴くのは雲雀よ
耳障りで調子の合わない金切り声を上げている。
雲雀は耳に心地よい調べ[31]で囀ると言うけど。
あれはそうではない、わたしたちを引き裂くのだもの。
雲雀と嫌らしい蟇蛙が目を交換したと言う。
ああ、声も交換して欲しかった
あの声はわたしたちを脅かして引き離し
朝だよと鳴き[32]、あなたを追い立てるのだもの。
さあ、行って！　ますます明るくなってきたわ。

ロミオ　明るくなればなるほど、心が暗くなる。

〔乳母、そそくさと登場〕

乳母　お嬢さま！

ジュリエット　ばあや？

乳母　お母さまがこちらに来られます。
夜が明けました。気をつけて、用心なさいまし。〔退場〕

ジュリエット　窓よ、朝を入れ、ロミオを出しておくれ。

ロミオ　さようなら、さようなら。降りる前に、口づけを。

〔ロミオ降りる〕

ジュリエット　行くのね、愛しい人、ああ、我が夫、友よ？
毎日、一時間毎に、手紙をちょうだい
一分が何日にも思えるのですもの。
そんな風に数えると、次に逢うまでに
ずいぶん歳を取ってしまうでしょうね。

ロミオ　さようなら。
どんな機会も逃さず
便りをするからね。愛しい人よ。

ジュリエット　ああ、また会えるかしら？

ロミオ　もちろんだとも、そのときには
今の苦しみはみんな楽しいお喋りの種になる。

ジュリエット　ああ、神さま、不吉な予感が！
あなたが、そんな低いところにいるから
お墓の底の死人のように見える。
わたしの目が悪いのか、あなたが蒼ざめているせいか。

ロミオ　いいかい、きみもそう見える。渇いた悲しみが
血を吸い取るからだよ[33]。さようなら、さようなら！〔退場〕

ジュリエット　ああ、運命、運命、運命の女神よ、みながおまえを
気まぐれと言う。
気まぐれなら、あんなに誠実なロミオをどうするつもり？
気まぐれでいてください、運命の女神よ
ロミオを引き留めずに返してくれるでしょうから。

〔キャピュレット夫人、奥から登場〕

キャピュレット夫人　ジュリエット、起きてる？

ジュリエット　誰かしら？　お母さまだわ。
夜更かしをなさったのかしら、それとも、早起き？
何か特別なご用で、いらしたのかしら？

〔窓辺を離れる〕

キャピュレット夫人　ジュリエット、どう？

ジュリエット　お母さま、気分が。

キャピュレット夫人　ティボルトの死をいつまで嘆くつもり？
涙であの子を墓から動かそうというの？
動かせたとしても、生き返らせることは出来ませんよ。
だから、いい加減におし。深い悲しみは愛の表れ
でも、過度の悲しみは、分別の足りなさの表れですよ。
ジュリエット　辛い別れですもの、泣かせてください。
キャピュレット夫人　別れを辛く感じても、あなたが
悼むあの人は感じていないのよ。
ジュリエット　　　　別れがあまりに辛く
あの人を思って泣かずにおれません。
キャピュレット夫人　あら、そう、あの人の死でなく
あの人を殺した悪党が生きているので泣いているのね。
ジュリエット　悪党って、お母さま？
キャピュレット夫人　　　　あの悪党ロミオですよ。
ジュリエット　（傍白）絶対に、悪党なんかじゃない。
——[34]主よ、あの方をお赦しください！　わたしも赦します、
心から、でもあの方ほどわたしを悲しませる人はいません。
キャピュレット夫人　あの人殺しが生きているからよ。

ジュリエット　ええ、お母さま、この手の届かないところで。
誰でもなくわたしが従兄の仇《かたき》を討ちたい！
キャピュレット夫人　わたしたちが仇を討つから、安心おし。
だから、もう泣かないで。マントヴァに使いを出します
そこに住むあの追放された逃亡者に
毒薬を飲ませて
じきにティボルトの伴をさせてやる。
それで、あなたも慰められるでしょう。
ジュリエット　いいえ、慰められません
ロミオの顔を見るまでは。死んだ——
従兄のために、この哀れな心は打ちのめされています。
お母さま、毒を持たせる男を
見つけることが出来たら、わたしが調合します
ロミオが飲んだとたん
静かに眠るように。ああ、その名を聞くだけで
胸が嫌がり、あの人に近付けない
従兄を殺したその体に
恨みを晴らしたいのに。

31——sweet division. division=execution of a rapid melodic passage (OED.n.7.a).
32——Hunting thee hence with hunt's-up to the day. hunt's-up=a song sung or tune played to rouse someone (OED.n.a). 元は、早朝、猟師を起こすときの掛け声。
33——悲しみは血を吸うので、顔が青白くなると信じられていた。
34——キリスト教の主の祈りの一節「わたしたちの罪をお赦しください。わたしたちも人を赦します」。

キャピュレット夫人　そうしてくれるなら
使いは見つけます。あのね、嬉しい知らせがあるのよ。
ジュリエット　こんな陰気なときに、嬉しいこと。
何でしょう、お母さま？
キャピュレット夫人　あのね、お父さまは気の付く方よ
悲しむあなたの気を逸らそうと
急に、祝いの日をお決めになったの
あなたには思いもよらないことだけど、わたしにも。
ジュリエット　お母さま、何という幸せ！　お祝いの日って？
キャピュレット夫人　それがね、あなた、この木曜日の朝に
若くて凜々しく、家柄の良い
パリス伯爵さまが、サン・ペテロ教会で
あなたを幸せ一杯の花嫁にしてくださるのよ。
ジュリエット　サン・ペテロ教会と聖ペテロに懸けて
わたしを幸せ一杯の花嫁なんかに出来ません！
こんな急なお話ってある、夫となる方が求婚に
いらしてもいないのに、結婚しなければならないなんて！
お母さま、どうぞ、お父さまにお伝えください
まだ結婚しません。結婚するときは、必らず
ロミオと、あの方を憎んでいるのはご存じでしょう
パリスさまではなく。これが嬉しい知らせですって！
キャピュレット夫人　お父さまがお見えよ。自分で
そう言いなさい、あなたの話をどう受け止められるか。
〔キャピュレット、乳母登場〕

キャピュレット　陽が沈むと、大地には霧雨《きりさめ》が降る
ティボルトが没して
どしゃ降りの雨か。
どうした、おい、噴水になったか？　やはり泣いておる
永遠に泣くつもりか？　小さな体のおまえは
小舟、海、風のようだ。
おまえの目をこれから海と呼ぼう
涙で満ち引きしている、おまえの体は小舟
塩辛い海を航行中。溜息は風
涙と大喧嘩、涙は風と大喧嘩
嵐に揉まれる小舟は
突然の凪《なぎ》が来なければ、転覆する。おい、奥方
我らの取り決めを伝えたか？
キャピュレット夫人　ええ、でも嫌だと、感謝していますけど。
馬鹿な娘はお墓と結婚すればいいのだわ。
キャピュレット　待て、おれに、おれにわかるように。
どうして嫌なのだ？　感謝しておらぬのか？
誇らしいと思わぬのか？　恵まれていると思わぬのか？
取るに足りない娘だが、あんなに立派な貴族を
説き伏せて婿にしたのだぞ？
ジュリエット　誇らしいとは思えませんが、感謝しています。
嫌なことを誇らしいとは思えません
でも、ご好意なのですから、感謝します。
キャピュレット　何だ、何だ、何だ、何だ、屁理屈か？　何だ？

「誇らしい」、「感謝している」「していない」
でも「誇らしいと思えない」？　小癪《こしやく》な娘だ
感謝しようとしなかろうと、誇らしく思おうと
思わなかろうと、その華奢《きやしや》な手足の手入れを怠るな
この木曜日に、パリス殿とサン・ペテロ教会へ行くのだ
さもないと、すのこそり[36]に乗せて引っ張って行く。
えいっ、青白い腐肉め！　失せろ、淫売
青瓢簞《あおびようたん》[37]！

キャピュレット夫人　まあ、まあ、気が狂われましたか？

ジュリエット　お父さま、跪いてお願いします
ご辛抱の上、一言だけお聞きください。〔跪く〕

キャピュレット　首を吊れ、あばずれ、親不孝者！
言っておく。木曜日に教会へ行け
さもなければ、金輪際、わしの顔を見るな。
口を利くな、答えるな、返事をするな。
指がむずむずする。おい、この娘しか
授からなかったことを、恨めしく思っていた
だが、今となっては、一人でも多過ぎる
こんな娘を持ったのが呪わしい。
失せろ、あばずれ！

乳母　　　　神よ、お嬢さまにお恵みを！
いけません、旦那さま、そんな風に叱っては。

キャピュレット　何を、知ったかぶりの婆？　口を慎め
訳知り顔めが、お喋りは仲間としろ、出て行け。

乳母　逆らっているのではありません。

キャピュレット　　　　　　　ああ、出て行け！

乳母　口を利いてはいけませんか？

キャピュレット　　　　　　　黙れ、お喋りの馬鹿女！
浅知恵《あさちえ》は、仲間と酒のつまみにしろ
ここでは不要だ。

キャピュレット夫人　まったく、気が立ち過ぎていますよ。

キャピュレット　気が狂いそうだ。
昼も、夜も、時課も、時節も、余暇も、仕事時も、戯れ時も
独りでいても、友と一緒でも、いつも、気がかりは
娘に似合いの婿を見つけることだった。
ようやく今、家柄が良く
かなりの土地持ちで、若くて貴族の血を引き
世間が言うには、高潔な資質に溢れ

35——take me with you. take (a person) with one=to speak so that (a person) can follow one's meaning (OED.v.P1.g.ii)、「相手が理解出来るように話す」。
36——hurdle、反逆者を刑場に送る運搬具。
37——tallow-face=a pale, yellowish white face (OED.n.)、「青白い病的な顔」。

男ならかくあれかしと願う容姿の婿を見つけてやった
なのに、この見下げ果てた泣きべその馬鹿が
めそめそ泣きの弱虫が、幸運の神のお膳立てに
「結婚しません、愛せません
若すぎます、お赦しください！」と言いやがる。
嫌なら、勝手にしろ！
自分で食ってゆけ、この家には住まわせぬ。
心せよ、考えろ。冗談は言わぬ。
木曜日はすぐそこだ。胸に手を当て、考えろ。
わしの娘なら、わしがよいと思う男にくれてやる。
娘でないなら、頭《こうべ》を垂れ、物乞いし、飢え、野垂《のた》れ死ね。
断じて、娘とは認めぬ
財産は何一つやらぬ。
いいか、考えろ。取り消さぬぞ。〔退場〕

ジュリエット　雲の上には、わたしの悲しみの深さを
見通す慈悲の神さまはいないのでしょうか？
ああ、優しいお母さま、わたしを見捨てないで！
この結婚を一か月、せめて一週間延ばしてください。
でなければ、新床を
ティボルトが眠る暗い霊廟にご用意ください。

キャピュレット夫人　話しかけないで。二度と口を利きません
好きになさい、用は終わりました。〔退場〕

ジュリエット　ああ、神さま！　ああ、ばあや
どうすれば、逃れることが出来る？
夫はこの世に、わたしの結婚の誓いは天に。
どうすれば、あの誓いをこの世に戻せるの
夫がこの世を去り、天から誓いを
この世に戻してくれないかぎり？　助けて、教えて。
ああ、何てこと、天がわたしのような
弱い人間に策略をめぐらすなんて。
何か言ってくれないの？　慰めの言葉はないの？
助けて、ばあや。

乳母　実は、こういうことですよ。
ロミオは追放され、すべてが水の泡
お嬢さまを自分のものだと言うために
戻って来ゃしません。戻ったとしても
人目を忍ばなければならない。こうなったからには
伯爵さまとご結婚されるのが何より。
ほんと、素敵な殿方！
ロミオなんぞ、あの方に比べれば、襤褸雑巾。鷹でさえ
お嬢さま、あんなに緑色の[38]、あんなに生き生きし
あんなに綺麗な目をしていない。いまいましい
二度目の結婚でお幸せになれますよ
最初の結婚に勝りますから。勝らないにしても
最初のご主人は死んだ、いや、死んだも同然
生きていても、お嬢さまの役に立ちません。

ジュリエット　本心から言っているの？

乳母　魂の底から、でなければ、心も魂も地獄堕ち。

ジュリエット　アーメン。
乳母　えっ？
ジュリエット　そう、とても助けられたわ。
奥へ行って、お母さまに伝えて、ローレンス神父さまの
庵に行きましたと、お父さまのご不興を買ったので
懺悔をし、罪を赦していただきます。
乳母　わかりました。それが一番ですよ。〔退場〕
〔ジュリエット、乳母を見送る〕
ジュリエット　邪悪な老いぼれ！　おお、邪《よこしま》な悪魔！
こんな風に誓いを破らせて
比べようもなく素敵だと、何千回も褒めちぎった
その口で悪く言うのはずっと罪深くないの？
死んでおしまい、腹心《ふくしん》のばあや
これからは、決して心を打ち明けない。
神父さまのところに行き、手立てをお教えいただこう。
すべてに失敗しても、死ぬ力はある。〔退場〕

第四幕第一場

〔（ローレンス）修道士、パリス伯爵登場〕
ローレンス　木曜日に、パリス殿？　ずいぶん急ですな。
パリス　舅《しゅうと》のキャピュレットがそう望んでおり
遅らせる理由がわたしにはありません。
ローレンス　お嬢さまのお気持ちはわからないと？
一方的ですな。腑に落ちません。
パリス　ティボルトの死を過度に悲しむものですから
愛を語らうことが出来ませんでした
涙の館では、ヴィーナスは微笑みませんから。
それで、神父さま、舅は、過度に悲しむのは
危険だと考え
賢明にも、結婚を急ぎ
涙の氾濫を止め
独りで思いつめずに
伴侶と分かち合うようにされたのです。
これで、急ぐ理由がおわかりでしょう。
ローレンス　（傍白）いっそ、延ばすべき理由を知らなければ。
――ほら、パリス殿、お嬢さまがこちらへ。
〔ジュリエット登場〕
パリス　いいところでお会いしました、愛しい妻よ。
ジュリエット　妻になれば、妻ですけど、伯爵さま。
パリス　なれば、なります、この木曜日に。
ジュリエット　なるように、なります。
ローレンス　確かに。

38――緑色の目は特に称賛された。

パリス　神父さまに懺悔しに来られたのですか？
ジュリエット　お答えすれば、あなたに懺悔することに。
パリス　わたしを愛していると、あの方に告白してください。
ジュリエット　あの方を愛していると、あなたに告白します。
パリス　では、わたしを愛していると告白するのですね。
ジュリエット　そうなら、あなたの面前でより
陰で言うほうがずっと価値があります。
パリス　可哀そうに、お顔が涙で不当な仕打ちを受けている。
ジュリエット　涙に勝ち目はありません
もともと酷い顔なのですから。
パリス　それは、涙よりずっと不当な仕打ちですよ。
ジュリエット　悪く言ったのではありません、本当なのです
言ったことは、わたしがわたしの顔に言ったのです。
パリス　その顔はわたしのもの、それを悪く言った。
ジュリエット　そうかも、わたしのものでもありませんから。
神父さま、今、時間がおありですか
それとも、夜のミサ[1]に参りましょうか？
ローレンス　今は手が空いている、憂いに沈む我が娘よ。
伯爵、二人だけにしていただきたい。
パリス　お勤めの妨げは致しません！
ジュリエット、木曜日の早朝、起こしに行きます。
それまで、さようなら、この清らかな接吻を頬に。〔退場〕
ジュリエット　戸を閉めて、そうなさったら
一緒に泣いてください、希望も救いもありません。

ローレンス　おお、ジュリエット、悲しみの訳は知っている。
わたしも途方に暮れておる。
この木曜日に、あの伯爵と結婚しなければならず
延期出来ないと聞いておる。
ジュリエット　神父さま、どうしたら防げるかお教え
くださらないなら、聞いているとおっしゃらないで。
お知恵でお助けくださらないなら
わたしの決意を賢いとだけおっしゃって〔短刀を示す〕
この短刀[2]ですぐに決着をつけます。
神さまがわたしたちの心を、あなたが手と手を結んだ。
あなたによってロミオの手に結ばれたこの手が
前の結婚を取り消す付記[3]になる前に
あるいは、わたしの真心が反旗を翻《ひるがえ》して
別の男に向かい、これで、心と手を成敗する前に。
ですから、長いご経験に基づく
何かご助言を、でなければ、ご覧ください
この残忍な短刀を、わたしとわたしの窮地《きゅうち》の
審判人にして、神父さまのご経験と学問の
重みが名誉ある解決をもたらさない
ことに、決着をつけます。
さあ、すぐに何かおっしゃって。手立てを
お口になさらないなら、死にます。
ローレンス　急くな、ジュリエット、一縷《いちる》の望みはある
防ごうとしていることが命がけなだけに

命がけの実行力が要求される。[4]
そなたは、パリス伯爵と結婚するくらいなら
己を殺める力を持っている
それなら、この恥辱《ちじょく》を払うために
死にも等しいことをやってのけられそうだ
恥辱から逃れるには、死と張り合わねばならぬ。
その気構えがあれば、逃れる方法を教えよう。
ジュリエット　ああ、パリスさまと結婚するより
塔の上から飛び降りろとお命じください
あるいは、盗賊の出没する道を歩けとか、あるいは
毒蛇のいる場所に潜めとか。
わたしを吠《ほ》える熊と鎖で繋ぐとか、夜毎、納骨堂に
閉じ込め、カラカラ鳴る死人の骨や
臭い脛《すね》や黄ばんだ顎《あご》なし髑髏《どくろ》のなかに埋《うず》めてください。
あるいは、掘ったばかりの墓に行けとか
死人と一緒に白布に包《くる》むとか
聞いただけで身震いすることを
怖れも躊躇《ためら》いなくやってのけます。

愛する人の清らかな妻として生きるために。
ローレンス　それなら、急くな。家に帰り、笑いさざめき
パリス殿との結婚に承諾しなさい。明日は水曜日。
明日の晩は、独りで床に就きなさい。
乳母をそなたの寝室で寝させてはならぬ。
この小瓶《こびん》を持って行き、床に就いたら
なかの薬を飲み干しなさい
じきに、重くて物憂い液体が
体じゅうの血管を駆け巡り、脈は
自然の鼓動を止《や》めて、止《と》まる。
温もりも、息も、生きているしるしは失《う》せる。
唇と頬の薔薇色は褪せ
青白い灰色に変わり、瞼は閉じる
死が、命の光を閉じるときのように。
動く力を奪われた体のどの部分も
死のように完全に硬直し
萎《しな》びた死と見まごう状態に
そなたは二四時間留まり

1——通常、午後六時。
2——knife. 女性たちは身を護るために、短刀を所持していた。
3——Shall be the label to another deed. label=a supplementary note, codicil (OED.n.II.7)、結婚証書の補遺、前の結婚を取り消す付記。
4——as desperate an execution/As that is desperate which we would prevent. ことわざ「重病には荒療治が必要」(Desperate disease must have a desperate cure)。

それから、心地よい眠りから覚めるように起きる。
よいな、朝、花婿がそなたを
起こしに来るころには、そなたは死んでいる。
それから、この地方の習わしに従い
晴れ着をまとい、顔を覆わずに柩に乗せられ
キャピュレット一族が横たわる
古い納骨堂に運ばれる。
その間、そなたが目覚めるのに備えて
我らの計画を手紙でロミオに知らせ
ロミオを呼び戻す。ロミオとわたしで
そなたが目覚めるのを見守り、その夜に
ロミオがそなたをマントヴァへ連れて行く。
こうして、そなたは此度の恥辱から逃れる
気まぐれや女々しい恐怖が
これを実行する勇気を挫《くじ》かなければ。

ジュリエット　ください、くださいまし、女々しい恐怖など！

ローレンス　急くな！　行って、気を強く持ち
為し遂げるのだ。わたしは、至急、修道士を
マントヴァへ送る、ロミオ宛ての手紙を持たせてな。

ジュリエット　愛よ、力をください、力が助けと
なりましょう。さようなら、大好きな神父さま。〔退場〕

第四幕第二場

〔キャピュレット、夫人、乳母、二、三人の召使い登場〕

キャピュレット　ここに記された客を全部お招きしなさい。
〔召使い退場〕
おい、腕の良い料理人を二〇人雇うんだぞ。

召使い　腕の悪い料理人なんぞ雇いませんよ、旦那さま、自分
の指を舐められるかどうか試しますから。

キャピュレット　それで何が試せる？

召使い　そりゃ、旦那さま、自分の指を舐められないのは腕の
悪い料理人、[5]ゆえに、指を舐められないやつは雇いません。

キャピュレット　よし。行け。〔召使い退場〕
此度は、準備がだいぶ遅れそうだ。
おい、娘はローレンス神父のところか？

乳母　さようで。

キャピュレット　そうか、いくらか良い影響をあたえて
くれるといいが。捻くれて意固地な娘だから。
〔ジュリエット登場〕

乳母　ご覧なさいまし、明るいお顔で懺悔からお戻りです。

キャピュレット　おい、強情者、どこをうろついていた？

ジュリエット　お父さまと、お言い付けに
背いた罪を悔いる術を
教えていただくところに
神父さまに申し付けられました、ここで
平伏し、お教しを請うよう。どうか、お教しください。
これからは、いつもお言い付けに従います。
〔ジュリエット跪く〕

キャピュレット　伯爵を迎えにやり、このことを伝えよ。
明日の朝、[6]婚礼を済ませよう。
ジュリエット　神父さまの庵で、伯爵さまにお会いし
慎みを失わずに
愛の気持ちをお伝えしました。
キャピュレット　ほう、良かった、それは結構。立ちなさい。
成るべくなった。ええと——伯爵だ！
おい、行け、いいか、伯爵をここへお連れしろ。
まったく、あの高徳の神父には
町を挙げて感謝せねばなるまい。
ジュリエット　ばあや、一緒にお部屋に来て
明日着るのに、これぞと思う
衣装を選ぶ手伝いをしてくれない？
キャピュレット夫人　木曜日でいいわ。時間は十分あります。
キャピュレット　行け、ばあや、一緒に行け。婚礼は明日だ。
〔（ジュリエット、乳母）退場〕
キャピュレット夫人　それじゃ、準備が間に合いません。
まもなく日が暮れますし。
キャピュレット　ええい、わしが駆けずり回り
万事うまく収めて見せる、安心しろ。
ジュリエットの部屋に行き、衣装の手伝いをしてやれ。
今夜は床には就かぬ。任せなさい
今回ばかりは、主婦役だ。〔キャピュレット夫人退場〕
誰かおらぬか？
みな出払っているようだ。なら、わしが出向き
伯爵に明日の準備をして貰おう。
頑固な娘が改心してくれたおかげで
心が不思議に軽くなった。〔退場〕

第四幕第三場

〔ジュリエット、乳母登場〕
ジュリエット　そう、この衣装が一番いいわね。
ねえ、優しいばあや、今夜は独りにして
お祈りしたいことが山ほどあるの
神さまに微笑んでいただけるように
ばあやも知っているけど、わたしって強情で罪深いから。
〔キャピュレット夫人登場〕
キャピュレット夫人　どう、忙しい？　手伝いが必要？

5——まずくて味見が出来ない。
6——父娘の会話は火曜日、「明日の朝」は水曜日の朝。結婚式が木曜日から水曜日に変更され、緊迫感が高まる。ローレンス神父は、薬の効き目は二四時間と言っている（第四幕第一場）。ジュリエットは水曜日の夜に薬を飲む予定だった。それが一日早まった。

ジュリエット　いいえ、お母さま、明日の婚礼に
必要なものは揃えました。
ですから、わたしを独りにし
今夜は、ばあやにはお母さまと一緒に
起きていて貰います、こんなに急なお話なので
手が一杯でしょう。
キャピュレット夫人　おやすみ。
床に就き、ゆっくり休みなさい、そうなさい。
ジュリエット　さようなら。〔（夫人と乳母）退場〕
いつまた会えるか。
かすかな冷たい恐怖が血管を駆け巡り
命の熱が凍《こお》りついてしまいそう。
二人を呼び戻して、助けて貰おうかしら。
ばあや！――ここで、あの人に何が出来る？
悲惨な場面は、独りで演じなければ。
さあ、小瓶よ。
この薬が効かなかったら、どうしよう？
そうしたら、明日の朝、結婚させられる？
いや、いや！　これがそうはさせない。そこにいてね。
（短刀を置く）
神父さまがわたしを殺すために
巧妙に配合した毒だとしたら？
今度の結婚で、神父さまの名誉が汚れる
わたしをロミオと結婚させたから？

そうかも知れない、でも、そんなはずはない
高徳な方であるのは証明済みだもの。
わたしがお墓に横たわり
ロミオが救いに来る前に
目が覚めたら？　そこよ、怖いのは。
そのとき、納骨堂で息が詰まらないかしら？
汚い入り口は綺麗な空気を吸い込まないし
ロミオが来る前に窒息するかも？
あるいは、生きていれば、ありえなさそうだけど
死と夜についての身の毛のよだつ考えが
あの場所の恐ろしさとあいまって
納骨堂には、ご先祖さまのお墓には
何百年にもわたって埋葬された
ご先祖さまたちの骨がぎっしり納められており
血まみれのティボルトが埋葬されたばかりで
白布に包まれ腐敗して横たわっているし
夜のある時刻になると、幽霊が出ると言うから――
ああ、ああ、ありえなくない
早めに目覚め、むかつく臭いや
地から引き抜かれるときのマンドレーク[7]の悲鳴や
生きた人間がそれを聴くと、気が狂うというけど――
ああ、目が覚めたら、気が狂い
こういう恐ろしい恐怖に囲まれて
ご先祖さまの骨と半狂乱になって遊び

殺されたティボルトを白布から引き摺り出し
発作に駆られて、偉いご先祖さまの骨を
棍棒代わりに、わたしの狂った脳みそを叩き出すのでは？
ああ、見て、あれはティボルトの幽霊
自分を剣の先で刺したロミオを捜している。
待って、ティボルト、待って！
ロミオ、ロミオ、ロミオ、この薬。あなたのために。
〔カーテンの奥の寝台に倒れる〕

第四幕第四場

〔キャピュレット夫人、薬草を手にした乳母登場〕

キャピュレット夫人　この鍵を、薬味をもっと持って来て。

乳母　台所では、ナツメとマルメロが足りないとか。

〔キャピュレット登場〕

キャピュレット　さあ、働け、働け、働け！　二番鶏が鳴いた！
城門の開く鐘[8]が鳴った、三時だ。
よいな、アンジェリカ、パイに気をつけろ。
費用は惜しむでない。

乳母　　　　さあ、主婦気どりの旦那さま、さあ
床にお就きなさいまし。こんな夜更かしは
明日、お体に障りますよ、旦那さま。

キャピュレット　何のその。もっとつまらぬことで
夜更かしをしたものだが、体に障ったためしはない。

キャピュレット夫人　そう、若い頃は女たらしだった
でも、今は、夜更かしを、わたしが見張っていますからね。

〔キャピュレット夫人と乳母退場〕

キャピュレット　焼いてる、焼いてる！

〔召使いが三、四人、焼き串、薪、籠を持って登場〕
　　　　　　　　　　おい、それは何だ？

召使い一　食材ですが、何だかわかりません。

キャピュレット　急げ、急げ！〔召使い一退場〕
　　　　　　　　　　おい、乾いた薪をもっと。
ピーターを呼べ。あいつが薪置き場を知っている。

召使い二　薪を見つけるくらいの頭はあります、旦那さま
そんなことでピーターを煩《わずら》わせなくとも。

キャピュレット　よく言った！　面白いやつだ、はっ！
石頭の木偶《でく》の坊。〔召使い二退場〕
　　　　　　　　おや、もう朝か！
伯爵が楽師を連れてすぐにお見えになる。
そう言っていたからな。〔音楽〕

7——根が人体を思わせるナス科の植物。麻酔性で有毒、地面から引き抜かれるときに叫び声を上げると言われた。
8——curfew-bell、城門が開くのを知らせる鐘。

お見えだ。
ばあや！　奥方！　おい！　誰か！　ばあや、おるか！
〔乳母登場〕
ジュリエットを起こせ。着付けを済ませなさい。
パリス殿の相手はわたしが。急げ
急げ！　花婿がお見えだぞ。
急げ、と言っているのだ。（キャピュレット、召使い退場）

第四幕第五場

（乳母、寝台に近付く）
乳母　お嬢さま！　ジュリエットさま！　きっとぐっすり――
ねえ、子羊さん、ねえ、お嬢さま！　お寝坊さん！
ねえ、恋人！　お嬢さま！　愛する人！　ねえ、花嫁さん！
お返事は？　今は好きなだけお眠りなさい。
一週間分お眠りなさい、今夜は、きっと
パリスさまがお嬢さまを
一時も休ませませんよ。まあ、下品なことを
アーメン。何とぐっすり休んでいるのかしら。
起こさなくちゃ。お嬢さま、お嬢さま、お嬢さま！
いいですか、伯爵さまに来ていただきますよ。
びっくりさせ、起こしていただきますよ。どう？
まあ、お衣装を着て、着たまま横になったの？
起こさなくちゃ。お嬢さま、お嬢さま、お嬢さま！
ああ、ああ！　助けて、助けて！　死んでいる！
ああ、何てこと、死んでしまいたい！
ブランディを、お願い！　旦那さま、奥さま！
〔キャピュレット夫人登場〕
キャピュレット夫人　どうしたの？
乳母　何と悲しい日！
キャピュレット夫人　どうしたの？
乳母　ほら、そこ！　何という日！
キャピュレット夫人　ああ、ああ、我が子、我が命！
生き返って、目を開けて、でないと、わたしも死にます。
助けて、助けて、助けを呼んで！
〔キャピュレット登場〕
キャピュレット　さっさと、ジュリエットを。花婿がお見えだ。
乳母　死んだ、お亡くなりに、死んだ、ああ、悲しい！
キャピュレット夫人　ああ、悲しい！　死、死、死にました。
キャピュレット　はっ！　見せろ。死んだ、ああ、冷たい。
血の流れが止まり、体がこわばっている。
命と唇がとうに切り離されている。
死が季節はずれの霜のように、娘の上に
ひときわ美しい野の花の上に居座っている。
乳母　ああ、悲しい！
キャピュレット夫人　ああ、惨い！
キャピュレット　わしを悲しめるために、死が娘を連れ去り
この舌を縛り、口を開かせない。
〔（ローレンス）修道士、パリス伯爵登場〕

ローレンス　さても、花嫁が教会に行く支度はお済みかな？
キャピュレット　支度は済んだが、二度と戻らない。
おお、婿殿、結婚式の前夜に
死が花嫁と添い寝をした。娘はそこに
花のような娘は死神に凌辱《りょうじょく》された。
死神が我が婿、我が跡取り
死神が娘を娶《めと》った。わしが死んだら
すべて死神のものに。命も財産も、何もかも死のもの。
パリス　この朝をどれほど待ち望んでいたか
こんな光景を見せるのか？
キャピュレット夫人　呪わしい、不運な、惨めな、憎むべき日！
時が、旅路の永久の労苦のなかで、
これほど悲惨な最期を目にしたことがあったかしら！
たった一つの、哀れな、哀れな愛らしい子
たった一つの喜び、慰め
それを、残酷な死がわたしの目の前から奪った。
〔全員、声を上げて嘆き、手を揉み絞る〕
乳母　ああ、悲しい、ああ、悲しい、悲しい、悲しい日！
こんなにも痛ましく、こんなにも悲しい日を
目にしたことがあったでしょうか！
こんな日、こんな日、こんな日、憎たらしい日！
こんなに暗い日を目にしたことはない。
ああ、悲しい日、ああ、悲しい日！
パリス　騙され、引き裂かれ、辱められ、挫かれ、殺された！
憎らしい死よ、おまえに騙され
残忍な、残忍なおまえに砕かれた。
ああ、恋人、ああ、我が命、死して命なき愛しき人よ。
キャピュレット　蔑まれ、苦しめられ、憎まれ、迫害され
殺された！　心を乱す時よ、なぜ、今
婚礼をぶち壊しに、ぶち壊しにやって来た？
おお、我が子、おお、我が子、我が魂、もう我が子でない！
おまえは死んだ、ああ、我が子は死んだ
我が子と共に、我が喜びは葬られた。
ローレンス　黙りなさい、恥を知りなさい！　かくのごとく
騒いでも、不幸を癒す救いにならぬ。天とあなたがたは
この美しい乙女を共有していた。今や、すべてが天のもの
乙女にとって何よりの幸せ。あなたがたは
あなたがたのものであった乙女を死から守れなかった
だが天は、天のものである乙女を永遠の命にあずからせる。
あなたがたの何よりの望みは娘の出世
娘の身分を上げることが最上の望みだった。
なのに、今、泣いておるのか、娘が出世し
雲の上、天の高みに上げられたのを見て？
ああ、そのような愛し方は間違っている
幸せな娘を見て、取り乱しているのだ。
結婚して長生きしたとて、良い結婚をしたことにならず
結婚して若く死ぬるは最良の結婚。
涙を拭い、この美しい亡骸を

ローズマリー[9]で飾り、しきたり通り
晴れ着を着せ、教会に運びなさい。
自然の人情はこぞって悲しむよう促すが
分別の涙は喜べと命じている。

キャピュレット　婚礼に用意した一切を
陰気な葬儀に当てよう。
楽器の演奏は物悲しい弔《とむら》いの鐘に
婚礼のごちそうは通夜の宴に
厳かな讃美歌は陰鬱な哀悼歌に
新床の花は、墓のなかの亡骸に[10]
何もかも、反対の用に当てよう。

ローレンス　さあ、なかへ。奥さま、ご主人とご一緒に。
それに、パリス殿も。みなさま
この美しい亡骸に付き添ってお墓に行くご準備を。
天はあなたがたの罪に顔をしかめている。
天意に逆らってさらなる怒りを買ってはなりませぬ。

〔ローズマリーを（ジュリエットに）投げ掛け、カーテンを閉める乳母を除いて退場〕

〔楽師たち登場〕

楽師一　さて、楽器をしまって失礼するか。

乳母　みなさま、おしまいを、おしまいください。
おわかりよね、痛ましい事件《ケース》ですから。

楽師一　ええ、楽器箱《ケース》の痛みは直せますが。〔（乳母）退場〕

〔ピーター登場〕

ピーター　楽師諸君、やあ、楽師諸君、「心の安らぎ」、「心の安らぎ」を！[11]　おれを元気づけるために「心の安らぎ」を演《や》ってくれ。

楽師一　どうして「心の安らぎ」なんです？

ピーター　ああ、楽師諸君、心が「悲しみで一杯」[12]を奏でているからだ。ああ、陽気で悲しい調べを演って慰めてくれ。

楽師一　演れません！　演っている場合ですか。

ピーター　演らないんだな？

楽師一　はい。

ピーター　なら、徹底的にやってやるものがある。

楽師一　何をくださるんで？

ピーター　金じゃない、いいか、嘲りだ、気障《きざ》な芸人め。

楽師一　そういうあんたは、卑しい下郎。

ピーター　なら、卑しい下郎の短剣で貴さまの脳天に一撃を。つまらぬ戯言《たわごと》は我慢ならん。レで構えファで突く。わかったか？

楽師一　「レ」で構え「ファ」で突くなら。

楽師二　短剣を納め、知恵をお出しください。

ピーター　それなら、これでも食らえ！　突きは鉄のお頭、納めるは鉄の短剣。男らしく応じろ。
　辛い悲しみが心を痛め
　哀しい歌が胸を押し潰すとき
　女の銀の調べは[13]——
おい、なぜ「銀の調べ」だ？　なぜ「女の銀の調べ」だ？

どうだ、リュートのつる糸サイモン君?

楽師一　そりゃ、銀には妙《たえ》なる音があるからです、旦那。

ピーター　ナンセンス！　レベック弾きのヒュー君は?

楽師二　楽師は銀貨を貰うために、音を出す。

ピーター　これも、ナンセンス！　では、ヴァイオリンの心棒ジェームズ君は?

楽師三　実は、わかりません。

ピーター　これは失礼！　歌い手だよな。代わりに答えて進ぜよう。「女の銀の調べ」は、楽師は、演っても、金貨を貰えないからさ。

　女の銀の調べは
　たちまち悲しみを癒す。〔退場〕

楽師一　いまいましい悪党だ！

楽師二　縛り首だ、悪党！　さあ、奥へ。弔い客を待って、食事にありつこう。〔退場〕

第五幕第一場

〔ロミオ登場〕

ロミオ　眠りのなかの心地よい知らせを信じられるなら
今にも、嬉しい便りが届くはず。
この胸のあるじの愛が王座に座り[1]
一日じゅう、いつにない高揚感で
体が地につかず、心が浮き立つ。
ジュリエットが来て、死んでいるおれを発見する——
死人が考えるなんて、奇妙な夢だ——
ジュリエットは接吻で、唇から息を吹き込み
おれは生き返り、皇帝になった。
夢を自分のものに出来れば、[2]どんなに心地よいか

9——常緑で色褪せない、思い出の花。葬式でも結婚式でも使われた。

10——『ハムレット』では、王妃ガートルードが、柩に納められたオフィーリアの亡骸に花を投げかけながら、「美しい乙女よ、墓にではなく／あなたの新床《にいどこ》を花で飾ってあげたかった」と言う（第五幕第一場）。

11——歌詞は現存しないが、曲が現存する。F. W. Sternfeld, *Music in Shakespearean Tragedy*. London: Routledge & Kegan Paul, rev.edn., 1976, p. 102.

12——some merry dump. dump は「悲しい調べ」。矛盾する言葉を繋げる語法。

13——her silver sound. エドマンド・スペンサー『妖精の女王』（三・一〇・三五）に、騎士パリデルが女の鈴（her bells）を盗んだ後、広い世に女を放り出して厄介払いをしたエピソードがある。女の「鈴」に「貞操」の訳注。

1——情熱の王座は肝臓、思考の王座は頭脳、愛の王座は心臓と信じられていた。

2——ジュリエットは「恋の館を買ったのに／自分のものになっていない」（第三幕第二場）と言う。

恋人の夢を見ただけでこんなに嬉しいのだから。
〔ロミオの従者バルサザー、乗馬靴で登場〕
ヴェローナからの知らせだ！　よく来た、バルサザー
神父さまの手紙を持って来たのだね？
妻はどうしている？　父上は元気か？
ぼくのジュリエットは？　もう一度聞くが
恙無《つつがな》ければ、何よりだ。

バルサザー　お元気で、恙無く。
ご遺体はキャピュレット家の霊廟にお休みで
永遠の命は天使たちと共に住まわれております。
ご先祖の納骨堂に安置されるのを見届け
お知らせすべく、すぐに早馬で駆け付けました。
悪い知らせをお持ちして、申し訳ございません
旦那さまに仰せつかった役目ですので。

ロミオ　本当だな？　どうでもよい、運命の星など。[3]
おれの宿はわかっているな。インクと紙を頼む
それに、早馬の用意を。今夜、ここを発つ。

バルサザー　どうか、旦那さま、ご辛抱ください。
お顔が青ざめ、狂気じみ
何か災いのしるしです。

ロミオ　馬鹿な、気のせいだ。
独りにしてくれ、頼んだことをしろ。
神父さまの手紙はないのだな？

バルサザー　ございません。

ロミオ　よい。行け
馬を雇ってくれ。すぐに追いつく。〔（バルサザー）退場〕
さあ、ジュリエット、今夜は、添い寝をするぞ。
どうしたら良いか。ああ、邪な考えよ
自棄になった男の心に忍び入るのが何と早いのか。
そうだ、薬屋がこのあたりに住んでいる。
先だって見かけたときは
襤褸をまとい、ぼさぼさの眉をし
薬草を摘んでいた。顔つきは貧相で
貧窮のあまり骨と皮
がらんとした店にぶら下がるのは、亀の甲羅《こうら》
鰐《わに》の剥製《はくせい》、奇妙な形の
魚の皮。棚には
空箱がほんの数個
緑色の陶製の壺、膀胱[4]や黴臭い種
荷造り紐の残り、古びた薔薇の固形香料が
まばらに置かれ、店の体裁《ていさい》を保っていた。
赤貧を目の当たりにして、おれは独り言を言った
「今、毒を必要とする人がいて
売れば、マントヴァでは即刻死刑だが
ここに住む惨めな男なら売ってくれるだろう」。
ああ、あれは、おれが毒を必要とする前兆
あの貧乏な男は毒を売ってくれるだろう。
確か、ここがあの男の家だ。

休日なので、乞食おやじの店は閉まっている。
おい、いるか、薬屋！

〔薬屋登場〕

薬屋　大声で呼ぶのはどなたかな？

ロミオ　こっちだ、薬屋。困っているようだな。
取っとけ、金貨で四〇ダカット[5]ある。
毒を少々わけてくれ、即効性があり
全身の血管を駆け巡り
人生に疲れたやつが即死出来るような
点火された火薬が死をもたらす砲身を
飛び出すときのように激しく
五体の息の根を止めるようなのがいい。

薬屋　そのような毒はありますが、マントヴァの
法律では、売った者は死刑になります。

ロミオ　それほど困窮しているのに
死ぬのを恐れるか？　両頬には飢餓が
目には貧困と不条理が。
恥辱と極貧がおまえをマントのように包んでいる。
世間も法律も、おまえの味方ではない
世間には、おまえを金持ちにする法律はない
だから、貧乏に甘んじず法律を破り、これを受け取れ。

薬屋　本心ではなく貧しさがいただきます。

ロミオ　本心にではなく、貧しさに金を払う。

薬屋　これを飲み物に入れ
飲み干してください。二〇人力であろうと
即刻、死に至ります。

ロミオ　ほら、金だ、人間の魂には、ずっと恐ろしい毒だ
このむかつく世で、おまえが売りたがらない毒より
もっと多くの人を殺める。その毒を売ってやる。
おまえはおれに何も売っちゃいない。
さらばだ。食い物を買い、肉をつけろ。〔薬屋退場〕
さあ、毒ならぬ癒しの薬よ、一緒に来い、行く先は
ジュリエットの墓、そこで、おまえを使わねばならない。

〔退場〕

第五幕第二場

〔ジョン修道士登場〕

ジョン　フランシスコ会派の修道士さま、もし！

3――I defy you, stars.「不安などどうでもよい」（We defy augury、『ハムレット』第五幕第二場）。
4――bladders. 動物の膀胱。風船にしたり、ふくらまして道化棒の先につけたり、水筒などとして使われた。
5――ほどほどのダイヤの指輪が買える金額。

〔ローレンス修道士登場〕

ローレンス　ジョン修道士の声だ。
マントヴァからよう戻られた。ロミオは何と？
手紙があるなら、それをこちらに。

ジョン　同伴者になって貰おうと
同じ宗派の修道士[6]を探していましたところ
この町の病人を見舞った折に、探し当てたのですが
町の検疫官《けんえきかん》に、我ら二人とも
疫病に見舞われた
家にいたのではないかと疑われ
家は封印され、わたしたちは足止《あしど》めされ
マントヴァへ行くことが出来ませんでした。

ローレンス　誰がロミオへの手紙を届けた？

ジョン　届けられませんでした――まだここに――
手紙をお返しするのに、使者も見つからず
誰もがはなはだしく感染を恐れていたものですから。

ローレンス　何たる不運！　実は
些細な手紙ではなく、極めて重大な用件が
したためられており、届けられなければ
大変なことになるかも知れぬ。ジョン修道士
鉄梃《かなてこ》を手に入れ、すぐ庵に
持って来てくれ。

ジョン　　持って参ります。〔退場〕

ローレンス　これから霊廟に独りで行かねば。
三時間以内に、ジュリエットが目を覚ます。
ロミオが事の次第を知らなかったとなると
ジュリエットはさぞかしわたしを非難するだろう。
もう一度、マントヴァに手紙を書き
ロミオが来るまで、ジュリエットを庵に匿《かくま》っておこう。
哀れな生ける屍、墓に閉じ込められておる！〔退場〕

第五幕第三場

〔パリス、花束と香料入りの水（と松明）を持つ小姓登場〕

パリス　松明を寄こせ。離れていろ、あっちで待ってろ。
松明は消せ、顔を見られたくない。
向こうの櫟《いちい》の木[7]の下に身を伏せ
窪んだ地面に耳をしっかり当てていろ。
墓地に踏み入る足音を聞き逃すな
墓が掘り返されて緩み、でこぼこしているが
聞こえるはずだ。聞こえたら、口笛を吹け
何かが近付く音を耳にした合図だ。
その花をこっちに。言った通りにしろ、行け。

小姓　（傍白）墓地に独りで立っているのは
そら恐ろしい。でもやらなきゃ。〔退く〕

〔パリス花を撒く〕

パリス　香《かぐわ》しき花、きみの新床に花を撒く。
ああ、悲しい、きみの天蓋は塵《ちり》と石
その天蓋を、夜毎、甘い香りの水で湿らそう

水が尽きたら、嘆きで絞り出された涙で。
きみのために、この弔いの儀式を続け
夜毎、きみの墓に花を撒き、涙を流そう。〔小姓の口笛〕
小僧が、何かが近付く合図をしている。
こんな夜更けに歩き回り、弔いと真の愛の儀式を
邪魔するのはいかなる呪われた足だ？
おや、松明を持って？　夜よ、しばし、隠してくれ。〔退く〕
〔松明、鶴嘴《つるはし》、鉄梃をバルサザーに持たせ、ロミオ登場〕

ロミオ　鶴嘴と鉄梃をこっちに。
待て、この手紙を。早朝
父上に届けてくれ。
松明を寄こせ。いいか、厳命する
何を耳にし、目にしようと、あっちで待ってろ
おれがすることを遮るな。
この死の床に降りてゆくのは
妻の顔を見たいためでもあるが
妻の指から高価な指輪を
抜きとり、ある大事な用に
使いたいからだ。だから、離れていろ、行け。
不審に思い、戻って来て

おれがこれからすることを探ろうとするなら
いいか、おまえを引き裂き、手足を
この飢えた墓場にぶち込んでやる。
時刻も、おれの決意も狂暴《きょうぼう》になっている
腹が減った虎や唸る海より
ずっと獰猛《どうもう》でずっと冷酷になっている。

バルサザー　あっちへ行き、邪魔はしません。

ロミオ　友達甲斐がある。これを受け取れ。〔金を渡す〕
達者《たっしゃ》で暮らせ、さらばだ、ありがとうよ。

バルサザー　〔傍白〕やっぱり、このあたりに隠れていよう。
お顔つきが怖い、何かある。〔退く〕
〔ロミオ、墓を開ける〕

ロミオ　嫌らしい胃袋、死の胎
この世で一番大切な人をむさぼり食らった
こうして、その腐った顎をこじ開け
腹いせに、食い物をもっと詰め込んでやる。

パリス　〔離れた場所で〕追放された傲慢な
モンタギューだ、愛しい人の従兄を殺し
美しい人は悲しみのあまり死んだという。亡骸に
不埒《ふらち》な恥辱を加えるためにやって来たな。

6――barefoot brother. フランシスコ会派の修道士は裸足で歩き、二人一組で行脚した。
7――物思いと悲しみの象徴。しばしば墓地に植えられる。

ひっ捕えてやる。（進み出る）
――死者の冒瀆は止めろ、卑劣《ひれつ》なモンタギュー！
殺した上に、復讐しようというのか？
死刑囚の悪党、ひっ捕えてやる。
おとなしくついて来い、貴さまは死ぬのだ。
ロミオ　そうだ、死ぬために、ここに来た。
頼む、捨て鉢の男を挑発するな。
立ち去れ、おれに構うな。死者たちを想え
脅して追い払うぞ。お願いだ
おれを怒りに駆り立て
さらなる罪を犯させないでくれ。さあ、行け！
神懸けて、おまえをこの身以上に愛している
死ぬために、ここに来たのだ。
ぐずぐずするな、行け。生き永らえ、以後
こう言え、気違いの情けで逃げおおせたと。
パリス　そんな哀願なんぞ、洒落臭い
おまえを罪人としてひっ捕える。
ロミオ　挑発する気か？　では、これを、小癪な！
〔二人は闘う〕
小姓　大変だ、決闘だ！　夜警を呼んで来よう。（退場）
パリス　ああ、殺られた！　情けがあるなら
墓を開け、ジュリエットの側に横たえてくれ。（死ぬ）
ロミオ　よし、わかった。顔を見せろ。
マキュショーの身内、パリス伯爵だ！

馬を駆りながら、気が動転していて
小僧が言ったことを聞き逃したか？
パリスがジュリエットと結婚するはずだったと言った
そう言わなかったか？　夢を見ただけなのか？
気が狂い、ジュリエットのことを話すのを
聞いただけで、そう思ったか？　ああ、その手を
不運の者の名簿に、おれと一緒に記された手だ。
煌《きら》めく墓に葬ってやるぞ。
墓――おお、いや、明かり窓だ、屠《ほふ》られた若者よ
ここにジュリエットが横たわり、その美しさが
納骨堂を光溢れる宴の広間にしている。
死よ、そこに横たわれ、死人のおれに埋葬されるのだ。
人は死に際に、どれほどしばしば
至福を感じるか、それを、付添人は
死に際の煌めきと呼ぶ。[8]ああ、どうしてこれを
煌めきと呼べようか？　ああ、愛しき人、我が妻よ
死は、きみの息から蜜を吸い取ったが
美しさにまだ力を振っていない。
死に征服されていない。紅色の美の軍旗が
まだ唇と頬に翻り
青白い死の旗はそこまで前進していない。
ティボルト、血まみれの白布に包まれ、そこに？
ああ、おまえの青春を断ち切った手で
おまえの敵であるこの身を斃《たお》すほど

良い供養《くよう》があるか?
赦してくれ、従兄よ!　ああ、愛しいジュリエット
なぜまだそんなに美しい?
実体のない死が好色で
その痩せこけた恐ろしい化け物が
きみを愛人にしようと、暗闇に囲っているのか?
それが怖いから、いつまでも側にいて
この闇の宮殿から決して
離れない。ここに、ここに居座るぞ
きみの侍女の蛆虫たちと一緒に。ああ、ここを
永遠の安息所と定め
不吉な星の軛を、この世に飽いた
肉体から振り払おう。目よ、見納めだ。
腕よ、最後の抱擁を、唇よ、ああ、息の扉よ
夫の口づけで、貪り食らう死との
無期限の売買契約書に封印せよ。
さあ、苦き毒よ、さあ、不快な味の道案内。
おまえ、自暴自棄の水先案内人よ、さあすぐに
船酔いに疲れた舟、この肉体を、勇み肌の岩に
乗り上げろ!　愛する人に乾杯!（飲む）
ああ、正直者の薬屋
おまえの毒はよく効く。こうして口づけしながら死ぬ。
〔倒れ（死ぬ）〕
〔ローレンス修道士、角灯《カンテラ》、鶴嘴、鋤《すき》を手に登場〕
ローレンス　聖フランチェスコさま、お守りください!
今夜は、老いた足が何度、墓につまずいたか。誰だ?
（バルサザー進み出る）
バルサザー　味方です、神父さまをよく知る者です。
ローレンス　神の祝福を!　教えてくれ、友よ
向こうの松明、蛆虫や目のない髑髏を
ぼんやり照らすのは何だ?
キャピュレット家の霊廟で燃えているようだが。
バルサザー　さようです、神父さま、わたしの主人がそこに
神父さまが愛しむお方が。
ローレンス　誰だ?
バルサザー　ロミオさまです。
ローレンス　どれほどいるのか?
バルサザー　たっぷり半時は。
ローレンス　納骨堂へ一緒に来てくれ。
バルサザー　行けません。
主人はわたしがここから立ち去ったと思っており
わたしが留まり、何をするのか知ろうとすれば

8——A lightening before death=that exhilaration or revival of the spirits which is supposed to occur in some instances just before death (OED.n.b).

命はないと脅されました。

ローレンス なら、ここにおれ。独りで行く。胸騒ぎがする。

おお、悲惨な事が起きていなければいいが。

バルサザー この櫟の木の下で寝ていたところ

主人が誰かと争い

相手を殺した夢を見ました。〔退場〕

ローレンス ロミオ！

〔屈《かが》み、血痕と剣を目にする〕

ああ、何たること、墓所の石の入り口を

汚すこの血は？

あるじなき血まみれの剣が、この安息の場所に

横たわっているのは、何を意味するのか？

ロミオ！ おお、蒼ざめて！ 他には？ 何と、パリスも

血に浸って？ ああ、この惨い巡り合わせは

残酷な運命の仕業《しわざ》か！ ジュリエットが

身動きした。〔ジュリエット起き上がる〕

ジュリエット ああ、神父さま、安心しました、夫は？

わたしがどこにいるかは、わかっています

そこにいるのですね。わたしのロミオはどこ？

ローレンス 何やら物音が。お嬢さま

死、疫病と不自然な眠りの巣窟《そうくつ》から出ましょう。

抗《あらが》い難い大きな力が

我らの計画を挫いたのです。さあ、行きましょう。

そなたの胸のなかの夫は死んでいる

パリスも。来なさい、そなたを

尼僧院に預かって貰うつもりだ。

問うている間はない、夜警が来る。

さあ、行こう、頼む、ジュリエット。長居は出来ぬのだ。

ジュリエット 行って、出て行って、わたしは行きません。

〔修道士〕退場〕

これは？ 愛する夫の手に握られた瓶？

毒だわ、これで時ならぬ死を遂げたのね。

まあ、酷い人、飲み干し、一滴も残さず

後を追わせないつもりね？ あなたの唇に口づけを。

毒が残っているかも知れない

これで、死なせてください。〔ロミオに接吻する〕

唇がまだ温かい！

〔小姓、夜警登場〕

夜警長 案内しろ、小僧、どっちだ？

ジュリエット 人の声？ 急がないと。さあ、幸せな剣よ！

〔ロミオの短剣を手に取る〕

ここがおまえの鞘。ここで朽ち果て、わたしを死なせて。

〔胸を刺し、倒れ〔死ぬ〕〕

小姓 ここです。そこ、松明が燃えているところ。

夜警長 地面は血だらけだ。墓地の周辺を捜査しろ。

何人かは、あっちを。見つけ次第、逮捕しろ。

〔数人の夜警退場〕

悲惨な光景だ！ パリス伯爵が殺されて、ここに

ジュリエットさまが血を流して、温かく亡くなった
ばかりだ、埋葬されて二日経つはずだが。
大公にお知らせしろ、キャピュレット家へ急げ。
モンタギューの者たちを起こせ。残りは捜査にあたれ。
（数人の夜警退場）
痛ましい遺体が地面に横たわっているが
悲惨な死の真相は
状況が明らかになるまでわからない。
〔夜警、ロミオの従者（バルサザー）登場〕
夜警二　ロミオさまの従者です。墓地で見つけました。
夜警長　大公が来られるまで拘束しておけ。
〔ローレンス修道士、別の夜警登場〕
夜警三　修道士です、震え、嘆息し、涙を流しています。
鶴嘴と鋤を押収しました
墓地のこちら側から出て来るところでした。
夜警長　すこぶる怪しい！　修道士も拘束しろ。
〔大公、従者たち登場〕
大公　こんな朝早くに、何の騒ぎだ
朝のうたた寝から叩き起こすとは？
〔キャピュレット夫妻登場〕
キャピュレット　甲高い声で叫んでいる、何事だ？
キャピュレット夫人　町なかで、人びとが「ロミオ」と叫び
「ジュリエット」と叫ぶ者、「パリス」と叫ぶ者もおり
大声を上げながら我が家の霊廟に向かっています。
大公　耳を脅かすこの叫び、何事だ？
夜警長　大公さま、ここに、パリス伯爵が殺されて
それに、ロミオさま、それに、ジュリエットさまも
死んだはずなのに温かく、亡くなったばかりのようです。
大公　捜索し、調べ、この悲惨な殺人の経緯を解明せよ。
夜警長　ここに、修道士と、殺されたロミオの従者が
死人の墓を暴くための
道具を所持しております。
キャピュレット　ああ、神よ！　おい、娘が血を流している！
この短剣は納まる場所を間違えた、見ろ。
モンタギューの若造の腰の鞘は空《から》っぽ
剣は誤って娘の胸に。
キャピュレット夫人　ああ、この死の光景は
老いの身を[9]、墓場に召喚する弔いの鐘。
〔モンタギュー、（召使いたち）登場〕
大公　こちらへモンタギュー、早起きしたのは
世継ぎの息子の時ならぬ末期を見るためだ。
モンタギュー　ああ、大公さま、妻が昨夜亡くなりました。

9——my old age. キャピュレット夫人は二七、八歳ほど。娘の死を目の当たりにして、急激に老いを感じたのか。

倅が追放された悲しみが息の根を止めたのです。
老いの身に、いかなる不幸が待ち受けているのでしょう?

大公 見ろ、そうすれば、わかる。

モンタギュー おお、親不孝者! 何たる親不孝
父をさしおいて墓へ急いだのか?

大公 怒りの言葉はしばらく封印せよ
まず、不審な点を晴らし
事件の源、発端、出どころを詮議し
それから、余がこの不幸の導き手となり
罪ある者には死刑を宣告する。しばらく辛抱し
毅然として不幸に耐えるのだ。
容疑者たちを連れて参れ。

ローレンス わたしは最も疑わしく、最も力なき者
ですが、時も場所も不利、この恐ろしい殺人の
容疑者として、最も疑われてしかるべきです。
申し開きをし、嫌疑を晴らすために、ここに立ち
我が身を咎め、また我が身の許しを請います。

大公 それでは、ただちに、知っていることを申せ。

ローレンス 簡潔に、長く退屈な話をするほど
生き永らえるとは思いませんので。
ロミオは死んでそこに、ジュリエットの夫でした、そして
ジュリエットも死んでそこに、ロミオの貞淑な妻でした。
わたしが二人を結び、密かな婚礼の日が
ティボルトの落命の日、ティボルトの非業の死が
新婚の花婿をこの町から追放しました。ジュリエットは
夫のために、ティボルトのためではなく、嘆きました。
あなたさまは、過度の悲しみから救おうと
ジュリエットをパリス伯爵と婚約させ、結婚を強いました。
それで、ジュリエットはわたしのところに来て
半狂乱の面持ちで、二度目の結婚から
逃れる手立てを考えるよう、さもなければ
わたしの庵で、自害すると申されました。
それで、わたしは、薬草の知識で調合した
眠り薬をあたえました。薬は予想通りの
効力を発揮し、ジュリエットに死に似た眠りを
もたらしました。その間、ロミオに手紙を書き
急を要する今夜、こちらに戻り、ジュリエットを
仮の墓から連れ出すよう言ってやりました
薬の効き目が切れる頃合いだったのです。
ところが、わたしの手紙を携えたジョン修道士が
思わぬ出来事で足止めされ、昨夜
手紙を返しに来たのです。そこで、まったく独りで
ジュリエットが目覚める時刻に
一族の納骨堂から連れ出すためにここに来ました
わたしの庵でしっかり預かり
折を見て、ロミオに知らせるつもりでした。
ところが、来てみますと、ジュリエットが目覚める
数分前に、気高いパリス殿と誠実なロミオが

時ならぬ死を迎え、ここに横たわっていたのです。
ジュリエットが目を覚まし、わたしは、ここを出て
神の御業《みわざ》に耐え忍ぶよう懇願しました。
そのとき物音がし、怯えたわたしは墓の外へ
ジュリエットは打ち拉《ひし》がれるあまり、来ようとせず
我が身を殺めたようです。
以上が、わたしが知っているすべてです
乳母もこの結婚に、内々に関与しています。
この件に関して、わたしに落ち度があれば
この老いの命、寿命が尽きるまで
峻厳《しゅんげん》なる法の裁きに委ねる所存です。
大公　そなたが高徳なのは、かねてより知っている。
ロミオの従者はどこだ？　この件で、何か述べることは？
バルサザー　ジュリエットさまのご逝去を
主人に知らせますと、主人はすぐに
マントヴァからここ、この霊廟に駆け付けました。
この手紙を、早朝、お父上に届けるよう命じると
わたしがここを立ち去らなければ
命はないと脅かし、納骨堂にお入りになりました。
大公　その手紙をこれへ。目を通そう。
夜警を呼んだパリス伯爵の小姓はどこだ？
小姓、おまえの主人はここで何をしていた？
小姓　ジュリエットさまのお墓に花を撒くために来られ
離れているようわたしに命じ、わたしはそうしました。
すぐに松明を手にした者が来て、墓を開けようとしたので
主人が剣を突きつけました。
それで、わたしは夜警を呼びに行ったのです。
大公　この手紙によれば、神父の言葉通りだ
恋の成り行き、ジュリエットの訃報。
ここに、こう書いてある、貧しい薬屋から毒を買い
それを携えて、死んでジュリエットの側に横たわる
つもりでこの納骨堂に来たと。
敵どもはどこだ？　キャピュレットにモンタギュー、見ろ
おまえたちの憎み合いに、いかなる天罰が下されたか。
神はおまえたちの喜びを、愛で殺める手段を見出した。
それにわたしも、両家の不和に目をつぶり
身内のマキュショーとパリスを失った。みなが罰せられた。
キャピュレット　おお、モンタギュー殿、お手を。
この手が、我が娘の寡婦贈与財産権[10]
何も頂戴致しません。
モンタギュー　しかし、もっと差し上げたい
お嬢さまの純金の立像を建立し

10——jointure「贈与財産」。イギリスでは、婚約時に、夫と死別した妻は夫の財産の三分の一を贈与される約束が交わされた。

ヴェローナがその名で知られるかぎり
誠実で清らかなジュリエットの金色の像ほど
讃えられるものはないでしょう。

キャピュレット　それに劣らぬロミオの像を娘の傍《かたわ》らに。
二人は我らの反目の哀れな犠牲者です。

大公　朝がもたらすのは陰鬱な平和。
太陽は悲しみ、頭を上げない。
あちらで、この悲しい出来事をさらに語り合おう。
赦される者も、罰せられる者もいる[11]
ジュリエットとロミオの悲恋ほど
哀れを誘う物語はないのだから。（退場）

11――種本によれば、乳母は追放、ピーターは自由の身、薬屋は絞首刑、ローレンス神父は釈放されるものの、五年後に亡くなる。

解説　「目には目を……」の悲劇

「同害報復」の成れの果て

『ロミオとジュリエット』は単なる若者の悲恋物語ではない。世界の名作として四〇〇年ものあいだ大切に受け継がれてきた理由は、ずばり、世世《よよ》にわたり隣人を隣人の血で汚す、憎しみ・怨念の連鎖（同害報復）が、次世代の子らを焼き尽くす悲劇であるからだ。その現実の姿は、二〇二四年の現在、わたしたちはウクライナ、中東のガザ地区で日々、目の当たりにしている。

『ロミオとジュリエット』は、二つの名家のあるじ、子ども、召使い、若者、市民が入り乱れての武装闘争から始まり、悲惨な悲劇に終わる。大公が裁定者として重々しく登場はするが、無能が白日の下に曝《さら》され、大公の親族の若者も犠牲者となる。[1]

ロミオとジュリエットは愛を交わし、将来を誓うが、若者同士の闘争で、ロミオの親友で大公の親戚マキューショーが斃《たお》れ、ジュリエットの従兄が斃れ、大公の親戚でジュリエットの婚約者が斃れ、ヴェローナの二つの名家のみならず、公爵家の跡継ぎも亡くなる。大公は裁定者の役割を果たせず、次世代のヴェローナの若者は、ベンヴォーリオを除いて、皆無となる。残るのは、両家が建立するロミオとジュリエットの黄金の像だけ。何と空しい結末か。見渡す限り、荒涼たる世界が広がる。これが、隣人を隣人の血で汚す成れの果て、震撼《しんかん》を覚えぬ者はいまい。穏やかな常識人ベンヴォーリオが生き残ったのは、唯一の救いか。

下ネタ満載？

ある日、勤務する大学の研究室に、『ロミオとジュリエット』を主題に論文を書いている学生が訳本を手にやって来た。そして言った。「先生、これ、気持ち

1――同害報復では、当事者間の解決は難しく、裁定者の手腕如何で、闘争継続か和平かにならざるをえない。

悪い」。『ハムレット』と並ぶ世界の名作、珠玉の純愛物語が？　訳本を読んだ。腰を抜かした。「下ネタ」が満載なのだ。

　そう言えば、「白水社の本棚」の「今一番新しい劇作家、何でもありのウィリアム・シェイクスピア」と題する寄稿に、こんな一文があった。「昨年『ロミオとジュリエット』を授業で読んだところ、悲劇であるにもかかわらずおバカな下ネタばかりで学生がビックリしたということがありました。基本的にエロ、グロ、笑いに満ちた商業演劇なのです」[2]。これで、二度びっくり！

　この作品に登場する若者たちはヴェローナの名家の子女、育ちがよく、文武両道に秀で、繊細な心の持ち主。卑猥《ひわい》な言葉を投げ合って笑い転げたりしない。それとなく、からかい合っている。かれら（一〇代後半？ジュリエットは一三歳ほど）の言葉が今では解読不能となり、そのせいで、翻訳では駄洒落や卑猥な言葉に置き換えられている。

舞踏靴を履いたロミオ

第二幕第四場、キャピュレット家の舞踏会場を出たロミオは二人の友人から離れて、キャピュレット家の庭園に忍び込む。バルコニーにもたれてロミオへの恋心を吐露するジュリエットに遭遇する。ここから物語は急転直下……

　ジュリエットと別れたロミオはローレンス神父を訪れ、結婚の手筈を整える。その帰途、待ち伏せるベンヴォーリオとマキューショーに出会《でくわ》す。二人は帰宅して着替えを済ませていた。ロミオは舞踏会用の衣装を着て、底が薄くて軽い舞踏靴を履いている。この情況を思い描かないと、続く薄底をめぐる洒落合戦は理解出来ない。シェイクスピアの作品中、最も難解な箇所だ。

　マキューショーは、ロミオが想い人ロザラインと夜を共にしたとばかり思い、からかうが、ジュリエットの心を得たロミオは平然としている。

マキューショー　見事に射抜いたんだろう。
ロミオ　これまた丁重なご説明。
マキューショー　そう、おれは礼節の華よ。
ロミオ　花のなかの華だな。
マキューショー　そうだ。
ロミオ　へえー、花なら、おれの靴についている。

マキュショーの仄めかし「見事に射抜いたんだろう」にロミオが「これまた丁重なご説明」といなすと、マキュショーは「そう、おれは礼節の華よ」と自画自賛。「礼節の華」の原文は the pink of courtesy。英語のピンクにエロティックな意味はない。例えば、ラファエロの有名な聖母子像 *The Madonna of the Pinks*（一五〇六―七、ロンドン、ナショナル・ギャラリー）では、聖母子が赤いカーネーション（pinks）を交換している。ピンクは「聖愛」（divine love）の象徴。「おれは礼節の華」を「俺は礼儀にかけちゃ、絶倫だからね」（既訳）とするのはピンクの意味を取り違えている。pink を花、華と訳さないと、ロミオの「花なら、おれの靴についている」に繋がらない。当時、薔薇飾り付きの紳士靴が流行していた。ロミオの舞踏靴には薔薇飾りがついている。

「薄底靴」の洒落合戦から浮かび上がるのは、軽妙洒《しゃ》脱《だつ》なマキュショーを軽くいなすロミオの知性の豊かさである。

2——北村紗衣、二〇一六、七月一六日。

外国が舞台でも、イギリスを想定して

『ロミオとジュリエット』の冒頭、キャピュレット家の召使いのグレゴリが同僚のサムソンに、モンタギュー家の者に会ったら、手出しをするなと、警告する。サムソンは応える。

サムソン　あの家の犬っころ見てもかっとなる。モンタギューの男か女なら、おれは壁際に行くね。

「壁際に行く」の原文は I will take the wall。「ただじゃおかない」「ただじゃすまさん」などと訳されているが、そうではない。当時のロンドンの風景を彷彿とさせる台詞なのだ。観客は町なかの光景を思い浮かべたに違いない。城壁に囲まれ、道幅は狭く、両側に、二、三階の木造の建物がひしめく人口二〇万ほどの大都市。パリやマドリッドといったヨーロッパの大都市

と同じく、トイレはなく、汚物をバケツに入れ、二階の窓から道路に放り投げた。スペインのように汚物を投げる前に、「水だよ！」（¡Agua va!）と叫ぶ決まりがあるところもあった。通路を歩くと、汚物まみれになりかねない。だから、壁際へ行き、通路を避けた。男性が女性を通路の内側にエスコートする習慣も、この汚物まみれの都市から生まれた。

イタリア式剣術法――二刀流

シェイクスピア時代の決闘は、イタリア式剣術が主流だった。右手に細身の長剣を持ち、左手に持つ短剣で相手の剣先を払いながら、急所を突く。刃は長剣の先についているだけで、日本刀とは違い、「斬り結んだり」「斬り合ったり」、ましてや「みじん切り」などは出来ない。

シェイクスピアはイタリア人の有名な剣術士ヴィンチェンティオ・サヴィオロ著の剣術書 *Vincentio Saviolo His Practise*（一五九五）[3]を参照したと思われる。同じくイタリア人のジャコモ・ディ・グラシー（Giacomo Di Grassi）著の剣術書の英訳版 *His True Arte of Defence*（一五九四）も出版された。

サヴィオロが、イタリア人ロッコ・ボネッティがロンドンに開設した剣術学校での剣術の指南のために来英したのは一五九〇年だった。サヴィオロは、宮廷でも剣術を教え、地方出張もし、イタリア式剣術を広め、一五九九年に亡くなるまで指南した。

サヴィオロの剣術書は、第一部がイタリア式剣術の手引書、第二部が決闘のマナーを説く倫理書となっている。サヴィオロは激情に駆られて決闘することを何よりも諌めているが、マキューショーもティボルトもロミオも激情に駆られて剣を抜く。ロミオは最後にパリスも手にかける。モンタギュー、キャピュレット、大公エスカラス家の、花の盛りの四人の若者が決闘で命を落とす。

ヴェローナの決闘沙汰はロンドン社会の反映

ヴェローナで、日常的に多発する喧嘩・決闘沙汰は、実は当時のロンドンを反映している。決闘は法律で禁じられていた。剣の刃の長さを定める法令もあった。しかし、私闘は止まず、社会不安の原因になっていた。

平民でさえ、重くて長い剣（sword）で、貴族は長剣（rapier）と短剣で武装した。女性はジュリエットのように、短刀を携帯した。

　シェイクスピアの周辺でも、決闘や殺傷沙汰が絶えなかった。ロンドンのブラックフライヤーズに、剣術学校を開設し剣豪を輩出した、当のボネッティが、一五八七年に、決闘で命を落としている。演劇界だけでも、次のような事件があった。

　一五八七年、女王一座の俳優ウィリアム・ネルが決闘で落命。シェイクスピアの親友で、ライバルの劇作家ベン・ジョンソンは、俳優ガブリエル・スペンサーと喧嘩の末、決闘となり、相手を殺害し、投獄された。一五九九年、劇作家ヘンリー・ポーターは劇作家ジョン・ディに決闘で殺害された。シェイクスピアの最大のライバルだった劇作家クリストファー・マーローも、殺傷沙汰で命を落としている。ロンドンの演劇界はまことに物騒なところだったのである。

名誉ある決闘とは

決闘の作法では、まず、決闘状を相手に送る。受取人は弁明する。弁明が受け入れられない場合は、決闘場へ行き、決闘に臨む。ティボルトはロミオに決闘状を送ったが、ロミオがそれを読んだ形跡はない。

　第三幕第一場、日差しが照り付けるなか、ベンヴォーリオとマキューショーはティボルトに出会う。ティボルトはマキューショーに喧嘩をふっかける。そこへ、ロミオが現れる。ティボルトはマキューショーに「主の平和」（ミサの最後の方で、信者同士が交わす挨拶）と言ってその場を離れる。お目当てはロミオなのだから。

　ティボルトはロミオを挑発する。ロミオは挑発をかわすが、マキューショーが応じる。だが、マキューショーは、仲裁に入ったロミオの腕の下から突かれ、落命する。ロミオは激情を抑えきれず（仇討ちは決闘の正当な理由になる）、ティボルトに剣を向ける。

　サヴィオロが説く決闘の心得は次のようなものである。

一　決闘に臨む者は高貴に振る舞わなければならな

3――*Three Elizabethan Fencing Manuals,*（第三章第一場注5）に収録されている。サヴィオロの著は、エリザベス一世の寵臣エセックス伯爵ロバート・デヴローに献呈されている。

い。賢明さは勇気に優る。

二　決闘の目的は真実を正当化し、正義をもたらすこと。さらなる復讐を招いてはならない。

三　決闘に臨む者は自分を抑制しなければならない。

四　決闘する者は「良心」を持って闘うべし。神は悪しき意図を打ち砕き、悪しき欲求に仕返しをなさる。

五　決闘は人間の正しき理性に基づくものでなければならない。理性に基づかない決闘は獣の争いと同じ。正義と大義があるときのみ、剣を手にすべきである。

ロミオはティボルトを剣で突いてから、己の愚かしさを悟る。「おれは運命の慰みもの」（第三幕第一場）。激情に駆られてティボルトを刺し、結婚の誓いを交わしたジュリエットを死に追いやり、パリスを殺害し、自らも果てる。剣社会がもたらす激情が悲劇の元凶である。シェイクスピアは、剣社会がもたらす過酷な暴力に鋭い警鐘を鳴らしている。銃のみならず、ＳＮＳなどの誹謗中傷で人を苦しみや死に追いやる今の社会への警告でもあるとも受け止めたい。

夏の夜の夢

A Midsummer Night's Dream

『夏の夜の夢』

登場人物

宮廷人

テセウス……アテネ公爵
ヒポリュテ……アマゾンの女王、テセウスの婚約者
イージウス……ハーミアの父
ハーミア……イージウスの娘、ライサンダーと恋仲
ヘレナ……デミトリウスに恋する娘
ライサンダー……ハーミアと恋仲、ヘレナに恋する
デミトリウス……ハーミアの求婚者、ヘレナに恋する
フィロストレート……儀典長
他に貴族たち、宮廷人たち

職人たち

ニック・ボトム……機織り職人、ピュラモス役
ピーター・クインス……大工、演出係、口上役
フランシス・フルート……ふいご直し、ティスベ役
トム・スナウト……鋳掛屋《いかけや》、壁役
スナッグ……家具職人、ライオン役
ロビン・スターヴリング……仕立屋、月光役

妖精たち

オベロン……妖精の王
ティテーニア……妖精の女王
ロビン・グッドフェロー……パック、オベロンに仕える妖精
他に豆の花、蜘蛛《くも》の巣、蛾《が》、芥子《からし》の種、妖精、妖精、妖精の供の者たち

翻訳底本は The Arden Shakespeare *A Midsummer Night's Dream*. Edited by Sukanta Chaudhuri. London: Bloomsbury, 2017.

第一幕第一場

〔テセウス、ヒポリュテ、（フィロストレート）他登場〕

テセウス　さて、美しいヒポリュテ、我らの婚礼が
間近に迫っている。四日《よっか》も楽しく過ごせば
新月だ。[1] それにしても、月が何とゆっくり
欠けることか！　我が欲望におあずけを食らわせ
寡婦か夫と死別した継母のように
若い跡継ぎの財産を減らしているかのようだ。[2]

ヒポリュテ　四度《よたび》の昼はたちまち夜に吸い込まれ
四度の夜はたちまち夢と過ぎましょう。
それから、天空で引き絞られた
銀の弓にも似た新月が、婚礼の夜を
見守ってくれます。

テセウス　　行け、フィロストレート
アテネの若者たちに活を入れ、お祭り騒ぎに駆り立てろ。
陽気な気分を盛り上げ
鬱《ふさ》ぎの虫は叩き出して葬式にくれてやれ。
青白い顔は我らの婚礼の華やぎに似合わない。
ヒポリュテ、わたしはこの剣でそなたを口説き
傷つけ、愛をもぎ取った。

1――新月に結婚すると、子宝に恵まれると信じられていた。
2――当時の未亡人は、夫の財産の三分の一を相続した。

だが、がらりと調子を変えてそなたと結婚しよう
華やかに、盛大に、賑《にぎ》やかに。

〔イージウス、ハーミア、ライサンダー、デミトリウス登場〕

イージウス　誉れ高き公爵さま、おめでとうございます！

テセウス　ありがとう、イージウス。どうした？

イージウス　取り乱しておりまして
娘ハーミアを訴えに参りました。
前へ、デミトリウス。高貴なる公爵さま
この男は、娘と結婚する承諾をわたしから得ております。
前へ、ライサンダー。お情け深い公爵さま
この男は、娘の心に魔法をかけました。
おい、貴さま、ライサンダー、娘に恋歌を送り付け
愛のしるしの贈り物を交わしたな。
月明かりをたよりに、娘の窓辺で
猫撫《ねこな》で声で、でっち上げの恋の歌を歌い
娘の恋心を盗んだな
貴さまの髪の毛を嵌《は》めた腕輪、指輪、安ピカ物の装身具
飾り小物、がらくた、くだらぬもの、花束、菓子など
初心《うぶ》な娘の心を摑む小物で
巧みに娘の心をくすね

わたしに従順な娘を
強情者に変えた。お情け深い公爵さま
娘が公爵さまの前で
デミトリウスと結婚するのを拒《こば》むなら
アテネの古くからの特権に訴えます。
娘はわたしのものですから
この紳士に渡すか
死か、我が国の法に従い
この件では、我が意のままに。

テセウス　何か言うことは、ハーミア？　よく考えなさい。
そなたにとり、父親は神のごとき存在
その美しさを造ったのは父親だ。そう
父親にとり、そなたは父親によって
蠟《ろう》に刻印された姿形《すがたかたち》に過ぎず
その姿を保つのも
損なうのも、父親の意のまま。
デミトリウスは立派な紳士だぞ。

ハーミア　ライサンダーもそうです。

テセウス　　　　　　　それはそうだ。
だが、父親の賛同を得ていないのだから
もう一人のほうが、より立派に違いないのだ。

ハーミア　父がわたしの目で彼を見てくれればいいのですが。

テセウス　むしろ、そなたの目が父親の分別で見るべきだ。

ハーミア　どうか、お許しください、公爵さま。
いかなる力がわたしをこれほど大胆にしているかわからず
このような場で、お尋ねするのは
女の慎みに関わることかも知れませんが
どうぞ、お教えください
デミトリウスと結婚するのを拒めば
この件で、どのような重い罰が下るのでしょうか。

テセウス　死刑か、あるいは
世間との交わりを永遠に断つか。
だから、美しいハーミア、自分の心に問い
自身の幼さを考え、今の気持ちを正しなさい
父親の選択に従わないなら
修道女の衣に身を包み
薄暗い修道院に永遠に閉じ込もり
生涯、石女《うまずめ》の修道女として生き、冷たく不毛の
月の女神に、[3]気のない讃美歌を捧げることになる。
欲望を抑えて処女の旅路に耐える者は
神の恵みを三倍受ける。[4]
しかし、この世の幸せは香《こう》を搾《しぼ》られた薔薇《ばら》[5]
摘みもされずに、棘の上で成長し
生き、枯れ、死ぬるより、ずっと幸せだ。

ハーミア　そのように成長し、生き、死にとうございます
処女の特権[6]を夫に譲り
望みもしない結婚の軛《くびき》にかけられ
放棄するくらいなら。

テセウス　時間をかけ、次の新月までに
わたしと我が愛《いと》しき人が
永遠の契りを結ぶその日までに
父親の意志に背いた罰で
死を受け入れるか、あるいは
父親が望む通り、デミトリウスと結婚するか
あるいは、ダイアナ女神の祭壇で
永遠に、厳しい自制と独り身[7]を誓うか考えなさい。
デミトリウス　折れてくれ、可愛いハーミア。ライサンダー
きみの無効[8]な要求を、ぼくの正当な権利に譲ってくれ。
ライサンダー　きみはお父上のお気に入りだ、デミトリウス。
ハーミアはぼくに譲れ。お父上と結婚し給え。
イージウス　馬鹿な、ライサンダー、確かに、この男を気に
入っている。だから、わたしのものである娘をやるのだ。

娘はわたしのもの、だから、娘に対するすべての権利を
デミトリウスに譲渡するのだ。[9]
ライサンダー　公爵さま、わたしの家柄は彼に劣りませんし
身代《しんだい》とて負けません。ハーミアへの愛は彼に勝り
運勢は、より優勢とは言えないまでも
デミトリウスに劣りはしません。
それに、何にもまして誇れるのは
わたしは美しいハーミアに愛されています。
なぜ、権利を行使してはいけないのでしょう？
デミトリウスは、本人を前に申しますが
ネダーさまの娘ヘレナに求愛し[10]
愛を勝ち得ました。優しいヘレナは
彼に心底惚れ、崇拝せんばかり
この汚れた移り気[11]な男をです。

3——月の女神ダイアナは処女神で、仕えるのは処女の未婚の女性。
4——中世以来の女性観によれば、女性には三つの生き方があった。結婚せず、神に献身する生き方は神の恵みを三倍受ける。理由は性に関わらないから。二番目は、性と無縁になった寡婦。最下位が、結婚して子を産む生き方。
5——distilled. distill=to extract the essence of a plant by distillation (OED.v.4.b).
6——virgin patent. patent=privilege or distinctive right. The Arden Shakespeare *A Midsummer Night's Dream* (2017).
7——austerity and single life. austerity=severe self-restraint (OED.n.2.a).
8——crazed=impaired, damaged (OED.adj.3)「損傷を受けた」。
9——estate=to bestow or settle as an estate on a person (OED.v.3). 娘を不動産と考えている。
10——made love. make love=to court, woo (OED.love.n.P.3.a.i).
11——this spotted man. 斑点のある蛇（spotted snake）のイメージ。

テセウス　いろいろと耳にしておる
それについてデミトリウスと話すつもりだった。
しかし、自分のことにかまけて
失念していた。そうだ、デミトリウス、来てくれ
それに、イージウスも来てくれ。一緒に来てくれ。
その方たちに、ないないに諭すことがある。
よいか、美しいハーミア、覚悟しておけ
自分の気持ちを父親の意に添わせるようにな。
さもなければ、アテネの法律がそなたを
死刑に処すか、独身の誓いを命じることになる。
法律に手心を加えることは出来ぬのだ。
おいで、ヒポリュテ。どうした、愛しい人[12]？
デミトリウス、イージウス、来なさい。
婚礼の準備に手を貸して欲しい
それに、そなたたちに関わることで
話したいこともある。
イージウス　謹《つつし》んで参ります。
〔ライサンダー、ハーミアを除いて（みな）退場〕
ライサンダー　ハーミア、どうした？　そんな青い顔をして？
どうして、頬の薔薇色が急に褪せたの？
ハーミア　雨が足りないせいかも。
涙が溢れてきそう。
ライサンダー　ああ！　本を読んだり
物語や歴史を聞いたりしても

真の愛の行路はすんなり行ったためしがない。
生まれが違うとか――
ハーミア　悲しいわ、身分が高過ぎて下々に心を奪われない！
ライサンダー　年の差があり過ぎるとか[13]――
ハーミア　酷いわ、年を取り過ぎて若い人と結婚出来ない[14]！
ライサンダー　身内が選んだ人に決めるとか――
ハーミア　最悪、他人の目で恋人を選ぶなんて！
ライサンダー　あるいは、相思相愛でも
戦《いくさ》、死、病気が愛を包囲し
音のように束の間で
影のように儚《はかな》く、夢のように短く
真っ黒な夜の稲妻《いなずま》のようにあっけなく
光ったかと思うと天地を照らし
「見て」という間もなく
暗黒の顎《あご》[15]が飲み込んでしまう。
ぴかっと輝くものは滅びる。
ハーミア　真の恋人たちが常に邪魔されるなら
それは運命の決まりなのよ。
それなら、試練に耐えましょう
恋につきものの苦難なのだから
思い、夢、溜息
願いや涙のように、哀れな愛のお供なのよ。
ライサンダー　納得。それなら、ハーミア、聞いてくれ。
ぼくには未亡人のおばがいる

資産家で、子どもはいない。
アテネから二〇マイルほど離れたお屋敷に住んでいて
ぼくを一人息子のように可愛がってくれている。
そこでなら、優しいハーミア、きみと結婚出来るし
そこまで、アテネの厳しい法律は
ぼくたちを追って来ない。ぼくを愛しているなら
明日の晩、お父上の家をそっと抜け出してくれ。
町から三マイル離れた森で
以前、五月祭の朝に、お祝いをするため
ヘレナと一緒にきみに会ったところ
そこで待っている。

ハーミア　嬉しいわ、ライサンダー
キューピッドの一番強い弓に懸けて
黄金の鏃《やじり》[16]付きの最上の矢に懸けて
ヴィーナスの鳩の天真爛漫《らんまん》に懸けて
二つの魂を結び、愛を育むものに懸けて
それに、不実なトロイの戦士が帆を揚げるのを見て
カルタゴの女王が身を投じた炎に懸けて[17]
男たちがこれまで破ったすべての誓いに懸けて
その数は、女性たちの誓いを上回るけど
あなたが決めたところで
明日、必ず会いましょう。

ライサンダー　約束だよ、愛しい人。おや、ヘレナだ。

〔ヘレナ登場〕

ハーミア　こんにちは、美しいヘレナ！　どちらへ？

ヘレナ　美しい？　その「美しい」を取り消してよ。
デミトリウスはあなたの美しさに恋している。
幸せな美女だこと！　目は北極星、声は甘い調べ

12——ヒポリュテが沈んでいるのは（1）それまで放っておかれたから。（2）お祝い気分に水をさされたから。（3）結婚式を目前に、「死刑」や「独り身」などの不吉な話題が入り込んできたから。（4）父親が娘に結婚を強要する様子に、テセウスに国を侵略されて結婚を強いられたことを思い出し、不快感を覚えたから。

13——misgrafed. misgrafed=badly matched (OED.adj.).

14——年配の男性と若い女性の結婚は揶揄《やゆ》や風刺の対象となり、絵画や文学作品のテーマになった。ジェフリー・チョーサーの『カンタベリー物語』（一三八七頃—一四〇〇）の「商人の話」の老人ジャヌアリ（一月）と若いメイ（五月）の結婚のように。

15——中世劇の地獄の門は、怪獣（怪魚）の顎（jaws）が大きく開いた形で表された。

16——キューピッドが放つ黄金の矢（鏃が黄金）に射られたら、たちまち恋に落ちる。

17——古代ローマの詩人ウェルギリウスの叙事詩『アエネイス』によると、カルタゴの女王ディドは、カルタゴに漂着したトロイの戦士アイネイアスと恋に落ちるが、彼がローマ建国のためにカルタゴを去ると、焼身自殺する。

麦が緑になり、山査子《さんざし》が蕾《つぼみ》をつける頃には
羊飼いの耳に、雲雀《ひばり》の声よりずっと美しく響く。
病気はうつるわ。美しさもそうあって欲しい！
あなたの言葉を真似て習得しなきゃ[18]、美しいハーミア。
さよならする前に、耳があなたの声をうつし、目が
あなたの目を、口があなたの甘い口調をうつさなければ。
世界がわたしのものなら、デミトリウス以外は
みんな、あなたにあげる。
ねえ、教えて、どんな風に見て、どんな手で
デミトリウスの心を動かすの。

ハーミア　顔をしかめてやるの、それでも、好きだって。

ヘレナ　わたしの笑顔がその手管を教えて貰えるなら！

ハーミア　罵《ののし》るの、それでも、好きだって。

ヘレナ　ああ、わたしの祈りがかれの愛を動かせるなら！

ハーミア　嫌えば嫌うほど、追い掛けて来るの。

ヘレナ　慕えば慕うほど、嫌われるの。

ハーミア　あの人の愚かさは、ヘレナ、わたしのせいじゃない。

ヘレナ　あなたの美しさのせいよ。わたしのせいであれば！

ハーミア　心配しないで。わたしの顔はもう見せないから。
ライサンダーとわたしはここを脱出するの。
ライサンダーに会う前は
アテネが楽園のように見えた。
ああ、でも、愛にどんなお恵みがあるのか
ライサンダーが天国を地獄に変えた！

ライサンダー　ヘレナ、ぼくたちの決心を打ち明けるね。
明日の晩、月の女神ポイベ[19]が
銀色の面《おも》を水鏡に映し
刀のような葉の縁《ふち》を露の真珠で飾り
恋人たちの駆け落ちを隠してくれる頃に
アテネの城門をこっそり抜け出すつもりなんだ。

ハーミア　そして、あの森、あなたとわたしが
しょっちゅう、淡い紅色の桜草の土手で寝転んで
秘密を打ち明け合ったでしょ
あの森で、ライサンダーとわたしは落ち合い
アテネに背を向け、新しいお友達や
見知らぬお仲間を見つけることにしたの。
お別れね、優しい遊び友達。わたしたちのために祈ってね
デミトリウスと幸せになりますように。
約束を守ってね、ライサンダー。明日の夜更けまで
会えないから、目はひもじい思いをするわ。〔退場〕

ライサンダー　守るとも、ハーミア。ヘレナ、さようなら。
デミトリウスがきみに夢中になりますように。〔退場〕

ヘレナ　幸せな人がいるものなのね！
アテネでは、わたしも同じくらい綺麗だと思われている
でも、それが何なの？　デミトリウスがそう思わないのに。
みんなが知っていることを知ろうともしない。
それに間違っている、ハーミアの目に夢中だなんて
デミトリウスに夢中のわたしだってそう。

愛は釣り合いを知らないから、卑しくむかつくものを
気品ある姿形に変えてしまう。
愛は目でなく心で見るもの
だから、翼のあるキューピッドは目隠しをして
描かれる。分別なんか、これっぽっちもない。
翼があって目がないのは、無責任な慌《あわ》て者の証拠。
だから、キューピッドは子どもと言われる
しょっちゅう選び間違えるのだもの。
悪戯《いたずら》っ子がふざけて嘘をつくように
あの愛の小僧はあちこちで人を騙す。
デミトリウスはハーミアの目を見るまでは
ぼくはきみだけのものだと、誓いを雨霰《あめあられ》と降らせた。
でも、ハーミアの熱を感じると
めろめろになり、誓いの雨は溶けてしまった。
ハーミアの駆け落ちをデミトリウスに知らせよう。
そうしたら、彼はハーミアを追って
明日の夜、森へ行くわ。知らせたことで
感謝されても、いっそう傷つくだけ。
でも、森へ行って、戻って来る姿を目に出来るなら
傷の痛みは報われる。〔退場〕

第一幕第二場

〔大工クインス、家具職人スナッグ、機織り職人ボトム、ふいご直しフルート、鋳掛屋スナウト、仕立屋スターヴリング登場〕

クインス みんな揃ったか？

ボトム あまねく呼べば[20]いい、名簿に従い、一人ずつ。

クインス これはみんなの名が載った名簿だ、ご婚礼の夜に公爵と公爵夫人の御前で演じる芝居に相応しいと思われるアテネの役者の名が記されている。

ボトム ピーター・クインス親方、まず、どんな芝居か教えてくれ。それから役者の名前を読み上げてくれ。そこで、結論を。[21]

クインス あいよ、芝居は「いとも悲しき喜劇、ピュラモスとティスベのいとも残酷なる死」だ。

ボトム いい芝居だぞ、それに愉快な芝居だ。では、ピーター・クインス、名簿に従い、役者を呼び出してくれ。諸君、広がれ。

18——I catch your words. catch=to acquire (something) by imitation (OED.v.II.23).
19——ギリシア神話の女神。ローマ神話の月の女神ダイアナに相当。
20——generally. individually「一人ずつ」の誤用。
21——grow to a point. grow=to draw to conclusion, point, etc. (OED.v.I.11.c). point=a conclusion (OED.n.I.iv.11)、「結論」。

クインス　呼んだら返事をしろ。機織り職人ニック・ボトム？
ボトム　はいよ。おれがどんな役か言って、続けてくれ。
クインス　ニック・ボトム、あんたの役はピュラモスだ。[22]
ボトム　ピュラモスって何だ？　恋する男か、暴君か？
クインス　愛のために、いとも勇敢に自害する男だ。
ボトム　真に迫る演技で、お涙頂戴《ちょうだい》する。おれが演《や》るなら、お客は目に気をつけなければな。涙の嵐を巻き起こすぞ。多少[23]嘆いて見せる。だいたい、おれは暴君役向き。ヘラクレスとか、喚き散らす役[24]とか、悲しみで身を劈《つんざ》[25]く役とかうまいもんだ。

怒れる岩礁《がんしょう》
震える衝撃《しょうげき》
牢獄の門の
錠前《じょうまえ》破る
太陽神の戦車
彼方《かなた》に煌《きら》めき
愚昧《ぐまい》な運命を
左右する

高尚《こうしょう》だろ。さあ、残りの役者の名を。これはヘラクレスの口調、暴君の台詞回し。恋する男の役はもっと感傷的だ。
クインス　ふいご直しのフランシス・フルート？
フルート　はい、ピーター・クインス親方。
クインス　フルート、ティスベを演って貰おう。
フルート　ティスベって？　遍歴の騎士か？
クインス　ピュラモスが愛する女性だ。
フルート　嫌だな、女の役は勘弁《かんべん》してよ。髭が生えてきたんだ。[26]
クインス　構わん。仮面《マスク》をつけ[27]、なるべく静かに喋《しゃべ》れ[28]。
ボトム　顔を隠すから、ティスベも演らせてくれ。恐ろしく小さな声で喋るからさ。「ティスベ、ティスベさま！」——「あい、ピュラモスさま！　愛しの我がきみ！　あんたの愛しいティスベ、愛しい女でござんす[29]」。
クインス　いや、いや。おまえさんの役はピュラモス。フルート、おまえさんはティスベだ。
ボトム　よし、続けろ。
クインス　仕立屋ロビン・スターヴリング？
スターヴリング　はい、ピーター・クインス親方。
クインス　ロビン・スターヴリング、おまえさんはティスベの母親役だ。鋳掛屋トム・スナウト？
スナウト　はい、ピーター・クインス親方。
クインス　おまえさんはピュラモスの父親役だ。おれはティスベの父親役。家具職人スナッグ、おまえさんはライオン役だ。これで出揃ったな。
スナッグ　ライオンの台詞は出来ているの？　そうなら、くれよ、覚えが悪いからさ。
クインス　即興で演れ、吠えるだけだ。
ボトム　ライオンも演らせろ。吠えてやる、聞いたら愉快な気分になるように。公爵に「あいつにもう一度吠えさせろ、もう一度吠えさせせろ」と言わせて見せる。

クインス　恐ろしい吠え方でもして、公爵夫人やご婦人方を怖がらせ、ご婦人方が悲鳴を上げたら、みんな縛り首だ。
全員　縛り首だ、みんな。
ボトム　みんな、分別を無くすほど、ご婦人方を怖がらせたら、おれたちを縛り首にする他ない。だが、おれは声を荒らげて、[30]乳離れしていない鳩みたいに優しく吠える。夜鳴鳥《ナイチンゲール》みたいに吠えてやる。
クインス　ピュラモス以外の役は演れないんだよ。ピュラモスは甘いマスクの、夏の日に目にする、いとも紳士風情のいかす男だ。だから、ピュラモスを演る他ないんだ。
ボトム　では、演りましょう。どんな鬚をつければいい？
クインス　そりゃ、好きにするさ。

ボトム　麦藁色《むぎわらいろ》か、オレンジっぽい色か、赤っぽい色か、フランス金貨みたいな色か、真っ黄色か。
クインス　フランス病にやられると、禿《はげ》になる。[31]だから、鬚なしで演るんだ。さて、諸君、これが各人の台詞だ。諸君に嘆願し、要望し、要請しなければならない、明日の晩までに台詞を覚えて、町から一マイルの公爵さまの森で、月明かりをたよりに落ち合って欲しい。そこで稽古する。町なかで会うと、野次馬に邪魔され、計画がバレてしまう。それまでに、芝居に必要な小道具の一覧を作っておく。約束を忘れるな。
ボトム　忘れるもんか。あそこでなら、公序良俗に反して[32]精力的に稽古出来る。台詞をよく覚えて来い、じゃな。
クインス　公爵さまのオークの木のところで落ち合おう。

22——set down=to put down in writing (OED.v.5.a). 役と役者名は名簿に記されている。
23——in some measure.「大いに」と言うべきところ。
24——tear a cat=to rant and bluster (OED.tear.v.I.1.d). 中世劇のヘロデ王が有名だった。
25——make all split. split=to go to pieces (OED.v.II.8). ハムレットは旅役者に、役者が「土間客の耳を劈く（split the ears of the groundlings）のを聞くと、胸くそが悪くなる」と言う（『ハムレット』第三幕第二場）。
26——女役は声変わりする前の少年が演じた。鬚が生えたフルートは女役に向いていない。
27——女性は肌を日差しから守るために、額と頬を隠す仮面をつけた。
28——speak as small as you will. small=quietly, in a small or low voice (OED.adv.2.a).
29——you. ここから、クインスは丁寧語の you を用い、役者たちに敬意を表す。
30——aggravate. moderate「抑えて」の誤用。
31——フランス病（性病）に罹《かか》ると毛髪（鬚も）が抜けると信じられていた。
32——obscenely. obscurely「人目につかずに」の誤用。

ボトム　合点だ。何が起きても行くぞ。[33]〔退場〕

第二幕第一場

〔一方の扉から妖精、もう一方の扉からロビン登場〕

ロビン　おや、妖精さん、どこへ行く？

妖精　藪《やぶ》を抜け、丘を越え、谷を越え
狩猟園を越え、茨《いばら》を抜け
水をくぐり、柵を越え
月より速く
あちこち流離《さすら》い
妖精の女王に仕え
芝地に露で妖精の輪を描く。
のっぽの黄花九輪桜《きばなのくりんざくら》は親衛隊
親衛隊の黄金色の上着の水玉模様は
ルビー、妖精の勲章
一つ一つに甘い香り
露の滴《しずく》を見つけては
親衛隊の耳に、真珠をぶら下げる。[1]
さようなら、野暮天《やぼてん》の妖精さん。[2]行くわよ。
女王さまとお付きの妖精たちがすぐにやって来ます。

ロビン　妖精の王が今夜、ここで宴会を開く。
女王が王の目につかないよう気をつけるんだ。
オベロン王は酷くお怒りだ
女王が、インドの王から可愛い男の子を盗んで
お小姓にしているからだ。
あんなに可愛い取り替えっ子[3]を供にしたことはない。
嫉妬深いオベロン王は、その子を
お供の列[4]の騎士にして、森を疾走するお考えだ。
でも、女王は愛しい子を手放さず
花の冠を被せ、可愛がって独り占め。
今や、お二人は、森でも、芝地でも
澄んだ泉のそばでも、煌めく星明かりの下でも
会えば喧嘩、お供の妖精たちはみな、怖がって
どんぐりの殻にもぐりこみ、隠れる始末。

妖精　あなたの姿形を見間違えていなければ
あなたは悪戯好きでわんぱくな妖精
ロビン・グッドフェローでしょう。
村の娘さんたちを怖がらせたり
牛乳のクリーム[5]を盗んだり、碾臼《ひきうす》を回したり
息を切らしたおかみさんのバター作りを邪魔したり
ビールの泡をたたなくしたり
夜道を歩く人を迷わせたりして、難儀を笑うのよね？
あなたをホブゴブリンとか、親切なパックとか呼ぶ
人たちの仕事を手伝ったり、幸運を授ける。
それはあなたじゃない？

ロビン　　　　　　　その通り。
おいらは陽気な夜の放浪者。

オベロン王に冗談言って笑わせ
食い過ぎて肥えた種馬を騙し
若い雌馬の振りしてヒンヒン哭《な》く。
焼きりんごに化《ば》けて
祝い酒《エール》[6]に潜み
子どもの誕生祝いに招かれたばあさんが
飲もうとすると、唇にひょいと飛び移り
萎《しな》びてたるんだ喉元に酒をぶっかけもする。
物知り顔のおばさんが悲しい話をしながら
ときに、おいらを三脚椅子と間違える。
おいらが尻からすり抜けると、すってんころりん
「お尻が」と叫び、咳込《せきこ》む始末。
みんな腹を抱えて大笑い
面白がって涙を流し、くしゃみをし

こんなに楽しい思いはしたことないと言う。
妖精さん、場所を空けて。オベロン王のお成り。

妖精　こちらは、女王さま。ぶつかりませんように。

〔一方の扉から、オベロン王とお供が、もう一方の扉からティテーニアとお供登場〕

オベロン　月夜に出逢うとは不吉だな、高慢なティテーニア。

ティテーニア　嫉妬深いオベロンね？　妖精たち、お逃げ。
お床を共にするのも、連れ立つのも断つと誓ったのよ。

オベロン　待て、尻軽女。おれはおまえの夫ではないか？

ティテーニア　それなら、わたしはあなたの妻ですわね。
でも、知っているのよ。妖精の国をこっそり抜け出し
羊飼いのコリンに化けて、終日座《ひねもすすわ》り[7]
麦笛を吹き、艶《なま》めかしいフィリダに詩歌で
恋心を告げたでしょ[8]。なぜ遥かインドの山奥[9]から

33――Hold, or cut bowstrings. 退却する弓射手が、敵に使用させないために、弦を切って重い弓を放棄したことに由来する言い回し。直訳は「持ちこたえるか、弓の弦を切るか」。

1――真珠は露から出来ていると信じられていた。男性が真珠の耳飾りをつけるのが流行した。

2――lob of spirits. ロビンは小さな妖精と違い、図体が大きく毛むくじゃらで小さな角をはやしている。動物、悪霊、道化、役者などの要素を合わせ持つ。がさつで乱暴なので、オベロン王しか支配出来ない。家事の手伝いなどをし、心根は良い。

3――妖精は三〇〇年以上生きるので、血を若返らせるために、人間の赤ん坊を盗み、醜い妖精の子（取り替えっ子）を置いていく。

4――妖精王や妖精女王は妖精たちを従え、隊列を組み、月夜の晩に、森を疾走する。

5――ロビンの好物。

6――in a gossip's bowl. gossip=applied to a woman's female friends invited to be present at a birth (OED.n.2.b)、「子どもの誕生に招かれた女性客」。

7――コリンとフィリダはエリザベス朝時代の田園詩に登場する羊飼いのカップル。

やって来たのです？
きっと、あの活発なアマゾンの女王
編み上げ靴の、あなたの勇ましい愛人を
テセウスと結婚させるためでしょう。
新床《にいどこ》を祝し、子孫繁栄《しそんはんえい》を祈りに来たのね。

オベロン　よくもまあ、恥を知れ、ティテーニア
ヒポリュテを持ち出しておれの名誉を傷つける気か。
テセウスにぞっこんなのを、おれが知らないとでも？
星がほのかに輝く夜に、誘い出し、あいつが
手ごめにしたペリグーネを棄てさせたではないか？
美しいイーグリーズとの誓いも、アリアドネや
アンチオペとの誓いも破らせたではないか？[10]

ティテーニア　それは、嫉妬が生んだ妄想《もうそう》よ。
この夏の初め頃から
丘、谷、森、牧場《まきば》
小石が敷かれた泉や藺草《いぐさ》が茂る小川の側
あるいは砂浜で、わたしたちが風の音に合わせて
輪になって踊ろうとすると、その楽しみを[11]
あんたは騒々しいコティヨン風踊りで邪魔した。
それで、風は虚しくピューと鳴り
仕返しに、海から
疫病の霧を吸い上げ、[12]霧は陸《おか》に降り注ぎ
小さな川という川が氾濫し[13]
水が土手から溢れ出た。
牛が軛を引いても甲斐なく
農夫が汗を流しても甲斐なく、緑の麦は
芒穂《のぎほ》が出る前に腐り
水浸しの野に突っ立つ羊小屋は空っぽ
鴉《からす》が、伝染病で死んだ家畜で肥え太る。
駒遊び[14]の芝生の溝《みぞ》は泥《どろ》で埋まり
入り組んだ木立の緑の迷路は木が伸び放題
踏む者とてなく、見分けがつかない。
いっそ冬であればと、人は願う。
夜に、讃美歌もクリスマス・キャロルもない。
だから、月は、洪水の支配者は
怒りで青ざめ、空気を湿《しめ》らせ
鼻風邪《はなかぜ》が大流行。
この混乱のせいで、季節が
異変を来している。白髪頭の霜が
真っ赤な薔薇の初々しい膝を枕にし
老いた冬将軍の薄く氷のような頭に
愛らしい夏の蕾の甘い花の冠が
からかって被せられる。春、夏
豊作の秋、怒れる冬、みないつもの装いを
変える。あっけに取られた世の人は
作物を見ても、季節がわからない。
諸悪の原因は
わたしたちの仲違い、わたしたちの不和。

わたしたちが生んだ災《わざわ》いなのです。
オベロン　では、そなたが正せ。そなたの責任だ。
なぜティテーニアはオベロンを怒らせる？
小姓にしたくて、あの小さな取り替えっ子が
欲しいだけなのに。
ティテーニア　よろしいこと。[15]
妖精の国で、あの子をわたしから買えませんよ。
あの子の母親はわたしの熱烈な信者でした。
香ばしいインドの香りが漂う夜、しばしば
わたしのそばで、よもやま話をしてくれ
海辺《うみべ》の黄色い砂浜にわたしと並んで座り
商船が沖へ出てゆくのを眺めながら
帆が淫《みだ》らな風を受けて膨らみ
お腹が大きくなるのを見て笑い
愛らしく泳ぐような足取りで船を真似て陸を走り――
あの子をお腹に宿していたけれど――
ちょっとしたものをわたしのために
見つけては帰って来たものでした
商品を満載して航海から戻って来るかのように。
でも、所詮、人間、あの子を産むと亡くなり
あの人のために、あの子を育てているのです。
あの人のために、あの子を手放しはしません。
オベロン　いつまでこの森にいるつもりだ？[16]
ティテーニア　そうね、テセウスの婚礼が終わるまで。
あなたが癇癪《かんしゃく》を起こさずに踊りの輪に加わり
月夜の宴《うたげ》をご覧になりたければ、一緒にどうぞ。

8――versing in love. verse=to tell in verse (OED.v.2).
9――steep=slope, mountain. The Arden Shakespeare *A Midsummer Night's Dream* (2017).
10――ペリグーネは、盗賊の父をテセウスに殺され、テセウスの愛人になる。イーグリーズはテセウスに愛された妖精《ニンフ》。アリアドネは怪獣ミノタウロスを退治するテセウスに迷宮を脱出する糸をあたえた。アンチオペはテセウスに強姦《ごうかん》されるも、棄てられたアマゾンの女。
11――brawls. brawl=a kind of French dance resembling cotillon (OED.n.2.a). 一六世紀後半にイギリスで流行したフランス舞踏。『恋の骨折り損』（第三幕第一場）にも登場。
12――疫病の病原菌は海や沼から吸い上げられ、風、霧、空気で伝染すると信じられていた。
13――made so proud. proud=of the sea, a stream: strong, in flood (OED.adj.II.6.c).
14――nine men's morris. 芝生に幾重もの正方形の溝をつけ、men と呼ばれる九つの駒を取り合う遊び。
15――set your heart at rest. set at rest=to satisfy, assure (OED.rest.n.P6.a)、「得心させる」。
16――オベロンはティテーニアの感傷を無視し、話題を変える。人間の夫婦のようである。

でなければ、近寄らないで、お邪魔もしませんから。
オベロン　あの子をくれ。そうすれば、一緒に行ってやる。
ティテーニア　妖精の国と引き換えでもお断り。妖精たちよ
行くわよ。ぐずぐずしていると、喧嘩になります。
〔(ティテーニアとお供、オベロンのお供) 退場〕
オベロン　なら、勝手にしろ。この森から一歩も出さぬぞ
この侮辱の仕返しをするまではな。
おい、優しいロビン、こっちへ来い。覚えておろう
おれが岬に腰をおろし
イルカの背に乗る人魚[17]が
甘く美しい声で歌うのを耳にしたときのことを。
その歌に、荒海でさえ凪《な》ぎ
星々すら、人魚の歌を聞こうとして
狂ったように軌道から落ちた。
ロビン　覚えていますとも。
オベロン　そのとき見たのだ、おまえは見なかったろうが
冷たい月と地球の間を
キューピッドが、矢筒を背負って飛んでいるのを。
やつは、西の国の王座に座る美しい処女王《ヴァージンクイーン》[18]に
狙いを定め、恋の矢を勢いよく放った
一〇万もの心臓を射抜くかのような勢いだった。
だが、キューピッドの炎のような矢は
水面《みなも》に映る月の貞潔な光で消され
貞節な女王は、愛の想いに振り回されず
乙女の瞑想にふけりながら通り過ぎた。
さらに、おれはキューピッドの矢[19]が落ちたところを見た。
小さな花の上に落ちたのだ
ミルクのように白い花は、愛の傷で赤く染まり
乙女たちはそれを恋の三色菫《さんしきすみれ》[20]と呼ぶ。
その花を摘んで来てくれ。以前、見せてやった花だ。
その花の汁を、眠っている瞼《まぶた》に垂らすと
男であれ女であれ、最初に目にした
生き物に狂ったように夢中になる。
その花を摘んで、ここに戻って来い
海の怪物レビヤタン[21]が三マイルと泳がぬうちに。
ロビン　四〇分で、地球をぐるりと回って
戻って来ます。(退場)
オベロン　あの花の汁を手に入れたら
ティテーニアが寝入るのを見はかり
瞼に汁を垂らしてやろう。
目覚めて、最初に目にするものが
獅子《しし》であれ、熊であれ、狼であれ、牛であれ
悪戯好きな猿、知りたがり屋の大猿であれ
心底惚れて追い掛ける羽目になる[22]。
あれの目からこの魔法を取り除くには
別の花を使えば良いのだが
その前に、あの小姓を差し出させる。
おや、誰だ？　おれの姿は見えない

よし、立ち聞きしてやろう。
〔デミトリウス、彼を追いながらヘレナ登場〕（オベロン脇に）

デミトリウス　きみが好きじゃない、だから、追い掛けるな。
ライサンダーと美しいハーミアはどこだ？
あいつが追うのを止《と》め、おれが止まって求愛する。
二人がこの森へ逃げ込んだと言ったよな。
だから、ここに来たが、森のなかで気が狂った[23]
ハーミアに会えないからだ。
あっちへ行け、行ってくれ、もうつきまとうな。

ヘレナ　あなたが引き付けるのよ、つれない心の磁石《じしゃく》さん。
鉄ではなく、鋼のように硬いわたしの心を。
その力を捨ててちょうだい、そうすれば
つきまとうわたしの力もなくなるわ。

デミトリウス　あなた[24]を引き付けてる？　優しい言葉を
かけてる？　それどころか、はっきり言っているじゃないか
好きでもないし、好きにもなれないって？

ヘレナ　そんなこと言われると、もっと好きになっちゃう。
わたしはあなたのスパニエル犬[25]、それにデミトリウス
わたしをぶてばぶつほど、あなたにじゃれるからね。
あなたのスパニエル犬として扱ってちょうだい。蹴《け》って

17——一五八八年に、スペインの無敵艦隊に勝利した記念に制作されたエリザベス一世の肖像画「アルマダ・ポートレイト」（ロンドン、ナショナル・ポートレイト・ギャラリー、ウォーバン・アベィ他）には、女王が座る椅子の肘掛けに人魚の飾りがついている。人魚は、女王がスペイン王を美声でたぶらかし、海の女王になったことの象徴。

18——エリザベス一世のこと。結婚せずに、宗教分裂やフランスとの戦いに敗れて弱体化した国の復興に一生を捧げ、処女王と讃えられた。「西の国」（throned by west）とは、イングランドがアテネの西にあたることから。

19——bolt. 鏃が黄金のキューピッドの矢。

20——love-in-idleness. 催淫効果があると信じられていた。第四幕第一場で、オベロンは「キューピッドの花」と呼ぶ。この花の魔法を解くことが出来るのは「ダイアナの花の蕾」の汁。

21——聖書に登場する海の怪物。「あなたが造られたレビヤタンも、そこで戯れます」（『詩編』一〇四・二六、『ヨブ記』四一・一）。

22——男は頭で、魂（soul）と理性（reason）を備え、女は足で、肉体（body）と情熱（passion）を備え、男の支配を拒んだ女は獣《けもの》のように情熱の赴くままに行動すると信じられていた。

23——here I am, and wood within this wood. 一番目の wood=violently angry or irritated (OED.adj.3.b) は「狂った」、二番目の wood は「森」。

24——ヘレナとの距離を置くため、丁寧語の you を用いている。

25——「ぶたれるとじゃれつくスパニエル犬。ご主人をけっして見捨てない」の言い回しがあった。『十二夜』のマライアもサー・トービー・ベルチに「ビーグル犬」と呼ばれる。スパニエル犬は、残酷に扱われても主人に忠実と考えられていた。

殴《なぐ》って、ほったらかしにし、無視してもいい。
何の取柄もないけど、追い掛けるのは許して。
犬を扱うより酷い立場でいいって、あなたの心に
お願いしているのよ、こんな酷いことってある？
でも、わたしにとって最高の立場なの。

デミトリウス 嫌悪感を煽《あお》らないでくれ。
きみを見ていると、吐き気がする。

ヘレナ あなたを見ていないと、吐き気がする。

デミトリウス 乙女の慎みがなさ過ぎるんだ
町を出て、あなたを愛してもいない
男の手に身を委ね
闇夜の強姦者になり得る男を信じて
人里離れた場所の誘惑に
処女の宝を預けるのか。

ヘレナ あなたの男らしさがわたしの安全弁、というのは
あなたの顔を見ているときは、闇夜じゃないし
闇夜にいるとも思わないし
森が人里離れているとも思わないし
わたしにとり、あなたが世界のすべて。
全世界が、ここでわたしを見守っているのに
どうして、独りだと言えるの？

デミトリウス おれは逃げ、草むらに隠れる
きみなんか野獣《やじゅう》の餌食にでもなれ。

ヘレナ どんなに残忍な野獣でも、あなたの心ほどではない。
逃げたいなら逃げて、筋書を変えて見せるから。
アポロが逃げて、妖精《ニンフ》ダフネが追い掛ける。[26]
鳩が怪獣グリフィン[27]を追い掛ける。大人しい雌鹿《めじか》が
疾走し、虎を捕まえる。速度なんて甲斐がない
弱いものが追い掛け、強いものが逃げるのだもの。

デミトリウス きみのお喋りには付き合っちゃいられない。
行かせてくれ。それでもつきまとうなら
森のなかで酷い目に遭わせてやる。（退場）

ヘレナ そうね、神殿でも、町なかでも、原っぱでも
酷い目に遭っている。もう、デミトリウスったら！
あなたの酷い仕打ちが慎みを失わせるのよ。
女は、愛のために男のようには闘えない。
口説かれるべきで、口説くように造られていない。
あなたにつきまとい、地獄を天国に変えて見せる
これほど好きな人の手で死ぬのは本望だもの。〔退場〕

オベロン さらばじゃ、森の妖精《ニンフ》よ。男が森を出る前に
おまえが逃げ、あいつが言い寄るようにしてやる。
〔（ロビン・グッドフェロー）登場〕（オベロン前へ）
例の花は？ よう戻った、流離い人よ。

ロビン はい、ここに。

オベロン そいつをくれ。
野生の麝香草《タイム》が繁茂する堤があり
桜草や、揺らぐ菫が咲き
甘美な忍冬《すいかずら》や甘い香りの麝香《じゃこう》薔薇や

野薔薇が天蓋を作っている。[28]
そこで、ティテーニアは、夜のひととき眠る
花々に埋もれて、妖精の踊りや娯《たの》しみにあやされて。
そこで、蛇がエナメルのような皮[29]を脱ぎ
皮は妖精を包む衣になる。[30]
この花の汁をティテーニアの瞼に塗り
淫らな妄想で一杯にしてやる。
おまえも少し持ち、この森を捜し回れ。
可愛いアテネ娘が、高慢な若者に惚れている。
その男の瞼にこの汁を塗り
次に目にするのが
その娘になるように。
着ているアテネの服から、それとわかる。
用意周到にやれ
男のほうがずっと娘に惚れるようにな。

一番鶏が鳴く前に戻って来るのだ。

ロビン　心配ご無用、ご主人さま。立派に務めます。

〔退場（オベロンは舞台後方に残る）〕

第二幕第二場

〔お供を連れたティテーニア登場（オベロン片側に隠れる）〕

ティテーニア　さあ、輪踊りと妖精の歌を。
それから、二〇秒ばかり、[31]下がっていてちょうだい。
誰か、麝香薔薇の蕾にひそむ芋虫《いもむし》を退治してね。
妖精の小さな上着を作りたいから
蝙蝠《こうもり》と戦って、皮の翼を手に入れてね。誰か
あの姦《かしま》しい梟《ふくろう》を追い払ってね、夜毎ホーホー鳴いて
はしゃいだ妖精たちを脅かす梟よ。
さあ、歌って眠りに就かせてちょうだい。
それから仕事に就きなさい。わたしを休ませてね。

26——ローマの詩人オウィディウス（紀元前四三—紀元後一七頃）作『変身物語』（*Metamorphoses*）では、ダフネはアポロに追い掛けられるが、捕まりそうになったとき、月桂樹に変身し、強姦を逃れる。

27——鷲の頭、ライオンの胴体、蛇の尾部をした翼のある怪獣。黄金の宝を守っていると信じられていた。

28——それぞれ咲く季節は違うが、楽園ではみな咲いている。ティテーニアの豊穣を象徴。

29——enamelled skin. enamelled=having naturally a hard polished surface resembling enamel (OED.adj.2).「エナメルの皮」（既訳）ではなく「エナメルのような硬い皮」。

30——weed wide enough to wrap a fairy in. weed=garment (OED.n.1.1.a). 蛇の皮の服を着たティテーニアは花々のなかに埋もれる蛇のよう。

31——妖精は二〇秒の間に、命じられた仕事をする。小さな妖精にとり、二〇秒は長時間。

〔妖精たち歌う〕

妖精一　二又《ふたまた》の舌の邪悪な蛇よ
棘だらけの針鼠《はりねずみ》よ、姿を見せるな。
井守《いもり》、蜥蜴《とかげ》、悪さをするな[32]
妖精の女王に近寄るな。

合唱　夜鳴鳥よ、美しい声で
優しい子守歌を歌っておくれ
ねんねんころり、ねんころり、ねんころり。
危害、呪縛《じゅばく》、魔法
麗《うるわ》しき女王さまに近寄るな。
おやすみなさい、ねんねんころり。

妖精二　巣を織る蜘蛛、こっちに来るな――
あっちへ行け、脚長《あしなが》蜘蛛よ、あっちへ行け。
黒甲虫《かぶとむし》、近付くな
芋虫、蝸牛《かたつむり》、悪さをするな。

合唱　夜鳴鳥よ、美しい声で
優しい子守歌をうたっておくれ
ねんねんころり、ねんころり、ねんころり。
危害、呪縛、魔法
麗しき女王さまに近寄るな。
おやすみなさい、ねんねんころり。

〔（ティテーニア）眠る〕

妖精一　あっちへ行こう。これで、すべてよし。
一人は離れたところで見張りに付け。[33]（妖精たち退場）

（オベロン進み出る）

オベロン　（ティテーニアの瞼の上で花を搾る）
目覚めて目にするものが何であれ
心底、惚れろ。
恋い焦がれろ。
大山猫《おおやまねこ》、猫、熊
豹《ひょう》、剛毛《ごうもう》の猪《いのしし》
目覚めて目にするものは
おまえの愛しい人。
下品なものが近付いたら、目を覚ませ。（退場）

〔ライサンダー、ハーミア登場〕

ライサンダー　ハーミア、森をうろついて気力が
失せただろう。実は、道がわからなくなった。
休もうか、ハーミア、あなたさえよければ[34]
夜が明けるのを待とう。

ハーミア　そうね、ライサンダー。寝場所を
見つけてください、わたしはこの堤を枕にしますから。

ライサンダー　一つの芝をわたしたちの枕に
一つの心、一つの床、二つの胸、一つの誓い。

ハーミア　いけないわ、ライサンダー。わたしのために
お願い、もっと離れて。そんな近くに横にならないで。

ライサンダー　わかってくれ、ぼくの言葉に疚《やま》しさはない。
愛があれば、互いの言葉をわかり合える。
ぼくの心はあなたの心に結ばれ

一つの心に。
二つの心臓は誓いで取り替えられる[35]
二つの心臓に、一つの誓い
だから、あなたのそばに寝るのを拒まないで。
そばで横になっても、邪《よこしま》なことはしないから。
ハーミア　ライサンダーは語呂合わせが上手ね。
ライサンダーが邪なことをするとハーミアが
思っているなら、慎みも誇りもどれほど損なわれるか。
でも、お願い、愛と礼儀のために
ずっと離れて横になってください、体面をわきまえて。
それぐらい離れているほうが
結婚前の若者と乙女に相応しいわ。
出来るだけ離れてね、おやすみなさい、愛する友。
命が尽きるまで、あなたの愛が変わらないように。
ライサンダー　アーメン、アーメン、そうあれかし
心変わりをしたときは、この命は尽きる。
ここがぼくの寝床。眠りがきみに安らぎをあたえるように。
ハーミア　その願いの半分で、願い人の目が閉じるように。

〔眠る〕〔（ロビン）登場〕
ロビン　森を駆けずり回ったけど
アテネの男は見つからない
その男の瞼で、愛に駆り立てる
この花の力を試したいのに。
おっと！　誰だ、ここにいるのは？
アテネの服を着ている。
ご主人さまが言っていた
アテネ娘につれないやつだな。それに
ここに、娘も、じめじめした汚い地べたで
ぐっすり眠っている。可愛い娘《こ》だな
この薄情者、この野暮天[36]の
そばなんかに寝ちゃいけないよ。
しみったれ、おまえの瞼に、この魔法を
ありったけぶっかけてやる。
（ライサンダーの瞼の上で花を搾る）
目が覚めたら、惚れたせいで
眠りは二度と訪れない。

32——毒性があると信じられていた生き物たち。
33——危害を加える恐れのある生き物は退けられたが、見張りは離れたところにいるので、オベロンは近付くことが出来る。
34——二人は堅苦しい you を用いてよそよそしく振る舞う。眠る前のライサンダーの台詞で thee に。
35——恋人同士は心臓を取り替えると信じられていた。
36——kill-courtesy=a boorish person (OED.n.)、「田舎者」。

目を覚ませ、おいらがずらかってからな。
さあて、オベロンさまのところへ行くか。〔退場〕
〔デミトリウス、ヘレナ走りながら登場〕
ヘレナ　待って、殺してもいいから、優しいデミトリウス。
デミトリウス　あっちへ行け、つきまとうな。
ヘレナ　酷いわ、暗闇に置き去りにするつもり？　止めて。
デミトリウス　そこにいろ、命はないぞ。一人で行くんだ。
〔退場〕
ヘレナ　ああ、息が切れた、馬鹿みたいに追い掛けて。
好きと言えば言うほど、嫌われる。
ハーミアは幸せね、どこにいようとも、
人を惹きつける目のせいだわ。
どうして、あんなにきらきらしているの？　塩辛い
涙のせいじゃない。わたしの目のほうがもっと涙で
洗われているもの。わたしが熊みたいに醜《みにく》いせいだわ
わたしを見ると獣が怯《おび》えて逃げるもの。
だから、デミトリウスが、化け物を見るかのように
こうしてわたしから逃げるのも不思議ではない。
何と意地悪でとぼけた鏡なのかしら、わたしの目を
ハーミアの星のような[37]目と比べさせるなんて？
あら、誰、この人？　ライサンダーだわ、地べたの上に？
死んでいる、眠っている？　血も、傷もない。
ライサンダー、生きているなら、お願い、目を覚まして。
ライサンダー　（目覚める）　愛しいきみのためなら
火をくぐろう。誠実なヘレナ！　自然のなせる匠《たくみ》のせいか
きみの胸を通してきみの心が見える。
デミトリウスはどこだ？　この剣で果てるに
もってこいの嫌な名前だ！
ヘレナ　そんなこと言わないでライサンダー、言わないで。
あの人がハーミアを愛しているからなの？　そうなの？
でも、ハーミアはあなたを愛している。だから満足なさい。
ライサンダー　ハーミアで満足しろと？　嫌だ
あいつと過ごした退屈な時間を悔やんでいる。
ハーミアではなく、ヘレナが好きなんだ。
鴉を鳩と交換しないやつがいるか[38]？
男の気持ちは理性に左右され、理性は
きみのほうがずっと素敵な女性だと言う。
成長するものは、時期が来るまで熟さない。
ぼくも、若くて、今の今まで熟さなかった。
今ようやく理解の域に達し
理性がぼくの気持ちの案内人となり
きみの目に導いた。そこに読み取ったのは
何より豪華な愛の本に書かれた愛の物語だ。
ヘレナ　どうしてこんな酷い辱めを受けなければならないの？
こんな風に侮辱されて当然なことを、いつあなたにしたの？
もうたくさん、もうたくさん、いいこと
デミトリウスからは優しいまなざしを向けて
貰えなかった、これからも決して、でも

あなたまでわたしの魅力の無さを馬鹿にする気?
何てこと、酷いわ。あんまりだわ、あんまりよ
そんな偉そうな態度で、わたしに求愛するなんて。
でも、もういい、さようなら。正直に言うけど
あなたをもっと誠実で礼儀正しい男だと思っていた。
ああ、一人の男から拒絶され
別の男から馬鹿にされるなんて!〔退場〕

ライサンダー　ハーミアには気付かなかったな。ハーミア
そこで寝ていろ。二度とライサンダーに近付けないからな。
甘いものも食い過ぎると
胃がむかむかする
棄てた異端の教えが、教えを棄てた
連中に最も嫌われる、そのように
おまえはおれが食い過ぎた甘いもの、異端の教え
みんなに、誰よりもおれから嫌われる。
我が能力のすべてをヘレナへの愛に向け
ヘレナを崇め、彼女の騎士になろう。〔退場〕

ハーミア　（目覚める）　助けて、ライサンダー、助けて。
胸を這い回るこの蛇をどけてちょうだい。
ああ、怖かった!　何と酷い夢!
ライサンダー、見て、怖くてこんなに震えているのよ。
心臓が蛇に食べられてしまうかと思ったのに
餌食になるのを笑って見ていたのね。
ライサンダー——えっ、消えた?　ライサンダーったら——
ねえ、聞こえないの、いないの?　音も、返事もない?
ああ、どこにいるの?　返事をして、聞こえるなら。
返事をして、お願い!　怖くて気が遠くなる。
返事がない、それなら、近くにいないのね。
命がけで、すぐにあなたを見つけます。〔退場〕

第三幕第一場

〔（クインス、スナッグ、ボトム、フルート、スナウト、スターヴリング）登場（ティテーニアは眠っている）〕

ボトム　みんな揃ったか?

クインス　みんな時間厳守だ。ここは芝居の稽古にゃ、もってこい。この芝生が舞台、この山査子の茂みが楽屋。御前での本番のように立ち稽古だ。

ボトム　ピーター・クインス親方!

37——ロミオも、ジュリエットの目を星に譬《たと》える。「あの人の目が天に、星があの人の顔にあるとすれば?」（『ロミオとジュリエット』第二幕第二場）。

38——色黒のハーミアを鴉に、金髪で色白のヘレナを鳩に譬えている。

クインス　何だね、颯爽《さっそう》としたボトムくん？

ボトム　このピュラモスとティスベの喜劇には、よろしくないところが幾つかある。まず、ピュラモスは自害するのに、剣を抜くが、それにご婦人方が辛抱出来るか。どうだ？

スナウト　確かに、怖がるかも。

スターヴリング　となると、自害は省《はぶ》かなきゃな。

ボトム　そんなこたあない。うまく収める手がある。前口上を書いてくれ、そのなかで、口上役にこう言わせる、剣で危害は加えず、ピュラモスは死ぬわけじゃございませんってな。さらに念を押し、こう打ち明ける、わたくしピュラモスはピュラモスではございません、しがない機織り職人ボトムでござんすと。これで、婦人方を怖がらせずに済む。

クインス　では、そういう前口上を加えるか、八六音節のバラッド調[1]がいいな。

ボトム　いや、二音節足して、八八音節で書いてくれ。

スナウト　ご婦人方は、ライオンを怖がらないかな？

スターヴリング　怖がるよ、きっと。

ボトム　諸君、よくよく考えなくちゃなんねえ。ご婦人方のど真ん中に、ライオンを持ち込むのは、おお、神よ、護り給え、恐ろしいこった。生きたライオンほどおっかねえ猛禽《もうきん》[2]はいねえから、気をつけるべきだ。

スナウト　じゃ、口上で、ライオンじゃないって言わなきゃ。

ボトム　いや、役者の名を言えばいい、そして、ライオンの首から顔を半分覗《のぞ》かせて喋る、こう言って、何の効果もないようにな。[3]「ご婦人方」とか「麗しきご婦人方、願わくは」とか、「頼むべくは」とか、「嘆願すべくは、怖がらないでください、震えないでください。ご安心ください。わたしめがライオンとしてここに来たとお考えなら、遺憾千万《いかんせんばん》。いいえ、そんなものではございません。そんじょそこらにいる男でござんす」。そこでだな、いいか、名を名乗り、家具職人のスナッグでござんす、とあっさりと言やいい。

クインス　では、そうしよう。だが、難問が二つある。まず、どうやって月明かりを大広間に持ち込むかだ。ピュラモスとティスベは月明かりをたよりに逢引きするんだ。

スナウト　芝居を演る夜に、月が出るか？

ボトム　暦だ、暦だ。暦を見ろ。月が、月が出るか調べろ。

〔（ロビン背後に）登場〕

クインス　（暦を調べる）ははあ、その夜は月が出る。

ボトム　それなら、芝居を演る大広間の開《ひら》き窓を開《あ》け放しにしておけ。そうすりゃ、窓から月の光が入る。

クインス　そうだ。でなけりゃ、誰かが柴の束と角灯《カンテラ》を持って登場し、月明かり役を損じる、[4]あるいは表すために来たと言やいい。それに、もう一つ問題がある。大広間には壁が必要だ。ピュラモスとティスベは、筋によると、壁の割れ目から囁《ささや》き合うんだ。

スナウト　壁なんか持ち込めないよ。どう思う、ボトム？

ボトム　誰かが壁に扮するんだな。漆喰《しっくい》とか、壌土《ローム》とか、モルタルとかを塗りたくって壁を表す。そして、こんな風に指を広げ、指の間から、ピュラモスとティスベは囁き合う。

クインス　それなら、万事うまくゆく。さあ、諸君、座って自分の役の下稽古をしてくれ。ピュラモス、おまえさんから始めてくれ。台詞を喋り終わったら、山査子の茂みに入るんだ。みんな、合図どおりに登場しろよ。

ロビン　（傍白）田舎っぺどもが気取りやがって
妖精の女王の寝所のすぐ近くで、何やってんだ？
ほう、芝居の稽古？　聴き役になるか。[5]
ことによっては、一役買ってもいい。

クインス　台詞を、ピュラモス。ティスベ、前へ。

ボトム　ティスベよ、不快[6]な匂いの愛らしき花よ。

クインス　香しき、香しきだ。

ボトム　……香しき匂いの愛らしき花よ。
そなたの息は香しい、愛しき、愛しきティスベよ。
おや、人声が。しばしお待ちあれ

ほどなく戻ります。〔退場〕

ロビン　（傍白）こんな変てこなピュラモスは初めてだ。〔退場〕

フルート　おれが喋る番か？

クインス　ああ、あんたの番だ。人声を確かめに行っただけだ、戻って来る。

フルート　光輝くピュラモス、白百合のごとき
荘厳[7]な野薔薇のなかの赤薔薇のごとき頬の色
いと潑剌《はつらつ》とした若武者、いと麗しき若人
今なお疲れ知らぬ駿馬《しゅんめ》のなかの駿馬
ピュラモスさま、オタンコナスの墓でお待ちしています。

クインス　「ニノス[8]の墓」だ、馬鹿。そいつは、まだ喋っちゃいかん。戻ったピュラモスに言う台詞だ。何もかも合図の台詞もいっぺんに喋ったな。ピュラモス、入れ。出番の合図は終わった。「疲れ知らぬ」が合図だった。

フルート　そうか！　駿馬のなかの駿馬、疲れ知らぬ。

1——eight and six=alternate lines of eight and six syllables as in the ballad metre. The Arden Shakespeare *A Midsummer Night's Dream* (2017)、一行八音節と、一行六音節が交互に進行するバラッド音律。

2——wildfowl. wildanimal「猛獣」の誤用。

3——to the same defect. to the same effect「効果が上がるように」の誤用。

4——disfigure. figure「演じる」の誤用。言葉を誤用するのはボトムだけではない。

5——I'll be an auditor. auditor=listener (OED.n.1). 芝居を「観る」ではなく「聴く」と言った。

6——odious. odours「香しき」の誤用。

7——triumphant.「野薔薇」の形容としては滑稽。

8——Ninus（ニノス）をNinny（オタンコナス）と誤用。ニノスは古代アッシリアの首都ニネヴェの創建者。

〔驢馬《ろば》頭の（ボトム）[9]登場〕〔ロビン続く〕

ボトム　さすれば、麗しきティスベよ、我は汝だけのもの。

クインス　わっ、化け物だ！　わっ、怪物だ！　いじめられるぞ。おい、みんな。逃げろ、みんな。助けてくれ！

〔ロビンを除いてみな退場〕

ロビン　つけ回してやる。ぐるぐる引き回してやる
沼地を抜け、茂みを抜け、藪を抜け、茨を抜け
馬に化けたり、犬に化けたり
豚、頭のない熊、火に化け
ヒンヒン、ワンワン、ブーブー、ウーウー、ボウボウ
馬、犬、豚、熊、火、何にでも化けるぞ。〔退場〕

〔（ボトム）登場〕

ボトム　何で逃げた？　おれを怖がらせようって魂胆か。

〔スナウト登場〕

スナウト　ああ、ボトム、変わっちまった。おまえの上に乗っかっているのは何だ？

ボトム　何だって？　あんたと同じ頓馬面か？

〔スナウト退場〕〔クインス登場〕

クインス　ボトムにお助けを、お助けを！　変わったな。〔退場〕

ボトム　やつらの魂胆がわかったぞ。おれを馬鹿にし、怖がらせようってんだ。でも、ここから動くもんか、やれるもんならやってみろ。行ったり来たり、歌を歌い、怖がっちゃいないのを聞かせてやらあ。
真っ黒な黒鳴鳥《ブラックバード》の
嘴《くちばし》は真っ黄色
綺麗な声の鶫《つぐみ》
幽《かそ》けき声の鷦鷯《みそさざい》

ティテーニア　（目覚める）　花の床からわたしを起こすのはどの天使なの？

ボトム　鶸鳥《ひわどり》、雀《すずめ》、雲雀
一本調子の灰色郭公《かっこう》
郭公の声聞いて[10]、違うと言えない
寝取られ亭主
まったく、あんな阿呆鳥と知恵を競えるもんか？
寝取られたと騒がれても、嘘つきと、誰が言える？

ティテーニア　お願い、雅《みやび》な方、もう一度歌って。
わたしの耳はあなたの声にうっとり。
目はあなたのお姿に夢中
あなたの男らしさがわたしを惹きつけるの
一目見て誓わずにおれない、愛しているわ。

ボトム　奥さま、思うに、それにはちいっとばかり理由[11]がありませんと。でも本当のところ、当節は、愛と理性[12]は親しくなれませんやね。それだけに、誰か正直なお隣りさんが仲直りさせてくれないのは残念ですな。いや、あたしだって、たまに、冗談の一つは言えますよ。

ティテーニア　あなたって、美しいだけでなく頭もいいのね。

ボトム　それほどでも。この森を脱出するだけの頭があれば、急場を凌げるんですがね。

ティターニア　この森から脱出するなんて思わないで。
何がなんでも、ここにいていただきます。
わたしは並の妖精とは違いますのよ。
夏がいつもわたしに傅《かしず》いている、そのわたしが
あなたを愛しているのよ。だから、一緒に来て。
妖精たちにあなたの世話をさせ
海の底から、宝石を取ってこさせ
押し花の床で眠るときは、歌わせます。
土に還《かえ》るあなたの体を[13]溶《と》かし
空気の精のように軽くして上げますわ。
豆の花、蜘蛛の巣、蛾、芥子の種！
〔豆の花、蜘蛛の巣、蛾、芥子の種登場〕
豆の花　はい。
蜘蛛の巣　はい。
蛾　はい。
芥子の種　はい。
全員　どちらへ参りましょう？
ティターニア　この方に優しく礼を尽くしてね。
お歩きになる小道では跳び、踊ってお見せして。
お食事に、杏《あんず》、黒苺《くろいちご》、紫葡萄
緑の無花果《いちじく》、桑の実を差し上げてね。
丸花蜂から、蜜袋をこっそりいただき
夜の明かりに、蜂の蠟の太腿を刈り
火のように真っ赤な土蛍《つちぼたる》の目で灯し、愛する方を寝所に
案内し、眠りから覚めるのを手伝って差し上げてね。
色鮮やかな蝶から羽をもぎ、それで煽いで
お休みの瞼から月の光を払って差し上げてね。
妖精たちよ、会釈して、ご挨拶をなさい。
豆の花　ようこそ、この世の方。
蜘蛛の巣　ようこそ。

9――シェイクスピアの愛読書のオウィディウス作『変身物語』では、獣的な欲望に駆られた人間が異性や動物や植物に変身させられる。ローマの作家ルシウス・アプレイウス（一二三頃生）の最高傑作とされる『黄金の驢馬』（*Metamorphoses*、William Adlington による英訳が一五六六年に出版）では、魔術に興味を抱く若い主人公が誤って驢馬に変えられ、数奇な試練の後、イシス女神の密義により人間に復帰する。

10――郭公の鳴き声カッコウ（cuckoo）が「寝取られ亭主」（cuckold）を連想させる。

11――to have little reason=to have grounds, justification (OED.reason.n.P2.c.ii)、「理由、根拠がある」。

12――reason and love. reason=the power of the mind to think and form valid judgements by a process of logic (OED.n.II.5.a).

13――thy mortal grossness. grossness=corporeality (OED.n.2.d). ハムレットは「あまりにも、あまりにも固い肉体が溶けて露になってくれぬものか」と言う（『ハムレット』第一幕第二場）。

蛾　ようこそ。
芥子の種　ようこそ。
ボトム　相すみません、お名前は？
蜘蛛の巣　蜘蛛の巣です。
ボトム　お見知りおきを、蜘蛛の巣殿。指を切ったら、たっぷりお世話になりますよ。[14] 律儀な紳士殿、お名前は？
豆の花　豆の花です。
ボトム　豆の花君、母上のエンドウ莢《さや》さま、父上の莢氏によろしく。お見知りおきを。そこもとのお名前は？
芥子の種　芥子の種です。
ボトム　よろしく、芥子の種殿、あなたの堪忍をよく知っていますよ。あの臆病で巨人のような牛肉がお宅の紳士方を平らげてきましたからね。[15] ご親族のために、これまで涙を流してきましたよ。お見知りおきを、芥子の種殿。
ティテーニア　さあ、お仕えしてね。東屋《あずまや》へご案内なさい。
月が今にも泣き出しそう。
月が泣くと、小さな花が一つ残らず泣くのよ
強いられた貞節を嘆いているのでしょう。
愛しい方の舌を縛り、[16] そっとお連れして。（退場）

第三幕第二場

〔（オベロン）登場〕
オベロン　ティテーニアは目覚めたかな。
目覚めたら、目に入ったのが何であれ
のぼせ上がっているに違いない。
〔（ロビン）登場〕
おお、使いが戻った。どうだ、野育ちの精霊よ？
妖精が跋扈《ばっこ》する森で、いかなる夜の気晴らしが？
ロビン　女王さまは化け物にぞっこん惚れておられます。
人目につかない神聖な東屋で
女王さまがまどろんでおられますと
その近くで、アテネの屋台で日々の糧を稼ぐ
つぎはぎ服の阿呆、[17] 無骨な職人どもが
公爵さまの婚礼の日にお目にかけようと
芝居の稽古のために集まっていました。
ぼんくら連中のなかでもとびきりの大馬鹿者が
稽古で、ピュラモスを演じ
出番を終えて茂みのなかに入りました
その機会を逃さず
そいつの頭に驢馬の頭を乗っけました。
すぐに、恋人役のティスベの台詞に応えて
我が愛しの阿呆のご登場。彼を目にしたとたん
忍び寄る鳥撃ちの目に気付いた野生の雁《がん》や
灰色《はいいろ》鴉が銃声に驚いて
一斉に飛び立ち、カーカー鳴きながら
散り散りに、狂乱の体で空を飛ぶように
仲間は逃げ去ったのです。
わたしが地面を踏み鳴らしますと、[18] 何度も躓《つまず》き

人殺しと叫び、アテネに助けを求める始末。
かくして感覚は鈍り、かくして恐怖で放心
草木までが悪さをする始末。
茨や棘が彼らの服をひっかける――袖やら帽子やらを。
へたばった連中[19]から何もかもひったくる。
連中を狂気のような恐怖に陥《おとしい》れ
変身した色男ピュラモスを置き去りに。
そのとき、たまたま、ティテーニアさまが
目を覚まし、たちまち驢馬男に夢中という次第。
オベロン　目論見よりずっとうまくいった。
ところで、アテネ男の瞼も、惚れ薬で
湿らしたろうな、[20]そう命じたはずだが？
ロビン　眠っているところを捕え、それも首尾よく
アテネ娘がそばに
やつが目覚めたら、嫌でも目に入ります。
〔デミトリウス、ハーミア登場〕〔オベロン、ロビン脇へ〕
オベロン　隠れろ。あれがそのアテネ男だ。
ロビン　女はそうですけど、男は違います。
デミトリウス　あなたをこれほど愛する男に、どうして
憎まれ口を叩く？　憎まれ口は憎い男に叩け。
ハーミア　今は口だけよ。もっと酷い目に遭わせてやる
だって、あんたは呪われて当然なことをしたのよ。
眠っているライサンダーを殺したのなら
踝《くるぶし》まで血に浸り、[21]深みに飛び込んで
いっそ、わたしも殺して。
太陽だって、あの人がわたしに尽くしてくれたほど

14――蜘蛛の巣は止血用の絆創膏《ばんそうこう》として用いられた。
15――芥子菜は牛の好物。芥子菜で太らせた牛肉料理には、芥子が添えられる。
16――ボトムのお喋りを止める。
17――crew of patches. patches、「道化（阿呆）のまだら服」、「つぎはぎの服」。
18――at our stamp. stamp=a forcible downward blow with the foot (OED.n.1.1.a). ロビンは自分の行為を誇らしげに報告し、our（self-glorifying plural）を使っている。
19――yielders. yielder=one who gives something up (OED.n.3)、「諦めきった者」。
20――latched the Athenian eyes. latch=to water, wet (OED.v.1).
21――o'er shoes=deeply immersed or sunk (OED.shoe.n.2.e). ことわざ「ひとたび足を濡らしたら、深みへ進む他ない」（Over shoes, over boots）。殺戮《さつりく》を繰り返したマクベスは「これほど血に浸ったからには、これ以上進むべきではないとしても、戻るのも、渡りきるのと同じくらい億劫だ」と言う（『マクベス』第三幕第四場）。

昼に誠実ではなかった。
眠っているハーミアを置き去りにするかしら？
硬い地球に穴があき、月が
反対側に這い出て、月の光で
兄の太陽の輝きを損ねる話のほうが信じられる。
あんたが彼を殺したに違いない。
人殺しの顔。青ざめ、気味が悪い。
デミトリウス　殺された者の顔はそうだ、おれの顔も
この心臓はあなたの手厳しい冷酷さに射抜かれた。
なのに、人殺しのあなたは、向こうの煌めく軌道の
ヴィーナスのように輝き、澄んでいる。
ハーミア　それがライサンダーと何の関わりが？
彼はどこ？　お願い、返してくれない？
デミトリウス　やつの死骸なぞ犬にくれてやったほうがまし。
ハーミア　酷い、犬、酷い、卑怯者！　あんたのせいで
乙女の忍耐がぶち切れた。あの人を殺したのね？
これからは、あんたを人間とは思わない。
ああ、一度だけ真実を言って。真実を、わたしのために。
あの人に面と向かえないから
寝込みを襲ったのね？　ご立派！
蛇や毒蛇にも、それぐらい出来るんじゃない？
毒蛇がやったんだわ。あんたは蛇[22]
毒蛇のように不実な二又舌で刺したりしない。
デミトリウス　ぼくに怒りをぶちまけるのはお門違いだ。
ぼくはライサンダーを殺しちゃいない
やつは死んでいない、それだけは言える。
ハーミア　お願い、あの人が無事だと言って。
デミトリウス　言ったら、何をくれる？
ハーミア　二度と会わない特権を。
大嫌いなあんたとはお別れよ。二度と会わない
あの人が死んでいようと死んでいまいと。〔退場〕
デミトリウス　あんな調子では、追っても無駄だ。
だから、しばらくここに居よう。
悲しみが重くのしかかり、眠くなってきた。
ろくに寝ていないせいで悲しみに借りがあるからだ。
ここで横になれば
少しは借りを返せるかも。〔横になり（眠る）〕
（オベロン、ロビン進み出る）
オベロン　いったい何をした？　酷く間違えたな。
惚れ薬を本物の恋人の瞼に塗ったのだぞ。
おまえの間違いのせいで
真の恋が向きを変え、偽りの恋が真になった。
ロビン　それでは運命の女神の思うつぼ、真の愛を
誓う男は一人、一〇〇万の男が誓いを破る。
オベロン　風より速く森を駆け巡り
ヘレナというアテネ娘を見つけろ。
恋患いで顔面蒼白
恋の溜息をつくたびに、血の滴を垂らしている。[23]

何とか騙して、ここに連れて来い。
娘が来る前に、こいつの瞼に魔法をかけておく。
ロビン　はい、はい、行きますよ
タタール人の矢より速く。〔退場〕
オベロン　（デミトリウスの瞼の上で花の汁を搾る）
キューピッドの矢に射られて
深紅色《ふかべにいろ》に染まった花よ
この男の瞳に染み入れ。
愛しき娘を目にする時
天空の金星《ヴィーナス》のように
燦爛《さんらん》と輝かせよ。
おまえが目覚めて、そばにおれば
癒しを乞い、愛を求めよ。
〔（ロビン）登場〕
ロビン　妖精隊長さま
ヘレナがすぐ近くに
わたしが間違えた男は
ヘレナに接吻を懇願。
茶番を見物しましょうか？
王さま、人間って何と馬鹿なんでしょう！

オベロン　離れておれ。二人がたてる音で
デミトリウスが目を覚ます。
ロビン　そしたら、二人が同時に一人を口説く。
いい気晴らしになるだろうな。
支離滅裂の騒ぎほど
面白いものはない。
〔ライサンダー、ヘレナ登場〕（オベロン、ロビン脇へ）
ライサンダー　なぜ、冗談で口説いていると思うの？
冗談やからかいで、涙が出るものか。
ほら、愛を誓い、涙を流している。こうして
生まれた誓いは、生まれからして本物だ。
どうしてあなたには冗談に見えるのだろう
涙も誓いも真であるしるしじゃないか？
ヘレナ　ますます舌先三寸。
真が真を殺すとき、片手に悪魔、片手に聖者！
その誓いはハーミアへのものよ。ハーミアを捨てる気？
誓いを誓いで計ってみて、計れないわよ。
彼女とわたしへの誓いを二つの天秤に載せれば
水平になり、どちらも嘘のように軽い。
ライサンダー　彼女に愛を誓ったとき、分別がなかった。

22――第二幕第二場で、蛇（デミトリウス）が胸を這いずる夢を見る。毒蛇を蝮《まむし》とする訳本があるが、蝮はイギリスに分布しない。
23――恋の溜息を一つつくと、血が一滴流れると信じられていた。

ヘレナ　今だってない、と思う、あの人を捨てるのだもの。
ライサンダー　やつが愛しているのは彼女で、あなたではない。
デミトリウス　（目を覚ます）ああ、ヘレネ[24]、女神、妖精《ニンフ》
完璧で、神々しい、きみの目を何に譬えよう？
水晶なんか泥。ああ、何とふっくらした唇、口づけする
さくらんぼ、そそられる！
東の風に煽られた、あの清らかで真っ白なトルコの
トロス山脈の雪さえ、きみが手を上げると、鴉になる。
ああ、口づけさせてくれ
その白い清らかな手に接吻を、至福のしるしを！
ヘレナ　嫌らしい！　地獄だわ！　寄《よ》って集《たか》って
わたしを慰みものにするのね。
礼儀をわきまえ、礼節を知るなら
こんな風にわたしを傷つけたりしないわ。
わたしを嫌っているのはわかっているけど
馬鹿にするのに、どうして連《つる》まなければならないの？
男なら、見かけは男だけど
淑《しと》やかな娘をこんな風に扱わない
誓ったり断言したり、わたしの目鼻立ちを褒めそやすけど
心底わたしを嫌っている。
あなたたち二人は恋敵《こいがたき》、ハーミアを愛している
そして、今は、競ってヘレナを馬鹿にしている。
大した偉業、男らしい大事業
物笑いの種にして
哀れな乙女の目に涙を流させている！
高潔な人間なら、そんな風に哀れな乙女をからかったり
忍耐を押さえつけたりしない、何もかも馬鹿にするため。
ライサンダー　デミトリウス、いけないよ。ハーミアを愛しているんだろ。それは互いに承知だろう。止めろよ
ここで、善意から、心から
ハーミアの恋人役を譲ってやる。
だから、ヘレナに愛される役を譲ってくれ
ぼくはヘレナを愛しているし、死ぬまで愛し続ける。
ヘレナ　こんな馬鹿馬鹿しい話、聞いたことがないわ。
デミトリウス　ライサンダー、ハーミアを取っとけよ
おれはいい。以前愛したかも知れないが、その愛は失せた。
心がお客のように束の間、彼女を訪れただけ。
今は、ヘレナのところに戻った、そこが故郷《ふるさと》
そこに留まるつもりだ。
ライサンダー　　ヘレナ、信じちゃいけないよ。
デミトリウス　知りもしないくせに、愛を見くびるな
覚悟しろ、高くつくぞ。
ほら、おまえの恋人だ。おまえの愛しい人がそこに。
〔ハーミア登場〕
ハーミア　暗い夜には、目の働きを奪われ
耳がいっそう敏感になる。
見る力が損なわれ
聞く力が倍になる。

ライサンダー、あなたを見つけたのは目じゃない。
耳が聞きつけたの、感謝しなくては。
でも、薄情ね、なぜ、あんな風に置き去りにしたの？

ライサンダー　愛が促すのに、じっとしていられるか？

ハーミア　どんな愛がライサンダーを促したの？

ライサンダー　ライサンダーの愛だ、そいつがぼくを
留まらせなかった。向こうの
燃える星々よりも夜を明るくする美しいヘレナだ。
どうしてぼくを追い掛ける？　きみに抱く憎悪が
きみを置き去りにした、これでもわからないのか？

ハーミア　本心ではないわよね。ありえない。

ヘレナ　あら、そう、ハーミアも一味の一人ね。
ようやくわかった、三人でぐるになり
わたしを馬鹿にしようと、悪ふざけを目論んだ。
心外だわ、ハーミア、友情はどうでもいいの
陰謀を企て、この人たちと共謀し
この悪ふざけで、わたしを虐《いじ》める気？
分け合った秘密
姉妹の誓い、共に過ごした時間
足早に過ぎる時間を、わたしたちを引き離すと
叱ったわ——ねえ、みんな忘れたの？
お勉強のときの友情も[25]、幼いときの無邪気さも？
ねえ、ハーミア、二つの手芸の神さまみたいに
わたしたちは二つの針で、一つのお花を刺繍《ししゅう》し
一つのお手本で、一つの座布団に座り
一つの歌を、一つの旋律で、声を震わせて歌い
手も、体も、声も、心も
合体しているかのようだった。そうして
一緒に大きくなった、二つのさくらんぼのように
離れているように見えても
一つの茎にぶら下がる可愛い二つの実。
そのように、見かけは二つの体でも、心は一つ
一つの兜飾《かぶとかざ》りで結ばれた
二つの紋章の家紋のように。[26]
なのに、これまでの友情を引き裂き
男たちとぐるになり、哀れな友を笑い者にするの？
友達らしくないし、乙女に相応しくない。
女性がこぞって、わたしも非難するわ

24——トロイ戦争の原因となった絶世の美女、トロイのヘレネを思い起こしている。

25——school days. 当時、男子校（パブリック・スクールやグラマー・スクールなど）はあったが、女子は家庭で教育された。

26——Two of the first, like coats in heraldry, /Due but to one, and crowned with one crest. the first は四分割された紋章の最初の二つ。二つの家紋が並んで描かれる。crest は上部の兜飾りで、crowned with one は、二つの家紋が兜飾りで一つに結ばれているという意味。

痛みを感じているのはわたしだけだけど。
ハーミア　凄い熱弁[27]、びっくりした。笑い者になんか
していない。あなたこそわたしを笑い者にしている。
ヘレナ　ライサンダーを焚《た》き付け、笑い者にしようと
わたしを追わせ、わたしの目や顔を褒めさせたんじゃない？
それに、あなたのもう一人の恋人デミトリウスが
今の今までわたしを足蹴《あしげ》にしていたのに
わたしを女神、妖精《ニンフ》、神々しい人、類稀《たぐいまれ》なる人
気高い人、天使とか呼ぶよう仕向けたでしょ？
嫌っている女を、あの人がそう呼ぶのはなぜ？
なぜ、ライサンダーがあれほど大事にしていたあなたの
愛を拒み、わたしをいかにも愛しているかのように言うの？
あなたがけしかけ、あなたの同意でやっているんじゃない？
わたしはあなたほど綺麗じゃないし
ちやほやされもしないし、それほど運も良くない
誰よりもみじめで、愛してくれない人を愛している
それが何？　見下すより、憐れむべきでしょう。
ハーミア　何を言っているか、わからないわ。
ヘレナ　わたしはわかる。真面目な顔を続けなさい
わたしが背を向けたとたん、しかめ面をし
互いに目配せし、お遊びを続けなさい。
このお遊び、うまくいけば歴史に刻まれるわ。
憐れみや思いやりや礼儀があれば
こんな騒ぎをわたしのせいにしないでしょう。

じゃ、さようなら。わたしのせいでもあるから
死ぬか、いなくなれば、すぐに収まるわ。
ライサンダー　待て、優しいヘレナ。言い訳を聞いてくれ
我が愛しのきみ、我が命、我が魂、美しきヘレナよ。
ヘレナ　うわっ、凄い！
ハーミア　（ライサンダーに）ヘレナを笑い者にしないで。
デミトリウス　（ライサンダーに）力ずくで黙らしてやる。
ライサンダー　力ずくで黙るもんか。
おまえの脅しは、ハーミアのか弱い頼みほどの力もない。
ヘレナ、きみを愛している、我が命に懸けて愛している。
ぼくがきみを愛していないと言うやつは嘘つきだと
証明するのに、命を懸ける。
デミトリウス　（ヘレナに）ぼくのほうがきみを愛している。
ライサンダー　（デミトリウスに）なら、決闘し、証明しろ。
デミトリウス　よし、来い。
ハーミア　ライサンダー、どうなるの？
ライサンダー　放《はな》せ、エチオピア女[28]。
デミトリウス　（ハーミアに）止せ、止せ。振り払う
振りをしているだけ、きみが追い掛けると騒ぎたてている
でも、来やしない。〔ライサンダーに〕腑抜《ふぬ》け、来い。
ライサンダー　放せ、猫、引っ付き虫、不細工、放せ
さもないと、おまえを蛇みたいに振り払うぞ。
ハーミア　なぜそんなに乱暴なの？　何なの
この変わりよう、愛しい人？

ライサンダー　愛しい人？　失せろ。
色黒タタール人、失せろ！　苦い薬、大嫌いな薬、どけ。
ハーミア　ふざけているの？
ヘレナ　そうよ、あなたもよ。
ライサンダー　デミトリウス、約束は守るからな。
デミトリウス　証文が欲しいな。見るに
女がしがみついている。おまえの言葉は信用出来ない。
ライサンダー　何を、この女を痛め、殴り、殺せと言うのか？
嫌いだけど、傷つけたくない。
ハーミア　えっ、嫌いと言われるほど傷つくことがある？
嫌い、なぜよ？　ああ、何を言っているの、愛しい人？
わたしはハーミアでは？　あなたはライサンダーでは？
わたしは今も綺麗よね。
わたしを愛していると言ったばかりなのに
夜が明けないうちに、[29] わたしを捨てた。
ああ、まさか、本気なの？
ライサンダー　ああ、命に懸けて。
それに、二度と会いたくなかった。だから、
希望を持つのも、問うのも、疑うのも止めてくれ。
確かだ、これ以上の真実はない。冗談ではなく
きみを嫌いになり、ヘレナが好きになったんだ。
ハーミア　（ヘレナに）酷いわ、魔女、害虫
恋泥棒！　驚いた、夜やって来て
わたしの恋人の心を盗んだのね？
ヘレナ　ご立派、まったく。
慎みも、乙女の恥じらいも、羞恥心の
かけらもないの？　何よ、優しいわたしの口から
激怒の言葉をもぎ取るつもり？
みっともない、みっともない、ペテン師、チビ人形！
ハーミア　チビ人形？　何なの？　ああ、そういうこと。
ようやくわかった、背丈を比べたのね。
背が高いのを自慢したいんだ
そのお姿、すらりとしたご容姿
お高い背丈、それでライサンダーをものにしたのね。
わたしがこんなにチビで、背が低いから
この人の評価が高くなったの？
どれほど低いのよ、厚化粧の五月柱《メイポール》？　言いなさい
どれほど低いのよ？　爪であんたの目を

27——passionate words. passionate=of an action, speech, etc.: marked by anger (OED.adj.2.c). ヘレナの愛の深さに驚いている。
28——黒い肌の女性に対する悪口。ハーミアはライサンダーを行かせまいと、しがみついている。
29——四人は夜に森に入り、日をまたいでまだ夜。

引掻けないほど低くはないんだから。
ヘレナ　お願い、お二人さん、わたしを馬鹿にしても
この人が乱暴するのを許さないで。喧嘩が好きじゃないの。
意地悪の天分なんてまるでないの。
臆病で世間知らずなの。
この人にわたしを殴らせないで。わたしより幾分
背は低いけど、渡り合えると、お二人さんは
思っているでしょうけど。
ハーミア　　低い？　ほら、また。
ヘレナ　お願い、ハーミア、そんなに憤慨しないで。
いつもあなたが好きだった、ハーミア。
いつも秘密を守ったし、裏切ったこともない
デミトリウスを愛するあまり、あなたたちが
この森へ逃亡することを教えたのを除けば。
彼はあなたを追い掛けた。この人を思って、わたしは
彼を追い掛けた。でも、わたしを罵り、追い払い
殴るぞ、蹴るぞ、殺すぞと脅かした。
もういい、何も言わず帰してくれるなら
自分の浅はかさを背負ってアテネに戻る
もうあなたを追い掛けないわ。帰して。わたしが
どんなに愚かで、どんなに馬鹿か、わかったでしょ。
ハーミア　なら、お帰りなさい。引き留める人なんて、いる？
ヘレナ　愚かな心、それを残していくわ。
ハーミア　えっ、ライサンダーに？

ヘレナ　　デミトリウスに。
ライサンダー　心配するな。手出しはさせないよ、ヘレナ。
デミトリウス　させるもんか、きみが彼女の味方をしても。
ヘレナ　この人って、怒ると、手が付けられない。
一緒に勉強しているときなんか、まるで雌狐《めぎつね》。
チビのくせに獰猛《どうもう》なんだから。
ハーミア　またチビ？　口を開けば、低いだのチビだの？[30]
これほど馬鹿にされているのに、放してくれないの？
とっちめてやるから、放してよ。
ライサンダー　　とっとと失せろ、小人《こびと》。
引っ付き雑草のちんちくりん[31]
ビー玉、ドングリ！
デミトリウス　　差し出がましすぎる。
ヘレナは迷惑がっているじゃないか。
構うな。ヘレナのことを口にするな
肩を持つな。気のある
素振りでも見せたら
高くつくぞ。
ライサンダー　やっと自由になった。
さあ、来い、その気があるなら、おまえかおれか
どっちがヘレナに相応しいか、決着をつけよう。
デミトリウス　来いだと？　断る、引っ付いて行く。
〔ライサンダー、デミトリウス（退場）〕
ハーミア　あのう、お嬢さま、この騒ぎはあなたのせいよ。

だめ、帰っちゃだめ。
　　　　　　あなたなんか信用しない
ヘレナ　根性の悪い人と、これ以上一緒にいるものですか。
喧嘩では、あなたの手のほうが早いけど。
逃げるには、わたしの脚のほうが長いわよ。（退場）
ハーミア　呆れて、ものが言えない。（退場）
（オベロン、ロビン前へ進み出る）
オベロン　おまえの不注意のせいだぞ。間違えてばかり
それとも、わざと悪戯したか。
ロビン　信じてくださいよ、影の国の王さま、間違えました。
アテネの服を着ているから、その男とわかると
おっしゃいませんでしたか？
ここまでは、おいらの仕事に抜かりはない
アテネの男の瞼に花の汁を塗りましたからね。
こうなってちょっと嬉しいな
あの人たちの喧嘩騒ぎ、愉快な見物ですから。
オベロン　二人が決闘の場を探しているのを見たろう。
だから、急げ、ロビン、夜を闇で覆《おお》え。
地獄のアケロン川のように真っ黒な垂れ込める霧で
ただちに、星の煌めく空を覆い
血気に逸《はや》る恋敵たちを道に迷わせ
出会わないようにしろ。
ときに、ライサンダーの声音《こわね》を真似
デミトリウスを侮辱して熱《いき》り立たせ
ときに、デミトリウスの口調で毒づき
顔を合わせぬように先導し
二人の瞼に、鉛のように重い脚と蝙蝠《こうもり》の翼を持つ
紛《まが》い物の死、眠りが忍び寄るようにしろ。
それから、この薬草[32]を、ライサンダーの瞼に搾れ。
この薬草の汁には強い効能があり
その力で、あらゆる間違いを取り除き
いつもの目で見るようにする。
目覚めたら、この馬鹿騒ぎはみな
夢、現実とは無縁の幻《まぼろし》に見え
恋人たちはアテネに帰り、結婚し
死が二人を分かつまで愛し続けるだろう。
この仕事をおまえに任せている間
妃のところに行き、インドの少年を貰ってくる。

30——ライサンダーとデミトリウスはヘレナに手出しをさせまいと、ハーミアを押さえている。
31——minimus=a very small insignificant creature (OED.n.1)、「小さく何の価値もない生き物」。
32——this herb. 惚れ薬の魔法を解く力がある薬草。

それから、魔法にかけられた妃の目を
化け物から解放してやろう。それで万事めでたし。
ロビン　妖精の王さま、急いで済ませなければ
翼のある竜が牽《ひ》く月の戦車が全速力で雲を切り
向こうで明けの明星が輝き
ここかしこで彷徨《さまよ》う亡霊[33]が教会墓地に向かって
群れをなして歩いている。呪われた魂はみな[34]
四辻《よつつじ》に埋められ、川に流され
すでに、蛆虫《うじむし》のわく寝床に引き籠った。
日の光に恥さらしな姿を見られるのを恐れ
日の光から進んで逃れるのだから
黒い眉の夜と永遠に連む他ないのです。
オベロン　だが、我らはやつらとは違う精霊だ。
おれは明けの明星とよく戯れ
森人《もりびと》のように森を歩き回りもする
やがて、東の門が、真っ赤に燃え
神々しい光と共に大海原に向かって開き
塩辛い緑の海を金色《こんじき》に染める。
それはともかく、急げ、ぐずぐずするな。
夜が明ける前に、この仕事を済まそう。〔退場〕
ロビン　行ったり来たり、行ったり来たり
やつらを引き回し、行ったり来たり。
町でも田舎でも、おいらは怖がられる。
小鬼《ゴブリン》が引き回し、行ったり来たり。

お一人さまのご到来。
〔ライサンダー登場〕
ライサンダー　どこだ、偉そうなデミトリウス？　返事をしろ。
ロビン　ここだ。悪党、抜き身で構えている。どこだ？
ライサンダー　すぐ行くぞ。
ロビン　　　それなら、ついて来い
もっと開けたところへ行くぞ。
〔ライサンダー退場、デミトリウスを追うかのように〕
〔デミトリウス登場〕
デミトリウス　　　ライサンダー、返事をしろよ。
おーい、駆け落ち男、おーい、弱虫、ずらかったか？
返事をしろ。藪のなかか？　頭をどこに隠した？
ロビン　おーい、弱虫、おーい、星に法螺《ほら》を吹き
藪に喧嘩を売るくせに
来る気がないのか？　来い、小心者、来い、小童《こわっぱ》。
鞭をくれてやる。貴さま相手に
剣を抜いては、名が廃《すた》る。
デミトリウス　　　よーし、そこか？
ロビン　この声について来い。ここじゃ腕を試せない。〔退場〕
〔ライサンダー登場〕
ライサンダー　先回りしてはけしかける。
声のするところへ行くと、もういない。
あの悪党、おれよりずっと足が速い。
急いで追っても、もっと急いで逃げやがり〔動き回る〕

暗いでこぼこ道に迷い込んでしまった
ここで一休みするか。（横になる）
優しい朝よ、来てくれ。
薄明かりをもう一度、見せてくれれば
デミトリウスを見つけ、この恨みを晴らせるのに。（眠る）

〔ロビン、デミトリウス登場〕

ロビン　ホー、ホー、ホー！　弱虫、なぜついて来ない？

デミトリウス　待て、闘う気があるなら。わかっている
先回りしては、次々に場所を変え
立ち止まる気もおれに面と向かう気もないのだな。
どこにいるんだ？

ロビン　こっちへ来い。ここだ。

デミトリウス　行くもんか、馬鹿にしやがって。高い代償を
払わせてやる、日の光でおまえの顔を見さえすれば。
もう、勝手にしろ。気が遠くなる
この冷たい寝床にぶっ倒れる他ない。[35]（横になる）
夜が明けたら、一丁、お見舞いするぞ。（眠る）

〔ヘレナ登場〕

ヘレナ　ああ、もううんざり、何と長たらしい夜なの
短くしてよ。太陽よ、東から輝き出てください
そうすれば、朝日を頼りに、アテネに帰り
わたしを嫌うあの人たちから離れられる。
眠りよ、悲しみの目をしばし閉ざす眠りよ
しばし、あの人たちからわたしを解放して。
（横になり）眠る〕

ロビン　まだ三人？　もう一人、来い。
男と女が二人ずつで四人。
女が来た、ご機嫌ななめで悲しそう。
キューピッドは悪戯っ子
こうして、哀れな女どもを狂わせる。

〔ハーミア登場〕

ハーミア　こんなに疲れて、こんなに悲しいのは初めて。
夜露でずぶ濡れになり、茨で引っ掛けられ
這うことも、先へ行くことも出来ない。
脚が思うように動かない。ここで
夜が明けるまで休もう。〔横になる〕決闘になるなら
神よ、ライサンダーをお守りください。（眠る）

ロビン　（ライサンダーの瞼の上で、薬草を搾る）

33——ghost. カトリックではghostは死者の霊（亡霊、煉獄《れんごく》で罪を清めながら、夜に、この世に未練があって彷徨う）、プロテスタントでは悪魔、民間信仰では墓場から来た幽霊と信じられていた。
34——自殺者は神に呪われた者として、遺体は放置された。
35——measure out my length=to fall or lie prostrate (OED.measure.v.1.2.e)、「うつ伏せに倒れる」。

大地で
ぐっすり眠れ
瞼に
優しい恋人よ
癒しの汁垂らす[36]
目覚めたとき
目に映るは
真の
喜び
愛した人の瞳
田舎のことわざをひとくさり。
どんな男にも、似合いの女
目覚めてわかる、その意味が。
ジャックがジルを娶《めと》れば[37]
万事めでたし。
（ロビン退場。恋人たちは舞台で眠っている）

第四幕第一場

〔（ティテーニア、ボトム）妖精たち、背後に（オベロン）登場〕

ティテーニア　さあ、この花の床に座ってくださいな。
あなたの素敵な頬を撫《な》で撫でし
すべすべのお頭《つむ》を麝香薔薇で飾り
大きな美しい耳に接吻しますね、気高い方。

ボトム　豆の花君はどこかね？

豆の花　ここに。

ボトム　頭を掻いてくれ、豆の花君。ムッシュー蜘蛛の巣はどこかね？

蜘蛛の巣　ここに。

ボトム　ムッシュー蜘蛛の巣、お願いだ、ムッシュー、手に持つその武器で、薊《あざみ》のてっぺんの赤い尻の丸花蜂を殺してくれ。それに、お願いだ、ムッシュー、蜜袋を取って来てくれ。そうしようとして、あんまり気をもまないでくれ、ムッシュー。それに、ムッシュー、蜜袋が破れないように気をつけてくださいよ。あなたが蜜浸《みつびた》しになるのは嫌ですからね、シニョール。ムッシュー芥子の種はどこかね？

芥子の種　ここに。

ボトム　握手を、ムッシュー芥子の種。お辞儀は止めてくださいな。ムッシュー芥子の種。

芥子の種　ご用は何でしょう。

ボトム　何もないけど、お願いだ、ムッシュー、蜘蛛の巣閣下を手伝って、頭を掻いてくれ。床屋へ行かなきゃならんのだよ、ムッシュー、顔の周りが毛むくじゃらのようで。何せ、繊細な驢馬なもんで、毛でむずむずすると、掻かずにいられないんだ。

ティテーニア　ねえ、音楽はいかが、愛しい人？

ボトム　聴く耳はかなりありますよ。やっとこ叩きや骨の拍子木をガンガン演って貰おうか。

〔音楽。やっとこ叩きなど、田舎の音楽〕

ティテーニア　ねえ、あなた、何を召し上がります。

ボトム　そりゃ、秣《まぐさ》を一抱えほど。よく乾いたオート麦をむしゃむしゃ食いたいな。干し草を一束食いたいな。美味しい干し草、美味《うま》い干し草、こんなに美味いものはない。

ティテーニア　向こう見ずな妖精がいますのよ、栗鼠《りす》の巣を探させ、それに、新鮮な木の実も取って来させますわ。

ボトム　それより、乾燥豆を一握りいただきたいものですな。でも、どうか、お付き人たちにわたしの邪魔をさせないで。眠りの露出[1]に襲われそう。

ティテーニア　お眠りなさい、腕のなかであやしてあげます。妖精たちよ、お下がり、好きなところにお行き。

〔音楽止む。妖精たち退場〕

こうして、三色昼顔が甘い忍冬に優しく巻きつく。こうして、女の蔦《つた》が楡《にれ》の小枝[2]を取り囲む。ああ、何と愛しいことか！　もう夢中なの！〔眠る〕

〔オベロン進み出る〕〔ロビン登場〕

オベロン　よう来た、ロビン。この不憫な様《ざま》を見たか？
あの逆上《のぼ》せぶり、今や、哀れになってきた。
先ほど、森の奥で見かけたが
この淫らな阿呆に贈る花を摘んでいた。
咎《とが》めると、喧嘩になった。
やつの毛むくじゃらのこめかみを
摘みたての香しい花輪で飾っていた
露が、丸く光沢《つや》のある真珠のように
蕾の上で丸く膨らみ
可愛い花々の目のなかで
自身の恥を嘆く涙のようだった。
妃を思いっきりなじると
穏やかな口調で、堪忍して、と言ったので
インドの子どもを要求すると
すぐに承諾し、供の妖精を遣わし
子どもを、妖精の国の東屋に届けて寄こした。
子どもを手に入れたからには

36——「差しましょ、目薬」（既訳）。「目薬」ではない。ライサンダーは眠っているので、目に差せない。

37——ジャックとジルは人形芝居や軽喜劇に登場する似合いのカップル。ことわざ「男には似合いの女を娶らせろ」（Let every man have his own）。

1——exposition of sleep. disposition of sleep「眠気」の誤用。

2——barky fingers of the elm. barky は「樹皮で覆われた」、fingers は「枝」（branches）。蔦は酒の神バッコスに捧げられた木、ここでは、身持ちの悪さ（ティテーニア）を暗示。

あれの目の淫らな瑕《きず》を元通りにしてやろう。
優しきロビンよ、アテネの色男の頭から
驢馬頭の被りものを外してやれ
恋人たちが目覚める頃に目を覚まし
みんなでアテネに戻り
この夜の出来事を
夢のなかの混乱に過ぎぬと思うように。
だが、まず、妖精の女王を解放してやろう。
（ティテーニアの瞼に汁を搾る）
　元のそなたに戻れ。
　元のように見るがいい。
　ダイアナの花の蕾はキューピッドの花に
　勝る効力と聖なる力を持つ。[3]
　さあ、ティテーニア、目覚めよ、愛しの我が妃。
ティテーニア　（目覚める）まあ、オベロン、何という夢！
驢馬に夢中だったようだけど。
オベロン　そなたの恋人はそこにおる。
ティテーニア　どうして？
ああ、もう、見るのも嫌！
オベロン　しばらく静かに。ロビン、頭を外してやれ。
ティテーニア、音楽を頼む、それから、この五人を
みんな死んだように眠らせろ。
ティテーニア　音楽を、さあ、音楽を、眠りを誘《いざな》う音楽を。
〔静かな音楽〕

ロビン　（ボトムから驢馬頭を外す）目覚めたら
己自身の阿呆の目で見るがいい。
オベロン　音楽だ。さあ、我が妃、手を取って
彼らが眠る大地を揺らそう。（二人は踊る）
仲直りしたからには
明日の真夜中、厳かに
テセウス公爵の館で、婚礼を祝して踊り
末永い繁栄を祈ろう。
二組の愛し合う恋人たちも
テセウスと共に、賑々《にぎにぎ》しく結婚させてやろう。
ロビン　妖精の王さま、耳をお澄ましください。
朝を告げる雲雀の声がします。
オベロン　妃よ、もう少し踊っていたいが
夜の影を追い掛けよう。
地球を一周する
彷徨う月より速く。
ティテーニア　では、あなた、飛翔しながら
今夜の経緯《いきさつ》を、この人たちと一緒に
地面で眠っているところを
発見されたわけを、話してくださいな。
〔退場（オベロン、ティテーニア、ロビン退場。恋人たちとボトムは眠ったまま）〕
〔角笛。テセウス、ヒポリュテ、イージウス、（公爵の）供の者たち登場〕

テセウス　誰か森番を見つけて参れ。
五月祭[4]の儀式はとどこおりなく終わり
夜が明け始めたゆえ
猟犬の音楽をヒポリュテに聴かせてやりたい。
猟犬を西の谷に解き放て、さあ、放て。
さあ、行け、森番を捜せ。（従者の一人退場）
美しい妃よ、あの山の頂にのぼり
猟犬の吠え声と木霊《こだま》が
響き合う音楽を聴くとしよう。

ヒポリュテ　ヘラクレスとカドモス[5]が
クレタ島の森で、スパルタ[6]の猟犬を放って
熊狩りをしたとき、ご一緒しました。
あんなに勇ましい吠え声を聴いたことはなかった。
森の他に、空も、泉も、あたり一面響き合い
一つの叫びになったかのよう。あれほど心地よい
不協和音、美しい轟《とどろ》きを聴いたのは初めてでした。

テセウス　わたしの猟犬もスパルタ産だ。
あのように目立つ下顎と頬、砂色の毛並み
垂れた耳は朝露を払うかのよう。
外側に曲がった膝、テッサリア[7]の雄牛のように弛《たる》んだ喉袋
追うのは鈍い、だが、声は鐘のように美しく響き合う。
ほれ、とけしかけられ、角笛で囃《はや》したてられて
あれほど調子の合う群れは
クレタにも、スパルタにも、テッサリアにもいない。
聴いて判断してくれ。だが、待て。これは森の妖精《ニンフ》か？

イージウス　公爵さま、ここに眠っているのは我が娘
これはライサンダー、これはデミトリウス
これはヘレナ、老ネダー氏の娘です。

3――Dian's bud o'er Cupid's flower. 催淫効果のある「恋の三色菫」（love-in-idleness、第二幕第一場）も「惚れ薬」（love-juice、第三幕第二場）もキューピッドの花。キューピッドの花の魔法は、「薬草」（this herb、第三幕第二場）、「ダイアナの花の蕾」の汁で解ける。処女神ダイアナはセイヨウニンジンボク「貞操木」（vitex agnus castus）を手に描かれる。

4――恋人たちの馬鹿騒ぎは夏至祭（Midsummer Day、六月二四日、聖ヨハネの祭日）の前夜の出来事のようだが、テセウスは五月祭（五月一日）の夜としている。夏至祭も五月祭も無礼講を伴うので、妖精の王と女王の仲違い、若者たちの恋の諍い、職人たちのどたばた喜劇に相応しい。

5――ギリシア神話の英雄。ヘラクレスはテセウスの母方のいとこにあたり、大力の持ち主。カドモスが退治した竜の歯を地に撒《ま》くと、六勢の兵士が現れ、生き残った五人とテーベ市を創設した。

6――ギリシアのクレタ島と並び、優れた猟犬の産地として知られていた。

7――ギリシア北東の地域。テセウスの猟犬は、エリザベス朝時代のタルボット・ハウンド（白色、垂れ耳の猟犬）を思い起こさせる。

なぜこんなところに一緒にいるのでしょう。
テセウス　五月祭を祝うために
早起きしたのに違いない。我らの来るのを聞きつけ
敬意を表しに、森に来たのであろう。
それはそうと、イージウス、今日は、ハーミアが
どちらを選ぶか返事をする日ではないか？
イージウス　さようです、公爵さま。
テセウス　狩人たちに命じて、角笛で彼らを起こせ。
（従者の一人退場）〔奥で喚声、角笛。恋人たち目を覚ます〕
おはよう、友よ。聖ヴァレンタインの祭日[8]は過ぎたぞ。
この森の小鳥たちは今頃つがい始めるのか？
ライサンダー　失礼しました、公爵さま。〔恋人たちは跪く〕
テセウス　　　　　　　　　　　　　　　みな、立ちなさい。
その方たちは恋敵。
この仲の良さはどうしたことか
憎しみ合いながら疑いもせず
憎む相手の傍らに横になり、敵意を持たぬとは？
ライサンダー　公爵さま、訳がわからないままお答えします
眠っているのか、起きているのか。でも、誓って
どのようにしてここに来たのか答えられません。
ですが、正直に申し上げます
よく考えてみますと、つまり
ハーミアと一緒にここに来ました。
アテネを出て、アテネの法律の危険の

及ばないところに逃げるつもりで――
イージウス　十分、十分でございましょう、公爵さま。
この男に、法、法のお裁きを。
駆け落ちをしようとしたのだぞ、デミトリウス
わしとそなたの裏をかいたのだ。
そなたから妻を、わたしから承諾を
娘を妻にするという承諾を掠《かす》め取ったのだ。
デミトリウス　公爵さま、美しいヘレナが二人の逃亡と
二人がこの森で落ち合うことを、教えてくれ
わたしは怒り狂って二人の後を追い
わたしに惹かれる美しいヘレナが後を追って来ました。
でも、公爵さま、いかなる力によるのか
何かの力が働いて、ハーミアへのわたしの愛は
雪のように溶け、今は
子どもの頃に夢中になった
つまらぬ玩具《おもちゃ》の記憶のように見えるのです。
ありったけの誠実さ、我が心の力
我が目の対象、喜びとなるのは
ヘレナだけです。ハーミアに会う前は
ヘレナと婚約していました。しかし
病んだかのように、この食べ物を忌み嫌いました。
しかし、健やかになると、本来の嗜好《しこう》が戻り
今では、それを求め、愛しみ、恋焦がれ
それは永遠に変わらないでしょう。

テセウス　麗しい恋人たち、ここで会えたのは幸い。
これまでの経緯は、おいおい聞くとしよう。
イージウス、そなたの要請を却下する。
二組の若者に、じきに、神殿で
我々と一緒に永遠の結びを契らせてやりたい。
朝も終わりかけている
予定していた狩りは中止する。
アテネに共に戻るとしよう。三人の新郎と新婦
盛大な祝宴を催すことにする。
おいで、ヒポリュテ。
〔テセウス（ヒポリュテ、イージウス、供の者たち）退場〕

デミトリウス　これまでのことが小さく、霞んで見え
遥か遠くの山々が雲になったかのようだ。

ハーミア　別々の目で見ているようで
何もかもが二重に見える。

ヘレナ　　　　わたしも。
デミトリウスを見つけた、宝石のように
わたしのものであって、わたしのものでない。

デミトリウス　　　　確かに
目覚めているのだろうか？　まだ眠っていて
夢を見ているよう。さっき、公爵がここにおられて
ついて来るよう命じられたのでは？

ハーミア　ええ、それにわたしの父も。

ヘレナ　　　　ヒポリュテさまも。

ライサンダー　公爵さまは、神殿に来るように命じられた。

デミトリウス　じゃ、目覚めているんだ。後を追おう。
道すがら、夢の話をしよう。〔恋人たち（退場）〕
〔ボトム目覚める〕

ボトム　出番になったら、呼んでくれ、そうすれば台詞を言う。
次の合図は「いと麗しきピュラモスさま」だな。おーい！ピーター・クインス親方？　ふいご直しのフルート？　鋳掛屋スナウト？　スターヴリング？　まさか！　ずらかって、眠ったままのおれを置き去りに？　世にも珍しい夢を見た。夢を見た、どんな夢かは、人の知恵では語れない。この夢を説明しようとするやつは馬鹿だ。思うに——どんな夢か言えるやつはいねえんだ。思うにおれは——何だったか話せるやつはいねえ。思うにおれは——思うにおれにはいた——でも、おれに何がいたかを言おうとするやつは、まだら服の阿呆だけだ。おれの夢が何だったか、目が聞いたこともなく、耳が見たこともなく、手が味わったこともなく、舌が考えたこともなく、心が伝えたこともない。[9] ピーター・クインスにこの夢を歌《バラッド》にして貰おう。これを「ボトムの夢」と呼ぶと

8——二月一四日。この日に、鳥たちはつがい始めると信じられていた。

するか、何せ底《ボトム》なしだからな。この歌を芝居の最後に、公爵の御前で歌おう。おそらく、もっと面白くするために、ティスベが死ぬ場面で歌おうか。〔退場〕

第四幕第二場

〔クインス、フルート、スナウト、スターヴリング登場〕

クインス　ボトムの家に使いをやったか？　もう戻ったか？

スターヴリング　何の連絡もない。おそらくあの世に。[10]

フルート　戻っていないとすると、芝居は台無しだ。演れないよな？

クインス　無理だ。アテネじゅう探したって、あいつ以外にピュラモスを演れる男はいない。

フルート　いない、アテネの職人仲間じゃ、疑いなく、ぴか一の頭だ。

クインス　そうだ、見た目もぴか一、それに、美声ときたら愛人だ。[11]

フルート　お手本だろ。愛人は、神よ、お加護を、不義の相手という意味だよ。

〔スナッグ登場〕

スナッグ　みんな。公爵さまが神殿から出て来るところ、他にも、二、三組の殿方とご婦人方が式を挙げた。芝居を演っていれば、身代作れたのになあ。

フルート　ああ、愛しの熱血ボトム！　一生涯、一日に六ペンス[12]貰えたのにな。一日に六ペンスふいに出来るかってんだ。ピュラモスを演って、公爵さまが一日に六ペンスあげなかったら、首を括《くく》られてもいい。やつには、それだけの価値があった。ピュラモスで一日に六ペンスか、何も貰えないか。

〔ボトム登場〕

ボトム　どこだ、みんな？　どこだ、おい、みんな？

クインス　ボトムだ！　良かった！　安心した！

ボトム　諸君、驚くような話をするからな。だが、何かは聞かないでくれ。そいつを話せば、本物のアテネ人じゃなくなる。何もかもありのままに話してやろう。

クインス　聞かせてくれ、ボトム。

ボトム　一言だって聞かせられねえ。公爵さまがお食事を済まされたことだけは言える。衣装をまとめろ。付け鬚には丈夫な紐《ひも》、浅底靴[13]には新しいリボン。ただちに宮殿に集合、みんな台詞のおさらいをしておけ。短くも長くも言えばだな、おれたちの芝居が候補に選ばれたんだ。とにかく、ティスベに洗い立てのリネンを着せてやれ。ライオン役は爪を切っちゃなんねえ、ライオンの爪を見せろと言わせて見せるからな。それに、親愛なる役者諸君、玉葱《たまねぎ》も大蒜《にんにく》も食っちゃやなんねえ、甘い息を吐くことになっているんだ。そうすりゃ、甘い喜劇だと受けること間違いない。話はこれにて。行け、急いで行け。〔退場〕

第五幕第一場

〔テセウス、ヒポリュテ、フィロストレート、貴族たち登場〕

ヒポリュテ　テセウスさま、あの恋人たちの話は奇妙ですね。
テセウス　真実より奇なり。[1]
昔話や、おとぎ話の類は信じる気になれない。
恋する者と気の狂った者は、脳が熱に浮かされ[2]
幻想を作り出すので、冷静な理性の
理解を超えたことを想像する。
狂人、恋人、詩人は
みな想像の産物だ。[3]
広大な地獄が抱えきれないほどの悪魔を見る。
それが狂人だ。恋する者も、血迷うあまり
エジプト女の黒い顔に、美女ヘレネ[4]の白い顔を見る。

詩人の目は、途方もない霊感にのたうち回りながら
天から地、地から天を一瞥《いちべつ》する。
想像力が存在しないものを心に描くように
詩人の筆はそれに形をあたえ
空気のごとく実体のないものに
各々の在《あ》り処《か》と名前をあたえる。
そういった仕組みは強い想像力を伴い
喜びを感じたいと思いさえすれば
その喜びをもたらす何かを思いつく。
夜中に、何か恐怖を感じると
いとも簡単に、茂みを熊と思うものだ！

9――この台詞は以下のもじり。「目が見たことのないもの、耳が聞いたことのないもの、そして、人の心に思い浮かんだことのないもの。神を愛する者のために、神の備えてくださったものは、みなそうである。神はこれを、御霊によって私たちに啓示されたのです。御霊はすべてのことを探り、神の深みにまで及ばれるからです」（『コリント人への手紙一』二・九―一〇）。

10――he is transported. transport=to remove from this world to the next (OED.v.1.e).

11――paramour. 次行の paragon「手本、鏡」の誤用。

12――職人の一日の賃金をやや上回る額。

13――pumps. 舞踏会や舞台で履く底の薄い靴。

1――ことわざ「真実より奇なるものなし」の逆。

2――情熱や狂気は脳を滾《たぎ》らせると信じられていた。マクベスは空中に浮かぶ短剣を目にして、「熱に浮かされた脳が生む妄想の短剣」（『マクベス』第二幕第一場）と言う。

3――狂人を装うハムレットも妄想・想像力（imagination）について、「罪を思いつき、想像して形をあたえ、実行する間もないほどだ」（『ハムレット』第三幕第一場）と語る。

4――色白の絶世の美女。スパルタ王メネラオスの妻で、トロイの王子パリスに誘拐されたのが原因でトロイ戦争が起こった。第三幕第二場注24を参照。

ヒポリュテ　でも、夜通し聞いたお話も
心が一斉に変わったことも
想像が描く妄想の域を超えているのを証明しているし
真実に近い何か不変のもの[5]のようですわ。
それにしても、奇妙で驚くべきお話でした。
〔ライサンダー、デミトリウス、ハーミア、ヘレナ登場〕
テセウス　恋人たちだな、喜び、笑いさざめいている。
楽しむがいい、諸君、新鮮な愛の歓びの日々が
訪れるように。
ライサンダー　我らに勝る歓びが、公爵さまの
お住まいにも。食卓にも、ご寝所にも。
テセウス　さて、どんな仮面劇、どんな踊りで
食後の菓子から就寝までの三時間もの
長たらしい時間を過ごそうか？
いつもの我が饗宴係は？
どんな余興を用意している？　責め苦の時間を和らげる
芝居はないのか？
フィロストレートを呼べ。
フィロストレート　御前に、テセウスさま。
テセウス　今宵の余興は何だ？
仮面劇は、音楽は？　何か楽しみがなければ
鈍《のろ》い時の流れをどう紛らわせば良い[6]？
フィロストレート　（書き付けを渡す）余興の一覧表です。
まずご覧になり、お選びください。

テセウス　（読む）「ケンタウロス[7]との戦い
アテネの宦官《かんがん》、ハープに合わせて歌う」？
これはよそう。いとこのヘラクレスを讃える歌は
すでにヒポリュテに話した。
「酩酊《めいてい》したバッコスの巫女《みこ》たちの狂乱
怒り狂って、トラキアの歌手[8]を八つ裂きにする」？
古臭い出し物だ。この前テーベから
凱旋《がいせん》したときに上演された。
「学問と芸術の九女神
極貧のうちに先頃亡くなりし学者を悼《いた》む」？
これは辛辣《しんらつ》で批判的な風刺
結婚の祝賀に相応しくない。
「若きピュラモスと恋人ティスベの
冗長にして簡潔なる一場。いとも悲劇的な浮かれ騒ぎ」？
悲劇的な浮かれ騒ぎ？　冗長にして簡潔？
まるで、熱い氷、驚くほど黒い雪だ。
この不調和をどう調和させる気だ[9]？
フィロストレート　公爵さま、一〇行ほどの芝居でして
わたしが知るかぎり、これほど短い芝居はありません。
それでも長過ぎ、公爵さま
冗長というわけです。台詞といえる台詞も
役者といえる役者もいません。
悲劇的ではあります、公爵さま
ピュラモスが自害しますので。

実は、稽古を見たのですが
涙を流してしまいました、可笑《おか》し涙ですが
あれほど涙を流したことはございません。

テセウス　演じるのはどういう連中だ？

フィロストレート　ここアテネで働く職人たち
これまで頭を一度も働かせたことのない連中でして
目下、公爵さまのご婚礼に備えて、この芝居で
未熟な記憶力を精一杯働かせております。

テセウス　それを聴くとしよう。[10]

フィロストレート　いえ、高貴なる公爵さま
お聴きになるような代物では。通しで聴きましたが
くだらなく、聴く価値は微塵もなく
彼らの善意を愛でるのでなければ
何せ、お楽しみいただこうと、精一杯知恵を働かせ
散々骨折り、台詞を覚えた次第ですから。

テセウス　その芝居を聴こう。
畏《かしこ》まる素朴な連中が披露するものなら
不都合なことは何もあるまい。
さあ、招じ入れなさい、ご婦人方は席に着いて。
（フィロストレート退場）

ヒポリュテ　能力以上の荷を背負わされ
荷を下ろそうとして失敗するのを目にしたくないわ。

テセウス　もちろん、優しいヒポリュテ、そうはならないよ。

ヒポリュテ　こういうことは何も出来ないのでしょう。

テセウス　思いやりの心を持ち、何も出来なくても感謝する。
連中のぎこちない演技を楽しんでやる。
畏まる心が力不足のために出来ないことを
出来栄えでなく、心意気を評価する。
わたしが訪れた先では、偉い学者たちが
前もって考えた歓迎の辞《ことば》で迎えてくれたものだが[11]

5――something of great constancy. テセウスの台詞「想像力が存在しないものを心に描く」への反論か。
6――芝居や音楽を暇潰《ひまつぶ》しとしか考えていない高位身分の人への皮肉が仄めかされている。
7――ギリシア神話に登場する怪物。上半身が人間で、下半身が馬。
8――オルフェウスのこと。オウィディウス作『変身物語』第一一章に登場する。
9――『夏の夜の夢』の中心テーマ。妖精の王と女王の不和、征服者テセウスと略奪された花嫁ヒポリュテの結婚、二組の若い恋人たちの喧嘩と和解。不協和音から協和音への変容。
10――昼間、背景も照明もないなか、場面が夜なのか、昼なのか、区別がつかない当時の舞台では、聴いて（hear）想像しなければならなかった。それで、芝居を「聴く」と言った。

学者たちを見ると、体は震え、顔は蒼ざめ
辞の途中で言葉につまり
畏れのあまり、練習した文章が喉につかえ
終いには、押し黙って急に止め
歓迎の意を払えなかった。信じてくれ、愛しい人
それでも、この沈黙から、わたしは歓迎の意を汲《く》み取った。
怖れ畏《かしこ》まる気後れに
生意気で厚かましい雄弁がまくしたてるのと
同じ意を読みとったのだ。
だから、愛する人よ、口も利けない実直さは
思うに、言葉少なに多くを語るものだ。

（フィロストレート登場）

フィロストレート　公爵さま、前口上の準備が出来ました。

テセウス　始めよ。

〔トランペット吹奏。前口上役（クインス）登場〕

前口上　お気に障れば、それこそが我らの善意。[12]
こう思し召せ、お気に障るためではなく
善意を持って参ったと。我らの拙い演技を披露すること
それこそ、我らの主たる目的。
されば、かく思し召せ、我らは悪意で参ったと。
ご満足いただこうと、参ったのではない
それこそが我らの真の意図。みなさまのお歓びのために
ここにいるのではありませぬ。ここで後悔されますよう
役者が控えております。無言劇《ショー》[13]にて
お知りになりたい、一部始終がご覧になれます。

テセウス　あの男は句読点に注意を払わぬようだ。

ライサンダー　血気に逸る若駒のように、疾駆しました。止め方を知らない。教えられます、公爵さま。ものを言うだけでは不十分で、正確に言わなければと。

ヒポリュテ　そうね、子どもが笛を吹くような前口上、音は出せても、押さえどころがわからないのです。

テセウス　台詞はもつれた鎖のようだ。切れていないが、ごちゃごちゃにからまっている。次は？

〔トランペット奏者を先頭に、ピュラモス（ボトム）、ティスベ（フルート）、壁（スナウト）、月光（スターヴリング）ライオン（スナッグ）登場〕

クインス　みなさま、何の芝居かと、訝《いぶか》しんでおられましょう。
訝しみ続けてください、やがて真相が明らかになります。
この男はピュラモス、お知りになりたければ。
この麗しき淑女は確かにティスベ。
この男は石灰とモルタルを身につけ、壁を務め
意地悪な壁は恋人たちを引き裂き、哀れなるかな
恋人たちは壁の割れ目から囁く他ありません。
それには、どなたも怪しまれませぬよう。
この男は角灯と犬と柴の束を手に
月の光を務めます。お知りになりたければ
月明かりをたよりに、恋人たちはニノスの墓で
逢引きし、そこで愛を語らうのを潔しとします。

この身の毛のよだつ獣は、ライオンと呼ばれ
誠実なティスベが、夜、先に来ますと
脅《おど》して追い払い、と言うか、びっくりさせます。
逃げながらティスベはマントを落とし
そのマントを下劣なライオンが血まみれの口で汚します。[14]
すぐに、甘いマスクの勇敢なピュラモスが来て
誠実なティスベの血にまみれたマントを見つける。
剣で、血に飢える不埒な剣で
血滾る己の胸を雄々しく突き刺し
桑の木陰に隠れていたティスベは
ピュラモスの短剣を抜き、自害します。[15]
おあとは、ライオン、月光、壁、恋人たちが
舞台におります間に、お聴かせ致します。
〔壁を除いてみな（退場）〕

テセウス　はて、ライオンが喋るかな。

デミトリウス　喋ってもおかしくありません。頓馬が大勢喋る
時代ですから、ライオン一頭ぐらい。

スナウト　この芝居にて、わたくし
名はスナウトが壁を務めることに相成りました。
かくなる壁に、ご想像ください
裂け目、いや、割れ目があり
その割れ目を通して、ピュラモスとティスベは
いとも密やかに囁き合います。
この壊土、このモルタル、それにこの小石は
わたしがまさにその壁であることを示している。
この割れ目、右から左へ、この穴を通して
怯える恋人たちが囁き合います。

テセウス　これより上手に喋る石灰と毛《ヘア》[16]があるか？

デミトリウス　これまで聴いたなかで一番利口な壁です。

〔ピュラモス登場〕

11――エリザベス一世は夏の巡行を慣例とし、ロンドン近郊の都市を訪れた。その折に、歓迎の辞が述べられたが、学者や教師が緊張のあまり、言葉につまったり、言葉が出なくなったりすることがあった。女王は優しく励ましたという。

12――「お気に障れば、お気に障らぬのが我らの善意」と言いたいところ、句読点を間違える。

13――show.『ハムレット』の劇中劇の黙劇のように、しばしば、本芝居の前に、芝居のあらすじを紹介する、台詞のない無言劇が上演された。クインス親方の口上が無言劇に相当する。

14――『変身物語』によれば、ライオンは牛を食い殺したばかりなので、口が血まみれだった。

15――ティスベはピュラモスの短剣（dagger）で自害する。『ロミオとジュリエット』で、ジュリエットもロミオの短剣で自害する。

16――壁土のつなぎとして毛（羊毛、または馬の毛）が使われた。

テセウス　ピュラモスが壁に近付く。静かに。

ボトム　おお、残忍な顔の夜よ、おお、かくも黒き夜よ
おお、夜よ、昼でなければ、常に夜なる夜よ
おお、夜よ、おお、夜よ、ああ、ああ、ああ

ティスベが約束を忘れたのではあるまいか。

汝、おお、壁よ、おお、優しき、おお、麗しき壁よ

ティスベの父の地所と我が地所を隔てる壁よ
汝、壁よ、おお、壁よ、おお、優しく麗しき壁よ
割れ目を見せてくれ、我が目で覗かせておくれ。
(壁が二本の指を広げる)
かたじけない、親切な壁よ。神のお加護があるように。
だが、何が見える? ティスベは見えぬ。
おお、意地悪き壁よ、割れ目から至上の喜びが見えぬ
かくも我を騙すとは、石の壁よ、呪われてあれ。

テセウス　壁は、生きているようだから、呪い返すだろう。

ボトム　いえ、公爵さま、そうは致しません。「我を騙すとは」は、ティスベへの合図。ティスベが登場し、わたしは壁の割れ目からティスベを見つける。それをこれからご覧に入れましょう。(ティスベ登場) まさに申した通り。あちらに、ティスベが。

フルート　おお、壁よ、幾度《いくたび》我が嘆きを聞きしか
麗しきピュラモスと我を隔てているのだもの。
幾度さくらんぼのような我が唇がおまえに接吻しか。
石灰と毛がおまえの石のなかで結ばれている。

ボトム　声が見える。割れ目のところへ行こう
覗けば、ティスベの顔が聴けるかも。
ティスベか?

フルート　我が愛しのきみ、我が愛しのきみよね。

ボトム　いかに思うとも、我はそなたの愛しのきみ。
我はリマンダー[17]のごとく、常に誠実なり。

フルート　我もヘレネ[18]のごとく、運命[19]が命の糸を切るまで。

ボトム　シャファロス[20]のプロクラス[21]への愛より誠実なり。

フルート　シャファロスのプロクラスへの愛のごとく、我も。

ボトム　おお、この意地悪な壁の穴越しに接吻しておくれ。

フルート　壁の穴に接吻を、我がきみの唇ではなく。

ボトム　オタンコナス[22]の墓ですぐ会ってくれまいか?

フルート　生きていても、死んでいても、すぐに参ります。

スナウト　わたくし壁はかく役を終えました。
終えましたゆえ、かく退場致します。
(壁、ピュラモス、ティスベ退場)

テセウス　恋人たちを隔てていたのは壁だからな。

デミトリウス　やむを得ません、公爵さま。壁に耳あり、予告なしに立ち聞きしますから。

ヒポリュテ　こんなに滑稽なお芝居は初めて聴いたわ。

テセウス　最上の芝居とてしょせん影[23]。最低のものでも想像力で補えば、それほど悪くない。

ヒポリュテ　あなたの想像力でね、あの人たちにはないもの。

テセウス　連中が思っているほど悪くないと、我らが想像すれ

ば、優れた役者で通る。さて、高貴なる獣、人間にしてライ
オンの登場だ。
〔ライオン登場〕

スナッグ　淑女のみなさま、床を這う、奇怪な小さい鼠さえ
怖がる優しい心のみなさま
むかつくライオンが猛り狂って吠えれば
震え慄《おのの》かれましょう。
さすれば、ご承知あれ、わたくしめは家具職人スナッグ
獰猛な雄ライオンでも、雌ライオンでもありませぬ。
万が一、ライオンとして、狼藉《ろうぜき》を働きに[24]
この場に来たのでありますれば、遺憾千万。

テセウス　ずいぶん礼儀正しい獣だ、それに思いやりもある。

デミトリウス　わたしが見たなかで最良の獣です、公爵さま。

ライサンダー　このライオン、勇気は狐なみ。

テセウス　そうだな、用心深さは鵞鳥《がちょう》なみ。[25]

デミトリウス　いや、公爵さま。勇気には用心深さがない
狐は鵞鳥の臭《にお》い跡《あと》をたどりますからね。[26]

テセウス　やつの用心深さには勇気がない。鵞鳥は狐を追跡し

17——古代ギリシアの悲恋物語「ヘーローとリアンダー」のリアンダーの誤用。リアンダーは恋人ヘーローに会うため、夜のヘレスポント海峡を泳ぎ、溺死する。

18——ヘーローの誤用。

19——運命の糸を紡ぎ、最後に糸を切って人間の命を絶つ女神。

20——ケパロスの誤用。ギリシア神話。曙の女神に誘拐されたケパロスは、後をつけて来た妻プロクリスの貞節を疑い、獲物と間違えて投げ槍で殺す。

21——プロクリスの誤用。

22——クインスにニノスの墓と注意されたにもかかわらず、言い間違える。

23——shadows. shadow=an actor or a play in contrast with the reality represented (OED.n.II.6.b)、「人生を模倣する役者・芝居」。ロビンはオベロンを「影の国の王」（king of shadows、第三幕第二場）と呼び、「影なる我ら役者がお気に障りましたら……」（第五幕第一場）と口上を述べる。妖精も役者も束の間登場し、退場する存在。

24——in strife=in a state of discord or contention (OED.strife.n.2.a).

25——ことわざ「用心は勇気」「君子あやうきに近寄らず」（Discretion is the better part of valour）。鵞鳥は愚かさのシンボル。「鵞鳥のように賢い」（As wise as a goose）、皮肉なことわざ的表現。

26——For his valour cannot carry his discretion, and the fox carries the goose. 最初の carry は「伴う」（to bear as a character, OED.v.II.28）、二番目の carry は「獲得する」（to succeed in obtaining, OED.v.I.15.a）。君主はライオンの勇気と狐の用心深さを持つべき。

ないからな。よいわ。やつの用心に任せるとして、月の台詞を聴こうじゃないか。

（月明かり登場）

スターヴリング　この角灯[27]は三日月を表します。

デミトリウス　だったら、頭に角《つの》[28]を乗っけるべきだったな。

テセウス　あれは満月だ。[29]角が見えぬ、太った体に隠れているのか。

スターヴリング　この角灯は三日月を表します。

わたしは月の男のようでありまする。

テセウス　これはとんでもない間違いだ。男は角灯のなかにいなければならぬぞ。いないのに、どうして月の男なのだ？

デミトリウス　火傷《やけど》するのが怖いのです。ほら、もう消えかかっている。

ヒポリュテ　あの月にはうんざり。欠けてくれないかしら。

テセウス　用心に欠けるのだから、欠け始めている。だが、自然に欠けるのを待つのが礼儀にも理にも適っていよう。

ライサンダー　月よ、続けてくれ。

スターヴリング　わたしが申し上げられるのは、角灯が月で、わたしが月の男で、これが柴の束で、これがわたしの犬ということだけです。

デミトリウス　えっ、全部角灯のなかにいるはずでは。みな月のなかにいるんだからな。おっと、口をつぐもう。ティスベが現れた。

〔ティスベ登場〕

フルート　ここが古いオタンコナスのお墓。愛しい人は何処《いずこ》？

スナッグ　ウォー。（ライオンが吠える。ティスベは逃げる〔マントを落とす〕）

デミトリウス　吠えっぷりがいいぞ、ライオン。

テセウス　逃げっぷりがいいぞ、ティスベ。

ヒポリュテ　照りっぷりがいいわ、お月さま。よく輝く月ですこと。

（ライオンがティスベのマントをくわえて振り回す）

テセウス　くわえっぷりがいいぞ、ライオン。

〔ピュラモス登場〕

デミトリウス　次いで、ピュラモス登場。（ライオン退場）

ライサンダー　かくして、ライオン退場。

ボトム　優しき月よ、太陽のごとき光に礼を言う。
礼を言う、月よ、かくも輝き光ることに。
汝の優しい、黄金の、きらめく光で
誠実なティスベの姿を見ることが出来るのだから。
じゃが、待て、何といまいましきこと！
じゃが、見ろ、哀れなる騎士よ
何と悲惨で恐ろしき光景か？
目よ、見たか？
ありえるか？
おお、可憐な家鴨《あひる》、おお、可愛い人よ！
そなたの上等なマント
何と、血まみれに？

来たれ、残忍な復讐の女神たちよ。
運命の女神たちよ、来たれ、来たれ
運命の糸を断ち切れ
征服し、打ち砕《くだ》き、終わらせ、殺すがいい。

テセウス　この激情、恋人の死、哀れをそそられる。

ヒポリュテ　いまいましいけど、気の毒に思えるわ。

ボトム　おお、造化の神よ、何故《なにゆえ》ライオンを造りしか？
むかつくライオンが我が愛《いつく》しき人を散らしたり。
生き、愛され、好かれ、愛しまれたなかで
最も美しき乙女なり――いや、いや――乙女なりし。
来たれ、涙よ、我を滅ぼせ。
出て来たれ、剣よ、傷つけよ
ピュラモスの胸を。
そう、左の胸を、心臓がぱくぱくするところを。
かく我は死す、かく、かく、かく。（刺す[30]）
今や、我は死せり。
今や、我は去りし。
魂は天に。
舌よ[31]、光を失え。
月よ、飛べ。（月退場）
今や、死《ダイ》ぬ、死《ダイ》ぬ、死《ダイ》ぬ、死《ダイ》ぬ、死《ダイ》ぬ。（死ぬ）

デミトリウス　賽子《ダイ》じゃあるまいに、出る目は一《いち》。たったの一。

ライサンダー　一以下だよ。死んだのだから、零《ゼロ》だ。

テセウス　医者の助けで生き返り、頓馬だと証明するかも。

ヒポリュテ　月はどうして消えたのかしら？　ティスベが戻って来て、恋人を見つけるはずなのに。

テセウス　星明かりで見つけるだろうよ。ほら、ティスベだ、ティスベの愁嘆場《しゅうたんば》で芝居は終わりだな。

〔ティスベ登場〕

ヒポリュテ　あんなピュラモスのために、長々と嘆くべきじゃないわ。短いといいけど。

デミトリウス　どっちもどっち、ピュラモスがましか、ティスベがましか。ピュラモスは男として、神よ、お加護を。ティスベは女として、神よ、お恵みを。

27――lanthorn. 鉄製で天辺が円錐形、前面の扉が角製の角灯（イギリス、一七世紀）が、オックスフォード、アシュモール美術館に所蔵されている。なかに、蠟燭を灯した。三日月の先（horn）を角という。
28――horns. 複数形なのは、（寝取られ亭主が額に生やす）角と三日月の両端を意味しているため。
29――no crescent. おそらく太ったスターヴリングをからかっている。「スターヴリング」は飢え痩せた人という意味。
30――胸を四回刺す。
31――tongue. eyes「目」の誤用。

ライサンダー　ティスベは可愛い目でやつを見たぞ。
デミトリウス　そして、かくのごとく嘆く、スナワチ。
フルート　眠っているのかえ、愛しい人？
死んでいるのかえ、鳩ちゃん？
ああ、ピュラモス、起きてたもれ。
口を利いて、利いてたもれ。口も利けないのかえ？
死んだ、死んだのかえ？　その甘い目は
お墓に埋もれるのかいな。
百合のごとき唇
さくらんぼのごとき鼻
黄花九輪桜のごとき頬
死んで、死んでしもうた。
恋人たちよ、悲しんでおくれ。
この人の目は葱のごとく緑色なりき。
おお、運命の三女神よ
来たれ、我のもとに来たれ
ミルクのごとく白い手を
血糊に浸せ。
なんじらはかの人の命の絹糸を
鋏《はさみ》で断ちし。
舌よ、言葉はいらぬ。
さあ、頼もしき剣よ[32]
さあ、胸を血で染めてたもれ。
（胸を突く）
さらば、友よ
ティスベはかく果てまする。
さらば《アデュー》、さらば、さらば。（死ぬ）
テセウス　月光とライオンは残って死体を埋めるのだな。
デミトリウス　ええ、壁も。
ボトム　いいえ、違います、両家を隔てていた壁は取り壊されます。納め口上をご覧になりますか、それとも一座の二人が踊るベルガモをお聴きになりますか[33]？
テセウス　納め口上は勘弁してくれ。そなたたちの芝居に弁解は無用。弁解はするな。役者はみな死んだのだから、責めを負う者はいない。いやはや、この芝居を書いた者がピュラモスを演じ、ティスベの靴下止めで首を吊ったのであれば、見事な悲劇になったであろう。実に、申し分のない芝居だった。さあ、ベルガモ踊りを。納め口上はいらぬぞ。
（踊り、役者たち退場）
真夜中の鐘が一二回鳴った[34]。
恋人たちよ、新床へ。妖精が出没する時刻だ。
明朝は寝坊しそうだ
今宵は、相当夜更かしをしたからな。
馬鹿馬鹿しく下手な芝居が夜の重い歩みを
紛らわせてくれた。恋人たちよ、新床へ。
二週間、この祝宴を張り、夜毎
新しい余興で、お祭り騒ぎに明け暮れよう。〔退場〕
〔（ロビン箒《ほうき》を持って）登場〕

ロビン　さても、飢えたライオンが吠え
狼が月に向かって遠吠えし
一方で畑仕事でくたびれた農夫が
へとへとになって高鼾《たかいびき》。
燃えつきた薪がほのかに輝き
面梟《めんふくろう》が金切り声を上げ[35]
悲しみに暮れる哀れな人に
死装束《しにしょうぞく》を思い起こさせる。
さても、時は真夜中
墓が大口を開け
死者の霊を吐き出し
霊は墓地の小道を滑り行く。
我ら妖精は、三相の月の女神ヘカテの[36]
戦車を牽く竜の側を駆け
太陽から遠ざかり
夢のような闇を追い
浮かれ騒ぐ。鼠一匹
この神聖な館の邪魔をさせない。
おいらは箒を手にした先触れ
扉の後ろの埃《ほこり》を掃く。

〔（オベロンとティテーニア）供の者たち登場〕

オベロン　暖炉の残り火で、ほのかな光を
館じゅうに灯せ。[37]
小妖精《エルフ》も妖精も
小枝の小鳥のように陽気に
わたしに続いて
歌い、軽やかに踊れ。
ティテーニア　まずは、あなたが正確に歌ってくださいな
声を震わせ、一語一語。
手に手を取り、妖精にふさわしく優雅に
歌い、この館を祝福しましょう。

〔妖精たち歌う〕

32――クインス親方は前口上で、ティスベはピュラモスの短剣（dagger）で自害すると解説するが、ここでは、剣（sword）で自害する。
33――納め口上は「聴く（hear）」もの、踊りは「観る（see）」もの、誤用。ベルガモ踊りはイタリアの都市ベルガモに因《ちな》む踊り。
34――'The iron tongue of midnight hath told twelve.' iron は「鉄の」ではなく「鐘の」、tongue は鐘のなかの「舌（ぜつ）」のこと。通常のヨーロッパの鐘は紐で引っ張って鳴らす。
35――甲高い鳴き声は死の警告と信じられていた。狼の遠吠えも同じ。
36――翼のある竜が女神の戦車を牽く。
37――妖精たちは小さな蠟燭を頭につけているか、体からほのかな光を放っている。

オベロン　さあ、妖精たち、夜明けまで
館を歩き回れ。
我らはテセウスの新床へ
我らに祝福され
生まれる子が
永久《とわ》に幸せであるように。
三組の夫婦が
永久に愛し合うように
生まれる子らに
痣《あざ》がないように。
黒子《ほくろ》、兎唇《みつくち》、斑痕《はんこん》
生まれたときに
忌み嫌われるしるしが
ないように。
清らかな野の露を手に
妖精が踊りながら
部屋から部屋を祝福し
この館を甘い安らぎで満たすように。
祝福されるあるじに
永久の平安があるように。
さあ、行け、立ち止まるな。
夜明けに、みなで会おう。〔（ロビンを残して）退場〕
ロビン　影なる我ら役者がお気に障りましたら
こうお考えを、さすれば、万事めでたし。
みなさま方はここでまどろんでおられ
その間に幻が現れたのであります。
この儚く無益な話は
夢に過ぎず
みなさま、お咎めなきよう。
お赦しくだされば、至らぬ点は直します。
わたしは正直者パック[38]
身に余る幸運に浴し
野次を受けずに済みますれば
遠からず、埋め合わせを致します。
でなければ、嘘つきパックとお呼びください。
では、みなさま、おやすみなさい。
よろしければ、拍手喝采のほどを。[39]
ロビンが埋め合わせを致します。（退場）

38——puck. パックは悪い妖精、悪魔と同一視される。
39——一六世紀オランダの人文学者デシデリウス・エラスムスは『痴愚神礼讃』を「拍手喝采を」で締めくくる。これは、ローマの喜劇で、幕引きに、観客に向かって発せられる台詞。（『痴愚神礼讃——ラテン語原典訳』沓掛良彦訳、中央公論新社、二〇一四、三一八頁、注5）。『お気に召すまま』も同じような台詞で締めくくられる。

解説　愛の不条理と激烈な力

愛って何？——愛の残酷・醜悪

愛とは何か？　性的な強い欲望（愛）に突き動かされて男女は恋に落ちる。ありふれてつまらない日常に、わくわくする熱い感情が溢れる。恋に落ちると、たまを飲んだ状態と同じになる。何でもないものが、麻薬らなく美しく貴重なものに見える。ヘレナは言う。「愛は釣り合いを知らないから、卑しくむかつくものを／気品ある姿形に変えてしまう」（第一幕第一場）。とりわけ美しいわけでも、それほど立派でもないのに、うっとりするほどの魅力があると感じる。愛は人間に麻薬のように作用し、狂ったように愛したかと思うと、狂ったように忌み嫌う。ヘレナは愛する男になら、殺されてもいいと言う。

ヘレナ　……地獄を天国に変えて見せる
これほど好きな人の手で死ぬのは本望だもの。

（第二幕第一場）

しかし、森のなかで、恋人たちの恋心を操るのは、二種の薬草、催淫効果のある「恋の三色菫《さんしきすみれ》」（love in idleness）、またの名「キューピッドの花」（Cupid's flower）の搾り汁と、「ダイアナの花の蕾」（Diana's bud）の搾り汁である。前者の魔法を解くのは「ダイアナの花の蕾」の汁である。

森のなかの恋人たちとボトム

シェイクスピアの時代、結婚は両家の利益や地位を高めるための手段であった。そこに、愛が入り込む余地はなかった。しかし、ライサンダーを愛するハーミアは父の選んだデミトリウスとの結婚を拒む。アテネの法律によれば、ハーミアを待っているのは死刑か、修道院で一生を独身で過ごすこと。ハーミアはライサンダーとアテネを出奔する。

ハーミアを恋するデミトリウスはハーミアを追って森へ、デミトリウスを恋するヘレナはデミトリウスを追って森へ。愛する人に邪険に扱われるヘレナを哀れんだオベロンは、デミトリウスの瞼に惚れ薬を塗って、目覚めて最初に目にするのがヘレナであるよう、ロビンに命じる。ロビンは誤って、惚れ薬をライサンダーの瞼に塗ってしまう。目覚めたライサンダーは、デミトリウスを追って森に来たヘレナを目にし、彼女を熱烈に恋してしまう。オベロンはデミトリウスが眠っているところに遭遇、彼の瞼に惚れ薬を塗り、目覚めて最初に目にするのがヘレナであるように仕組む。ヘレナはデミトリウスの残酷さを嫌というほど味わった後、惚れ薬を塗られて惑溺するデミトリウスに熱烈に求愛される！　二人の男に求愛されるヘレナ。ヘレナとハーミアの立場が逆転。大喧嘩が勃発。惚れ薬を塗られてヘレナを愛するライサンダーとデミトリウスは決闘へ。この縺《もつ》れを解くには、今一度、花の汁の助けを借りる他ない。オベロンはロビンに命じて、ライサンダーの瞼に「ダイアナの花の蕾」の汁を塗り、惚れ薬の魔法を解く。デミトリウスは惚れ薬の魔法にかけられたまま大団円へ。

惚れ薬も、その力を解く「ダイアナの花の蕾」の汁も人格を持たない。愛の持つ不条理で激烈な力を象徴している。

『夏の夜の夢』では、愛（love）と想像力（imagination）がほぼ同じ意味で使われている。fancy も ecstasy も、愛と想像力を意味する。fancy が fantasy になると、驢馬男を恋するティテーニアの白日夢になる。自己本位の愛の嬌態《きょうたい》が、森のなかの三組のカップルを通して幾度も照射される。

愛するにも、心変わりするにも、理由がなければならないが、愛に、理由などない。この真実に気付いているのは驢馬男のボトムだ。ティテーニアに愛を告白されると、ボトムは言う。

ボトム　奥さま、思うに、それにはちいっとばかり理由がありませんと。でも本当のところ、当節は、愛と理性は親しくなれませんやね。（第三幕第一場）

ティテーニアがボトムを愛撫《あいぶ》する場面は、愛の自己欺瞞、身勝手、醜悪さを映しだす。

森のなかで、愛も友情も粉微塵になった後、若者たちは、疲れ果てて眠りに落ちる。眠りは死を意味する。目覚めた若者たちを教会の鐘のように調和する猟犬の吠え声が迎える。秩序が回復される。しかし、彼らが賢くなったわけではない。デミトリウスは惚れ薬の魔法にかけられたまま。ライサンダーは惚れ薬を瞼に塗られた後、「ダイアナの花の蕾」の汁を瞼に塗られてハーミアのもとに戻る。二人の男たちは魔法から完全に自由になったわけではない。二組のカップルの未来やいかに？

エリザベス一世を讃えて

『夏の夜の夢』は、一五九四年夏から一五九六年春頃に書かれ、エリザベス一世の宮廷人の婚礼の祝宴で初演されたとされている（他の説も有）。そのためか、女王を讃える台詞が鏤《ちりば》められている。オベロンが言及する「西の国の王座に座る美しい処女王《ヴァージンクイーン》」とはエリザベス女王に他ならない。

テセウスは、職人たちの芝居を評価しないヒポリュテに、思いやりをもって観劇すべきだと言う。この台詞には、夏の巡行やその訪問先でエリザベス女王が見せた寛大な態度が反映されている。

女王は夏の巡行を慣例とし、ロンドン近郊の町を訪れ、国民と親しく接した。民衆が「女王陛下万歳！」と叫ぶと、女王は「国民のみなさま、万歳！」と大きな声で返した。[1] そのような折に、歓迎の辞が述べられたが、演説者が緊張のあまり、しばしば言葉につまった。女王は優しく励ました。

一五七二年八月、ウォリックでのこと。演説官のエドワード・アグリオンビィがおそるおそる歓迎の辞を述べた。演説が終わると、女王は「こちらにいらっしゃい」と声をかけ、手を差し出した。アグリオンビィがびくびくしながら女王の手に接吻すると、女王は言った。「わたしを見るのも、わたしと話をするのも怖がっているようですが、わたしがあなたのことを怖がっているのですよ、怖がらないで[2]」。

一五七八年八月、ノリッジでのこと。スティーヴン・リンバートという名のグラマー・スクールの先生がラテン語で歓迎の辞を述べる予定になっていたが、ラテン語を得意とする女王を前に気後れした。女王は

1——J. E. Neal, *Queen Elizabeth*. St. Albans: Triad/Panther Books Ltd., 1934, pp. 208–11.

2——John Nichols, *The Progresses and Public Processions of Queen Elizabeth*, 3 vols. London: Printed by J. Nichols and Son, 1823, I, p.311.

言った。「怖がらないで！」スティーヴンは見事なラテン語で歓迎の辞を述べた。[3] このような出来事が伝説となって、テセウスの台詞に反映されたのであろう。

テセウス　わたしが訪れた先では、偉い学者たちが
前もって考えた歓迎の辞《ことば》で迎えてくれたものだが
学者たちを見ると、体は震え、顔は蒼ざめ
辞の途中で言葉につまり
畏れのあまり、練習した文章が喉につかえ
終いには、押し黙って急に止め
歓迎の意を払えなかった。信じてくれ、愛しい人
それでも、この沈黙から、わたしは歓迎の意を汲《く》
　み取った。
怖れ畏《かしこ》まる気後れに
生意気で厚かましい雄弁がまくしたてるのと
同じ意を読みとったのだ。（第五幕第一場）

「夏の夜の夢」の夢幻の背後に、権力者のあるべき姿が映され、権力者を見る作者のまなざしがきらりと光る。

3――Ibid., II, p.155.

お気に召すまま

As You Like It

『お気に召すまま』

登場人物

ロザリンド……先の公爵の娘、ギャニミードに扮する
シーリア……フレデリック公爵の娘、エリエーナに扮する
先の公爵……爵位を弟に簒奪《さんだつ》され、森に住む
フレデリック公爵……先の公爵の弟、爵位簒奪者
オーランド……サー・ローランド・ド・ボイスの三男
オリヴァー……サー・ローランド・ド・ボイスの長男
アダム……ボイス家の召使い
デニス……オリヴァーの召使い
チャールズ……フレデリック公爵のレスラー
ル・ボー……フレデリック公爵の宮廷人
タッチストーン……道化
アミアン……先の公爵に仕える貴族
ジェイクィーズ……憂鬱症に悩む紳士
コリン……羊飼い
シルヴィウス……羊飼い
フィービー……羊飼いの女
オードリー……田舎の娘
サー・オリヴァー・マーテクスト……田舎の司祭
ウィリアム……田舎の若者
ヒュメン……婚姻の神
ジェイクィーズ・ド・ボイス……サー・ローランド・ド・ボイスの次男
貴族……フレデリック公爵に仕える貴族
貴族……先の公爵に仕える貴族
森人たち
先の公爵に仕える小姓……二人
他に従者たち

翻訳底本は The Arden Shakespeare *As You Like it*. Edited by Juliet Dusinberre. London: Bloomsbury, 2016.

第一幕第一場

〔オーランド、アダム登場〕

オーランド　覚えているよ、アダム、こういうことだ、遺言でおれに遺されたのはたった一〇〇〇クラウン[1]、おまえが言うように、父は兄に祝福をあたえ、おれを立派に養育するよう命じた[2]。そこに、おれの不幸の始まりがある。すぐ上の兄ジェイクィーズは大学に行き、素晴らしい成績を挙げているとか。おれはといえば、田舎暮らし、もっとはっきり言えば、ここでほったらかしにされている。紳士生まれのおれにとり、こんな扱いは、牛を飼うのと変わらないではないか？　兄の馬のほうがずっとましな教育を受けている、食い物がいい上に、調教まで教えられ、そのために、調教師が高給で雇われている。なのに、実の弟のおれは何も学ばず、図体がでかくなるだけ、肥《こ》え溜《だめ》を漁《あさ》る犬畜生だって、おれと同じ恩義が兄にあるわけだ。おれにたっぷりあたえてくれるのは、この何もしてくれないことだけでなく、生まれから貰った良い資質まで奪うつもりのようだ。召使いたちと一緒に食事をさせ、実弟の立場を奪い、ありとあらゆる嘘をつき、そういう育て方をして、生まれの良さを損なうつもりなんだ。アダム、それが悲しい、親父の根性がおれにもあり、それがこの奴隷の境遇に反乱を起こし始めている。もう我慢するものか、でもな、どう逃れたら良いか、名案がないのだ。

〔オリヴァー登場〕

アダム　あちらに、お兄さまが、旦那さま。

オーランド　離れていろ、アダム、どんな嫌がらせを言うか、聞いていてくれ。

オリヴァー　おい、ここで何をしている？

オーランド　何も。することは何も教わっていませんので。

オリヴァー　なら、何をぶらぶらしている？

オーランド　まあ、兄さん、ぶらぶらして、神がお造りになったもの、つまり、哀れな出来の悪い弟を兄さんがだめにするのを手伝っているのです。

オリヴァー　くそっ、仕事をしろ、とっとと失せろ。

オーランド　豚の世話をし、豚と一緒にいなご豆を食うのですか[3]？　こんなに落ちぶれるとは、どんな放蕩《ほうとう》を働いたのでしようか？

1——一六〇〇年、一クラウンは五シリングに相当（一シリングは五ペンスに相当）。Oxford School Shakespeare *As You like it.* Edited by Roma Gill. Oxford: Oxford University Press, 2009, p.1.

2——父親が臨終の床で、後継者の長男を祝福して遺言を遺す風習があった。

3——豚の飼料を食いたいと思うほど身を持ち崩した放蕩息子の話、「その人は彼を畑にやって、豚の世話をさせた。彼は豚の食べるいなご豆で腹を満たしたいほどであった」（『ルカによる福音書』一五・一五—一六）。

オリヴァー　どこにいるのか、わかっているか？

オーランド　はい、確と。兄さんの果樹園に。

オリヴァー　誰の前にいるのか、わかっているか？

オーランド　はい、わたしの目の前の人がわたしをわかっている以上に。あなたはわたしの一番上の兄、わたしが貴族の生まれなのはわかっているはず。社会規範からすると、あなたは長男だから、わたしより格が上、でも、その同じ規範によれば、わたしたちの間に兄弟が二〇人いようとも、わたしから血筋を奪うことは出来ない。兄さんと同じく、わたしにも父上の血が流れている、わたしより先に生まれた兄さんに敬意が払われるのは当然でしょうけど。

オリヴァー　何を、洟垂《はなた》れ小僧！

オーランド　まあまあ、兄さん、力では、子どもなみでしょ！

オリヴァー　手を上げる気か、悪党《ヴィレン》？

オーランド　わたしは百姓《ヴィレン》じゃない。サー・ローランド・ド・ボイスの末息子だ。サー・ローランドはわたしの父、父上が悪党《ヴィレン》を生んだと言う者こそ、三倍も悪党だ。あんたが兄でなければ、この手を喉元から離さず、もう一方の手で、そんなことをほざいた舌を引っこ抜く。天に唾を吐いたのだ。

アダム　お二人とも、お願いです、堪《こら》えて、亡きお父上の思い出のために、喧嘩なさらないでください。

オリヴァー　放せ、おい。

オーランド　気の済むまで放すものか。聞いて貰おう。父上は遺言で、わたしに立派な教育をあたえるよう、あなたに命じた。でもあなたはわたしを百姓のようにしつけ、紳士のあらゆるたしなみから遠ざけてきた。父上の根性がわたしのなかで頭をもたげている、もう我慢しない！　だから、紳士になる修練を授けるか、父上がわたしに遺した僅かな遺産を渡すかしてくれ。それで、自分の運命を切り拓く。

オリヴァー　何をするつもりだ？　金を使い果たして物乞いでもするか？　まあ、なかに入れ。おまえとはこれ以上関わりたくない。望みのものは、幾らかくれてやる。放してくれ。

オーランド　自分の権利を守る以上の暴力はふるいません。

オリヴァー　おい、おいぼれ犬、こいつと一緒に行け。

アダム　おいぼれ犬呼ばわりが褒美ですかい？　まったくだ、お仕えしている間に、歯がなくなっちまいました。亡き旦那さまに神のお加護を、あの方はそんな言葉は口になさらなかったでしょう。〔オーランド、アダム退場〕

オリヴァー　そういうことか？　手がつけられなくなったか？　鼻持ちならぬ根性を叩き直し、一〇〇〇クラウンはやらぬ。おーい、デニス！

〔デニス登場〕

デニス　お呼びでしょうか？

オリヴァー　公爵お抱えのレスラーのチャールズと話をする予定ではないか？

デニス　はい、入り口に、控えており、お目通りしたいと。

オリヴァー　通せ。〔デニス退場〕渡りに船——明日はレスリング大会だ。

〔チャールズ登場〕

チャールズ　おはようございます。

オリヴァー　おはよう、チャールズ。新しい宮廷について、何か新しい話は？

チャールズ　新しい話は何も、古い話以外に。先の公爵が弟の公爵に追放され、三、四人の忠実な貴族がお伴をして、自ら追放の身となりました。貴族たちの土地や歳入は公爵の懐《ふところ》を潤すので、公爵は喜んで追放の許可をおあたえになりました。

オリヴァー　先の公爵の娘ロザリンドも追放されたか？

チャールズ　いえ。従妹にあたる公爵のお嬢さまが、揺り籠の頃より一緒に育てられたせいか、ロザリンドさまをとても慕っておりまして、一緒に行く、残されたら、死ぬと駄々をこねました。ロザリンドさまは宮廷に留まり、実の娘に劣らぬ慈《いつく》しみを受けております。あれほど仲の良いお嬢さまたちはおりますまい。

オリヴァー　追放された公爵はどこで暮らしている？

チャールズ　すでにアーデンの森[4]におられ、大勢の陽気な人たちとご一緒とか、ロビン・フッド[5]のように暮らしておられます。毎日、大勢の若い紳士たちが公爵のもとに集まり、黄金時代[6]のように、呑気に過ごしておられるとか。

オリヴァー　ところで、明日、御前試合に出るのか？

チャールズ　はい、そのことで、お耳に入れたいことがあり、お伺いしました。密かに耳にしたことによりますと、弟君のオーランドさまが身分を隠して、[7]わたしに挑戦する気だとか。明日、我が名誉に懸けて格闘します、弟君が手足を折らずに済めば、上出来と言えましょう。弟君はお若く華奢《きゃしゃ》でいらっしゃる、あなたさまのお引き立てに免じて、投げ飛ばしたくありませんが、挑まれれば、名誉のために闘わなければなりません。それで、あなたさまへの好意から、お知らせに参った次第、引き留めるか、弟君が蒙《こうむ》る恥辱にお耐えになるか、これは弟君のお望みであり、わたしの意に反します。

オリヴァー　チャールズ、わたしへの気遣い、有難く思う、い

4――『お気に召すまま』の舞台はフランスのアルデンヌであるが、第二幕以降、英国色が濃くなってゆく。
5――一二世紀イギリスの伝説的な英雄で、庶民・貧しい者の味方。ノッティンガム州シャーウッドの森に盗賊仲間たちと暮らした。
6――黄金時代、白銀時代、青銅時代、黒鉛時代（ギリシア神話）の四つの時代のうち、黄金時代が最も栄え、無垢な人類が平和な生活を送った。アーデンの森の外にある世界は、黒鉛時代のように、争い・喧嘩・暴力が渦巻いている。
7――身分の低い者との試合は紳士に相応しくないと考えられていた。『リア王』で、名を明かさぬエドガーに挑戦されたエドマンドに、ゴネリルは「名を明かさぬ者の挑戦などに／応じる必要はない」と言う（第五幕第三場）。

ずれ応分の礼をしよう。実は、わたしもこの件で、弟の意図に気付き、思いとどまらせようと、それとなく骨を折ったが、決意は揺るがなかった。よいか、チャールズ、あいつはフランス一の強情者、野心満々、他人の長所を妬み、実の兄のわたしに、密かに悪事を企《たくら》む。だから、用心しろ。指だけでなく首をへし折ってやれ。十分注意しろ。おまえが少しでも恥をかかせたり、やつが華々しくおまえを負かすことが出来なければ、おまえを毒で殺すか、卑劣な罠を仕掛けるか、間接的な手段か何かを使って、命を奪うまで放っておくまい。いいか、こう言いながらも涙が出そうになるが、あれほど若く、あれほど悪辣《あくらつ》な人間は今どきいまい。弟だから手加減して言っているが、あいつを解剖してありのままの姿を見せれば、おれは顔を赤らめて泣き、おまえは顔を青くして仰天するに違いない。

チャールズ　こちらに伺って本当によかった。明日、弟君が姿を見せたら、思い知らせてやる。相変わらず杖なしで歩けるなら、褒賞[8]の出る試合には出ません。では。〔退場〕

オリヴァー　じゃな、チャールズ。――さて、こちらの闘士を挑発してやるか。あいつがお陀仏になるのを見られるかも、どうしても――なぜかわからないが――あいつが憎くてたまらない。何せ品がある、教育を受けてもいないのに学があり、義侠心《ぎきょうしん》に富み、魔法をかけたかのようにどんな階級の人間からも好かれ、人の心を、特にあいつを一番よく知るおれの召使いたちの心を摑み、そのぶん、おれが見下されている。だが、それも長くはない。あのレスラーに片を付けさせてやる。おれはあの小童《こわっぱ》をけしかけて、試合場に行かせるだけ、すぐに、取り掛かるとするか。〔退場〕

第一幕第二場

〔ロザリンド、シーリア登場〕

シーリア　お願い、ロザリンド、元気を出して。

ロザリンド　シーリア、これでも明るく振る舞っているのよ。

シーリア　もっと明るくならなくちゃ。

ロザリンド　追放された父を忘れる方法を教えてくれなければ、もの凄く楽しいことを思いつかせようとしても無理。

シーリア　ああ、そう、わたしがあなたを愛しているほど、あなたはわたしを愛していないってことね。わたしの伯父、つまり追放されたあなたのお父さまが、あなたの叔父、つまりわたしの父の公爵を追放していたら、いつも一緒にいてくれ、あなたのお父さまを本当の父と思うようになるかも。そうして欲しいの。わたしへのあなたの愛が、あなたへのわたしの愛と同じくらい誠実ならば。

ロザリンド　では、今の境遇は忘れ、あなたの境遇を楽しみましょう。

シーリア　父にはわたしの他に子どもがいないでしょ、これから持てそうもない、だから、本当のところ、父が亡くなれば、あなたが父の相続人、父がお父さまから奪ったものは、愛を込めてお返しします。名誉に懸けてそうします！　約束を破ったら、わたしを化け物に変えてちょうだい。だから、優しいローズ、大切なローズ、元気を出して。

ロザリンド　元気になって、気晴らしでも考えようかしら。ねえ、恋愛ゲームなんて、どう？

シーリア　いいわね、気晴らしをしましょう——でも、男の人を本気でも、冗談でも、好きになっちゃだめ、恥ずかしそうに顔を赤らめ、名誉の退却をするのよ。

ロザリンド　それなら、どんな気晴らしがいい？

シーリア　腰を下ろして、運命の女神[9]おばさんをからかい、糸車を回せなくしてやりましょうよ、これからは、贈り物が平等に配られるように。

ロザリンド　そう出来ればいいけど、女神さまのお恵みは酷く置き違えられるから——気前がいいけど目が見えないおばさんは女への贈り物をしょっちゅう間違える。

シーリア　そうね、おばさんが造る美人は滅多に貞淑じゃないし、貞淑な女は醜いもの。[10]

ロザリンド　あら、それは運命の女神ではなく、自然の女神の仕業《しわざ》でしょ。運命の女神が意のままに出来るのは、この世の贈り物であって、生まれつきの容貌じゃないわ。

〔タッチストーン登場〕

シーリア　そうなの？　自然の女神が美人を造っても、運命の女神によって地獄の炎に堕とされやしない？　運命の女神をからかうために、自然の女神が知恵を授けても、運命の女神はこの阿呆《あほう》を送り込んで議論の邪魔をするのでは？

ロザリンド　まったく、運命の女神は自然の女神の手強い相手ね、だって、自然の女神の造った阿呆を使ってわたしたちの議論を中断するのですもの。

シーリア　これは運命の女神の仕業ではなく、自然の女神の仕業かも、わたしたちの生来の知恵が女神さまたちを議論するにはあまりに鈍《にぶ》いのに気付いて、この阿呆を砥石《といし》代わりに送ってきた。阿呆の鈍さは知恵の砥石と言うじゃない。——おや、おや、知恵者さん、うろうろしてどこ行くの？

8——通常、褒賞は雄羊。スペンサーの『妖精の女王』（一五九六）のなかで、羊飼いコリドンが騎士キャリドアにレスリングを挑み、ものの見事に負ける話があり、キャリドアは勝利の褒賞として「樫冠《かしかん》」を授けられる（六・九・四三—四四）。

9——古代ローマの運命の女神フォルトゥナはギリシア神話のテュケと同一視される。運命を公平に分配するために目を隠し、豊穣の角《つの》と、運命を操る糸車を手にする。

10——ことわざ「美と貞淑は相容れない」（Beauty and chastity [honesty] seldom meet）。ハムレットは国王の囮《おとり》に使われたオフィーリアに「きみは貞淑か？」と言ってから、畳みかけるように「美しいか？」と訊き、「貞淑で美しいなら、貞淑に美貌と関わらせるな」と言う（『ハムレット』第三幕第一場）。

タッチストーン　お嬢さま、お父上のところへ行くように。
シーリア　あら、密使にでもなったの？
タッチストーン　滅相もない、我が名誉に懸けて、お嬢さまを呼んで来るよう命じられただけですよ。
シーリア　そんな誓言、どこで覚えたの？
タッチストーン　とある騎士が、名誉に懸けて、これは美味《うま》いパンケーキ、名誉に懸けて、これは不味《まず》い芥子《からし》ってな具合に誓言する。おいらに言わせりゃ、そのパンケーキは不味くて、その芥子は美味い、でも嘘をついたわけではない。
シーリア　山ほどある知恵で、それをどう証明するのよ？
ロザリンド　さあ、知恵をひけらかしなさい。[11]
タッチストーン　では、お二人とも、前へ。顎《あご》を撫で、鬚《ひげ》に懸けて、おいらが悪党だと誓いなさい。
シーリア　鬚に懸けて——鬚があれば——おまえは悪党だ。
タッチストーン　おいらの悪行に懸けて——悪行を働いたなら——おいらは悪党だ。でも、あなたはありもしない鬚に懸けて誓ったのだから、嘘をついたことにはならない。名誉に懸けて誓った騎士だって同じさ。名誉にこれっぽっちも縁がないんだから。あったとしても、パンケーキや芥子を目にする前に、誓い尽くしちまったよ。
シーリア　ねえ、騎士って誰のこと？
タッチストーン　（ロザリンドに）お父上、公爵ご贔屓《ひいき》の騎士さ。
ロザリンド　父の贔屓なら、敬《うやま》うに十分値する。もうたくさん！　もうお止め。今に、あら探しの罪で鞭打たれるわよ。
タッチストーン　阿呆が賢い人の阿呆ぶりを賢い言葉で喋れないなんて情けないねえ。
シーリア　確かに、その通りだわ。阿呆の僅かな知恵が沈黙させられてからは、賢い人のつまらぬ阿呆ぶりが酷く目立ってきたもの。[12]
ムッシュー・ル・ボーだわ。

〔ル・ボー登場〕

ロザリンド　口を噂話で一杯にして。
シーリア　鳩が雛《ひな》に餌をあたえるように、口移しにする気ね。
ロザリンド　そうしたら、噂話でお腹が一杯になる。
シーリア　そのほうがいいかも、売れ口が良くなるから。ボンジュール、ムッシュー・ル・ボー、何か変わったことは？
ル・ボー　お嬢さま方、最上の気晴らしを見逃されましたな。
シーリア　気晴らし？　どんな種類の？[13]
ル・ボー　どんな種類のですって？　どういう意味です？
ロザリンド　知恵と運命の女神が思し召すように。[14]
タッチストーン　あるいは運命の三女神が定めるように。[15]
シーリア　さすが——大げさね。[16]
タッチストーン　はい、阿呆の地位を保てなければ——
シーリア　いつものおならをする——
ル・ボー　驚きましたな、お嬢さま方。最上のレスリングの試合のことを申し上げようとしたのですよ、お見逃しになられましたので。

ロザリンド　でも、どんな試合だったかは話せるでしょ。
ル・ボー　前半戦のお話を、よろしければ、後半戦はご覧になれます、見物《みもの》の後半戦はここで——お二人がおられるところで——間もなく試合が始まります。
シーリア　それなら、終わってしまった前半戦は？
ル・ボー　ある老人に三人の息子がおりまして——
シーリア　昔話の始まりみたい。
ル・ボー　立派な若者で、体格も風采もよく——
ロザリンド　首に札をぶら下げて。[17]「みなの衆に、かく知らしめる——」。
ル・ボー　長男は公爵お抱えのレスラー、チャールズと格闘し、瞬時に投げ飛ばされ、肋骨を三本折り、助かる見込みはありません。次男も三男も同様の目に遭い、あちらで伸びており、哀れなるかな、老いた父親は見るも痛ましい嘆きよう、観客はみな、貰い泣きしています。
ロザリンド　可哀そうに！
タッチストーン　で、ムッシュー、お嬢さま方が見逃した気晴らしって？
ル・ボー　何、今の話ですよ。
タッチストーン　こうやって、人は日々賢くなる。肋骨を折る話が女性向けの気晴らしなんて初めて聞いた。
シーリア　わたしもよ。
ロザリンド　自分の肋骨が折れる音を聞きたい人がまだいるの？　肋骨を折られたい人が他にいるの？　シーリア、このレスリング、観戦しましょうか？
ル・ボー　ここにいらっしゃれば、ご覧になれますよ、ここが試合場に指定され、試合はすぐに始まります。
〔トランペットのファンファーレ〕

11——unmuzzle your wisdom. unmuzzle=free from restraint (OED.v.1)、「犬の口輪を外す」、「自由にする」。
12——一五九九年六月一日、カンタベリー大司教とロンドン司教は、ロンドンの書籍組合長と幹部宛てに、風刺文書や糞尿譚といった類《たぐい》の文書の出版を禁止し、すでに活字になったものは焼却するよう発令した。お上の言論規制を揶揄《やゆ》している。
13——Of what colour? colour=nature, kind (OED.n.II.11). 次行のルボーの「どんな」（What colour?）も同様。
14——ことわざ「運があれば、知恵は僅かでこと足りる」（Little wit serves unto whom fortune pipes）。
15——the destinies decrees. decree=to determine, ordain (OED.v.5). destinies はギリシア神話の運命の三女神、クロートー（人間の誕生）、ラケシス（生涯）、アトロポス（死）を支配する。「クロートーが糸巻き棒を持ち／ラケシスが糸を紡《つむ》ぐと／アトロポスが撚糸をすぐ／ナイフで切って無駄にする」（スペンサー『妖精の女王』四・二・四八）。
16——that was laid on with a trowel. lay it on with a trowel は成句で「誇張する」。
17——bills. bill=a label (OED.n.7). 命を落とした場合に備えて、遺言を記した札のこと。

シーリア　向こうから来るわ。ここにいて観戦しましょう。

〔（フレデリック）公爵、貴族たち、オーランド、チャールズ、従者たち登場〕

フレデリック公爵　始めよ。この若造は説得を聞き入れない、危険な目に遭うのは承知の上だ。

ロザリンド　あちらの人がそうなの？

ル・ボー　そうですよ、お嬢さま。

ロザリンド　まあ、ずいぶん若いこと。でも、うまくいきそう。

フレデリック公爵　おお、シーリア――それにロザリンド。試合を見物しに、こわごわやって来たか？

ロザリンド　はい、公爵さま、お許しくださいませ。

フレデリック公爵　言っておくが、大して面白くないぞ。あの男に勝ち目があり過ぎる。挑戦者があまりに若いので、思いとどまらせようとした、だが、聞き入れない。二人で話してくれぬか。思いとどまるよう説得出来るか。

シーリア　あの方をお呼びして、ムッシュー・ル・ボー。

フレデリック公爵　そうしてくれ、わたしは離れている。

ル・ボー　あのう、お嬢さま方がお呼びです。

オーランド　謹んで参ります。

ロザリンド　お若いのね、チャールズに挑戦なさるのね？

オーランド　いいえ、美しいお嬢さま。挑戦するのはあちら。わたしは他の方と同様に、若い力を試したいのです。

シーリア　若いわりに、根性がおありですね。あの男の力を見せつける悲惨な場面をご覧になったでしょう。ご自分の目でご自分を見るか、ご自分の分別でご自分を知れば、この賭けがどんなに危険かわかり、互角の試合に挑む気持ちになるでしょう。お願いします、ご自分のために、身の安全を第一に、試合を断念してください。

ロザリンド　どうか、そうなさって。あなたの評判が落ちることはありません。公爵にお願いして、試合を中止していただきます。

オーランド　どうか、失礼な男だとお咎《とが》めになりませんように、これほど美しく素敵なお嬢さま方のお頼みを、何であれ否むのは気がひけます。でも、お美しい目とお優しい気遣いをわたしに向け、挑戦を応援してください、そこで投げ倒されれば、運に恵まれなかった男が恥をかくだけ、殺されれば、死にたがっている男が死ぬだけ。友人に迷惑をかけるわけでもありません、悲しむ者などいない。世間に迷惑をかけるわけでもない、この世に何一つ持っていませんから。この世で、一つの場所を占めているだけ、それを空《あ》ければ、もっとましな人間が埋めてくれるでしょう。

ロザリンド　微力ながら、応援します。

シーリア　負けずにわたしも。

ロザリンド　それでは。あなたを見くびっていますように。

シーリア　あなたの願いが叶いますように！

チャールズ　さあ、母なる大地に埋められたがっている勇ましい若造はどこだ？

オーランド　ここだ、だが埋められるわけにはゆかない。

フレデリック公爵　一本勝負だぞ。

チャールズ　公爵さま、その男に二本目を勧めるには及びますまい、一本でさえ、断念するよう、あれほど熱心に諭されたのですから。

オーランド　試合の後で嘲《あざけ》るつもりか。なら、試合の前に嘲る必要がどこにある。さあ、来い。

ロザリンド　ヘラクレス[18]がお助けくださいますように！

シーリア　人の目に見えなくなって、あの大力男の脚を摑んでやりたい。〔（オーランド、チャールズ）格闘〕

ロザリンド　あの人、もの凄く強いわ！

シーリア　目に稲妻の矢があるなら、どっちが倒れるか教えてあげられるのに。〔歓声（チャールズ投げ倒される）〕

フレデリック公爵　それまで、それまで。

オーランド　　でも、公爵さま
まだ、準備運動《ウォーミングアップ》さえしていません。

フレデリック公爵　　どうだ、チャールズ？

ル・ボー　口が利けません、公爵さま。

フレデリック公爵　　連れて行け。

（チャールズと共に、タッチストーン、従者たち退場）

お若いの、名は？

オーランド　オーランド、公爵さま、サー・ローランド・ド・ボイスの末息子です。

フレデリック公爵　他の男の息子であればよかった。
世間はおまえの父に一目置いていたが
わたしはいつも敵と見なしていた。
他家の出身なら
このたびの勝利をもっと喜べたのだが。
だが、よくやった、勇敢な若者だ。別の男が父親だと
言ってくれていたら。〔公爵（ル・ボー、貴族たち）退場〕

シーリア　わたしがお父さまなら、こんなことする？

オーランド　ぼくはサー・ローランドの息子、末の息子であるのを誇りにしている、公爵の跡取りにすると言われても、名を変えるつもりはない。[19]

ロザリンド　父はサー・ローランドを心から愛していた
それに、世間の人びとの思いも父と同じだった。
あの方の息子だとわかっていたら
こんな危険を冒す前に
涙ながらに思いとどまらせたのに。

シーリア　　優しいロザリンド
あの方を労《ねぎら》い、励ましましょうよ。

18――大力無双のギリシア神話最大の英雄。ゼウスの子。ゼウスの武器は稲妻の矢。
19――オーランドはロザリンドとシーリアから離れて立っている。

無礼で嫉妬深いお父さまのご気性
胸が痛むわ。――あのう、お見事でしたね。
期待を遥かに超えるお働き
このように、愛の約束もお守りになるなら
あなたのお相手はさぞお幸せでしょうね。
ロザリンド　どうぞ（首飾りを外して、オーランドに渡す）
わたしの代わりに身につけて――運命に見放された身なので
もっと差し上げたいけれど、不如意なものですから。
シーリア、行きましょうか？
シーリア　　ええ。――ご機嫌よう、素敵な方。
オーランド　ありがとう、とも言えないのか？
気概が投げ倒され、ここに立っているのは
槍的《やりまと》[20]、木偶《でく》の坊に過ぎない。
ロザリンド　あの人が呼んでいるわ。運と一緒に
自尊心も失くした。どうしてお呼びか訊《き》いてみよう。
――あのう、お呼びになりまして？　見事な試合
倒したのは敵だけではありませんわ。
シーリア　　ねえ、行かないの？
ロザリンド　行くわよ。――ご機嫌よう。
〔ロザリンド、シーリア〕退場〕
オーランド　舌を圧する重み、この激情は何だ？
口が利けなかった、あの人が話し掛けてくれたのに。
〔ル・ボー登場〕
ああ、哀れなオーランド、投げ倒されたか！

おまえを征服するのはチャールズか弱い女性《ひと》か。[21]
ル・ボー　オーランドさま、あなたのおためを思い
忠告します、ここをお去りください。あなたは
絶賛され、喝采され、敬愛を受けてしかるべき。
しかるに、今や、公爵はご機嫌斜めで
あなたのなされたことすべてを誤解しておられる。
公爵は激しやすいお方。どんなお人かは申し上げるより
ご推察くださるほうがよろしいでしょう。
オーランド　ありがとう、教えてくれ。
試合のときここにいたお二人のうち
どちらが公爵のお嬢さまですか？
ル・ボー　物腰から言えば、区別がつきませんが
実は、背の低い方が[22]公爵のご令嬢です。
もうお一方《ひとかた》は追放された公爵のお嬢さま
ご令嬢の話し相手になるため
簒奪者の叔父に引き留められ
お二人は実の姉妹以上に強い愛情で結ばれています。
ところが、近頃、公爵は、もの静かな
姪御《めいご》さまに不快感を抱いておられる
さしたる理由があるわけではございませんが
みなが姪御さまのお人柄を褒め、善良なお父上が
追放されたことで、同情しているからでしょう。
必ずや、姪御さまに対する公爵の恨みが
突如として爆発するでしょう。では、これにて。

今より良い世の中になりましたら
お近付きになりたいと思います。

オーランド　感謝します。ご機嫌よう。〔ル・ボー退場〕
煙を避けようとして煙で窒息し[23]
暴君の公爵から逃げても暴君の兄の手に落ちる。
でも、ロザリンドは天使だ！〔退場〕

第一幕第三場

〔シーリア、ロザリンド登場〕

シーリア　ロザリンドったら、どうしたのよ！　キューピッドよ、お助けください。口を利かないつもり？

ロザリンド　犬に投げる言葉はね。[24]

シーリア　そうね、あなたの言葉は犬にはもったいない――何かわたしに投げて。さあ、理屈でわたしを動けなくしてよ。

ロザリンド　それでは、従姉妹が二人とも動けなくなるわ、一人は理屈で歩けなくなり、もう一人は気が狂って。

シーリア　でも、ぜーんぶ、お父上を思ってなの？

ロザリンド　いいえ、幾分、子どもの父親を思ってのことなの。普通の日々って、茨《いばら》で一杯ね！

シーリア　茨と言ってもただの毬《いが》よ、お祭りの馬鹿騒ぎで投げつけられただけ。踏みならされた道を歩かないと、スカートにくっつくわよ。[25]

ロザリンド　それなら振り落とせるけど。これは胸についた毬なの。

シーリア　咳払いして吐き出しちゃいなさい。

ロザリンド　吐き出して自分のものに出来るものならね。

シーリア　さあ、さあ、熱い想いを投げ倒しちゃいなさい。

ロザリンド　だめ、わたしより強いレスラーの味方なのよ。

シーリア　幸運を祈るわ！　倒れても、制限時間内に、もう一勝負すればいい。冗談はさておき、真面目な話を。亡きサー・ローランドの末息子を、いきなり、こんなに激しく好きになるなんてありえるかしら？

20――馬上槍試合で、馬上から突く木製の丸い槍的で、真ん中に大きな穴が開いている。
21――女性は「弱い器《うつわ》」と見なされていた。
22――the taller. ロザリンドはシーリアより少し背が高い（第一幕第三場）ので、「背が高い」という意味ではない。ロザリンド役の少年俳優の背の高さによって「高い」か「低い」かが決まったのでは？
23――ことわざ「煙を避けようとして火に落ちる」（Shunning the smoke, he fell into the fire）。
24――Not one to throw at a dog. ことわざ「（価値のないものとして）犬に投げる」（Throw to the dogs）。
25――ことわざ「毬のようにくっつく」（To stick like burs）。当時、スカートはペチコートと呼ばれた。

ロザリンド　父はあの方のお父さまを心から愛していた。

シーリア　だから、その方の息子を本気で愛すべきなの？　その理屈だと、わたしはあの人を憎むべき、なぜなら、父はあの人のお父さまを酷く憎んでいたから。でも、わたしは憎まない。

ロザリンド　お願い、憎まないで、わたしのために。

シーリア　愛しちゃいけないの？　それだけの価値があるのでは？

ロザリンド　それなら、あの人を愛させて。わたしが愛するのだから、あなたも愛する。あら、公爵さまだわ。

〔（フレデリック）公爵、貴族たちと共に登場〕

シーリア　あの目つき、かんかんに怒っている。

フレデリック公爵　おい、ロザリンド、身の安全のために、すぐに宮廷から出て行け。

ロザリンド　　　　　　　　わたしが、叔父さま？

フレデリック公爵　　　　　　　　　　　　　　そうだ。
一〇日以内に、その後に、領内二〇マイル以内で
見つかれば、命はない。

ロザリンド　　　　　　公爵さま、お教えください
わたしがどのような過ちを犯したのでしょうか。
自分に聞いても
心のなかを探っても
夢を見ているのでも、気が狂っているのでもなければ——
気は狂っていませんが——叔父さま
生まれてもいない心の思いのなかでさも
背いた覚えは一度もありません。

フレデリック公爵　　　　　　謀《む》反人《ほんにん》はみな、そうほざく。
潔白を言葉で証《あか》せるものなら
謀反人は神の恩寵《おんちょう》のように無垢だ。
おまえを信用していない、それで十分だろう。

ロザリンド　お疑いでわたしを謀反人には出来ません。
いかなる根拠に基づいているのでしょうか？

フレデリック公爵　おまえはおまえの父親の娘、それで十分。

ロザリンド　父の公爵領を我が物にされたときも
父を追放なさったときも、わたしは父の娘でした。
謀反は遺伝しません、公爵さま
身内から受け継ぐものだとしても、わたしに
何の関わりが？　父は謀反人ではありません。
お願いです、公爵さま、一文無しだから油断ならない
などと、お思いにならないでください。

シーリア　公爵さま、わたしの言うことも聞いてください。

フレデリック公爵　よいとも、シーリア、そなたのために
引き留めた、でなければ父親と一緒に漂泊の身のはず。

シーリア　引き留めるようお願いしたわけではありません。
ご自分の都合、自責の念からのこと
わたしはロザリンドの素晴らしさをわかるには
幼すぎた。でも今は違います。彼女が謀反人なら
わたしも謀反人。一緒に寝て、起き、勉強し

学び、遊び、食事をし、どこへ行くにも一緒
女神ユーノー[26]の戦車を牽《ひ》く二羽の白鳥のように
離れることはありませんでしたから。

フレデリック公爵　こいつはおまえには狡賢《ずるがしこ》すぎる
もの柔らかさ、口数の少なさ、辛抱強さが
民に語り掛け、哀れみを誘うのだ。[27]
馬鹿者。こいつがおまえの評判を奪っている
こいつがいなくなれば、おまえは一層輝きを増し
一層淑やかに見えるのだぞ。口出しするな。
こいつに下した処分は取り消さぬ。
追放だ。

シーリア　お父さま、わたしにも同じ処分を。
ロザリンドと離れて生きては行けません。

フレデリック公爵　馬鹿者。よいな、ロザリンド、支度せよ。
期限を超えて長居すれば、我が名誉に懸けて
言葉の重みに懸けて、死刑に処す。

〔（フレデリック）公爵、貴族たち退場〕

シーリア　ああ、可哀そうなロザリンド、どこへ行くの？
父親を取り替えようか？　父をあげる。
お願い、悲しまないで。

ロザリンド　悲しむ理由があるのよ。

シーリア　　あるものですか。
お願い、元気を出して。あの人は
娘のわたしも追放したんじゃない？

ロザリンド　　そんなはずないわ。

シーリア　えっ、そんなはずはない？　あなたとわたしは
一心同体、それを教える愛があなたにはないのね。
引き離されるのよ？　離れ離れになるのよ、そうでしょ？
嫌よ、お父さまは別の跡取りを探せばいい！
だから、どう逃げるか考えましょう
どこへ行き、何を持ってゆくか
苦しみを一人で引き受け
一人で悲しみに堪え、わたしを締め出さないで。
空がわたしたちの不幸でほの暗くなり
始めている。何とでも言いなさい、ついて行くから。

ロザリンド　でも、どこへ行けばいいの？

シーリア　アーデンの森へ、伯父さまを捜しに。

ロザリンド　ああ、どんな危険が降りかかるか

26――ローマ神話のユーノーは女性と結婚の守護神。ユーノーの戦車を牽くのは孔雀《くじゃく》、ヴィーナスの戦車を牽くのは白鳥であるが、しばしば、他の鳥や動物に置き替えられる。

27――メアリー一世と腹違いの妹エリザベス王女（後のエリザベス一世）の関係を想起させる。エリザベスが謀反の罪でロンドン塔に投獄された後、ウッドストック城に監禁されることになり、道中、エリザベスは籠から蒼白な顔を見せて民に訴え、憐憫《れんびん》の情を集めた。

わたしたちのような娘がそんな遠くへ旅するなんて！
美しい娘は黄金よりも盗賊を挑発するものよ。
シーリア　みすぼらしい身なりをし
顔を茶色に塗る――
あなたも同じように、そうすれば、先へ進めるし
盗賊の気を引かない。
ロザリンド　　　　わたしは背が高いほうだから
上から下まで
男の恰好《かっこう》をする、なんてどうかしら？
腰に幅広の短剣
手に、猪狩りの槍、そして
心に女の恐怖を隠し
暴れん坊の軍人さんのような見かけ
これみよがしの弱虫を
見た目で黙らせちゃう。
シーリア　男のあなたをどう呼べばいい？
ロザリンド　ジュピター神のお小姓の名前以下は嫌
ギャニミード[28]と呼んでちょうだい。
あなたはどう呼ばれたい？
シーリア　今の境遇を表す名前がいいわ。
シーリアじゃなく、エリエーナ、よそ者《エイリアン》という意味よ。
ロザリンド　ねえ、シーリア、お父さまの宮廷から
あの阿呆を盗み出すのはどう？
旅の慰めになるんじゃない？

シーリア　わたしと一緒なら、世界中どこへでもついて来る。
口説き落とすのは任せて。さあ、行きましょう。
宝石やお金をまとめ
家を出た後、追手から
逃れるのに一番いい時間と一番安全な道を考える。
さあ、浮き浮きした気持ちで
追放ではなく、自由に向かって行きましょう。〔退場〕

第二幕第一場

〔先の公爵、アミアン、森人姿の二、三人の貴族登場〕
公爵　さて、追放の身にある仲間や兄弟たち
昔ながらのここでの暮らしは、虚飾に満ちた
宮廷生活よりずっと心地よいではないか？
この森は、妬み渦巻く宮廷より気楽ではないか？
ここでは、アダムの罰[1]を感じなくて済む。
季節の移ろい――氷の牙や
冬の風の激しい叱責が
この身を苛《さいな》み、この身に吹き付け
寒さで身が縮むときでさえ、微笑み、言う。
「これは阿諛追従《あゆついしょう》ではない。教師なのだ
暑さ寒さを通し、自分が何者であるかを教えてくれる」。
頭に解毒用の尊い石がある
蟇蛙《ひきがえる》のように、醜く毒があっても[2]
逆境の効用は心地よい。

ここでの生活は、世間に干渉されず
木々に言葉を、小川に知識を
石に教訓を、[3]万事に善を見出す。

アミアン　暮らしを変えたくありません。公爵はお幸せです
逆境をこんなにも穏やかで楽しいものに
お変えになることが出来るのですから。

公爵　さて、鹿狩りに出かけようか？　それにしても
気が滅入る、まだら模様のあの哀れな生き物は
人住まぬこの都に生まれ育ったのに
己の陣地で、丸まるとした尻を
二股《ふたまた》の鏃《やじり》で射抜かれるのだから。

貴族一　いかにも、公爵
塞《ふさ》ぎの虫のジェイクィーズ[4]も、それで心を痛め
簒奪ということでは、あなたのほうが、あなたを
追放した弟君よりもずっと惨いと悪態をついております。

今日も、アミアン卿とわたしは
オークの木の下で寝そべる彼の背後から
そっと近付きました。音を立てて森を流れる小川に
古びた根を覗《のぞ》かせているあの木です。
そこに、群れを離れた哀れな雄鹿《おじか》が
狩人《かりうど》に射られて傷を負い
憔悴《しょうすい》しきってやって来ました。哀れにも
惨めな雄鹿は絞るような呻《うめ》き声を上げ
そのたびに、皮膚がつっぱり
張り裂けんばかり、丸い大粒の涙が
無垢の鼻づらを、哀れを誘うかのように
あとからあとから流れ落ちる。このように、雄鹿は
物思いに沈むジェイクィーズに見つめられながら
流れの速い小川の縁に立ち、涙で
小川の水嵩《みずかさ》を増していました。[5]

28――ジュピター神が鷲《わし》の姿をして誘拐し、酌をさせ、愛の対象としたトロイの美少年。後のギャニミードとオーランドの「同性愛」を暗示。

1――神の命令に背いたために、アダムは汗水垂らして糧を得、イブは苦しみのうちに子を産む運命となった（『創世記』三・一六―一九）。

2――蟇蛙の皮膚には毒があり、目の間の赤い石（toadstone）には、解毒作用があると信じられていた。

3――sermons. sermon=something that affords instruction or example (OED.n.3.b). スペンサーの『妖精の女王』（六・九・二四―二五）に、一〇年間、宮廷で空しく時を費やし、羊飼いの生活に戻り、静かな生活を深く愛することになる老人の話がある。

4――ジェイクィーズ＝Jaques＝jakes「便所」の語呂合わせ。冗談や鋭い皮肉を連発するジェイクィーズを皮肉る名前。

5――涙を流す鹿は、死、治癒、信仰、憂鬱のシンボル。

公爵　ジェイクィーズは何と?
その光景から教訓を引き出さなかったか?

貴族一　もう、数えきれないほどの比喩を。
まず、流れにさらに涙を注ぐことについて
「哀れな鹿よ」と言い、「おまえは世間の俗物どものように
遺言を作成し、有り余るほど持てる者に、自分の分まで
あたえている」。それから、柔らかな毛並みの[6]
仲間から見捨てられ、独りでいることについて
「そうか」と言い、「かく、貧すれば、仲間外れになる」[7]。
すぐに、牧草を食《は》んだばかりの呑気な鹿の群れが
挨拶もせず、飛び跳ねながら過ぎて行きました。
「そうか」とジェイクィーズは言いました。
「気取って行くがいい、[8]肥えて脂ぎったものたちよ。
これこそ、今の流行《はやり》だ。哀れな零落《れいらく》した者に
目をとめる必要がどこにある?」
このように、激しい罵りの言葉で
田舎[9]、都市、宮廷
ええ、我らのこの暮らしまでも槍玉に上げ
我らは単なる簒奪者だ、暴君だ、悪辣《あくらつ》だ
動物たちの生まれ故郷で、彼らを脅かし
殺戮《さつりく》していると毒づいたのです。

公爵　それで、あいつが瞑想にふけるままにしたのか?

貴族二　はい、公爵さま。むせび泣く雄鹿に涙を流し
説法していたものですから。

公爵　そこへ連れて行ってくれ。
塞ぎ込むあいつと話がしたい
語るべきことを山ほど持っているからだ。

貴族一　さっそくご案内致します。〔退場〕

第二幕第二場

〔(フレデリック)公爵、貴族たち登場〕

フレデリック公爵　あの二人を誰も目にしなかっただと?
ありえない!　宮廷の悪党どもが
共謀して見逃したのだ。

貴族一　お嬢さまの姿を見た人はおりません。
お部屋係の侍女たちはお嬢さまが床に入るのを
確認していますが、翌朝早くには
もぬけの殻だったとか。

貴族二　公爵さまがしばしば笑い飛ばしておられた
あの騒々しい道化の姿もありません。
お嬢さまの世話係のヒスペリアが
こっそり耳にしたところによりますと
お嬢さまとお従姉さまは、つい先だって
筋骨たくましいチャールズを倒した例の若者の
腕前や振る舞いを褒めちぎっておられたとか。
どこに行かれたにしろ、あの若者と
一緒に違いないと申しております。

フレデリック公爵　あいつの兄に使いをやれ。あの気障《きざ》男を

連れて参れ。本人が見つからなければ、兄を連行しろ。
弟を捜させる。早くしろ！
捜索と捜査の手を緩《ゆる》めず
あの馬鹿な家出娘どもを連れ戻すんだ。〔退場〕

第二幕第三場

〔オーランド、アダム登場〕

オーランド　誰だ？

アダム　若旦那さまですか？　ああ、立派な旦那さま
ああ、優しい旦那さま、ああ、サー・ローランドの
忘れ形見！　こんなところで何をしておいでで？
なぜ気立てがいいのです？　なぜ好かれるのです？
何故に親切で、強く、勇敢なのです？
むら気な公爵の、屈強な賞金狙いレスラーを
倒したりして、なぜ、そんな愚かなことを？
称賛の声はひと足先に届いております。
ある人にとっては、旦那さま、立派な人柄が
仇《あだ》になるのを、おわかりにならないのですか？
あなたもそうです。旦那さまの人徳が、優しい旦那さま
信心深い顔の裏切り者になることもあるのです。
ああ、何というご時世、美徳が
その持ち主に毒を盛るとは！

オーランド　おい、どうした？

アダム　何とお気の毒な、旦那さま
この敷居を跨《また》いではいけません！　この家の屋根の下には
旦那さまの立派な人柄を憎む敵が住んでいます。
兄君――いや、兄などではない、でもご子息が――
いやご子息でもない。あの人をご子息と呼ぶものか――
亡き旦那さまを、あの人のお父上と呼びそうになったが――
あなたを賞賛する声を耳にして、今夜
お休みになる小屋をあなたもろとも
焼き払うおつもり。それに失敗したら
別の方法で殺すでしょう。
立ち聞きしてこの悪巧みを知りました。
ここは、家などではない、屠畜場《とちくば》だ。
忌み嫌い、恐れ、入ってはなりません！

オーランド　でも、アダム、どこへ行けと言うのだ？

アダム　どこへでも、ここだけはいけません。

6――ビロードの豪華な衣装に身を包む富裕な人間の比喩。
7――ことわざ「貧すれば、友は去る」（Poverty separates a person from his neighbours）。
8――sweep=to move or walk in a stately manner, as with a trailing garments (OED.v.III.23)、「裳裾《もすそ》を引き摺《ず》るように気取って歩く」。
9――the body of country. 貴族一は、上から下までの社会のまとまり（宮廷、都市、田舎）に言及している。

オーランド　なら、物乞いして歩けと?
あるいは、卑劣で狂暴な剣を振りかざし
街道で追い剝《は》ぎまがいの暮らしをしろと?
そうする他ない、他にどうしようもなければな。
でも、そんなことはしない、出来るとしても。
血をわけた残忍な兄の悪意に
屈するほうがましだ。
アダム　いけません。ここに五〇〇クラウン[10]あります
お父上のもとで、三〇年倹約し
老後の世話をして貰うために蓄えました
手足が老いてお仕えが出来なくなり
見捨てられて隅に追われるときに備えて。
これを受けとってください、そうすれば、鴉《からす》に餌を恵み
雀の心配をなさる有難い神さまが[11]
老後を慰めてくださいましょう。ここに金貨が。
これを全部、差し上げます。召使いにしてください。
老いぼれて見えますが、丈夫で元気一杯
といいますのも、若い時分に
血を滾《たぎ》らせて度を越させる酒[12]に手を出さず
厚かましい面下げ、男を衰弱させる
女に言い寄りもしなかった。
それで、齢は食っても元気旺盛な冬
白髪頭でも、お役に立ちます。ご一緒させてください。
どんなご用も、必要なことは何でも
若い者に劣らずお仕えします。
オーランド　優しい爺や
昔気質《かたぎ》の奉公人そのまま
報酬目当てではなく、義務感から汗水垂らす。
今どきの流儀には合わない
汗水垂らすのは出世のため
だから、出世を遂げたら、奉公を止める
口実にする。爺やは違う。でもな
可哀そうな爺や、朽木《くちき》の剪定《せんてい》をしているんだぞ
どんなに苦労し世話をしても
花を咲かせることは出来ない。
だが、ついて来い、一緒に出て行き
おまえが貯めた金を使い切る前に
倹《つま》しくとも安心出来る場所[13]を見つけよう。
アダム　旦那さま、お行きなさい、お供し
誠実に心を込めて死ぬまでお仕えします。
一七のときから八〇になろうという今日まで
ここを我が家としてきましたが、もうここには住みません。
一七なら、いちかばちかやってみることも出来ますが
八〇では、やや遅過ぎます。でも、いい死に方が出来て
旦那さまのお荷物にならずにすめば[14]
これほど良い運命のお恵みはありません。〔退場〕

第二幕第四場

〔ギャニミードに扮したロザリンド、エリエーナに扮したシーリア、タッチストーン登場〕

ロザリンド　ああ、ジュピター[15]、精根尽き果てました!

タッチストーン　脚が疲れなきゃ、精根はどうでもいいや。

ロザリンド　男の身なりを投げ捨て、女のように泣きたい、でも、弱い器の女[16]を慰めなければ。上着とズボンはスカートに勇敢に見せるべきだもの。だから、エリエーナ、お願い、頑張って。

シーリア　許して、もう、歩けない。

タッチストーン　おいらとしては、おんぶするより、あんたのことを我慢するほうがいいな。おんぶしたところで、一文にもならない、財布は空っぽだろ。

ロザリンド　さあ、ここがアーデンの森よ。

タッチストーン　アーデンにいるなんて、阿呆もいいところ[17]! 故郷《くに》では、もっとましなところにいた。でも、旅人は我慢が肝心。

〔コリン、シルヴィウス登場〕

ロザリンド　そうよ、その通りよ、タッチストーン。見て、誰か来る。若い男と年配の男が真面目くさって話している。

コリン　そうやって、おまえはあの娘《こ》にいつも馬鹿にされる。

シルヴィウス　ああ、コリン、わかるだろ、好きなんだよ!

コリン　ちょっとは見当がつく、惚れたことはあるからな。

シルヴィウス　いやコリン、年寄りのあんたに

10——一六〇〇年頃、アダムの身分にある召使いの年収は四ポンドほど。三〇年以上かけて蓄えた金額。

11——「獣に、また、鳴く烏の子に食物を与える方」(『詩編』一四七・九)、「二羽の雀は一アサリオンで売っているでしょう。しかし、そんな雀の一羽でも、あなたがたの父のお許しなしには地に落ちることはありません」(『マタイによる福音書』一〇・二九)。

12——hot and rebellious liquors. rebellious=harmful to the health (OED.adj.1.c). 多血質の人は酒を飲むと、血が熱くなり、度を越した振る舞いに及ぶと信じられていた。

13——「さあ、浮き浮きした気持ちで/追放ではなく、自由に向かって行きましょう」(第一幕第三場)のシーリアの台詞に呼応する。

14——ことわざ「借金したまま死ぬわけにはゆかない」(I will not die in your debt (your debtor))。

15——ジュピターに誘拐されたギャニミードに相応しい誓言。一六〇六年、「神、キリスト、聖霊、三位一体」に懸ける誓言を禁止する法令が出されたので、神話の神に誓言する。

16——weaker vessel. ことわざ的に用いられていた。「夫たちよ。妻が女性であって、自分よりも弱い器だということをわきまえて妻とともに生活し、いのちの恵みをともに受け継ぐ者として尊敬しなさい」(『ペテロの手紙 第一』三・七)。

17——the more fool I! ことわざ的表現「……するなんて、きみは馬鹿だね」(the more fool you for……)のもじり。

見当がつくもんか。若い頃に、ぞっこん惚れ込み
真夜中に、枕相手に溜息をついたとしても。
でも、おれみたいに惚れたら――
おれみたいに惚れた男はいやしないけど――
どれほど馬鹿やった？
惚れた腫れたでさ。

コリン　数えきれないほどだ、忘れちまったけど。

シルヴィウス　それじゃ、心底惚れたことにはならない！
惚れてやらかすつまらない馬鹿を
ちっとも覚えていないなら
惚れたことにはならない。
今のおれみたいに草の上に座り込んで
のろけ話で相手をうんざりさせなければ
惚れたことにはならない。
今のおれみたいに欲望に駆られ
いきなり相手から逃げ出したことがなきゃ
惚れたことにはならない。
ああ、フィービー、フィービー、フィービー！〔退場〕

ロザリンド　ああ可哀そうな羊飼い、おまえの傷を探りながら
不運にも、我が身の傷を見た思いだ。

タッチストーン　おいらも。思い出すね、ジェーン・スマイルに惚れていたとき、石の上で剣をへし折り、[18]夜中にあいつのところに忍んで行った男にこうしてやると差し出した。思い出すね、あの娘の洗濯棒にキスし、ひび割れた可愛い手が搾《しぼ》った雌牛の乳首にキスした。思い出すね、あいつの代わりにエンドウ[19]を口説き、莢《さや》を二つ取り、そいつを差し出し、泣きの涙で言った。「これをおれと思って身につけてくれ」。心底惚れた者たちは突飛な振る舞いをする。生きとし生けるものみな死ぬように、惚れりゃ、死ぬほどの馬鹿をやらかす。

ロザリンド　賢いこと言うわね、気付いていないようだけど。

タッチストーン　自分が賢いかなんて気付くもんか、痛い思いをするまでは。

ロザリンド　ジュピター、ジュピター、この羊飼いの
熱き想い、何と我が想いに似たること！

タッチストーン　おいらのも、でも幾分黴《か》びてるかもな。

シーリア　お願い、二人のうち、どっちでもいいから
聞いてみて、お金と引き換えに食べ物をくれないかって。
お腹が空いて気絶しそう。

タッチストーン　おい、田吾作《たごさく》！

ロザリンド　だめだよ、馬鹿、身内じゃないんだから。

コリン　誰だ、呼んだのは？

タッチストーン　おまえよりましな男だ、旦那さんよ。

コリン　でなきゃ、よっぽど困っているんだ。

ロザリンド　（タッチストーンに）お黙り。――こんにちは。

コリン　こんにちは、旦那さま、みなさん。

ロザリンド　頼みがある、羊飼いの旦那
情けか金で、この辺鄙《へんぴ》な場所で、もてなしと食べ物が
買えるなら、休めて腹が満たせるところへ

案内してくれないか。この若い娘が旅で疲れ果て
気を失いかけ、助けを求めている。
コリン　お気の毒に
あっしのためより、その娘さんのために
お助け出来れば良いのですが
生憎《あいにく》、暮らしむきが悪くて。
あっしは雇われ羊飼い
草を食ませた羊の毛は自分のものにならない。
主人は不愛想な田舎者
人さまをもてなして
天国への道を見つける気などありゃしません。
それに、主人の小屋も、羊も、牧草地も
目下、売り出し中、今は、羊小屋に主人はおらず
お腹を満たすようなものはありゃしません。
ですが、まあ、おいでなさい。歓迎しますよ。
ロザリンド　羊と羊小屋を買う予定の方はどんな人？
コリン　先ほど目にされたあの若い男
何であれ、買う気分ではなさそうです。
ロザリンド　ちゃんとした取り引きなら、頼みがある
小屋も牧草地も羊も、あんたが買い取ってくれないか

18——石は男根を暗示。
19——peascod=peapod. 愛の贈り物に使われる。

金はぼくたちが払う。
シーリア　お給金もあげるわ。ここが気に入ったの。
ここでなら、楽しく暮らせそう。
コリン　きっと売って貰えますよ。
一緒に来なされ。いろいろ知った上で、土地も
土地のあがりも、暮らしぶりも気に入れば
あっしは忠実な羊飼いになり、すぐにも
買い取れるように段取りしますよ。〔退場〕

第二幕第五場

〔アミアン、ジェイクィーズ、他登場〕〔貴族たちは森人の姿〕
アミアン　（歌う）緑の森の木陰に
寝そべって
小鳥の甘い囀《さえず》りに
合わせて歌いたけりゃ
おいで、おいで、おいでよ！
みな　（歌う）ここに敵はいない
冬とみぞれの他は
ジェイクィーズ　もっと、もっと、頼む、もっと。
アミアン　気が滅入るだけでしょう、ジェイクィーズさん。

ジェイクィーズ　有難い。もっと、頼む、もっと、もっと。歌から憂鬱を吸い取って生きている、鼬《いたち》が盗んだ卵の中身を吸い取るように。もっと、頼む、もっと。
アミアン　わたしの声は耳障り。楽しくないですよ。
ジェイクィーズ　楽しませてくれと頼んでいるわけじゃない。歌ってくれと頼んでいるのだ。さあ、二番を――一連と呼ぶのかな？
アミアン　何とでも、ジェイクィーズさん。
ジェイクィーズ　いや、呼び名はどうでもいい。金を貸したわけではないからな。歌ってくれるか？
アミアン　喜んでというより、お頼みなので。
ジェイクィーズ　そうか、きみにだけは礼を言う、だが、俗に言う謝意の挨拶は二頭の狒々《ひひ》の出逢いのごとし。丁寧に礼を言われると、思うね、一ペニーやっただけで、滅法《めっぽう》感謝されると。さあ、歌ってくれ――歌いたくなければ、口をつぐめ。
アミアン　では、先ほどの歌を終いまで。みなさま、その間に食卓にテーブルクロスを[20]広げてください。公爵はこの木の下でお酒を召し上がる。一日じゅう、あなたを捜しておられましたよ。
ジェイクィーズ　こっちは一日じゅう、公爵を避けていた。理屈っぽすぎて付き合いきれないよ。公爵と同じくらいいろいろ考えるさ、でも、神に感謝しこそすれ、自慢したりしない。さあ、小鳥のように囀ってくれ。
アミアン　（歌う）　野心を捨て
陽《ひ》のもとで暮らし
食べ物を探し
得たもので満足する者は
おいで、おいで、おいでよ！
みな　（歌う）　ここに敵はいない
冬とみぞれの他は
ジェイクィーズ　この曲に合う歌詞を進呈しよう、昨日頭を働かせることもなく作った。
アミアン　わたしが歌いましょう。
ジェイクィーズ　これだ。（アミアンに歌詞を渡す）
アミアン　（歌う）　こんな風に
誰もが馬鹿になり
富と安楽を捨て
意志が固いなら
ダクダミ、ダクダミ、ダクダミ！
みな　（歌う）　大馬鹿者を
見に来てご覧
アミアン　「ダクダミ」って、何です？
ジェイクィーズ　馬鹿を円のなかに呼び出すギリシア語[21]の呪《まじな》いだ。眠れるものなら、眠ろう。眠れなきゃエジプト人の初子《ういご》をみな呪ってやる。[22]
アミアン　公爵を捜しに。酒肴《しゅこう》の支度が整った。〔退場〕

第二幕第六場

〔オーランド、アダム登場〕

アダム　旦那さま
もう歩けません。ああ、腹が減って死にそうだ！
ここで横になり、自分の墓の寸法を測ります。
さようなら、お優しい旦那さま。

オーランド　おい、どうした、アダム？　気力が失せたか？　もう少し生きろ、もう少し元気を出せ、もう少し気を楽にしろ。未開のこの森に獣《けもの》がいれば、おれが餌食になるか、おまえに食い物を持って来るかだ。体力というより、気力が尽きたのだな。おれのために、元気を出せ。しばらく、死神を近付けるな。すぐに戻って来る。何か食い物を持って来れなければ、死なせてやる。だが、おれが戻る前に死んだら、おれの苦労を無駄にしたことになるぞ。よし、いいぞ、元気が出たか、すぐに戻る。吹きさらしのなかに転がっているな。風を避けられるところにおぶって行ってやる。この森に生き物がいるかぎり、飢え死にさせはしない。アダム、頑張れ。

〔退場〕

第二幕第七場

〔先の公爵、（アミアン）、貴族たち（森人の姿）登場〕

公爵　獣に変身したのかも知れない
あいつらしき男はどこにも見当らない。

貴族一　公爵さま、今しがた、ここから出て行きました。
楽しそうで、歌に耳を傾けていました。

公爵　雑音の塊《かたまり》のようなあいつが音楽好きになるなら
じきに、天体に不協和音が生じるだろう。[23]
探してこい、わたしが話をしたがっていると言うのだ。

〔ジェイクィーズ登場〕

貴族一　当人が現れ、手間を省いてくれました。

公爵　これは、これは、ムッシュー！　何たるご時世か
哀れな友が相手をしてくれと頼まなければならぬとは！

20――リネンのテーブルクロスはステイタス・シンボル。公爵の食卓であることを象徴。高位の身分の人たちは、ピクニックにもテーブルクロスを持参した。

21――訳のわからないことを「ギリシア語」と呼んだ。この呪いで、公爵のお供が食卓を囲む。

22――イスラエル人のエジプト脱出を指揮し、カナンの地に導いたヘブライの指導者モーセは言った。「エジプトの国の初子は、王座に着くパロの初子から、ひき臼のうしろにいる女奴隷の初子、それに家畜の初子に至るまで、みな死ぬ」（『出エジプト記』一一・五）。

23――人間（社会）という小世界と大世界（宇宙）は呼応し合い、惑星（太陽も含めて）が地球を回りながら、音楽を奏でていると信じられていた。

何と、楽しそうだな。
ジェイクィーズ　阿呆、阿呆が！　森で阿呆に出くわした
まだら服の阿呆に——悲惨なご時世だ！[24]
食い物で生きているように確かに、阿呆に出会った。
阿呆は寝ころんで日向《ひなた》ぼっこをし
運命の女神さまを、陳腐な物言いで罵っていた
お決まりの物言いですよ——まだら服の阿呆がね！
「おはよう、阿呆」とわたしが言うと、「止めてくれ
天が運を授けてくれるまで阿呆と呼ぶな」と。
それから、[25]巾着から時計を取り出し
やるせない目でそれを見ると
「一〇時だ」と、さも賢そうに言い
「かく、時は過ぎ行く
ほんの一時間前は、九時だった
一時間過ぎれば、一一時。
かく、我らは刻々と熟しに熟し
それから、刻々と朽ちに朽ちる
これには面白い曰《いわ》くがある」と。まだら服の
阿呆が時について、教訓を垂れるのを聞いて
わたしの肺が雄鶏《おんどり》のように鳴き始め
阿呆がこれほど深く黙想出来るものかと
阿呆の時計によれば一時間も
笑いが止まりませんでした。[26]　おお、高貴な阿呆
立派な阿呆！　衣装はただのまだら服！

公爵　どんな阿呆だ？
ジェイクィーズ　立派な阿呆！——宮廷人だったとか
こう言いました、若く美しい貴婦人なら
それとわかる才知があるはず。そいつの脳みそは
航海の食べ残しのビスケット[27]みたいに
ひからびていますが、知識と一緒に
奇怪な話題が詰め込まれています。それを乱れた
言葉で吐き出すのです。ああ、阿呆になりたい！
まだら服が欲しくてなりません。
公爵　一着、進呈しようぞ。
ジェイクィーズ　　　それが唯一の我が望み。
何よりも、ご見識のなかで、わたしが賢いというお考えが
はびこっているなら、その雑草を
取り除いてください。[28]　自由が欲しいのです
それでもって、風のように思うまま
好きな人に吹きつける、[29]　阿呆のように。
わたしの愚行で誰よりも傷ついた人が
誰よりも笑う。なぜ笑わねばならないのか？
それは、教会へ通じる道のように明白。[30]
阿呆がずばり射当てた当人は
まことに愚かにも、[31]　傷がひりひりしても
痛くない振りをする。そうしないと
愚行が、解剖授業でのように、暴露される
阿呆の突飛な当て擦りによってですよ。

まだら服をください。思いのまま話すのを
お許しください、そうすれば、疫病に侵された
この世という肉体を癒《いや》して見せます
世の人が、わたしの薬を根気よく飲んでくれればですが。
公爵　馬鹿な！　おまえがしたいことはわかっておる。
ジェイクィーズ　えっ、阿呆のわたしが[32]良いことの他に何かする
とでも？
公爵　最も忌まわしい罪は人のあら探しをすることだ。[33]
おまえこそ放蕩者
獣じみた欲情でうずうずし
その膨れたかさぶたや頭の腫物《はれもの》[34]はみな
勝手気ままに遊び回ったあげくの貰いもの
それを、世間に吐き出そうというのか。
ジェイクィーズ　ほう、高慢を糾弾する者は
特定の個人を非難することになりますか？
高慢は海のように巨大に膨れあがり
やがて飽きが来て、潮が引くように萎《しぼ》むのでは？
ある都会の女を、分不相応に、王女さまのように
着飾っていると、わたしが非難しても
どの女のことかわからないでしょう？

24——公爵の「哀れな友が……頼まなければならぬとは」に呼応。
25——lack-lustre eye. lack-lustre=wanting in lustre or brightness (OED.adj.)、「輝きのない」。
26——笑いの源は肺に、情熱の源は肝臓にあると信じられていた。
27——航海中の船員には、パンの代わりにビスケットが配給された。阿呆の脳みそは硬くて乾いていると信じられていた。成句「ビスケットのように硬い」。
28——weed your better judgements/ of all opinion that grows rank in them/ That I am wise. 同様の表現が『ハムレット』にある。ハムレット「ここは雑草がはびこる庭／種を撒き散らし、繁殖力の強いものが／我が物顔だ」（第一幕第二場）。
29——charter=priviledge (OED.n.3).「風はその思いのままに吹き、あなたはその音を聞くが、それがどこから来てどこへ行くか知らない」（『ヨハネによる福音書』三・八）。
30——「統一礼」の施行（一五五九）によって、日曜礼拝が義務づけられたので、教会への道は踏み固められ、一目でわかるようになった。
31——Not to seem to senseless of the hob. hob は阿呆の当て擦り。
32——for a counter. counter=the type of a thing of no intrinsic value (OED.n.I.2.c)、「本質的な価値のないもの」。アーデン版は a base metal coin of no value としている。
33——ことわざ「人のあらを探し、自分にけちをつける」（He finds fault with other and does worse himself）のもじり。
34——headed evils. headed=that has developed or come to a head like a boil or abscess (OED.adj.4).

それは自分だと、誰がしゃしゃり出て来るでしょう
そんな女が隣り近所にいるのにですよ?
あるいは、身分の卑しい男が自分の晴れ着は
おまえに払って貰ったんじゃないと言う——
そいつがわたしのことを勘違いして——その点で
そいつの愚かさこそ、わたしの非難にぴったりなのでは?
そこですよ——どうです、いかがです? どの点で
この舌がその男を傷つけたのか。わたしが当たっていれば
男は自分で自分を傷つけたことになる。当たっていなければ
わたしの非難は野生の雁《がん》のように
空しく飛翔するだけ。[35] お待ちください。誰だ?

〔オーランド(剣を手にして)登場〕

オーランド 控えろ、食うな。

ジェイクィーズ えっ、何も食っちゃいないよ。

オーランド 食うな、こっちの腹が満たされるまで。

ジェイクィーズ この闘鶏用の雄鶏[36]はどこのどいつだ?

公爵 かくも大胆不敵なのはひもじいからか?
それとも、作法など意に介さぬ無頼漢《ぶらいかん》か?
礼儀とは無縁に見える。

オーランド おれの状態を言い当てたな。身を切る
ひもじさのあまり、慇懃《いんぎん》な礼儀などかなぐり捨てた。
だが、宮廷育ちだ。[37]
育ちもそこそこ良い。控えろ、いいな!
こっちが食うまえに
その果物に手を触れたやつには死んで貰う。

ジェイクィーズ 食うのを待っていたら、死んじゃうよ。

公爵 何が欲しいのだ? 穏やかに頼めば、乱暴せずとも
こちらも穏やかになる。

オーランド 飢えて死にそうなのだ——食い物をくれ。

公爵 座って食え、食卓につけ、歓迎するぞ。

オーランド そんなに優しい言葉をかけてくださるのですか?
どうか、お許しください。ここでは、何もかも
野蛮だと思い、それで、乱暴な振る舞いに及びました。
しかし、みなさまがどういう方であれ
住む者とてないこの地で
陰鬱[38]な木々の陰で
ゆるやかに流れる時の流れのままに——
かつて幸せな日々を過ごしたことがおありなら
鐘の音が教会へ誘うところに住んだことがおありなら
かつて立派な人の宴会に招かれたことがおありなら
かつて涙を拭《ぬぐ》ったことがおありで
憐れみ、憐れまれるのをご存じなら
礼儀正しさを我が身に課し
恥じ入って剣を納めます。

公爵 我らは幸せな日々を過ごしたことがあり
清らかな鐘の音を聞きながら教会に行ったことがあり
立派な人の宴会に招かれたことがあり
憐れみから涙を流し、拭ったことがある。

だから、静かに座り
ここにあるものを好きなだけ食べるがいい
きみに必要なものが出されたと思ってな。

オーランド　それでは、お食事をしばらくお控えください
その間、わたしは雌鹿のように子鹿を捜し
餌をやります。実は、哀れな年寄りが
わたしへの思いやりから、重い足を引き摺《ず》って
ついて来てくれました。老いと飢えに拉《ひし》がれており
先にその男に食べさせるまで
手を触れたくありません。

公爵　連れて来なさい。
きみが戻るまで、食べずに待っていよう。

オーランド　感謝します、ご親切に神のお加護を。（退場）

公爵　見たであろう、不幸なのは我らだけではない。
この広い世界という劇場では
我らが演じているより
もっと悲惨な場面が演じられているのだ。

ジェイクィーズ　この世は舞台
男も女もみな役者。
登場しては、退場し
一生に[39]さまざまな役を演じる。
人生は七幕から成る。まず赤ん坊
乳母の腕のなかで泣いたり、乳を戻したり。
次いで、泣き言を並べる小学生、肩掛けかばんに
ぴかぴかの朝の顔、[40]蝸牛《かたつむり》のように[41]
いやいやながら学校へ。次いで恋する男
竈《かまど》のように溜息もらし、[42]悲しげな歌で
恋人の眉称《たた》える。次いで軍人

35——a wild goose flies (chase)、「無駄に追い掛け、飛び回ること。無謀な計画」。現在もよく使われている。ジョン・フレッチャー作 *The Wild-Goose Chase*『とほうもない企て』（一六二一）。wild goose は、イギリスでは「ハイイロガン」（graylag）。

36——cock、「雄鶏」。ロンドンの公衆劇場は、劇が上演されていないとき、闘鶏や熊いじめに用いられた。オーランドを、闘鶏場に迷い込んで来た雄鶏と呼び、笑いを誘う。

37——am I inland bred. inland bred=brought up in the court. The Arden Shakespeare *As You Like It* (2016).

38——melancholy=depressing, dismal (OED.adj.4.a)、「気が滅入る、陰気な」。

39——in his time. time=the period during which a person or thing lives (OED.n.I.i.I.3.a)、「一生」。

40——朝ごしごし洗ったから。

41——ことわざ「蝸牛のように鈍い」（As slow as a snail）。

42——Sighing like furnace、「竈から出るような深い溜息をもらす」。

吐き散らす奇怪な誓言、豹のような鬚[43]
名誉に汲々《きゅうきゅう》とし、喧嘩っ早く
砲口を前にしても、あぶくのような
名誉を求める。[44]次いで裁判官
肥えた去勢鶏[45]食って太鼓腹
鋭い目つき、刈り込んだ鬚
格言や最新の判例持ち出し
裁判官を演じる。場面代わって、六幕目
痩せこけ、スリッパ履く老いぼれ
鼻に眼鏡、腰に巾着
大事にしまっていた若い時分のズボンは
萎《しな》びた脛には大きすぎ
男らしい声は、甲高い子どもの声に逆戻り
ピーピー喉鳴らす。さても最後の幕
この奇怪な波乱万丈の生涯を締めくくるは
第二の赤ん坊、[46]何もかも忘れ
歯なく、目なく、味なく、ないない尽くし。

〔アダムをおぶったオーランド登場〕

公爵　よく来た。大事なその荷を下ろし
食べ物を口に運んでやれ。

オーランド　年寄りに代わり感謝します。

アダム　そうしてくだされ。
お礼を言うのもままなりません。

公爵　よく来た、さあ。
身の上を聞くのは後回しだ。
音楽を。アミアン、歌ってくれ。

アミアン　（歌う）　吹け、吹け、冬の風
恩知らずほど
薄情じゃない
牙は鋭くない
目に見えないから
吹く息は厳しいけれど
ヘイホウ、ヘイホウ、緑の柊《ひいらぎ》
友情は偽り、恋は愚の骨頂
ヘイホウ、柊！
森の暮らしは楽しいな

凍《こお》れ、凍れ、冬の空
恩知らずほど
嚙《か》みはしない
川は波立てど
友情を忘れる人ほど
鋭く刺しはしない
ヘイホウ、ヘイホウ、緑の柊
友情は偽り、恋は愚の骨頂
ヘイホウ、柊！
森の暮らしは楽しいな

公爵　正直に打ち明けてくれたように

きみがサー・ローランドの息子なら
この目に映るそなたはお父上にそっくり
その顔は父親に生き写し
心から歓迎する。わたしは
お父上が大好きだった。残りの身の上話は
洞窟で聞かせてくれ。――善良なご老人
ご主人ともども歓迎するぞ。
（貴族たちに）腕を取って支えてやれ。
（オーランドに）手を。身の上を聞かせてくれ。（退場）

第三幕第一場

〔（フレデリック）公爵、貴族たち、オリヴァー登場〕

フレデリック公爵　あいつを見ていない？　ありえない。
おれがお人よしでなければ
目の前にいないやつにではなく、目の前の
おまえに、恨みを晴らしている。よいか！
どこにいようとも、弟を見つけ出せ。
明かりをつけて捜せ。[1]死んでいようが
生きていようが、一年以内に連れて来い、さもなくば
余の領内で生きて行けると思うな。
おまえの土地も、自分のものと称するものも
差し押さえに値するものはすべて没収する
弟の証言によって、おまえに対する
嫌疑が晴れるまでな。

オリヴァー　胸の内をおわかりいただきたい。
弟を可愛いと思ったことは一度もありません。

フレデリック公爵　酷い悪党だ！　おい、こいつを叩き出せ。
係りの役人に
こいつの家屋と土地の評価をさせろ。
速《すみ》やかに行い、こいつを追放しろ。〔退場〕

第三幕第二場

〔（紙片を手に）オーランド登場〕

オーランド　そこにぶら下がっていろ、おれの歌、恋の証人よ。

43――豹に鬚はないが、豹を見たことのないエリザベス朝の人たちは、豹を王室旗に描かれたライオンのようなものだと考えていた。
44――ことわざ「名誉なんてあぶく」（Honour (reputation) is a bubble）。
45――去勢雄鶏（capon）は裁判官の賄賂にしばしば使われ、この賄賂を受け取った裁判官は capon-judge と呼ばれた。
46――ことわざ「年寄りは第二の赤ん坊」（Old men are twice children）。
1――「銀貨を十枚持っていて、もしその一枚をなくしたら、あかりをつけ、家を掃いて、見つけるまで念入りに捜さないでしょうか」（『ルカによる福音書』一五・八）。

三つの冠を戴く夜の女王よ[2]
蒼《あお》き天界より、我が運命を左右する女狩人[3]の名を
清らかな目で、見てください。
ああ、ロザリンド、この木々がぼくの手帳
木の皮に思いのたけを刻もう
この森にいる誰もがこれを見て
至るところで、きみの素晴らしさを知る。
走れ、走れ、オーランド、木という木に刻め
清らかで美しく、得も言われぬ女性《ひと》の名を。〔退場〕

〔コリン、タッチストーン登場〕

コリン　気に入りましたか、羊飼いの暮らし、タッチストーンの旦那？

タッチストーン　おやじさん、実のところ、暮らし向きに関しては、気に入っている。だが、羊飼いの暮らしゆえに[4]、つまらない。寂しいのを考えると、大層気に入っている。だが、人と交わらないゆえに、実に酷い暮らしだ。そう、田園暮らしであるゆえに、おれの好みに合っている。だが、宮廷暮らしじゃないゆえに、退屈だ。倹しい暮らしは、いいかい、おれの気性に合っている。だが、食い物がたっぷりないので酷く腹が減る。[5]あんたには、生きる上での知恵ってものがあるかい？

コリン　人は病が重くなればなるほど不安になる、ということぐらいかな。金も能力も中身もないやつには、友人が三人いないってこと。雨の役目は湿《しめ》らすこと、火の役目は燃やすこと。いい牧草地は羊を肥《ふと》らせる。夜の一番の原因はお天道さまがいないこと。生まれつきの知恵も理解力もないやつは、育ちの悪さのせいや、愚鈍な一族のせいにする。

タッチストーン　そういう類は生まれつきの阿呆という。宮廷で暮らしたことあるかい、おやじさん？

コリン　ねえ。

タッチストーン　なら、地獄行きだ。

コリン　まさか、そんな。

タッチストーン　まさに、地獄行き、ひっくり返さずに蒸し焼きにした卵[6]みたいに、なにもかも偏《かたよ》っている。

コリン　宮廷で暮らしたことがないからか？　何で？

タッチストーン　そりゃ、宮廷で暮らしたことがないなら、礼儀作法っていうものを見たことがない、いい礼儀作法を見たことがなければ、作法が悪いに決まっている、悪いってことは罪だ、罪は地獄行き。あんたはヤバイ状況にあるんだよ。

コリン　そんなことない、タッチストーンの旦那。宮廷の作法なんざ、田舎じゃ、お笑いぐさ、田舎の行儀が宮廷で馬鹿にされるようにな。宮廷じゃ、自分の手にキスして挨拶するって[7]教えてくれなかったかい。そんな作法は不潔だ、宮廷人が羊飼いだったら。

タッチストーン　具体的に言え、手短に。さあ、具体的に言え。

コリン　そりゃ、おれたちはしょっちゅう羊を触る、羊の毛は汗でべとべとだ。[8]

タッチストーン　なら、宮廷人の手は汗ばまないのか？　羊の汗

も人間の汗と同じく健康の印だろう？　根拠薄弱、薄弱。もっと具体的に言え。さあ。

コリン　おまけに、羊飼いの手はごわごわしている。

タッチストーン　唇にぐっと感じるだろうが――薄っぺらい。もっと具体的な例を、さあ。

コリン　手は羊の傷に塗るタール[9]で汚れている。宮廷人の手は麝香《じゃこう》の匂いがするんだろ。タールにキスしろと言うのかね。

タッチストーン　とんでもなく浅はかな男だ！　あんたは蛆虫《うじむし》が食らう肉、上等な肉と比べると！　物知りから教えて貰い、よーく考えるんだな。麝香はタールより下等な生まれ、猫の極めて汚い排泄物《はいせつぶつ》で作るのだ。別の具体例を挙げろ。

コリン　宮廷仕込みの知恵には敵わない。止めとくよ。

タッチストーン　地獄行きでいいのか？　神が助け給うように、浅はかなやつだ！　神に瀉血《しゃけつ》[10]して貰うがいい、田舎者！

コリン　旦那さま、おれは真っ正直な働き者だ。[11]食うもんは自分で稼ぎ、着るものも自分で工面する。恨みは買わず、人の幸せを妬まない。他人の幸福を喜び、自分の不運に甘んじる。一番の自慢は雌羊が草を食み、子羊が乳を吸うのを見ることだ。

タッチストーン　そいつも愚かな罪だ。雌羊と雄羊を一緒にし交尾させて暮らしを立てるんだろ。首に鈴つけた羊の親分の取り持ち役になり、一歳の雌羊を騙して角を生やした寝取られ亭主の老いぼれ雄羊にくっつけるなんて、とてもまともとは言えん。これで地獄に堕ちなきゃ、悪魔のほうで、羊飼いは

2――月の女神はシンシアとして天界を、ダイアナとして大地を、プロセルピナとして冥界を司った。

3――ロザリンドを狩りの女神ダイアナに譬《たと》えている。

4――in respect of=with regard to「に関して」と、in respect that=considering「――を考えると、――のゆえに、――だから」を使いわけている。

5――against my stomach. stomach は「食欲」（apetite）。

6――蒸し焼き卵はしょっちゅうひっくり返さないと、黄身が片寄る。

7――自分の手に接吻して敬意を表す作法。『十二夜』のマルヴォーリオは、オリヴィアの前で、『オセロー』のキャシオーは、キプロス島に上陸したデズデモーナを歓迎して、自分の手に接吻する。この宮廷作法をイヤゴーは嫌悪する。

8――脱脂していない羊の毛は脂を含んでいる。脂は毛穴から出る汗だと信じられていた。

9――一九六〇年代に、専用の軟膏《なんこう》が開発されるまで、毛刈りのときに鋏《はさみ》で出来た傷の止血剤にタールが使われた。

10――病気、特に脳の病を治すのに瀉血が効くと信じられていた。

11――スペンサーの『妖精の女王』に登場する老人メリビーは客人に「他《た》に頼らずに生きること／それが自然の教えです、／野が食を、羊が服を、／わたしの衣服はそれで十分」と言う（六・九・二〇）。

願い下げる。いかにしてあんたが地獄行きを免れるかは、おれにもわからない。

〔ロザリンド（ギャニミード、紙片を手に）登場〕

コリン　ギャニミードの旦那、新しいご主人のお兄さんだ。

ロザリンド　（紙切れを読む）東インドから西インド[12]
類まれなる宝石ロザリンド
名声は風に乗り
あまねく知られるロザリンド
絵になりし麗しき美女たちは
みな不器量、ロザリンド
どの顔も心に残らぬ
麗しきロザリンド

タッチストーン　おれだって、昼飯と夕飯と寝ているとき以外は、八年間ぶっ続けで詩を作って見せる。こりゃ、市場へ連れだって行くバター売りの女の歌みたいだ。

ロザリンド　あっちへ行け、阿呆！

タッチストーン　見本を一つ――
雄鹿に雌鹿がいないなら
見つけろ、ロザリンド
猫が鼠《ねずみ》を追い掛けるなら[13]
必ず捕まるロザリンド
冬服に裏地
着ぶくれするよ、ロザリンド
刈り取り、束ねて縛り
一緒に荷車に[14]、ロザリンド
甘いナッツの殻は渋いよ
かくなるナッツは、ロザリンド
甘い薔薇《ばら》、見つける男は
刺される、愛の棘――ロザリンド
これは駄作。どうして、こんな詩に感染したんだい？

ロザリンド　お黙り、お馬鹿な阿呆、木に掛かっていたんだ。

タッチストーン　何て酷い実だ。

ロザリンド　おまえに接ぎ木して、それからカリンに接ぎ木しようか。そうすれば、この国で一番早く実をつける、なにせ熟すまえに腐って、食べ頃になる。[15]

タッチストーン　よく言うよ。――どっちが面白いか、森に決めて貰おうか。

〔シーリア（エリエーナ）登場〕

ロザリンド　静かに。妹が来た。何か読んでいる。隠れて。

シーリア　（読む）何故に、ここは不毛の地なるか
人住まぬゆえ？　いや！
木々に詩を掛け
優雅な詩を語らしむ
人の命の短さよ
過ぎるは、彷徨《さまよ》う巡礼のごとし
測ってみれば
手幅《てはば》ほどの短さ[16]
友と友の心の

誓いは破らるる
なれど、麗しき木の枝に
優雅な詩の末尾に
我は記す、ロザリンド
読む者みなに知らしめん
天が小さきものに示す
究極の真髄
ゆえに、天は自然に命ず
美徳を集め、ことごとく
一人の女人《によにん》に注げよと
自然はただちに注ぐ
ヘレネ[17]の愛なき美貌
クレオパトラ[18]の威厳
アタランタ[19]の俊足《しゅんそく》
ルクレティア[20]の貞節を。
ロザリンドの美徳は
天の議会により定められしもの
あまたの面《おも》、目、心のなかで
比べるものなき美しさ
かくなる恵みを天より授けられし女人
その人の奴隷として生き、死なん

ロザリンド　ああ、優しい説教師さん、何と退屈な恋の講話なの、教区民はうんざりよ、「みなさま、ご静聴を！」と言いもしないで！

シーリア　まあ！　聞いていたの。――羊飼いさん、ちょっとあっちへ行って。あんたも一緒に行きなさい。

12――リチャード・ハクルート（一五五二頃―一六一六）著、東インド（インドとマレー諸島）と西インド諸島への航海を記した三巻から成る『航海記集』（一五九八―一六〇〇）が出版されて以来、東インドと西インドは富める国と思われ、富と宝石を連想させた。

13――the cat will after kind. after kind は成句で、「本能に従って」。

14――娼婦や姦婦は荷車に乗せられて鞭打たれ、見せしめになった。

15――ことわざ「早く熟せば、早く腐る」（Soon ripe, soon rotten）、「カリンは腐りかけが食べ頃」（Medlars are never good till they be rotten）。カリンは女性器を暗示。

16――「あなたは私の日を手幅ほどにされました」（『詩編』三九・五）。

17――トロイの王子パリスに誘拐され、トロイ戦争の原因となったギリシア神話の美女。

18――古代エジプトの女王。

19――ギリシア神話の俊足の狩人。自分と競争して負けた男を殺した。

20――夫の遠征中に、ローマ王タルクィニウスの息子に凌辱《りょうじょく》され、夫と父にその復讐を託して自殺したローマ伝説の貞女。

タッチストーン　来い、羊飼い、名誉の退却だ、一切合切ならぬ合切袋を持って。〔（コリンと共に）退場〕

シーリア　聞いてたの？

ロザリンド　ええ、全部、それ以上、詩にしては韻を踏み過ぎてるから。

シーリア　それは問題じゃない――詩になっているから。

ロザリンド　そうね、でも、韻の踏み方が下手くそで、詩になっていないから、詩としては貧弱なのよ。

シーリア　でも、聞いて驚かなかった？　あなたの名前が木にぶら下がり、木に刻まれているのよ。

ロザリンド　あなたが来る前に、もう忘れてしまった。[21]　ほら見て、棕櫚《しゅろ》の木[22]で見つけたの。ピタゴラス[23]の時以来これほど熱烈に讃えられた人はいなかったから、わたしはアイルランドの鼠の生まれ変わりなのかも、[24]誰も覚えていないだろうけど。

シーリア　わかる、誰がこんなことをしたか？

ロザリンド　男の人かしら？

シーリア　首に掛けてあげた鎖《チエーン》――顔が赤くなった？

ロザリンド　教えて、誰よ？

シーリア　ああ、主よ、主よ、友が出逢うのは至難の業だけど山は地震で動かされ、ぶつかり合うわ。[25]

ロザリンド　いいから、誰なのよ？

シーリア　ありえるかしら？

ロザリンド　ねえ、一生のお願い、誰か教えて。

シーリア　ああ、驚くほど、驚いた、凄く驚いた、もの凄く驚いた、その後も感嘆符がつけられないほど驚いた。

ロザリンド　見て、この顔！　男のような恰好をしているからって、心まで上着とズボンをつけていると思うの？　あとちょっとでも焦《じ》らしたら、南太平洋への近道を探すみたいにてっとりばやい道を見つけるからね。お願い、誰か、今すぐ、さっさと教えて。吃れるなら隠している人の名を口から吐き出して、細い瓶の口から葡萄酒がどっと出るみたいに――いっきに出るか、ちっとも出ないか。ねえ、お願い、葡萄酒が飲めるように、口のコルクを外してちょうだい。

シーリア　そしたら、あなたはその男の人を飲み込むかも。

ロザリンド　神さまがお造りになった人間なんでしょ？　物腰は？　帽子が似合う？　鬚が似合う？

シーリア　鬚は少しだけ。

ロザリンド　感謝の心があれば、神さまがもっと恵んでくださるわ。わたしは鬚が伸びるのを待ちます、その人の顎のことをすぐ教えてくれるなら。

シーリア　オーランドよ、あのレスラーの踵《かかと》とあなたの心をいっぺんに打ち負かした。

ロザリンド　からかわないで！　真面目に正直に話して。

シーリア　本当だってば、あの人よ。

ロザリンド　オーランド？

シーリア　オーランドよ。

ロザリンド　ああ、この上着とズボンをどうしよう？　あの人を見かけたとき、あの人は何をしていたの？　何て言ったの？　どんな様子だったの？　何を着ていたの？　ここで何をしているの？　わたしのこと聞いた？　どこにいるの？　どんな風に別れたの？　今度はいつ会うの？　さあ、一言で答えて。

シーリア　それには、大食漢の巨人ガルガンチュア[26]の口を借りなくては。並の大きさの口では、とても言えません。質問の一つ一つに「はい」と「いいえ」で答えるのは、教義問答に答えるより大変。

ロザリンド　わたしがこの森にいて、男の恰好をしているのを知っているかしら？　試合をした日のように元気だった？

シーリア　恋する人の尋問に答えるより、塵《ちり》を数えるほうが易しい。あの人を見つけたときのことを話してあげるから、味わい、心して楽しみなさい。木の下にいたの、落ちたどんぐりみたいに――

ロザリンド　そんな素敵な実を落とすなら、ジュピターのご神木[27]と呼ばれるだけあるわね。

シーリア　よく聞いて、お嬢さま。

ロザリンド　続けて。

シーリア　負傷した騎士のように、木の下で横になっていた――

ロザリンド　そんな光景を見るのは辛いけど、絵になるわ。

シーリア　あなたの口に「止まれ！」って号令してよ、お願い。あたりかまわず跳ね回るんだから。狩人の姿でした。

ロザリンド　まあ、不吉。わたしの心を射止めに来るのね！

シーリア　コーラスなしで歌いたい――調子が狂うじゃない。

ロザリンド　わたしが女だってこと知ってる？　思ったことは口にするわよ。[28]　可愛い人、続けて。

〔オーランド、ジェイクィーズ登場〕

シーリア　何を言おうとしたか忘れちゃった。しっ、あの人じ

21――nine days wonderは成句で、すぐに忘れさられるもの。ことわざ「驚きは九日間しか続かない」（A wonder lasteth but nine days）。
22――イングランドやフランスにないが、アーデンはエデンの園を想起させるので、珍しい動植物が存在してもおかしくない。
23――古代ギリシアの哲学者、禁欲的訓戒に従うことで、魂を浄化し、霊魂が動物や植物や他の人間に生まれ変わるとする輪廻《りんね》を説いた。『十二夜』でマルヴォーリオがピタゴラスの輪廻について問われる。
24――その昔、アイルランドの農夫は、鼠を退治するのに、吟遊詩人に呪いをかけて貰ったという。正確な意味は不明。
25――ことわざ「友は出逢えても、山は出会えない」（Friends may meet, but mountains never greet）のもじり。
26――フランスの作家フランソワ・ラブレー作『ガルガンチュアとパンタグリュエル物語』（一五三四―六四）の主人公。
27――Jove's Tree.
28――ことわざ「思いは口に出る」（What the heart thinks the tongue speaks）。

やない?
ロザリンド あの人だわ! そっと離れ、見ていましょう。
ジェイクィーズ お付き合いくださり、ありがとう、でも、本当のところ、独りになりたかった。
オーランド ぼくも、でも、礼を言うのが礼儀
こちらこそ、お付き合いくださり、ありがとう。
ジェイクィーズ 神のお加護を、たまにお会いしましょう。
オーランド 赤の他人でありたいものです。
ジェイクィーズ 愛の詩で木を傷つけないでいただきたい。
オーランド 下手に読み、詩を傷つけないでいただきたい。
ジェイクィーズ ロザリンドは恋人の名前ですか?
オーランド ええ、その通り。
ジェイクィーズ 気に入らない名前だ。
オーランド 名づけられたとき、あなたを喜ばせるつもりはなかったでしょう。
ジェイクィーズ 背の高さは?
オーランド ちょうど、この胸のあたり。
ジェイクィーズ 答えにそつがないね。金細工師[29]の女房たちと懇《ねんご》ろになり、指輪の銘でも教えて貰ったのでは?
オーランド とんでもない、彩色壁掛けからの借用、あなたのご質問も出所はそのあたりでしょう。
ジェイクィーズ 頭の回転が速いね。俊足の美女アタランタの踵で出来ているよう。腰を下ろして、二人で不実な世の恋人たちや不運な境遇を罵ろうではありませんか?

オーランド 自分以外に、この世の誰も咎めるつもりはありません。欠点だらけの人間ですから。
ジェイクィーズ 何よりの欠点は、恋していることだ。
オーランド その欠点は、あなたの最良の美点とだって交換したくありません。あなたにはうんざりだ。
ジェイクィーズ 実は阿呆を捜していて、あなたに出逢った。
オーランド 阿呆なら川で溺れている。覗けば、見つかります。
ジェイクィーズ 見つかるのは己自身の姿。
オーランド つまり、阿呆か無か。
ジェイクィーズ もう付き合えない。では、恋する騎士よ。
オーランド 願ってもない。アデュー、憂鬱なる殿よ。
(ジェイクィーズ退場)
ロザリンド 生意気な召使いの振りをして話し掛け、ワルを演じてみようかしら――。もし、この森の方ですか?
オーランド ええ、何か?
ロザリンド すみません、何時《なんどき》でしょうか?
オーランド おおよそなら。森に、時計はありませんから。
ロザリンド それなら、森に、真剣に恋する人はいないのですね、いれば、一分毎《ごと》に溜息をつき、一時間毎に呻き、時計のように、鈍《のろ》い時の歩みを計れるでしょうから。
オーランド どうして速やかな時の歩みと言わないのです? そのほうが適切ではありませんか?
ロザリンド いいえ、時は人により歩みを違《たが》えます。誰にとり並足《なみあし》か、速歩《はやあし》か、駆歩《かけあし》か、停止か、お教えしましょう。

オーランド　誰にとり速歩なのです？

ロザリンド　婚約から結婚式を挙げるまでの乙女にとり。その間が七夜としても、時の歩みがあまりに鈍いので、七年にも感じられるでしょう。

オーランド　誰にとり並足なのです？

ロザリンド　ラテン語の素養がない司祭とか、痛風持ちではない金持ち。一方は勉強しないからよく眠るし、もう一方は痛みがないから楽しく暮らせる。一方は一文にもならない学問の重荷がなく、もう一方は辛い貧困の重荷を知らずに済む。連中にとり、時は並足なのです。

オーランド　誰にとり駆歩なのです？

ロザリンド　絞首台へ向かう泥棒にとり。どんなにゆっくり歩いても、あっという間に着いてしまう。

オーランド　誰にとり停止なのです？

ロザリンド　閉廷中の弁護士にとり。裁判と裁判の間は、眠って過ごすから、時の歩みを感じないのです。

オーランド　綺麗な若者だな、どこに住んでいるの？

ロザリンド　この羊飼いの妹と一緒に、森のはずれ、スカートに譬えれば、縁《ふち》のあたりに。

オーランド　ここの生まれなの？

ロザリンド　あの兎《うさぎ》のように、生まれた所に住んでいます。

オーランド　言葉遣いは、こんな辺鄙な所で育ったわりに、洗練されているね。

ロザリンド　よくそう言われます。実は、年取った隠修士のおじに話し方を教わりました。おじは若い頃、宮廷で暮らし――恋をしたおかげで、口説き方を知っていた。恋をするなと、よく説教されましたよ、女でなくて神に感謝してます、おじは、女が持つ軽薄な罪の数々をあまねく咎めていましたが、そういう罪にまみれずに済みましたから。

オーランド　おじさんが咎めた女の罪の主なものを、何か覚えていますか？

ロザリンド　主なものなんてありません――みな小銭みたいにどっこいどっこい、どれも奇怪に見えますが、それも似たものが現れるまで。

オーランド　その幾つかを詳しく話してください。

ロザリンド　出来ません。病人以外に薬は投与しません。森をうろつき、木に「ロザリンド」と刻み、若木を傷めている男がいる。山査子《さんざし》の枝に恋の歌を、茨に恋愛詩を掛けているのです。実際、そのどれもがロザリンドの名前を崇めている。恋の御用商人に出会ったら、よく効く薬を投与してやる、毎日、恋の熱[30]に浮かされているようですから。

オーランド　恋の熱に浮かされているのはぼくです。治療法を

29――寝物語に、指輪に刻む銘や詩文を金銀細工師の女房から教えて貰ったのかと皮肉っている。

教えてください。

ロザリンド　あなたには、おじの言う症状がない。恋する男を見分ける方法を教わりましたけど、あなたは藺草《いぐさ》[31]の牢に閉じ込められた囚人には見えません。

オーランド　おじさんの言う症状とは？

ロザリンド　痩《こ》けた頬、あなたはそうじゃない。落ち窪んだ目に青い隈、あなたはそうじゃない。気分屋[32]、あなたはそうじゃない。無精《ぶしょう》鬚、あなたはそうじゃない――鬚は大目に見ましょう、あなたの鬚は弟分の歳入のように僅かだから。[33]ストッキングはずれ落ち、帽子にリボンがなく、袖にボタンがなく、靴紐《ひも》はほどけ、何もかもが投げやりでだらしない、でも、あなたはそんな男じゃない。むしろ、潔癖なほど身なりに気を遣い、誰かを恋しているというより自分に恋している。

オーランド　きみ、ぼくは本気で恋している、信じて欲しい。

ロザリンド　信じて欲しい？　すぐにも、愛している人に信じて貰わなければ、信じたがっていますよ、口にしなくとも。それは本心を隠す女の手管《てくだ》の一つなんですよ。ロザリンドを崇める詩を木にぶら下げているのはあなたなんですね？

オーランド　ロザリンドの白い手に懸けて誓う、きみ、ぼくがその男、その不幸な男だ。

ロザリンド　詩にあるほど、熱烈に恋しているのですか？

オーランド　どれほどかには理由もへったくれもない。[34]

ロザリンド　恋は狂気に過ぎない、狂人同様に、あなたには暗い部屋[35]と、鞭が相応しい。そんなお仕置きで治らないのは恋の狂気が当たり前になり過ぎ、鞭打つ人まで恋しているから。でも、ぼくはカウンセリングの専門家です。

オーランド　治療した経験は？

ロザリンド　ええ、一例だけ、こうしたのです。ぼくを相手の女性、彼女だと思わせ、毎日、口説かせました。そのときのぼくは――移り気な若者に過ぎず――悲しんだり、女々しくなったり、気まぐれになったり、憧れたり、好きになったり、高慢になったり、空想的になったり、気取ったり、軽薄になったり、移り気になったり、大泣きしたり、満面の笑みになったりして見せた。あらゆる感情を何とか表したけど何の感情も表していない、女や子どもは大体がこの種の生き物でしょう。好きになったかと思うと、嫌いになる。受け入れたかと思うと、拒絶する。男のために泣いたかと思うと、唾を吐く。そうやってぼくを口説く男を、恋の狂気から本物の狂気に駆り立てた、とどのつまり、この世の普通の幸せを捨てさせ、修道士の独房に住まわせたのです。こうして、その男を治療しました、この方法で、恋が宿るあなたの肝臓を健康な羊の心臓のように綺麗にして差し上げます。それで恋の痛みは跡形も無くなります。

オーランド　治して貰えるとは思えないけど。

ロザリンド　治してあげますよ、ぼくをロザリンドと呼び、ぼくの田舎家に毎日来て、口説いてくだされば。

オーランド　では、治して貰おうか。どこか教えてください。

ロザリンド　一緒に来てください、お教えします。道すがら、この森のどこにお住まいか教えてください。行きましょうか？
オーランド　喜んで、善良なお若い方。
ロザリンド　ぼくをロザリンドと呼んでください。さあ、妹、行こうか？〔退場〕

第三幕第三場

〔タッチストーン、オードリー、（背後に）ジェイクィーズ登場〕
タッチストーン　さあ早く、オードリー。山羊《やぎ》は連れてきてやるよ、オードリー。どうだね、オードリー？　おれはおまえの男だよな？　この地味な容貌[36]、気に入ってるか？
オードリー　あんたの容貌、まさか！　容貌が何なの？
タッチストーン　おれがおまえやおまえの山羊《ゴート》とこうしているのは、世にも気まぐれな詩人、誠実なオウィディウス[37]が蛮族のゴート族[38]と一緒にいるようなものだ。
ジェイクィーズ　（傍白）ああ、知識よ、居場所を間違えたか、ジュピターが藁葺《わらぶ》き屋根の小屋にいる[39]より酷い。
タッチストーン　せっかくの詩が理解されなかったり、せっかくの気転が早熟な子ども、つまり理解力に助けて貰えないと、小部屋に泊まって法外な宿代を請求されるよりこたえるね。[40]神さまがきみを、詩人の感性を持つ人間に造ってくださって

30——quotidian=a state of emotional or nervous agitation (OED.n.1.b).
31——逃亡しやすい牢。田舎の恋人たちは藺草の指輪を交換し合ったという。
32——unquestionable spirit. unquestionable=not submitting to be questioned (OED.adj.3.a).
33——ロザリンドはオーランドが次男であるのを仄《ほの》めかし、自分の正体を暴露しそうになる。
34——Neither rhyme nor reason can express how much. rhyme nor reason は成句で「理由もへったくれもない」。
35——狂人は悪魔に取り憑《つ》かれたと信じられ、唯一の治療法は暗い部屋に監禁すること。『十二夜』のオリヴィアに恋するマルヴォーリオは暗い部屋に閉じ込められる。
36——feature=form, proportion (OED.n.1.a). 初代タッチストーン役は背が低くグロテスクな容姿の喜劇役者ロバート・アーミンだった。
37——シェイクスピアが愛読した『変身物語』で有名な古代ローマの詩人（紀元前四三—紀元後一七頃）。
38——三—五世紀に、ローマ帝国内を侵略し、定住したゲルマン部族の一つ。
39——『変身物語』のなかに、ジュピターとその息子のマーキュリーが、農民の夫婦から、屋根を藁と葦《あし》で葺いた小屋に招じ入れられ、もてなされる話がある。
40——シェイクスピアの良きライバルで『フォースタス博士』や『マルタ島のユダヤ人』などの作品で名を馳せた劇作家クリストファー・マーローは、ロンドン近郊のデトフォードの宿屋で、宿代をめぐって喧嘩し、暗殺された。話題沸騰の事件を想起させる台詞を入れて観客

いたらって、心底思うよ。

オードリー　詩人の感性を持つって、何よ。行いにおいても言葉においても正直だってこと？　嘘偽りないってこと？

タッチストーン　いや、心底、そうじゃない。まことの詩は大いなる想像の産物、だから恋人たちはいつも詩を書く、詩のなかで誓ったことは愛についての虚構《フィクション》かも知れない。

オードリー　それで、神さまがあたいを詩人の感性を持つ人間に造ってくださっていたらと思うわけね？

タッチストーン　心底、そう思うよ、身持ちが良いって誓ったよな。いいかい、きみが詩人だったら、嘘をついているという望みがあった。

オードリー　身持ちが良くちゃいけないの？

タッチストーン　心底、いけない、ぶすでなければな。身持ちが良くて器量も良ければ、砂糖に蜂蜜をかけるようなもの。

ジェイクィーズ　（傍白）大した阿呆だ。

オードリー　そう、あたいは器量が良くない、だから、身持ちを良くしてくださいって、神さまにお願いしているの。

タッチストーン　心底、いいね。身持ちの良さを、器量が悪くふしだらな女にくれてやるのは、美味い肉を汚れた皿に盛るようなものだ。

オードリー　あたいはふしだらじゃない、器量は悪くとも。

タッチストーン　それなら、きみを器量の悪い女に造り給いし神を讃えよう。これからだって、ふしだらになれる。それはそうと、きみと結婚するよ。そのことで、隣り村の司祭サー・オリヴァー・マーテクストに会ってきた。ここで落ち合い、おれたちを夫婦《めおと》にしてくれる。

ジェイクィーズ　（傍白）落ち合う様子を見たいものだ。

オードリー　それなら、神さま、喜びをお恵みください！

タッチストーン　アーメン。――神を畏れる男なら、こんな企てに二の足を踏むね、森の木の他に、教会はなく、山羊の他に信徒はいない。でも、それが何だ？　度胸だ！　角は忌まわしいが、必要悪だ。「多くの人は己の富の限りを知らぬ[41]」。その通り。多くの人は立派な角を持ち、その数の限りを知らない。そう、角は女房の持参金――自分で生やすものじゃない。角？　それにしても、哀れなのは人間だけか？　いや、いや、一番高貴な鹿だって、ごろつきの鹿と同じくらい、立派な角を持っている。それでは、独り者が幸せか？　いいや。城壁に囲まれた町が村よりずっと立派なように、女房持ちの額のほうが、独身男ののっぺりした額よりずっと立派だ。護身術を身につけていないより、身につけているほうがはるかにいい、角はないより、あるほうがいい。

〔オリヴァー・マーテクスト登場〕

オリヴァー先生がいらした。サー・オリヴァー・マーテクスト、ようこそ。この木の下で、速やかにくっつけてくださるか、それとも礼拝堂に参りましょうか？

マーテクスト　花嫁の引き渡し人はいないのか？

タッチストーン　誰かの贈り物として受け取るのはご免蒙りたい。

マーテクスト　引き渡し人がいないと、結婚は成立しない。

ジェイクィーズ　（進み出る）続けて、続けて。わたしが花嫁を引き渡そう。

タッチストーン　こんにちは、やあ、どこかの誰かさん、[42]ご機嫌いかが？　いいところで会いましたね。この前はお付き合いくださり、ありがとう。お目にかかれて嬉しい。ちょっとしたことが進行中で、いや、帽子は脱がずに。[43]

ジェイクィーズ　結婚するのか、阿呆？

タッチストーン　牛には軛《くびき》、馬には轡《くつわ》、鷹《たか》には鈴[44]、人には性欲が付き物。鳩が嘴《くちばし》をつっつき合うみたいに、結婚生活はちびちびやること。

ジェイクィーズ　おまえのような育ちの男が、乞食みたいに、藪のなかで結婚するのか？　教会へ行って、まともな司祭に結婚とは何かを教えて貰うがいい。この奴《やっこ》さんは、羽目板を接合するように、くっつけるだけ。[45]片方が乾燥していないと、生木みたいにそっくり返る。

タッチストーン　気乗りしないね、誰よりも、この先生に結婚させて貰いたいんだ、ちゃんと結婚させてくれそうもないから、ちゃんと結婚してなきゃ、後々女房と別れるいい口実になる。

ジェイクィーズ　一緒に来い
言っておきたいことがある。

タッチストーン　おいで、可愛いオードリー
結婚しなきゃな、じゃないと罪にまみれて生きる羽目に。
さいなら、善良なオリヴァー先生、おっと
（歌い、踊る）可愛いオリヴァー[46]

を惹《ひ》きつける手法はシェイクスピア劇が人気を博した秘密の一つ。

41――ことわざ「どれほど富を持っているか自分ではわからない」（Knows no end of his goods）。「富の限り」の「富」の原文goodsは財産という意味だが、ここでは「角（妻の不貞）の数」を暗示。

42――ジェイクィーズの名前の発音がjakes「便所」と同じなので、名前を呼ぶのを躊躇するが、かえって注意を引く。

43――目上や身分が上の人の前では帽子を脱ぐのが礼儀。タッチストーンは身分が上のジェイクィーズに敬意を表し、帽子を脱がなくてもよいと言っている。

44――鷹狩りのとき、見つけやすいように鷹の脚に鈴をつける。

45――ローマ教皇庁と決別して（一五三四）イギリス国教会が設立されてから日が浅いエリザベス朝のイギリスでは、無学な聖職者が多くいた。イギリス国教会は司教制度を維持しているので、ドイツなどのプロテスタントの宗派と違い、vicar, priest の邦訳は「牧師」ではなく「司祭」。

46――「可愛いオリヴァー」で始まる流行歌があった。

素敵なオリヴァー
置いて行かないで
ではなく
さっさと行け
とっとと行け
あんたには式は挙げて貰わないよ。

（タッチストーン、オードリー、ジェイクィーズ退場）

マーテクスト　よいわ。
あんな怪態《けったい》な悪党どもに
天職を馬鹿にされてたまるか。〔退場〕

第三幕第四場

〔ロザリンド（ギャニミード）、シーリア（エリエーナ）登場〕

ロザリンド　話し掛けないで。今にも泣きそうなの。

シーリア　お泣きなさい、でも、男に涙は似合わない、それぐらいわかるわね。

ロザリンド　でも、泣く理由があるんじゃない？

シーリア　思いっきり泣く理由がある。だからお泣きなさい。

ロザリンド　あの人の髪、裏切りの色よ。[47]

シーリア　ユダの髪より幾分茶色みが濃い。きっと接吻もユダの接吻と同じね。

ロザリンド　あの人の髪、とってもいい色よ。

シーリア　素敵な色だわ——あの栗色は最高。

ロザリンド　それにあの人の接吻は聖別されたパンのように神聖だわ。

シーリア　処女神ダイアナの石膏《せっこう》像の唇を買ったのよ。貞潔の誓いをした修道女だって、あれほど敬虔な接吻はしないもの。氷のような清らかさがある。

ロザリンド　でも、今朝来ると誓ったのに、なぜ来ないの？

シーリア　きっと、誠実じゃないからよ。

ロザリンド　そう思う？

シーリア　ええ。巾着切りや馬泥棒とは思わないけど——恋に誠実かとなると、蓋をした酒杯とか虫に食われた木の実と同じく空っぽなのね。

ロザリンド　恋に誠実になれない？

シーリア　なれるわ、恋をすれば、でも恋をしていないかも。

ロザリンド　恋をしているって誓ったのを、聞いたでしょ。

シーリア　あのときはね、今は違う。それに、恋人の誓いなんか、居酒屋の給仕の言葉より信用ならない。どちらもいい加減な勘定を正しいと言う。あの人、この森で、あなたのお父さまの公爵にお仕えしているそうよ。

ロザリンド　昨日、公爵にたまたま会って、いろいろ話をしたわ。素性を訊かれたから、公爵さまと同じく良い家柄ですと答えた、すると、笑って解放してくれた。でも、オーランドのような人がいるのに、何だって父親の話になるの？

シーリア　ああ、素敵な男性よ！[48]　素敵な詩を書き、素敵な言葉で話すし、素敵な誓いをするし、誓いを破るのも素敵、それに、恋人の胸を斜めに突き、まるで二流騎士、馬の片腹にしか拍車を入れず、槍を折る、まるで高貴な生まれのまぬけ。でも、若さが馬に跨《また》がり、阿呆が手綱を取るのだから、何でも素敵。
〔コリン登場〕
誰かしら?

コリン　お嬢さま、旦那さま、よくお訊《たず》ねになった
例の恋煩いの羊飼い
あっしと一緒に芝生に座り
自分の恋人だと言って、高慢ちきで偉そうな羊飼いの娘を
褒めちぎっていた男ですが。

シーリア　で、その男がどうしたの?

コリン　恋する男の青白い顔と
嘲笑と高慢な軽蔑の赤い顔の間の
真に迫る芝居をご覧になりたければ
ちょっといらしてください、見物したければ
ご案内します。

ロザリンド　さあ、行こう。
恋人たちの姿は恋する者のご馳走だ。
案内してくれ。ぼくも
その芝居に、一役買うかも知れない。〔退場〕

第三幕第五場

〔シルヴィウス、フィービー登場〕

シルヴィウス　可愛いフィービー、はねつけないでくれ
フィービー。おいらが好きじゃなくとも
きつい言い方はしないでくれよ。並の死刑執行人[49]は
見世物にされる死に慣れ、心が硬くなってるけど
差し出された首に許しを請わずに
斧を振り降ろさないっていうよ。血の滴《しずく》で
生計をたてているやつより冷酷になろうってのか?

〔ロザリンド(ギャニミード)、シーリア(エリエーナ)、コリン登場、脇に立つ〕

フィービー　あんたの死刑執行人になんかなりたくない。
傷つけたくないから、逃げてるのよ。
あたいの目に人殺しがいるって言ったわね。
そうかも知れない、ありそうだわ

47——イエスを裏切ったユダは赤い鬚と赤い髪で描かれる。ユダはイエスに接吻して、逮捕しに来たローマの兵士たちにそれと知らせた。この故事から、赤毛は嫌われた。
48——brave=worthy, excellent (OED.adj.3.a).
49——executioner.「首切り役人」とは限らない。斬首刑は身分の高い人に適用された。身分の低い人は絞首刑になった。ロンドンのタイバーン刑場などでの処刑には、大勢の見物客が集まり、見世物と化していた。

目って、弱くて柔らかいから
塵にもびくついて、瞼《まぶた》を閉じちゃう
暴君、肉屋、人殺しって呼ばれてもしかたがないけど。
ようし、あんたを思いっきり睨んでやる
目力で傷つけることが出来るなら、殺してやる
さあ、気絶した振りをしな——さあ、ぶっ倒れな！
出来ないんなら——ああ、みっともない、みっともない——
嘘つき、あたいの目を人殺しだなんて言っちゃってさ。
あたいの目が傷つけた傷を見せてよ。
針の先で引っ掻いたら
痕《あと》が残るでしょ。あんたが藺草にもたれかかれば
手のひらに、葉の痕や
押し傷が残る。でも、今、あたいの目が
刺すように見ているけれど
あんたは傷ついていない。だから、目に
傷つける力なんかないわよ。

シルヴィウス　　ああ、愛しいフィービー
いつか——近いうちに——
元気溢れる若い男に恋焦がれることにでもなれば
恋の鋭い矢が射抜いた
目には見えないこの傷を思い知るよ。

フィービー　　でも、それまでは
あたいに近付かないで。そのときが来たら
笑いものにしてもいいけど、同情しないで、それまで
あたいもあんたに同情しないから。

ロザリンド　（進み出る）　やい、なぜだ？　母親の顔が
見たい。この惨めな男を、いきなり侮辱し
勝ち誇る気か？　美人でもないくせして——
その程度じゃ、蠟燭《ろうそく》なしでは
暗闇のなか、寝台に行きつけないな[50]——
だからといって、お高くとまり薄情になるのか？
どうした、その目つきは？　なぜおれを見つめる？
おまえなんか、おれから見れば並の女
自然の女神の既製品。[51]神よ、助け給え
おれの目まで絡《から》めとる気か！
いや、だめだよ、高慢ちきなお嬢さん、望んでも無駄。
その真っ黒な眉、絹のような黒い髪
ガラス玉のような黒い瞳、クリーム色の頬でおれの心を
溶かし、崇めさせるのは、どだい無理。
おい、お馬鹿な羊飼い、湿った南風みたいに
雨、風をプップッと吹き出しながら、どうして
こんな娘を追い掛ける？　おまえはこんな女より
一千倍もイカス男だ。おまえのような馬鹿のおかげで
この世は不器量な餓鬼で一杯になる。
この女が自惚《うぬぼ》れているのは鏡じゃなくおまえのせいだ
おまえのせいで、鏡に映る自分の顔を
実物よりずっと綺麗だと自惚れている。
だがな、お嬢さん、己を知れ。跪《ひざまず》いて

神に感謝し、改悛《かいしゅん》して、善良な男の愛に感謝しろ。
親切心から、言っておく。
売れるときに売れ、どこでも売れる代物じゃない。
こいつに謝り、この男を愛し、愛を受け入れろ。
人を馬鹿にする不器量な女ほど、むかつくものはない。
いいか、羊飼い、この女を自分のものにするんだ。じゃな。

フィービー　素敵、一年じゅう、叱られていたい！
この人に口説かれるより、あんたに叱られていたい。

ロザリンド　こいつはおまえの器量の悪さに惚れ、（シルヴィウスに）この娘はおれの怒りに惚れている。それならこいつが不機嫌な顔をしたらすぐに、手厳しく叱ってやる。
――おい、どうして、おれを見つめる？

フィービー　あんたを悪く思わないからね。

ロザリンド　いいか、おれを好きになっちゃいけない。
酔っぱらって立てた誓いより酷い男だ。
それに、おまえが好きではない。（シルヴィウスに）
　　　　　　　　　　　　教えてやる、おれの家は
すぐ近くのオリーヴの木立のなかだ。

帰ろうか、妹？　羊飼い、盛んに攻撃しろ。
おいで、妹。羊飼いの娘さん、その男をよく見ろ
そして見下すな。世界広しといえども
おまえを美人と見間違えるのはこの男だけだ。さあ
羊のところへ。〔（ロザリンド、シーリア、コリン）退場〕

フィービー　今は亡きマーローさん[52]、やっとわかったわ
「一目惚れでなければ恋にあらず[53]？」の意味がね。

シルヴィウス　可愛いフィービー！

フィービー　　　　　　　はっ？――何て言ったの、シルヴィウス？

シルヴィウス　可愛いフィービー、哀れんでくれよ。

フィービー　気の毒に思うわ、優しいシルヴィウス。

シルヴィウス　そう思われるだけで救われる。
恋の悲しみを気の毒に思うんなら
愛してくれ、それで、気の毒に思うきみの気持ちも
おれの悲しみも消える。

フィービー　愛してあげるけど、隣人愛じゃない[54]？

シルヴィウス　きみをぼくのものにしたい。

50――「忍んで行く男はいない」、ことわざ「蠟燭が消えれば、猫はみな鼠色」（When candles be out all cats grey）のもじり。「ここにジュリエットが横たわり、その美しさが／納骨堂を光溢れる宴《うたげ》の広間にしている」（『ロミオとジュリエット』第五幕第三場）。
51――sale-work. sale=that is made to be sold, hence ready made (OED.n.3.a).
52――Dead shepherd. 一五九三年に「暗殺された」劇作家クリストファー・マーローのこと。
53――マーロー作『ヒーローとリアンダー』（一五九八）からの引用。

フィービー　いやね、欲ばりよ！[55]
シルヴィウス、これまであんたが嫌いだった——
まだ好きになったわけじゃない——
でも、愛のことをあんまり上手に話すものだから
以前は嫌だったけど、我慢して一緒にいるの
あんたをお使い役に雇ってあげる。
でも、お返しは求めないで。
雇って貰えたことを有難く思ってちょうだい。
シルヴィウス　おれの愛は清らかで純粋だけど
あんまり運が良くない
刈り入れをする男の後をついて行って
落穂を拾うだけで
凄い収穫だと思うくらいだ。落ちこぼれの
笑顔でいいから、たまに見せてくれ。
フィービー　あたいに話し掛けた若い人を知っている？
シルヴィウス　よくは、でも、しょっちゅう会うよ。
百姓の爺さんが持っていた
例の羊小屋と牧場を買った人だ。
フィービー　あの人のことを訊くのは、好きだから
じゃない。ひねくれ者よ——でも、口が上手。
でも、言葉が何だって言うの！
喋る人が聞く人を喜ばせるなら上出来。
綺麗な人よね——それほどでもないかな——
でも、高慢ちき、だけど、それが似合っている。

いい男になるわ。一番素敵なところは
あの人の表情。舌が傷つけたところをすぐに
目が治してくれた。
背はそれほど高くない、でも、歳のわりに高い。
脚はそこそこ、でも、いいほうね。
綺麗な赤い唇
ちょっぴり熟していて[56]
赤と白が混じる頰の色より生き生きしている。
混じりけのない赤と、赤と白のダマスクローズってとこ。
ね、シルヴィウス、どこかの女が
今挙げたように、目鼻立ちの一つ一つに注意を払えば
恋に落ちるかもね。でも、あたいは
好きじゃない——嫌いでもない。でも
好きになるより、嫌いになるわけがある
何の理由があって、あたいを叱るの？
あたいの目は黒く、髪も黒いって言った
そうだ、あたいを馬鹿にしたんだ。
どうしてやり返さなかったんだろう？
でも、同じこと——沈黙は免責にあらず。[57]
思いっきり詰《なじ》る手紙を書いてやる。
届けてくれるでしょ、シルヴィウス？
シルヴィウス　喜んで、フィービー。
フィービー　すぐ書くからね。
書きたいことが頭にも胸にも一杯

手厳しくつっけんどんな手紙を書いてやる。
シルヴィウス、一緒に来て。〔退場〕

第四幕第一場

〔ロザリンド（ギャニミード）、シーリア（エリエーナ）、ジェイクィーズ登場〕

ジェイクィーズ　綺麗な若者だね、もっとお近付きになりたいものだ。

ロザリンド　鬱《うつ》に苦しんでいると聞いていますが。

ジェイクィーズ　そう、笑いより塞ぎの虫が性に合っている。

ロザリンド　どっちにしても、極端なのは嫌がられ、飲んだくれよりも世間の非難を浴びるものです。

ジェイクィーズ　ああ、悲しみに沈み物言わぬはいいものだ。

ロザリンド　柱みたいに聞こえない振りをするのもいいものだ。

ジェイクィーズ　おれのは学者の鬱とは違う、あれは妬み。楽師のとも違う、あれは酔狂。宮廷人のとも違う、あれは高慢。兵士のとも違う、あれは野心。弁護士のとも違う、あれは奸《かん》智《ち》。ご婦人のとも違う、あれはえり好み。恋人のとも違う、あれはこういったことひっくるめたもの。おれのは自分だけの鬱、いろんな薬草から成り、いろんなものから、まことのこと、旅の勘定書きからも抽出され、そのなかでしばしば沈思黙考するうちに、もの悲しさに包まれる。[1]

ロザリンド　旅人なんだね！　それなら、もの悲しくなるのも無理はない。よそ様の土地を見るために、自分の土地を売り払ったんだろう。それなら、山ほど見て、何も手に入れず、目は豊かに、手元は不如意というわけだ。

ジェイクィーズ　ええ、見聞に基づく知識[2]は手に入れた。

〔オーランド登場〕

ロザリンド　その知識があなたをもの悲しくしている。ぼくなら、知識を手に入れてもの悲しくなるより、阿呆を手に入れて、楽しく暮らすな——しかも、そのために旅するなんて。

オーランド　こんにちは、ご機嫌よう、愛しきロザリンド。

ジェイクィーズ　無韻詩で喋るなら、失礼する。[3]〔退場〕

ロザリンド　さようなら、旅人さん。外国語訛りで話し、[4]外国

54——「あなたの隣人をあなた自身のように愛しなさい」（『レビ記』一九・一八）。
55——「あなたの隣人の家を欲しがってはならない」（『出エジプト記』二〇・一七）。
56——riper. ripe=resembling ripe fruit, red and full (OED.adj.1.d).
57——ことわざ「催促せぬは帳消しにあらず」（Omittance is no quittance）。
1——humorous sadness. humorous=moody, peevish, ill-humored (OED.adj.3.b).
2——experience=knowledge resulting from actual observation (OED.n.7.a)、「見聞、観察に基づく知識」。

風の服を着ればいい。祖国の良いところを何もかも悪しざまに言えばいい。生まれを疎《うと》み、どうしてこんな顔にしてくれたのかと、神を詰《なじ》ればいい。さもないと、ヴェネチアで、[5]ゴンドラに乗ったと言っても信用しない。なんだ、オーランドじゃないの、今までどこをうろついていたの？　それでも恋人？　もう一度、こんな悪さをしたら、二度とわたしの前に姿を現さないで！

オーランド　我が麗しきロザリンド、一時間と遅れていない。

ロザリンド　恋人との約束に一時間も遅れるの？　色恋では、一分の千分の一、そのまた一〇〇〇分の一でも遅れるのはキューピッドが肩を叩いただけ、心が射られたわけじゃない。

オーランド　ご免ね、愛しのロザリンド。

ロザリンド　嫌よ、こんなに遅れるなら、二度と姿を見せないで。蝸牛に口説かれるほうがましだわ。

オーランド　蝸牛に？

ロザリンド　ええ、蝸牛に、のろのろやって来るけど、頭に家を乗せているから——よっぽどましな財産よ、あなたが女に遺すものより。それに、自分の運命も持って来る。

オーランド　運命も？

ロザリンド　そりゃ、角よ——あなたのような男が妻のせいで生やす角よ。でも、蝸牛は角を生やすよう運命づけられているから、妻は中傷されずに済む。

オーランド　貞節な妻は夫に角を生やさせないし、ぼくのロザリンドは貞節だ。

ロザリンド　わたしがあなたのロザリンドよ。

シーリア　この人は兄さんをそう呼んで喜んでいるけど、兄さんよりずっと素敵なロザリンドがいるのよ。

ロザリンド　さあ、口説いて、口説いてちょうだい——浮き浮きした気分だから、今にも承諾しそう。わたしがあなたの正真正銘のロザリンドなら、何と言ってくださるの？

オーランド　何か口にする前に、接吻したい。

ロザリンド　だめ、口にするのが先よ、言葉につまったら、それを接吻する機会にする。弁舌さわやかな人は言葉につまると唾を吐く、[6]言葉につまった恋する男は——神よ護り給え——接吻をするのが何より。

オーランド　拒まれたら？

ロザリンド　そのときは、せがむようにあなたを仕向ける、そこから新しい段階に入る。

オーランド　愛する女性の前で、言葉につまる男がいるかな？

ロザリンド　そりゃ、そうあって欲しい、わたしがあなたの愛する女性なら。そうでなければ、誠実だけど頭の悪い女ということになるわ。

オーランド　どう口説けばいい？

ロザリンド　あなたの役割を守り、口説きを続けてちょうだい、[7]わたしはあなたのロザリンドでしょ？

オーランド　そうだよ、と言うだけで幸せだ、あの人のことを話していたいから。

ロザリンド　じゃ、彼女に代わって言うわね、あなたを夫にしたくないわ。

オーランド　それでは、ぼくに代わって言う、ぼくは死ぬ。

ロザリンド　だめよ、誰かに代わって死んで貰いなさい。この哀れな世は六〇〇〇年にもなるけど、この間、恋が原因で死んだ男はいない。トロイラス[8]はギリシア人の棍棒で頭を叩き潰された、でも、死んで当然なことをした。なのに、恋する男の典型になった。レアンドロス[9]は愛するヘーローが修道女になったとしても、あの暑い夏の夜がなかったら、何年も恙《つつが》なく生きたでしょうね。あの夜、ヘレスポントに水浴びに行って、こむらがえりを起こして溺れた、なのに、あの時代の愚かな年代記作者が死の原因をヘーローであるとした。でも、こんなのみな嘘っぱち。男たちは次から次に死に、蛆虫の餌食になった。でも、恋のために死んだ男はいない。

オーランド　ぼくのロザリンドには、そんな風に考えて欲しくない。だって、いいかい、しかめっ面でぼくを殺せるんだよ。

ロザリンド　この手に懸けて、しかめっ面で蝿一匹殺せません。でも、もっと物わかりの良いロザリンドになってあげるから、欲しいものを頼んでご覧なさい。差し上げます。

オーランド　それでは、ロザリンド、ぼくを愛してください。

ロザリンド　はい、愛します、金曜日も土曜日も[10]、毎日。

オーランド　ぼくを夫にしてくれますか？

ロザリンド　はい、あなたのような人なら二〇人でも。

オーランド　えっ、何て言った？

ロザリンド　あなたはいい人よね？

オーランド　願わくは。

ロザリンド　そうなら、何人欲しがってもいいわよね？　ねえ、シーリア、司祭になってわたしたちを結婚させてくれない。オーランド、あなたの手を。シーリア、何か言って？

3——オーランドがブランク・ヴァース（弱強五歩格の無韻詩）で「こんにちは、ご機嫌よう、愛しきロザリンド」と挨拶したのを、からかっている。

4——『ロミオとジュリエット』のティボルトも、新しい喋り方をマキュショーに揶揄される（第二幕第四場）。

5——イギリス貴族の子弟の大陸を巡るグランドツアーの最終目的地は、歓楽で名高いヴェネチアだった。

6——they will spit.

7——Not out of your apparel and yet out of your suit. apparel=things provided for any purpose, and employed in its performance (OED.n.2)、「役割」。

8——トロイのプリアモス王の息子。敵方のクレシダと恋愛し、裏切られる。

9——ギリシア神話の若者。セストス島の巫女のヘーローに会うために夜毎にヘレスポント海峡を渡ったが、ある嵐の夜に溺れ死んだ。

10——金曜日と土曜日は肉を食べるのも夫婦の契りを結ぶのも禁じられた。禁を犯すと、障害のある子どもが生まれると信じられていた。

オーランド　お願いです、ぼくたちを結婚させてください。

シーリア　どう言えば良いか、わからない。

ロザリンド　こう言って始めるのよ。「オーランド、汝《なんじ》は――」

シーリア　では――オーランド、汝はロザリンドを妻とするか?

オーランド　はい。

ロザリンド　では、いつ?

オーランド　今すぐ、妹さんが結婚させてくれるなら。

ロザリンド　では、あなたはこう言わなければ。「わたしは汝ロザリンドを妻とします」。

オーランド　わたしは汝ロザリンドを妻とします。

ロザリンド　証書を求めたいけど。いいわ、わたしは汝オーランドを夫とします。これは司祭さまの問いかけの後に言うものよね。まったく女の思いって先走るから。

オーランド　思いはみな同じ――翼があるから。

ロザリンド　教えて、結婚した後、どれほど長く手元に置くつもり?

オーランド　永遠に、いつまでも。

ロザリンド　「永遠に」を省いて「いつまでも」に直して。だめ、だめよ、オーランド、男は口説くときは四月だけど結婚したら一二月。女は乙女のうちは五月だけど、妻になれば、雲行きが変わる。わたしはあなたに嫉妬するわ、雌鳩に嫉妬するバーバリ産の雄鳩[11]より激しく、雨が降る前の鸚鵡《おうむ》より姦《かしま》しく、チンパンジーより新し物好きで、猿より激しく欲情に駆られる。ダイアナ像の噴水みたいにわけもなく泣き、あなたが陽気な気分のときに泣く。あなたが眠りたいときに、ハイエナみたいに笑う。

オーランド　でも、ぼくのロザリンドがそうするかな?

ロザリンド　もちろん、するわよ、わたしみたいに。

オーランド　そうかな、賢い人だよ。

ロザリンド　賢くなければ、そんなことをする知恵はない――賢い分だけ勝手気まま。女の知恵を締め出してご覧なさい、そうすれば、窓から出て行く。窓を閉めてご覧なさい、そうすれば、鍵穴から出て行く。鍵穴を塞げば、煙と一緒に煙突から出て行く。

オーランド　そんなに賢い女房を持った男は、こう言うかも「妻の知恵、どこへ行くの?[12]」

ロザリンド　妻の知恵が隣りの男の寝床に行くのを見るまで、叱責するのは控えなさい。

オーランド　知恵はどんな知恵を使って言い訳するのだろう?

ロザリンド　そりゃ、あなたを捜しに来たと言うわ。舌のない女を妻にしないかぎり、言い訳させずに取り戻せない。自分の過失を夫のせいに出来ない女に、子どもを育てさせてはいけない、子どもをお馬鹿さんに育てるから。

オーランド　二時間ほど、失礼する。

ロザリンド　ああ、あなたなしで二時間も耐えられない。

オーランド　公爵のお食事に付き添わなければならないんだ。二時には戻って来る。

ロザリンド　そう、行ってらっしゃい、行ってらっしゃい。そういう人だって、わかっていた。みんなそう言っていたし、わたしもそう思っていた。嬉しがらせて、わたしの心を摑んだのね。捨てられる、だから、死んでやる！　二時に戻るのよね？

オーランド　そうだよ、可愛いロザリンド。

ロザリンド　誓って、本気で、わたしの罪を償ってくださる神さまに懸けて、[13]不敬罪に当たらないあらゆる心地よい誓いに懸けて、約束を少しでも破ったり、約束の時間に一分でも遅れたら、あなたを最も情けない約束破り、最も白々しい恋人、ロザリンドと呼ぶ女に最も相応しくない男、不誠実な男の集団から選ばれた男だと思うわ。だから、咎められないよう、約束を守って。

オーランド　誓うよ、ぼくのロザリンドだと思って。アデュー。

ロザリンド　いいこと、時は老練な裁判官、そういう罪人《つみびと》を裁くのよ、時に裁いて貰いましょう。アデュー。

〔（オーランド）退場〕

シーリア　恋のお喋りで、よくもわたしたち女を貶《おとし》めたわね！　上着とズボンを頭までたくし上げ、この小鳥が自分の巣に何をしたか、世間に曝《さら》しなさい。[14]

ロザリンド　ああ、シーリア、シーリア、わたしの可愛いシーリア、どんなに深く恋の淵に落ちたかわかるでしょ！　深さは測り知れず——愛情はポルトガル沖の海のように底なしなの。

シーリア　と言うより、底抜けよ、あなたの愛情みたいにどっと流れ出るんだから。

ロザリンド　ヴィーナスのあのやんちゃな私生児、[15]想像力が種付けし、気まぐれが孕《はら》み、狂気が産み落とした、あの目隠しをした悪戯っ子は目が見えないから、みなの目を誑《たぶら》かすのよ。わたしがどれほど深く恋に落ちたか、あの子に決めて貰

11——バーバリ（北アフリカ）産の鳩は、イスラム教の男性が妻を監視する傾向が強いことから、嫉妬深いと信じられていた。嫉妬に狂い、妻を殺すオセローはバーバリのモーリタニア出身。

12——Wit, whither wilt? 言葉遣いが巧みな人に話し掛けるときの言い方。第一幕第二場で、シーリアはタッチストーンに「知恵者さん、うろうろしてどこ行くの?」と言う。

13——一六〇六年に、神の神聖を汚す言葉を禁じる法令が発布されて以来、宗教改革者たちの間では「神」（God）の代わりに「天」（heaven）を用いるなど、巧みな湾曲話法が使用されるようになる。ロザリンドはそのような傾向に頓着しない。

14——ことわざ「自分の巣を汚すのは悪い鳥」（It is a foul bird that defiles its own nest）。

15——キューピッドはヴィーナスと夫の鍛冶の神ウルカーヌスの息子ではなく、ジュピターを父とする非嫡出子。

うわ。あのね、エリエーナ、オーランドを目にせずにおれないの。木陰を見つけ、溜息をつきながら、彼が戻るのを待つわ。

シーリア　それなら、わたしはお昼寝しましょ。〔退場〕

第四幕第二場

〔ジェイクィーズ、貴族たち、森人たち登場〕

ジェイクィーズ　その鹿を殺したのは誰だ？

貴族一　わたしです。

ジェイクィーズ　この男をローマの征服者であるかのように公爵に献上し、勝利の月桂樹《げっけいじゅ》の枝の代わりに、頭に鹿の角を乗っけてやればいい。森人よ、この場に適う歌はないか？

森人一　あります。

ジェイクィーズ　歌ってくれ。騒々しければ調子は構わん。

〔音楽〕

森人たち（歌う）鹿を殺した者に何をやる？
皮の衣《ころも》に、角二本。

ジェイクィーズ　歌いながら帰ろう。鹿は担いで行こう。

全員（歌う）角を生やすのを恥じるなかれ——
角は生まれる前に生えていた
親父の親父にも
親父にも生えていた
角よ、角よ、生命力に満ち満ちる角
笑うものでも蔑《さげす》むものでもない！〔退場〕

第四幕第三場

〔ロザリンド（ギャニミード）、シーリア（エリエーナ）登場〕

ロザリンド　ねえ、二時を過ぎていない？　でもオーランドが。

シーリア　きっと、清らかな愛と悩める頭を抱え、弓矢を手に
昼寝でもしているのよ。
見て、誰か来る。

〔（手紙を手に）シルヴィウス登場〕

シルヴィウス　用事が、若旦那さま。
おいらの優しいフィービーがこれをお渡しするようにと。
内容は知りませんが、察するに
これを書いているときの
怖い表情と気難しい態度から
怒りの文面です。ご勘弁のほどを
おいらは罪のない走り使いでして。

ロザリンド　忍耐もこの手紙には驚き
喚きたくなる。これに我慢すれば、何にでも我慢出来る！
彼女が言うには、ぼくは醜男《ぶおとこ》で、礼儀知らず。
高慢ちきで、不死鳥[16]のように希なる男だとしても
好きになれないとさ。神懸けて
あんな女の愛など、獲物の兎の価値もない。
どうしてこんな手紙を寄こすのだ？　さても、羊飼い
さても、おまえが仕組んだ手紙だな。

シルヴィウス　滅相もない、内容は知りません。
フィービーが書きました。

ロザリンド　そうか、そうか、馬鹿だな
恋にのぼせて、大馬鹿者になったか。
あの娘の手を見た――なめし革みたいな手だ
砂色の手――てっきり、古い手袋をはめていると
思ったが、生身の手だった。
おかみさんの手だ――だが、それはどうでもよい。
あの女がこんなものを考えるわけがない。
男が考える手紙、男の筆跡だ。
シルヴィウス　あの娘の字ですよ。
ロザリンド　ああ、ぞんざいで邪険な書き方
喧嘩を売る書き方だ。何とまあ、おれに反抗している
まるでキリスト教徒に手向かうトルコ人。
女の柔《やわ》な頭脳がこんな途方もなく失敬な
エチオピア人の言葉
顔より黒い言葉を生み落とせるか？　聞きたいか？
シルヴィウス　ええ、よければ、まだ聞いてないんで
フィービーのつれなさは嫌というほど聞いているけんど。

ロザリンド　おれにもつれないさ。暴君はこう書いている。
（読む）あんたは、羊飼いに変身して
乙女心を焦がした神さまなの？
女がこんな風に人を嘲《あざけ》るか？[17]
シルヴィウス　これを嘲りと？
ロザリンド　（読む）あんたが神さまかはさておいて[18]
女心に戦いを仕掛ける気？
こんな嘲り方、聞いたことがあるか？
男の目があたいに言い寄った
あたいに何の危害もあたえなかった
――おれが獣だとさ――
あんたの輝く目のなかの軽蔑に
あたいの恋を掻き立てる力があるなら
優しい目なら
ああ、どうなっちゃうの？
叱られたけど、あんたが好き
好きって言われたら、どうなっちゃうの？

16　エジプト神話の霊鳥。灰に飛び込み焼身するが、蘇《よみがえ》る。イエス・キリストのシンボル。エリザベス一世は不死鳥を自分のエンブレムの一つとした。不死鳥のブローチで胸を飾る肖像画（ニコラス・ヒリヤード作）がロンドンのナショナル・ポートレイト・ギャラリーに所蔵されている。ことわざ「不死鳥のように希《まれ》」（As rare as a phoenix）。

17　――Can a woman rail thus? rail=scoff、「尊ぶべきものを嘲る」。第三幕第五場で、ロザリンドはフィービーに「人を馬鹿にする不器量な女ほど、むかつくものはない」と言っている。

18　――thy godhead laid apart. lay apart=set aside, put away.

この文《ふみ》を届けた人は
あたいの恋を知らない
心に封して、その人に渡してね
あんたの若さと天性に
真心とあたいが稼ぐお金を
丸ごとあげちゃう
愛を拒まれたら
死に方を考えるわ。

シルヴィウス　これを嘲りと?

シーリア　ああ、哀れな羊飼い。

ロザリンド　こいつを哀れむのか?　いや、哀れみに値しない。——こんな女が好きなのか?　いいか、おまえを笛と見なして、調子外れの節を吹かせようとしているんだぞ?　我慢するんじゃない!　まあ、いい、あいつのところへ戻れ、惚れた弱みで、情けない男になったか、なら、あいつにこう言え。おれが好きなら、おまえを好きになれとな。それが嫌なら、おまえが代わりに頼みに来ないかぎり、二度と相手にしない。あの女が本当に好きなら、すぐ行け、答えは無用、誰か来たようだからな。〔シルヴィウス退場〕

〔オリヴァー登場〕

オリヴァー　こんにちは、麗しい方々。ご存じなら教えてください。この森の外れに
オリーヴの木立に囲まれた羊小屋があるとか?

シーリア　ここから西、近くの谷間の下に。
さざめく小川に沿って柳の並木が続き
それを右手に行くと、小屋があります。
この時刻には人影もなく
なかには誰もいません。

オリヴァー　耳にしたことが目の助けになるなら
お二人のことは存じ上げております
その身なりに、そのお年頃。「若者は色白で
女のような顔立ち、美しさの盛りにある姉のような
挙措《きょそ》。女性の方は背が低く
兄よりも色が黒い」。お二人は
わたしが探している羊小屋の持ち主では?

シーリア　そうですとお答えしても、自慢になりませんけど。

オリヴァー　オーランドがお二人によろしくとのこと。
ロザリンドという若者にこの血まみれのハンカチを
渡すよう言付かりました。——あなたですか?

ロザリンド　そうです。これをどう理解すれば?

オリヴァー　多少恥をしのんで、お話しします
わたしがどんな人間で、どのように、どうして、どこで
このハンカチが血まみれになったか。

ロザリンド　お話しください。

オリヴァー　オーランドがつい先ほどお別れしたとき
一時間でまた戻ると約束しましたが
森をゆっくり歩きながら
恋の甘さ、切なさを噛みしめていると

大変なことが起こりました。目を横にやると
とんでもないものを目にしたのです。
木の枝が年を経た苔で覆われ
梢《こずえ》が枯れ果てた樫の木の下で
襤褸《ぼろ》にくるまり、髪が伸び放題の惨めな男が
仰向けに横たわっていました。首のあたりで
緑色のぎらぎらした鱗《うろこ》の蛇がとぐろを巻き
鎌首《かまくび》をもたげ、二股の舌を素早く動かしながら
男の開いた口に近付きました。しかし、突如
オーランドを目にし、とぐろを解《ほど》き
くねくねと藪のなかに滑り込みました。
藪の陰には、雌ライオン
乳を吸い尽くされて腹を空かし
うずくまり、頭を垂れ、猫の目の注意深さで
眠っている男が身動きするのをじっと待っていた。
これが百獣の王の習性
死んだと見えるものは何一つ餌食にしない。
それを見て、オーランドがその男に近付いたところ
何と、上の兄だとわかったのです。

シーリア　まあ、そのお兄さまのことは聞いています。
あんなに薄情な人間は
この世にいないと言っていました。

オリヴァー　当然です
実に薄情な男ですから。

ロザリンド　でも、オーランドは。お兄さまを置き去りにし
乳を吸われて飢えた雌ライオンの餌食にしたのですか？

オリヴァー　二度、背を向け、そうしようと思った。
しかし、復讐より気高い情愛が
復讐の好機と考えるより強い人情が
オーランドを雌ライオンに立ち向かわせ
ライオンはあっという間に倒れ、そのさなか
わたしは卑しむべきまどろみから覚めたのです。

シーリア　あの方のお兄さま？

ロザリンド　あの方が救ったのはあなたなの？

シーリア　あの方を何度も殺そうとしたのはあなたなの？

オリヴァー　かつてのわたしは、でも、今は違う。
どんな男であったか、話しても恥ずかしくはない
改悛が実に心地よく、今のわたしになりました。

ロザリンド　で、血まみれのハンカチは？

オリヴァー　すぐに。
二人でこれまでの出来事を始めから終わりまで
語り合いながら、喜びの涙に暮れました——
わたしがこの淋しいところにやって来たいきさつ——
ともあれ、弟はわたしを公爵のもとに案内し
公爵は新しい服をくださった上に、おもてなしくださり
わたしを弟の世話に委ね
弟はすぐに公爵の洞窟に連れて行ってくれました。
そこで弟が衣服を脱いだところ、腕のこのあたりが

雌ライオンに食いちぎられたばかりで
出血していました。弟はついに気を失い
気を失いながら、ロザリンドと叫んだのです。
ともあれ、弟の意識を取り戻させ、傷に包帯を
巻いてやりました。しばらくすると、弟は元気になり
面識はないのに、わたしをこちらへ寄こし
いきさつをお知らせし、約束を破ったことを
赦して貰おうとしたのです。このハンカチを
弟の血で染まるこれを羊飼いの若者に、冗談に呼んでいる
ぼくのロザリンドに渡すようにと。

（ロザリンド気絶する）

シーリア　どうしたの、ギャニミード――ギャニミード！

オリヴァー　血を見て気絶する人は大勢います。

シーリア　それだけではないの。ねえ――ギャニミード！

オリヴァー　ご覧なさい、意識を取り戻しましたよ。

ロザリンド　家へ帰りたい。

シーリア　連れて行ってあげるわ。
――すみません、兄の腕を取っていただけます？

オリヴァー　元気を出して、きみ。男でしょう？
男の気概が無いのですか。

ロザリンド　　　　　ええ、そうなのです、認めます。
ああ、誰もが上手い演技だと思うだろうな。弟さんにお伝えください、どんなに上手に気絶したかを。ヘイ、ホー――

オリヴァー　演技などではない。顔にちゃんと書いてある、本当に気が動転したのだと。

ロザリンド　演技ですよ、本当に。

オリヴァー　では、気を取り直して、男らしい演技を。

ロザリンド　しています。でも、実は、生まれは女だったかも。

シーリア　まあ、顔がどんどん青ざめて。さあ、帰りましょう。
あなたもご一緒に。

オリヴァー　参ります、弟を赦してくださるか
お返事を持ち帰らなければなりませんので。

ロザリンド　何か考えましょう。でも、ぼくの演技のことはお伝えください。行きましょうか？〔退場〕

第五幕第一場

〔タッチストーン、オードリー登場〕

タッチストーン　機会はまたあるさ、オードリー。我慢しろ、優しいオードリー。

オードリー　もう、あの司祭で良かったのに、あの紳士っぽい爺《じじい》が何やかや言うからよ。

タッチストーン　悪徳サー・オリヴァーか、下劣なマーテクストか知らんが良くないよ！　ところで、オードリー、きみを自分のものとして要求する男がこの森にいるのか。

オードリー　うん、誰か知っている。そんな権利はこれぽっちもないけど。

〔ウィリアム登場〕

ほら、あんたの言う男がやって来た。

タッチストーン　田舎の阿呆に会うのは無上の楽しみだ。まったく、おれたち知恵者はいろいろと責められる。[1] 人を馬鹿にするし、抑えが利かないし。

ウィリアム　こんにちは、オードリー。

オードリー　こんにちは、ウィリアム。

ウィリアム　旦那さまにも、こんにちは、こんにちは。

タッチストーン　やあ、こんにちは。帽子を被《かぶ》り給え、被り給え、被ってくれよ。歳は幾つだい？

ウィリアム　二五です、旦那さま。

タッチストーン　年頃だな。名はウィリアム？

ウィリアム　はい、ウィリアムです。

タッチストーン　いい名だ。この森の生まれかな？

ウィリアム　はい、旦那さま、有難いことに。

タッチストーン　「有難いことに」――いい答えだ。金持ちか？

ウィリアム　はい、そこそこ。

タッチストーン　「そこそこ」――いいね、凄くいいね、もの凄くいい――そうでもないか、単にそこそこか。頭はいいか？

ウィリアム　ええ、かなり、旦那さま。

タッチストーン　へえ、そうかい。こんなことわざを思い出した。「愚者は己を賢いと思い、賢者は己を愚か者と知る」。[2] ある異教徒の哲学者は、葡萄を食いたくなると、口を開けて、葡萄を口に放り込み、葡萄は食うために、口は開けるためにあると言わんとした。きみ、この娘が好きか？

ウィリアム　はい、旦那さま。

タッチストーン　手をこちらに。[3] 学はあるか？

ウィリアム　いえ、旦那さま。

タッチストーン　では、わたしから学び給え。持つとは持つこと。酒をカップからグラスに注ぐのは、一方を一杯にして他方を空にすること、これは、修辞学のあや。あらゆる学者が同意しているのは、カレは「彼」。きみはカレではない、おれが彼だからだ。

ウィリアム　彼って、旦那さま？

タッチストーン　この女と結婚する彼だ。ゆえに、田吾作君、放棄せよ、俗に言えば、止めろ、交際を、田舎風に言えば付き合いを、この女性、俗に言えばこの女との。続けて言えば「この女性との交際を放棄しろ」、さもないと、田吾作君、身の破滅だ！　もっとわかりやすく言えば、死ぬ。明快に言えば、おまえを殺す、消す、生を死に、自由を奴隷の身に。お

1――have much to answer for=to be to blame for or guilty of many things (OED v.II.i.18.b.ii)
2――ウィリアムは口を開けてタッチストーンの言葉を聞いている。
3――オードリーの手と結んでくれると、ウィリアムは期待する。

まえに毒を盛る、あるいは棍棒で殴るか剣で突く。意見の相違で殴る。策を弄《ろう》して蹂躙《じゅうりん》する。一五〇もの手を使って殺す！　だから怖れ戦《おのの》き、立ち去れ。

オードリー　そうして、お願い、ウィリアム。

ウィリアム　お達者で、旦那さま。〔退場〕

〔コリン登場〕

コリン　旦那さまとお嬢さまが捜しておいでだよ。さあ、さあ。

タッチストーン　走れ、オードリー、走れ、オードリー！　おれも、おれも行く。〔退場〕

第五幕第二場

〔オーランド、オリヴァー登場〕

オーランド　ほとんど知りもしないのに、好きになるなんてありえるか？　一目で好きになれるものか？　好きになって求愛する？　求愛したら、承諾する？　では、一緒になるおつもりですね？

オリヴァー　彼女の貧しさ、知り合って間もないこと、突然の求婚、突然の承諾に、無責任だと疑問を投げかけないでくれ。代わりに、エリエーナを愛していると一緒に言ってくれ。おれを愛しているあの人と一緒に言ってくれ。おれたちが愛し合うことを認めてくれ。おまえのためにもなる、親父の遺産の家屋敷、収入のすべてをおまえに譲り、ここで羊飼いとして生き、死ぬつもりだ。

〔ロザリンド（ギャニミード）登場〕

オーランド　承諾しますとも。結婚式は明日にしましょう。公爵と、幸せなお付き人をみな招待しましょう。さあ、エリエーナに準備をするよう言っておやりなさい。ほら、ぼくのロザリンドが来た。

ロザリンド　こんにちは。

オリヴァー　こんにちは。

ロザリンド　ああ、親愛なるオーランド、胸に三角巾《さんかくきん》を巻いた姿を見るのは忍びない。

オーランド　腕だよ。

ロザリンド　ライオンの爪で胸を引っ掻かれたのかと思った。

オーランド　胸に傷、ある女の目に射られた。

ロザリンド　お兄さまにあなたのハンカチを見せられたとき、気絶する振りをしたのですが、お兄さまからお聞きですか？

オーランド　聞いたよ。それに、もっと驚くことも。

ロザリンド　ええ、何のことかわかっています。でも、本当です。あれほど唐突な話は聞いたことがない、二匹の雄羊の喧嘩とか、シーザーの「おれは来た、見た、勝った」の大法螺《おおぼら》[4]は別として。お兄さんとぼくの妹は会ったとたん、見つめ合った。見つめ合ったとたん、恋に落ちた。恋に落ちたとたん、溜息をついた。溜息をついたとたん、その理由を訊ね合った。理由を知ったとたん、癒す手立てを探した。こうして、結婚への階段を作った、まっしぐらに階段を駆け上がるか、自制出来ず、まっさかさまに落ちるか。恋に身を焦がし、一緒になるつもり。棍棒で引き離せません。

オーランド　二人は明日結婚するよ、公爵には、ぼくがお願いして、式に出ていただくつもり。でも、ああ、他人の目を通して幸せを覗き見るのは、何と辛いことか！　明日は、もっと辛いだろう、兄が望みのものを手に入れてどれほど幸せか、思い巡らすんだから。

ロザリンド　それでは、明日、ぼくがロザリンドになり代わることはもう出来ませんか？

オーランド　想うだけでは、もう生きて行けない。

ロザリンド　なら、もうつまらぬお喋りでうんざりさせません。では、わたしの話を聞いてください——これから、真面目な話をします——あなたは物わかりのいい方だ。[5] こんなことを言うのは、わたしがそう思っていることを褒めて貰いたいからではなく、あなたがそういう人だからです。良い評判を得たいからでもない、幾分かでも、あなたから信頼を引き出したい、ぼくの名誉のためでなく、あなたのために。どうか、信じてください、ぼくには不思議なことが出来るのです。三歳の頃から、ある魔術師と交わりを持って来ました。魔術に長《た》けた方ですが魔法使いではありません。あなたの振る舞いからわかるように、ロザリンドを愛しているなら、お兄さまがエリエーナと結婚するときに、ロザリンドと結婚させてあげましょう。ロザリンドがどんなに辛い境遇にあるかはわかっており、不都合でなければ、明日、あなたの目の前に、ロザリンドを立たせるのは不可能ではありませんし、本物のロザリンドですから、いかなる危険も伴いません。

オーランド　真面目に言っているのですか？

ロザリンド　もちろん、我が命に懸けて、わたしは魔術師ですが、命は大事です。ですから、盛装し、ご友人たちを招待なさい。明日、結婚したいのなら、結婚させてあげます、お望みなら、ロザリンドと。

〔シルヴィウス、フィービー登場〕

おっと、ぼくに夢中な女と、その女に夢中な男が来た。

フィービー　ねえ、ずいぶん失礼じゃないあたいの手紙を誰かに見せたでしょう。

ロザリンド　ああ、見せたとも。わざと意地悪く邪険に振る舞っている。きみは誠実な羊飼いに言い寄られているんだよ。彼に目をやり、愛してやれ。きみを崇めているぞ。

フィービー　ねえ、シルヴィウス、この人に恋って何か教えてやってよ。

シルヴィウス　恋はことごとく溜息と涙で出来ている

4——ジュリアス・シーザーがカッパドキアのゼラを征服した（紀元前四七年八月）ときの勝利宣言。ことわざ的に用いられた。

5——bear a good conceit. conceit=the faculty for understanding something (OED.n.I.2.a)、「理解力」。

フィービーに恋焦がれるおいらのように。

フィービー　ギャニミードに恋焦がれるあたいのように。

オーランド　ロザリンドに恋焦がれるぼくのように。

ロザリンド　女じゃない人に恋焦がれるぼくのように。

シルヴィウス　恋はことごとく誠実と献身で出来ている
フィービーに恋焦がれるおいらのように。

フィービー　ギャニミードに恋焦がれるあたいのように。

オーランド　ロザリンドに恋焦がれるぼくのように。

ロザリンド　女じゃない人に恋焦がれるぼくのように。

シルヴィウス　恋はことごとく妄想で出来ている
ことごとく激情で、ことごとく願望で
ことごとく憧れで、義務と忠誠で
ことごとく謙虚で、ことごとく忍耐と切望で
ことごとく純潔で、ことごとく試練で、ことごとく服従で
出来ている。フィービーに恋焦がれるおいらのように。

フィービー　ギャニミードに恋焦がれるあたいのように。

オーランド　ロザリンドに恋焦がれるぼくのように。

ロザリンド　女じゃない人に恋焦がれるぼくのように。

フィービー　（ロザリンドに）なら、あんたを好きだからといって、なぜ責めるの？

シルヴィウス　（フィービーに）なら、きみを好きだからといってなぜ責める？

オーランド　なら、きみを好きだからといってなぜ責める？

ロザリンド　「きみを好きだからといってなぜ責める？」と誰に言っているんだい？

オーランド　ここにおらず、ぼくの言葉を聞いていない人に。

ロザリンド　こんなこと、もう止めようよ、アイルランドの狼《おおかみ》が月に吠えるようなものだ。（シルヴィウスに）出来れば、助けてやろう。（フィービーに）出来るものなら、好きになってやりたい――明日、みんなでここに集まろう。（フィービーに）おまえと結婚するよ、ぼくが女と結婚し、明日、結婚するならね。（オーランドに）あなたの望みを叶えてあげます、ぼくが男の望みを叶えられるなら、明日、結婚させてあげます。（シルヴィウスに）きみの望みも叶えてやる、それで満足出来るなら、明日結婚させてやるよ。（オーランドに）ロザリンドを愛しているなら、会いに来てください。（シルヴィウスに）フィービーを愛しているなら、会いに来い――ぼくは女ではない人を愛しているから、会いに来る。そういうこと、じゃ。言った通りにしてくれ。

シルヴィウス　必ず来るよ。

フィービー　あたいも。

オーランド　ぼくも。〔退場〕

第五幕第三場

〔タッチストーン、オードリー登場〕

タッチストーン　オードリー、明日は祝いの日、明日結婚するんだよ。

オードリー　凄く結婚したい。淫らな気持ちからではなく、奥

さんになりたいのよ。[7]

〔二人の小姓登場〕

追放された公爵のお小姓が二人来るわ。

小姓一　いいところでお会いしましたね。

タッチストーン　ほんと、いいところで会った。まあ、座れ、座って歌ってくれ。

小姓二　かしこまりました、真ん中にお座りを。

小姓一　前置きなしにすぐに始めましょう、咳払いしたり、唾を吐いたり、声がかすれているなんて言わずに、そんな前置きは、声が悪いのを弁解しているようなものでは？

小姓二　そう、そう、馬に二人掛けした上手な乗り手みたいに調子を合わせて歌おう。

小姓一・二（歌う）　恋する男と娘
　ヘイ、ホー、ヘイ、ノニノー
越えて行くよ、緑の麦畑
春、指輪を交わすとき[8]
小鳥は歌う、ヘイ、キンコンカン[9]
恋人たちは春が好き

ライ麦畑の真ん中に
ヘイ、ホー、ヘイ、ノニノー
寝転ぶよ、田舎の恋人たち
春、指輪を交わすとき
小鳥は歌う、ヘイ、キンコンカン
恋人たちは春が好き

恋人たちは歌う
ヘイ、ホー、ヘイ、ノニノー
花の命の短さよ
春、指輪を交わすとき

6――「狼が月に吠える」＝無駄なこと。一五九八年、アイルランドで反乱が勃発。エリザベス一世の寵臣エセックス伯爵ロバート・デヴローが派遣されるも失敗。次に派遣されたマウントジョイ男爵チャールズ・ブローントは反乱を鎮圧し、首領ティローン伯爵ヒュー・オニールを捕虜にする。月はエリザベス一世の象徴の一つで、「虹のポートレイト」（ハットフィールド・ハウス蔵）では、月形の髪飾りをつけている。「アイルランドの狼が月（女王）に吠えても無駄」はことわざ的に用いられた。

7――中世以来の女性観によると、神の恵みを一番受けるのは独身、次いで、未亡人、既婚女性。プロテスタントの傾向が強まると共に、父権が強まり、結婚が推奨され、既婚女性の地位が向上した。

8――ring-time=a time of giving or exchange rings (OED.n.).

9――ding a ding a ding. ding=representing a metallic ringing sound, such as that of a bell (OED.n.). 小鳥の声ではなく、近くの教会の鐘の音のこと？

小鳥は歌う、ヘイ、キンコンカン
恋人たちは春が好き
今を大切に
ヘイ、ホー、ヘイ、ノニノー
愛が花咲く
春、指輪を交わすとき
小鳥は歌う、ヘイ、キンコンカン
恋人たちは春が好き

タッチストーン　諸君、正直言って、歌詞には大した意味がないし、調子もかなり外れているぞ。

小姓一　そんなことありません、旦那、調子を取っていたから、外れるはずがありません。

タッチストーン　まったく、時間の無駄、こんな阿呆らしい歌を聞かされて。じゃな、神さまがきみたちの声を良くしてくださるように。おいで、オードリー。〔退場〕

第五幕第四場

〔先の公爵、アミアン、ジェイクィーズ、オーランド、オリヴァー、シーリア（エリエーナ）登場〕

公爵　オーランド、信じているのか、その若者が
約束したことをすべてやってのけると？

オーランド　半信半疑なのです、やってのけるか
やってのけられないか、不安なのです。

〔ロザリンド（ギャニミード）、シルヴィウス、フィービー登場〕

ロザリンド　盟約を復唱する間、しばらくお待ちを。
（公爵に）ロザリンドさまをお連れすれば、この場で
オーランドに娶《めあわ》せますね？

公爵　ああ、王国を幾つか持ち、娘と一緒にあたえても。

ロザリンド　（オーランドに）彼女をお連れすれば、妻にしますね？

オーランド　はい、すべての王国のあるじだとしても。

ロザリンド　（フィービーに）ぼくが望めば、結婚するね？

フィービー　うん、一時間後に死んだとしても。

ロザリンド　ぼくと結婚するのが嫌なら
誠実なこの羊飼いの妻になるね？

フィービー　そういう約束よ。

ロザリンド　（シルヴィウスに）フィービーが望めば妻にするね？

シルヴィウス　妻にしたとたん死んだとしても。

ロザリンド　この件に決まりをつけるとお約束しました。
お守りください、公爵さま、お嬢さまをあたえる約束を。
守ってくれ、オーランド、お嬢さまを妻にする約束を。
守れ、フィービー、ぼくと結婚するか
この羊飼いと結婚する約束を。
守れ、シルヴィウス、フィービーがぼくを拒んだら

フィービーと結婚する約束を。こういう不確実性に
決まりをつけるために退出します。
〔ロザリンド、シーリア退場〕
公爵　あの羊飼いの若者に
娘の面影を見るようだ。
オーランド　公爵さま、彼に初めて会ったとき
お嬢さまのご兄弟ではないかと思いました。
でも、この森の生まれで
おじから魔術の基本を
学んだそうです。
そのおじというのが偉大な魔術師で
この森のどこかでひっそりと暮らしているとか。
〔タッチストーン、オードリー登場〕
ジェイクィーズ　新たな洪水が迫っていて、番《つが》いたちが箱舟《はこぶね》でやって来る、いとも奇怪な番いのご到来、あらゆる国の言葉で阿呆と呼ばれている。
タッチストーン　みなさまに、ご挨拶を。
ジェイクィーズ　お願いします、公爵さま、歓迎してやってください。この男です、わたしが森でしばしば出くわしたのは。まだら色の服を着ていますが、頭もまだら。宮廷人だったと断言しています。
タッチストーン　お疑いの方はわたしに下剤をかけて通じをつけてくだされ。宮廷舞踊を踊ったこともある。貴婦人にお世辞を言ったこともある。味方に策を弄し、敵に柔らかな物言いをしたこともある。破産させた仕立屋は三人。喧嘩は四度、あわやの決闘は一度。
ジェイクィーズ　どう決着をつけた？
タッチストーン　顔を合わせたところ、七つ目の口実[11]がないと、決闘出来ないことがわかった。
ジェイクィーズ　七つ目の口実？――公爵さま、この道化、お気に召しましたか？
公爵　たいそう気に入った。
タッチストーン　神のお恵みを、末永く気に入られたいね。ここに割り込んで来たのは、公爵さま、ここにいる田舎の番いたちに交じって、結婚が結び、欲望が壊すままに、結婚を誓ったり、誓いを破ったりするためです。――このパッとしない娘っ子は、公爵さま、不細工ですが、おいらの女房。出来心から、公爵さま、誰も欲しがらないもんに手をつけた。身持

10――作曲はセント・ポール大聖堂のオルガン奏者トマス・モーリーとされ、*First Book of Airs* (1600) に収録されている。The Arden Skakespeare *As You Like It* (2016), pp. 77–9.
11――タッチストーンによると、決闘に至る理由は六段階あるが、どちらかが、相手を直接「嘘つき」呼ばわり（第七段階）しないかぎり、決闘に至らない。

ちの良さは、守銭奴のように、質素な家に住むもの、あなたさまの真珠が汚い貝のなかにいるように。
公爵　実に、頭の回転が速く、警句《けいく》に長けている。
タッチストーン　阿呆の矢放《やはな》ち[12]、甘美で止《や》められない。
ジェイクィーズ　例の七つ目の口実だが――七つ目の口実がないと、どうして喧嘩出来ないのだ？
タッチストーン　七回目まで嘘つき呼ばわりを控えたのです――オードリーもっとしゃきっとしてろ――こういうことです旦那さま。おれはある宮廷人の鬚の刈り方が気に入らなかった。そいつはこう言って寄こした、おれがそいつの鬚の刈り方が気に入らないと言ったのなら、自分も同じ意見である。これが「丁重な反駁《はんばく》」[13]。それに答えて、鬚の刈り方がまずいと言ってやると、自分好みに刈っているのだと言って寄こした。これが「皮肉な反駁」。それに答えて、鬚の刈り方がまずいと言ってやると、おれの眼識を貶《けな》した。これが「失敬な反駁」。それに答えて、鬚の刈り方がまずいと言ってやると、おれが真実を語っていないと言って寄こした。これが「勇敢な反駁」。それに答えて、鬚の刈り方がまずいと言ってやると、おれが嘘をついていると言って寄こした。これが「攻撃的な反駁」――「遠回しの嘘つき呼ばわり」、それから「直接的な嘘つき呼ばわり」へ進む[14]。
ジェイクィーズ　鬚の刈り方がまずいと、何度言った？
タッチストーン　敢《あ》えて「遠回しの嘘つき呼ばわり」へ行かず、やつも「直接的な嘘つき呼ばわり」をしなかった。そこで、互いの剣を調べ[15]、それから別れた。
ジェイクィーズ　七つ目まで順に言えるか？
タッチストーン　そりゃもう、決闘書通りに闘いますからね。あんたがたに作法の書があるのと同じです。順に挙げますね。第一が「丁重な反駁」。第二が「皮肉な反駁」。第三が「失敬な反駁」。第四が「勇敢な反駁」。第五が「攻撃的な反駁」。第六が「遠回しの嘘つき呼ばわり」。第七が「直接的な嘘つき呼ばわり」。嘘つき呼ばわりしないかぎり、それに、「もし」をつければ、決闘は避けられる。七人の裁判官でも決着出来なかった例を知っているが、双方が顔を合わせたときに、片方が、この「もし」を思いついた。「もし、きみがこう言ったら、おれもこう言っただろう」。そこで二人は握手し、兄弟の契りを結んだ。「もし」が唯一の仲裁人。「もし」には大いなる力がある。
ジェイクィーズ　公爵、大した男ではないですか？　何でもうまくやってのけるが、阿呆なのですよ。
公爵　阿呆を隠れ蓑《みの》にし、機知の矢を放つのだな。
〔婚姻の神ヒュメン、ロザリンド、シーリア登場。静かな音楽〕
ヒュメン　天に喜び
地のものらは
結ばれる
良き公爵よ、娘を迎えよ
ヒュメンが天国より連れ来《きた》る
いざ、連れ来る

娘の手を、この若者の手と結ぶがいい。
心はすでに結ばれている。

ロザリンド　（公爵に）この身をあなたに、実の娘ですから。
（オーランドに）この身をあなたに、妻ですから。

公爵　目にするのが現実なら、そなたはわたしの娘。

オーランド　目にするのが現実なら、きみはぼくのロザリンド。

フィービー　目にするのと見かけが真実なら
あたいの恋はお終い。

ロザリンド　あなたが父でないなら、わたしに父はいない。
あなたが夫でないなら、わたしに夫はいない。
きみが男でないなら、女とは結婚しない。

ヒュメン　シーッ、静かに。取り乱すなかれ。
世にも不思議な顚末《てんまつ》に
我、決着をつける
これなる八人、手を取り
結婚の神ヒュメンの絆で結ばれる
真実が知られ、幸せをもたらす
（シーリアとオリヴァーに）いかなる苦難も分かつまじ。
（ロザリンドとオーランドに）心と心を通わせよ。
（フィービーに）彼の愛に応えよ
さもなくば、女を夫とせよ。
（オードリーとタッチストーンに）冬と厳寒のごとく
別れ難き夫婦たれ
結婚祝歌を歌いながら
かく出逢い、かく終わりしを
互いに尋ね合い
驚きの心を静めよ
〔歌う〕婚礼は偉大なるヒュメンの栄冠
食卓と新婚の床に恵みあれ
町々に子を増やすはヒュメン
されば、婚姻は褒め称えられん。
高らかに褒め称え、知らしめよ
神ヒュメンの名を町々に

公爵　おお、我が愛する姪よ、我が娘同様
よくぞ来てくれた。

フィービー　さっきの言葉、取り消さないからね。もう

12——fool's bolt.「阿呆の警句は束の間」という言い回しがあった。
13——retort=a sharp reply (OED.n.2.a)、「反論」。
14——嘘つき呼ばわりは決闘の理由になった。
15——ハムレットがレアティーズとの決闘の前に剣を調べる（『ハムレット』第五幕第二場）ように、突きで試合を決める勝負なので、剣が長いと有利になるから、必ず調べる。

あんたはあたいのもの、真心があたいをあんたに結んだ。
〔オーランドの下の兄（ジェイクィーズ・ド・ボイス）登場〕
ジェイクィーズ・ド・ボイス　一言、二言、申し上げます。
わたしは亡きサー・ローランドの次男
この幸せな集いに知らせを持って参りました。
フレデリック公爵は、立派なご身分の方々が日々
この森に集っているのを聞き
歩兵隊を召集し
自ら指揮して、ここにおられる
兄君を捕え、成敗するおつもりでした。
この鬱蒼《うっそう》とした森の外れまで進軍したところ
老いた隠修士に会い
ちょっとした問答を交わした後、悔い改め
軍事行動もこの世も捨て
爵位を追放された兄君に返上し
兄君と共に追放された方々に、ことごとく
領地を返還なさるとのこと。命に懸けて
本当のことでございます。
公爵　よく参った。
兄弟の結婚に素晴らしい贈り物をもたらした。
兄には、差し押さえられた土地を返還し
弟には、強大な公爵領を授けよう。
まずは、この森で、ここで始まり
ここで生まれたことに決着をつける。
その後に、わたしと共に
辛い日夜を耐え忍んだ楽しい仲間たちに
返還された我が幸運を
身分に応じて分かちあたえよう。
それまでは、勝ち得たばかりの栄誉を忘れ
田舎の浮かれ騒ぎに身を委ねよう。
音楽を！　花嫁、花婿はみな
溢れる杯を手に、踊りに加わるがいい。[16]
ジェイクィーズ　公爵さま、お待ちください。
（ジェイクィーズ・ド・ボイスに）耳にしたことが確かなら
フレデリック公爵は修道の道に入られ
華やかな宮廷から身を引かれたのですね。
ジェイクィーズ・ド・ボイス　そうです。
ジェイクィーズ　わたしはあの方のもとへ。宗教の道に
入られた方からは、聞くべき、学ぶべきことが大いにある。
（公爵に）あなたをかつての栄誉に委ねます。
あなたの忍耐と高徳は栄誉を受けるに値します。
（オーランドに）きみを、その真心に相応しい恋人に。
（オリヴァーに）あなたを領地と愛と盟友に。
（シルヴィウスに）きみを、待ち焦がれた夫婦の床に。
（タッチストーンに）あんたを夫婦喧嘩に、新婚の船旅には
二週間分の食料しかないのだ。——だから、楽しめ
わたしは踊りとは無縁の人間です。
公爵　待て、ジェイクィーズ、留まるのだ。

ジェイクィーズ　馬鹿騒ぎはご免です。ご用は公爵が去られた後の洞窟でお受けします。〔退場〕

公爵　続けて、続けて！　婚礼の行事を始め真の喜びのうちに終えよう。（音楽と踊り）

〔（ロザリンドを残して）退場〕

エピローグ

ロザリンド　女役が納め口上を述べるのは当節の流行ではありませんが、でも、男役が前口上を述べるのと同じく見苦しくないはずです。[17] いい酒に蔦《つた》飾りが不要なら、[18] いい芝居に納め口上は不要。でも、いい酒にはいい蔦飾りを使い、いい芝居はいい納め口上の助けでさらに良いものとなる。では、わたしの立場はどのようなものなのでしょう、いい納め口上役でもなく、いい芝居に代わって、みなさまに取り入ることも出来ません。乞食のような身なりをしていないので、物乞いをすることも出来ません。出来ますのはみなさまに呪いをかけること、では、女性たちから始めましょう。汝らに命じる、ああ、女たちよ、男に抱く愛に懸けて、この芝居をお気に召しますように。おお、男たちよ、女に抱く愛に懸けて——にやにや笑いから察するに、女嫌いはおられないようですね——男と女、双方にこの芝居がお気に召しますように。わたしが女なら、わたし好みのお鬚の方、わたし好みのお顔の方、わたしが嫌いな息でない方に、一人残らず、接吻します。いいお鬚、いいお顔、甘い息の方はみな、この申し出に免じて、膝を折ってご挨拶しましたら、ご喝采くださいますよう。[19]

〔退場〕

15——With measure heaped in joy to th'measures fall. 最初の measure は a vessel (such as a cup) filled to overflowing (The Arden Shakespeare *As You Like It*, 2016)。二番目の measures は宮廷舞踊。fall は「加わる」(join in)。

17——女役が閉幕の辞を述べる例はジョン・リリー作の喜劇『ガラテア』（一五九二）に一例あるだけ。エピローグ役は、通常、月桂樹の冠をつけ、長い黒ガウンを着用する。

18——いい酒を置いてある店は、入り口に丸い蔦飾りを吊るした。ことわざ「いい酒に宣伝はいらぬ」（Good wine needs no advertisement）。

19——本書『夏の夜の夢』第五幕第一場注39参照。

解説　強まる言論規制のなかで

生前に出版されなかった『お気に召すまま』

『お気に召すまま』はシェイクスピア作品のなかでも、最も人気を博した作品の一つで、ロザリンドは最も愛されたヒロインの一人である。ところが、シェイクスピアの時代に、一度も出版されず、ロンドンの公衆劇場で、一度も上演されなかった可能性がある。

『お気に召すまま』が執筆されたのは、一五九八―一六〇〇年頃。エリザベス一世の治世の末期、政情不安は極まっていた。そのさなかの一六〇〇年のロンドンの出版組合の覚え書き（Register C, fly-leaf）のなかに、シェイクスピアの『お気に召すまま』を含む四作品を記したものがある。当時は、出版予定の書籍類は書籍業者組合に登録し、検閲を受け、許可を得なければならなかった。

八月四日
お気に召すまま／書籍
ヘンリー五世／書籍
十人十色／書籍
から騒ぎ／書籍／以上、申請[1]

この日付から一〇日後の一六〇〇年八月一四日に、『ヘンリー五世』とベン・ジョンソン作『十人十色』が、その九日後に、『から騒ぎ』が登録され、三作品とも、一年以内に、第一《ファースト》・四つ折り《クオート》本で出版されている。しかし、『お気に召すまま』の登録はなされず、出版もされなかった。活字になったのは、シェイクスピアの没後（一六二三、シェイクスピア全集第一《ファースト》・二つ折り《フォリオ》本。登録は一六二二）である。規制か圧力により、出版が断念されたのであろう。それには、強まる言論規制とエセックス伯爵のアイルランド遠征の失敗（一五九九―一六〇〇）、それに続く伯爵の反乱、裁判・処刑という、前代未聞の事件が関係していると思われる。

強まる言論規制

当局は言論規制を強めていた。一五九九年六月一日、カンタベリー大司教（君主に次ぐ高位）ジョン・ウィットギフトとロンドン司教リチャード・バンクロフトは政情や世相を揶揄する文書、糞尿譚などの下品な表現に神経を尖らせ、書籍組合長と幹部に対し、危険思想・風刺文書・糞尿譚といった類の文書の出版を禁止し、すでに活字になったものは焼却処分にするよう命令を発令した。検閲に当たるのは主に聖職者。指摘された箇所を削除したら、『お気に召すまま』の価値は根底からくつがえされる。作者は、検閲という暴力を振りかざす当局に対して、出版という道を敢えて取らなかったのであろう。

　道化タッチストーンとシーリアの会話から、最高権力者（政治家、聖職者）に向けられた作者のまなざしが窺《うかが》い知れる。

タッチストーン　阿呆が賢い人の阿呆ぶりを賢い言葉で喋れないなんて情けないねえ。
シーリア　確かに、その通りだわ。阿呆の僅かな知恵が沈黙させられてからは、賢い人のつまらぬ阿呆ぶりが酷く目立ってきたもの。（第一幕第二場）

公爵とジェイクィーズの会話に、次のような台詞がある。

ジェイクィーズ　……ああ、阿呆になりたい！
まだら服が欲しくてなりません。
公爵　一着、進呈しようぞ。
ジェイクィーズ　それが唯一の我が望み。
何よりも、ご見識のなかで、わたしが賢いという
お考えがはびこっているなら、その雑草を
取り除いてください。自由が欲しいのです
それでもって、風のように思うまま
好きな人に吹きつける、阿呆のように。
わたしの愚行で誰よりも傷ついた人が
誰よりも笑う。なぜ笑わねばならないのか？
それは、教会へ通じる道のように明白。
阿呆がずばり射当てた当人は

1――八月四日の記述は Samuel Schoenbaum, *William Shakespeare: Records and Images.* London: Scolar Press, 1981, pp. 212–13 に写真が掲載されている。The Arden Shakespeare *As You Like It* (2016), pp. 120–36.

まことに愚かにも、傷がひりひりしても
痛くない振りをする。そうしないと
愚行が、解剖授業でのように、暴露される
阿呆の突飛な当て擦りによってですよ。
まだら服をください。思いのまま話すのを
お許しください、そうすれば、疫病に侵された
この世という肉体を癒《いや》して見せます
世の人が、わたしの薬を根気よく飲んでくれれば
　ですが。（第二幕第七場）

言論規制が、「疫病」に譬《たと》えられている。どれほど怖れられていたか！

ジェイクィーズのモデルは？

ジェイクィーズのモデルは、機知とユーモアと皮肉で知られた宮廷人ジョン・ハリントンだと言われている。ハリントンの名付け親はエリザベス女王。女王はハリントンが成長してからも、目をかけ、自室に入るのを許し、ウイットに富むハリントンとの会話を楽しんだ。

ハリントンは発明の才もあり、女王のために発案した水洗便所について風刺文書 *A New Discourse upon a Stale Subject, called The Metamorphosis of Ajax* を出版した（一五九六）。ハリントンの便所文書は人気を博し、三版を重ねた。

ハリントンを Ajax と呼ぶ人もいた。Ajax は Jaques (jakes、ジェイクィーズ、便所という意味）との言葉遊びが流行した。カンタベリー大司教たちが目の敵にしたのが、このような当て擦りや糞尿譚である。劇作家・風刺作家ジョン・マーストンの二冊の糞尿譚は焼却処分になった。[2]

『お気に召すまま』の出版登録が断念されたおかげで、ジェイクィーズの台詞は削除されることなく、作者が意図したままの形で遺された。

エセックス伯爵の反乱と処刑

一五九六年に、エセックス伯爵ロバート・デヴローは、スペインの港カディスに集結するスペイン艦隊を粉砕して凱旋、国民的な英雄となった。ティローン伯爵ヒュー・オニールに指揮されたアイルランドの反乱軍が不穏な動きを見せると、女王はエセックス伯爵を将軍に任命した。一五九九年三月、伯爵は一万六〇〇

〇の兵を率いて反乱軍鎮圧のために遠征する。凛々《りり》しい将軍の姿を一目見ようと近郷近在から人びとが集まり、「万歳！」と熱狂的に叫びながら見送った。伯爵の勇猛な姿は英邁《えいまい》な王として名高いヘンリー五世に重ねられ、『ヘンリー五世』（初演は一五九九年春頃）のなかにとどめられている。

> たとえばいま、身分は国王ヘンリーに劣るとも
> 同様に市民に愛されているわれらが将軍が、
> 女王陛下の命令によるアイルランド征伐を終え、
> 反逆者をその剣先に串刺しにして凱旋されるならば、
> いかに多くの泰平の民が歓迎のために踊りだすこと
> でしょう。（第五幕プロローグ）――小田島雄志訳

一六〇〇年八月一四日に、『ヘンリー五世』が出版組合に正式に登録されたときには、この箇所は削除され、削除されたかたちで、同年に四つ折り本で出版されている。[3]

伯爵はいかなる功績も挙げないまま、軍をアイルランドに置き去りにし、数名の側近を連れただけで、密かにロンドンに舞い戻った。そして、弁明すべく、サリー州のノンサッチ宮殿（現存しない）に滞在する女王のもとに直行した。女王は怒り狂い、伯爵に蟄居《ちっきょ》を命じた。これを不服とし、一六〇一年二月八日、伯爵は支持者たちと共に反乱を起こした。反乱は鎮圧され、伯爵は処刑された。

シェイクスピアの最も大事なパトロン、第三代サウサンプトン伯爵ヘンリー・リーズリーはエセックス伯爵の無二の親友で、反乱の主謀者の一人となり、伯爵と共に裁判にかけられ死刑判決を受けた（エセックス伯爵の懇願により処刑を免れる）。

反乱の前日、二月七日、伯爵の友人たちの強い要請で、シェイクスピアの劇団は、リチャード二世の退位の場面を含む『リチャード二世』を上演した。

2――The Oxford Shakespeare *As You Like It*. Edited by Alan Brissenden. Oxford: Oxford University Press, 2008, p.3. The Arden Shakespeare *As You Like It*, pp.120-36.

3――The Oxford Shakespeare *As You Like It*, pp. 4-6.

女王は、エセックス伯爵の処刑後、側近に「リチャード二世はわたしなのよ」と言った。『ヘンリー五世』のなかで、エセックス伯爵を賞揚したこと、シェイクスピア劇団による『リチャード二世』の上演、サウサンプトン伯爵との関係など、さまざまな理由で、シェイクスピアの身辺にも危険が迫っていた。

二月一八日、シェイクスピアの古くからの同僚で、俳優のオーガスティン・フィリップスが召喚された。フィリップスは審問官の前で尋問された。グローブ座に恐怖が走った。しかし、フィリップスは釈放された。女王は『リチャード二世』を上演したからといって劇場にガサ入れするほど野暮ではなかったのだろう。

結婚を手にしてはしゃぐ四組のカップルを尻目に、「馬鹿騒ぎはご免です」と一人淋しく去るジェイクィーズはシェイクスピアに他ならない。このまなざしがなかったら、あの時代の緊迫感が失われていたかも知れない。

オーランドのモデルは？

森の木にロザリンドの名を刻むオーランドのモデルの一人は、スペンサーの『妖精の女王』に登場するアーサー王子の従者であろう。不慮の事件で王子と別れた従者は森のなかをさ迷い、零落し果てる。通りかかった王子が変わり果てた従者に遭遇する。

粗野な姿にどことなく
凛々《りり》しいところ感じられ
かつては騎士の道修め
身分ある身と思ったが、
抜き身振るって切れ味を
試すのを見てそう見て取った。
それはまた周りの木々に
愛する人と思われる
名が彫《ほ》り込《こ》んであることで
そのための苦悩と分かり、
ベルフィービーと名は読めた。（四・七・四五―四六）

エリザベス一世に献呈された『妖精の女王』をシェイクスピアは隅から隅まで読み、英訳聖書と共に、大いに頼りにしたに違いない。多くの主題やモチーフをこの書から得ている。

十二夜
Twelfth Night

『十二夜』

登場人物

ヴァイオラ……セバスチャンの妹、シザーリオに扮する
船長……難破船の船長
セバスチャン……ヴァイオラの双子の兄
アントーニオ……セバスチャンを助ける船長
オーシーノ……イリュリア公爵
キューリオ……オーシーノの近侍
ヴァレンタイン……オーシーノの近侍
役人……二人
オリヴィア……女伯爵
マライア……オリヴィアの侍女
サー・トービー・ベルチ……オリヴィアの親戚
サー・アンドリュー・エイギュチーク……サー・トービーの友人
マルヴォーリオ……オリヴィアの執事
フェステ……オリヴィアの道化
ファビアン……オリヴィアの家人
神父

オリヴィアの召使い
他に楽師たち、貴族たち、水夫たち、従者たち

翻訳底本は The Arden Shakespeare *Twelfth Night, or What You Will*. Edited by Keir Elam. London: Bloomsbury, 2015.

第一幕第一場

（音楽）〔イリュリア公爵オーシーノ、キューリオ、その他の貴族たち登場〕

公爵　音楽が愛の糧《かて》なら、演奏を続けて
うんざりするほど食わせてくれ、食い過ぎて[1]
食欲が衰え、なくなるように。その旋律をもう一度
消え入る華麗なカデンツ[2]のようだった。
ああ、菫《すみれ》が咲く堤にそよぐ
甘い南風[3]のように耳に響き
香りを盗み、運んで来る。もうよい、十分だ
もう心地よく感じられぬ。
おお、愛の精《せい》よ、何と辛辣で貪欲なのか[4]
海のように何もかも
飲み込むのに[5]、飲み込んだら最後
どんなに価値があり高みにあるものをも[6]、たちまち
つまらないものにしてしまう。
愛は変幻際まりなく
愛ほど気まぐれなものはない。[7]

キューリオ　狩りに出掛けられては？

公爵　何を狩る、キューリオ？

キューリオ　鹿を。

公爵　なに、その最中だ、この胸《ハート》が獲物だ。[8]
ああ、初めてオリヴィアを目にしたとき
疫病に汚染された空気を清めているかのようだった。[9]
たちまち、わたしは雄鹿に変身した[10]
欲望が、獰猛《どうもう》で残酷な猟犬のように

1——surfeiting. surfeit=to eat and to drink to excess (OED.v.1.a).

2——a dying fall. Refers to a musical cadence. The Arden Shakespeare *Twelfth Night* (2015).

3——sweet south. 香しい香を運んで来ると思われていた。

4——quick and fresh=sharp and hungry. 同じ意味の単語を二つ用いて強調する二詞一意、オーシーノの言葉の特徴。

5——ことわざ「海が満ちたりることは決してない」（The sea is never full）。

6——Of what validity and pitch soe'er. validity=high value「高い価値」、pitch=height「高み」、鷹が高く舞い上がるさまの表現。

7——『夏の夜の夢』（第五幕第一場）で、テセウスは愛について「狂人、恋人、詩人は／みな想像の産物だ」と語る。

8——鹿《ハート》（hart）と胸《ハート》（heart）との語呂合わせ。

9——疫病は空気感染すると信じられていた。疫病の流行のせいで、修道士の手紙をロミオに届けることが出来なかったことから生じる悲劇『ロミオとジュリエット』を始め、シェイクスピア劇には、疫病の語彙があちこちに見られる。

10——ギリシア神話の猟師アクタイオンは、水浴するダイアナ女神を目にしたために鹿に変えられ、自分の猟犬に八つ裂きにされる。

この身を駆り立てるのだ。
〔ヴァレンタイン登場〕　さて、あの方の返事は？
ヴァレンタイン　実は、公爵さま、お目通りが許されず
侍女を通して、お返事をいただきました。
夏が七たび過ぎるまで
お顔を大気[11]に曝さず
修道女のように、薄布《ヴェール》を顔に
一日に一度、目を痛める塩辛い涙を流しながら
お部屋を歩き回り、お清めになられるとか——これはみな
亡き兄君の愛を記憶に留め[12]
悲しい思い出のなかに、永く瑞々《みずみず》しく保つため。
公爵　ああ、何と美しい心の持ち主なのだろう
兄君にさえこれほど深い恩義を捧げるとは
どのような愛し方をなさるのだろう
キューピッドの黄金の鏃《やじり》が
あの方のなかに住むすべての愛情を抹殺し——
肝臓、脳、心臓《ハート》[13]の王座のすべてが唯一人の王[14]で占められ
清らかな完徳で満たされるとしたら！
香しい花の褥《しとね》へ先に行ってくれ。
愛の思いは緑の東屋《あずまや》でなら憩い、豊かになるだろう。〔退場〕

第一幕第二場

〔ヴァイオラ、船長、水夫たち登場〕
ヴァイオラ　何という国、ここは？
船長　イリュリアです[15]、お嬢さま。
ヴァイオラ　イリュリアで何をしたらいいの？
兄は天国《エリュシオン》におられるというのに。でも
溺れていないかも。水夫のみなさん、どう思います？
船長　お嬢さまはたまたま助かったのですよ。
ヴァイオラ　可哀そうなお兄さま！　兄もそうあって欲しい。
船長　そうですよ、お嬢さま、そう信じて元気を出して。
よろしいですか、船が木っ端微塵《みじん》になり
あなたや、一緒[16]に助かった僅かな者たちが
追い風を受けるボートにしがみついていたとき
わたしはお兄さまを目にしたのです
危険のさなか冷静に——
勇気と希望がそうするよう教えたのでしょうが——
海面に漂う[17]頑丈なマストに体を括《くく》りつけ
海豚《いるか》の背に乗るアリオン[18]のように
波頭に乗るお姿を。
ヴァイオラ　お話のお礼に、これを。
わたしが助かったのですから、希望を持っています——
今のお話で確信が持てました——
兄もきっと。この国をご存じ？
船長　はい、よく知っております。ここから三時間と
かからないところで生まれ育ちましたから。
ヴァイオラ　ここを治めているのはどなた？
船長　お家柄に劣らず

お人柄も立派な公爵です。
ヴァイオラ　お名前は？
船長　オーシーノ。
ヴァイオラ　オーシーノ。父から聞いたことがあるわ。
そのときは、独り身でいらしたけど。[19]
船長　今も、つい最近までは
わたしがここを離れたのは、一か月ほど前でしたが
そのときの噂では――ご存じのように
下々の者はお偉方の噂をするものでして――
公爵が美しいオリヴィアさまに求愛なさったとか。
ヴァイオラ　どのようなご身分の女性《かた》？
船長　徳の高い女性で
一年ほど前にお亡くなりになった伯爵のお嬢さま
ご子息、つまりお兄さまが後見人となられましたが
じきにお亡くなりになり、お兄さまへの深い愛から
男の方とお付き合いするのも、お会いするのも
慎んでおられるとか。
ヴァイオラ　ああ、その女性にお仕えして
世間に知られずに生きてゆけたら
時が熟したら――
身分を明かしますけど。
船長　それは叶いますまい。
オリヴィアさまはいかなる願いにも
公爵の願いにさえ、耳を傾けませんから。
ヴァイオラ　船長さん、公明正大な方とお見受けします。
人は汚れをしばしば美しい壁で
囲うものですけど、[20]あなたは
そのお見かけに相応しい心を

11――air. 物質界を構成する四大元素（four elements）、土、気、火、水の一つ。
12――season=to embalm (OED.v.3).
13――情熱の王座は肝臓、思考の王座は脳、感情の王座は心臓とされていた。
14――自分のこと。
15――バルカン半島にあった古代国家。しかし、彷彿とさせるのは当時のロンドン。
16――driving=moving along rapidly, esp. before the wind (OED.adj.2).
17――lived upon the sea. live=chiefly of a vessel: to remain afloat (OED.v.11.a).
18――紀元前七世紀に活躍した伝説的なギリシアの詩人で音楽家、癒しのシンボル。海賊に襲われたとき、海豚に救われたという。
19――公爵が妻帯者であれば、ヴァイオラは男装せずに仕えることが出来る。
20――「墓はその外側は美しく見えても、内側は、死人の骨や、あらゆる汚れたものがいっぱい」（『マタイによる福音書』二三・二七）。

お持ちだと信じます。
どうか——応分の礼をしますので——
女の身であるのを隠す手助けをしてください。
男に変装するのは、おそらく目的を叶えるのに
打って付けでしょう。公爵にお仕えします。
小姓としてご紹介ください。
お骨折りを無駄にしません。わたしは歌が歌え
楽器もいろいろ弾けるから
立派にご奉仕が出来ます。
後は、運命を時の采配に委ねます。
わたしの考えに黙って従ってくださいね。

船長　あなたは公爵のお小姓、わたしは黙《だんま》り役。
この舌が喋《しゃべ》ったら、目を見えなくしてください。

ヴァイオラ　ありがとう。案内してください。〔退場〕

第一幕第三場

〔サー・トービー・ベルチ、マライア登場〕

サー・トービー　姪のやつ、これほど兄の死を悼むのは疫病のせいか？[21]　心労は命に関わる。

マライア　よろしいこと、サー・トービー、夜分は、もっと早くお帰りにならないと。お帰りが遅いので、お嬢さまは酷《ひど》く腹を立てておられますよ。

サー・トービー　へっ、立たせておけ、こっちが立つ前に。[22]

マライア　ええ、でも、控え目になさらなければ。

サー・トービー　控え目に？　これ以上控えるのはご免だね。この服は、酒を飲むのに打って付け、この靴もだ。そうじゃなきゃ、てめえの靴紐《ひも》で、首括れってえんだ。[23]

マライア　深酒は体によくありませんよ。お嬢さまが、昨日そう仰せでしたし、いつかの夜、お嬢さまに求婚するとかで連れていらしたお馬鹿さんの騎士のことも。

サー・トービー　サー・アンドリュー・エイギュチークか？

マライア　ええ、その方です。

サー・トービー　イリュリア一勇ましい《トール》男[24]だぞ。

マライア　背が高《トール》いってこと？

サー・トービー　何せ、年収三〇〇〇ダカットの高額所得者だ。

マライア　でも、そんなの一年ともたないでしょう。お馬鹿さんの上に浪費家なんだから。

サー・トービー　何を言う！　あいつはビオラ・ダ・ガンバが弾け、三、四か国語を一言半句違《たが》えずに空で言う、生まれつきの才能に恵まれているんだ。

マライア　そうね、ほとんど生まれつきのお馬鹿さん、お馬鹿さんの上に、決闘マニア、喧嘩の味を和らげる臆病の才に恵まれていなければ、さっさとお墓に入る才に恵まれているって、お利口さんたちが言っているわよ。[25]

サー・トービー　この手に懸けて、あいつのことをそんな風に言うやつはならず者、中傷野郎[26]だ。どこのどいつだ？

マライア　しかも、あなたと毎晩飲んだくれているって。

サー・トービー　姪の健康のために乾杯しているんだ！　この喉

に道があり、イリュリアに酒があるかぎり、姪の健康を祝す。脳天が鞭打ち独楽《こま》[27]みてえにくるくる回るまで姪の健康を祝さないやつは臆病者、ごろつきだ。

〔サー・アンドリュー（エイギュチーク）登場〕

おっと、お女中さん、噂をすれば影、[28]ほら、サー・アンドリュー・エイギュフェイスのお成り。[29]

サー・アンドリュー　サー・トービー・ベルチ！　ご機嫌いかが、サー・トービー・ベルチ？

サー・トービー　麗《うるわ》しきサー・アンドリュー。

サー・アンドリュー　（マライアに）神の祝福を、美しいネズミちゃん。

マライア　あなたにも、旦那さま。

サー・トービー　攻めよ、[30]サー・アンドリュー、攻めよ。

サー・アンドリュー　この人は？

サー・トービー　吾輩《わがはい》の姪の侍女だ。

サー・アンドリュー　こんにちは、「攻めよ」さん、よろしく。

マライア　名はマライアです。

サー・アンドリュー　マライア「攻めよ」さん、よろしく。

サー・トービー　違うよ、騎士殿。「攻めよ」はな、面と向かい、[31]乗り込み、口説き、よろしくやるってこと。[32]

21――What a plague means my niece to take the death of her brother thus? 当時の疫病の大流行を考えると、plague を紋切り型の呪いの言葉と受け止めることは出来ない。

22――let her except, before excepted. except=to make objection; to object or take exception (OED.v.2.a)、「腹を立てる、異を唱える」。法律用語 exceptis excipiendis のもじり。

23――ことわざ「自分の靴下留めで首括る」（He may go hang himself in his own garters）のもじり。

24――tall a man. 次行で、マライアはわざと「高い」の意味で取っている。

25――サー・トービーが「生まれつきの才能」（gifts of nature）と言ったのに対して、マライアは、臆病の才（gift of a coward）、墓場に行く才（gift of a grave）と、「才」で返している。

26――substractor=detractor (OED.n.1).

27――a parish top=a whipping top. 鞭で独楽を叩きながら体を温める冬の遊び。

28――Castiliano vulgo.「カスティリオーネの酒だ」、「一城に住む人」、「噂をすれば影」などさまざまな解釈がある。

29――Sir Andrew Agueface. face は顔、ague は瘧《おこり》、エイギュチーク（Aguecheek）の cheek は頬。第五幕第一場で、サー・トービーが「細面《ほそづら》の悪党」（a thin-faced）と言っていることから、痩せているのを揶揄しているのであろう。

30――accost=to assail (OED.v.1.3).

31――front=to face to face (OED.v.3.a).

サー・アンドリュー　サー・トービーの前で、よろしくなんかやれないよ。それが「攻めよ」の意味なの？
マライア　では、これにて、お二人さん。
サー・トービー　きみ、サー・アンドリューさんよ、そんな風に別れたら、二度と腰のもんを抜けなくなるぞ。
サー・アンドリュー　お嬢さま、そんな風に別れたら、二度と腰のもんを抜けなくなります。お美しいお嬢さま、馬鹿を相手にしていると思いで？
マライア　あなたを手にしてなんかいませんわ。
サー・アンドリュー　それなら、ぼくの手をどうぞ。
マライア　（彼の手を取る）いいこと、思いは勝手ですからね。この手を配膳口の棚[33]に置き、湿らせてはいかが？
（手を自分の胸に持ってゆく）
サー・アンドリュー　どうして、可愛い人？　どういう意味？
マライア　乾いた手ね。[34]
サー・アンドリュー　うん、そうかも。それほど馬鹿じゃないから、手ぐらい乾かせるよ。[35]でも、何の冗談？
マライア　乾いたつまらない冗談よ。
サー・アンドリュー　そういうのを一杯持っているの？
マライア　ええ、いつでも使えるように手元に。（サー・アンドリューの手を放す）でも、あなたの手を放したから、ほら、もう何にもない。〔退場〕
サー・トービー　おい、騎士殿、カナリーワインを一杯ひっかけておけばよかったな。きみがこれほどやりこめられたのを見たのはいつだっけ？
サー・アンドリュー　初めてだ、と思う、カナリーワインでやられたことはあるけど。ときどき思うんだ、ぼくには人並みの知恵しかないのかなって。ぼくって牛肉が凄く好きだろう、だから、頭がやられちまったのかも。[36]
サー・トービー　そりゃそうだ。
サー・アンドリュー　そうとわかってたら、食べるの止めとくんだった。明日、田舎に帰るよ、サー・トービー。
サー・トービー　プルクワ、なぜだ、愛《いと》しの騎士よ？
サー・アンドリュー　プルクワって何？　そうしろ、そうするな？　フェンシングやダンスや熊いじめに使う時間を語学の勉強にあてればよかった。ああ、そうしていたらな。
サー・トービー　そうしていたら、素敵な髪の持ち主になっていただろうよ。
サー・アンドリュー　えっ、勉強が髪を良くしてくれるの？
サー・トービー　そうだ、巻き毛に生まれついたのであるまい。
サー・アンドリュー　でも、この髪、似合ってない？
サー・トービー　ステキー、糸巻き棒の上の亜麻糸《あまいと》みたいにぶら下がっている、どこかのおかみがきみを股ぐらに挟んで糸巻き棒でくるくる回すところを見たいものだ。
サー・アンドリュー　とにかく、明日、田舎に帰るよ、サー・トービー。あんたの姪っ子は会ってくれないし、会ってくれたところで、相手にしてくれないよ。ここの公爵が熱烈に口説いているんだよ。

サー・トービー　あいつが公爵なんか相手にするもんか。身分も財産も年齢も頭も、自分より上の男は相手にせん――そうきっぱり言うのを聞いた。だから、脈はある。

サー・アンドリュー　じゃ、もう一月《ひとつき》いようかな。ぼくは世界一の変わり者なんだ。とにかく仮面舞踏会とお祭り騒ぎを一度にやるのが大好き。

サー・トービー　騎士さんよ、そういう気晴らしが得意か？

サー・アンドリュー　ぼくより上手な人は別にして、イリュリアの誰にも負けない。その道の達人[37]には敵わないけど。

サー・トービー　ガリアルダ・ダンスじゃ、何が得意だ？

サー・アンドリュー　本当は、跳ね回《ケイパー》るのが得意なんだ。

サー・トービー　羊肉に果実の酢漬け《ケイパー》を添えてやる。[38]

サー・アンドリュー　後ろ向きのやつだって、[39]イリュリアの誰にも負けないよ。

サー・トービー　そんな得意技をなぜ隠す？　そんな才能をなぜカーテンで隠す？　メアリー嬢[40]の肖像画じゃあるまいに、埃《ほこり》がつくとでもいうのか？　教会に行くときはガリアルダ、帰りは滑るようなクーラントってなわけにはゆかないのか？

32――assail=to copulate with (OED.v.9)、「交尾する」。海戦で、敵の船に横付けし、乗り込み、攻める戦術用語を用い、比喩的に表現。「見込みがあれば見逃さず／潮時を見て帆を進め／航跡《こうせき》見せず接舷《せつげん》す」（スペンサー『妖精の女王』三・一〇・六）。

33――buttery bar=a ledge or shelf at a buttery hatch on which drinks may be rested (OED.n.). 食料品や酒器などの受け渡し口の棚。マライアはサー・アンドリューの手を自分の胸（乳・バターの貯蔵庫）に持ってゆき、湿らしたら、とからかっている。

34――情熱の欠如、性的不能を暗示。恋する人や好色な人の手は湿っていると考えられていた。『オセロー』（第三幕第四場）では、デズデモーナの不貞を疑うオセローは妻の手を取り「湿っている」と言う。『イザヤ書』（五六・三）は宦官を「枯れ木」と表現している。

35――ことわざ「馬鹿でも雨から身を守るぐらいの知恵はある」（Fools have wit enough to keep themselves out of rain）のもじり。暗に性的不能を認めている。

36――牛は図体《ずうたい》が大きく、脳が鈍い、だから、牛肉を食べると馬鹿になると信じられていた。

37――an old man. old=of long practice or experience; veteran (OED.adj.5).

38――サー・アンドリューが「跳ね回るのが得意」（I can cut a caper）と言うと、サー・トービーは caper を「果実の酢漬け」（caper）と解し、「羊肉の料理に添えてやる」（I can cut the mutton to't）と応酬する。

39――I have the back-trick. back-trick=a caper backwards in dancing (OED.n.). サー・アンドリューの性的な仄《ほの》めかしを理解している。

40――Mistress Mall. Mall はメアリーの愛称。女王の侍女メアリー・フィットンのこと？　宮廷の禁を犯して、ウィリアム・ハーバート（後のペンブルク伯爵、シェイクスピアのパトロン）と通じて妊娠、宮廷を追われた。ヴェールの陰で埃をかぶっているマリア像という説もある（ジュリエット・デュシンベリー『シェイクスピアの女性像』、森祐希子訳、紀伊國屋書店、一九九四、六九頁）。

おれは歩く代わりにジグ踊り。小便するときゃ、ファイブ・ステップ。どういうわけだ？　才能を隠すご時世かね？　きみの見事な脚線美を見て思った、ガリアルダを踊る星のもとに生まれたんだとね。

サー・アンドリュー　うん。脚は引き締まっているから、黄色いタイツが結構似合うんだ。[41] どんちゃん騒ぎ、やる？

サー・トービー　他にすることがあるか？　牡牛座《おうしざ》の生まれじゃなかったのか？

サー・アンドリュー　牡牛座？　そいつは脇腹と心臓を支配する星だね。[42]

サー・トービー　いや、脚と太腿《ふともも》だ——跳ね回って見せてくれ。（アンドリュー跳ね回る）よし、もっと高く！　はっ、はっ、凄いな！〔退場〕

第一幕第四場

〔ヴァレンタイン、シザーリオに扮したヴァイオラ登場〕

ヴァレンタイン　シザーリオ、公爵があなたをご寵愛し続けるなら、出世は間違いない。お仕えしてからたった三日なのに、もうお気に入りなんだから。

ヴァイオラ　公爵のご気性か、ぼくの怠慢により、ご寵愛を失うのではないかと心配してくださるのですね？　公爵は気持ちの変わりやすいお方ですか？

ヴァレンタイン　いや、そんなことはない。

〔公爵、キューリオ、従者たち登場〕

ヴァイオラ　ありがとうございます。公爵がお越しに。

公爵　シザーリオを見た者はおるか？

ヴァイオラ　控えております、公爵さま、ここに。

公爵　（ヴァレンタイン、キューリオ、従者たちに）
しばらく下がっておれ。（ヴァイオラに）シザーリオ
何もかも知っておるな。そなたには
心の秘密を記した書物の留め金を外して見せた。
そこで、頼みがある、あの方のところへ行ってくれ。
会うのを断られてはならぬ、門前に立ち続け
お目にかかるまで足に根が生えても
動かぬと言うのだ。

ヴァイオラ　　　ですが、公爵さま
噂されているように、悲しみに沈んでおいでなら
会ってはくださらないでしょう。

オーシーノ　手ぶらで戻って来るよりは
騒ぎ立て、礼儀作法などかなぐり捨てろ。

ヴァイオラ　お話し出来たとして、何と申せば？

オーシーノ　ああ、そのときは、この熱い思いを打ち明け
一途な思いで、力ずくで攻め落とせ。[43]
そなたは、おれの苦しみを演じるのに打って付け。
厳《いか》めしい面《つら》の使者より
若いそなたになら、耳を傾けてくれよう。

ヴァイオラ　そうは思いませんが、公爵さま。

オーシーノ　　　　いいか

そう思え、そなたを男だと言う輩《やから》は
初々しい若さを見損なっている。ダイアナ女神の唇は
それほど艶《つや》やかでも赤くもない。その細い声は
乙女の声のように高く澄んでいるし
何もかもが、女の役にぴったり。
この役を演じる
星のもとに生まれついたのだ。
（ヴァレンタイン、キューリオ、従者たちに）　四、五人、供をするがいい——
何なら、みなで行け——こちらは独りのほうが
休まる。（ヴァイオラに）役目を立派に果たせよ
そうすれば、主人《あるじ》同様の暮らしをさせ
主人の財産を我が物と呼ばせてやる。

ヴァイオラ　最善を尽くし
口説きます。（傍白）でも、辛《つら》いお役目。
誰を口説こうと
わたしがご主人の妻になりたいのだもの。〔退場〕

第一幕第五場

〔マライア、道化のフェステ登場〕

マライア　さあ、白状なさい、どこに行っていたの？　でなきゃ、口添えするために、この唇を髪の毛一本が入るほども開けないから。お嬢さまがおまえをずる休みした罰で縛り首になさるわよ。

フェステ　縛り首にするがいいさ。立派に縛り首になりゃ、この世で恐れる敵はなし。

マライア　説明なさい。

フェステ　怖いものなしってこと。

マライア　つまらない答えね。「恐れる敵はなし」がどこで生まれたか、教えてあげるわね。

フェステ　どこです、マライア先生？

マライア　戦場よ、だからそんな図々しいことが言えるのよ。

41——黄色（だいだい色）の染料の素材が安価な土だったせいか、黄色のタイツは道化の穿き物とされた。道化のまだら模様の衣装には黄色が交じっていた。後に、マルヴォーリオは黄色い靴下を履かされる。

42——太陽の軌道の黄道を中心に、南北に広がる九帯を一二等分し、それに一つずつの星座を配したものを黄道帯という。黄道一二宮には、白羊宮、金牛宮（牡牛座）、双子宮、巨蟹《きょかい》宮、獅子《しし》宮、処女宮、天秤《てんびん》宮、天蝎《てんかつ》宮（さそり座）、人馬宮、磨羯《まかつ》宮（山羊座）、宝瓶《ほうへい》宮、双魚宮があり、人体の内臓の各部分を支配していると考えられていた。金牛宮は首と喉（酒を飲むことに関係）を、白羊宮は頭を支配しているとされるが、サー・トービーは、サー・アンドリューの脚と太腿に言及して唆す。

43——Surprise her with discourse of my dear faith. surprise=to capture, seize (OED.v.2.b). 軍隊用語。

フェステ　おお、神さま、知恵者に知恵を授け、阿呆には阿呆の才を使わせてください。

マライア　でも、こんなに長くずる休みしたんだから、縛り首になるわ。でなきゃ、クビね——どっちみち同じでしょ？

フェステ　首を括られれば、酷い結婚に括られずに済む。[44] あったかい夏にクビになりたいよう。

マライア　それでは、腹を括ったのね？

フェステ　いや、首を括られて、クビになるわけには。

マライア　一方が切れたら、もう一方で吊り上げる。両方とも切れたら、ズボンがずり落ちちゃう。[45]

フェステ　上出来だ、さすが。さあ、我が道を行きな。トービーの旦那が酒を止めれば、イリュリア一の利口なおかみさんになれるけど。

マライア　お黙り、悪党、もうたくさん。お嬢さまよ。せいぜい抜け目なく言い訳なさい。（退場）

〔オリヴィア、執事マルヴォーリオ（従者たち）登場〕

フェステ　知恵の神よ、どうか、阿呆を立派にやらせてください！　知恵者と思っているやつが阿呆だってことがしばしばあるが、[46] おいらには知恵がないから、利口者で通用するかも。クイナピュルスが何と言っているか？[47] 「阿呆な利口より利口な阿呆がまし」。（オリヴィアに）神のお加護を。

オリヴィア　阿呆をあっちへ連れて行きなさい。

フェステ　おい、聞こえないのか？　お嬢さまを連れて行け。

オリヴィア　お黙り、干からびた阿呆[48]に用はありません。それに、あてにならないのだから。

フェステ　お嬢さま、その二つの欠点は酒と説教で直せますよ。干からびた阿呆にゃ、酒を飲ませろ、そうすりゃ干からびが直る。あてにならない阿呆にゃ、自分で直させろ[49]——直ればあてになる。自分で直せなきゃ、繕《つくろ》いもの屋に直して貰え。お直しは何であれ、つぎはぎだらけ。堕《お》ちた美徳は罪でつぎはぎだらけ、悔い改めた罪は美徳でつぎはぎだらけ。この簡単な三段《さんだん》論法が役に立つなら、それでよし。役に立たないなら、他に打つ手があるか？　不幸の極みは寝取られ亭主、[50] 花の盛りは短くて。だから、お嬢さまは阿呆を連れて行けと命じておられる。——もう一度言う、お嬢さまを連れて行け。

オリヴィア　まあ、あなたを連れて行けと言ったのよ。

フェステ　誤解もはなはだしい！　お嬢さま、頭巾を見て修道士と思うなかれ——おいらは頭までまだらじゃない。お嬢さま、あなたが阿呆だってことを証明させてくれ。

オリヴィア　出来るの？

フェステ　いとも鮮やかに、お嬢さま。

オリヴィア　では、証明してご覧。

フェステ　問答式で参らねば、お嬢さま。徳高い可愛い子ちゃん、答えてね。

オリヴィア　いいわ、他に気晴らしもないし、証明しなさい。

フェステ　お嬢さま、何を悲しんでおる？

オリヴィア　阿呆殿、兄の死を。

フェステ　兄の魂は地獄におるのじゃな、お嬢さま。

オリヴィア　天国におります、阿呆殿。
フェステ　何たる阿呆、天国におるのに、悲しむとは。——その方たち、この阿呆を連れて行け。
オリヴィア　マルヴォーリオ、この阿呆をどう思う？　ましになったかしら？
マルヴォーリオ　ええ、死の苦しみに喘《あえ》ぐまでますます阿呆に。惚《ぼ》ける[51]と利口者は衰弱し、阿呆は阿呆に磨きをかけます。
フェステ　あんたがどんどん惚け、阿呆ぶりに磨きがかかりますように。サー・トービーは、おいらがずる賢い狐じゃないって誓ってくれるけど、あんたが阿呆じゃないってことには二ペンスだって賭けないよね。
オリヴィア　何と言うの、マルヴォーリオ？
マルヴォーリオ　お嬢さまがこんなつまらないごろつき相手に楽しんでおられることに呆れています。先日、こいつが石ころほどの脳みそもないただの阿呆にやりこめられているのを目にしました。ご覧ください、もう手も足も出ないのです。お嬢さまが笑って差し上げ、きっかけをおあたえにならないと、口も利けないのです。この種の阿呆に大笑いする利口者は、阿呆の腰巾着に過ぎません。
オリヴィア　まあ、マルヴォーリオ、自惚《うぬぼ》れ病に罹《かか》り、食欲不振のようね。寛大で、潔白で、度量があれば、こんなことは大砲の弾《たま》に見えても、鳥打ち用の矢[52]に過ぎないと思うはず。直言御免《ちょくげんごめん》の阿呆が悪口を言っても名誉毀損《きそん》にならない。思慮深い人の咎《とが》めが悪口にならないようにね。

44——ことわざ「酷い結婚をするより首を括られたほうがまし」（Better be half hanged than ill marriage）のもじり。
45——当時のズボンは二本の筒状の穿き物から成り、紐を通して前で結んだ。
46——「愚かな者には、その愚かさにしたがって答えよ。そうすれば彼は、自分を知恵のある者と思わないだろう」（『箴言』二六・五）。
47——フェステがでっち上げた架空の哲学者。
48——dry fool. 知恵が涸れて退屈になった阿呆。
49——bid the dishonest man mend himself. mend=to reform oneself (OED.v.I.4.b). フェステは「干からびた（乾いた）阿呆」と呼ばれるが、サー・アンドリューもマライアに「乾いた手」と言われる（注34参照）。
50——there is no true cuckold but calamity. 結婚は不幸の始まり、たちまち寝取られ亭主という意味か？『ロミオとジュリエット』第三幕第三場、ローレンス神父は、ジュリエットとの結婚が不幸に終わったと嘆くロミオに「不幸と契りを結んだようだな」（thou art wedded to calamity）と言う。フェステは、オリヴィアの今の悼みは長続きしないと暗示している。
51——infirmity=physical weakness, resulting from some constitutional defect (OED.n.2.a).
52——bird-bolt=a kind of blunt-headed arrow used for shooting birds (OED.n.).

フェステ　ペテン師の神マーキュリーが、お嬢さまに嘘のつき方を教えてくれますように、阿呆の肩を持ってくださるのですから。

〔マライア登場〕

マライア　お嬢さま、門前に、若い紳士がおりまして、お話ししたいと申しております。

オリヴィア　オーシーノ公爵のお使いでしょう?

マライア　わかりません、お嬢さま。見目麗しい若者で、お供を何人か連れております。

オリヴィア　誰が応対しているの?

マライア　サー・トービー、親族の方です、お嬢さま。

オリヴィア　下がらせて、お願い、気違いじみたことしか言わないんだから。呆れた人。〔マライア退場〕マルヴォーリオ、応対してちょうだい。公爵のお使いなら、わたしが病気だとか、留守だとか、適当なことを言って追い払いなさい。〔マルヴォーリオ退場〕わかったわね。あなたのおふざけは黴《かび》が生え、嫌われているのよ。

フェステ　肩を持ってくれたから、お嬢さま、ご長男をてっきり阿呆になさるのかと。[53]

〔サー・トービー登場〕

ジュピターよ、ご長男のお頭《つむ》を脳みそで一杯にし給え。ほら、来なさった、誰よりもお頭の弱いお身内が。

オリヴィア　嫌だわ、もうほろ酔い!〔サー・トービーに〕おじさま、門のところにいるのはどんな人?

サー・トービー　紳士だ。

オリヴィア　紳士? どんな紳士?

サー・トービー　紳士だ。〔げっぷをする〕塩漬け鰊《にしん》め!〔フェステに〕よう、元気か、阿呆?

フェステ　おかげさまで、サー・トービー。

オリヴィア　まあ、おじさま、宵の口なのに、意識朦朧《もうろう》?[54]

サー・トービー　むらむら?[55]　むらむらなわけねえだろ。門に人がいる。

オリヴィア　だから、どんな人なのよ?

サー・トービー　本人がよけりゃ、悪魔にしとけ、知ったこっちゃない。こっちは悪魔じゃないからな。まあ、どっちでもいいわな。〔退場〕

オリヴィア　ねえ、阿呆、酔っぱらいは何に似ている?

フェステ　土座衛門《どざえもん》、阿呆、気違い。一杯度を越すと阿呆に、二杯で気違いに、三杯で土座衛門。

オリヴィア　検死の役人を呼んで、あの人を調べて貰いなさい、三杯目だもの——もう溺れている。介抱してあげなさい。

フェステ　まだ気違いの段階ですよ、お嬢さま、阿呆が気違いの世話ですかい。〔退場〕

〔マルヴォーリオ登場〕

マルヴォーリオ　お嬢さま、あちらで若造がお話をしたいと言い張っています。ご病気だと申しました。それは十分承知している、だから、話しに来たのだ。お休みですと申しました。それも先刻承知、だから話しに来たと。どう申せば、お嬢さま？　どう断ってもびくともしません。

オリヴィア　話は出来ないと言っておやり。

マルヴォーリオ　そう言ってやりました、すると、話をするまで、州長官邸の告知柱《こくちはしら》か[56]、長椅子の脚のように、門前に立ち続けると言うのです。

オリヴィア　いったい、どんな人なの？

マルヴォーリオ　なに、人間です。

オリヴィア　どんな？[57]

マルヴォーリオ　不作法な人間。何がなんでも話をすると。

オリヴィア　どんな風采で、幾つぐらい？

マルヴォーリオ　男にしては大人びておらず、少年にしては大人びており、熟す前のエンドウの莢《さや》、赤くなりかけの青りんご。少年から大人への潮の変わり目[58]。きりっとしていて、甲高い声で話します。乳離れしたかしないか。

オリヴィア　通しなさい。侍女を呼んでちょうだい。

マルヴォーリオ　（扉へ行く）侍女殿、お嬢さまがお呼びだ。

〔マライア登場〕

オリヴィア　薄布を。顔に掛けて。

もう一度だけオーシーノ公爵の使者に会います。

〔ヴァイオラ（シザーリオ）登場〕

ヴァイオラ　ご当家の高貴なお嬢さまは、どちらですか？

オリヴィア　わたしにお話しください。代わってお答えします。ご用件は？

ヴァイオラ　いとも光り輝き、えもいわれず、比類なきお美しさ――どうぞ、お教えください、ご当家のお嬢さまかどうか。お会いしたことがないので。台詞《せりふ》を無駄にしたくありません、見事な書きぶりである上に、諳《そら》んじるのにとても苦労しました。麗しきお嬢さま方、軽蔑しないでください[59]。繊細なので、ちょっとした非礼に傷つきます。

オリヴィア　ご出身は？

53――ことわざ「利口者の跡継ぎは阿呆」（A wise man commonly has a fool to his heir）。

54――lethargy=condition of torpor (OED.n.2)、「麻痺、昏迷」。

55――オリヴィアの lethargy を、わざと lechery「色欲」と聞き違える。

56――sheriff's post. 州長官の門前に、装飾が施された、告知用の柱が二本立っていた。

57――What manner of man? manner=species, kind, or sort. Now rare except in what manner of―? (OED.n.1.1.a). オリヴィアは来訪者が「どんな」人間かと、幾度も尋ねている。

58――in standing water between boy and man. standing=still, not ebbing or flowing (OED.adj.II.7.a).

59――let me sustain no scorn. sustain=to suffer, undergo (OED.v.II.12.a).

ヴァイオラ　諳んじた以上のことは申し上げられず、そのご質問は台本にありません。お嬢さま、あなたがご当家のお嬢さまか、お答えいただければ、台詞を続けることが出来ます。
オリヴィア　役者なの？
ヴァイオラ　いいえ、滅相もない。[60] でも——断じて、演じているわたしとは違います。ご当家のお嬢さまですか？
オリヴィア　ええ、取って代わったのでなければ。[61]
ヴァイオラ　あなたがお嬢さまなら、ご自分を間違って用いておられる、あなたのものはあたえるべきで、取っておくべきではないからです。でも、これはお役目から逸れています。あなたを賛美する台詞を、それから、お言付けの大切な部分をお伝えします。
オリヴィア　大切な部分を——賛美は結構よ。
ヴァイオラ　残念、諳んじるのに苦労したし、詩文ですよ。[62]
オリヴィア　やはり、作り事のようね、[63] 口にしないで。[64] 門前では、生意気だったそうだけど、入っていただいたのはあなたの台詞を聞くためではなく、どんな人か知りたかったからなの。正気なら、お帰りください。理性があるなら、手短に。馬鹿話をする気分ではないの。
マライア　帆を揚げますか、お小姓さん？　お帰りはこちら。
ヴァイオラ　いいえ、親切な水夫さん。もうしばらくここに停泊します——優しいお嬢さま、お守り役の巨人を宥《なだ》めてください。[65] 伝言をお聞きになりますか、わたしは使者です。
オリヴィア　序文がそんなに恐ろしいようでは、本文はさぞかし忌まわしいのでしょうね。さあ、おっしゃいな。
ヴァイオラ　お嬢さまのお耳だけに関わるものです。宣戦布告でも、貢ぎ物の要求でもありません。手にはオリーヴ。わたしの言葉は本文と同様に平和に満ちています。
オリヴィア　でも、初めは無礼だったわ。あなたはどういう人？　何がしたいの？
ヴァイオラ　無作法な態度はこちらのおもてなしから学びました。わたしがどういう人間で、何をしたいかは乙女の純潔のような秘め事。お嬢さまのお耳には神聖な講話。他の人の耳には冒瀆《ぼうとく》。
オリヴィア　（マライアと従者たちに）お下がり。その神聖な講話とやらを伺います。（マライア、従者たち退場）さあ、聖書の何章何節？[66]
ヴァイオラ　世にも麗しきお嬢さま——[67]
オリヴィア　慰めになる教えね、いろいろ問答が出来そう。[68] 出典は？
ヴァイオラ　オーシーノ公爵のお胸《むね》。
オリヴィア　あの方の胸に？　何章？
ヴァイオラ　目次では、[69] 第一章です。
オリヴィア　ああ、すでに読みましたわ、わたしの気持ちにそぐいません。[70] 他には？
ヴァイオラ　どうか、お嬢さま、お顔をお見せください。
オリヴィア　わたしの顔と交渉するよう命じられたの？　本文から外《そ》れているわ。でも、カーテンを開けてお見せします。

(薄布を上げる) どう、今は、こんな顔。よく描けていませんこと?
ヴァイオラ 素晴らしい、神さまがお造りになったままなら。
オリヴィア 生まれたままだから、[71]風雪に耐えます。
ヴァイオラ 美しさが真に溶け合っている、[72]白と赤が
自然の優れた巧みな手で着色されている。
お嬢さま、あなたほど残酷な女性はおりません。
その恵まれた美貌[73]を墓場に持って行き
写しをこの世にお残しにならないのならば。
オリヴィア まあ、それほど残酷ではありませんわ。わたしの美の目録を配[74]ります。目録に記入します、項目を一つひとつ、その効用を添えて、遺言状に付け足します、項目一、かなり赤い唇一対。項目二、灰色の目一対、瞼《まぶた》付き。項目三、首一つ、顎《あご》一つというように。わたしの品定め[75]にいらしたの?
ヴァイオラ あなたがどのような方かわかりました。

60——ヴァイオラは女なので役者になることは出来ない。
61——If I do not usurp myself. usurp=to supplant, turn out (OED.v.I.6).
62——poetical=consisting of or written in verse (OED.adj.2.b)、「詩文で書かれている」。
63——ルネサンス時代には、歴史は事実を扱うもの、詩(芝居〔詩形で書かれた〕)は作り事と見なされた。『お気に召すまま』のタッチストーンは「まことの詩は大いなる想像の産物」(第三幕第三場)と言う。
64——I pray you keep it in. keep in=to confine within, not to utter (OED.v.1).
65——中世ロマンスでは、城のお姫さまのお守り役は巨人。小柄なマライアを揶揄している。
66——what is your text? text=a short passage from Scriptures (OED.n.4.a). 説教するときに引用する聖書の箇所。
67——A comfortable doctrine. doctrine は「教え」(lesson)。ヴァイオラの呼びかけ「世にも麗しきお嬢さま」を聖書の一節と捉えて揶揄する。
68——much may be said of it. ヴァイオラは公爵の言葉を「神聖な講話」と言っている。それを茶化して、問答することが一杯あるだろうと言っている。先に、フェステが神父ぶってオリヴィアに「問答式で参らねば」と言っている箇所と連動。
69——by the method. method=the summary of a book, esp. given in a list or analytical table of contents (OED.n.II.7.c).
70——it is heresy. オリヴィアの言う「慰めになる教え」、自分が望んでいることではないという意味。
71——'Tis in grain. in grain=indelible, ineradicable (OED.n.III.10.c)、「(生まれたままなので、化粧をしていないから)消えない」。
72——'Tis beauty truly blent. blend=to mix harmoniously so that their individuality is obscured (OED.v.I.4.a).
73——graces. grace が複数になっているのは、ギリシア神話の美の三女神、アグライアー(輝く女)、エウプロシュネ(喜び)、タレイア(花の盛り)を暗示。

気位が高すぎる。悪魔だとしても、お美しい。
わたしの主人はあなたを愛しています。
ああ、あのような愛は報われるべき。たとえあなたが
美の女王だとしても。

オリヴィア　どのような愛なのです？

ヴァイオラ　おびただしい[76]崇敬の涙で
愛の呻《うめ》き声で、炎の溜息で。

オリヴィア　わたしの気持ちはご存じよ、愛せないの。
高潔で、高貴な方で
お金持ちで、潑剌とし、汚れなく、若々しく
評判が良く、物惜しみせず、学識豊かで、勇敢で
生まれながらの均整が取れたお姿
優雅な方。でも、愛せないのです。
とうに、そう申し上げました。

ヴァイオラ　わたしが同じ燃える想いであなたを愛し
あれほど苦しみ、あれほど命がけなら
拒絶されるのは理不尽で
理解出来ないでしょう。

オリヴィア　あなたなら、どうなさる？

ヴァイオラ　お屋敷の門の前に、柳の枝の小屋を建て[77]
お屋敷のなかの我が魂に呼び掛けます。
蔑《さげす》まれた愛について歌を書き
真夜中でも、声を張り上げて歌います。
丘に向かって
あなたの名前を叫び木霊《こだま》に
「オリヴィア！」と叫ばせる[78]、ああ
どこにいても[79]、あなたは安らげず
わたしを哀れむ他ありません。

オリヴィア　やりかねないわね。
お家柄は？

ヴァイオラ　今の境遇より上ですが、家柄は良いです。
紳士の生まれです。

オリヴィア　ご主人のところにお戻りなさい。
あの方を愛せません。お使いはもう寄こさないように
あの方がどう受けとめたかを知らせに
あなたが来るなら別ですけど。さようなら。
お礼に、これを、どうぞ。（お金を渡そうとする）

ヴァイオラ　小遣い稼ぎの使者ではありません。財布は
おしまいを、お嬢さま。お返しが欲しいのは主人であって
わたしではありません。愛の神があなたの愛する人の心を
石に変え、情熱が主人の恋のように蔑まれますように。
では、美しく冷酷な方。〔退場〕

オリヴィア　「お家柄は？」
「今の境遇より上ですが、家柄は良いです。
紳士の生まれです」。そうに違いないわ——
言葉、顔立ち、肢体《したい》、物腰、気概は
紳士の生まれである五つの紋章。早まってはいけない
ゆっくり、ゆっくり——あの人が公爵なら話は別だけど。

どうしよう？　恋の病って、こんなに早く感染する？
あの若者の非の打ち所の無さが
いつの間にか、わたしの目にこっそり
入り込んだのかも知れない。なるようになれだわ。
マルヴォーリオ、来て！

〔マルヴォーリオ登場〕

マルヴォーリオ　ただいま、お嬢さま。

オリヴィア　あの生意気なお使い、公爵の従者を
追い掛けてちょうだい。この指輪を無理やり
置いていったの。受け取れないと言っておやり。
それに、主人に希望を持たせたり
思い違いをさせたりしないようにとも。好きになれないの。
あの若者が、明日、こちらに来れば、その理由を
教えると伝えて。急いで、マルヴォーリオ。

マルヴォーリオ　かしこまりました。〔退場〕

オリヴィア　何がなんだかわからない。
目が心を騙《だま》して、あの人を好きにさせているのかも。
運命の女神よ、力を貸して、自分ではどうにもならない。
これが定めなら——なるがままに。〔退場〕

第二幕第一場

〔アントーニオ、セバスチャン登場〕

アントーニオ　もう行くのですか、一緒に行けませんか？

セバスチャン　すまない。ぼくの運命の星の輝きが不吉で、あなたの運命まで狂わせるかも知れない。だから、別れを乞いたい、不運を独りで背負えるように。これ以上迷惑をかければ、恩を仇《あだ》で返すことになる。

アントーニオ　どこに行くのかだけでも教えてください。

セバスチャン　実は、出来ないのだ。流離《さすら》いの旅をする。控え目の方とお見受けするから、ぼくが隠しておきたいことを無

74——utensil=a part of human frame serving to a special purpose (OED.n.3.a).

75——praise=appraise.

76——fertile=copiously produced, abundant (OED.adj.3).

77——柳は、拒まれた愛、失った愛の象徴。オセローの心を失って不安に駆られるデズデモーナは「柳」を歌う。ハムレットの愛を失ったオフィーリアは柳の小枝の冠を小川の土手の柳の枝にかけようとして川に落ち溺死する。

78——make the babbling gossip of the air/Cry out 'Olivia!' the babbling gossip of the air=echo、「木霊」。ギリシア神話の山の精エコーは美少年ナルキッソスを恋し、やつれ衰えて、ついには声だけになった。

79——Between the elements of air and earth、「どこにいても」。air は四大元素のうちの「気」、earth は「土」。注11参照。

理に聞き出そうとしないだろう、だから、自分から言うのが礼儀だ。実は、アントーニオ、ぼくの名はセバスチャン、ロデリーゴと名乗っていたけれど。父はメッサリーナのセバスチャン、父のことは聞いたことがあるだろう。父はぼくと一時間違いで生まれた妹を遺して亡くなった。妹と一緒に死にたかった。だけど、あなたがその運命を変えた。一時間ほど前に、あなたは、寄せては砕ける波[1]からぼくを救ってくれた。でも妹は溺れた。

アントーニオ　お可哀そうに！

セバスチャン　妹はぼくによく似ていると言われたけど、美人との評判だった。そういう賞讃を真に受けるのはどうかと思うけど、これだけははっきり言える。妬《ねた》み深い人でさえ、妹を美しいと呼ばざるを得なかった。妹はすでに塩辛い海で溺れた、なのに妹の思い出まで涙で溺れさせてしまいそうだ。

アントーニオ　お赦しください、気遣いが足りませんでした。

セバスチャン　ああ、アントーニオ、すまない、迷惑をかけた。

アントーニオ　お慕いしているからといって殺すつもりでなければ、ご一緒させてください。

セバスチャン　あなたがしたことをしなかったことにする、つまり、救った者を殺す、そんなことは望まないでくれ。すぐに別れよう。胸が一杯で、女々しくなりかけている、これ以上一緒にいたら、この目がぼくの気持ちを曝け出す。オーシーノ公爵の宮廷へ行くつもりだ。さようなら。〔退場〕

アントーニオ　神々のお加護がありますように。
オーシーノ公爵の宮廷にはおれの敵が大勢いる
そうでなければ、すぐにも後を追って行くのだが。
だが、来るものは来い、きみに惚れ込んでいる
だから、危険など気晴らし同然、行くぞ。〔退場〕

第二幕第二場

〔ヴァイオラ（シザーリオ）、マルヴォーリオ、別々の扉から登場〕

マルヴォーリオ　先ほど、オリヴィアさまとご一緒でしたか？

ヴァイオラ　先ほどまで。ぶらぶら歩きで[2]ここまで。

マルヴォーリオ　お嬢さまがこの指輪をお返しする。（指輪を見せる）直接、受け取っていたら、こちらの手間が省《はぶ》けたのに。こうも仰せだ、公爵と関わりたくない、それを確《しか》と伝えよと。それにもう一つ、この件で、厚かましくも再び来ないで欲しい、ご主人がこの件をどう受けとめたかを報告しに来るのなら別であるが。（指輪を差し出す）受け取り給え。

ヴァイオラ　受け取られた以上、わたしに関わりはない。[3]

マルヴォーリオ　おい、若造、ぶすっとしてこれをお嬢さまに投げつけた、だから、同じように返せと仰せだ。（指輪を投げる）拾う価値があれば、ほら、そこ、目の前に。拾わなければ、見つけた人のもの。〔退場〕

ヴァイオラ　（指輪を拾う）指輪なんか置いてこなかった。
どういうつもり？　まさか、この外見に惹かれたのでは。
わたしをじっと見ていた、見つめるあまり

口が利けなくなり
言葉はとぎれとぎれで、支離滅裂。
わたしに恋しているのだわ。募る想いのため
あの無礼な使いを寄こして、わたしに誘いをかけた。
受け取れない？　そうよ、何も贈っていないもの。
わたしがお目当てなのだ。もしそうなら、そうだけど
可哀そうに、夢に恋したほうがまし。
変装よ、おまえって悪党ね
抜け目のない悪魔がよく使う手。
美男の嘘つき男が、蠟《ろう》のように柔らかな女心に
自分の姿を刻みつけるのは、何と易しいかしら。
ああ、それは女の弱さのせい、女のせいではない
か弱く出来ているから、か弱くなる。
これって、どうなるの？　主人はお嬢さまを深く愛し
哀れな怪物のわたしは主人に夢中
それに、お嬢さまは誤解して、わたしに首ったけ。
これって、どうなるの？　わたしは男だから
主人の愛を得る見込みはない。
わたしは女だから、ああ、どうしよう
可哀そうなオリヴィアさま、いくら溜息をついても無駄？
ああ、時よ、この縺《もつ》れを解《ほど》くのはおまえ、わたしでない。
きつすぎて、わたしに解くのは無理。（退場）

第二幕第三場

〔サー・トービー、サー・アンドリュー登場〕

サー・トービー　来いよ、サー・アンドリュー。真夜中過ぎても寝床に入らざるは、これ早起きなり。「早起きは健康のもと」ってこと、知ってるよな。

サー・アンドリュー　いや、知らない。でも、夜更かしは、遅くまで起きているってことなら知っている。

サー・トービー　間違っておる。空っぽのジョッキのように気に入らない。真夜中過ぎまで起きていて寝床に入れば、もう早朝だ。だから、真夜中過ぎに寝床に入れば、早寝ってえことになる。おれたちの命は四元素[4]から成っているんだよな？

サー・アンドリュー　うん。そう言うけど、ぼくは、飲み食いから成っていると思うな。

サー・トービー　大した学者だ。それなら、飲み食いしよう。（呼ぶ）おい、マライア、ジョッキで酒だ。

1――breach=the breaking of waves on a coast or over vessel (OED.n.I.2).
2――on a moderate pace. 息せききって駆け付けたマルヴォーリオをからかっている。
3――オリヴィアの面目を潰さないように取り繕う。マルヴォーリオの「関わりたくない」に呼応して「関わり」と言っている。
4――第一幕注11参照。

〔フェステ登場〕

サー・アンドリュー　おや、阿呆のお出ましだ。

フェステ　こんちは、お仲間さん。「おれたち三阿呆」[5]の看板を見たことありませんか？

サー・トービー　よう来た、阿呆。さあ、輪唱《キャッチ》[6]でもするか。

サー・アンドリュー　まったく、この阿呆はいい声をしている。この阿呆みたいに、綺麗な脚をして、甘い声で歌えるなら、四〇シリング[7]払っても惜しくない。まったく、昨夜のおふざけは実に面白かった。ピグログロミタス座[8]や、キューバスの天空の赤道を走るヴェピアンの星の話をしたときだ。ほんと、とってもよかった、きみのいい人にと、六ペンス[9]届けたけど、受け取ったかい？

フェステ　あんたの祝儀は道化服のポケットに[10]――マルヴォーリオは出し惜しみ、お嬢さまの手は真っ白け、マーミドン亭[11]は安酒場じゃないからね。

サー・アンドリュー　うまい！　とどのつまり、最高のおふざけ。次は歌だ。

サー・トービー　（フェステに）ほら、六ペンスだ。歌だ。

サー・アンドリュー　（フェステに）ぼくも六ペンス。騎士だもん――

フェステ　恋の歌、それとも、酒は飲め飲めがいい？

サー・トービー　恋の歌、恋の歌だ。

サー・アンドリュー　うん、うん、酒は飲め飲めなんてやだ。

フェステ　（歌う）恋人よ、どこへ行く？
行かないで聞いてくれ
いろいろ歌えるぼくが行く[12]
行かないで、恋人よ
旅の終わりは愛の逢瀬《おうせ》
誰もが知る

サー・アンドリュー　うまいね、ほんと。

サー・トービー　いいぞ、いいぞ。

フェステ　（歌う）愛って何？　今だけ
今の喜び、今の笑い
先のことはわからない
待っても甲斐《かい》がない
だから、口づけを、恋人よ
若さは儚《はかな》い夢

サー・アンドリュー　甘く流れるような声だ、ほんと。

サー・トービー　感染しそうな息だ。[13]

サー・アンドリュー　とっても甘くて感染しそう、ほんと。

サー・トービー　鼻で聞いたら、甘くて感染しそう！　さて空の星を踊らせようか？[14]　梟《ふくろう》を歌で驚かし、輪唱で、歌好きの職工から三つの魂[15]の肝を抜くか？　どうだ？

サー・アンドリュー　やろう、やろうよ。輪唱は得意だよ。

フェステ　確かに、旦那、「お手」どころか、キャッチが得意な犬もいますよね。

サー・アンドリュー　そう。「黙れ、ごろつき」[16]がいい。

フェステ　「黙れ、ごろつき」ですか、騎士殿？　旦那を「ごろつき」呼ばわりすることになりますよ、騎士殿。

サー・アンドリュー　「ごろつき」と呼ばれるのは初めてじゃないよ。始めな、阿呆。「黙れ」で始まるんだ。

フェステ　黙ったら、始められないでしょ。

サー・アンドリュー　うまいね、まったく。さあ、始めよう。

〔輪唱する〕

〔マライア登場〕

マライア　何をギャーギャー騒いでいるの！　お嬢さまが執事のマルヴォーリオに命じて、あなたたちを追い出すわよ。

サー・トービー　お嬢さまは空言師《そらごとし》、おれたちゃ策士《さくし》、マルヴォーリオは虚仮《こけ》おどし。（歌いながら）「おれたちゃ陽気な三人組」。おれさまはお嬢さまの身内だろ？　血縁だろ？　くだらん、お嬢《レディ》さまだと！（歌う）「バビロンに男が住んでいた、レディ、レディ」。

フェステ　何てこった、十八番《おはこ》を取られちまった。

サー・アンドリュー　そう、この人、気乗りすればうまい、ぼく

5――二人の阿呆と観る阿呆を描いた宿屋の看板。

6――catch=round. 一人が歌うと、それを追い掛けて、次の人が歌う。

7――かなりの額。一六〇一年二月七日、グローブ座が『リチャード二世』を上演して、支払われたと同じ額。

8――サー・アンドリューの造語。

9――グローブ座など、ロンドンの公衆劇場の桟敷席の入場料は六ペンス、土間席は一ペンス。

10――ピューリタンのようなマルヴォーリオは道化に祝儀を出し惜しみし（Malvolio's nose is no whipstock）、高貴な生まれの白い手のお嬢さまは銭《ぜに》で手を汚さない（my lady has a white hand）。

11――ロンドンの歓楽街チープサイドにあった宿屋「マーメイド亭」を暗示。一六〇五年のロンドン議事堂爆破未遂事件の首謀者たち（ほとんどがシェイクスピアと同じウォリックシャー出身）が常連客で、亭主ウィリアム・ジョンソンはシェイクスピアと旧知の間柄だった。

12――第一幕第二場で、ヴァイオラは「わたしは歌が歌え／楽器もいろいろ弾けるから」公爵に仕えることが出来ると船長に言っている。Leslie Hotson, *I, William Shakespeare*. Lonon : Jonathan Cape, 1937, p. 182.

13――a contagious breath. contagious「伝染性の」。疫病は「呼吸」や「空気」で伝染すると考えられていた。フェステのように声を上げて歌うのは疫病を拡散する。劇場が感染拡散の場として、槍玉に上げられた。しかし、劇中、歌う役はフェステが担う。

14――we make the welkin dance.

15――人間には三つの魂、つまり、vital（命）、sensitive（感覚）、rational（分別）に関わる魂があると信じられていた。当時のイギリスには、宗教迫害を逃れてきたカルバン派のオランダの職工が多くおり、讃美歌を歌いながら仕事をしたという。

もだ。この人は粋《いき》に歌うけど、ぼくの粋は生まれつき。

サー・トービー （歌う）「師走の一二日に」[17]——

マライア お願い、止めて。

〔マルヴォーリオ登場〕

マルヴォーリオ みなさま、気が狂われましたか？ 夜の夜中に、鋳掛屋まがいに大声を張り上げ、知性も作法も品位もお忘れですか？ 靴直し屋どもの歌を、声を低めず間断なく、金切り声を上げ、お屋敷を居酒屋にするおつもりですか？ ここがどこかも、ご身分も、何時《タイム》かもわきまえないのですか？

サー・トービー 歌の間合《タイム》いはわきまえている。くたばれ！

マルヴォーリオ トービーさま、率直に申し上げます。お嬢さまのお言い付けです、縁者として、お屋敷にお泊めしておりますが、乱痴気騒ぎはまかりならぬ。不品行と縁を切るのなら、歓迎するが、でなければ、屋敷を出ていただきたい、喜んでお別れする。

サー・トービー （歌う）「さらば、恋人よ、行かねばならぬ」。

マライア 行かないで、サー・トービー、お願い。

フェステ （歌う）目が告げる、命の終わり。

マルヴォーリオ これがご返答ですか？

サー・トービー （歌う）死んでたまるか。

フェステ （歌う）サー・トービー、お陀仏かい。[18]

マルヴォーリオ みなさまの評判に関わりますよ。

サー・トービー （歌う）失せろと言おうか？

フェステ （歌う）言えば、どうなる？

サー・トービー （歌う）失せろと言って、一発かます？

フェステ （歌う）いや、いや、いや、いや、とても無理。

サー・トービー （フェステに）調子外れ、おい——嘘つき。（マルヴォーリオに）執事の分際で？ お堅いからといって菓子もエールもいけねえか？

フェステ そうだ、聖アンナに懸けて、生姜《しょうが》も強すぎる？[19]

サー・トービー まったくだ。（マルヴォーリオに）失せろ。パン屑《くず》で執事の鎖を磨いてろ——マライア、ジョッキで酒だ。

マルヴォーリオ マライアさん、お嬢さまのご贔屓《ひいき》を何より大切に思うなら、不作法[20]を助長する酒を出してはなりません。必ず、お嬢さまのお耳に入れますぞ。〔退場〕

マライア 耳を振りふり、出てお行き。

サー・アンドリュー 空きっ腹に一杯ひっかけるみたいに気持ちがいいだろうな、あいつを決闘場に呼び出して[21]、すっぽかして虚仮にしてやれば。

サー・トービー やれ、騎士殿。決闘状は書いてやる、口頭できみの義憤を伝えてやってもいい。

マライア お願い、サー・トービー、今夜は我慢して。お嬢さまは、今日公爵の若いお使いが来てからというもの、動揺しているの。ムッシュー・マルヴォーリオのことはわたしに任せて。あの人をかついで物笑いの種にし、みんなで楽しむことが出来ないなら、自分の寝床に真っすぐ入る知恵もないと思ってくれて結構よ。自信があるの。

サー・トービー　教えろ、教えろ。どうするつもりだ。
マライア　あのね、あの人ピューリタンみたいでしょ。
サー・アンドリュー　ああ、そうと知っていたら、犬みたいにぶん殴ってやったのに。
サー・トービー　えっ、ピューリタンだから殴るのか？　強引じゃあないかい、騎士殿？
サー・アンドリュー　強引じゃない、結構な理由があるよ。
マライア　ピューリタンどころか、日和見《ひよりみ》主義者よ。気障《きざ》なお馬鹿さん、偉そうな立ち居を空で覚え、偉そうな言葉をやたら使う。それに、自分を買いかぶり、自分に立派な素質がぎっしり詰まっていると思うあまり、自分を見たら誰もが惚れずにおれないと信じている、その弱さに付け込めば、見事に仕返しが出来る。
サー・トービー　何をするつもりだ？
マライア　あの人が通るところに、宛て先不明の恋文を落としておくの。あの人の鬚《ひげ》の色とか、脚の形とか、歩き方とか目の表情とか、額とか、顔色とかで、自分宛ての手紙に違いないと思わせる。わたしはお嬢さまとそっくりの字が書けるのよ。何の手紙かわからないときなんか、どっちが書いた手紙か見分けがつかないわ。
サー・トービー　凄い、悪ふざけの臭いがする。
サー・アンドリュー　ぼくの鼻も臭う。
サー・トービー　おまえが落とした手紙を拾ったあいつは姪の手紙だと思い、姪があいつに惚れていると信じ込む。
マライア　わたしの狙いはそういう色の馬よ。
サー・アンドリュー　きみの馬があいつを馬鹿にするんだね。
マライア　その通り。
サー・アンドリュー　うわあ、凄いことになるぞ。
マライア　いいこと、最高のお楽しみになるわよ。わたしの薬はあいつにてきめんに効くの。あなたがた二人は——阿呆を入れて三人は——あいつが手紙を見つける場所に隠れていてね。手紙の効果を観察してちょうだい。今夜は寝て、良い結

16——「黙れ、ごろつき」を輪唱すると、みなが「ごろつき」呼ばわりされることになる。
17——「師走の一〇日に」というバラッドがあった。
18——泥酔したサー・トービーが「死んでたまるか」と言って倒れると、フェステが「お陀仏か」と反応する（という演出も有）。
19——聖アンナは聖母マリアの母。イギリス国教会は聖人に祈るのを禁じた。シェイクスピアの作品では『じゃじゃ馬馴らし』（第一幕第二場）に出て来るのみ。祭りの日のエールには生姜などの薬味が入っていた。生姜は催淫効果があると信じられていた。
20——uncivil rule. rule=conduct, behavior, manner of acting (OED.n.II.10.a).
21——challenge him to the field. challenge=to summon to fight (OED.v.8.a). 決闘は決闘場（field）でする決まり。

果の夢でも見なさい。さようなら。〔退場〕

サー・トービー　おやすみ、我がアマゾンの女王よ。

サー・アンドリュー　実に、いい女だな。

サー・トービー　血統書付きのビーグル犬、おれに首ったけ。それが、どうした？

サー・アンドリュー　ぼくも首ったけになられたことあるよ。

サー・トービー　寝床へ行くとするか、騎士殿。金をもっと取り寄せろ。[22]

サー・アンドリュー　あんたの姪をものに出来なきゃ、大損して面倒なことになる。

サー・トービー　金を取り寄せろ、騎士殿。姪をものに出来なきゃ、おれを去勢馬《きょせいば》呼ばわりしろ。

サー・アンドリュー　呼ばわらなきゃ、ぼくを信用するな、どうとでもお取り遊ばせだ。

サー・トービー　さて、香料入り白ワイン[23]を温めるか。寝るには遅すぎる。さあ、騎士殿、さあ、騎士殿。〔退場〕

第二幕第四場

〔オーシーノ公爵、ヴァイオラ（シザーリオ）、キューリオ、その他登場〕

オーシーノ　何か音楽を！　おはよう、みんな。
ところで、シザーリオ、あの歌
昨夜聴いた、古風な趣《おもむき》の歌。
おかげで、恋の苦しみが和らいだ
慌ただしく、[24]めまぐるしい時代の
軽い歌曲や気取った歌詞よりずっといい。
さあ、一節歌ってくれ。

キューリオ　畏れながら、公爵、あの曲を歌う者がおりません。

オーシーノ　誰のことだ？

キューリオ　道化フェステ、オリヴィアさまのお父上が大層贔屓にしていらした阿呆です、公爵さま。お屋敷のどこかにいるはずなのですが。

オーシーノ　捜し出せ。その間、音楽を。〔音楽〕（キューリオ退場）
（ヴァイオラに）こっちへ、シザーリオ。恋をしたら
甘い切なさに浸りながら、わたしを思い出すがいい。
まことの恋をする者はみな、わたしのように
何をするにも、気まぐれで飽きっぽく[25]
愛する人の面影をひたすら追い求める。
この曲は好きか？

ヴァイオラ　愛が王座につく
この胸に強く響きます。

オーシーノ　　恋の達人のような口を利く。
きっと、若いとはいえ、その目は
愛する人の面《おも》を宿した[26]ことがあるに違いない。
そうではないか、シザーリオ？

ヴァイオラ　　多少は、おかげさまで。

オーシーノ　どんな女だ？

ヴァイオラ　公爵さまのようなお顔立ちで。[27]
オーシーノ　そなたに相応しくないな。歳は？
ヴァイオラ　公爵さまほど。
オーシーノ　歳を取り過ぎている。女は年上の夫を
持つべきだ。それでこそ、夫に馴染み
夫の心をしっかり支配出来る。[28]
シザーリオ、男はいくら威張ったところで
女より移り気で、あてにならず
女に比べ、恋焦がれては揺れ動き
じきに飽きて燃え尽きる。
ヴァイオラ　そうですね、公爵さま。
オーシーノ　それなら、歳下の女を恋人にすべきだ
さもないと、愛情は長続きしないぞ。
女は薔薇、美しい薔薇は
咲いたと思うと散る。

ヴァイオラ　そうですね。悲しいけど、そういうもの
花の盛りに、死んでしまう。
〔キューリオ、フェステ登場〕
オーシーノ　（フェステに）おお、来たか。昨夜聴いた歌だ。
よく聴け、シザーリオ、古風で素朴な歌だ。
日向《ひなた》で、糸を紡ぐ女たち、編み物をする女たち
ボビン・レースを編む気ままな乙女たちが
口ずさむ歌だ。ありふれた真実を告げる歌
汚れなき恋心と戯れる歌
古き良き日のように。
フェステ　歌いましょうか、公爵さま？
オーシーノ　歌ってくれ。
フェステ　（歌う）急ぎ来たれ、来たれ、死よ
黒い糸杉の棺《ひつぎ》に納めておくれ
出て行け、行け、息よ

22――『オセロー』では、ロダリーゴーがイヤゴーの金蔓《かねづる》。
23――I'll go burn some sack. sack はスペイン産の白ワイン。香料を入れて温めて飲むと、体が温まる。
24――brisk=quickly passing, brief (OED.adj.2.e)、「慌ただしく過ぎる」。
25――Unstaid and skittish. skittish=inconstant (OED.adj.3). unstaid も同じ意味。
26――stayed upon some favour that it loves. stay upon=rest upon (OED.v.I.ii.16.b). favour は「顔」(face)。『ロミオとジュリエット』のローレンス神父はジュリエットに一目惚れしたロミオに「若者の愛は／心ではなく目に宿るのだな」（第二幕第三場）と言う。
27――complexion=the natural colour, texture, and appearance of the skin, esp. of the face (OED.n.4.a).
28――So sways she level in her husband's heart. sway=to have a certain direction in movement (OED.v.I.4.b). level=steady (OED.adj.7.a)、「しっかりした」。形容詞はしばしば副詞として使用される。

美しくつれない乙女に殺された
櫟《いちい》[29]の小枝が撒《ま》かれた白布《はくふ》を
用意しておくれ。
これほど誠実に
運命に殉じた者はいない

花一輪、甘い花一輪
黒い棺に撒かないで
友一人、友一人
哀れな亡骸《なきがら》、骨が埋められるところで
幾千の溜息つかぬよう
横たえておくれ
愛する人が我が墓を見つけて
涙を流さないように

オーシーノ　ご苦労。〔祝儀を渡す〕
フェステ　苦労どころか。歌うのが楽しいのです、公爵さま。
オーシーノ　では、その楽しみへの礼だ。
フェステ　楽しみには、いずれ、報いが来る。
オーシーノ　下がって貰おうか。
フェステ　憂鬱の神さまが公爵を護り、仕立屋が玉虫色の絹で公爵さまの上着を作りますように。公爵のご気性はオパールのように玉虫色。そんな気性の人は海に出るがいい、なんでもかんでも、あっちでもこっちでも商売し、せっかくの航海も無駄骨。[30]さようなら。〔退場〕

オーシーノ　みな下がってくれ。〔オーシーノとヴァイオラを除いて退場〕
シザーリオ、もう一度
この上なく残酷なあの女性《ひと》のところへ行ってくれ。
わたしの愛、この世より遥かに気高く
汚れた領地など歯牙《しが》にもかけぬ愛を伝えてくれ。
伝えてくれ、運命があの人に授けた財産など
気まぐれな運命同様どうでもいいと。
わたしの魂を惹きつけるのは、自然が飾る
奇跡とも言える宝石の女王のような美しさなのだ。
ヴァイオラ　でも、公爵さまを愛せないとしたら？
オーシーノ　そんな返事は聞きたくない。
ヴァイオラ　でも、聞かなければ。
例えば、ある女性が、そういう女性がいるとして
あなたへの愛ゆえに、あなたがオリヴィアさまに抱くと同じ
苦しみを抱いている。公爵さまはその人を愛せない。
そう彼女に告げる。その人は聞き入れる他ないのでは？
オーシーノ　女の脇腹は、この胸を打つほど
激しい愛の鼓動《こどう》に
耐えられまい。女の心はこれほどの愛を
抱くには狭すぎる——抱《かか》えておく力[31]がないからだ。
悲しいかな、女の愛は食欲のようなもの
肝臓から湧く情熱ではなく、[32]味覚のようなもので
食べ過ぎると、飽きて厭《いと》うようになる。
だが、わたしの愛は海のように貪欲で

いくらでも消化出来る。比べるな
女がわたしに抱く愛と
わたしがオリヴィアに抱く愛を。

ヴァイオラ　　でも、知っております――

オーシーノ　何を知っておる？

ヴァイオラ　女が男に抱く愛がどんなものかを。
事実、女も男と同じく誠実な心を持っています。
父に娘がいまして、ある男を愛しました[33]
わたしが女でしたら、公爵さまに抱くような
愛でした。

オーシーノ　その恋物語の顚末《てんまつ》は？

ヴァイオラ　白紙[34]のまま、公爵さま。妹は恋を明かさず
蕾《つぼみ》にひそむ虫のように胸に秘め
薔薇色《ダマスク》の頰を蝕《むしば》むに任せたのです。悲しみに憔悴《しょうすい》し
血の気の失せた病的な憂いに沈み
「忍耐」の石像さながら、悲しみに
微笑《ほほえ》みかけていました。これこそ本当の愛では？
我ら男はもっと口にし、もっと誓う、でも、本当は
いつだってうわべの情熱が感情に勝り
どれほど誓っても、愛は小さいのです。

オーシーノ　妹は恋煩いで死んだのか？

ヴァイオラ　わたしが父の血を引く唯一人の娘で
唯一人の息子。まだわかりませんけど。
あの方のところに行きましょうか？

オーシーノ　　　そうだ、忘れていた。
この宝石を差し上げてくれ。我が愛は
拒絶を許さず、我慢もせぬと伝えよ。〔退場〕

第二幕第五場

〔サー・トービー、サー・アンドリュー、ファビアン登場〕

サー・トービー　一緒に来いよ、シニョール・ファビアン。

ファビアン　ええ、行きますとも。この気晴らしをほんの少し
でも見逃したら、冷たい黒胆汁で茹《ゆ》で殺してくださいよ。[35]

サー・トービー　ケチで狡猾《こうかつ》な卑劣漢[36]に赤《あか》っ恥《ぱじ》をかかせてやる、

29――糸杉も櫟も悲しみの木。
30――ことわざ「どこにでもいる人は、どこにもいない」（He that is every where is nowhere）。
31――they lack retention. retention=the action or fact of a body..... holding something (OED.n.1.c).
32――情熱や感情は肝臓に由来すると考えられていた。
33――架空の妹にこと寄せて、公爵に抱く思いを打ち明ける。
34――blank=a vacant space, place (OED.n.7).

愉快じゃないか？

ファビアン　そりゃ、愉快ですよ。何せ、熊いじめのことで告げ口されて、お嬢さまのご不興を買いましたからね。

サー・トービー　また熊を使って怒らせ、徹底的に馬鹿にしてやろうじゃないか、サー・アンドリューさんよ？

サー・アンドリュー　でなきゃ、生きている甲斐がないよ。

〔（手紙を手に）マライア登場〕

サー・トービー　来たぞ、チビの悪女《あくじょ》が。どうだ、我がインドの純金ちゃん[37]？

マライア　三人とも、柘植《つげ》の茂みに隠れてちょうだい。マルヴォーリオがこの道を下りて来るから。あいつったら、向こうの日向で、自分の影を相手に、半時《はんとき》も立ち居の稽古をしているのよ。お願い、よく観察してね。この手紙があいつを黙想にふけるまぬけにしてくれるから。お願い、隠れて！〔三人隠れる。マライア、手紙を落とす〕そこにいなさい。くすぐられると捕まる鱒《ます》[38]が来るからね。〔退場〕

〔マルヴォーリオ登場〕

マルヴォーリオ　これは運命だ、まさに運命だ。マライアがお嬢さまはおれに気があると言ったことがある、お嬢さまがそれらしきことを言うのを耳にした、惚れるなら、おれのような顔色の男がいいと。それに、使用人の誰よりも、おれを重んじてくださる。これをどう考えるべきか？

サー・トービー　自惚れやがって、悪党！

ファビアン　静かに！　自惚れが珍奇な七面鳥[39]をこさえた。ほら、羽を広げ、威張って歩いている。

サー・アンドリュー　くそっ[40]、ぶん殴ってやる。

サー・トービー　いいか、静かにしろ！

マルヴォーリオ　マルヴォーリオ伯爵になる。

サー・トービー　おお、ごろつき！

サー・アンドリュー　ピストルで撃《う》て、撃て！

サー・トービー　静かに、静かに。

マルヴォーリオ　前例がある。レィディ・ストラッチーは衣装係と結婚した[41]。

サー・アンドリュー　嫌な男、イゼベル[42]と同じ、恥知らず！

ファビアン　いいから、静かに、夢想に浸っている。妄想《もうそう》[43]で膨《ふく》れ上がっている。

マルヴォーリオ　結婚して三月《みつき》、伯爵の椅子に座り——

サー・トービー　石弓《いしゆみ》で目ん玉をぶち抜いてやる！

マルヴォーリオ　召使いどもを召集し、小枝を刺繍したビロードのガウンを羽織って、寝ているオリヴィアを残して寝椅子から起きて来る。

サー・トービー　炎と硫黄《いおう》、地獄に堕ちろ[44]！

ファビアン　静かに、お静かに！

マルヴォーリオ　そこで、権力者の威厳を持って、厳めしく眺め回して——おもむろに告げる。わたしが己の立場を心得ているように、その方たちも分をわきまえよ——我が身内のトービーを連れて参れ。

サー・トービー　足枷《あしかせ》だ！

ファビアン　静かに、静かに、お静かに！　ほら、ほら！

マルヴォーリオ　七人の召使いが畏まって、やつを捜しに行く。その間、おれは眉をひそめ、時計のネジを巻く、あるいは（執事の鎖に触る）――高価な宝石をいじくる。トービーが来て、おれに恭《うやうや》しくお辞儀をする。

サー・トービー　生かしておくものか！

ファビアン　荷車で引き裂かれても、[45]口をつぐんで！

マルヴォーリオ　やつにこう手を差し伸べ、いつもの笑顔を消し、抑制の利いた険しい目つきで――

サー・トービー　そしたら、トービーさまが、その唇に一発お見舞いせずにおくものか？

マルヴォーリオ　こう言う。「身内のトービーよ、幸運にも貴殿の姪を娶《めと》ったからには、こう申し渡す」――

サー・トービー　な、何だと？

マルヴォーリオ　「酒浸りを改めねばならぬ」。

サー・トービー　くたばれ、屑野郎！

ファビアン　いけません、我慢して、さもないと計画が台無しになる。

35――let me be boiled to death with melancholy. 憂鬱（melancholy）の元は黒胆汁にあると信じられていた。黒胆汁は冷たいので、「茹で殺す」ことは出来ない。

36――sheep biter=thievish fellow (OED.n.2.b).

37――西インド諸島は純金の産地として知られていた。

38――here comes the trout that must be caught with tickling. 鰓《えら》をくすぐったり、撫《な》でたりして鱒を捕まえる釣りがあった。tickle (ing)=applied to a method of catching a trout or other fish (OED.v.II.4.c).

39――七面鳥は自惚れ男のシンボル。ことわざ「七面鳥のように自惚れる」（Swelling like a turkey-cock）。

40――'Slight=by God's light,「神の光に懸けて」、毒づくときのアンドリューの口癖。

41――貴婦人と衣装係の結婚で最も有名なのは、ヘンリー五世の寡婦キャサリン王妃とウェールズ出身の衣装係オウエン・チューダーの例。その間に生まれたエドマンド・チューダーは王族のレィディ・マーガレット・ボウフォートと結婚し、ヘンリー・チューダーを産んだ。ヘンリー（七世）はチューダー王朝の開祖。

42――Jezebel. イスラエルの王アハブの妻。ユダヤの預言者エフーを侮辱するために、窓から身をのりだして落下し、遺体は犬の餌食となった。恥知らずな悪女の代名詞。（『列王記第二』九・三〇―三七）。サー・アンドリューはイゼベルが女であるのを知らない。

43――imagination=the operation of fanciful, erroneous or deluded thought (OED.n.4).

44――「このふたりは、硫黄の燃えている火の池に、生きたまま投げ込まれた」（『ヨハネの黙示録』一九・二〇）。

45――our silence be drawn from us with cars. cars は荷車。両手両足を荷車に括り付け、手足を引っ張り、身体を引き裂く刑罰があった。

マルヴォーリオ　「その上、馬鹿な騎士と連《つる》んで、貴重な時を無駄にしておる」――
サー・アンドリュー　ぼくのことだ、本当だよ。
マルヴォーリオ　「サー・アンドリューとかいう」。
サー・アンドリュー　ほらね、みんなぼくを馬鹿だって言う。
マルヴォーリオ　（手紙を見る）何だ、こりゃ？
ファビアン　馬鹿な山鴫《やましぎ》が罠《わな》に近付いたぞ。
サー・トービー　シーッ、静かに、気まぐれついでに、声を出して読んでくれよ。
マルヴォーリオ　（手紙を拾い上げる）何と、お嬢さまの筆跡だ。
cもuもtも、[46]まさしくお嬢さまの字、大文字のP[47]もこうお書きになる。お嬢さまの筆跡に間違いない。
サー・アンドリュー　cもuもtもお嬢さまの字。何のこと？
マルヴォーリオ　（読む）「名も知らぬ愛しい方へ、心をこめて」。まさしくお嬢さまの文章！　封蠟《ふうろう》さん、失礼しますよ。待てよ――お嬢さまの印章だ、ルクレティア[48]が刻まれている、これで蠟封なさる。お嬢さまの手紙だ。宛て先は？
（手紙を開ける）
ファビアン　これで、肝臓も何もかも、メロメロだ。
マルヴォーリオ　（読む）神のみぞ知る我が愛
その人は誰？
唇よ、漏らすなかれ
人に知られてならぬ
「人に知られてならぬ」。続きは？　調子が変わっているぞ。
「人に知られてならぬ」。おれ宛てだとしたら？
サー・トービー　くそっ、首を括れ、臭い穴熊《あなぐま》め！
マルヴォーリオ　（読む）我《われ》が慕う人に命じる
沈黙が、ルクレティアの刃《やいば》のごとく
我が胸を刺せども、血は流れぬ
M．O．A．I．が我が命を支配する
ファビアン　仰々しい謎なぞだな。
サー・トービー　どうだ、大した女じゃないか。
マルヴォーリオ　（読む）「M．O．A．I．が我が命を支配する」。
いや、えーと、えーと、えーと。
ファビアン　何と凄い毒薬を盛ったんだ！
サー・トービー　何という速さで餌食に飛びついたか[49]！
マルヴォーリオ　（読む）「我が慕う人に命じる」。そりゃ、お嬢さまは命じるお立場。こちらはお仕えする身。お嬢さまはご主人。そんなこと、並みの頭の者には明々白々。こう解釈して障りはない。だが、最後の行――文字の並びは何を意味するか？　おれと関わりがあるように読めるかも！　落ち着け――（読みながら）「M．O．A．I．」
サー・トービー　オ、エイ、それで意味を取れ！　かすかな臭いを嗅いでいる。[50]
ファビアン　その臭いにキャンキャン吠えますよ、狐の臭いでも嗅いだかのようにね。[51]
マルヴォーリオ　「M」はマルヴォーリオ。「M」――そうともおれの名前の頭文字だ！

ファビアン　嗅ぎつけると言ったでしょう?　駄犬はかすかな臭いを嗅ぐのがうまいんですよ。[52]

マルヴォーリオ　「M」。だが、その続きに論理的な整合性がない。Aが来るはず、だが、Oとなっている。

ファビアン　オー縄になって一貫の終《オー》わりになれ。

サー・トービー　そうとも、じゃなきゃ、棍棒で殴って「オーー!」と叫ばせてやる。

マルヴォーリオ　A「エー」の後にI「アイ」が。

ファビアン　アイよ、背中に目《アイ》があれば、富どころか、前途に酷い汚名が迫っているのが、わかるだろうよ。

マルヴォーリオ　（読む）「M. O. A. I.」これはさっきの謎[53]とは違う。だが、ちょっとこじつければ、おれのことになる、どの字もおれの名前にあるからな。待てよ、ここから散文だ。（読む）「これを手にしたら、よくよく考えなさい。わたしの生まれはそなたに勝る、だが、高貴な身分を畏れてはなりません。高貴な身分に生まれつく者、高貴な身分を勝ち得る者、高貴な身分に押し上げられる者もいる。運命はそなたに手を差し伸べている。全身全霊で運命を受け入れなさい、そして、なるかも知れない身分に慣れるために、卑しい殻を脱ぎ捨て、新しい衣をまといなさい。身内に敵意を抱き、召使いに不愛想に振る舞いなさい。堂々と政《まつりごと》を論じなさい。[54]気取った奇抜な身なりをしなさい。そなたを慕い、溜息をつく者がこのように助言します。忘れないで、そなたの黄色い靴下を愛《め》で、交差した靴下留めをしている[55]姿を見たいと願って

46――cut には、「割れ目」（陰部）の意味がある。

47――「大文字のP」（her great P's）の P's が piss に聞こえることから、「おしっこをする」の意味にもなる。

48――ローマ王タルクィニウスの息子に凌辱《りょうじょく》され、復讐を願って自害した貞女。

49――And with what wing the staniel checks at it! wing は「速さ」。staniel は小型の隼《はやぶさ》で、役に立たない人を侮蔑するときにも使う。check at は鷹狩りの用語で「飛びつく」。第三幕第一場にも同じ表現がある。

50――He is now at a cold scent. cold=faint, weak (OED.adj.II.12.a)、「微弱な」。

51――Sowter will cry upon't for all this, though it be as rank as a fox. sowter は馬鹿な猟犬。ことわざ「狐のように悪臭を放つ」（As rank as a fox）。

52――ことわざ「駄犬は臭跡《においあと》が消えても、別の獲物を嗅ぎつける」（The cur is excellent at faults）。

53――「我が慕う人に命じる」のこと。

54――Let thy tongue tang. tang=ring, clang (OED.v.3).

55――cross-gartered=having the garters crossed on the legs (OED.adj.). 黄色い長靴下も靴下留めを膝のところで交差するのも、一五六〇年代から一六〇〇年頃に流行した。『十二夜』が上演された頃には廃《すた》れ、老人、ピューリタン、教師、従僕、田舎の花婿などしか着用しなかった。

いる者のことを――忘れないで。さあ、望みさえすれば、なれるのです。でなければ、いつまでも執事、召使いの一人のまま、幸運の女神の指に触れる価値さえない。ご機嫌よう。そなたと立場を交換したいと願う、富に恵まれても、愛に満たされぬ者より」。

真昼の平原もこれ以上見晴らしはよくない。明白だ。お高くとまり、政の本を読み、サー・トービーを蔑み、低俗なやつらと手を切り、この手紙に書かれた通りの人間になる。妄想に駆られて、思い違いをしているわけじゃない。お嬢さまがおれに惚れているとすべき根拠があるのだ。つい最近、おれの黄色い靴下を褒めてくださった、交差した靴下留めをした脚を絶賛してくださった、そして、この手紙のなかで、おれへの愛を告白し、命令とも言える口調で、お嬢さま好みの身なりをさせようとしておられる。運命の星に感謝、幸せです。超然とし、お高くとまり、黄色い靴下を履き、すぐにも、靴下留めを交差に結びます。ジュピター神よ、運命の星よ、賛美します！　おや、追伸だ。

〔読む〕「わたしが何者か察しがつくでしょう。わたしの愛を受け入れるなら、微笑みでそれを表してください――微笑みはそなたに似合います。ですから、わたしの前では、いつも微笑んでください、愛する人よ、お願いします」。

ジュピター神よ、感謝します。微笑むぞ。お嬢さまがお望みなら、何でもやるぞ。〔退場〕

ファビアン　ペルシャの王さまから何千ダカットの年金を貰おうとも[56]、このお楽しみから身を引かないぞ。

サー・トービー　この悪ふざけの褒美に、あいつを女房にしてやるか――

サー・アンドリュー　ぼくも、してやる。

サー・トービー　持参金はいらん、もう一度、楽しめれば。

サー・アンドリュー　ぼくも、いらん。

〔マライア登場〕

ファビアン　頓馬を罠にかける詐欺師のご到来。

サー・トービー　〔マライアに〕この首に片足をいかが[57]？

サー・アンドリュー　ぼくの首では？

サー・トービー　自由を賽子《さいころ》賭博に賭け、奴隷になろうか？

サー・アンドリュー　なんだったら、ぼくでは？

サー・トービー　やつにあんな夢を吹き込み、夢が消えたとたん、気が狂っちまうぞ。

マライア　本当に、効き目があったの？

サー・トービー　産婆に命の水ブランディ[58]、ばっちりだ。

マライア　お楽しみの成果を見たければ、あいつが、今度お嬢さまの前に現れる場面を見逃さないで。黄色い靴下を履いて来るでしょうから――お嬢さまがお嫌いな色なの――それに、交差した靴下留めも――お嫌いなファッション――お嬢さまに微笑みかけるでしょうけど、今のご気分にそぐわない。憂鬱な気分に浸りきっておいでなのだもの。だから、大恥かくに決まっている。見たければついて来なさい。

サー・トービー　地獄の口までついてゆくぞ、悪魔も目を剝《む》く悪《わる》知恵《ちえ》ちゃん。

サー・アンドリュー　ぼくも。〔退場〕

第三幕第一場

〔ヴァイオラ（シザーリオ）、（小太鼓と笛を奏する）フェステ登場〕

ヴァイオラ　こんにちは、いい音色だね。太鼓で暮らしているのかい？

フェステ　いや、旦那。教会の側で暮らしています。

ヴァイオラ　神父さんなの？

フェステ　そんなんじゃ、旦那。教会の側で暮らしている、つまり、自分の家に住んでいて、その家が教会の隣りにあるってこと。

ヴァイオラ　それでは、乞食が王さまの側に住んでいれば、王さまは乞食の近くに住んでいる[1]、あるいはきみの太鼓が教会のおかげで成り立っているなら[2]、教会はきみの太鼓のおかげで成り立っていることになる。持ちつ持たれつ。

フェステ　いかにも、旦那。何たるご時世！　言葉は知恵者にかかっちゃ、子山羊《こやぎ》革の手袋同然。あっという間に裏返される。

ヴァイオラ　そう、確かに。言葉を巧みに弄《もてあそ》ぶ人は、言葉をあっという間に曖昧にしてしまう。

フェステ　だから、妹に名前なんかなければよかったんだ。

ヴァイオラ　どうして？

フェステ　だって、旦那、妹の名前も言葉、それを弄ぶと、妹をみだらな女にする。まったく、言葉は悪党だ、契約書が口約束に替わって以来[3]。

ヴァイオラ　理由は？

黄色は道化の色とされ、エリザベス一世が大嫌いな色だった。オリヴィアも黄色が大嫌い。

56——一五九九年、サー・ロバート、サー・アンソニー、サー・トーマスのシャリー家の三兄弟が女王の使節としてペルシャの宮廷に派遣され、歓待された。サー・アントニーがそのときの冒険譚を一六〇〇年六月と翌年に、冊子として刊行した。随員のウィリアム・パリーも旅行記を刊行し、ペルシャの宮廷が巷《ちまた》の話題になった。ペルシャ王は、第三幕第四場でも言及される。兄弟の親戚ジョン・シャリーは、『十二夜』が初演されたとされるロンドンのテンプル法学院で会計係をしていた。

57——勝者が敗者の首に片足を掛ける所作。「やつが首根に片足掛けた」（スペンサー『妖精の女王』六・八・一〇）。

58——『ロミオとジュリエット』の乳母も、命の水と称してしばしばブランディを飲む。

1——lies by=dwells near. The Arden Shakespeare *Twelfth Night* (2015).

2——stands by=is maintained by. The Arden Shakespeare *Twelfth Night* (2015).

3——since bonds disgraced them. ことわざ「正直者の言葉は証文に値する」（An honest man's word is as good as his bond）のもじり。

フェステ　そりゃ、旦那、言葉を使わずに説明出来ないけど、これほど信用を失ったからには、言葉で説明したくない。
ヴァイオラ　愉快な人だね、心配事なんかないんだろう。
フェステ　いや、ありますよ。[4]でも、正直言って、旦那のことでじゃない。それで、心配事がないって言うんなら、さっさと消えてくださいよ。
ヴァイオラ　きみはオリヴィアさまお抱えの阿呆だよね？
フェステ　とんでもない、旦那、オリヴィアさまは阿呆なぞ抱えておりません、結婚なさるまではね、鰯《いわし》と鰊が似ているように、亭主は阿呆にそっくり――図体がでかいだけ。おいらはお嬢さまの阿呆じゃない、言葉の遊び人だ。
ヴァイオラ　先日、きみを公爵のお屋敷で見かけたよ。
フェステ　阿呆はですね、旦那、お天道様のように地球を歩き回り、至るところを照らす。お嬢さまのところと同じく、お宅の旦那さまのところにもしげしげ出入りしなきゃ、阿呆の名が廃れる。あちらで知恵者のあんたを見かけたよ。
ヴァイオラ　こっちを突くなら、[5]相手はご免蒙《こうむ》る。さあ、駄賃だ。[6]（硬貨《コイン》をあたえる）
フェステ　ジュピター神が次に毛髪をお恵みくださるときは、あんたに鬚を授けてくださいますように。
ヴァイオラ　実を言うと、鬚[7]が欲しくてたまらないんだ。顎《あご》には生えて欲しくないけどね。お嬢さまは奥？
フェステ　こいつが対になれば、殖えるかな、旦那？
ヴァイオラ　ああ、貯めておいて投資すればね。
フェステ　フリギアのパンダラスを演じ、クレシダをトロイラスに取り持ちたいな。[8]
ヴァイオラ　わかったよ、せびり方がうまいね。（硬貨をあたえる）
フェステ　大したものをせびったわけじゃない、ただの乞食。クレシダは乞食の成れの果て。お嬢さまは奥にいるよ、旦那。あんたがいずこから来たか、家の者に取り次いでやる。何者で何の用事かは、おいらの領空[9]じゃない。領域と言いたいとこだけど、使い古されちゃったので。〔退場〕
ヴァイオラ　あの男は阿呆を演《や》るだけの頭がある。[10]
阿呆を上手に演るには機転が利かなければならない。
笑い飛ばす相手の気分や
人となりや時を観察し
野生の鷹のように、目に入る獲物にことごとく
反応しなければならない。これは知的職業
学問と同じく、技《スキル》と努力を必要とする。
あの男が慎重に表す阿呆ぶりは的を射ている
でも、賢い人が馬鹿な真似をすれば、知性が損なわれる。[11]
〔サー・トービー、サー・アンドリュー登場〕
サー・トービー　やあ、ご機嫌よう。
ヴァイオラ　ご機嫌よろしゅう。
サー・アンドリュー　デュー・ヴ・ガルデ、ムッシュー、ご機嫌よう。
ヴァイオラ　エ・ヴ・ゾーシー。ヴォトル・セルヴィトゥール、

ご機嫌よう、あなたの僕《しもべ》。

サー・アンドリュー　そうならいいけど、ぼくはあなたの僕。

サー・トービー　屋敷へ行くのかね？　姪はあなたが来るのを待っておる、姪に用があるのであろう。

ヴァイオラ　姪御さんに用があるのです、旦那さま——姪御さんは我が航海の目的地です。

サー・トービー　脚を試し、動かしてみなされ。

ヴァイオラ　脚はわたしを支えていますが、[12]「脚を試し、動かす」とはどういう意味でしょう。

サー・トービー　行ってお入りなされ、ということじゃ。

ヴァイオラ　行って、入ることに致します。

〔オリヴィア、マライア登場〕

でも、その必要はなさそう。（オリヴィアに）いと麗しきお嬢さま、天が芳香《ほうこう》を雨霰《あめあられ》と降り注ぎますように。

サー・アンドリュー　（傍白）若いのに並外れた宮廷人だ。芳香を雨霰と降り注ぐか——いいね！

ヴァイオラ　用件は口に出来ず、受容性に富み好意的な[13]お嬢さまのお耳にしか入れることが出来ません。

サー・アンドリュー　（傍白）「芳香」、「受容性に富み」、「好意的」か——三つとも覚えとこうっと。

4——祝儀を気にしている。

5——thou pass upon me. pass=to make a pass, thrust (OED.v.XII.52)、剣術用語で「突く」。直前のフェステの台詞「地球を歩き回り」は、太陽が地球を回る天動説に基づく。

6——there's expenses for thee. expense=money out of pocket (OED.n.3.c). 後に、オーシーノ公爵がフェステに金貨をあたえる場面がある。

7——オーシーノ公爵を暗示。

8——トロイ戦争にまつわる「トロイラスとクレシダ」の物語のなかで、二人の仲を取り持つのが、クレシダの叔父パンダラス。トロイラスを裏切ったクレシダはライ病（ハンセン病）を病み、物乞いに身をやつす。フリギアはトロイの属州。

9——out of my welkin. welkin は「空」の詩的表現（OED.n.3）。out of my welkin=out of my affair、「おれの知ったことではない」。

10——ことわざ「賢くなければ阿呆を上手に演じられない」（No man can play the fool so well as the wise man）。

11——taint their wit. taint=to impair (OED.v.II.7.a). 第三幕第四場でマライアは、マルヴォーリオの「知性が損なわれている」とヴァイオラに報告する。

12——My legs do better understand me, sir, than I understand what you mean. 最初の understand は「支える」(to support.OED.v.9)、二番目の understand は「理解する」。

13——pregnant and vouchsafed. pregnant=receptive, inclined (OED.adj.I.2.b). 閉じた庭での、代理の求愛者ヴァイオラ（シザーリオ）とオリヴィアは「受胎告知」を連想させる。

オリヴィア　庭の門を閉めて、わたしだけが伺います。
（サー・トービー、サー・アンドリュー、マライア退場）
お手を、どうぞ。
ヴァイオラ　畏れ多くも、お嬢さま。
オリヴィア　名前は？
ヴァイオラ　シザーリオがあなたの僕の名、麗しきお嬢さま。
オリヴィア　わたしの僕？　嫌な世の中[14]、卑屈な謙虚さ[15]が
敬意の表れと呼ばれるのですもの。
オーシーノ公爵の僕でしょう、お若い方。
ヴァイオラ　公爵はあなたの僕、公爵のものはあなたのもの。
僕の僕はあなたの僕です、お嬢さま。
オリヴィア　公爵のことは考えられないの。あの方の心も
わたしのことで一杯にならずに、白紙なら良いのに。
ヴァイオラ　お嬢さま、優しい思いを向けて
いただくために[16]、代わりに参りました。
オリヴィア　　　　　　　　失礼ですけど
お願い、あの方のことは二度と口になさらないで。
でも、別の願い事があるなら
惑星の音楽[17]よりむしろ、あなたが
お願いするの[18]を聞きたいわ。
ヴァイオラ　　　　　　　　お嬢さま——
オリヴィア　お願い、聞いてちょうだい。
先に、あなたがここで魔法をかけたあと
わたしは指輪を届けさせたわ。自分にも
召使いにも、そしてあなたにも悪いことをしました。
どうぞ、厳しく非難してください
恥ずべき手管を使って、あなたの与《あずか》り知らない
指輪を押しつけたのですから。どうお思い？
わたしの名誉を杭に縛り付け
残忍な心が考えつくかぎり、思う存分
いじめたことでしょうね？[19]　勘の良いあなたには
もうおわかりよね。薄布で胸は、心は
隠せません[20]。何かおっしゃって。
ヴァイオラ　お気の毒です。
オリヴィア　　　　　　　　恋への第一歩ね[21]。
ヴァイオラ　いいえ、一歩などでは
敵を哀れむことだって、よくあります。
オリヴィア　それなら、笑って済ませましょう。
嫌な世の中、哀れな者が見栄をはる！
餌食になるなら、狼《おおかみ》よりライオンに
斃《たお》されたほうがずっといい！〔時計が鳴る〕
時計が時間の無駄だと、わたしを叱っている。
ご心配なく、ぼっちゃま、あなたのことは諦めます。
あなたの知性と若さ[22]が収穫期を迎えたら
奥さまは美男のご主人を刈り入れるでしょうね。
お帰りはあちら、真西よ。
ヴァイオラ　　　　　　　　では、「おーい、西行きだ[23]！」
神の恵みと心の平安が訪れますように。

公爵へのお言付けは何も？

オリヴィア　待って――
わたしをどう思っているかを教えて。

ヴァイオラ　ご自分を自分でないと思っておられます。[24]

オリヴィア　そうなら、あなただって同じでしょう。

ヴァイオラ　そうです。わたしは、今のわたしではありません。

オリヴィア　こうなって欲しいと思う方なら、よろしいのに。

ヴァイオラ　そのほうがよろしい、今のわたしより？
そうならと思いますが、今はあなたの道化役です。

オリヴィア　（傍白）ああ、山のような蔑み
この人の唇からもれる軽蔑と怒りは何と美しいの。
隠したつもりの愛は、殺人よりもずっと早く
知られてしまう。愛の夜は真昼。
――シザーリオ、春の薔薇に懸けて
乙女の操、名誉、真実、何もかもに懸けて
あなたを愛しています、あなたがどんなに傲慢でも
知性や理屈でこの熱い思いを隠せません。[25]
無理に理屈を引き出さないで。

14――'Twas never merry world=things have never been the same. The Arden Shakespeare *Twelfth Night* (2015). エリザベス朝の人びとは現在を不幸、過去を幸福な時代と捉える傾向があった。

15――lowly feigning. lowly=humble in feeling or demeanour (OED.adj.1). feigning=the action of feign (OED.n.1.a)、「振りをすること」。

16――to whet your gentle thoughts. whet=to sharpen (OED.v.3).

17――music from spheres=in reference to the harmonious sound supposed to be produced by the motion of these spheres (OED.sphere.n.I.2.b)、「惑星が奏でる天空の音楽」。

18――solicit=to urge or plead (OED.v.II.9.a).

19――bait. 熊いじめ（bear baiting）のイメージ。熊いじめの遊びをしたファビアンを、マルヴォーリオはオリヴィアに注進した（第二幕第五場）。

20――a cypress. cypress は喪服用の薄布。兄の喪に服すオリヴィアは薄布をつけている。

21――ことわざ「哀れみは恋と同類」（Pity is akin to love）。

22――a proper man. 第二幕第二場で、ヴァイオラは「変装」を a proper deceiver「美男の嘘つき男」と呼んでいる。

23――グローブ座近くのテムズ川の岸で、舟がシティから西方、ウェストミンスター方面に向かうときの船頭の掛け声。実際の舞台はロンドンに想定され、オーシーノの屋敷はロンドン西部（ヴァイオラの住む地域より高級）にあることを暗示。

24――That you do think you are not what you are. 高位の身をわきまえていないとの暗示。次のオリヴィアの台詞は、ヴァイオラの生まれが良いのではと考えていることの暗示。

わたしが告白したから、あなたにその必要がないなんて
思わないで。それより、理屈を理屈で縛ってみて。
求められる愛は良い、でも求めて得る愛はもっと良い。

ヴァイオラ　汚れなき身と若さに懸けて誓います。
わたしにも、一つの心、一つの胸、一つの真実があり
いかなる女性にも差し上げるつもりはなく
わたしを除いてどなたのものにもなりません。
では、これにて、お嬢さま。
二度と、主人の涙を訴えには参りません。

オリヴィア　でも、またいらして。あの方を嫌う
わたしの心を動かすかも知れないもの。〔退場〕

第三幕第二場

サー・アンドリュー　やだ、もうこんなところにいたくない。

サー・トービー　気の早いやつだな、理由、理由を言え。

ファビアン　理由を言わなきゃ、サー・アンドリュー。

サー・アンドリュー　あのね、ぼく見ちゃった、あんたの姪がぼくより公爵のお小姓にずっと優しいところ。見ちゃった、果樹園で。

サー・トービー　そんとき、姪はきみを見たろ？　どうだ？

サー・アンドリュー　ぼくが今あんたを見ているみたいにね。

ファビアン　それこそあなたへの大いなる愛の証《あかし》ですよ。

サー・アンドリュー　くそっ！　馬鹿にする気か？

ファビアン　分別と理性に誓って、法に適っている[26]と証明して進ぜよう。

サー・トービー　分別と理性は、ノアが箱舟に乗る前から立派な法廷証人だ。

ファビアン　お嬢さまがあなたの目の前であの若者に優しくしたのは、ただあなたをじらし、だらけた勇気を冷まし、心に火を灯《とも》し、肝臓の情熱を掻《か》き立てるため。そのとき、お嬢さまを攻撃し、何か気の利いた、出来たてほやほやの金貨のような洒落《しゃれ》で、若造に一発かまして黙らせればよかった。そう期待されていたのに、機会を逃した。[27]絶好の機会を逃したばかりに、今や、あなたはお嬢さまのお気持ちの北に流され、そのうち、オランダ人の鬚に氷柱《つらら》のようにぶら下がるでしょう[28]、勇気か世故《せこ》の才か、賞讃に値する手段で、挽回《ばんかい》する他ありません。

サー・アンドリュー　それなら、勇気を奮うしかない、世故は嫌いだ。政治家になるくらいなら、ピューリタン[29]になるほうがましだもん。

サー・トービー　それなら、武勇を武器に、運命を切り拓《ひら》いて見せろ。公爵の若造と決闘して見せろ。やつの体を一一か所傷つけて見せろ——姪の注目を引け。いいか、世の中にはな、武勇伝ほど、女を取り持つのに功を奏するものはないのだぞ。

ファビアン　これしか手はない、サー・アンドリュー。

サー・アンドリュー　どっちか[30]が決闘状を届けてくれる？

サー・トービー　兵《つわもの》らしい字で書け、居丈高で素っ気なく。味が

あるかどうかはどうでもいい、説得力があり、内容があれば。[31] インクの力を借りて思いっきり嘲笑《あざわら》ってやれ。[32] 三度ほど「貴さま」呼ばわりすれば、やり損なうことはない。便箋に「嘘つき」と書けるだけ書け、紙面が、かの有名なウェア市のベッド[33]ほどでかくても。書け。さあ、始めろ。インクにたっぷり毒を入れとけ。[34]——頓馬が鵞鳥《がちょう》の羽根ペンで書くとしてもだ。始めろ。

サー・アンドリュー　どこで落ち合う？

サー・トービー　きみの寝室を訪ねるよ。行け。〔サー・アンドリュー退場〕

ファビアン　大事なお人形ですな、サー・トービー。

サー・トービー　大事な金蔓、二〇〇〇ダカットほど搾り取った。

ファビアン　珍奇な決闘状になりますよ。届けませんよね？

サー・トービー　届けるさ。何としてでも、あの若造を煽《あお》り、対決させてやる。首に縄かけ、牛車で引っ張っても、対決は無理かもな。アンドリュー、あいつを解剖してみろ、肝臓に、蚤の足の血を詰まらせるほどの血もない、あれば、残骸を丸

25——Nor wit nor reason can hide my passion. reason「理性、理屈」。オリヴィアの四行の台詞のなかで、四度使われている。次の場面でも、五度使われている。

26——legitimate=authorized by law (OED.adj.1.a)、「法的に正当と認める」。

27——and this was balked. balk=fail to size (OED.v.2.e).

28——一五九六—七年、オランダ人の船乗りウィレム・バレンツが北極探検に挑戦し、航海の途中、氷に閉じ込められ落命した。乗組員の難儀を記した文書が英訳されて、一五九八年六月にロンドンの書籍組合に登録された。「オランダ人の鬚」のくだりは、この探検を想起させる。

29——Brownist. Robert Browne（一五五〇年代—一六三三）は過激なピューリタンとして知られていた。サー・アンドリューはピューリタン嫌い。

30——in a martial hand. martial=typical of or suitable for a warrior or soldier (OED.adj.1.3).

31——so it be eloquent and full of invention. so=if. eloquent (style) と invention (subject matter) は修辞学（作文術）の五技法のうちの二つ。

32——Taunt him with the licence of ink. licence=excessive liberty, abuse of freedom (OED.n.3.b). 面と向かって罵るより激しく、という意味。

33——ハートフォード州のウェア市の宿屋にあった天蓋付きのオーク材の大ベッド（四人が横たわれる）で、一五九〇年頃に作られた。現在は、ロンドンのヴィクトリア・アルバート美術館に所蔵されている。

34——Let there be gall enough in thy ink. gall=oak-gall はオークの葉に、アブラムシの寄生で出来る虫こぶ。タンニンが多く苦い。染色に使う。ここでは「苦み」、「毒」という意味。鵞鳥には「阿呆、頓馬」の意味がある。

ごと食ってやらあ。[35]
ファビアン　相手の若造、獰猛な面構えとはとても言えんな。
〔マライア登場〕
サー・トービー　見ろ、ちっこい鷦鷯《みそさざい》のお出ましだ。
マライア　笑いころげて、お腹が痛くなりたければ、ついていらっしゃい。あの頓馬のマルヴォーリオが異教徒になっちゃった、キリスト教を捨てたのよ。信じれば救われると思うキリスト教徒なら、あんな途方もなく低俗な文句は信じないから。黄色い靴下を履いているのよ。
サー・トービー　交差した靴下留めをしてか？
マライア　嫌らしいったらありゃしない。教会を教室にする流行遅れの学校の先生みたい。殺し屋みたいに後をつけたの。あの人ったら、囮《おとり》にするため落としておいた手紙通りにしている。インド諸島が詳しく記された最新の地図[36]よりもっと顔を皺《しわ》くちゃにしてにやにや笑っている。あんなおかしなもの見たことないわ。何か投げつけてやりたい気持ちをこらえたのよ。きっと、お嬢さまがぶつわ。そうしたら、ますますにやにや笑って、ご寵愛のしるしと思うわ。
サー・トービー　さあ、連れて行け、やつのところへ。〔退場〕

第三幕第三場

〔セバスチャン、アントーニオ登場〕
セバスチャン　あなたに迷惑をかけたくない
でも、苦労を喜びに変えると言うのだから
もう、あれこれ言えないね。
アントーニオ　後に残れなかった。
鋭利な鋼《はがね》よりも鋭い、逸《はや》る心が拍車をかけ
それに、会いたいだけでなく——
もっと長く旅を一緒したくもあり——何より
あなたの身に何が起こるかと心配でした。
このあたりのことをご存じないし
案内人も仲間もいない。よそ者には乱暴で
冷たい土地柄ですから。こみ上げてくる愛が
不安に駆られて、いつの間にか
あなたの後を追っていました。
セバスチャン　　　　優しいアントーニオ
礼を言う他、何も出来ないが
ありがとう、本当にありがとう。親切に対し
つまらないお返しでごまかすこと[37]はよくある。
でも、感じている恩義ほどに、ぼくが金持ちなら
ちゃんとお礼が出来るのに。これからどうする？
この町の遺跡でも見物しようか？
アントーニオ　明日にしましょう。まず、宿探しを。
セバスチャン　ぼくは疲れていない、それに夜まで
時間がたっぷりある。この町の有名な
記念碑や名所を訪ねて
目の保養をしたい。
アントーニオ　　　　わたしはご勘弁願います。

危険を伴わずに、この町を歩けないのです。
海戦で、公爵のガレー船に
多少、いや、かなりの打撃をあたえたことがあり
捕まれば、報復されずに済みますまい。

セバスチャン　公爵の部下をかなり殺したのかい？

アントーニオ　それほど血生臭くなかったのですが
あのときの状況と戦闘からすれば
流血の惨事になりかねませんでした。
簒奪品を返還して収めることが出来たかも知れません
貿易のために、我が町のほとんどの人が
そうしました。わたしはそうしなかった。
そのために、ここで捕まれば、高い代償を
払うことになります。

セバスチャン　それじゃ、出歩かないことだ。

アントーニオ　出歩けません。お待ちを、この財布を。
町の南のはずれに、エレファント亭[38]という宿屋があり
宿泊するのに最適です。食事を注文しておきます。
その間、時間つぶしがてら、この町について見聞を
広めてください。宿屋でお会いしましょう。

セバスチャン　どうして財布を？

アントーニオ　土産物《みやげもの》などに目が留まり
買いたくなるかも知れませんよ。あなたの蓄えは
つまらぬものに使ってはいけません。

セバスチャン　財布を預かり、一時間ほど失礼するよ。

アントーニオ　エレファント亭で。

セバスチャン　忘れないよ。〔退場〕

第三幕第四場

〔オリヴィア、マライア登場〕

オリヴィア　（傍白）後を追わせた。来ると言ったわ。
どうもてなそう？　何をあげよう？
若い人には愛を懇願したり、誓ったりするより[39]

35——「解剖して」（if he were opened）、「残骸」（the rest of th'anatomy）は解剖用語。勇気や情熱は肝臓にあり、臆病者の肝臓は青白いと信じられていた。
36——一六〇〇年に、フランドルの地理学者ゲラルドゥス・メルカトルの図法による新しい地図がエドワード・ライトによって印刷された。東インド諸島が詳しく載っており、航程線がぎっしり書き込まれていた。The Arden Shakespeare *Twelfth Night* (2015), Fig.18.
37——good turns/Are shuffled off with such uncurrent pay. good turns,「親切、好意」。shuffle=to get rid of in a perfunctory manner (OED.v.5.d)、「言い紛らわす」。
38——シェイクスピアが活躍したグローブ座の近くに、エレファント亭という宿屋があった。

贈り物をするのが一番。つい声が大きくなる。
（マライアに）マルヴォーリオはどこ？　真面目でわきまえているから、召使いとして今のわたしの気持ちにぴったり。マルヴォーリオは？

マライア　すぐに、お嬢さま、でも、様子が変なのです。悪魔に取り憑《つ》かれたのに違いありません。

オリヴィア　まあ、どうしたの？　喚《わめ》いてでもいるの？

マライア　いいえ、お嬢さま、にやにやしているだけです。あの人が来たら、お気をつけください、知性が損なわれていますから。[40]

オリヴィア　ここに呼んで。（マライア退場）
こっちもおかしくなっている
悲しくても楽しくても、狂っていることでは同じ。[41]

（マライアと共に、黄色い靴下に交差した靴下留めの）マルヴォーリオ登場）

どう、マルヴォーリオ？

マルヴォーリオ　お優しいお嬢さま、ほっ、ほっ！

オリヴィア　笑ってるの？　真面目な[42]話で呼んだのよ。

マルヴォーリオ　真面目、お嬢さま？　真面目になれますけど。これは血のめぐりを悪くしますな、この交差した靴下留めは、でも、それが何です？　お一方《ひとかた》の目を楽しませることが出来るなら、あの素敵なソネットと同じ気持ち。「一人を喜ばすは、万人を喜ばすなり」。

オリヴィア　まあ、どうしたの？　どこか悪いの？

マルヴォーリオ　脚は黄色なれど、心は黒からず。[43]例のものは当人の手に渡りました。お指図は実行されましょう。あの美しいローマン字体はよく存じ上げております。

オリヴィア　寝室へ行ったら、マルヴォーリオ？

マルヴォーリオ　寝室へ？　はい、愛しい方、参りますとも。

オリヴィア　神よ、お助けを。どうしてそう、にやにやし、自分の手に幾度も接吻するの？[44]

マライア　どうしたの、マルヴォーリオ？

マルヴォーリオ　そちのごとき者に？　よいわ、鶯《うぐいす》がアホな鴉《からす》に応えて鳴くこともある。

マライア　なぜ、そんな恰好でお嬢さまの前に出て来るの？

マルヴォーリオ　「高貴な身分を畏れてはなりません」——けだし、至言ですな。

オリヴィア　マルヴォーリオ、何のこと？

マルヴォーリオ　「高貴な身分に生まれつく者」——

オリヴィア　はあっ？

マルヴォーリオ　「高貴な身分を勝ち得る者」——

オリヴィア　何を言っているの？

マルヴォーリオ　「高貴な身分に押し上げられる者」。

オリヴィア　どうか、まともになって！

マルヴォーリオ　「忘れないで、そなたの黄色い靴下を愛で」——

オリヴィア　黄色い靴下？

マルヴォーリオ　「交差した靴下留めをしている姿を見たいと願っている」。

オリヴィア　交差した靴下留め？
マルヴォーリオ　「さあ、望みさえすれば、なれるのです」。
オリヴィア　なれる？
マルヴォーリオ　「でなければ、いつまでも召使い」。
オリヴィア　ああ、狂っているわ。[45]
〔召使い登場〕
召使い　お嬢さま、オーシーノ公爵の若い使者がお戻りに。お戻りいただくのに苦労しました。お嬢さまをお待ちです。
オリヴィア　すぐに行きます。（召使い退場）お願い、マライア、この人の面倒をみて。トービーおじさまはどこ？　身内の誰かに、手厚く世話をさせて。持参金の半分に換えても、この人を不幸な目に遭わせたくないの。
〔（オリヴィア、マライア）退場〕
マルヴォーリオ　ほっ、ほっ、わたしのことをおわかりいただけましたか？　サー・トービー以下の人間に、おれの世話をさせたくない！　手紙と符号する。あいつを呼びつけ、おれに不愛想な態度を取らせるおつもりだ、手紙でそうけしかけておられるからな。「卑しい殻を脱ぎ捨て」、「身内に敵意を抱き、召使いに不愛想に振る舞いなさい。堂々と政を論じなさい。気取った奇抜な身なりをしなさい」、続いて、どう振る舞うか指示しておられる、真面目な顔つき、もったいぶった身のこなし、慎重な話し方、高位の身に相応しい作法など。お嬢さまの心を捉えたぞ、でも、これは神の御業《みわざ》、神に感謝！　たった今退出されるとき「この人の面倒をみて」とおっしゃった。「この人」、「マルヴォーリオ」でも、職名でもなく、「この人」！　何と何と、すべて辻褄《つじつま》が合う、疑いの余地は微塵もなく、[46]障害も、疑念も、信用出来ない、あるいはあてに出来ない状況もなく——何と言おうか？——おれ

39——borrowed. borrow=to warrant, assert confidently (OED.v.4.b). ことわざ「借りるより買ったほうがまし」（Better to buy than to borrow）のもじり。
40——第三幕第一場で、ヴァイオラは「賢い人が馬鹿な真似をすれば、知性が損なわれる」と述べている。
41——If sad and merry madness equal be. 振られて「悲しい」（sad）のはオリヴィア、「楽しい」（merry）のはマルヴォーリオ、どちらも狂っている。
42——「真面目な」（sad）。一五行中、sad が五回使われ、オリヴィアとマルヴォーリオでは意味が微妙に異なる。
43——憂鬱な気分ではないという意味。バラッド「黒と黄色」の暗喩があるという。
44——紳士が淑女に敬愛を表す作法に、自分の手に接吻する風習があった。『オセロー』のキャシオーも、キプロス島に上陸するデズデモーナを、自分の手に接吻して歓迎する（第二幕第一場）。
45——midsummer madness=extreme foolishness (OED.n.). 夏の暑さは人を狂わせると考えられていた。

の望みが実現するのを阻むものは何もない。ああ、これはジュピター神の御業、自分の力ではない、神よ、感謝します。

〔サー・トービー、ファビアン、マライア登場〕

サー・トービー　一体全体、やつはどこだ？　地獄の悪魔[47]がありったけあいつのなかに詰め込まれていても、悪魔が取り憑いていても、やつと話がしたい。

ファビアン　いた、いた（マルヴォーリオに）いかが、旦那さま？　おい、どうした？

マルヴォーリオ　下がれ、用はない。独りを楽しみたいのじゃ。下がれ。

マライア　ほら、悪魔があいつのなかで喋っている、何としらじらしいこと。[48]言わなかった？　サー・トービー、お嬢さまはあなたにあいつの面倒をみて貰いたいのよ。

マルヴォーリオ　ほう！　お嬢さまが？

サー・トービー　さあ、さあ。静かに、静かに、優しく接しなければな。おれに任せろ。マルヴォーリオ殿、お加減はいかが？　いかがですか？　よろしいか、悪魔なんぞ、追っ払いなさい！　考えてもご覧なさい、人間の敵ですぞ。

マルヴォーリオ　何を言っているのか、わかっておるのか？

マライア　ほらね、悪魔の悪口を言うと、気に障るのよ。願わくば、魔法にかけられていませんように。

ファビアン　この人の小便を女薬草医[49]に持って行きなよ。

マライア　そうね、生きていれば、明日の朝にでも。お嬢さまはどうしてもこの人をさらわれたくないのよ。[50]

マルヴォーリオ　何を、このあま？

マライア　ああ、神さま！

サー・トービー　静かにしてくれよ。そんなのではだめだ。怒らせたではないか？　おれに任せろ。

ファビアン　優しくする他ない、優しく、優しく。悪魔は荒っぽいくせに、荒っぽく扱われたくないんだ。

サー・トービー　ねえ、どうした、お利口さん？　どうしたの、可愛い子ちゃん？

マルヴォーリオ　何だと！

サー・トービー　さあ、ひよこちゃん、一緒においで。おい、おっさん、悪魔とさくらんぼの種投げ遊び[51]をするとは、沽券《こけん》に関わる。首を括ってやれ、真っ黒な石炭売り[52]なんぞ！

マライア　ねえ、お祈りさせて、サー・トービー、お祈りよ。

マルヴォーリオ　お祈りだと、小賢しい女が？

マライア　無理ね、信心なんか鼻もひっかけないんだから。

マルヴォーリオ　首を括れ。浅はかな下郎《げろう》ども。おれは生まれが違うのだ。いずれ、思い知らせてやる。〔退場〕

サー・トービー　こんなのアリか？

ファビアン　これが今、舞台で演じられたなら、ありえない作り物だと野次ってやる。

サー・トービー　魂が悪ふざけで汚染されたかな。[53]

マライア　ねえ、追い掛けて。悪ふざけが伝染して台無しになるといけないから。[54]

ファビアン　いやはや、このままじゃ、あいつを本当の気違いにしちまうよ。

マライア　そしたらお屋敷が静かになるわ。

サー・トービー　さて、あいつを暗い部屋に閉じ込め、拘束するか。[55] 姪はやつが狂ったとすでに信じている。このまま続けよう、こっちはお楽しみ、あっちはお苦しみ。楽しみ過ぎて息切れする頃には、情けをかける気にもなる。その時に、悪ふざけを公表し、おまえさんを、気違い鑑定人として報奨してやる。

〔サー・アンドリュー（手紙を手に）登場〕

おい、見ろ、見ろ！

ファビアン　五月祭[56]の余興にぴったりの出し物だ！

サー・アンドリュー　ほら、決闘状だ。読んでくれ。酢と胡椒《こしょう》を利かせたよ。

ファビアン　かなりピリッとします？

サー・アンドリュー　うん、ピリッとする。読んでよ。

サー・トービー　寄こせ。（読む）「若造、貴さまが何者であれ、

46——no dram of a scruple, no scruple of a scruple. scruple は dram「微量」と同じ意味。

47——Legion=satan, devil.「私の名はレギオンです。わたしたちは大ぜいですから」（『マルコによる福音書』五・九）。

48——how hollow the fiend speaks within him. hollow=with a hollow sound or voice; insincerely (OED.adv.1).

49——wise woman=witch, beneficent one, who deals in charms against disease, misfortune, or malignant witchcraft (OED.n.1). 民間療法に長けた薬草医。

50——My lady would not lose him. オリヴィアにとり、マルヴォーリオは財産。だから、魔法をかけられて（家畜のように）さらわれたくない、という意味。

51——cherry-pit=a children's game which consist of throwing cherry-stones in a small hole (OED.n.1). 小さな穴にさくらんぼの種を投げ入れる遊び。

52——顔が石炭で汚れた石炭売りは悪魔と結びつけられた。

53——His very genius hath taken the infection of the device. device はマライアの仕掛けた悪ふざけ。infection は「感染・汚染」。『十二夜』でも、疫病の語彙が頻繁に使われている。作者は生涯に疫病の蔓延を幾度も経験している。一五九三—四年、ロンドンは疫病に見舞われ、劇場が閉鎖され、劇団は地方巡業を余儀なくされた。

54——lest the device take air and taint. take air=spread about (OED.air.n.I.8)、「蔓延する」。taint=to become putrefied, corrupted (OED.v.II.9.b)、「損なう」。

55——身体拘束は狂人を治す唯一の治療法だった。

56——a May morning=a May morning in May, the morning of May Day.

ただのクズだ」。

ファビアン　いいね、勇ましい。

サー・トービー　（読む）「なぜ貴さまをクズ呼ばわりするか、怪しむなかれ、驚くなかれ。わけは言わぬゆえ」。

ファビアン　うまい、法律に引っ掛からずにすむ[57]。

サー・トービー　（読む）「貴さまがオリヴィアさまのところに来ると、吾輩の目の前で、お嬢さまは貴さまに優しくする。貴さまはとんでもない嘘つきだ。これは決闘を申し込む理由ではない[58]」。

ファビアン　簡にして、要を得て（傍白）――いない。

サー・トービー　（読む）「貴さまを帰り道で待ち伏せる。そこで運よく吾輩を殺せば――」

ファビアン　いいぞ。

サー・トービー　（読む）「吾輩をごろつきか、ならず者のごとく殺すなり[59]」。

ファビアン　まだ法は及ばない――いいぞ。

サー・トービー　（読む）「さらばじゃ、神は、我らのうち一人に情けをかける。吾輩にかも知れないが、吾輩のほうが運が良い、それゆえ、気をつけよ。吾輩を友とするかぎりにおいて友であり、不倶戴天の敵、アンドリュー・エイギュチークより」。この手紙で頭に来ないなら、決闘場にも来るまい。届けてやろう。

マライア　ちょうどいいわ。お嬢さまと何やら交渉中[60]だけど、間もなく帰るから。

サー・トービー　行け、サー・アンドリュー。果樹園の隅で借金取り[61]みたいにあいつを見張ってろ。目にしたら、すぐに剣を抜き、抜きながら、身の毛がよだつほど罵《ののし》れ、恐ろしい罵りは、鋭く鼻にかかった尊大な口調と相まって、剣より、ずっと男を上げる。行け！

サー・アンドリュー　罵りは任しとけ。〔退場〕

サー・トービー　この手紙を届けるわけにはゆかんな、あの若造の振る舞いからして、頭も育ちも良さそうだ。公爵と姪の取り持ち役に雇われているのも頷《うなず》ける。だから、馬鹿丸出しのこの手紙、あの若造に何の恐怖もあたえまい。たわけの書いた手紙だと見抜くさ。だが、口頭で決闘を申し入れる、エイギュチークを傑出した武勇の持ち主に仕立て上げて若造を煽る――あの若さだ、難なく真に受けるさ――あいつが気性激しく、腕が立ち、凶暴かつ向こう見ずだとな。これで二人は怖じ気づき、怪鳥鶏蛇《コカトリス》みたいに、睨《にら》み合ったとたん殺し合う。

〔オリヴィア、ヴァイオラ（シザーリオ）登場〕

ファビアン　ほら、お嬢さまと一緒に。別れを告げるのを待ち、追い掛けよう。

サー・トービー　その間に、そら恐ろしい決闘の文言を考えるとするか。

（サー・トービー、ファビアン、マライア退場）

オリヴィア　石の心に何もかも打ち明け
名誉を、あまりに軽率に石の上に置いてしまった。

落ち度を内心、恥じています。
でも、落ち度はあまりに強情なので
直そうとしても、無視するの。

ヴァイオラ　あなたが苦しんでおられると同じく
わたしの主人も苦しみ続けております。

オリヴィア　ね、この宝石を身につけて。わたしの肖像よ。
断らないで、舌がないので悩ませませんから。
どうぞ、明日、またいらして。
あなたが何を欲しがろうと、名誉を除いて
どうして拒めましょう？

ヴァイオラ　欲しいものは、主人へのあなたの愛です。

オリヴィア　あなたにあげたものを公爵に差し上げれば
わたしの名誉はどうなるの？

ヴァイオラ　　お返し致します。

オリヴィア　それなら、明日、いらして。さようなら。
あなたのような悪魔に魂を地獄にさらって貰えたら。（退場）

〔サー・トービー、ファビアン登場〕

サー・トービー　お若いの、神のお加護があるように。

ヴァイオラ　あなたにも、旦那さま。

サー・トービー　護身の心得があるなら、身構えよ。[62] あの男にどんな屈辱をあたえたかは知らんが、あんたをつけ回す人間が恨みに燃え、猟師のように血に飢え、果樹園の隅で待ち伏せている。剣を抜き、素早く身構えよ。敵は俊敏で、腕が立ち、百発百中の兵だ。

ヴァイオラ　間違いです、旦那さま。ぼくに喧嘩をふっかける人などいません。誰かを侮辱した覚えもありません。

サー・トービー　そうでもなさそうだ、よろしいか。ゆえに、命にいくばくかの値打ちを置くなら、防御の構えをし給え、何せ、敵は若さ、強さ、腕前、それに憤怒《ふんぬ》で固めている。

ヴァイオラ　どういう方ですか？

57——辛辣な決闘状でも、「わけは言わぬ」と、サー・アンドリューは法に抵触しないよう気遣っている。

58——嘘つき呼ばわりは決闘の理由になった。サー・アンドリューは、それが決闘の理由ではないと否定しているので、法に触れない。

59——Thou kill'st me like a rogue and a villan. 自分をごろつき、悪党呼ばわりする書き方になっていて、法に触れない。ごろつき呼ばわりは決闘の理由になる。

60——commerce=the exchange of merchandise (OED.n.1.a)、「取引き」。

61——bumbaily=a bailiff empowered to execute writs and warrants, esp. to collect debts or arrest debtors for non-payment (OED.n.). 借金の取立てなどをする役人。

62——betake thee to't. betake=to have recourse or resort to any kind of action (OED.v.4.a).「逃げる」という意味も暗示。サー・トービーは次の台詞からヴァイオラに丁寧語の you で話す。

サー・トービー　騎士だが、武勲《いさおし》より御銭《おあし》にもの言わせて叙された[63]、だが、私闘においては悪魔なみ、すでに三人の男の頭と胴体を切り離した。目下《もっか》の怒りはあまりに宥《なだ》めがたく、敵を殺して墓に放り込まねばおさまるまい。「食うか、食われるか」が信条。殺《や》るか、殺られるか、ですな。

ヴァイオラ　お屋敷に戻って、お嬢さまに、警護をお願いします。喧嘩は苦手。肝試《きもだめ》しのために、わざと喧嘩を売る人がいると聞きます。その方もそういう奇癖の持ち主のようですね。

サー・トービー　いや。あの男の憤怒は正当な理由に由来する、よって、受けて立ち、要望に応え給え。屋敷に戻ることはまかりならん、でなければ、こっちが相手だ、あの男と闘うほうが身のためだ。よって、行くか、剣を抜くか、どのみち剣を交える他ない。でなければ、剣を腰にぶら下げるでない。

ヴァイオラ　奇っ怪なうえに野蛮このうえない。いかなる無礼を働いたのか、その騎士に尋ねていただきたい。ぼくに何か落ち度があっても、故意ではありません。

サー・トービー　訊いて進ぜよう。ファビアン殿、わたしが戻るまで、この方の側にいてくれ。〔退場〕

ヴァイオラ　あのう、この件のこと、ご存じですか？

ファビアン　くだんの騎士があなたに激昂《げきこう》し、決死の覚悟で闘うつもりでいるのは知っておりますが、事情は何も。

ヴァイオラ　どんな方でしょうか？

ファビアン　外見から判断するに、おわかりになるでしょうが、度胸があるようには見えません。実は、腕が立ち、残忍で、百発百中の敵手、イリュリアでは、あれほどの人にはお目にかかれますまい。あの方のところにいらっしゃるなら、仲を取り持ちましょう――出来るものなら。

ヴァイオラ　かたじけない。騎士よりむしろ神父と気が合うんです。気概のなさが知られても構いません。〔退場〕

〔サー・トービー、サー・アンドリュー登場〕

サー・トービー　いやあ、きみ、あの男はまさに悪魔だ。あれほどなよっとした[64]男に会ったことはない。手合わせをしたよ、細身の剣[65]、鞘などをつけて、お突き一本、やられた、正確無比の動きで、かわす間がなかった。こっちが突きを返すや、歩くときに足が大地を踏む確かさで返してきた。ペルシャ王お抱えの剣客だとさ。

サー・アンドリュー　疫病にやられちまえ！　そんなやつと関わりたくないよ。

サー・トービー　そうだな。でも、いまさら宥められまい。向こうでファビアンが往生している。

サー・アンドリュー　疫病にやられちまえ！　やつが勇敢で剣の達人だと知っていたら、地獄に堕ちるのを見届けてから、決闘状を出したのに。なかったことにして貰ってよ、葦毛《あしげ》の馬をあげるからさ。

サー・トービー　交渉してみるか。ここにいて、強い振りをしてろ。地獄行きにならぬよう決着をつけてやる。（傍白）よーし、あんたを乗り回すように、馬も乗り回してやるぞ。

〔ファビアン、ヴァイオラ（シザーリオ）登場〕
（ファビアンに）喧嘩に片を付ければ、馬を貰えることになった。あの若造を悪魔だと信じ込ませたのだ。

ファビアン（サー・トービーに）こっちも脅しの効果は覿面《てきめん》、ハーハー喘ぎ、背後に熊がいるように顔面蒼白ですよ。

サー・トービー（ヴァイオラに）打つ手がない、誓ったからには、あくまで闘う気だ。とはいえ、喧嘩の原因をよくよく考えてみたら、今となっては語る価値もないと判明したそうだ。だから、誓った以上、名誉のために刀を抜く。あんたに痛い思いはさせないと言っている。

ヴァイオラ（傍白）神さま、お守りください！ 男にある小さなものが、わたしにないのがばれてしまいます。

ファビアン（サー・アンドリューに）相手が猛《たけ》り狂っているのがわかったら、退却するのですよ。[66]

サー・トービー（サー・アンドリューに）なあ、サー・アンドリュー、打つ手がないのだ。あの紳士は、名誉のためにあんたと闘う気だ。挑まれたら、応じるのが決まりだからな。しかし、おれに約束した、紳士として、剣士として、きみに痛い思いをさせないとな。覚悟はいいな。

サー・アンドリュー（傍白）やつが約束を守りますように！

〔アントーニオ登場〕

ヴァイオラ（サー・アンドリューに）本当は、こんなことしたくないんです。（サー・アンドリュー、ヴァイオラ剣を抜く）

アントーニオ（剣を抜く）
（サー・アンドリューに）剣を納めろ。この若い紳士が
無礼を働いたなら、責めは当方が負う。あなたが
無礼を働いたなら、代わりに当方が相手になる。

サー・トービー あなたが、えっ？ いったい何者だ？

アントーニオ この人のために、この人がやると
大見得を切った以上のことをやる者だ。

サー・トービー（剣を抜く）出しゃばり野郎[67]には、おれが相手

63——dubbed with unhatched rapier. unhatched=unhacked, unstained (OED.adj.)、「手柄をたてもせずに」。金にもの言わせて叙せられた者はカーペット・ナイトと揶揄された。
64——firago=a female warrior applied to a man; a fighting man (OED.n.2.b). サー・トービーはヴァイオラが女であることを知らずに言い当てている。
65——a mortal motion=deadly movement. 剣術用語。
66——Give ground if you see him furious. give ground は「退却する」。細身の剣の決闘では、鋭い剣先で相手の急所を突いて勝負を決する。日本刀と違い「斬る」ことも「打ち掛かる」ことも出来ない。

をする。
〔役人たち登場〕
ファビアン　差し控えろ、サー・トービー！　役人だ。
サー・トービー　（アントーニオに）決着はつけるからな。
ヴァイオラ　（サー・アンドリューに）お願い、剣を納めて。
サー・アンドリュー　ああ、わかったよ。約束は守るからね。あの馬は乗り心地がいいし、御しやすいんだ。
役人一　（アントーニオを指さす）この男だ。逮捕しろ。
役人二　アントーニオ、公爵の
訴えにより逮捕する。
アントーニオ　人違いでしょう、お役人。
役人一　いや、違うものか。その顔はよく覚えている
船乗りの帽子を頭に乗っけていなくともな。
（役人二に）連行しろ。おれがよく覚えているのを
こいつも承知している。
アントーニオ　応じましょう。（ヴァイオラに）
あなたを捜していて、こんなことに。やむをえない。
窮地に陥り、財布を返していただかなければ
どうなさいます？　この身に何が起ころうとも
何もして差し上げられないのが、何より
悲しいです。驚きで茫然《ぼうぜん》としておられますが
元気を出してください。
役人二　さあ、来い。
アントーニオ　（ヴァイオラに）お金の幾分かでもお返しください。
ヴァイオラ　何のお金でしょう？
ここでお示しくださった有難いご親切のお礼に
それに、今の災難を気の毒に思い
わずかな所持金のなかから、いくらか
ご用立てします。持ち合わせがさほどなくて。
半分分けにしましょう。
どうぞ、（金を差し出す）半分です。
アントーニオ　（拒む）　この期《ご》に及んで
知らないと？　あれほど尽くしたのに
何とも思わないと？　窮地にあるわたしを
試みないでください、これまでの親切を盾に
責めたてる卑しい
男に成り下がるといけませんから。
ヴァイオラ　何のことか
あなたのお声にもお顔にも覚えがありません。
わたしは、恩知らずな人間を
嘘まみれの自慢話、前後不覚の深酒
あるいは弱い人間に巣食う
どんな罪の汚れよりも憎みます。[68]
アントーニオ　ああ、天よ！
役人二　来い、さあ。
アントーニオ　少し話をさせてくれ。
この若者を死神の顎《あご》[69]からひったくり

清らかな愛をもって助け
敬愛に値する若者と信じ、憧憬の的として
献身したのです。

役人一　それが何だ？　時間の無駄だ、引っ立てろ！

アントーニオ　なのに、ああ、この神は何と卑劣な偶像か！
おい、セバスチャン、貴さまはその美しい姿を汚《けが》した。
心以外に、人間に汚れはない。
恩知らず以外に、奇形と呼ばれる者はいない。
美徳は美しい、だが、美しい悪徳[70]は
悪魔が花で飾り立てた空っぽの衣装箱[71]だ。

役人一　気がふれたな、連行しろ！　さあ、来い。

アントーニオ　連れて行け。〔（役人たちと）退場〕

ヴァイオラ　（傍白）言葉は激しい感情から飛び散っていた
信じているのだわ。本当かしら。
本当であって欲しい、お願い、本当であって
お兄さま、たった今、あなたと間違えられました！

サー・トービー　こっちへ来い、騎士殿。こっちへ来い、ファビ
アンも。おれたちも偉そうな金言を一、二[72]囁いてみようぜ。
（舞台脇に行く）

ヴァイオラ　あの人はわたしをセバスチャンと呼んだ。
わたしはお兄さまに生き写し。
お兄さまはこんな服を着て
こんな形、こんな色、こんな飾りをつけていた。
わたしはお兄さまを真似た。もしそうなら
嵐は情け深く、海水は優しい真水[73]なのだわ！（退場）

サー・トービー　（サー・アンドリューに）まったく薄情卑劣、
兎《うさぎ》より臆病な若造だ。薄情なのは、ここで、窮地にある友を
見捨て、知らぬ顔をしたことで明らかだ。やつの腰抜けぶり

67——undertaker=one who takes up a challenge (OED.n.3.c).
68——any taint of vice whose strong corruption/Inhabits our frail blood. vice は罪。罪人の血は犯罪によって汚れ、継承されるという考えがあった。
69——中世劇の地獄の門は、怪獣が顎（jaws）を大きく開けた形で表現された。
70——beauteous evil. wise fool のように、矛盾する二つの語句を並べる矛盾語法。
71——empty trunks, o'erflourished by the devil. o'er-flourish=to cover or embellish with blossom, greenery (OED.v.3). エリザベス朝の富裕な人びとは衣装箱などの家具を草花で飾る習慣があった。
72——couplet=a pair or couple (OED.n.2). サー・トービーは、アントーニオの警句じみた最後の台詞をからかっている。
73——salt waves fresh in love. 嵐が情け深く、海水が真水であるはずはないが、セバスチャンが生きていたことは、自然の奇跡に違いないと言っている。

については、ファビアンに聞け。

ファビアン　腰抜け、腰抜けもいいところ、もう信心《しんじん》の域だ。

サー・アンドリュー　くそっ、追い掛けてぶん殴ってやる。

サー・トービー　やれ、確とやれ、だが、剣は抜くな。

サー・アンドリュー　抜かずにおくものか——〔退場〕

ファビアン　さあ、どうなるか、見に行きましょう。

サー・トービー　絶対に、何にも起こらんよ。〔退場〕

第四幕第一場

〔セバスチャン、フェステ登場〕

フェステ　あなたを迎えに来たのではないと言うのですか？

セバスチャン　勝手にしろ、知るか、馬鹿なやつだ。ほっといてくれ。

フェステ　よく言うよ！　おいらはあなたを知らないし、お嬢さまに言われて、迎えに来たのでもないし、あなたの名前はシザーリオでもないし、これはおいらの鼻でもない。かくなるものは、かくなるものでなし。[1]

セバスチャン　お願いだ、ふざけた話は他で抜かせ。おれを知っているわけないだろう。

フェステ　ふざけた話は他で抜かせ！　どこかのお偉いさんがそう言うのを聞いて、阿呆に試しているんだな。ふざけた話は他で抜かせ！　世間というこの大馬鹿者も女みたいな男[2]になっちまうよ。お願いだ、堅苦しいこと言わずに[3]、お嬢さまに何て抜かしたらいいか教えてくれ。あんたが来るって抜かそうか？

セバスチャン　お願いだ、馬鹿な阿呆、あっちへ行け。ほら、駄賃だ。ぐずぐずしていると一発お見舞いするぞ。

フェステ　えっ、もっとくださるんで。阿呆に金恵む賢いご仁《じん》は、高い祝儀払って[4]いい評判を得る。

〔サー・アンドリュー、サー・トービー、ファビアン登場〕

サー・アンドリュー　〔セバスチャンに〕旦那、いいところで会った。〔殴る〕これでも食らえ。[5]

セバスチャン　何だと、〔殴り返す〕どうだ、これでもかこれでもか！　ここの人間はみな気違いか？

サー・トービー　〔セバスチャンを制する〕止めろ、お若いの、さもないと、その短剣を屋敷の向こうに放り投げるぞ。

フェステ　すぐにお嬢さまに知らせよう。二ペンスぽっちで、殴られるのはご免だ。〔退場〕

サー・トービー　おい、止めろ！

サー・アンドリュー　いいよ、やらせとけ。ぼくは別の方法で一撃をあたえるから。イリュリアに法律ってものがあるなら、暴行罪[6]で訴えてやる。僕が最初に殴ったけど、そんなことどうでもいい。

セバスチャン　〔サー・トービーに〕手を離せ。

サー・トービー　いや、離すものか。おい、お若い軍人さんよ、短剣を納めろ。だいぶ流血に慣れているな。[7]さあ止めろ。

セバスチャン　離せ。〔自由になる〕さあ、どうする？

これ以上煽る気なら、剣を抜け。（剣を抜く）
サー・トービー　な、何だと？　それなら、小癪《こしやく》な血をちょっぴり頂戴せねばなるまい。（剣を抜く）

〔オリヴィア登場〕

オリヴィア　止めて、トービー！　止めないと命はないわよ。
サー・トービー　これは、これは。
オリヴィア　いつもこうなんだから！　礼儀知らずの卑劣漢
礼儀なんてどうでもいい山奥や未開の洞窟に
住んでいるならいざ知らず。お下がり！
（セバスチャンに）気を悪くしないでね、愛しいシザーリオ。
（サー・トービーに）ならず者、出てお行き！
（サー・トービー、サー・アンドリュー、ファビアン退場）

お願い、あなた
野蛮で不当なこの狼藉[8]
お腹立ちでしょうが、お怒りにならず
冷静にお考えください。屋敷に一緒にいらして
あの悪党がこれまでどれほど多くのつまらぬ
たちの悪い悪戯をしてきたかお話ししますわ、そうすれば
このたびのことも笑っていただけましょう。
いらしてね。嫌とは言わせません。何てこと
あなたのなかのわたしの哀れな心臓がドキドキしている。[9]
セバスチャン　これはどういうこと？　どう流れて行くのだ？
気が狂ったか、はたまた夢を見ているのか。
気が狂っているなら、永遠にレーテ川に沈めてくれ。[10]

1——フェステは、ヴァイオラの変装を見抜いている。
2——cockney=feeble person (OED.n.2).
3——ungird strangeness. ungird=to take off, by undoing a belt (OED.v.2)、「ベルトを外す、締め付けをとく」。strangeness、「堅苦しさ」。
4——fourteen years' purchase. 土地の評価額は一二年間から一四年間の地代で算定された。ヴァイオラ、オーシーノ、サー・トービー、サー・アンドリューはフェステに、通常より高い祝儀をあたえている。
5——前場で、「確とやれ。だが、剣は抜くな」とサー・トービーに忠告されている。セバスチャンはサー・アンドリューを短剣の柄で殴る。サー・アンドリューは決闘状のなかで彼を「貴さま」呼ばわりしているが、ここでは、丁寧語のyouを使っている。
6——battery against him. battery=an unlawful attack upon another by beating or wounding (OED.n.1.a). 先に手を出した者が罪に問われる。
7——You are well fleshed. flesh=to inure to bloodshed (OED.v.2.a).
8——In this uncivil and unjust extent. extent=a predatory attack (OED.n.I.2.c)、「捕食性の攻撃」。
9——恋人たちは心臓を交換すると信じられていた。オリヴィアの心臓はセバスチャンのなかにあり、その心臓が鼓動している。オリヴィアは親しみのこもったtheeで話し掛けている。

夢なら、ぼくを永遠に眠らせてくれ。
オリヴィア　さあ、いらして。言う通りにしてね！
セバスチャン　はい、お嬢さま。
オリヴィア　　　　それなら、いらして！〔退場〕

第四幕第二場

〔ガウンと付け鬚を手にしたマライア、フェステ登場〕

マライア　いいこと、このガウンを着て、この鬚をつけて。神父[11]のトーパス[12]だと思わせるのよ。急いで。その間に、サー・トービーを呼んで来るから。〔退場〕

フェステ　では、これを着て、なりすますか、こんなガウンで騙すのは、おれが初めてだといいけどな。神父を騙《かた》るには背が低いし、いっぱしの学者と思われるには、痩せ方が足りない、でも、正直者だとか、気のいい主人とか呼ばれるのは、窶《やつ》れた学者だとか、偉い先生と呼ばれるのと同じくよろしきを得ている。

〔サー・トービー（とマライア）登場〕

悪餓鬼《わるがき》仲間たちが来たぞ。

サー・トービー　神のお加護があるように、神父さま。

フェステ　（サー・トーパスの振り）ボノス・ディエス、ご機嫌よう、サー・トービー。ペンもインクも見たことがないプラハの老隠修士がゴーボダック大王[13]の姪に当意即妙に言ったとさ、「かくなるものは、かくなり」[14]。わたしは神父であるから、神父なり、「かく」は「かく」で「なり」は「なり」なり[15]？

サー・トービー　サー・トーパス、あいつのところへ。

フェステ　さても、この牢獄に平安あれ。

サー・トービー　悪党、大した役者だ——結構な野郎だ。

マルヴォーリオ　（奥で）呼ばわるのは誰じゃ？

フェステ　神父サー・トーパスです。気違いマルヴォーリオを見舞いに参った。

マルヴォーリオ　サー・トーパス、サー・トーパス、サー・トーパス、お願いだ、お嬢さまのところへ行ってくだされ。

フェステ　くたばれ、大口叩きの悪魔め、この男に取り憑きやがって！　女のことしか話さぬか[16]？

サー・トービー　いいぞ、神父さま。

マルヴォーリオ　サー・トーパス、これほどの惨い扱いを受けた者はいません。お願いです、サー・トーパス、わたしが狂っていると思わないでください。あの連中がわたしをこの恐ろしい暗闇に閉じ込めたのです。

フェステ　恥を知れ、おい、嘘つきの悪魔！　精一杯穏やかな言葉で話し掛けているのじゃ、わしは、悪魔にさえ礼を尽くす優しい人間なのじゃ。そこは暗いと申すか？

マルヴォーリオ　地獄のようです、サー・トーパス。

フェステ　何じゃと、バリケードのごとく透明な出窓があるじゃろ、南北に[17]、黒檀《こくたん》のごとく明るい[18]高窓があるじゃろ、なのに閉じ込められている[19]と不服を申すか？

マルヴォーリオ　気は狂っていません、サー・トーパス。ここは暗いと言っているのです。

フェステ　気違いよ、間違っておるぞ。無知の他に暗闇はない。そなたは、霧に閉じ込められたエジプト人[20]より、遥かに迷うておる。

マルヴォーリオ　無知は地獄のように暗いが、この部屋は無知のように暗い。これほど惨い扱いを受けた者はいないと言っているのです。あなたと同じく狂っていません。何か首尾一貫した質問をしてみてください。

フェステ　野鳥に関するギリシアの哲学者ピタゴラスの説とは何ぞや?

マルヴォーリオ　祖母の霊魂がたまさか鳥に宿るとか。

フェステ　その説をどう思うか?

マルヴォーリオ　霊魂は気高いものだと思いますので、同意しかねます。

フェステ　さらばじゃ。暗闇に留まりおれ。ピタゴラスの説を認めるまで正気とは認めぬし、山鴫[21]を殺してはならぬぞ。おまえの祖母の霊魂を追い出すといけぬ。さらばじゃ。

マルヴォーリオ　サー・トーパス、サー・トーパス!

サー・トービー　完璧だ、サー・トーパス。

フェステ　ええ、何だって演ってのけますよ。

マライア　鬚とガウンがなくとも、演れたわね。見えやしないんだから。

10——Let fancy still my sense in Lethe steep. レーテ川はギリシア神話の黄泉《よみ》の国を流れる川、この川の水を飲むと、地上での生活の一切を忘れるという。

11——curate=parish priest. イギリス国教会はカトリックの司教制度を継承しているので、ドイツなどのプロテスタント国とは違い、「牧師」ではなく「司祭、神父」。

12——トーパス(Topas)=トパーズ(topaz 黄玉)には狂人を治す力があると信じられていた。

13——古代ブリテンの王。トーマス・ノートンとトーマス・サックヴィル作『ゴーボダック』(初演一五六一)は英国最古の悲劇の一つ。

14——フェステの台詞「かくなるものは、かくなるものでなし」(第四幕第一場)と正反対。

15——what is 'that' but 'that' and 'is' but 'is'?

16——Talk'st thou nothing but of ladies.

17——south-north. ありえない方向。

18——lustrous as ebony. lustrous=luminous.「バリケードのごとく……」と同じく、正反対のありえないもの。

19——obstruction=condition of being blocked (OED.n.1.1).

20——「モーセが天に向けて手をさし伸ばしたとき、エジプト全土は三日間真暗やみとなった」(『出エジプト記』一〇・二二)。

21——第二幕第五場で、ファビアンはマルヴォーリオを「馬鹿な山鴫」と呼ぶ。

サー・トービー （フェステに） 地声《じごえ》で話し掛け、様子を知らせろ。そろそろ、この悪ふざけにけりをつけなきゃならん。都合よく出せるものなら、出してやろう、姪の機嫌を損ね過ぎたので、このお楽しみをやってのけるのは難しい。すぐに、おれの部屋に来てくれ。〔（マライアと）退場〕

フェステ （歌う） ヘイ、ロビン、陽気なロビン

おまえのレディ[22]はどうかい？

マルヴォーリオ 阿呆！

フェステ （歌う） おいらのレディはつれないよ、ほんと。

マルヴォーリオ 阿呆！

フェステ （歌う） そりゃ、どうして？

マルヴォーリオ おい、阿呆！

フェステ （歌う） 別の男が好きなのさ——

おいらを呼ぶのは誰だい？

マルヴォーリオ 頼む、阿呆。礼をはずむ、蠟燭《ろうそく》とペンとインクと紙を持って来てくれ。おれも紳士だ、一生、恩にきる。

フェステ マルヴォーリオの旦那ですかい？

マルヴォーリオ そうだ、阿呆。

フェステ おや、まあ、旦那、どういうわけで分別をまるごと[23]無くしたんですかい？

マルヴォーリオ おお、阿呆、こんな惨い扱いを受けた者はいない。分別はちゃんとある、おまえと同じようにな。

フェステ ちゃんとある？ それなら、本当に狂ってる、阿呆と同じ分別ならね。

マルヴォーリオ おれを道具扱いした。物置部屋に閉じ込め、神父、あの阿呆を送って寄こし、脅して分別を失わしめた[24]。

フェステ 言うことに気をつけな。神父ならここにいるよ。（サー・トーパスの声で）マルヴォーリオ、マルヴォーリオ、天がおまえの分別を元通りにしてくださいますように。睡眠を取るよう努め、つまらぬ戯言を言うでない。

マルヴォーリオ サー・トーパス！

フェステ （サー・トーパスの声で） よいか、この男と話してはならぬ！（フェステの声で）えっ、おいらが？ はい、神父さま！ 神のお加護を、親切なサー・トーパス。（サー・トーパスの声で）よいな、アーメン。（フェステの声で）はい、はい、神父さま。

マルヴォーリオ 阿呆、阿呆、阿呆、おい！

フェステ ああ、旦那、辛抱しなきゃ。何ですか？ あんたと喋ると、お仕置きを受けるんだよ。

マルヴォーリオ 頼む、阿呆、明かりと紙を持って来てくれ。よいな、おれはイリュリアの誰にも負けず、分別がある。

フェステ そうだといいね、旦那。

マルヴォーリオ この手に懸けて、そうだとも。頼む、阿呆、インクと紙と明かりを、それから、おれの書く手紙をお嬢さまに届けてくれ。手紙を届けてくれれば、ますますもって、おまえのためになる。

フェステ 助けてやるよ。でも本当のことを言ってくれ、本当に狂ってないのか、振りをしているだけなのか？

マルヴォーリオ　信じてくれ。狂ってない。本当だとも。
フェステ　どっこい、脳みそを見るまで、気違いは信じない。
明かりと紙とインクを持って来てやるよ。
マルヴォーリオ　阿呆、たっぷり礼をする。頼む、行け。
フェステ　（歌う）　行くよ、父さん、今すぐに
戻るよ、父さん
あっという間に、「悪徳《ヴァイス》[25]」みたいに
助けに来るよ
棍棒手に取り、腹立て怒り
悪魔に叫ぶぞ、「エヘン！」
気違い小僧みたいに、「爪切ってやるよ[26]、父さん
さいなら、悪魔さん[27]」〔退場〕

第四幕第三場

〔セバスチャン登場〕
セバスチャン　これは空気、あれは輝く太陽。この真珠は
お嬢さまからいただいたもの、体に[28]感じ、目に見える。
こんなにあれこれ思いにふけるなんて自分でも呆れる
でも狂っちゃいない。ともあれ、アントーニオはどこだ？
エレファント亭にはいなかった。
でも、いたことはいたのだ
ぼくを捜しに町に出掛けたというから。
今、彼の助言が大いに助けになるのに
理性が感覚と論争し合った結果
これは何かの間違いかも知れないが、狂気ではないという
でも、思いがけない幸運の洪水は

22——「レディ」はマルヴォーリオに「つれない」お嬢さまを、六行後の「別の男」はシザーリオを暗示。
23——how fell you besides your five wits. five witsは常識、想像、空想、判断、記憶の五つの機能。
24——face me out of my wits. face (a person) out of=to bully out of (OED.v.P1.b). 第五幕第一場に同じ表現がある。「わたしを知らないと言い」(to face me out or his acquaintance)。
25——中世道徳劇の「悪徳」は悪魔に襲いかかって棍棒で殴り、棍棒で悪魔の爪を切るショーを得意とした。悪魔の長い爪を切るのは侮辱にあたる。この歌のように、悪徳は悪魔の息子として登場することもあった。「棍棒」(dagger of lath) は後に道化の道化棒となる。「悪徳」はフェステ（道化）の元祖。フェステにはマルヴォーリオを虚仮にする悪戯に加担したり、放言したりと、「悪徳」の要素がある。
26——悪魔の長い爪を切るのは公然たる侮辱。
27——悪魔に取り憑かれたと見なされているマルヴォーリオに向かって言っている。
28——'tis wonder that enwraps me. enwrap=to absorb in contemplation (OED.v.2.b). enwrap は過去分詞 enrapt=carry away「我を忘れる」と混同される。

あらゆる例、あらゆる論議を遥かに超え
我が目を疑いたくなるし
理性と口論して
ぼくが狂っているか、あるいは
お嬢さまが狂っていると思いたくなる。でも
そうなら、屋敷を切り盛りし、召使いを指図し
領地を采配し、諸事をあれほど
手際よく、慎重に、断固とした態度で
こなすことは出来ないはずだ。そこには
人を惑わす何かがある。

〔オリヴィア、神父登場〕

おや、お嬢さまだ。

オリヴィア　急ぎ過ぎると、叱らないでね。
よろしければ、神父さまと一緒に
礼拝堂にいらしてくださいな。神父さまの前で
あの聖なる礼拝堂で、わたしを妻にすると
誓ってください。そうしてくだされば
不安で落ち着きのないわたしの気持ちが
安らぎます。あなたが公表してもいいと思うまで
結婚を内密にし
時が来ましたら、わたしの身分に相応しい
祝宴を催しましょう。よろしいかしら？

セバスチャン　神父さまの後から、ご一緒に参ります。
愛を誓ったからには、永遠に守ります。

オリヴィア　では、ご案内を、神父さま。天が輝き
わたしの行いを嘉《よみ》しますように。〔退場〕

第五幕第一場

〔（手紙を手にした）フェステ、ファビアン登場〕

ファビアン　友達だろう。手紙を見せてくれよ。

フェステ　ファビアンの旦那、こっちの頼みも聞いてくれ。

ファビアン　いいとも。

フェステ　この手紙を見たいと思わないでくれ。

ファビアン　犬をやる、お返しに犬をくれ、と言うのか。[1]

〔オーシーノ、ヴァイオラ（シザーリオ）、キューリオ、貴族たち登場〕

オーシーノ　我が友よ、オリヴィアさまに仕える者たちだな？

フェステ　はい、お嬢さまのお飾り[2]でございます。

オーシーノ　そちのことはよく知っておる。どうだ、元気か？

フェステ　実は、敵のおかげでいっそう良くなり、友のおかげでいっそう悪くなっています。

オーシーノ　逆だ。友のおかげでいっそう良くなるものだ。

フェステ　いいえ、公爵、いっそう悪くなるのです。

オーシーノ　なぜだ？

フェステ　そりゃ、公爵さま、友はわたしをおだてて馬鹿にします。ところが、敵はわたしをあからさまに馬鹿だと言う、それで、敵のおかげで己を知り、友のおかげで思い違いをする。要するに、キスに譬えると、四度の「いや」は二度の

「いいわ」になり、それで、友のおかげでいっそう悪くなり、敵のおかげでいっそう良くなるのです。[3]

オーシーノ　なるほど、うまいね。

フェステ　それほどでも、おいらの友になりたいのかい。

オーシーノ　いっそう悪くはならないぞ。ほら、金貨だ。

（金貨をあたえる）

フェステ　公爵さま、いかさまにならないなら、[4]もう一枚。

オーシーノ　倍にしろと言うのか。

フェステ　ポケットに手を突っ込み、今回は、人情に従いな。[5]

オーシーノ　罪人になるより、いかさま師になるか、ほら、もう一枚。（金貨をあたえる）

フェステ　プリモ、セクンド、テルティオ、一、二、三、いい勝負、「三度目の正直」と言う。三拍子は軽やかな足さばき。公爵さま、聖ベネディクト教会[6]の鐘も三度鳴る――一、二、三。

オーシーノ　その手では、もう金は引き出せないぞ。わたしの来訪を、お嬢さまに取り次ぎ、お嬢さまを連れて来れば、気前のよさが目覚めるかもな。

フェステ　合点だ、おいらが戻るまで、その気前をねんねさせといてくれ。行ってくるよ、でも、おねだりしても、強欲の罪だと思わないでくれ。ともかく、気前のよさにうたた寝させておいて。すぐに起こしてやるからさ。〔退場〕

〔アントーニオ、役人たち登場〕

ヴァイオラ　あの男です、わたしを救ってくれたのは。

オーシーノ　あの顔は、よく覚えている。
最後に目にしたときは、火薬の煙で
鍛冶の神ウルカーヌスのように真っ黒だった。
喫水《きっすい》が浅く、拿捕《だほ》する価値もない
玩具《おもちゃ》みたいな船の船長だったが
我らの艦隊のなかでも一番立派な船に

1――巷でこんな話が流布していた。エリザベス女王は「どんな望みも叶えてあげるから」と言って、親族のブーリン博士の愛犬を所望した。ブーリン博士は犬を女王に献上した。それから言った。「どうぞ、わたしの犬をください」。法廷弁護士ジョン・マニンガムが、一六〇三年三月二六日の日記に記した逸話。Frances E. Dolan, *Twelfth Night: Language and Writing*. London: Bloomsbury, 2014, p.27.

2――trappings=ornaments, embellishments (OED.n.b)、「儀式用の馬車馬の飾り衣装」。

3――ラテン語の文法で、二重否定は肯定になる。

4――But that it would be double-dealing. But は except「にならなければ」。

5――let your flesh and blood obey it. flesh and blood は「人情、人間性」。

6――グローブ座の向かい、マーメイド亭の近くにあった教会。

鉤を引っ掛けて攻撃[7]してきたので
敗北を喫して恨みと悔しさを募らす者たちも
感嘆の叫びを上げ
喝采した――どうしたのだ?

役人一　オーシーノ公爵、例のアントーニオです
フェニックス号とクレタ島からの積荷を拿捕し
タイガー号に乗り込んで来た男、あのとき
甥御《おいご》の若いタイタスさまが片脚を失いました。
この町の通りで、恥も外聞もなく
内輪の小競り合いをしていたところを逮捕しました。

ヴァイオラ　公爵さま、この人はわたしを守ろうとして
剣を抜きました。でも、逮捕前、おかしなことを
口走ったのです。気が狂ったとしか思えません。

オーシーノ　（アントーニオに）おい、悪名高き海賊
海の盗人《ぬすっと》め、
むざむざ身を敵の情けに委ねるのか?
おまえはあれほど血みどろで、あれほど過酷な戦いで
我らを敵に回した。

アントーニオ　　　　オーシーノ、気高き公爵
わたしに浴びせた汚名は返上させていただく。
アントーニオは盗人でも海賊でもない
ただ、十分に根拠ある理由から、公爵の敵であることは
認めます。ある人の魅力がわたしをここに引き寄せた。
あなたの傍らにいるその恩知らずな若者を
わたしが、荒れ狂い泡立つ荒海から
救ったのです。助かる見込みはなかった。
命をあたえ
愛を注ぎ、惜しみなく
献身的に世話をした。そいつのために
敵地に来るという危険に身を曝したのです
――そいつへの愛のためだけに――
そいつが襲われたとき、剣を抜いて護った
ところが、わたしが逮捕されると、不実にも抜け目なく
窮地に陥ったわたしの味方をしようとするどころか
厚かましくも、わたしを知らないと言い
まばたきする間《ま》に、二〇年も会っていないかのように
よそよそしくなり、用立てて貰いたいと
小半時前に預けたわたしの財布を
返そうとしなかったのです。

ヴァイオラ　　　　そんなこと、ありえる?

オーシーノ　この町に来たのはいつだ?

アントーニオ　今日です、公爵さま。この三か月
わたしたちはかたときも離れず
夜も昼も一緒でした。

〔オリヴィア、従者たち登場〕

オーシーノ　オリヴィアだ。天使が地上を歩いている。
だがな、おい――おまえの言い分は筋が通らぬぞ。
この若者はこの三か月、わたしに仕えている。

その話は後ほど――あっちへ連れてゆけ。

オリヴィア　公爵さま、差し上げられないものの他に
オリヴィアがお役に立てそうなことがありまして？
シザーリオ、わたしとの約束を守らないつもりね。

ヴァイオラ　お嬢さま――

オーシーノ　麗しきオリヴィア――

オリヴィア　何が言いたいの、シザーリオ？　公爵さまは――

ヴァイオラ　公爵さまがお話をされますので、控えます。

オリヴィア　公爵さま、例のお話なら
鬱陶《うっとう》しく、うんざり
音楽の後の犬の遠吠えのよう。

オーシーノ　未だに、そんなに冷酷か？

オリヴィア　未だに、変わらないのです、公爵さま。

オーシーノ　何に、意固地《いこじ》さに？　残忍なお人だ
恩知らずで縁起の悪い祭壇に
我が魂は、どんな信者も及ばぬ
忠実な誓い[8]を捧げてきた――どうすればいいのだ？

オリヴィア　公爵さまに相応しいことなら何でも。

オーシーノ　それだけの気概があれば
死に臨んで愛する者を殺したエジプトの盗賊のように[9]
殺さずにおくものか――野蛮な嫉妬は
ときに、高貴な香りがするではないか？　だが、聞いてくれ
あなたはわたしの真《まこと》を一顧だにしなかった。
あなたの心に占めるべき場所を
奪った者の察しはつく
今まで通り、大理石の心の暴君として生きるがよい。
だが、あなたが愛しているこの若者を
天に誓って、わたしも愛おしく思っており
その残酷な目からむしり取ってやる、主人の悩みを後目《しりめ》に
こいつが王座を占めるその目から。
（ヴァイオラに）小僧、一緒に来い。危害を加える
覚悟は出来ている。愛する子羊を生贄《いけにえ》にして
鳩に潜む鴉の残忍な心を苛んでやる。（扉のほうへ行く）

ヴァイオラ　お気持ちが安らかになるなら

7――such scatheful grapple did he made. grapple=the action of grappling (OED.n.II.5). 大きな鉤を相手の船に引っ掛けて近付き、乗り移って白兵戦を繰り広げる戦法。ハムレットは海賊船との戦いを「引っ掛け鉤で組み合う」（第四幕第六場）と語っている。

8――faithfull'st offerings. faithful=containing a pledge of fidelity (OED.adj.1.d).「祭壇」と共に宗教儀式のメタファー。

9――三世紀のギリシアの作家ヘリオドロス作『エチオピカ』のなかに、ある盗賊が敵対する盗賊団に捕えられ、殺害されそうになったとき、愛する女を道連れにしようとするが、洞窟が暗かったために、別人を手にかける話がある。トーマス・アンダーダウン訳『エチオピカ』が一五六九年、一五八七年に出版されている。

喜んで、自ら千度《せんたび》、死にましょう。（オーシーノに続く）
オリヴィア　シザーリオ、どこへ行くの？
ヴァイオラ　　　　　　　　愛する方の後を
追います、この目よりも、命よりも、幾つもの
「よりも」、いつか娶る妻よりも愛する方の後を。
愛を装っているなら、天の神さま、どうか
愛を汚した咎で我が命をお召しください。
オリヴィア　何てこと、騙されたわ！
ヴァイオラ　誰があなたを騙します？　誰があなたに酷いこと
　をします？
オリヴィア　自分を忘れたの？　あれはそんな昔のこと？
（従者に）あの神父を呼んで来なさい。（従者退場）
オーシーノ　〔ヴァイオラに〕　　　さあ、行くぞ。
オリヴィア　どこへ？　シザーリオ、わたしの夫、待って！
オーシーノ　夫だと？
オリヴィア　　　はい、夫です。否定出来る？
オーシーノ　おい、この人の夫なのか？
ヴァイオラ　　　　　　　　いいえ、違います。
オリヴィア　酷いわ、夫であることを隠すのは
怖くて卑屈になっているせいね。
怖がらないで、シザーリオ、幸運を受け入れ
いつものあなたになって、そうすれば、あなたが怖がる
人と同じ身分になれるのよ。
〔神父（と従者）登場〕　　お待ちしていました。

神父さま、神父としての威厳に懸けて
ここで明らかにしてください――今の今まで
ここに至るまでの出来事を、機が熟すまで隠しておく
つもりでしたけど――ご存じのことを、この若者と
わたしの間に交わされたばかりのことを明らかにして。
神父　永遠なる愛の契りは
お二方の手が結ばれて確かなものとなり
聖なる接吻が交わされて立証され
指輪の交換によって揺るぎないものとなりました。
この一連の儀式を、神に仕える者の権限において
わたしが執り行いました。
その時から、わたしの時計によれば、墓場に向かって
二時間しか歩を進めておりません。
オーシーノ　（ヴァイオラに）　なりすましの子狐め！
白髪が交じる頃には、どんな古狐になるのか？
それどころか、狡猾さが育ち過ぎ
足を自分の足に引っ掛け、躓《つまず》かないだろうか？
さらばだ。そいつを連れて行け。だが、足は
おれたちが二度と顔を合わせないところに向けろ。
ヴァイオラ　公爵さま、誓って――
オリヴィア　　　　　　　誓わないで！
少しは誠意を見せて、とっても怖いでしょうけど。
〔サー・アンドリュー登場〕
サー・アンドリュー　後生だから、医者だ！　すぐにサー・トー

ビーに医者を。

オリヴィア　どうしたの？

サー・アンドリュー　あいつはぼくの頭をぶん殴り、サー・トービーの頭も血だらけにした！　後生だから、助けてください！　四〇ポンド[11]払ってでも、ここにはいたくない。

オリヴィア　誰の仕業なの、サー・アンドリュー？

サー・アンドリュー　公爵の小姓、シザーリオとかいうやつ。へなちょこかと思ったら、まさに悪魔のようなやつ。

オーシーノ　小姓のシザーリオが？

サー・アンドリュー　あれまあ、ここにいる！（ヴァイオラに）理由もなく、ぼくの頭をぶち割ったけど、サー・トービーに唆されてやっただけなんだぞ。

ヴァイオラ　ぼくが何をした？　怪我なんかさせていないよ。きみは理由もなく剣を抜いた。でも、ぼくは丁寧に話しかけたし、傷つけていない。

〔サー・トービー、フェステ登場〕

サー・アンドリュー　お頭が怪我してりゃ、おれを傷つけたんだ。血だらけのお頭なんて何でもないと思ってるんだろう。ほら、サー・トービーがびっこをひきひきやって来た。詳しく教えてくれるよ。でも、あの人が酔っていなかったら、こっぴどくやられていたところだ。

オーシーノ　（サー・トービーに）どうなされた？　大丈夫ですか？

サー・トービー　どうってことはない、怪我をした、それだけだ。（フェステに）おい、阿呆、医者のディックを見かけなかったか？

フェステ　あの人なら、酔っ払っていますよ、サー・トービー、一時間前から。朝の八時には、目が据わっていました。

サー・トービー　なら、ごろつきだ、のろまなパヴァーヌ野郎め。[12]酔っ払いのごろつきはでえ嫌いだ。

オリヴィア　連れて行って！　誰が騒動を引き起こしたの？

サー・アンドリュー　手を貸すよ、サー・トービー。一緒に手当をして貰おうよ。

サー・トービー　おれに手を貸す？　頓馬、脳天気、悪党、細面《ほそづら》の悪党、間抜けが？

オリヴィア　寝床に連れて行って傷の手当をしてやりなさい。

（サー・トービー、サー・アンドリュー、ファビアン、フェステ退場）

10——O thou dissembling cub! 第四幕第二場で、フェステはガウンを着用して神父になりすます（dissemble）と言っている。公爵は、シザーリオになりすますヴァイオラの正体を知らずに言い当てている。

11——安い牛肉が四〇キロほど買えた額。サー・アンドリューは牛肉が大好き。牛肉を食べ過ぎると馬鹿になると信じられていた。

12——パヴァーヌはゆったりしたイタリアの舞踏曲。舞踏が得意なサー・トービーはものぐさな医者を揶揄している。

〔セバスチャン登場〕

セバスチャン　（オリヴィアに）すみません、お身内に
怪我をさせてしまいました。血をわけた兄弟だとしても
身を守るために、同じことをしたでしょう。
冷ややかな目でぼくを見ておられる
お怒りなのでしょうね。
お許しください。愛しい方、ほんの少し前に
交わした誓いに免じて。

オーシーノ　同じ顔、同じ声、同じ服、同じ二人の人間。
目の錯覚か[13]、ありえて、ありえない[14]！

セバスチャン　アントーニオ！　ああ、大切なアントーニオ
きみと別れてから
どれほど酷い目に遭ったか！

アントーニオ　セバスチャンですか？

セバスチャン　疑うのかい？

アントーニオ　どうやって、身を二つに？
りんごを二つに割っても、これほど
そっくりにはならない。どちらがセバスチャンです？

オリヴィア　驚いたわ！

セバスチャン　（ヴァイオラを見る）　ここにいるのはおれか？
ぼくに兄も弟もいない。ここにも、あらゆるところにもいる神通力など持ち合わせていない。妹はいたが冷淡な大波が飲み込んだ。（ヴァイオラに）どうか教えてください、ぼくの親類ですか？　どこのお生まれ？　お名前は？　ご両親は？

ヴァイオラ　メッサリーナ生まれで、父の名はセバスチャン。
兄の名もセバスチャン。
そのような服を着て海の墓場に眠っています。
霊魂[15]が人の姿形《すがたかたち》をまとえるなら、あなたは
幽霊なのでしょう。

セバスチャン　霊魂かも知れないけれど
この世的な肉体をまとっている
母の胎内で育まれた肉体です。
あなたが女なら、なにもかも一致する
あなたの頬に涙を流しながら言わなければ
「溺れたヴァイオラよ、よく無事で」と。

ヴァイオラ　父は額に黒子《ほくろ》がありました。

セバスチャン　ぼくの父も。

ヴァイオラ　ヴァイオラが生まれてから
一三年目に亡くなりました。

セバスチャン　ああ、その日は決して忘れない！
妹が一三になった、その日に
父はこの世での生を終えた。

ヴァイオラ　この借りものの男服以外に
わたしたちの喜びを邪魔するものがないなら
場所、時、運命が符合して
ヴァイオラとわかるまで、わたしを
抱きしめないでください——確かめるために
この町の船長のところにお連れします、そこに

女の服を預けてあります。親切な船長の助けで
公爵にお仕えするようになったのです。
以後、わたしの身に起きたことすべてが
お嬢さまと公爵に関わるものでした。

セバスチャン （オリヴィアに） それで、間違えたのですね。
でも、自然はあなたを正しく導いた。
乙女と婚約するところでした
でも、決して[16]騙されたわけではありません。
乙女のような男を射止めたのですから。

オーシーノ （オリヴィアに） 狼狽《うろた》えるな、立派な血筋だ。
となれば、目の錯覚は現実であるようだから
何とも幸せな海難事故のお裾分けをいただきたい。
（ヴァイオラに） おい、幾度も言ったな
わたしを愛するほど女を愛することはないと。

ヴァイオラ 申したことすべてを、もう一度誓い
そして、誓ったことすべてを誠実に
昼を夜と分かつ太陽が炎を絶やさないように
誠実に守ります。

オーシーノ さあ、手を
女の服を着たそなたの姿を見せてくれ。

ヴァイオラ わたしを最初に陸《おか》に救い上げた
船長がわたしの服を預かっています。船長は
何かで訴えられ、投獄されております
お嬢さまの執事マルヴォーリオの訴えによるとか。

オリヴィア 釈放させます——マルヴォーリオをここへ。
あら、大変、思い出した
可哀そうに、気が狂っているとか。
〔手紙を手にしたフェステ、ファビアン登場〕
わたしも酷く取り乱し
あの人のことを忘れていました。

13——A natural perspective. 芸術、目の錯覚、自然に出来た本物そっくりのもの。前行の「同じ」の原文はone。

14——that is and is not. フェステの台詞「かくなるものは、かくなるものでなし」（第四幕第一場）に呼応。

15——spirits.「亡霊」（ghost）と「霊魂」（spirit）は曖昧に捉えられていた。カトリック教徒は、亡霊を煉獄から出て来た霊、プロテスタント教徒は悪魔だと信じ、民衆は墓から出て来た存在と理解した。『ハムレット』の亡霊は亡きハムレット王の姿で現れ、ハムレットはその正体をめぐって疑心暗鬼に陥る。

16——a maid and man. この劇における性別の曖昧さを暗示する。女のヴァイオラはセバスチャンそっくりに男装して男になったが、本物のセバスチャンの登場で、女であることが判明し、男でなくなった。セバスチャンは男であるが、ヴァイオラと同じく異性を知らない、つまり、まだ男でも女でもない。

（フェステに）どう、あの人の具合は？

フェステ　実は、お嬢さま、あのような状態の人間の常として、悪魔の大王ベルゼブブを寄せつけまいと奮闘しています。お嬢さま宛てに、手紙を書きました。今朝お渡しするつもりでしたけど、気違いの手紙は福音書ではありませんから、いつ届けてもいいと思っていました。

オリヴィア　開けて読みなさい。

フェステ　注意してお聞きを、阿呆が気違いの手紙を読むのですから。（気違いの振り）「我が主に懸けて、お嬢さま――」

オリヴィア　まあ、気が狂ったの？

フェステ　いいえ、お嬢さま、手紙の主に相応しく読んでいるだけ。まともに読むのをご所望なら、わたしの声色をお許しいただきませんと。

オリヴィア　まともに読みなさい。

フェステ　そうします、お嬢さま、でも、あの人の狂った頭を読むと、こういう読みになる。ですから、斟酌《しんしゃく》し、お嬢さま、耳をお貸しください。

オリヴィア　（ファビアンに）あなたが読みなさい。

ファビアン　（読む）「主に懸けて、お嬢さま、あなたはわたしを虐待した、それを、世間は知ることになるでしょう。わたしを暗闇に閉じ込め、わたしを酔っ払いのお身内に世話させましたが、お嬢さまと同じく、わたしの気は確かです。わたしは、かく装い、振る舞うよう勧めるあなたの直筆の手紙を所持しており、その手紙で、わたしが正しく、あなたが恥じ入るのは疑いありません。わたしをいかようにもお考えください。執事としての義務をいささか蔑《ないがし》ろにし、受けた辱めに声を上げる次第です。

　　　気違い扱いされたマルヴォーリオ」。

オリヴィア　あの人がこれを書いたの？

フェステ　はい、お嬢さま。

オーシーノ　気が触れているようには思えない。

オリヴィア　ファビアン、部屋から出して、連れて来なさい。
（ファビアン退場）公爵[17]さま、どうぞ、事情をご考慮の上
わたしを妻とも姉ともお考えください。同じ日に[18]
二組の縁を結びたいと思います、よろしければ
この屋敷で、こちらの費用で。

オーシーノ　お嬢さま、申し出を喜んでお受けしよう。
〔ヴァイオラに〕そなたを解雇する、よく仕えてくれた――
女であることを隠し[19]
淑女にあるまじき役割を受け入れ――
長い間、わたしを主人と呼んでくれた。
さあ、この手を。これからは
そなたがあるじだ。

オリヴィア　妹――あなたは妹ね。

〔（手紙を手にした）マルヴォーリオ、ファビアン登場〕

オーシーノ　これが例の気違いか？

オリヴィア　　　はい、公爵さま。
マルヴォーリオ、どう？

マルヴォーリオ　お嬢さま、あなたはわたしを虐待し
た、酷く虐待した。
オリヴィア　わたしが、マルヴォーリオ？　まさか。
マルヴォーリオ　ええ。この手紙をお読みください。
ご自分の筆跡であるのを否定されますまい。
書けるものなら、違う筆跡や表現でお書きなさい。
あなたの証印でも文章でもないと言ってご覧なさい。
言えるわけがない。ならば、お認めになり
品位と礼節に懸けて、お教えください
なぜ、ご寵愛をあれほどはっきり示し
微笑みを浮かべて来るよう、十字の靴下留めをしめ
黄色い靴下を履くよう、サー・トービーや下々の者たちに
難しい顔をするようにお命じになったのですか。
見返りを期待して、その通り実行しましたが
なぜ、わたしを監禁し
暗い部屋に閉じ込め、神父を寄こし
考えうるかぎりの酷い悪ふざけをし、わたしを
なぶりものにするのを許したのですか？　お答えください！
オリヴィア　残念ながら、マルヴォーリオ、これは
わたしが書いた手紙ではないわ――よく似ているけど――
マライアの筆跡なのは間違いない。そう言えば
あなたの気が狂ったと
わたしに最初に言ったのはマライアだった。
それから、あなたが微笑みながら、この手紙の
通りの姿で現れた。どうか、落ち着いて。
この悪ふざけがあなたを酷い目に遭わせたのね
でも、その動機と犯人がわかれば
あなたが原告と判事を兼ね
この件を裁きなさい。
ファビアン　お嬢さま、お聞きください
驚くばかりですが、喧嘩や口論で
このめでたい気分を損なってはなりません
そうならないよう願って
進んで白状します、わたしとサー・トービーが

17――as well a sister as a wife. オリヴィアはセバスチャンの妻、公爵の義姉にあたる。
18――one day. one=the same.
19――So far beneath your soft and tender breeding. beneath=unworthy of (OED.adj.B.7)、「不似合いな」。soft and tender は二詞一意、「淑女に相応しい、上流の」。
20――you have done me wrong, notorious wrong. 第四幕第二場で、マルヴォーリオは「これほどの虐待を受けた（abused）者はいません」とサー・トーパスに訴えている。

マルヴォーリオに対して悪ふざけを企みました
あまりに意固地で傲慢無礼な性格に
恨みを抱いていたものですから。マライアが
手紙を書きました、サー・トービーにしつこく
せがまれまして、そのお返しに、サー・トービーは
マライアと結婚しました。恨みからの悪ふざけが
どう行われたかは、双方が蒙った
酷い仕打ちを公平に測れば
復讐よりは笑いを誘いましょう。

オリヴィア （マルヴォーリオに） まあ、可哀そうに
みんなであなたを馬鹿にしたのね。[21]

フェステ そりゃ「高貴な身分に生まれつく者、高貴な身分を勝ち得る者、高貴な身分に押し上げられる者もいる」。マルヴォーリオの旦那、この悪ふざけで、おいらがサー・トーパスの役を演った。まあ、どうってことない。「神懸けて、気は狂っていません」、覚えているかい？ 「お嬢さまが笑って差し上げ、きっかけをおあたえにならないと、口も利けないのです」。かくして、回り巡って[22]復讐される。

マルヴォーリオ おまえらひっくるめて復讐してやる！ （退場）

オリヴィア 酷く虐待されたのね。

オーシーノ （ファビアンに） 追い掛け、宥めてやれ。（ファビアン退場） 船長の話を聞き出さねばな。
事情がわかったら、縁起の良い時に[23]
愛し合う者たちの
厳かな婚礼の式を挙げよう。それまで、優しい姉よ
この屋敷を離れませんよ。シザーリオ、おいで——
男の服を着ている間は、そう呼ばせて貰おう。
女の服になったら、オーシーノの心の王妃だ。
〔（フェステを除き）退場〕

フェステ （歌う）
おいらがチビのころ
ヘイ、ホウ、風と雨
いたずら大目に見られた
雨は降る降る、今日もまた

大人になってみりゃ
それ、ヘイ、ホウ、風と雨
ごろつき、盗人に門ぴしゃり
雨は降る降る、今日もまた

女房娶りゃ
ヘイ、ホウ、風と雨
見透かされる空威張り
雨は降る降る、今日もまた

老いぼれりゃ
ヘイ、ホウ、風と雨
大酒食らって、二日酔い

雨は降る降る、今日もまた
大昔、この世が始まった

ヘイ、ホウ、風と雨
芝居は終わり
お気に召すよう精進しますよ、今日もまた。[24]

21——baffle. 第二幕第五場で、サー・トービーは、マルヴォーリオを馬鹿にしてやると言っている。
22——the whirligig of time brings in his revenge. whirligig=something that is continually whirling (OED.n.3.a)、「ぐるぐる回ること」。
23——golden time. golden=exceedingly propitious (OED.adj.4.b).
24——The Arden Shakespeare *Twelfth Night* (2015) の巻末に、劇中の歌の楽譜が掲載されている。

解説　パロディ化で照射される人間の真理

鱒がブタに、空がカジキマグロに変身！

シェイクスピアの喜劇を読む楽しさは、当時の人びとの生活が垣間見られることだ。歴史書や参考書からはわからない風習や習慣などが山ほど盛り込まれている。『十二夜』にとびきり面白い例がある。

第二幕第五場、マライアが偽の手紙を落として、マルヴォーリオを罠に掛ける場面。

マライア　三人とも、柘植《つげ》の茂みに隠れてちょうだい。マルヴォーリオがこの道を下りて来るから。あいつったら、向こうの日向で、自分の影を相手に、半時《はんとき》も立ち居の稽古をしているのよ。お願い、よく観察してね。この手紙があいつを黙想にふけるまぬけにしてくれるから。お願い、隠れて！（三人隠れる。マライア、手紙を落とす）そこにいなさい。くすぐられると捕まる鱒《ます》が来るからね。

鰓をくすぐったり、鱒を撫でたりして捕獲する釣りの方法があった。鱒のこの習性はことわざにもなっている。故郷のエイヴォン川で、くすぐったり、撫でたりして魚釣りを楽しむ少年シェイクスピアの姿が目に浮かぶ。マルヴォーリオは熊、自惚れ屋の七面鳥、すぐ罠にかかる山鴫、くさい臭いを放つ穴熊、小型の隼、馬鹿な猟犬などに譬えられている。既訳には、「今すぐブタが来るからね、おだてて木でも登らせちゃうのよ」、「ほうら、ちょろいカモが来た」などがある。鱒をカモやブタに勝手に変身させることは出来ない。

もう一つ例を挙げよう。第三幕第一場、ヴァイオラが道化フェステに、オリヴィアへの取り次ぎを頼むと、言葉の遊び人のフェステはこう答える。

フェステ　……あんたがいずこから来たか、家の者に取り次いでやる。何者で何の用事かは、おいらの領空じゃない。領域と言いたいとこだけど、使い古されちゃったので。

「領空」の原文はwelkin（the region of the air in which the clouds float, birds fly. OED.n.3）、空を表す詩的な表現。「領域」の原文はelement、空を表す普通の表現。道化フェステの言葉の引き出しには、豊かな語彙が収められていることがわかる。既訳の一つは「あんたが誰で用事が何かは、俺にとっちゃ対岸の『カジキマグロ』よ。『火事』って言うとこだけど、もう使い古されてるんでね」。「カジ」と「火事」の語呂合わせか？

「カジキマグロ」は『小学館　精選版　日本国語大辞典』によると、「東南海にて漁する大魚にして東京にては之をカヂキマグロと称す」。イギリス人には馴染《なじ》みのない魚らしい。「空」が日本で、カジキマグロに変身したことを知ったら、シェイクスピアは仰天するに違いない。

フェステは詭弁《きべん》を弄《ろう》しながら、物事の本質を突く。だからこそ、オリヴィアもオーシーノ公爵も宮廷を自由に歩き回らせている。道化フェステの言葉遊び、語呂合わせ、仄めかし、歌には、人間の運命の核心を突く真理が隠されている。

『ロミオとジュリエット』のパロディ？

シェイクスピアの喜劇は『十二夜』で頂点に達し、その後に四大悲劇『ハムレット』『オセロー』『リア王』『マクベス』の時代に突入する。

シェイクスピアの初期の悲劇の傑作が『ロミオとジュリエット』であることに異論はないだろう。

シェイクスピアは四大悲劇を執筆する前に、『ロミオとジュリエット』のテーマを、別のベクトル、別の視座から見ようとした。コインの裏と表のように、物事の本質は複眼的な視点から見なければ理解することは難しい。主要テーマを『十二夜』でパロディ化して、人間の行動をあらためて照射しようとしたのではないだろうか。

サー・アンドリューとヴァイオラ（シザーリオ）のへなちょこ同士の決闘は、ティボルトとマキュショー、ティボルトとロミオ、ロミオとパリスの真剣勝負のパロディだ。

結婚のテーマも同じ。ロミオとジュリエットは出会った夜に、結婚の約束を交わし、翌日には、ローレンス神父のもとで結婚する。オリヴィアはセバスチャンをシザーリオと勘違いし、会ったばかりのセバスチャンを礼拝堂に連れて行って、結婚式を挙げる。オーシーノ公爵は、女の服を着たヴァイオラを確認することなく、男装のヴァイオラに求婚する。サー・トービーとマライアに至っては、結婚に至る詳細さえ省かれている。

この三組のカップル、意志の確認はされておらず、どこかちぐはぐ。オリヴィアはシザーリオと結婚したつもりだが、相手は見ず知らずの男。オーシーノ公爵はオリヴィアに振られたとたん、ヴァイオラに乗り換える。ヴァイオラが性的マイノリティだったら？ サー・トービーはアル中で、希代の無頼漢。玉の輿《こし》に乗ったマライアの運命や、いかに？

「狂気」もパロディ化されている。マルヴォーリオの「狂気」、オーシーノの病的な恋の耽溺《たんでき》、オリヴィアの一方的な恋の「狂気」。「狂気」は後期悲劇のなかで深く鋭く追求され、国家的な破滅の要因が秘められていることが暴かれる。

男装の麗人

『十二夜』で最も目を惹《ひ》くのは男装のヴァイオラであろう。『ヴェローナの二紳士』のジューリア、『ベニスの商人の』のポーシャ、ポーシャの侍女ネリッサ、『お気に召すまま』のロザリンド、『シンベリン』のイモージェンも男装の麗人。美貌に恵まれ、機知に富み、頭の回転が速く、自己規制が出来、自己認識を持っている。優しさを失うことなく、知識、洞察力、知性、勇気を生かして冒険に挑み、幸せを摑《つか》む。

当時、女性が男の服をまとうのは禁じられていた。ロンドンの演劇界で女性を演じるのは、声変わりする前の少年俳優。ヴァイオラに扮する少年が男の衣装をまとうのであるから、違反にならない。観客は不安も疑念も抱かず、男装の麗人たちの冒険を楽しんだ。

ヴァイオラは、公爵への想いを押し殺し、公爵の気持ちをオリヴィアへ伝えるという辛い役目を引き受ける。そして、心の痛みを乗り越えて成長し、結婚への階段を駆けのぼる。

他者への無私の奉仕が愛の成就につながる。ヴァイオラの逆境を克服する力、辛抱強い愛、無私の奉仕が、幸せをもたらした。観客はこのような男装の麗人に拍手喝采した。

冬物語

The Winter's Tale

『冬物語』

登場人物

シチリア

レオンティーズ……シチリア王

マミリアス……シチリア王子

カミロ……シチリア貴族

アンティゴナス……右に同じ

クレオミニーズ……右に同じ

ダイオン……右に同じ

ハーマイオニ……シチリア王妃

パーディタ……レオンティーズとハーマイオニの娘

ポーリーナ……アンティゴナスの妻

エミリア……ハーマイオニの女官

牢番

紳士

ロジェロ……紳士

ポーリーナの家令

水夫

役人たち（ハーマイオニの裁判での）

召使い（マミリアスに仕える）

ボヘミア

ポリクシニーズ……ボヘミア王

フロリゼル……ボヘミア王子、羊飼いドリクリーズに変装

羊飼い……パーディタの育ての親

道化……羊飼いの息子

オートリカス……行商人

アーキダムス……ボヘミアの貴族

モプサ……羊飼いの女

ドーカス……羊飼いの女

時……口上役

他に貴族たち、貴婦人たち、紳士たち、従者たち、羊飼いたち、サテュロスに扮する一二人の踊り手たち、熊、召使いたち

翻訳底本は The Arden Shakespeare *The Winter's Tale*. Edited by John Pitcher. London: Bloomsbury, 2016.

第一幕第一場

〔カミロ、アーキダムス登場〕

アーキダムス　カミロ、わたしのように、陛下のお供をしてボヘミアにお越しになる機会があれば、ボヘミアとシチリアには大きな違いがあるのが、おわかりになりましょう。[1]

カミロ　ご訪問のお返しに、陛下はこの夏ボヘミアへ行かれるおつもりです。

アーキダムス　お恥ずかしいことに、満足のゆくおもてなしは出来ませんが、心を込めてお迎えし、その埋め合わせを致します。実は――

カミロ　お続けください――

アーキダムス　知るかぎりのことを、ありのままに申し上げます。わたくしどもはこれほど豪勢なおもてなしは出来ません――あまりに素晴らしく――何と申したら良いか。眠気を誘うお酒を差し上げて、行き届かぬ点に気付かれず、お褒めにあずかれずとも、お咎《とが》めを受けずに済みますれば。

カミロ　快く差し上げたものに、高価な代金をいただくようなものです。

アーキダムス　承知しているかぎり、正直に申し上げました。

カミロ　シチリア王はボヘミア王に友情をお示しきれないのです。ご幼少の頃、一緒にお育ちになり、そのとき根づいた友情は、今や、枝葉を茂らせています。王になられてからは、公務のために、お会いするのは叶《かな》いませんでしたが――お会いせずとも――贈り物、手紙、忠実な大使を介して友情を温め、離れていても、ご一緒におられるようでした。広大な海と陸を挟んで手を握り、向かい風の両端で抱擁《ほうよう》しておられました。お二人の友情が末永く続きますように。

アーキダムス　この世には、それほどの友情を変える悪意も原因もありますまい。愛らしいマミリアス王子がおられ、言うに言われぬ慰めがおありでしょう。あれほど将来が楽しみな方にお目にかかったことはありません。

カミロ　将来が楽しみ[2]な点では同感です。頼もしいお子です。国民を元気づけ、老人を若返らせてくださる。お生まれになる前に杖をついていた者は、成人されるのを目にするまで生き永らえたいと望んでいます。

アーキダムス　さもなくば、死んでもいいと思うのですか？

カミロ　ええ、他に理由がなければ、生き永らえたいと願うでしょうか。

1――気候や文化の違いだけでなく、シチリアはヨーロッパの穀倉地帯として経済的に豊かで、それより北に位置するボヘミアは貧しく、経済格差が著しかった。

2――若者が国や民の希望であるというのは、「友情」と共に、この劇の主要テーマ。

アーキダムス　陛下にお子がなかったら、お子をもうけるまで
杖にすがって生きたいと願うでしょう。〔退場〕

第一幕第二場

〔レオンティーズ、ハーマイオニ、マミリアス、ポリクシニーズ、カミロ登場〕

ポリクシニーズ　羊飼いの観察によれば
わたしが国務を離れて以来
月[3]は九回満ち欠けした。お礼を申せば
それと同じだけの月日がかかりましょうが
永遠にご恩を返せぬままお別れ
しなければなりませぬ。この豊かな国では、数字のゼロ
のように何の価値もないが、今一度「ありがとう」と述べ
これまでの何千もの「ありがとう」を
何倍にも致します。
レオンティーズ　その「ありがとう」はしばらく控え
別れるときに言ってくれ。
ポリクシニーズ　明日、お暇《いとま》します、陛下。
留守中に、何か起きてはしまいか
何か進展していまいか、気がかりなのです。
肌を刺す[4]祖国の風に吹かれて「心配には
理由があったのだ」と後悔したくないのです。それに
わたしが長逗留し、さぞお疲れであろう。
レオンティーズ　あなたが課すなら
どんな過酷なことでもやってのける。
ポリクシニーズ　これ以上はとても。
レオンティーズ　あと七日間だけでも。
ポリクシニーズ　明日と決めました。
レオンティーズ　それなら、七日を二等分しよう。
嫌とは言わせぬぞ。
ポリクシニーズ　どうか、無理強いしないでください。
あなたの言葉ほど、わたしの心を動かし説き伏せる
ものはこの世にない。今もそうです
断る必要があるのに、是非にと頼まれると
断りきれない。しかし、国許《くにもと》の事情で
後ろ髪を引かれる思いで帰国します。それを妨げるのは
友情とはいえ、わたしにとり鞭。留まれば
負担をかけますし、迷惑でもありましょう。そのためにも
お暇したい。
レオンティーズ　妃よ、口が利けないのか？　加勢してくれ。
ハーマイオニ　ご友人が滞在を延ばせないと誓言するのを
あなたが引き出すまで、黙っているつもりでした。
陛下、説得力に欠けるのです。ボヘミアは
平穏無事だと申し上げてください。昨日
ボヘミアから知らせが入りました。そうおっしゃって。
堅い守りをお解きになられましょう。
レオンティーズ　よくぞ申した。
ハーマイオニ　ご子息に会いたいなら、致し方ありません。

そう仰せなら、お帰りいただきましょう。
そう誓っていただき、お別れしましょう。
糸巻き棒で叩き出して差し上げますわ。
（ポリクシニーズに）陛下のご逗留を
一週間、お借りしとうございます。
ボヘミアで主人をお迎えいただくときは
決められた帰国の日を一か月延ばす許可を
差し上げます。でも、レオンティーズ
本当は、わたしは、どんな妻も、時計の針を遅らせるのは
嫌なのです。お留まりくださいますわね？

ポリクシニーズ　出来ません。

ハーマイオニ　いいえ、そうしていただきますわ。

ポリクシニーズ　どうしても。

ハーマイオニ　どうしても？
そのような気のないお断りでごまかすおつもり？　でも
星々を誓いで払い落として見せる[5]とおっしゃっても
「お帰りにならないで」と申し上げますわ。どうしても
お帰し出来ません。女性の「どうしても」には殿方の
「どうしても」と同じ力があります。それでも
お帰りになりますか？　囚人としてお引き留めします
お客さまとしてではなく。お帰りに
心付けをいただき[6]、お礼の言葉は免除して差し上げます。
いかがかしら？　わたくしの囚人？　それともお客さま？
あなたの恐ろしい「どうしても」に懸けて
どちらかをお選びください。

ポリクシニーズ　では、あなたの客として。
囚人になれば、罪を犯したことになり
罰せられるより
心穏やかではいられません。

ハーマイオニ　では、わたしは牢番ではなく
優しい女主人ですわね。さあ、聞かせてくださいな。
幼少の頃、あなたと主人はどんな悪戯《いたずら》をしたのです
さぞかし、可愛い王子さまだったのでしょうね？

ポリクシニーズ　二人とも

3――the watery star.『ハムレット』ではthe moist star（第一幕第一場）、『夏の夜の夢』ではgoverness of floods（第二幕第一場）。wateryは「水」ではなく、潮の満ち干を司るという意味。子が宿り産まれるまで九か月、ボヘミア王のシチリア滞在も九か月、滞在期間もレオンティーズの疑惑を招く。

4――sneaping=nipping, biting (OED adj.). ポリクシニーズは続く台詞で、堅苦しい「余」（royal we）ではなく、「わたし」（I）を使う。

5――天動説によれば、太陽、月、星々は地球を回っている。

6――囚人は牢獄を出るときに、牢番に心付けを払う習慣があった。「どうしても」（verily）は、気力に欠ける表現。

将来のことは考えず
明日も今日と同じ
永遠に、少年のままだと思っていました。
主人のほうが
ハーマイオニ
ずっと悪戯っ子だったでしょう？
ポリクシニーズ　日向《ひなた》で元気一杯ふざけ
メエメエ鳴き交わす双子の子羊のようで、無邪気な言葉や
思いを交わしました。原罪[7]のことなど露知らず
悪を働く者がいることなど夢見さえしませんでした。
そのような日々を送っていたら
子どもらしい心が大人の情熱で
図太くなりはしなかった。天に向かって
堂々と「無実です」と答え、アダム以来科されてきた
罪を晴らすことが出来たでしょう。
そうしますと
ハーマイオニ
道を過《あやま》たれたのはその後ですわね？
気高いお妃さま
ポリクシニーズ
その後、誘惑が忍び寄って来たのです
羽も生え揃《そろ》わぬ若鳥の頃は、妻も子どもでした。
そのときは、美しいあなたは
わたしの遊び友達の目に留《と》まっていなかった。
まさか！
ハーマイオニ
その結末は結構ですわ、あなたのお妃さまとわたしが
悪魔になりかねませんもの。でも、お続けになって。

お二人に罪を犯させたのがわたしたちなら、責任を取ります
わたしたちと初めて罪を犯し
わたしたちと罪を犯し続け、わたしたち以外の
誰とも罪を犯していないのなら。
口説き落とせたか？
レオンティーズ
ハーマイオニ　ご滞在くださるわ、あなた。
わたしの頼みは
レオンティーズ
聞こうとしなかった。愛しいハーマイオニ、そなたの言葉が
これほどの成果をあげたことはなかった。
一度も？
ハーマイオニ
レオンティーズ　いや、一度だけあった。
ハーマイオニ　まあ？　二度も？　いつです？
教えてくださいな。お褒めの言葉でお腹《なか》を一杯にし
家畜のように太らせて。一つの良い行いが語られなければ
この先の一千もの良き行いを抹殺してしまいます。
褒め言葉は女が求めるご褒美。
優しい接吻一つで、拍車をかけるよりずっと遠くまで
走らせることが出来るのですよ。でも、肝心なことを。
二度目は、ご友人をお引き留めしたことね。
一度目は何でしたの？　思い違いでなければ
姉にあたるのね。その名が「恵み」であって欲しい！
前にも一度良いことを言ったのね？　いつ？
さあ、何か教えて——お願い。
他でもない
レオンティーズ

何の進展もないまま、死ぬほど辛い三か月が過ぎ
ついに、そなたが白い手を開き
わたしの愛に応えてくれたときだ。[8] そなたは言った
「わたしは永遠にあなたのもの」。

ハーマイオニ　お恵みですね。
わたしは二度も立派なことを言った。
一度目は、王さまを夫にした。
二度目は、あの方をお引き留めした。
（手をポリクシニーズに預ける）

レオンティーズ　（傍白）　度が、度が過ぎる！
友情も度が過ぎると、血の交わりになる。[9]
心臓が激しく鼓動している。心臓が鼓動している
嬉《うれ》しい、嬉しいからではない。王妃の
もてなしぶりには、何ら疚《やま》しいところはなく
真心、寛容、温情から自《おの》ずと出たもので
女主人として称賛に値する――それは認める――
しかし、今のあの二人のように
手のひらを撫《な》でたり、[10] 指をそっと絡めたり
鏡を覗《のぞ》くかのように作り笑いをしたり
射止められた鹿のように呻《うめ》いたりするのは――そんなのは
気に食わぬ。寝取られ亭主の角はご免だ――マミリアス
そなたはわたしの息子か？

マミリアス　はい、お父さま。

レオンティーズ　そうだな。
いい子だ。[11] おや？　鼻が汚れているぞ。
わたしにそっくりだと、みなが言う。おい、隊長
こぎれい《ニート》にな――牛《ニート》じゃない、こざっぱりとだ、隊長
（マミリアスの顔を拭く）
雄牛、若雄牛、子牛には角があり、ニートと呼ばれる。――
ヴァージナルを弾くように、あいつの手の平を？――おい
元気な子牛！　おれの子か？

マミリアス　はい、お父さまがお望みなら。

レオンティーズ　わたしにそっくりになるには
ぼさぼさの髪と立派な角がなきゃな。みなが言う

7――doctrine of ill-doing. 台詞の最後に、同じ意味で hereditary ours が使われている。
8――clap thyself my love=to clap palms or hands. 契約成立のしるしに、手を打つ習慣があった。
9――mingling blood. 精液は主に血液から出来ており、性交すると血が交じると信じられていた。
10――paddling palms. paddle=to finger idly (OED.v.2.b).『オセロー』（第二幕第一場）では、デズデモーナとキャシオーが手で触れ合うのを見ながら、イヤゴーが邪推する。
11――bawcock. レオンティーズはマミリアスに captain, calf, sir, page, villain, gentleman, friend などと呼びかける。

卵のように瓜《うり》二つだと――特に女どもがそう言う
何でも言うからな。染め直した黒い布のように
風のように、水のように[12]
人さまと自分のものの見分けがつかないやつの
いかさま賽子《さいころ》のように嘘つきだろうと
この子がおれに似ていると言う。さあ、坊や
空のように青い目でわたしを見てご覧。可愛いやつ
誰よりも愛しい、血を分けた子！　そなたの母が？
これは妄想か？[13]――貴さま、妄想は核心を突き
ありえないことを、ありえると思わせ
夢と通じ――ありえるか？――
相棒として
ありもしないものと力を合わせる。それなら、妄想が
何かと結合することはありえる、現に、そうだ
それも、限度を超えて、おれはそれがわかった
脳が冒されたように、額が痛み
角が生えそうだ。
ポリクシニーズ　シチリア王はどうなされた？
ハーマイオニ　落ち着かないご様子。
ポリクシニーズ　　いかがなされた？
レオンティーズ　えっ？　そちらこそどうされた？
ハーマイオニ　　眉を
ひそめ、悩んでおられるよう。
何かお悩みでも、あなた？

レオンティーズ　　いや、正直、何でもない。
ときに、可愛いあまり、親馬鹿ぶりや
溺愛ぶりを曝け出し、みすみす
強気の親たちの笑いの種になるものだ。
この子の顔を見ているうちに、二三年前を
思い出していた、まだ半ズボンも穿かず[14]
緑色の天鵞絨《ビロード》のスカートを穿いていた。短剣の先は[15]
石突きがついていた、持ち主を傷つけないようにな
飾りとはいえ、凶器になる。
熟す前のエンドウの莢《さや》[16]
この小さな紳士のようだったろう。おい、友よ
金《かね》の代わりに卵を受け取るか？
マミリアス　　いえ、お父さま、闘います。
レオンティーズ　闘う？　幸運を祈る！　ボヘミア王
あなたも、幼い王子を、わたしのように
溺愛しておられるのでしょうな？
ポリクシニーズ　　寛いでいるときは
いつも一緒、我が喜びの源、唯一の関心。
誓いを交わした戦友ともなれば、敵ともなる。
宮廷のおべっか使い、軍人、政治家、何にでも。
七月の一日《いちにち》を一二月のように短くし
くるくる変わる子どもらしさで、血が凝《ここ》るほどの[17]
深い悩み[18]を癒してくれる。
レオンティーズ　　このちびっ子騎士と同じだな。

二人であたりをぶらついているので、陛下、そちらも
歩きながら大事な話をしてくれ。ハーマイオニ
わたしを愛しているなら、丁重にもてなすのだぞ。
シチリアで高価なものも安物と思って貰うように。
おまえと、この可愛い流離い人《さすらびと》に次いで、
大事なお人なのだから。

ハーマイオニ
　　　　　ご用がおありなら、わたしたちは
庭におります。そこでお待ちしましょうか?

レオンティーズ　好きにするがいい。この空の下にいるかぎり
見つけ出すから。（傍白）今、おれは釣りをしている
どう引っ掛けるか、気付いていまい。
よし行け、行け!

唇を、嘴《くちばし》をやつに突き出し
それに、女房の大胆さで
夫であるかのように腕を絡ませている。
（ポリクシニーズ、ハーマイオニ退場）一線を越えたのだ。
間違いなく、[19]膝まで、耳まで泥沼にどっぷりはまっている!
遊んでおいで、坊や、遊んでおいで。母さんは遊んでいる
父さんも遊ぶからね。だが、あまりに恥ずべき役
その果実は[20]墓場に行くまでおれを嘲笑するだろう。
軽蔑と罵声が弔いの鐘。遊んで、坊や、遊んでおいで。
おれの前にも、寝取られ亭主はいた
今もいる、しかも大勢いる、この瞬間も
こうして喋《しゃべ》っている間も、妻の腕を取りながら

12——ことわざ「風のように、水のように嘘つき」（False as wind, as waters）。黒い布は嘘を隠す。
13——May't be/Affection? affection=mental state brought about by any influence (OED.n.I.1.a).
14——男の子は七歳ほどになるまで、半ズボンではなく、スカートを穿くのが慣習だった。
15——my dagger muzzled. muzzle=to restrict or curtail the activity of a person (OED.v.I.1.a). 剣先にたんぽなどをつけて丸くした。
16——squash=the unripe pod of a pea (OED.n.I.1.a).『十二夜』（第一幕第五場）で、マルヴォーリオはヴァイオラ扮するシザーリオを「熟す前のエンドウの莢《さや》」と描写する。
17——thick my blood. thick=to make dense in consistence (OED.v.1)、「濃くする」。心身ともに健やかな人の血は薄く健康。血が濃くなると、憂鬱になったり病気になると信じられていた。マクベス夫人の台詞「恐ろしい残忍さで満たしておくれ。血を凝らせ／憐れみへの道を塞いでおくれ」（『マクベス』第一幕第五場）。
18——thoughts. 単なる憂鬱や物思いより、深い悩み。
19——Inch-thick=beyond doubt. 標準の厚板材は一インチ、強さなどの度合いを測る言葉に。
20——issue. 果実はハーマイオニが胎《はら》に宿す「私生児」を暗示。

思いもしないのだ、留守中に妻の水門が開けられたとは
にやにや笑いの隣人が自分の池で釣りをしたとは。
そこに救いがある[21]
他の男も水門を持ち、その水門も開けられたのだ
おれの水門のように、不本意にも。不貞な妻を持つ男が
みな、絶望せねばならぬなら、一〇人に一人の男が
首を吊るだろう。つける薬はない。
邪淫の星ヴィーナスは上り坂のとき
情欲を唆《そそのか》す。驚くなかれ
東西南北、至るところで力を奮《ふる》う。要するに
女の操を守る手立てはないのだ。確かだぞ
女の欲情は陰嚢《いんのう》と精巣《せいそう》を携えた
敵を出入りさせる。何千もの夫が
この病に罹《かか》り、感じもしない。おい、坊や、何だ?

マミリアス　ぼくはお父さま似だって。

レオンティーズ　そうか、ほっとする。
カミロ、いるか?

カミロ　（進み出る）はい、陛下。

レオンティーズ　遊んでおいで、マミリアス、いい子だ。

（マミリアス退場）

カミロ、ボヘミア王は帰国を延期した。

カミロ　陛下はあの方の錨《いかり》を降ろそうと苦労されました。
錨をお投げになるたびに、戻って来ました。

レオンティーズ　見ていたか?

カミロ　陛下のお頼みに、滞在を延ばそうとなさらず
お国でのご公務が大事だと仰せでした。

レオンティーズ　気付いていたか?
（傍白）みなすでにおれの立場に気付き
「シチリア王は云々《うんぬん》」と囁《ささや》いていた。最後にわたしが
知ったとき、事態は進んでいた。[22]　――カミロ、どうして
王は滞在を延ばす気になった?

カミロ　貞淑なお妃さまの懇願で。

レオンティーズ　「お妃さまの」は良い。「貞淑な」は
適切であるべきだが、こうなった以上、良くない。
そちの他に勘の鋭い者がいたか?
そちは頭の回転が速く、並の人間より
わかりが早い。眼識の鋭い人間以外は
気付いていないはずだが?　並々ならぬ
頭の持ち主以外はな?　下々の者たちは
おそらく、この件に気付いていまい?　言え。

カミロ　この件とは、陛下?　ボヘミア王のご滞在延期は
たいていの者が知っております。

レオンティーズ　はっ?

カミロ　ご滞在延期です。

レオンティーズ　そうだ、なぜだ?

カミロ　陛下のご意向に添い、また、いとも
優しきお妃さまの願いを叶えるため。[23]

レオンティーズ　叶える?

妃の願い？　叶える？
聞きたくない。カミロ、そちには、国政から
私事に至るまで、何もかも打ち明けてきた。
そちは神父のように耳を傾け
この胸を清めてくれた。別れるときは、悔い改めた
人間になっていた。だが、そちの高潔さに
騙《だま》されていた。見かけに
騙されていた。

カミロ　何を仰せです、陛下！

レオンティーズ　確と言う。そちは誠実な人間ではない。
誠実な質《たち》と言うなら、臆病者だ
臆病が誠実の膝腱《しつけん》を切って走れなくし
進路をそらせる。もしくは
わたしの信頼に接ぎ木された臣下でありながら
怠慢だった。もしくは、たわけだ
財宝を賭けた[24]勝負を目にしながら
戯れとしか思わぬとは。

カミロ　お優しい陛下
わたしは怠慢で、愚かで、臆病かも知れません。
何人もその一つから逃れられず
しかも、己の怠慢、愚かさ、臆病は
この世の無数の仕事をこなすうちに、ときに
表に現れてしまいます。陛下にお仕えしながら、陛下
故意に怠慢だったとすれば
わたしの愚かさゆえ。
わざと愚か者を演じていたとすれば、怠慢ゆえ
結果をとくと考えなかったため。結果を案じるあまり
実行するのに臆病になっていたら
実行を怠ったことに対して[25]
抗議の声を上げます、それは、怖れゆえ
賢者をさえ蝕《むしば》む過ちです。こういった過ちは、陛下
誠実な人さえ免《まぬが》れられない、許されるべき
弱点ではないでしょうか。でも、陛下、どうか
歯に衣《きぬ》着せずにおっしゃってください。わたしの過失が
どのようなものかお教えください。わたしが否定すれば
身に覚えのない過失であります。

---

21 here's comfort int. ことわざ「苦しみにあって、道づれがいるのは救いである」（Comfort is to have company in misery）のもじり。
22——ことわざ「最後に知るのは寝取られ亭主」（The cuckold is the last that knows of it）。
23——satisfy. レオンティーズは「欲望を叶える」と解釈する。
24——rich stake drawn.「財宝」はハーマイオニの貞節。
25——non-performance=failure or neglect to perform (OED.n.).

レオンティーズ　見なかったのか、カミロ——
疑う余地はない。おまえは見た、でなければ、その目玉は
寝取られ亭主の角より鈍感——あるいは聞いたであろう——
あれほどあからさまなのだから、噂が
立たないはずがない——あるいは考えたであろう——
考えないやつには、こう考える力がないからだ——
おれの妻は身持ちが悪いと。白状するなら——
あるいは、恥知らずなら、こう言ってみろ。
目も、耳も、思考力もないと——さあ、言え
おれの妻は、張り子の馬[26]
婚約もしないうちに身を任せる機織り娘のように
尻軽だと。言え、認めろ。
カミロ　お妃さまが汚名を着せられるのを聞いて
傍観者でいるわけにはおれず
即刻、報復します。残念です、このように
陛下に似つかわしくないことを口にされたことは
これまでなかった。真実だとしても、これほどの
罪を何度も口にするのは罪です。
レオンティーズ　囁くのは何でもないのか？
頬と頬を寄せても？　鼻をくっつけても？
唇を吸いあっても？　溜息《ためいき》で
笑いを途中で止めても？——それこそ、貞節を破った
確実な証拠。足と足を重ねても？　隅で
こそこそしても？　時が早く過ぎればいいと願っても？
一時間が一分で、昼が真夜中であればいいと願っても？
自分たち以外の人の目がみんな白内障に罹れば、悪事を
見られずに済むと思っても？　これは何でもないのか？
これが何でもないなら
この世も、この世のすべても何でもないし
大地を覆う空も何でもないし、ボヘミア王も何でもないし
おれの妻も何でもないし、何もかも何でもない。
カミロ　どうか
陛下、そのような病的な考えはお止めください、すぐに
とても危険です。
レオンティーズ　そうかも知れないが、真実だ。
カミロ　いえ、違います、陛下。
レオンティーズ　そうだ——嘘つき、嘘つき！
嘘つきだと言っているのだ、カミロ、おまえが憎い
野暮な田舎者、愚鈍な奴隷
気迷う日和見《ひよりみ》
善と悪を同時に見て、両方に頭を下げる。
妻の肝臓[27]が、生き様《ざま》と同じく病毒に
冒されているなら、命は砂時計の砂が尽きるまで
もたない。
カミロ　誰がお妃さまを汚染した[28]のですか？
レオンティーズ　そりゃ、肖像画入りメダルのように
妻をぶら下げている男[29]、ボヘミア王だ—
おれに忠実な召使いがいて、物を見る目があり

おれの名誉を自分たちの利益や損得と
同じに大切に思うなら、これ以上
やらせないようにしてくれるだろう。そうだ
おまえはやつの酌人だな——身分の低いおまえを
取り立て、高い地位につけてやった、見えるはずだ
天が地を、地が天を見るように、はっきりと
おれがどれほど苦しんでいるか——おれの敵の目を
永遠に閉じるために、杯に一服盛る[30]
その一杯が、病を回復する薬になる。

カミロ　陛下
やろうと思えば、やれます。即効性はありませんが
少量でゆっくり効き[31]、毒薬とは違い、疑いを
招かないものです。でも、高貴なお妃さまに
そのような過失があったとは信じられません
このうえなく貞淑なお妃さまですから。
あなた[32]を敬愛してきましたが——

レオンティーズ　妃の不貞を
信じられぬなら、くたばれ。おれがあまりに狂い
あまりに取り乱し、勝手に苦しんでいると思うのか？
白く清らかなシーツを自分で汚していると——
シーツが白ければ、安らかな眠りが訪れる。汚されれば
刺し棒や、棘《とげ》や、茨や、蜂の針となり——
王子、我が子の出生に疑いがかかる
我が子と思い、我が子と愛している
確たる理由もないのにか？　そんなこと出来るか？
人はそれほど惑《まど》うものか？

カミロ　陛下を信じる他ありません。
ええ、信じます。ボヘミア王にはご退場いただき

26——hobbyhorse.「淫売」の意味。枝編み細工の馬で仮装して、モリスダンスに登場する。『オセロー』（第四幕第一場）でも同じ使われ方がされている。

27——肝臓は情熱（情欲）や感情の源と考えられていた。

28——infect. シェイクスピア作品では、疫病の語彙が多く使われている。

29——her medal. ハーマイオニが親愛の印に、ボヘミア王に贈った自分の肖像画入りのメダル（ペンダント）。宮廷では、愛や友情の印に、メダルや細密《ミニチュア》肖像画を贈る習慣があった。

30——bespice=to season with spice (OED.v.1). 毒殺は禁じられていた。被害者は筆舌に尽くし難い苦しみを味わう。レオンティーズの残酷さが浮かび上がる。

31——lingering dram. lingering=characterized by slow action (OED.adj.b).

32——カミロは王に「陛下」(sir, my lord) と呼びかけるが、ここでは敬意度の低い「あなた」(thee) に変える。カミロの覚悟が読み取れる。

抹殺した後、陛下が初めてのときのように
お妃さまをお迎えになられますならば
王子さまのためにも、それに
宮廷や同盟国で悪い噂が
立つのを防ぐためにも。

レオンティーズ　　まさに、そうしようと
考えていた。
妃の名誉を傷つけはせぬ、絶対に。

カミロ　　陛下、どうぞ
なかへ。宴席では、何食わぬ、友情溢《あふ》れるお顔で
ボヘミア王とお妃さまとお交わりください。
わたしはボヘミア王の酌人。
ボヘミア王に健やかな酒を注ぐようなら
陛下の僕《しもべ》ではないとお考えください。

レオンティーズ　　それが肝心だ。
やれ、そうすれば、おれの心の半分はおまえのもの。
やらなければ、己を引き裂くことになる。

カミロ　　やります、陛下。

レオンティーズ　友達らしく振る舞おう、助言に従ってな。

〔退場〕

カミロ　ああ、可哀そうなお妃さま。とはいえ
おれの立場は何だ？　立派なポリクシニーズさまを
毒殺しなければならないとは、しかも大義は
主君への忠義――その主君たるや
ご自身に背き、すべての臣下に
同様のことをさせようとしている。これをやれば
出世が待っている。聖別された王を殺して
その後、我が世の春を謳歌《おうか》した例が何千あろうとも
やりたくない。ましてや
真鍮《しんちゅう》や石の記念碑、書物に例がない以上[33]
卑劣漢ですらやらないだろう。この宮廷を
捨てる他ない。やろうと、やるまいと
身の破滅。運命の星よ、守り給え！

〔ポリクシニーズ登場〕

おや、ボヘミア王がこちらに。

ポリクシニーズ　　奇っ怪だ。
どうも歓迎されなくなったようだ。口も利かない？
――おお、カミロか。

カミロ　　ご機嫌よろしゅう、陛下。

ポリクシニーズ　変わったことは？

カミロ　　特に何も、陛下。

ポリクシニーズ　王が難しい顔つきをしておられる
我が身のように大事な領地を
失ったかのようだ。たった今お会いしたばかりだが
いつものように挨拶すると
目を逸らし、さも軽蔑したかのように
唇を尖《とが》らせ、急いで立ち去られた。それで
王の態度が豹変した訳は何だろうと

思案していた。

カミロ　敢《あ》えて知ろうと思いません、陛下。

ポリクシニーズ　敢えて？　知ろうとしない？
知っていて敢えて？　教えてくれ——こういうことなのか。
知っているには知っている、知っているに違いない
言えない、敢えて言わない。なあ、カミロ
そなたの顔色や態度の変化はわたしの鏡だ
そこに、変わってしまった自分が映っている。
王の豹変の原因の一端はわたしに違いなく
わたし自身も変わってしまった。

カミロ　この世には
人の精神を狂わせる病気があり
病名は敢えて口にしませんが、健やかな
あなたさまから感染したのです。

ポリクシニーズ　わたしから感染？
わたしにバシリスク[34]の目などありはしない。
これまで何千という人を見てきた。わたしに見られて
幸せになった人は何千といる、一人として殺していない。
カミロ、そなたは間違いなく紳士だ、それに
学識がある、学識は
我らが代々受け継ぐ高貴な家名に劣らず
紳士の身を飾るものだ。頼む
わたしが知るべきことを
知っているなら、出し渋り、わたしを
無知の檻《おり》に閉じ込めないでくれ。

カミロ　お答え出来かねます。

ポリクシニーズ　わたしから感染した病気、今は健やか？
答えて貰わねばならぬ。いいか、カミロ
答えてくれ、名誉を重んじる人間の
一切の義務に懸けて頼む、わたしの頼みは
些《さ》細《さい》なものではないはずだ、教えてくれ
いかなる危害が我が身に
迫っているのだ。どれほど遠くか、どれほど近くか
可能なら、避けるにはどうすれば良いか。
避けられないなら、どう凌げば良い。

カミロ　陛下、申し上げます
立派な方から、わたしの
義務として、命じられました。ですからわたしの

33——『サミュエル紀二』にサウル王殺しの例が記されている（一・九—一〇）。イギリスでは、メアリー・スチュアートが処刑され（一五八七）、フランスではアンリ四世が暗殺された（一六一〇）。

34——アフリカの砂漠に棲んでいるとされる伝説上の怪獣。ことわざ「バシリスクのように一睨《ひとにら》みで殺す」（To kill like a basilisk）。

忠告をお聞きくださり、わたしがそれを口にしたら
速やかに実行してください、さもないと、あなたもわたしも
一巻の終わり、この世に別れを告げる羽目に！
ポリクシニーズ　続けろ、カミロ。
カミロ　あなたさまを殺害するよう命じられました。
ポリクシニーズ　誰に、カミロ？
カミロ　我が君に。
ポリクシニーズ　なぜだ？
カミロ　王は思って——いや、信じ込んでおられる
ご自分で見たか、あなたに罪を犯すよう
唆した張本人であるかのように[35]——禁を犯して
お妃さまにお触れになったと。
ポリクシニーズ　ああ、そうなら
我が身の最も健やかな血が汚染されて凝固し
この名が主を裏切ったユダに繫《つな》がれるがいい！
このうえなく綺麗な我が名声が
このうえなく鈍感な鼻を刺激する悪臭になり[36]
わたしが姿を見せ、近付くと、人は避け
聞いたことも読んだこともない
疫病よりも忌み嫌われるがいい。
カミロ　天の星の一つ一つ
すべての星の影響力に懸けて、あの方の疑いを
晴らすことは、月の支配を受けるなと
海に命じるようなもの、あるいは
誓言や助言で、妄想という殿堂[37]を
取り壊すようなもの
妄想は確たる信念に基づき、一生涯
続くでしょうから。
ポリクシニーズ　いかにしてそんな妄想が生じた？
カミロ　わかりません。しかし、いかにと詮索《せんさく》するより
深刻さを増す事態を避けるほうが安全です。
わたしの誠意をご信頼くださるなら
この身に封じ込まれた誠意を
人質に取り、今夜にもお発《た》ちください！
ご家来衆には、この件を耳打ちし
二人、三人ずつで、別々の裏門から
町の外へ出られるように致します。わたしは
あなたさまに一生ご奉仕します、ここにいて
この件が露見すれば、身の破滅。お疑いなきよう。
我が両親の名誉に懸けて、真実を申し上げました——
真偽を確かめようとなさるなら、お味方出来かねます。
王自ら死刑を宣告した罪人同様
お命はありません。
ポリクシニーズ　そなたを信頼する
王の心が顔に表れていた。さあ、手を。
わたしの案内役となり、いつも側にいてくれ。
船の用意は出来ており
従者たちは、わたしが二日前に

ここを船出すると思っていた。王の嫉妬は
大切なお方に向けられている。類まれなお方だけに
嫉妬は大きく、力ある王だけに
激しいに違いない、それに
永遠の友情を誓った人間に
名誉を汚されたと思い込んでいる、復讐は
それだけに激しいであろう。不安が重くのしかかる。
一刻も早くこの国を出ることがわたしのためになり
優しいお妃さまのためともなるように。
お妃さまは王の嫉妬のもう一つの的だが
疑いをかけられる謂《いわ》れはない。さあ、カミロ
この命を救ってくれれば
父と仰ぐぞ。さあ！　行こう。

カミロ　裏門の鍵はすべて
わたしが預かっております。陛下、一刻の
猶予もなりません。さあ、行きましょう。〔退場〕

第二幕第一場

〔ハーマイオニ、マミリアス、女官たち登場〕

ハーマイオニ　この子をお願い。うるさくて
しかたがないの。

女官一　さあ、可愛い王子さま
一緒に遊びましょうか？

マミリアス　嫌だ、おまえなんか。

女官一　なぜですの、王子さま？

マミリアス　強くキスするし、赤ちゃん言葉で話すから。
〔女官二に〕そっちのほうがずっといい。

女官二　それはまた、なぜですの、王子さま？

マミリアス　眉が
黒いからじゃないよ——でも、黒い眉が
似合う人もいるんだってね。ただ
濃い眉毛じゃなくて、鵞《が》ペンで描いた
半円とか半月なら。

女官二　そんなこと、誰に教わったのです？

マミリアス　女の人の顔を見てわかったんだ。ねえ
その眉は何色？

女官二　青です、王子さま。

マミリアス　違う、嘘だ。青い鼻の女の人は見たこと

35——instrument=a person made use of by another person (OED.n.1.b).
36——疫病は臭いでも感染すると信じられ、予防に、花や薬草が使われた。
37——fabric of his folly. fabric=an edifice, a building (OED.n.I.1).

あるけど、青い眉の人なんかいないよ。
女官一　お聞きくださいませ。
お母上は、お腹がみるみる大きくおなりです。
近いうちに、素敵な新しいお子に
お仕えすることになりましょう。これまでのように
わたしたちと遊べなくなりますよ。
女官二　近頃は
めっきりお腹が大きくなられた。安産を祈りましょう！
ハーマイオニ　大切な話でもしているの？　さあ、おいで
お相手をしますよ。隣りに座って
お話をしてちょうだい。
マミリアス　楽しいの、それとも悲しいの？
ハーマイオニ　楽しいのがいいわ。
マミリアス　冬には悲しいお話がいいんだけどな。
妖精や小鬼《ゴブリン》の話なら知っているよ。
ハーマイオニ　それにしましょう、坊や。
さあ、お座りなさい。妖精のお話で
怖がらせてちょうだい。得意でしょう。
マミリアス　あるところに男が——
ハーマイオニ　さあ、座って。それからね。
マミリアス　お墓の側に住んでいました——小さい声で話すね。
あのお喋り女たちに聞かれたくないから。
ハーマイオニ　それなら
耳元で話して。

（レオンティーズ、アンティゴナスと貴族たち登場）
レオンティーズ　目にした？　供の者たちも？　カミロも一緒？
貴族　松林の向こうで、目にしました。
あれほど急ぐ一行を見たことがありません。
船に乗り込むのを見届けました。
レオンティーズ　有難いことに
おれは判断力と、ものを見る目に恵まれている！
ああ、知りさえしなければ——恵まれているとは
何と忌まわしいことか。酒杯のなかで
毒蜘蛛《どくぐも》が酒浸しになっていても、酒を飲み
席を離れ、何でもないこともある、知らずにいれば
毒されないからだ。だが、誰かに
ぞっとする中身を見せられ、何を飲んだか
知ると、嘔吐し、胸や脇腹を掻《か》きむしる。
おれは飲み、毒蜘蛛を見た。
カミロがやつに手を貸し、取り持った。
おれの命、王冠を奪う陰謀があるのだ。
疑惑はすべて当たった。おれが雇ったあの裏切り者は
すでにやつに雇われていた。
やつはおれの企みに気付き
おれは拷問にかけられている——そうとも
いいように弄《もてあそ》ばれている。どうして
裏門がやすやすと開いたのだ？
貴族　カミロの職権によって

陛下のご命令に劣らず
幅を利かせておりました。

レオンティーズ　わかっておる。
（ハーマイオニに）その子をこちらに。
そなたがこの子に乳をあたえなくてよかった。
わたしにいくらか似ているが
そなたの血が濃すぎる。

ハーマイオニ　どういう意味です？　お戯れ？

レオンティーズ　その子を連れ出せ。母親に近付けるな。
連れて行け、この女は腹の子の父親と
戯れさせよ。（ハーマイオニに）おまえを孕《はら》ませたのは
ポリクシニーズだ。（マミリアス連れて行かれる）

ハーマイオニ　いいえ、違います
あなたがどれほどそう思っても
わたしの言葉を信じてください。

レオンティーズ　みなの者
この女を見ろ。よく見ろ。
美しい女性だ、と言いかけて
まっとうな心があれば、こう付け加えるだろう
哀れ、貞淑ではない、高貴ではない。
見かけは褒めてやれ――
事実、褒めるに値する――それから、すぐに
肩をすくめるとか、ふんとか、はっとか
中傷[1]が用いるこういう些細な烙印は――おっと、違った！
慈悲が用いる烙印だ、中傷は美徳そのものに烙印を
押すからな――肩をすくめるとか、ふんとか、はっとかは
美しい女性だと、言ったとたん
割り込んで来て、貞淑だと言わせない。だが、よいか
妻の不貞を誰よりも悲しむ理由のある者が宣言する
この女は姦婦《かんぷ》だ！

ハーマイオニ　悪人がそのようなことを言えば
この世の極悪人は
さらなる悪人になる――あなたは、陛下
間違っています。

レオンティーズ　そなたはポリクシニーズを
レオンティーズと間違えた。おお、おまえというやつは
おまえを、おまえの身分に相応しい名で呼びはしない
非常識な輩がおれの真似をして
あらゆる階級の人間に同じ言葉を使い
王侯貴族と乞食を見分ける作法を

1――calumny=slander (OED.n.1). ハムレットはオフィーリアに言う。「氷のように貞淑で、雪のように清純でも、中傷は免れられぬ」（『ハムレット』第三幕第一場）。

忘れるといけないからな。おれは言った
この女は姦婦だと、誰と不義を働いたかも言った。
その上に、この女は国賊、カミロは
こいつの共犯者
この女が知るのさえ恥じることを知っており
最も忌まわしい悪事の相手でないとしても
この女が夫婦の寝床を汚し、世間が最も淫らな名で
呼ぶ女たちと同類であることを知っている。おまけに
やつらの逃亡に関与した。

ハーマイオニ　いいえ、命に懸けて
何の関わりもありません。何もかも明らかになれば
このようにみなの前で糾弾したことを
どれほど深く後悔なさるでしょうか？　お願いです、陛下
間違っていたとおっしゃる以外に、わたしの
名誉を回復する道はありません。

レオンティーズ　いや
積み上げた判断の根拠を、おれが間違えているなら
地球は学童の独楽《こま》を
載せる強さもないことになる。
この女を牢に連れて行け。弁護する者は
口を開くだけで共謀と見なす。

ハーマイオニ　何か不吉な星が支配している。
天がもっと優しいまなざしを向けてくれるまで
耐えなければ。みなさま
わたしは涙を流しません、女性はたいてい
泣くのでしょうが、その空しい涙がないために
みなさまの憐れみの情を涸らしてしまうかも知れませんが。
でも、この胸に宿る誇り高い悲しみが涙で
消せないほど燃えております。みなさま、どうか
慈悲心の導きのまま
わたしを判断してください。そして
陛下のみ心のまま行われますように。[2]

レオンティーズ　聞いたであろう？

ハーマイオニ　誰が一緒に来てくれるのでしょう？　どうか
女官たちが一緒に来るのをお許しください、ご覧のように
身重ですので。泣かないで、しょうがないわね
泣く理由がありません。わたくしが牢獄に値するのに
釈放されるとわかったときこそ、存分にお泣きなさい。
さらなるお恵みを受けるために
今、行くのです。ご機嫌よう、陛下。
後悔する姿を目にしたいと願いはしませんでした。
きっとそうなりましょう。さあ、お許しが出ましたよ。

レオンティーズ　行け、命じた通りにしろ。失せろ！

（ハーマイオニ囚人として、女官たちと退場）

貴族　お願いです、陛下、お妃さまを呼び戻してください。

アンティゴナス　何をなさっているか、お確かめを
陛下の正義が暴力になりかねず、お三方が苦しまれます。
陛下、お妃さま、王子さまが。

貴族　陛下
お妃さまのために命を放棄し、抵当に入れます
お聞き届けください、お妃さまには一点の汚れもなく
天の目、そして陛下の目にも——つまり
陛下がお咎めになられたことでは。

アンティゴナス　お妃さまが
貞淑でないなら、わたしは馬小屋に
妻を蟄居《ちっきょ》させます。どこへ行くにも一緒。
触れて、目で見ない限り、信用しません。
お妃さまが貞淑でないなら
この世の女は一インチも一グラムも
貞淑でないことになります。

レオンティーズ　黙れ。

貴族　陛下——

アンティゴナス　陛下のおために申し上げます。
陛下は騙されておられ、騙した者こそ
地獄堕ち。その悪党を知っていれば
こっぴどく懲らしめてやる。お妃さまの名誉が
汚されたのなら。わたくしには娘が三人おりますが——
上は一一歳。二番目、三番目は、九歳、五歳。事実なら
娘たちに贖《あがな》わせます。我が名誉に懸けて
石女《うまずめ》にしてやる。不義の子を産まぬよう
一四歳になる前に。法廷相続人ですが[3]
正統な子をもうけぬようなら
子を産めぬ体にしてやります。

レオンティーズ　止めろ、もういい！
その方たちはこの件を、死人の鼻のように
鈍感な[4]嗅覚で嗅《か》いでいる。だが、おれは
この目で見、感じた（アンティゴナスを摑《つか》み）
こうやって摑めば——おれの指が見えるだろう。

アンティゴナス　そうなら
貞淑な人を埋める墓など必要ない。
肥やしのような大地[5]の面から悪臭を消す
穀物など、一粒もないのですから。

レオンティーズ　何！　信用出来ないと？

貴族　この件では、信用出来なければと思います、陛下
お疑いよりむしろ、お妃さまの貞淑が
証明されるなら、どれほど嬉しいか

2——「みこころが天で行われるように地でも行われますように」（『マタイによる福音書』六・一〇）。
3——複数の娘の場合は共同法廷相続人。女子の結婚承諾年齢は一二歳。
4——cold=not strong, weak (OED.adj.1.12.a).
5——「彼らは……土地の肥しとなりました」（『詩編』八三・一〇）。

陛下がどれほど批判されましょうとも。

レオンティーズ　この件で
その方たちに助言を求める必要があるか
むしろ、余[6]の確たる疑惑に従えば良いのでは？　王権は
助言を必要としないが、人が良いから、こうして
この件を伝えている、頭が悪くて余を理解出来ぬのか
理解出来ぬ振りをしているのか、余のようには
理解出来ぬのか、理解する気がないのか
承知しておけ、その方たちの助言など要らぬ。
この件をどう扱うか、失うも、得るも
王権同様、すべて余の掌中にある。

アンティゴナス　それでは、陛下
内々にお調べになり、公に
なさいませぬよう。

レオンティーズ　そんなことが出来るとでも？
耄碌《もうろく》したか、それとも
生まれつきの馬鹿か。カミロの逃亡
あの二人の親密な関係に加えてだ——
これまで疑惑を招いた事件と同様に明々白々
目撃証言に欠けるだけ、見たという
証拠はない、しかし、他のあらゆる
状況証拠は行為があったことを示し——
訴訟を促しているのだ。だが、用意周到に——
これほどの重大事件では、急《せ》いては事を
仕損じる——クレオミニーズとダイオンを
聖なるデルフォイ、アポロの神殿に派遣した
知っての通り、あの両名なら適任だ。
二人が持ち帰る神託から
神聖なる裁可を得て
裁判を止めるか、進めるかする。どうだ？

貴族　結構でございます、陛下。

レオンティーズ　確信している、だから
これ以上知る必要はないが、神託を得て
みなの心を安心させてやりたい。この男のように
すぐに信じ込む浅はかな性質のために
真実に迫ることが出来ない者もいる。そこでだ
余に近付かせないために、あの女を監禁するのが
妥当であると判断した。ここから逃亡した
あの二人の陰謀[7]を、あの女に実行させない
ためでもある。さあ、ついて来い、これから公表する。
この件について、みんな目を覚ますはずだ。

アンティゴナス　（傍白）　真実を知れば
嘲笑するだろう。〔退場〕

第二幕第二場

〔ポーリーナ、紳士、（従者たち）登場〕

ポーリーナ　牢番を呼んでおくれ。
わたしが誰かも知らせなさい。〔紳士退場〕

善良なお妃さま
ヨーロッパのどの宮廷もあなたに相応しくないのに
牢獄でどうされておられるか？
（牢番、紳士登場）　　　こんにちは
わたしを知っていますよね？

牢番　立派な奥さま
心から尊敬しております。

ポーリーナ　では、お願い
お妃さまのところへ案内して。

牢番　出来ません、奥さま。
案内してはいけないと厳命されております。

ポーリーナ　大した騒ぎね。貞淑で高貴な方を牢に入れ
身分ある者が会うのを禁じるとは。世話係にも
会えないの？　誰にも？　エミリアには？

牢番　どうか、奥さま
お付きの人たちを下がらせてください。
エミリアを連れて参ります。

ポーリーナ　どうぞ、そうして。
あなたたちは下がっていなさい。（紳士と従者たち退場）

牢番　それに、奥さま
ご面会には、わたしが同席しなければなりません。

ポーリーナ　あら、そうなの。どうぞ。（牢番退場）
大騒ぎして、染みのない人に消せないほどの
染みをつけるなんて、赦せない。
（牢番、エミリアと登場）
エミリア
お妃さまはどうされています？

エミリア　あれほど身分が高く、あれほど見放されながら
よく耐えておいでです。恐怖と悲しみ――
淑やかな女性が味わったことがないほどの――
予定日より早く、ご出産遊ばされました。

ポーリーナ　男の子？

エミリア　女の子、綺麗な赤ちゃんで
元気一杯、ご成長遊ばされましょう。[8] お妃さまは
大きな安らぎを見出され、「可哀そうな囚人、わたしも
あなたと同じく罪がないのよ」と仰せです。

ポーリーナ　そうですとも。
王さまの危険極まりない狂気、いまいましい！

6――レオンティーズはそれまで「わたし」を使っていたが、臣下たちに責められて「余」（royal we）を使って威厳を示そうとする。
7――レオンティーズの暗殺と王冠奪取。
8――新生児の死亡率は非常に高かった。

お知らせしなければ、知らせます。その役には
女が最適、わたしが引き受けます。
甘い言葉でおだてようものなら、この舌が爛《ただ》れ[9]
赤ら顔のわたしの怒りにラッパ手の務めなど
させるものですか[10]。どうか、エミリア
お妃さまにくれぐれもよろしく伝えて。
赤ちゃんをわたしに託してくださるなら
王さまにお見せし、凄まじい勢いで
お妃さまの弁護に努めます。
お子を見れば、王さまの心がどれほど和らぐか。
言葉が甲斐《かい》のないときは、無垢の沈黙が
人の心を動かすものです。

エミリア 立派な奥さま
あなたの信望と美徳は少しの疑いもなく
進んでお引き受けくだされば
良い結果となりましょう。これほどの使命に
相応しい方は、奥さまの他におりません。
どうぞ、次の間でお待ちを、すぐに
何よりも気高い申し出をお妃さまにお知らせします。
今日、お妃さまもたまたま同じ考えを口にされましたが
断られることを恐れ、身分の高いどなたにも
お頼みになろうとされません。

ポーリーナ エミリア、お妃さまにお知らせして。
熱弁を奮いますよ。胸から勇気が湧くように
説得力が舌から出るものなら
成功して見せます。

エミリア 神さまのお恵みがありますように！
わたしはお妃さまのところへ。奥さまはこちらへ。

牢番 奥さま、お妃さまがお子をお渡しすれば
わたしはどのようなお咎めを受けるのでしょう
許可状がありません。

ポーリーナ 心配に及びません、牢番さん。
お子はお妃さまの胎内に囚われていましたが
大自然の法則により自由になり
解き放たれました。王さまのお怒りとは
関わりなく、罪はなく——お妃さまの罪とは
罪があるとしても、何の関わりもありません。

牢番 そう信じます。

ポーリーナ 心配しないで。わたしの名誉に懸けて
あなたを危険から守ります。〔退場〕

第二幕第三場

〔レオンティーズ登場〕

レオンティーズ 昼も夜も休まらない。
かくもあのことを思い悩むのは弱いからだ。
原因が存在しなければ——原因の一方
あの女、あの姦婦がいなければ。好色な王は
おれの手の届かぬ標的の外にいて

標的にならぬ。だが、女は
鉤《かぎ》で引き寄せることが出来る——火炙りにして[11]
消してしまえば、安らぎの半分は
取り戻せるかも知れぬ。誰だ？

（召使い登場）

召使い 陛下。

レオンティーズ 王子の具合は？

召使い 昨晩はよくお休みに。
お元気になられたようです。

レオンティーズ 王子の気高さが
母親の不品行を見抜いたのだ！
即座に頭《こうべ》を垂れ、うなだれ、深刻に受けとめ
恥を自身のものとし、
気力も、食欲も、睡眠もなくし
衰弱していった。ここはいい。行って様子を
見てやれ。（召使い退場）
畜生、畜生！ やつのことは考えるまい。
復讐を考えると、弾がこっちに
跳ね返って来る。やつはあまりにも力がある

それに、味方も、同盟国も。時が来るまで
放っておくか。今復讐すべきは
あの女。カミロとポリクシニーズよ
おれを笑い、おれの不幸を弄べばいい。
手が届きさえすれば、笑わせておかぬし、手中の
あの女も、笑わせておくものか。

〔ポーリーナ（赤子を抱き、アンティゴナス、貴族たち、召使いと共に）登場〕

貴族 入ってはなりませぬ。

ポーリーナ いいえ、みなさまこそ、力をお貸しください。
情けない、お妃さまのお命より、理不尽な怒りが
怖いのですか？ 優しく清らかなお妃さまは
嫉妬に狂うお方よりずっと潔白です。

アンティゴナス そこまでにしておけ。

召使い 奥さま、陛下は昨夜、一睡もされておらず
誰にもお会いになりません。

ポーリーナ そうぴりぴりしないで。
眠りをお届けに来ました。あなた方のような人こそ
亡霊のように王の側に忍び寄り、陛下が甲斐のない呻き声を

9——嘘をつくと口が爛れると信じられていた。
10——戦場では、敵陣の伝言を携える伝令（ラッパ手）は赤い制服を着用していた。
11——最も重い刑。反逆罪、夫（主人）殺しなどで有罪となった女性は火炙りに処せられた。レオンティーズはハーマイオニに反逆罪と夫殺しの嫌疑をかけている。

上げるたびに溜息をつき――あなた方のような人こそ
陛下の不眠の原因を助長しているのです。
癒しの力があり、真実である
言葉を持って来ました。陛下の眠りを妨げている
心身の疾患を癒して見せます。

レオンティーズ　おい、何の騒ぎだ？

ポーリーナ　騒ぎではありません、陛下。
名付け親のことでご相談が。

レオンティーズ　何だと？　アンティゴナス
その厚かましい女を連れ出せ！
その女をおれに近付けるなと、命じたはずだ。
来ると思っていたからな。

アンティゴナス　そう申しつけました、陛下
ご不興を招き、わたしの身にも及ぶゆえ
来てはならぬと。

レオンティーズ　何、女房に指図も出来ぬのか？

ポーリーナ　卑劣なことをさせないようには。この件では――
陛下がなさったように、立派なことをしたといって
わたしを投獄しないかぎり――よろしいですか
夫の指図は受けません。

アンティゴナス　これです、お聞きの通り
妻が手綱《たづな》を取るときは、好きにさせますが
手綱さばきは確かなものです。

ポーリーナ　陛下、わたくしが参りましたのは――
どうか、お聞きください
陛下の忠実な僕であり、医者であり
従順な相談役であると公言してはばかりません。
ですが、外観は従順なご家来衆と違って
陛下の悪行を黙認するほど従順ではありません――
貞淑なお妃さまの使者として参りました。

レオンティーズ　貞淑なお妃さま！

ポーリーナ　貞淑なお妃、陛下、貞淑なお妃、貞淑なお妃さま
わたくしが男なら、ご家来衆のなかで最低の男だとしても
決闘でお妃さまの貞淑を証明します。

レオンティーズ　その女を連れ出せ。

ポーリーナ　目を引っ掻かれても構わない者は
わたしに最初に手をかけなさい。自分で出て行きますよ。
でも、その前に、まず用件を。貞淑なお妃さまは――
貞淑な方ですから――王女さまをご出産遊ばされました。
この赤ちゃんです。（赤子を置く）どうかご祝福を。[12]

レオンティーズ　失せろ[13]！
男まさりの魔女！　連れ出せ、叩き出せ。
この取り持ち女。

ポーリーナ　何を仰せです。
そうお呼びになりましても
何のことやら。陛下が狂っておられるのと
同じくらいまとも、それで十分、確かに
世間並みに、まともです。

レオンティーズ　反逆者どもめ！
そいつを叩き出さぬのか？（アンティゴナスに）
その私生児を女房に渡せ、おいぼれめ。
女房の尻に敷かれ、止まり木から雌鶏《めんどり》に
追い払われたか。私生児を拾い上げろ
拾え、いいか。老いぼれ雌鶏に渡せ。

ポーリーナ（アンティゴナスに）　永遠に
あなたの手は呪われますよ、陛下が無理やり
私生児の烙印を押した
王女さまを拾い上げでもしたら。

レオンティーズ　女房が怖いのだな。

ポーリーナ　陛下もそうであれば。それで、お疑いが晴れ
我が子とお呼びになるでしょう。

レオンティーズ　反逆者どもの一味か！

アンティゴナス　違います、陽《ひ》の神に懸けて。

ポーリーナ　わたくしも。
お一人を除いてここには、それは陛下ご自身。
ご自身の神聖な名誉も、お妃さまの名誉も
末頼もしい王子さまの名誉も、王女さまの名誉も
剣より鋭い中傷に売り渡し、変えようとなさらない——
今のままでは、罪悪です、誰もお考えを
変えさせることが出来ないのですから——一度
お疑いの根を取り除いてください、健全だった樫《かし》の木や
石のように、腐っているのですから。

レオンティーズ　口喧《くちやかま》しい女だ
亭主に噛みついていたかと思うと
おれに食ってかかる！　その餓鬼《がき》はおれと
関わりはない。ポリクシニーズの子だ。
連れて行け。母親もろとも
火炙りにしろ。

ポーリーナ　陛下のお子です
古いことわざを陛下に
親似の子はそれだけ不幸。[14]みなさま、ご覧ください。
お小さくとも、何もかも父君に
そっくり——目、鼻、唇
眉をひそめる仕草、額、いや、顎《あご》の窪《くぼ》み
可愛いえくぼ、頬、笑顔
手、爪、指のかたちまでも。

12——父親が子どもを腕に抱き、自分の子であることを臣下に示す大事な儀式。精神を病むヘンリー六世（一四二一—七一）は王子を祝福出来なかったために、王子の出生が疑われ、薔薇《ばら》戦争の原因の一つとなった。
13——男まさりの女は、社会の秩序を乱す魔女と誹《そし》られた。
14——ことわざ「親に似過ぎる子は不運」（A child so like a parent as to be the worse for it）。

自然の女神さま、王女さまを
実の父そっくりに造り給うた方よ
人の心を動かす力もおありなら、色のなかでも
嫉妬の黄色をお授けくださいますな、陛下のように、お子を
夫の子ではないとお疑いになるといけないから。

レオンティーズ　くそ婆《ばばあ》！
（アンティゴナスに）おい、役立たず、女房を黙らせないと
縛り首にしてやる。

アンティゴナス　そのような芸当が出来ない
夫をすべて縛り首になされば
臣下は一人もいなくなりましょう。

レオンティーズ　いま一度言う、その女を連れて行け。

ポーリーナ　どれほど恥ずべき残酷な主君でも、これほど
酷いことはなさいますまい。

レオンティーズ　火炙りにしてやる。

ポーリーナ　どうぞ。
火炙りになる者ではなく、火炙りにする者こそ異端者[15]
陛下を暴君とは呼びますまい。
しかし、これほど残酷な仕打ちは
さらなる非難を生まずとも、陛下の根拠のない妄想は
何か暴君の味がし、ご自分を卑しめ
そう、世間の目に卑劣に映りましょう。

レオンティーズ　命令だ
その女を連れて、ここから出て行け！　おれが暴君なら
その女を処刑していたはずでは？　暴君と知っていて
暴君呼ばわりなどするものか。連れて行け！

ポーリーナ　小突かないで、出て行きますよ。
お子のお世話を、陛下、あなたのお子――ジュピター[16]よ
もっとましな世話係をお遣わしください。わたしを
摑む必要がありますか？　陛下の愚行に目をつぶるのは
陛下のためにも、あなた方のためにもなりません。
ええ、ええ、お暇します、出て行きますよ。〔退場〕

レオンティーズ　（アンティゴナスに）おい、裏切り者
女房を唆したな。おれの子だと？　そいつと失せろ！
そうだ、赤ん坊を哀れと思うおまえが連れて行き
即刻、火炙りにしろ。おまえ
誰でもないおまえだ。すぐに抱き上げろ。
一時間以内に、終了したとの知らせを持って来い
確かな証拠もだ、さもなくば、命はない
財産は没収する。拒むなら
おれの怒りに逆らうなら、そう言え。
我が手で、その私生児の脳みそを
叩き出してやる。行け、そいつを火にくべろ
女房を唆したのはおまえだ。

アンティゴナス　いいえ、陛下。
ここにおられる高貴なる方々が
お疑いを晴らしてくださいましょう。

貴族たち　晴らします。陛下

奥方がここに来られたのはこの方の責任ではありません。
レオンティーズ　嘘つきばかりか!
貴族　陛下、どうぞ、わたくしどもをご信頼ください。
心を込めて陛下にお仕えしてきました、どうぞ
それをご考慮ください。跪《ひざまず》いてお願いします
これまでの、そしてこれからの心からの忠勤に免じて
火炙りの刑をご変更ください
あまりに残酷で、あまりに惨《むご》たらしく
悪い結末を招くかも知れませぬ。一同跪きお願いします。
レオンティーズ　おれは風の吹くまま揺れる羽。
おれが長生きし、この私生児が跪いて
父上と呼ぶのを目にしろと言うのか?　そのとき呪うより
今、焼き殺すほうがまし。だが、ままよ。生かしておくか。
それもならぬ。(アンティゴナスに) おい、こっちへ来い
あのお喋り女[17]
あの産婆[18]と一緒になって
情けをかけ、出過ぎた真似をした——そいつは私生児
おまえの鬚《ひげ》が白いと同様に明白だ。その餓鬼の命を
救うために、何をやってのけるつもりだ?
アンティゴナス　何でも、陛下
わたくしに出来ることで
気高き陛下が課されることであれば——少なくとも。
この身に残る僅かな血に懸けて
無垢なお子を救うために——出来ることは何でも。
レオンティーズ　出来ることだ。この剣に懸けて誓え
命令を遂行すると。
アンティゴナス　遂行します、陛下。
レオンティーズ　いいか、気をつけろ、いいな?
些細な失敗でも、おまえのみならず
罰当たりな女房の命もない
この度は赦してやったが。命令する
忠実な僕であると誓ったからには
この私生児を連れて
どこか人里離れた、余の領土から遠く離れたところに

15——プロテスタント信者は異端者とみなされ、火炙りになった。罪のない女を火炙りにするレオンティーズこそ罪人《つみびと》。
16——雷神ジュピターは「みなしごの父」(『詩編』六八・五)と見なされていた。
17——Lady Margery.『イギリス最古の自伝——マージェリー・ケンプの書』(石井美樹子・久木田直江訳、慶應義塾大学出版会、二〇〇九)の著者マージェリー・ケンプ(一三七三生)のこと。神父も舌をまくほどの説教好きで知られていた。
18——ポーリーナが赤子の出産に関わり、誰が本当の父親かを知っていると邪推している。産婆の免許取得のときの宣誓に、妊婦に、赤子の父親以外の名を言わせてはならないという項目があった。

行け。そして、そこで置き去りにしろ
情けは無用、みずから身を守り
風雪の温情のままに捨て置け。よそ者を父とし
生まれたのだから、追放に値する。
命を危険に曝し、地獄責めに遭う覚悟で
赤ん坊をどこか見知らぬ土地で放棄し、そこで
生かすも殺すも、運命のままに。赤ん坊を抱き上げろ。

アンティゴナス　やり遂げます、即刻、死を賜るほうが
幸せですが。〔赤子を抱き上げる〕さあ、哀れな赤ちゃん
精霊が鳶《とび》や鴉《からす》に命じて、あなたを育てて
くださいますように。狼《おおかみ》や熊が
獰猛な本性を捨て、人間の子を慈しみ育てた例があるとか。
〔レオンティーズに〕陛下、この所業が求める
報いを受けず、栄えられますように。〔赤子に〕お恵みが
お味方し、過酷な運命と闘ってくださいますよう。
可哀そうに、破滅を宣告されたのですよ。〔〔赤子と〕退場〕

レオンティーズ　　　　他人の子など
育てるものか。

〔召使い登場〕

召使い　　　陛下
神託のために遣わされた使者たちが、一時間ほど前に
帰国しました。クレオミニーズとダイオンは
デルフォイより無事帰国、共に上陸し
こちらへ急いでおります。

貴族　　　　　これほどの早さは
説明がつきません。

レオンティーズ　　出発してから
二三日、驚くほど早い
偉大なるアポロ神が一刻も早く真相を
知らしめたいと思われたのだ。みなの者
準備を整え、裁判を開き、不貞極まる女を
余が裁判にかけることが出来るように。
公に告発された以上、あの女には
公正で開かれた裁判を受けさせてやる。
あれが生きているかぎり、この胸は重荷だ。
下がれ。命じたことをやるのだ。〔退場〕

第三幕第一場

〔クレオミニーズ、ダイオン登場〕

クレオミニーズ　気候は芳しく、空気は心地よく
地味豊か、神殿はあまりに壮麗で
並の賛美では表しようがなかった。

ダイオン　　　　報告しよう
何にもまして目を惹《ひ》いたのは祭礼服——
そう呼ぶべきと思うが——それに、それを
着用する神官たちの威厳。ああ、あの生贄《いけにえ》を
祭壇に捧げるときの
厳かさ、厳粛さと神々しさ！

クレオミニーズ　なかんずく
神託を告げる神官の耳を聾《ろう》する声
ジュピター神の雷《いかずち》にも似て、圧倒され
自分がことさら小さく思われた。

ダイオン　旅の成果が
お妃さまにとり、幸先が良ければ——そうあれかし——
我らの旅が希に見る、楽しく順調だったように
旅した甲斐があったというものだ。

クレオミニーズ　偉大なアポロ神が
すべてを良きにお導きくださいますように。
ハーマイオニさまに罪を被せる宣告は
どうかと思う。

ダイオン　恐ろしく性急な告発に
神託が決着をつけてくれるだろう。
神官によりこのように封印された
神託の内容が明かされ、驚くべき何かが
瞬時に人の知るところとなる。行こう。新しい馬で！
幸せな結果になりますように！〔退場〕

第三幕第二場

〔レオンティーズ、貴族たち、役人たち登場〕

レオンティーズ　余は、深い悲しみに浸り、開廷を宣言する
開廷したくはないのだが。裁かれる被告は
皇帝の娘にして我が妃、これまで
格別に愛しんできた妻である。
非道の誹りを受けぬために、かくのごとく
堂々と審議を進め
有罪か、無罪かの判決を下す。
囚人をこれへ。

役人　陛下の思し召しにより
お妃さまご本人が出廷されます。
静粛に。

〔囚人ハーマイオニ、ポーリーナ、女官たち登場〕

レオンティーズ　起訴状を読み上げよ。

役人　ハーマイオニ、貴きシチリア王レオンティーズの妃、汝はボヘミア王ポリクシニーズと不義を働き、カミロと謀って国王陛下、汝の夫の殺害を企てたとして、大逆罪の科《とが》でここに告発され、認否を問われる。[1] その陰謀が、一部状況証拠によって発覚するに及び、汝、ハーマイオニは真の臣下としての信義と忠義に反し、二人に助言し、かれらの身の安全のために、夜陰に紛れて逃亡する手助けをした。

ハーマイオニ　これから申し上げますことは

1——arraigned. arraign=to charge with fault (OED.v.2).

ただいまの告発に真っ向から反し
また、こちら側の証拠は
わたくしの陳述以外になく
「無実です」と申しても、何の益もないでしょう。
わたくしの人格が疑われており、そう申したところで
偽りと受けとめられましょう。だからこそ、神々が
人間の行動を見ておられるなら――見ておられますが――
わたくしは疑いません、無実は
虚偽の告発を恥じ入らせ、暴虐は
忍耐に震え上がるでしょう。陛下、誰よりもご存じのはず
知らぬ振りしておられますが、過去のわたくしは
自制が利き、貞節で、誠実でした
今、不幸であると同じくらいに。それは
いかなる物語にも匹敵します[2]、観客を喜ばすために
創作され、演じられたものであっても。ご覧ください
王の寝所を共にし
王権を分かち持つわたくしを。偉大なる皇帝の娘[3]にして
希望の星の王子の母が、ここに立ち
命と名誉のために空しい申し開きをしているのです
お集まりのみなさまの前で。この命は
悲しみと同じ重み、惜しみません。名誉は
わたくしから子どもに受け継がれるもの
守るべき唯一のもの。陛下の良心に
訴えます、陛下、ポリクシニーズさまが
陛下の宮廷にお見えになる前は、どれほどご寵愛を受け
どれほどご寵愛に値したか。あの方が来られて以来
こうして引き出されるほどの、いかなる
道ならぬ振る舞い[4]をしたのでしょうか？
名誉の域を超え、あるいは、思い、行いにおいて
道を踏み外したのなら、わたくしの言葉を聞いておられる
みなさまの心が石となり、最も近い肉親がわたくしの墓に
「恥を知れ」と叫んでもかまいません。

レオンティーズ　この手の不遜な
悪人は、悪事を犯して
犯した以上のずうずうしさで
悪事を否定するものだ。

ハーマイオニ　その通りでしょうが
言説であって、わたくしにあてはまりません。陛下。

レオンティーズ　認めないのだな？

ハーマイオニ　身に覚えのある
落ち度以外、認めるわけにはゆきません。
ポリクシニーズさまのことですが
一緒に告発されていますけれど、申し上げます。
あの方を愛しました、ご身分に相応しい敬意を持って。
わたくしのような身分の女性に相応しい愛
そのような愛、他でもなく
あなた自身がお求めになった愛でした。
そうしなかったら、思いますに、わたくしは

あなたに背き、あなたとご友人に
恩を仇《あだ》で返すことになったでしょう。あの方の友情は
お口が利けるようになったご幼少の頃より
あなたのものと、惜しげもなく語っておられました。
さて、陰謀のことですが、味わう術《すべ》を知りません
味見をせよと盛って出されても。知っているのは
カミロが誠実な人物であったということだけです。
どうして陛下の宮廷を去ったのかは、神々ですら
わたくし以上に、おわかりになりますまい。

レオンティーズ　おまえはあいつの出奔を知っていた
その後で、やるはずだったことも。

ハーマイオニ　　　　　陛下
陛下のおっしゃる意味がわかりません。
わたくしの命は陛下の妄想の標的[5]
どうぞ、思いのままに。

レオンティーズ　　　　おまえのしでかしたことが
おれを苦しめる。ポリクシニーズの子を産んだ
なのに、妄想に過ぎぬのか。恥知らずにもほどがある——
不義を働いた者たちはみなそうだ——真実を知らぬのだ。
真実を否定することが、知ることより大事なのだ。
おまえの餓鬼だが、捨てた、餓鬼に相応しく
認知する父親がいないのだ——あの餓鬼より
おまえのほうが罪深い——そういうわけで
余の正義を思い知らせてやる、一番軽い罰でも
いいか、死刑以下ではない。

ハーマイオニ　　　　陛下、脅迫なさらないで。
死刑で脅《おど》かしておられますが、それこそ求めるもの。
命はわたくしにとり何の価値もありません。
命の宝冠であり、慰めであるご寵愛を
失い、空しさに拉《ひし》がれておりますが、どうして
失ったのかわかりません。ご寵愛に次ぐ喜び
この身の最初の果実の王子から、疫病患者のように
遠ざけられております。第三の慰めは
不幸な星のもとに生まれ、この胸からもぎ取られ
無垢の唇に、無垢のお乳を含んだまま、連れ去られ
殺されました。わたくしは至るところで

2——pattern=to match, to equal (OED.v.3).
3——ハーマイオニはロシア皇帝の娘。
4——encounter so uncurrent. encounter=behavior (OED.n.3)、「態度」。uncurrent=not commonly accepted (OED.adj.2)、「受け入れられない」。
5——level=the action of aiming of a missile weapon, aim (OED.n.II.9.a).

姦婦の烙印を押されております。激しい憎悪のために
どのような女性にもあたえられている
産後の休息を拒まれ、ついには
ここ、この場に急き立てられ、身を外気に曝され
産褥《さんじょく》の身を回復することさえ出来ません。[6] どうぞ、陛下
お教えください、死を恐れるいかなる
生きる喜びがあるでしょうか。ですから、お進めください。
ですが、お聞きください——誤解なさいませぬよう——命に
藁《わら》しべ一本の値打ちも置いておりません、[7] でも
名誉は誇りから守りたい[8]——憶測に基づいて
有罪を宣言され、陛下の嫉妬が招いたこと以外
一切の証拠が検証されないなら、申し上げます
暴政であって正義ではありません。ご臨席のみなさま
我が身を神託に委ねます。アポロ神よ
裁き手になってください。

貴族　ご要請は
まったく正当なものであります。それでは
アポロ神の名において、神託をこれへ。（役人たち退場）

ハーマイオニ　わたくしの父はロシア皇帝でした。
生きておられて、ここで娘の裁判を
見守っておられたら。惨めな娘の
不孝の極みを、復讐ではなく
憐れみの目でご覧になったことでしょう。

（クレオミニーズとダイオンを伴い、役人たち登場）

役人　この正義の剣に懸けて誓うように。その方たち
クレオミニーズとダイオンは共に
デルフォイに赴き、この封印された神託を
偉大なるアポロの神官たちから
受け取り、持ち帰った。以来
神聖な封印を開けたり
神意を読んだりしなかったであろうな。

クレオミニーズとダイオン　誓って絶対に。

レオンティーズ　封を開け、読み上げよ。

役人　（読む）ハーマイオニは貞節、ポリクシニーズは潔白、
カミロは忠義の臣下、レオンティーズは嫉妬深い暴君、無
垢の赤子は王の嫡出子、王は失われし子が見出されるまで
世継ぎを得ぬまま生きるべし。

貴族たち　アポロ神は偉大なるかな！

ハーマイオニ　褒むべきかな！

レオンティーズ　記された通りに読んだか？

役人　はい、陛下。
ここに記されたまま。

レオンティーズ　神託には、真実がまったくない。
裁判を続けよ——虚偽に過ぎない。

（召使い登場）

召使い　国王陛下！　陛下！

レオンティーズ　何だ？

召使い　ああ、陛下、お知らせすれば、憎しみを買います。

王子さまが、陛下のお子がお妃さまの身を案じるあまり
お亡くなりになりました。

レオンティーズ　何、亡くなった？

召使い　死にました。

レオンティーズ　アポロ神のお怒りだ、神々が
おれの不正に鉄槌《てっつい》を下された。（ハーマイオニ気絶する）
何事だ？

ポーリーナ　今の知らせが、お妃さまの命取りに。
神々よ、ご覧ください、死のなせるわざを。

レオンティーズ　妃を運び出せ。
心臓に負担をかけ過ぎただけだ。回復する。
疑念を信じ込んでいた。
頼む、優しく介抱し
息を吹き返すよう手当をしてくれ。
（ポーリーナ、女官たち、ハーマイオニを抱え退場）
アポロ神よ
ご神託に対する冒瀆《ぼうとく》を赦し給え。
ポリクシニーズと和解し、今一度
妃に愛を求め、善良なカミロを呼び戻し
誠実で情け深い男であると宣言します。
嫉妬に我を忘れるあまり
血生臭い思いと復讐に駆られ、カミロを手先にし
我が友ポリクシニーズを毒殺しようとした。
即座に実行せよとの命令に、善良なカミロが
躊躇《ちゅうちょ》しなければ、実行されていただろう。
実行しなければ死、実行すれば報酬をと
脅し、唆したが
善良で名誉を重んじるカミロは、我が客の
ボヘミア王に陰謀を明かし、財産を捨て――
ご承知のように、かなりのものだが――
名誉以外に何もなく、不確実ななかでも
危険だけは確かな運命に身を委ねた。
おれが塗りたくった悪徳にもかかわらず
何と輝いているか！[9]　カミロの気高い行為が
おれの所業をどれほど醜くしているか！

（ポーリーナ登場）

ポーリーナ　ああ、悲しい！
胸のレースを切って、胸が張り裂けて

6――strength of limit. limit=prescribed period of time after childbearing (OED.n.1.c)、「産褥期」。
7――ことわざ「藁しべ一本ほども気にかけない」(Not to give a straw)。
8――I would free. free=to clear from blame or disgrace (OED.v.II.4.b).
9――How he glitters/Through my rust! rust=moral corrosion, corruption (OED.n.2.a).

今にも飛び出しそう！
貴族　どうされた、取り乱しておられるが？
ポーリーナ　暴君、何か巧妙な拷問をご準備では？
車裂き、足枷《あしかせ》、火炙り？　皮剝《かわは》ぎ
鉛の釜茹《かまゆ》で、油の釜茹で？　新しい拷問、古い拷問
どんな責め苦も受けます、わたしの言葉の一言一言が
最も残酷な責め苦に値しないでしょうか？
陛下の暴虐は嫉妬とあいまって――
男の子にしては迫力がなく、九つの女の子にしては
未熟で愚か――ああ、なさったことをお考えなさい
そして、狂って、狂っておしまいなさい
これまでの愚かな振る舞いはその薬味に過ぎない。
ポリクシニーズさまを裏切った、それは何でもない。
愚かで、気まぐれで、忌まわしいほど[10]
恩知らずなのを露呈しただけ。
王を殺させて忠義のカミロの名誉に
毒を盛るところだった――それも小さな罪
さらなる極悪非道が出番を待っていた。
女の赤ん坊を鴉の餌食にしたことも何でもないか
小さな罪、悪魔でさえ、罪を犯すやいなや[11]
地獄の火で焼かれながら、両目から涙を流したでしょう。
幼い王子さまの死も、直接あんたのせいにはしない
王子の気高い思いが――
あんなに幼いのに高潔な思いが――胸を引き裂き
その胸が、無分別で愚かな父が優しい母に
汚名を着せたのを知ったからです、いえ、これにも
お答えは無用。でも、最後のことは――ああ、みなさま
わたしが話を終えたら、お泣きください！　お妃さま
お妃さまが、誰よりも清らかで大切な方が、お亡くなりに
なのに、天罰はまだ下されていない。
貴族　神々よ、よもや！
ポーリーナ　お亡くなりに――誓います。言葉も誓も
甲斐がないなら、行って見てください。
唇、目に輝きを、お体に温もりを、息を
取り戻せるものなら、神々に仕えるように
あなたにお仕えします。でも、暴君のあんたは
悪行の数々を後悔してはいけない、あまりに重く
どれほど嘆いても、償いきれないから。
ですから、絶望に身を委ねる他ない。
一千回跪き、一万年、裸で、断食し
不毛の山で、永久《とこしえ》の冬を
果てしない嵐のなかで過ごしても、神々を動かし
あんたに目を向けさせることは出来ない。
レオンティーズ　続けろ、続けろ。
言い過ぎることはない。万人が
どれほど激しい非難を浴びせても当然だ。
貴族　（ポーリーナに）もう、よろしいでしょう。
事がどうであれ、そこまでおっしゃるのは

非礼ですよ。
ポーリーナ　申し訳ございません。気付けば
わたくしはどんな過ちをも、
改めます。ああ、女の浅はかさを
曝け出してしまいました。陛下は気高い心を
痛めておられる。済んだこと、過ぎ去ったことを
嘆いても、甲斐はありません。（レオンティーズに）
わたくしの申し立てで苦しまないでください。むしろ
どうか、罰してください、忘れるべきことを
思い出させてしまったのですから。どうぞ、陛下
国王陛下、愚かな女をお赦しください。
お妃さまに抱く愛が——まあ、また馬鹿なことを！
あの方のこともお子たちのことも口に致しません。
夫のことを思い出させたりもしません
あの人も死にました。辛抱されますように
もう何も申しません。
レオンティーズ　よくぞ言った
その通りだ、同情されるよりずっといい。
妃と王子の遺体が横たわるところへ
連れて行ってくれ。
一つの墓に納めよう。それを
二人が亡くなった所以《ゆえん》を刻み、
我が身の永遠の恥としよう。一日に一度
二人が眠る聖堂を訪れ、そこで涙を流し
慰めとしよう。身体が許すかぎり
この業《ぎょう》を我が身に課し、生きている限り
日々、行うことを誓う。さあ
二人のもとへ案内してくれ。〔退場〕

第三幕第三場

〔（赤子を抱いた）アンティゴナス、水夫登場〕
アンティゴナス　船がボヘミアの
人里離れたところに着いたのだな。
水夫　はい、旦那さま
悪い時に上陸したようです。空が曇り
今にも、吹き荒れそう。きっと、神々が
おれたちのやろうとしていることに腹を立て
眉をしかめています。
アンティゴナス　み心のままに！　船に戻り
様子を見ていてくれ。

10——damnable=damnably. シェイクスピア劇では、形容詞が副詞としてしばしば使われる。
11——ere done't=sooner than do it. The Ardern Shakespeare *The Winter's Tale* (2016).

すぐに戻る。
水夫　お急ぎください、それから
あまり遠くへ行かれませぬよう。嵐になりそうですから。
それに、このあたりは、猛獣が棲息《せいそく》する場所として
知られているのです。
アンティゴナス　船に戻れ。
すぐに後を追う。
水夫　こんな仕事を
せずに済み、よかった。〔退場〕
アンティゴナス　さあ、可哀そうな王女さま。
聞いてはいたが、信じていなかった、死者の霊が再び
彷徨《さまよ》い歩くという。霊ならば、お母上は、昨夜
わたしの前に現れたのですよ、夢ではない
目覚めていたのですから。[12] わたしに近付き
頭を右に、左にかしげ。
あのように悲しみに暮れ、あれほど
悲しみに溢れる美しいお人。純白の衣をまとい
神聖そのもの、わたしが横たわる船室に近寄り
わたしの前で三度お辞儀をされ、喘《あえ》ぎながら
何か言いかけ、両の目が
噴水と化した。ひとしきり涙に暮れるとすぐに
こう仰せられた。「善良なアンティゴナスよ
そなたは、心ならずも
王への誓言によりわたしの哀れな娘を
捨てる運命となった。ボヘミアには
人里離れたところが幾つもあります。そこで
涙を流し、泣きながら子を捨てなさい。
その子は永久に失われるのですから
パーディタと名づけなさい。国王から課せられた
この惨い役目のせいで、二度と
妻ポーリーナに会うことはないでしょう[13]」。悲鳴と共に
大気のなかに消えてしまわれた。慄《おのの》きながら
わたしは何とか心を落ち着け、考えた
これは起きたこと、夢ではないと。夢は慰みもの
でも、今度だけは、[14] 迷信であっても
お導きに従おう。思うに
ハーマイオニさまは亡くなられ、そして
アポロ神はお望みなのだ――ポリクシニーズさまの
お子なのだから――ここに横たえられるべき
お命が助かろうと助かるまいと、父君の
この大地に。小さき花の姫さま、お幸せに！
（小箱と手紙、マントにくるんだ赤子を置く）
ここに、お身の上を記した手紙を。これらは
運が良ければ、ご養育にたっぷり使っても
余りあるでしょう。〔雷鳴〕
　嵐だ。可哀そうなお子よ
あなたのお母さまの過ちゆえに、このように
棄てられ、どうなることやら！　泣けやしない

だが、胸が血を流している、誓言したために
こんな仕事をやらされ、地獄行きだ。さようなら。
空がますます荒れてきた。耳障りな子守歌を
聞かれましょう。昼なのに
これほど暗い空を見たことがない。
獰猛な唸り声！

（雷、犬の吠え声、狩りの角笛の音）

無事に船に戻れるか。餌食になるのか。
お終いだ！〔熊に追われながら退場〕

（羊飼い登場）

羊飼い　一〇から二三までの歳がないか、その年齢の若者が眠ってりゃいい。娘っ子を孕ませたり、老人をいじめたり、盗みを働いたり、喧嘩したり――ほら、あれだ、一九か二二そこいらの逆上《のぼせ》野郎[15]じゃなきゃ、こんな天気に狩りなんかするか？　一番いい羊が二匹も怖がって逃げちまった、おれより先に、狼が見つけるかも、心配だ。いるとしたら浜辺あたりかな、海草でも食ってるんだろう。どうか、見つかりますように！（赤ん坊を見つける）何だ、こりゃ？　たまげた、赤ん坊だ！　可愛い子だ。男の子かな、女の子かな？　可愛い、凄く可愛い子だ――不義の子だな。学はないけんど、女官が不義をやらかすことぐらい、読んで知っている。階段とか、物入れとか、扉の後ろとかでやらかしたんだな。この子をこさえているときは温かかったろうが、可哀そうに、この子はこんなところにいる。気の毒だ、拾ってやるか。いや、倅《せがれ》が来るまで待とう。さっき、おーいと叫んでいた。おーい！

〔道化登場〕

道化　おーい！

羊飼い　何だ、そんな近くにいるのか？　死んで腐っちまうときに、話の種になるもんを見たけりゃ、こっちへ来い。どうした？

道化　そういうもんを二つ見た、海と陸《おか》でだ！　海とは言えねえ、もう空だから。空と海の間にゃ、千枚通しの先を突っ込むほどの隙間もねえ。

羊飼い　えっ、どういうことだ？

道化　父さんに見て欲しかったな、海がどんなに暴れ回り、ど

12――like a waking. waking=the action of remaining awake (OED.n.1.a)、「起きていること」。
13――melted into air. melt=to vanish or disappear (OED.v.1.e).
14――カトリック教徒は、この世に心残りがある死者の霊は、この世を彷徨うと信じたが、プロテスタント教徒は幽霊を悪魔であると信じた。アンティゴナスは死者の霊と信じる。
15――boiled-brains. boiled=brought to the state of ebullition (OED.adj.a).

んなに怒り、どんな風に岸を飲み込もうとしたか、でも、それは、どうでもいい。ああ、あの可哀そうな人たちの哀れな叫び声！　姿が見えたと思ったら見えなくなる。船が帆柱でお月さんに穴を開けたとたん、泡《あぶく》に飲み込まれ、ビール樽に突っ込まれたコルク栓みたいになる。陸で起きた戦いだけど、熊があの旦那の肩の骨を食いちぎり、旦那は助けてくれって叫んだ、名はアンティゴナス、貴族だと言ったんだ！[16]船の話をお終いにするね――海が船をぱくりと飲み込んだんだ！　あの哀れな人たちが喚《わめ》くと、海は嘲り、あの哀れな旦那が喚くと、熊は旦那を嘲り、喚き声で海や嵐の音がかき消えちまったよ。

羊飼い　いったい、いつの話だ、倅よ？

道化　たった今だよ。大変なものを見てから、まばたき一つしていないよ。船の人たちは、海の下でまだ冷たくなっていないし、熊は旦那を半分も食っちゃいない――食っている最中だな。

羊飼い　側にいたら、その年寄りを助けてやれたのに！

道化　船の側にいたら、船も助けてやれたよ。でも、海じゃ父さんの情けは通用しないよ。

羊飼い　ひでえな、ひでえ話だ。でもな、倅よ、これを見ろ。運がいいと思え。おまえは死ぬもんに出くわしたが、おれは生まれたばかりのもんに出くわした。ちょいとした見物《みもの》だ。ほら、見ろ、お偉方の赤ん坊の洗礼式の産着だ。（箱を指す）ここを見ろ、手に取れ、手に取って、倅よ、開けて見ろ。そうか、そういうことか。妖精がおれを金持ちにしてくれるって言われたことがある。取り替えっ子[17]だ。開けて見ろ。何が入っている？

道化　（箱を開ける）　父さん、老後は安泰だ。若い時分の罪が赦されるなら、何不自由なく長生き出来る。黄金だ！　ぜんぶ黄金だ！

羊飼い　妖精の金だ、倅よ、予言が当たったんだ。箱を抱え上げろ、だが、秘密だぞ。帰ろう、近道して帰ろう。運が良かったな、倅よ、運に見放されないために、秘密にしておく他ない。羊は放っておけ。さあ、近道して帰るぞ。

道化　父さんは、見つけたものを持って近道して帰りな。おいらは、熊が旦那から離れて行っちまったか、旦那をどれほど食ったか、見に行く。腹が空いていなきゃ、熊は獰猛になんない。食い残しがあるなら、埋めてやる。

羊飼い　殊勝な心がけだ。残っているものから素性がわかれば、見に行く。呼びに来い。

道化　合点だ、そうするよ。埋めるのを手伝ってくれるよな。

羊飼い　運のいい日だ、いいことしなくちゃ。〔退場〕

第四幕第一場

〔口上役の「時」登場〕

時　「時」は人を喜ばせ、万人を試みる。
喜びであり恐怖であり、善であり悪である。
過ちを犯させ、暴露する。[1]さて「時」の名において、翼を使います。[2]
一六年の歳月を滑るように越え
その間のことは語りませんが
わたしや速やかな歩み[3]のせいになさいませぬよう
自然と宇宙の法則を覆《くつがえ》すのは[4]「時」の手中にあり
一時間で古いやり方を新しいやり方に替えます。
文明が始まる前も
現在《いま》も、わたしはわたし。
わたしは、これまで起きた出来事の証人。
今羽振りを利かす出来事の証人ともなり
今の出来事の輝きを、わたしの陳腐な話のように
黴《かび》臭くもします。ご辛抱いただければ砂時計を回し
この間、みなさまが眠っていたかのように
話を先に進めます。レオンティーズはそのままに——

愚かな嫉妬の結果を嘆くあまり
閉じ籠っております——ご想像ください
心優しき観客のみなさま、今わたしは
美しきボヘミアにおります。ボヘミア王の
息子に以前触れました。
名はフロリゼル。急いで
パーディタの話に移りますが、今や
驚くほど美しい女性に成長。その後の身の上を
予想することはせず、それが起きたときに
「時」がお知らせします。羊飼いの娘、そして
娘にまつわること、これから起こることは
「時」の語るべき主題、そうお許しを。
つまらぬ時を過ごしたことがおありでも
おありでなくとも、「時」が自ら申します

16——flapdragoned. flapdragon=to swallow as one would a flap-dragon (OED.v). flap-dragon は干し葡萄《ぶどう》、スモモなどをブランディに浸して火をつけ、果実を摘まみだし、口に放り込む遊び。

17——妖精は何百年も生きるので、血を新しくするために、生まれたばかりの人間の子をさらい、妖精の子どもを置いてゆく。赤子を妖精に誘拐されないために、鋏や聖書を揺り籠の側に置く習慣があった。ここでは、不義の子と嫡子が取り替えられて捨てられたという意味。スペンサーの『妖精の女王』に、老いた羊飼いが、野原に捨てられた女の赤ん坊を拾い、大事に育てる話がある。パストレラと名づけられた女の子は美しい女性に成長し、高貴な身分の実の父母と再会する（六・九—一二）。

1——that makes and unfolds error. ことわざ「時はすべてを暴く」（Time reveals all things）。

2——「時」は翼をつけている。

3——swift passage. ことわざ「時は歳月を待たず」（Time flees away without delay）。

4——To o'erthrow law. law にはアリストテレスの三一致の法則（時、場所、筋の一致）が含まれる。

これから退屈なさることはありますまい。〔退場〕

第四幕第二場

〔ポリクシニーズ、カミロ登場〕

ポリクシニーズ　頼む、カミロ、もうせがむな。何であれ、そなたの願いを拒むのは気に病むほど辛いが、このことを叶えてやるのは、死ぬほど辛い。

カミロ　最後に祖国を目にしてから一六年。そのほとんどを他国で暮らしてきましたが、骨を祖国に埋めたいのです。それに、悔い改めた王が、わたしの主君がお呼びで、深いお悲しみを幾分かでも和らげて差し上げられるのではないか——僭越でなければ——それも、帰国に駆り立てる要因なのです。

ポリクシニーズ　わたしを愛しているなら、カミロ、今、わたしを独りにして、これまでの忠勤を帳消しにしないでくれ。[5]わたしが必要としているのはそなたの善良さなのだ。こうして失うくらいなら、始めからいなければよかった。そなたでなければ十分にこなせない仕事をしてくれた、留まり、やり遂げるか、さもなくば、忠勤と一緒に持って帰るか。十分に報いていないなら——感謝してもしきれぬが——もっと感謝するよう心がけよう。そうすれば、友情が深まり、わたしのためにもなる。あの悲運の国シチリアのことは、もう口にしないでくれ、その名を聞いただけで、悔い改めたとそなたが言う王を想起し、罰せられる思いだ——兄弟と慕う王と和解したが、何より大切なお妃とお子たちを亡くされたのは、今さらながらとても残念に思う。ところで、フロリゼルを目にしたのはいつだ？　王たる者、不肖の息子を持つのは一生の不覚、立派に成長した息子を失う不幸に劣らぬ。

カミロ　王子さまを目にしたのは三日前です、陛下。お楽しみが何かは存じません。ですが、最近は、残念なことに、[6]宮廷にあまり姿をお見せになりませんし、王子としての修練に、以前ほど身が入っていないようです。

ポリクシニーズ　カミロ、わたしもそう案じ、幾分気がかりで、配下の密偵に、宮廷に姿を見せない理由を探らせた。密偵によると、とても卑しい羊飼いの家に通い続けていると言う。一文無しから、近所の人が想像も出来ないほどの大金持ちになった男だという。

カミロ　その男の話は耳にしました、並々ならぬ美しい娘がいるとか。そういった小屋の出とは思えないほど素晴らしい娘だという噂です。

ポリクシニーズ　報告にも同様のことが。その餌が息子を釣り上げていることが心配なのだ。その場所に、一緒に行ってはくれまいか、身分を隠し、その羊飼いにいろいろと訊きたい、素朴な男だろうから、息子が通う理由を訊き出すのは難しくあるまい。頼む、この件で、助けてくれ、そして、シチリアへの想いはひとまず忘れてくれ。

カミロ　謹んで、ご命令に従います。

ポリクシニーズ　かたじけない、カミロ！　変装せねばな。

〔退場〕

第四幕第三場

〔オートリカス[7]、歌いながら登場〕

水仙が顔を出せば
ヘイ、谷間に娘がやって来る
陽気な季節のご到来
赤い血潮が青白い冬を支配する

垣根に干された白布《シーツ》[8]
ヘイ、可愛い小鳥、甘い歌！
盗みたくなる[9]
王さまのエール[10]を二パイント

雲雀《ひばり》が囀《さえず》る、ティラーリラ
ヘイ、ヘイ、鶫《つぐみ》に鵥《かけす》
おいらと娘の夏の歌
干し草の上で転げてお楽しみ

フロリゼル王子にお仕えし、金回りがいいときゃ、上等のビロードのお仕着せを着たもんだ。今は失業中。

だから、悲しむかね？
夜に輝く青い月
娘から娘へ渡り歩く
おいらに誂え向き

鋳掛屋[11]は商い許され
豚袋担ぎ
足枷はめられても

5――wipe not out. wipe=to destroy the trace of (OED.v.6.c).
6――missingly=with a sense of loss (OED.adv.).
7――一匹狼という意味。盗み癖があり、嘘つき。ローマ神話では、オートリカスは商売・盗みの神マーキュリーの息子。
8――The white sheet bleaching on the edge. bleach=to whiten (OED.v.3.a). 垣根に干されたシーツはこそ泥の恰好の標的だった。垣根は男女が密かに交わる場所。
9――pugging tooth an edge. pugging は prigging「盗むこと」の造語か？ set one's teeth on edge はことわざ的表現、「しきりに（…）したがって」。ここでは、小鳥の声に、シーツを盗みたくなるという意味のよう。
10――ale はビールではない。ビールはアルコール一パーセントの下層階級の飲み物。王さまが飲むのはエール。水が汚染されていたので、大人も子どももビールやエールを飲んだ。シーツを盗んで売って、王さまのエールを買うという意味。
11――昼は鋳掛屋、夜は盗みが商売。どさ回りの鋳掛屋は許可証を所持していないと、浮浪者として逮捕され、鞭打ちの刑に処せられた。

鋳掛屋だい[12]

売り物は白布——鳶《とんび》が巣作りをするとき、小布《こぎれ》にご用心。親父がおいらをオートリカスと名づけた、盗賊の神マーキュリーの星のもとに生まれたからね。マーキュリーも安物を掠《かす》めることそ泥。おいらは賭けと女でこのきんきらきんの衣装を手に入れた。つまらぬ盗品が収入源。街道で盗みを働きゃ、絞首台送りか鞭打ち刑。鞭打ちも首を括《くく》られるのも、おっかねえ。明日のことは、けせらせら。おっと、獲物だ、獲物だ！

〔道化登場〕

道化　えーっと。羊一一匹の毛を刈ると、重さは一トッド。一トッドは一ポンド五ペンス。[13]一五〇〇匹の毛を刈ればどのくらいになるかな？[14]

オートリカス　（傍白）罠にかかれば、山鴫《やましぎ》[15]はおれのもの。

道化　[16]計算盤がないと勘定出来ないや。えーっと、羊の毛刈り祭りのために、何を買うつもりだったっけ？　砂糖三ポンド、アカスグリの実五ポンド、米——妹のやつ、米をどうしよってんだ？　ともあれ、親父が妹を毛刈り祭りの女王にしたから、豪勢にやるだろうよ。妹は毛刈り職人のために、花束を二四個もおいらに作らせた——連中は三人で輪唱する。うまいもんだ——でも、だいたいが中間《テノール》か低音《バス》。ピューリタンが一人いて角笛に合わせて讃美歌を歌う。梨パイの色づけに、サフランも買わなくちゃ。ニクズク、ナツメヤシの実は——買い物リストにないな。ナツメグ七個。生姜《しょうが》が一個か二個——でも、これはただで貰えるかも。プルーン四ポンドに、同じだけの干し葡萄。[17]

オートリカス　（這いつくばりながら）ああ、生まれてこなきゃよかった！

道化　おったまげた！

オートリカス　ああ、助けて、助けてくれ！　この襤褸《ぼろ》を脱がせて、死なせてくれ、死なせてくれ！

道化　可哀そうに！　脱ぐより、もっと着なくちゃだめだよ。

オートリカス　ああ、旦那さま、胸糞が悪いこの襤褸、百万回鞭打たれたばかりなんですが、こっちのほうがこたえる。

道化　可哀そうに、百万回鞭打たれたとは、えらいこっちゃ。

オートリカス　追い剝ぎに遭い、叩きのめされ、金も着る物も盗《と》られて、この襤褸を着せられたんです。

道化　追い剝ぎは馬に乗っていたかね、歩きだったかね？

オートリカス　歩き、歩きでした、旦那さま。

道化　なるほど。その襤褸からして、歩きだな。この襤褸が馬に乗ったやつの上着なら、戦《いくさ》でよっぽど活躍したんだ。手を貸しな。助けてやるよ。さあ、手を貸しな。（オートリカスを立たせる）

オートリカス　ああ、お願いです、旦那さま、優しく。ああ！

道化　何とまあ、可哀そうに！

オートリカス　ああ、お願いです。そっと、お願いです！　肩の骨が外れたみたいで。

道化　どうだ？　立てるか？

オートリカス　そっと、お願いしますよ、旦那さま、そっと。（道化の財布を掏《す》る）何と情け深い方でございましょうか。

道化　金がないんだろ？　少しならあげるよ。

オートリカス　とんでもない、旦那さま。ここから一マイル足らずのところに、親戚がいまして、そこへ行く途中でした。そこへ行けば、金にも何にも困りません。お金は結構です。結構です――いただいては、立つ瀬がありません。

道化　あんたを襲ったのは、どんなやつだ？

オートリカス　淫売転がしで渡り歩いているやつでして。王子に仕えたこともあるようで。どんな美徳のせいかわかりませんが、宮廷から鞭で叩き出されたんです。

道化　悪徳だろう――美徳が鞭で叩き出されるもんか。宮廷人は美徳を大切にするから、居つかせようとするけど、居つかないんだな。

オートリカス　悪徳、と言うつもりでした。その男をよく知っていましてね、最初は、猿回し、次いで令状送達吏――執行官ですな――次いで「放蕩息子」[18]の人形芝居の旅回り。わたしの領地や住まいから一マイルほどのところの鋳掛屋の女房と夫婦になり、幾つかいかがわしい仕事に手を染め、とうとう追い剥ぎに。オートリカスと呼ぶ人もいます。

道化　何というやつ！　盗人、盗人だよ！　お祭りとか、市《いち》とか、熊いじめの見世物なんかに出没するやつだ。

オートリカス　図星です、旦那さま、そいつです、そいつがこの襤褸を押し付けた悪党です。

道化　あんな腰抜け悪党はボヘミアにゃ、二人といない。凄んで見せて、唾を吐きかけてやったら、逃げたはずだ。

オートリカス　実は、わたしは喧嘩は苦手でして。根性無しなんです。それをあいつも知っている。

道化　ところで、気分はどうだ？

オートリカス　お優しい旦那さま。ずっと良くなりました。立

12――『冬物語』の音楽のオリジナル曲は現存しないが、後世に復元された譜面が The Arden Shakespeare *The Winter's Tale*（2016）に収録されている。

13――当時の未熟練工の一日の賃金に相当？

14――当時としては相当な額。

15――山鴫は簡単に罠にかかる阿呆な鳥と思われており、ことわざにもなっていた。『十二夜』のマルヴォーリオは山鴫に譬《たと》えられる（第二幕第五場）。

16――五月の中頃から七月末頃までに行われる、羊の毛を刈り終わった後の祝祭。

17――列挙されているスパイスは非常に高価なもの。羊飼い一家の富裕さを示唆。

18――『ルカによる福音書』（一五・一一―三二）。

って歩けます。お暇して、親戚の家へゆっくり歩いて行きます。

道化　送って行こうか？

オートリカス　とんでもない。結構です。お優しい旦那さま。

道化　では、さいなら。羊の毛刈り祭りのために香辛料を買いに行くところなんだ。

オートリカス　お達者で、優しい旦那さま。〔（道化）退場〕香辛料を買うには、懐がさみしかろ。毛刈り祭りでまた会おうな。この手口をもう一度試して、毛刈り職人たちを騙して馬鹿さぶりを知らしめなきゃ、おいらの名を盗賊名簿から消して善人名簿に加えて貰わなくちゃな。
（歌う）てくてく歩こう、この小道
陽気に牧場を越え
楽しく一日歩く
沈んで歩けば一マイルで降参[19]

第四幕第四場

〔フロリゼル（ドリクリーズ）、パーディタ（祭りの女王）登場〕

フロリゼル　祭りの衣装を着たきみは
生き生きし、羊飼いの娘じゃなく、四月になると
真っ先に姿を見せる花の女神フローラだ。[20]
羊の毛刈り祭りは小さな神々の集まり
きみはその女王さまだ。

パーディタ　優しい王子さま
女神さまだなんて、おおげさですわ[21]——
あら、ご免なさい、生意気言って！　殿下は
国民が仰ぎ見る方、なのに羊飼いに身を窶《やつ》し
貧しく卑しい身分のわたしは
女神のように飾りたてて。でも、この祭りには
馬鹿騒ぎがつきもの、慣習だから
みんな我慢するけど、そんな姿の王子さまを見て
顔が赤くなりますわ。鏡に映る自分を見たら
気を失ってしまいます。

フロリゼル　ぼくの大事な鷹が
きみのお父さんの地所を飛び回ったのは
幸運だったな。

パーディタ　神の思し召しでありますように！　殿下は
身分が違うのが怖くてなりません。お偉い殿下は
怖いという気持ちに慣れていないでしょう。今も震えてます
父君が、あのときの殿下のように、偶然、ここを
通りかかったら。ああ、運命の神々よ！
こんなにも高貴な方が、粗末な服を着ているのを見て
どんなお顔をされるか？　何とおっしゃるか？
借り物の飾り衣装を着たわたしは厳めしいお姿を
どう仰ぎ見ればいいのでしょう？

フロリゼル　楽しいこと以外は
考えなければいい。神々でさえ、恋に平伏し

野獣に身を窶《やつ》した。ジュピターは
雄牛に変身して、[22] モウモウ啼《な》いた。紺碧《こんぺき》の海の神
ネプチューンは羊に変身して、[23] メエメエ鳴いた。
炎の衣の太陽神アポロは、今のぼくのように
貧しく卑しい羊飼いに変身した。[24] 神々の変身は
絶世の美女のためでもなく
愛し方もそれほど慎み深くない、ぼくの欲望は
結婚前にきみを求めることはないし、熱い気持ちは
誓いを破るほど燃え盛りはしない。

パーディタ　でも、殿下
そのご決意も、陛下のお力で反対されたら
きっと反対されますが、持ち堪えられないでしょう。
二つに一つは避けられません[25]
殿下がお気持ちを変えるか
わたしが命を失うか。

フロリゼル　愛しいパーディタ
そんなこじつけで曇らせないでくれ——
祭りの楽しさをね——いいかい、ぼくはきみのものになるか
父上の子でなくなるか。きみのものになれないなら
ぼくはぼくでなくなるし、誰にとっても誰のものでもない。
これは守り通す
たとえ運命が反対しても。元気を出して、さあ
そんな暗い気持ちは、差し当たり、目にするもので
嚙《か》み殺してくれ。きみのお客が来る頃だ。
顔を上げなさい
ぼくたちが約束を交わした
婚礼を祝う日であるかのようにね。

パーディタ　ああ、運命の女神さま

19——エリザベス朝のカントリー・ダンスの歌曲の一部。一六五〇年から一七二八年にかけて出版されたダンス曲集 John Playford, *The English Dancing Master.* Edited by G. Gösch and R. Gardiner. Wolfenbütted, 1928 に収録されている。
20——西風の神ゼピュロスの愛によって花と豊穣の神に変身させられて捨てられ、羊飼いに拾われた。スペンサー作『妖精の女王』のパストレラも花を絹のリボンで結んだ花輪を被り、手作りの緑の服を着て、羊飼いの乙女や若者たちに囲まれ、笛と歌で賛美される（六・九・七―八）。
21——extremes. extreme=an excessive degree (OED.n.5).
22——白い雄牛になってエウローペーを誘拐、クレタ島に連れて行き、想いをとげた。
23——羊になって、テオパネを羊に変え、想いをとげた。
24——羊飼いに身を窶し、苦役を担った。
25——One of there must be necessities. necessity=something unavoidable (OED.n.6.c).

お守りください!

フロリゼル　ほら、お客さまたちがお見えだ。

明るくお迎えし

頰が火照《ほて》るまで、楽しもう。

〔羊飼い、(変装した) ポリクシニーズとカミロ、道化、モプサ、ドーカス (羊飼いと羊飼いの娘たち) 登場〕

羊飼い　何てこった、おい、女房が生きていたときにゃ

この日には、食い物、飲み物、料理までこなしたもんだ。

女主人も召使いの役も務め、みなを迎え、もてなし

歌い、くるくる踊り、ここにいたかと思うと

テーブルの上座に、真ん中に。

こっちの客に給仕、あっちの客に給仕、働き過ぎて

顔が火照ると、冷ますために、みんなと順に

乾杯したもんだ。おまえは引っ込み思案

まるで、もてなされるお客のよう

宴会の女主人とは言えん。いいかね

見知らぬご友人方を歓待しなさい

そうしてこそ、お見知りおきいただける。

さあ、恥ずかしがらずに、こちらへおいで

祭りの女王として、さあ、毛刈り祭りにようこそと

ご挨拶するのだ。それでこそ

うちの羊たちが増えてゆくというもんだ。

パーディタ　(ポリクシニーズに) 旦那さま、ようこそ。

父の言い付けで本日の

女主人役を務めます。(カミロに) ようこそ、旦那さま。

ドーカス、そのお花をこちらに。お二方には

ローズマリーとヘンルーダを。この二つの花は

冬中、姿と香りを保ちます。

恵みと思い出の花をお二人に。

毛刈り祭りにようこそ!

ポリクシニーズ　羊飼いの娘さん

お美しいお方だ。冬の花は

我らの歳にぴったり。

パーディタ　秋の気配がしますが

夏が去ったとは言えず、震える冬は

まだ先のこと。今の季節の一番美しい花は

カーネーションとナデシコ、ナデシコを

自然の雑種と呼ぶ人もいます。その類の花は

わたしどもの田舎の庭にはありませんし

挿し穂を欲しいとも思いません。

ポリクシニーズ　娘さん

どうして嫌うのかね?

パーディタ　あの縞模様は

偉大な創造主の自然に手を加えて

作ったと聞いておりますから。

ポリクシニーズ　そうであろう

だが、自然は、他ならぬ

自然が作ったわざで改良されるのだ。

あなたの言う、自然に手を加えることも
自然のわざなのだ。よいかね、美しい娘さん
野生の幹に、栽培して作った若枝を接ぎ木し[26]
優れた種の花芽《はなめ》により、劣った幹を
生き返らせることがあるだろう。これが
自然を補う――むしろ変えるわざ――しかし
そのわざそのものが自然なのだよ。

パーディタ　　そうですね。

ポリクシニーズ　それなら、ナデシコで庭を豊かにし
雑種などと呼ばないように。

パーディタ　　土を掘って
あの花を一本たりとも植えようとは思いません。
わたしが化粧をすれば、子どもを産ませたいと
この方に言って貰えるかも知れませんが
そんなことを願いはしません。お花をどうぞ。
ラヴェンダー、ミント、ハッカ、マヨナラ
マリーゴールド、この花は太陽と共に閉じ
太陽と共に、朝露に濡れながら開きます。
みんな春蒔《ま》きの花、中年の方に相応しい花。
ようこそ。（花を配る）

カミロ　わたしがあなたの羊なら、草を食《は》むのをやめ
あなたを見つめて暮らしますね。

パーディタ　　まあ
酷くお痩せになって、一月の突風に軽々と
吹き飛ばされてしまいますわ。
（フロリゼルに）　さあ、美しいお友達
あなたのお歳に相応しい春の花を
差し上げたかったのだけど。（モプサとドーカスに）
あなたにも、あなたにも、あなたの乙女の枝に
蕾をつけるでしょう。ああ、プロセルピナ[27]
あなたが驚いて、冥界の王ハデスの戦車から
落とした花々が欲しい！　水仙は
燕が戻るより先に、その美しさで
三月の風を虜《とりこ》にする。菫《すみれ》は地味だけど
豊穣の女神ユーノーの瞼より愛らしく
ヴィーナスの息より甘い。青白い桜草は
輝く太陽神アポロの盛りを見ずに
種を残さず枯れてゆく――若い娘が罹りやすい

26――A gentler scion to the wild stock. gentle(r)=cultivated, domesticated (OED.adj.5.a). 人工と自然の調和について、スペンサー作『妖精の女王』では、こう語られている。「自然は人工の　気まま真似／人工は自然にけちを付け、／互いに鼻を明かそうとし／いっそう相手引き立てて、／意は違うのに同結果、／甘き相違で一致して／変化豊かに　この庭飾る」（二・一二・五九）。

27――ローマの農業の女神ケレスの娘。花を摘んでいるとき、冥界の王ハデスにさらわれ、冥界の女王にされた。

貧血症ね。大胆な黄花九輪桜《きばなのくりんざくら》、それに
ヨウラクユリ。いろいろな種類の百合
アイリスもその一つ。このような花で
花輪を作り、大切な人に、幾度も
撒いてあげたいのだけど。

フロリゼル　えっ、お墓に？

パーディタ　いいえ。恋人たちが戯れる土手に
お墓じゃないわ——でも、埋めるためではなく
生きたまま、わたしの胸に埋もれるように。さあ
お花をどうぞ。聖霊降臨祭で見たお芝居の
真似事をしているみたい。
きっと、この衣装が気分まで
変えたのね。

フロリゼル　きみが何かするたびに
素敵になる。きみがお喋りをすると、愛しい人
ずっと喋っていて欲しいと思う。きみが歌うと
物を買うときも、売るときも、施すときも
祈るときも、家事をするときも
歌って欲しいと思う。きみが踊るとき
海の波であって欲しい、踊る他何もせず
いつも、いつも踊っていて欲しい
何もしないで。きみのすることは何もかも
どれも、きみだけのもの
だから、今、何をしても
女王のように完璧だ。

パーディタ　まあ、ドリクリーズさま
おおげさよ。でも、あなたは若く
誠実な情熱が若さから滲み出ているから
汚れない羊飼いだとはっきりわかるけど、でなければ
心にもないお世辞で言い寄っているのかと
心配しますわ、ドリクリーズさま。

フロリゼル　心配する
理由なんかないよ、そんな気はまるでないから。
それより、さあ、踊ろう。
お手をどうぞ、我がパーディタ——決して離れない
番《つが》いの雉鳩《きじばと》[28]のように踊ろう。

パーディタ　決して離れない。

ポリクシニーズ　（カミロに）牧草地を駆けたなかで
一番愛らしい田舎娘だ。何をするにも
生まれを超えた何かがあり
村娘にしては品があり過ぎる。

カミロ　フロリゼルさまが囁き
娘が顔を赤らめています。
まこと、クリーム色の肌[29]の祭りの女王です。

道化　さあ、音楽を始めてくれ！

ドーカス　お相手はモプサでしょ。

モプサ　よく言うよ！
キスするときの臭い消しにニンニクをあげなよ！

道化　黙って、黙って、行儀良くしようよ。さあ、音楽だ！

（音楽）

〔羊飼いたちの踊り（フロリゼルとパーディタも）〕（羊飼いたち退場）

ポリクシニーズ　ちょっと、親父さん、娘さんと踊っている、あの感じの良い羊飼いは何者かね？

羊飼い　みんなドリクリーズと呼び、本人は
立派な牧草地を持っていると自慢してます。
本人が言うのだから、信用していますよ——
誠実そうだ。わしの娘を好いとると、言っておる。
そうだと思いますよ
月が海を見つめる以上に
わしの娘の目をじぃーと見つめ、読んでおる。
はっきり言って、どっちがよけい惚れているか
接吻半分の違いもありませんや。

ポリクシニーズ　娘さんは優雅に踊っていますね。

羊飼い　何をしてもそう、親の口から言うのは
はばかられますが。
ドリクリーズがうちの娘を選べば
夢にも思わん幸せ者になる。

（召使い登場）

召使い　ああ、旦那さま、表にいる行商人の歌をお聞きになれば、小太鼓や笛に合わせて踊る気になれず、バグパイプだって、お気に召さなくなりますよ。いろんな歌を、旦那の金勘定より早く歌うんです、歌《バラッド》[30]を飲み込んだかのように吐き出し、みんなの耳を釘づけにします。

道化　丁度いい、入れてやりな。歌は大好きだ。悲しい話を陽気な曲にしたやつ、楽しい話を悲しげに歌うやつとか。

召使い　男向け、女向け、何でもござれ。あれほど、お客にぴったりの手袋を揃えている小物商人はいません。娘っ子には可愛い恋歌を歌い、妙なことに、嫌らしくなく、ディルド、ファディン[31]の折り返し文句や、「突撃、やれ」なんか上品そのもの。口汚い悪党がちゃめっ気を起こして、下品な言葉を挟もうもんなら、娘っ子に「嫌んー、お願い、悪戯は止めて」と合いの手を入れさせる。「嫌んー、お願い、悪戯は止めて」と言われると、男のやる気は挫《くじ》け、しおしお退散する。

ポリクシニーズ　見上げた野郎だな。

28——turtle pair. 雉鳩は一雌一雄で、長く連れ添った。ことわざ「雉鳩のように連れ合いに誠実」（As true as a turtle to her mate）。

29——村娘は陽に焼けているが、パーディタの顔色は、宮廷女性のようにクリーム色。

30——一六、七世紀の英国で流行した、恋愛や世相などを歌にした俗謡。

31——「ディルド」「ファディン」は俗謡の猥褻《わいせつ》なリフレインのようだ。

道化　実に利口な男のようですな。新品[32]は持っているか？
召使い　揃いの虹色のリボン。金属のタッグ付きレースはボヘミアじゅうの弁護士が学識で処理出来る事件以上の品揃え。十把一からげで仕入れた品ですがね。リネンのテープ、靴下留め用ウーステッドの紐、薄地の平織物、薄地の綿布、そういった品が神か女神であるかのように、賛美しながら歌うのです。女性用スモックなんか、女の天使じゃないかと思ってしまう。カフスや刺繡入り胸飾りも、そうやって売るのです。
道化　入れてやりな、歌いながら入って来るように言え。
パーディタ　品のない言葉は使わないように言ってね。
（召使い退場）
道化　おまえが思いもしない行商人がいるもんだ。
パーディタ　そうね、お兄さま、思いもしない人もね。
〔（変装し、袋を担ぐ）オートリカス歌いながら登場〕
オートリカス　雪のように白い薄麻《ローン》
鴉のように黒い薄麻
薔薇のように甘い香りの手袋
顔と鼻を隠す仮面《マスク》[33]
黒ビーズの腕輪、琥珀《こはく》の首飾り
淑女の寝室用香水
金糸の頭巾と胸飾りは
可愛い娘っ子への贈り物
ピンに、銅の鏝《こて》[34]

どの娘《こ》も欲しがる物ばかり
さあ、さあ買った、さあ、さあ買った！　さあ、買った
若い衆、じゃないと、娘っ子が泣きべそかく、さあ！
道化　モプサに惚れていなけりゃ、あんたに金をやることたあないけど、メロメロになっちまったから、リボンと手袋くらい買ってやらなきゃな。
モプサ　お祭りの前に買ってくれるって約束したよ、今でも遅くないけど。
ドーカス　この人、他にもっと約束したんじゃない、でなきゃ、二人とも嘘つきよ。
モプサ　この人、あんたに約束したものは全部払ったでしょ。もっと払ったかも、貰ったものを返すのは失礼よ。
道化　娘っ子には、行儀ちゅうもんがないんか？　隠し所を顔につけるんか？　乳搾りのときや、寝床や、竈《かまど》の前で、こっそり話すもんではないか、うちのお客の前で、ぺちゃぺちゃやることたあないだろう？　あの人たちもひそひそ話していたからいいようなものの。口をつぐんで一言も口を利いちゃなんねえ。
モプサ　わかった。ねえ、綺麗な色の絹のネッカチーフ[35]と薔薇の香りの手袋を買ってくれるって約束したでしょ。
道化　途中で騙され、有り金取られたって言わなかったかい？
オートリカス　まったく、旦那、盗人が横行していますからね、用心、用心。
道化　心配するな。ここじゃ、何も盗まれやしない。

オートリカス　そう願いますね。何せ、高価な品を持ち歩いているもんで。

道化　これは？　歌かい？

モプサ　ねえ、お願い。何か買ってよ。活字になった歌が好きなの、実話に違いないもの。

オートリカス　これなんか、とりわけ悲しい曲で、金貸しの女房が一度のお産で、金袋を二〇も産み、毒蛇の頭と蟇蛙《ひきがえる》のカルボナード[36]を食いたがったとか。

モプサ　実話なの？

オートリカス　実話ですとも、つい一か月前の出来事です。

ドーカス　金貸しなんかと結婚するものか！

オートリカス　そのときの産婆の名前がここに、ゴシップ夫人とか、五、六人の正直なおかみさんが立ち会った。デマを売り歩きますか？

モプサ　（道化に）お願い、これ、買って。

道化　おい、そいつを取り置いてくれ、先に、他のも見ようよ。いろんなもの買おうな。

オートリカス　これは魚の歌、四月の八〇日の水曜日に、海抜四万尋《ひろ》から浜辺に打ち上げられ、歌った。娘の冷たい心を諫《いさ》めている。人間の女だったと思われ、好いてくれる男と寝るのを拒んだために、冷たい魚に変えられた。実に哀れな、本当の話。

ドーカス　それも実話なの？

オートリカス　五人の判事の署名があり、証拠はこの袋に詰めきれないほど。

道化　そいつも取り置きしといてくれ。他のを。

オートリカス　これは愉快な歌ですが、綺麗な曲ですよ。

モプサ　愉快な歌も買おうよ。

オートリカス　なら、これはとびきり愉快な歌で、「二人の乙女に一人の男」に合わせて歌う。西の方で、これを歌わない娘はいない。請け合います、引っ張りだこですよ。

モプサ　わたしたち二人は歌える。あんたが一つのパートを歌ってくれるなら、三輪唱になるわ。

ドーカス　わたしたち、一か月前に覚えたのよ。

32――unbraided wares=probably brand-new goods. The Arden Shakespeare *Winter's Tale* (2016).

33――当時のイギリスの貴婦人は、外出時、日焼け防止に額と頬と鼻が隠れる仮面をつけた。

34――poking-sticks. pocking-stick=a rod for stiffening the pleats of a ruff (OED.n.).

35――tawdry-lace、「聖オードリーのレース」。一〇月一七日にケンブリッジ市のイーリーで開かれた聖オードリーの祭日の市《フェア》で売られた色鮮やかな絹のネッカチーフ。

36――ビールで煮込んだ牛肉料理。

オートリカス　歌いましょ、商売ですからね。始めますよ。
（歌う）
帰れ、おれは行く
どこかは知らぬがいい
ドーカス　どこへ？
モプサ　どこへ？
ドーカス　どこへ？
モプサ　あんなに誓ったじゃない
秘密の場所を教えるって
ドーカス　あたしにも。連れて行って。
モプサ　納屋、それとも水車小屋
ドーカス　どっちへ行っても、悪さする
オートリカス　どっちでもない
ドーカス　どっちでもない？
オートリカス　どっちでもない
ドーカス　好きだって言った
モプサ　するって言った
どこへ行くの？　教えて、どこへ？
道化　後でおれたちだけで歌おう。親父とあの旦那方が真面目な話をしている。邪魔しちゃいけない。さあ、袋を担いでついて来な。娘っ子たち、買ってやるからな。おい、行商人、上等なやつを頼むぞ。二人ともついて来な。
（ドーカス、モプサと共に退場）
オートリカス　お高くつきますよ。
（歌う）紐はいかが
ケープ用レースはいかが
そこの可愛い子ちゃん？
絹に、糸に
頭飾り
最新流行の最高級品はいかが？
寄ってらっしゃい
金はもめごと屋、金さえありゃ
何にでも口を出す。〔退場〕
（召使い登場）
召使い　旦那さま、荷馬車屋が三人、羊飼いが三人、牛飼いが三人、豚飼いが三人、毛むくじゃらの扮装。曲芸師と称し、一踊りしたいとか、踊りと言っても、飛んだり跳ねたりのごちゃまぜ踊りだと言っています、娘っ子たちが仲間入り出来ませんから。でも、玉転がし[37]しか出来ない連中にとって荒っぽくなければ、誰でも楽しめるそうです。
羊飼い　断れ！　そんなものに用はない。田舎の馬鹿騒ぎでたくさんだ。（ポリクシニーズに）旦那さま、うんざりなさってておいででしょう。
ポリクシニーズ　あなたこそ、我々を楽しませようとしている人たちをうんざりさせているのでは。三人四組の曲芸師たちの踊りを見せて貰おう。
召使い　一組は王さまの前で踊ったことがあるそうです。そのなかで一番下手な者でも、きっかり一二フィート半は飛び跳

ねるとか。
羊飼い　お喋りはいい加減にしろ。こちらの方々のご所望だ。
通せ——すぐに。
召使い　はい。戸口に控えていますので。
（半人半獣に扮した踊り手たちが招じ入れられ、音楽に合わせて踊る）（召使いと踊り手たち退場）
ポリクシニーズ　（羊飼いに）ま、親父さん、それは後ほど。
（カミロに）深入りし過ぎていないか。引き離す潮時だ。
あれは正直者で、いろいろ話してくれた。（フロリゼルに）
どうだい、お若いの？　胸が一杯で気もそぞろ
お祭り気分になれないようだな。まったく、若い頃は
わたしも恋にかまけて、恋人に
むやみにつまらない贈り物をしたものだ。わたしなら
あの行商人の絹商品を略奪し、恋人を贈り物責めにし
受け入れて貰おうとしただろう。きみはあいつを帰した
何も買わずにね。きみの恋人が
万が一誤解し、これを
愛情が足りないとか気前が良くないと
受け取れば、答えに窮するだろう。少なくとも
あの娘を幸せにしておきたいと思うなら。
フロリゼル　旦那さま
あの娘はあのようなつまらない物を欲しがりません。
わたしに求めるものは梱包《こんぽう》して錠を掛け、この胸に
閉まってあります。すでに約束したものなのですが
渡していません。（パーディタに）この方の前で
終生変わらぬ愛を誓うのを聞いて欲しい、この方も
恋をしたことがおありとか。きみの手を取り誓う。
この手は鳩の綿毛のように白く、柔らか
エチオピア人の歯のように白く、北風に二度も
篩《ふる》われた雪のようだ。
ポリクシニーズ　次に何が続く？
（カミロに）この若者は、白く美しい手を洗い清め
さらに白くするつもりだ！
（フロリゼルに）邪魔したな。誓いを
愛の誓いを。聞かせてくれ。
フロリゼル　是非、証人になってください。
ポリクシニーズ　わたしの連れも？
フロリゼル　ええ、その方
のみならず、すべての人、地、天も、すべてに——
ぼくが世界一の帝国の王冠を授けられ
誰よりも立派で、美しい若者で
人を振り返らせ、誰も持ったことのない

37 ——bowling. bowl=to move like a bowl or hoop along the ground (OED.v.3). ゆるやかなゲーム。

力と知識を備えていても、この人の愛がなければ
何の価値もありません、すべてを
この人のために用い、そう出来なければ
滅びるままにします。

ポリクシニーズ　あっぱれな申しよう。

カミロ　揺るぎない愛の表れです。

羊飼い　だが、娘や
同じことをこの若者に言うかね？

パーディタ　この方ほど上手には
とても上手には言えず、その術もありません。
この方の清らかさは
わたしの思いと同じです。

羊飼い　手を取れ、話は決まった。
どなたか知らぬが、証人になってください。
娘をこの若者にあたえ、持参金は
この若者の財産と同額にする。

フロリゼル　娘さんの気立ての良さが
持参金です。ある人が亡くなれば
ぼくには、あなたが想像も出来ない
びっくりするほどの財産が入ります。さあ、まず
証人の方々の前で、婚約させてください。

羊飼い　さあ、その手を
それに、娘や、おまえの手も。

ポリクシニーズ　待て、お若いの、待ちなさい。
父上はおありか？

フロリゼル　はい。父が何か？

ポリクシニーズ　このことをご存じか？

フロリゼル　いえ、知らせません。

ポリクシニーズ　思うに、父親というものは
息子の婚礼に、主賓として
招かれるべきだ。もう一度、訊く。
お父上は、ものの見分けがつかないのか？
加齢やリウマチか何かのせいで
呆《ほう》けたのではないか？　話が出来るか？　耳は？
人の見分けは？　自分のことは？
寝たきりか？　子どもの頃と
同じこと以外しないのか？

フロリゼル　いいえ、旦那さま
同年配の方々より
ずっと健康で元気です。

ポリクシニーズ　この白い鬚に懸けて
もしそうなら、良くない
親不孝というものだ。息子が
自分で妻を選ぶ、それは理に適っている。
しかし、こういった事では、父親の意見を
聞くのも理に適っている、父親の喜びは立派な子孫を
得ることに他ならないからだ。

フロリゼル　わかっております。

けれども、他にも理由があり、旦那さま
それを打ち明けることは出来ませんが、父に
この件を知らせたくないのです。

ポリクシニーズ　知らせなさい。

フロリゼル　知らせません。

ポリクシニーズ　知らせてあげなさい。

フロリゼル　嫌です。

羊飼い　知らせなさい。うちの娘を選んだのを知って
嘆くはずがない。

フロリゼル　いいえ、絶対に知らせません。
婚約の証人になってください。

ポリクシニーズ　（変装を解く）離縁の証人になろう
息子と呼ぶまい。息子と認めるには、あまりに浅ましい。
王笏《おうしゃく》を継ぐおまえが羊飼いの杖に
のぼせているのか？（羊飼いに）おい、老いぼれ反逆者
貴さまを縛り首にしても、その命を一週間しか
縮められないのが口惜しい。（パーディタに）おい、小娘
男を手玉に取る魔女、魔術で、王の馬鹿息子と知り
関係したのであろう――

羊飼い　ああ、心臓が！

ポリクシニーズ　おまえの美貌を茨で引っ掻き、今よりずっと
卑しい身に落としてやる。（フロリゼルに）おい、馬鹿息子
この安っぽい女に、もう会えないと嘆くのを
おれが知ろうものなら、二度と、会わせはせぬし
王位を継がせもせぬし
血を分けた子とも、いや、親族とも、デウカリオーン[38]より
昔に遡《さかのぼ》って縁があるとも思わぬ。聞け。
一緒に宮廷へ戻れ。（羊飼いに）おい、百姓
こたびは、不愉快極まりないが、死刑は
免じてやる。（パーディタに）おい、魔女、おまえは
牧童の妻として申し分ない――そう、こいつの妻としても
我らが王族でなければな
こいつは自らを貶めた、もはやおまえに値しない――
この先、田舎屋のかんぬきを開けて
こいつを招き入れたり、抱擁してこいつの体に
巻きついたりすれば、か弱い身には
耐えられない極刑を科す。〔退場〕

パーディタ　これで、みんなお終い。
あまり怖くなかった、一、二度
はっきり申し上げようと思ったくらい
陛下の宮廷を照らす太陽はわたしたちの小屋から
顔を隠さず、同じように照らしてくださいますと。[39]

38――プロメテウスの息子、ゼウスが起こした大洪水を生き延び、人類の祖となった。

（フロリゼルに）お帰りくださいます？
こうなると申しました。どうか
ご身分をお大事に。わたしは夢から覚めました
決して女王の真似などせず
乳を搾り、泣いて暮らします。

カミロ　（羊飼いに）　おや、親父さん、どうした？
死ぬ前に、言うことは。

羊飼い　口が利けず、何も考えられねえ。
知っていることも知りたかねえ。（フロリゼルに）
ああ、王子さま、八三歳の男を破滅させた
静かに墓に入り、そうよ
親父が死んだ寝台で
正直者の骨の側に横たわるつもりだった。なのに
首絞め役人に屍衣《しい》を着せられ、横たえられ、神父に
土をかけても貰えん。（パーディタに）ああ、罰当たりめ
王子と知り、厚かましくも誓いを交わそうとしたな。
一巻の終わり、終わりだ！
一時間以内に死ねるなら
思い通りに死ねた。〔退場〕

フロリゼル　（パーディタに）なぜ、そんな目で見る？
すまない、でも、恐れてはいない。足止めされたけど
何も変わっていない。ぼくはこれまで通りだし
引っ張られたら、引っ張り返し
いやいや引き摺《ず》られるものか。

カミロ　殿下
父君のご気質[40]をご存じのはず。今は
聞く耳を持たず、殿下も陛下と
話すおつもりはないでしょう。
陛下は殿下のお姿を見るのに耐えられますまい。
ですから、お怒りがおさまるまで
近寄らないほうがよろしいかと。

フロリゼル　そんなつもりはない。
おや、カミロじゃないか？

カミロ　そうです、殿下。

パーディタ　（フロリゼルに）こうなると、何度申したか？
何度申したか、お相手として相応しい誉れも
素性が知れるまでと？

フロリゼル　ぼくが誓いを破らないかぎり
何も変わらない。
変わるときは、自然が大地の胎を砕き
命の種を滅ぼすときだ。顔を上げなさい。
父上、王位継承権を抹消してください！
わたしは愛の継承者になります。

カミロ　慎重にお考えを。

フロリゼル　慎重に考えたとも、それも愛の力で。
理性が愛に従うなら、気は確かだ。
そうでないなら、喜んで気が狂うぞ
歓迎する、狂気よ。

カミロ　それは捨て鉢というものです、殿下。
フロリゼル　捨て鉢と呼ぶがいい。それで誓いが守れる。
誠実であるべきだと思う、カミロ、
ボヘミアのため、ボヘミア王の栄華のため
太陽が見そなわすあらゆるもののため
大地が孕むもののため、底知れぬ深い
海が秘めるすべてのために、愛する美しい人との
誓いを破りはしない。だから、お願いだ
あなたは父が敬愛する友なのだから
ぼくがいなくて父が寂しく思うときは——
二度と父に会うつもりはないが——怒り狂うときは
良き助言をしてくれ。ぼくは運命と闘い
未来へ向かう。これから打ち明けることを
父に伝えて欲しい。パーディタを伴い海に出る
陸では、一緒になれないから。
都合が良いことに
船を一艘《そう》停泊させてある、が、今日の計画のために
準備したわけではない。どういう航路を取るか
そなたに教えても、何の益もないし
教える気もない。
カミロ　殿下、意固地にならずに
助言に耳を傾けるか、すべきことを
しっかりお考えください。
フロリゼル　パーディタ、ちょっと——
（パーディタを脇へ連れてゆく）
（カミロに）すぐに話を聞く。
カミロ（傍白）　説得に応じるつもりはなく
逃げる決意だ。殿下の逃亡を機に
殿下を危険から救い、愛と礼をもってお仕えし
懐かしいシチリアを再び目にし
不幸な王、我が主君にお会い出来るなら
どれほど幸せか
どうしても王に会いたい。
フロリゼル　許せ、カミロ
心配事で頭が一杯なあまり
つい、礼を失した。
カミロ　お聞き及びと存じますが
微力ながら、誠心誠意

39——「天の父は、悪い人にも良い人にも太陽を上らせ、正しい人にも正しくない人にも雨を降らせてくださる」（『マタイによる福音書』五・四五）。

40——temper=mental constitution, habitual disposition (OED.n.II.9). 人間には四つの気質があると信じられていた。多血質は勇敢で楽観的、胆汁質は短気、粘液質は冷静、黒胆汁質は憂鬱症。ボヘミア王は胆汁質と思われる。

父上にお仕えしてまいりました。

フロリゼル　見事な
忠勤ぶりだ。そなたの功績を讃えるのは
父の喜びであり、それに報いたいと
少なからず心を砕いていた。

カミロ　では、殿下
わたくしが王を敬愛し、王に一番近い方、つまり
殿下を敬愛していることをご考慮くださるなら
わたしの方針を受け入れてください。
よくよくお考えの上に決めたご計画に変更を
加えることが可能でありますならば。我が名誉に懸けて
ご身分に相応しい処遇をお受けになれるところを
お教えしましょう。そこで、愛する方と
ご一緒になれます――お見受けするところ
この方との別離などありえません、殿下の破滅以外に。
天はお許しになりますまい――この方とご結婚なさい。
殿下がご不在の間
機嫌を損ねた父君を宥《なだ》め
ご同意が得られるよう努めます。

フロリゼル　だが、カミロ
奇跡に近いことをどうやって？
やってのけたら、そなたを
人間以上のものと呼び
全幅の信頼を置こう。

カミロ　どこへ行くか
決めておいでですか？

フロリゼル　いや、まだだ。
思いもかけない展開となり
無謀に決行する他なく
ぼくたちは運命の奴隷
風に吹かれる蠅《はえ》だ。

カミロ　それでは、お聞きください。
殿下が決意を変えず、逃亡するおつもりなら
シチリアを目指し
そこで、美しい妃殿下とご一緒に
妃殿下とお見受けしますが、
レオンティーズ王に
ご拝謁を。この方には、殿下の伴侶に相応しい
衣装をお召しいただきましょう。目に見える
王が両腕を広げ、泣きながら歓迎するお姿が。
王は「息子よ、許してくれ！」と赦しを請う
殿下がボヘミア王であられるかのように。
初々しい妃殿下の手に接吻する。幾度も幾度も
昔の残酷な行為と今の優しい心の間を行きつ戻りつ。
一方では、地獄に堕ちろと罵り、もう一方では
思いや時よりも、もっと速く大きくなれとお命じになる。

フロリゼル　カミロ、教えてくれ。
訪問の理由を

どう言えば？

カミロ　父君の名代として
ご挨拶し、旧交を温めたいと。
御前で、どう振る舞えば良いか
父君の名代としてどうご挨拶すれば良いか——
我ら三人が心得ておくべきことは——書き出しておきます
それを見れば、拝謁の度に言上すべきことが
おわかりになり、シチリア王は
殿下が父君の胸の思いを語っていると
お考えになりましょう。

フロリゼル　ありがとう。
うまくいきそうだ。

カミロ　航行したこともない海
夢見さえしない浜辺に、無謀に身を委ねるより
遥かに望みがあります。
災難の数々——救助が来る望みはなく
次から次へ、災難に見舞われる。
錨以外に頼りになるものはなく、その錨とて
留まりたくないと思っているところに
留まるのが精一杯。それに、ご承知のように
幸運こそ愛の絆。
初々しいお顔も心も
不幸と共に変わります。

パーディタ　それもそうですけど。
不幸は頬から生気を奪うでしょうが
心までは。

カミロ　まことに？　さようですか？
この先、あなたのような人は、しばらく
ご実家に生まれますまい。

フロリゼル　いいか、カミロ
この人は、ぼくたちより生まれは低いけれど
育ちは遥かに良いのだ。

カミロ　教育を受けなかったのは
気の毒と言えません、教師を教える
教師のようですから。

パーディタ　そんな。お褒めいただき
恥じ入っております。

フロリゼル　愛しいパーディタ！
ああ、不安で一杯だ！　カミロ
父上を助け、今はぼくを助けるそなたは
我が王家の救済者、どうすれば良い？
ボヘミア王子に相応しい身なりをしておらず
シチリアでも王子には見えないだろう——

カミロ　殿下
心配に及びません。わたしの全財産が
シチリアにあるのはご存じでしょう。
殿下が演じる場面の作者がわたしであるかのように
王子に相応しい衣装を手配します、殿下——不自由は

おかけしません――ただ一言――。（離れて会話をする）

〔オートリカス登場〕

オートリカス　はっ、はっ！　正直とは何たる阿呆、それにそいつと兄弟の契りを結んだ信頼は――何たる薄のろか！　がらくたは売り切った。偽物の宝石、リボン、手鏡、匂い玉、ブローチ、手帳、歌《バラッド》、ナイフ、紐、手袋、靴紐、腕輪、角の指輪、背負い袋は空っぽだ。連中ときたら、我先に群がって買い漁り、がらくたがお守りで、買い手に、お恵みが転がり込んでくるとばかり。その間、どいつの財布が一番見栄えが良いか見当つけた。それに、見当つけたやつは忘れずに頂戴した。あの阿呆は、まともな人間と言うには、何か足りず、娘っ子たちの歌がめっぽう気に入り、文句と節を覚えるまでちっとも動こうとせず、それで他の連中がおれの歌に聴き惚れた。女の子のスカートのポケットに手を突っ込み、お宝を頂戴することだって出来たろうよ、感覚が麻痺《まひ》してたからな。股袋[41]の銭入れを切るんだって訳無かっただろう。鎖につないで腰にぶら下げる鍵束だって、やすりで切り落とせただろう。馬鹿旦那の大好きな歌以外、聞こえねえ、感じねえ、感心しねえ。恍惚《こうこつ》となっている間に、お祭り用の金で膨らんだ財布のほとんどを掏ってやった。あの爺さんが、娘と王子のことで喚きながらやって来て、鴉どもを籾殻《もみがら》から追い払わなかったら、全軍の財布を一個たりとも生かしちゃおかなかった。

（カミロ、フロリゼル、パーディタ、前へ出る）

カミロ　いや、かの地へお着きになる頃には
　わたしの手紙が届き、ご心配は晴れるでしょう。
フロリゼル　それで、レオンティーズ王からのお手紙で？
カミロ　お父上も満足されましょう。
パーディタ　　　　　嬉しいわ。
　何もかもお話の通りになりそうですね。
カミロ　（オートリカスを見る）　あれは？
　あの男を利用しましょう、役に立つものは
　逃してはなりません。
オートリカス　（傍白）独り言を聞かれたなら――縛り首だ！
カミロ　やあ、どうした？　なぜそう震えておる？　怖がるな。
　危害を加えるつもりはない。
オートリカス　あっしは貧乏人でして、旦那。
カミロ　それなら、貧乏人のままでいろ。ここには、おまえから盗むやつなどいない。だが、その貧相な服と交換して貰わねばならぬ。だから、すぐに脱いでくれ――事情を察し――こちらの紳士と衣服を交換してくれ。大損するのはこの方だが、待て、おまけもつけてやる。（金をあたえる）
オートリカス　あっしは貧乏人でござんす、旦那。（傍白）あんたたちのことはよーく知っているよ。
カミロ　頼む、早くしろ――この方は脱ぎかけている。
オートリカス　本気ですか、旦那さま？（傍白）陰謀の臭いがする。
フロリゼル　頼む、早くしろ。

オートリカス　ほんに、おまけまで貰ったけど、気が咎める。
カミロ　脱いだ、脱いだ。
（フロリゼルとオートリカス衣服を交換する）
（パーディタに）幸先の良い妃殿下――わたしの予言通り
お幸せになりますように！――どうぞ、そのあたりに
お隠れください。王子さまの帽子を
目深に被ってお顔を隠し
お召し物を脱ぎ、出来るだけ素性が
わからないように。そうすれば――
密偵の目があっても――
見つからずに、乗船出来ましょう。
パーディタ　　　　わたしも変装して
一役演じるのですね。
カミロ　　　　他に策がありません。
――お済みですか？
フロリゼル　　　万一、父上に会っても
息子と呼びはしないだろう。
カミロ　　　　帽子は要りませんね。
（帽子をパーディタに渡す）
さあ、妃殿下、さあ。じゃ、友よ。
オートリカス　　　　ご機嫌よう、旦那さま。

41――男子服ズボンの前開き部分に取り付けられた袋。

フロリゼル　そうだ、パーディタ、忘れていたことがある！
ちょっと、話が。（離れた場所へ行く）
カミロ　（傍白）次に為すべきは、お二人の出奔と
向かう先を王にお知らせすることだ。
王を説得して後を追っていただければ
お供をして、シチリアを再び目に出来る。
生まれる子の顔が見たくてたまらない
妊婦の気持ちだ。
フロリゼル　　　運命の神よ、我らを恵み給え！
カミロ、ぼくたちは港に向かう。
カミロ　早ければ早いほど、よろしいでしょう。
（フロリゼル、パーディタ、カミロ）退場）
オートリカス　筋書がわかったぞ、聞いちまった。巾着切りには、地獄耳、皿のような目、はしっこい手が必須。良く利く鼻も必須、耳や目や手の仕事を嗅ぎ分ける。いい加減な男が繁盛するご時世だ。おまけ《ブーツ》なしでも上々の取り引きだった！このおまけの長靴《ブーツ》、なんて上等なんだ！　今年はきっと、神々が巾着切りを見て見ぬ振り、先のことを考えずに何でもやらかせる。何せ、王子が悪事を働き、親父の目を掠めて娘っ子とずらかろうって魂胆だ。これを王さまに知らせるのが正直者のやることだろうが、おれはそんなことしねえ。悪事

を隠すのがまっとうな悪党のやり方、それが天職ってえもんだ。

〔（包みと箱を抱えながら）道化、羊飼い登場〕

おっと、隠れた、隠れた！　脳みそをさらに刺激するやつが[42]来た。小路《こうじ》、店舗、教会、裁判所、刑場、用心深い男はどこでも仕事にありつく。

道化　おい、おい、父さん、どうしたんだよ！　あの娘は妖精の取り替えっ子で、我が子ではありませんって、王さまに言うしかないんだよ。

羊飼い　いいから、聞け。

道化　いいから、聞いてくれよ。

羊飼い　なら、言いな。

道化　あの娘は父さんの血と肉を分けた子じゃないから、父さんの血と肉が王さまを傷つけたわけじゃない、だから、父さんの血と肉が責められる謂れはない。あの娘の側で見つけたもの、あの秘密の品を、あの娘が身につけているもの以外は全部を見せちゃいなよ。そうすりゃ、法律が父さんに触れるもんか、大丈夫だよ。

羊飼い　王さまに一切合切ぶちまけるか、王子さまのお遊びも――あの人は親父さんにもおれにも、正直者とは言えん。おれを王さまの義理の兄弟[43]にしようとしたんだぞ。

道化　まったく、王さまの義理の兄弟って柄じゃない、そうだったら、父さんの血一滴がどれほど値上がりしたかな。

オートリカス　（傍白）結構なお頭《つむ》だ、生意気な。

羊飼い　じゃ、王さまのところへ行くか。この包みを見せて、考えて貰うか。

オートリカス　（傍白）こいつらの訴えが、おれの元主人の駆け落ちを妨害するかも知れんぞ。

道化　王さまが宮殿にいるといいな。

オートリカス　（傍白）生まれつきの正直者じゃないけど、ときに、たまに正直になる。この行商人の付け鬚は懐中に仕舞ってと。（付け鬚を外す）おい、待て、田舎者ども、どこへ行く？

羊飼い　宮殿です、旦那さま。

オートリカス　用でもあるのか？　何用だ？　誰に用だ？　包みの中身は何だ？　住所は？　名は？　年齢は？　財産、家柄、知らせるべきこと何でも申せ。

道化　ほんの田舎者でして、旦那さま。

オートリカス　嘘だ――ひげもじゃのくせして。[44]嘘をつくな。嘘は行商人の専売特許、おれたち兵士をしばしば騙すが、おれたちは嘘に本物の金《かね》[45]を払い、剣で刺したりしない、だから、やつらが嘘をついたことにはならん。

道化　閣下、嘘をついたと、この場で[46]認めなければ、嘘をついたことになりますぜ――

羊飼い　失礼ですが、宮廷人で？

オートリカス　失礼するもしないも、宮廷人だ。この服の宮廷ファッションが目に入らぬか？　身のこなしは宮廷風スタイルではないか？　おれから宮廷風の香りがしないか？　おまえを宮廷風に見下していないか？　おまえの用向きを巧みに探り出そうとしているからといって、宮廷人ではないと思うのか？　おれは頭のてっぺんから爪先まで宮廷人だ、しかも、おまえの用向きを先に進めることも、はねのけることも出来るのだ。それゆえに命じる。用向きを申せ。

羊飼い　用向きは、王さまに、旦那さま。

オートリカス　陛下に取り次ぐ代理人はおるか？

羊飼い　失礼ですが、意味がわかりませんで。

道化　（羊飼いに耳打ち）代理人ってのはね、法廷用語で賄賂、つまり雉《きじ》のことだ。[47]いないって言いなよ。

羊飼い　いません、雉も雄鶏《おんどり》も雌鶏もいません。

オートリカス　神よ、馬鹿でないことに感謝！　こいつらのように馬鹿に生まれていたかも知れない。だから馬鹿にするのはよそう。

道化　この方は偉い宮廷人に違いねえ。

羊飼い　着ているもんは上等だが、着方がなっちゃいねえ。

道化　着ているもんが風変わりだから、偉い人かも。きっと偉い人だよ。ほら、爪楊枝《つまようじ》で歯をほじっているよ。[48]

オートリカス　その包み、なかに何が？　その箱は何だ？

羊飼い　この包みと箱には、王さま以外にお見せ出来ない大切な品が、お目通り出来れば、すぐにもお見せします。

オートリカス　ご老人、骨折り損だったな。

羊飼い　どうして、旦那さま？

オートリカス　今、王さまは宮殿におられないのだ。新しい船に乗って、憂鬱な気分を吹き飛ばし、外気にあたっておられる。事態が深刻であるのを理解出来るなら、知っておけ、王さまは悲嘆に暮れておられるのだ。

羊飼い　そのようですな、閣下、王子さまのことで、羊飼いの娘と結婚されたとか。

オートリカス　その羊飼いが逮捕されていないなら、うまくず

42——hot brain=an active or vivid imagination; an acute intelligence (OED.brain.P4.a).
43——the King's brother in law. パーディタが王子と結婚したら、羊飼いは王子の義理の父になるが、王の義理の兄弟になるわけではない。
44——オートリカスは道化の「ほんの」（plain）を plain の別の意味「すべすべした」に取り、揶揄する。
45　stamped coin.
46——with the manner は法律用語、「現行犯で」（in the act）。
47——巡回裁判のときは、裁判官への賄賂として去勢鶏や鳥獣肉を贈る習慣があった。
48——砂糖はスパイスと同じく高価で、庶民には手が届かず、蜂蜜を食した。虫歯になるのは砂糖を食する王侯貴族や金持ち。歯をほじるのはステイタスシンボル。当時の爪楊枝は装飾のついた金属製の高価なもの。

らかって欲しい。そいつが受ける呪い、拷問は人間の背中を折り、怪物の心臓をぶっ潰《つぶ》すほど酷いだろうからな。

道化　そうなんですか、旦那さま？

オートリカス　過酷極まりない拷問に苦しむのは、そいつだけじゃない、縁者は、たとえ五〇親等離れていても、みな、縛り首、何とも哀れだが、致し方ない。老いぼれ悪党の羊飼いが、羊の世話をする分際で、娘を王家に嫁入りさせようとした！　石打ちの刑に処せと言う者もいる。だが、そんな殺し方では手ぬるすぎる。我らの王子を羊小屋に引き摺り込んだのではないかね？　殺しても殺しきれず、苦しめても苦しめきれない。

道化　その老人には息子がいるとか、お聞き及びではありませんか、閣下？

オートリカス　息子が一人、そいつは生きたまま皮を剝がれ、全身に蜂蜜を塗られ、スズメ蜂の巣の上に据えられ、死にかかるまで放置され、それから、ブランディか何か強い酒で息を吹き返すと、生焼けのまま！　一年で一番暑い日に、煉瓦《れんが》塀《べい》にもたれ、真夏の太陽に焼かれ、羊飼いは息子が蛆虫《うじむし》に食われて死ぬのを目にする。だが、何だって国賊の悪党の話をする、不幸を笑ってやればいい、大それた罪を犯したのではないか？　ところで――あんたは正直で素朴な人間に見えるが――王さまに何の用だ。ちょいとした袖の下で、王さまの船に案内し、執り成し、代わりに耳打ちしてやってもいい、王さまの他に、用向きを伝えてやれる者がいるとしたら、目の前のおれさまだけだ。

道化　（羊飼いに傍白）かなり偉い人のようだ。交渉し、賄賂を渡しなよ、権力ってえのは獰猛な熊みてえだけど、たいてい金でいいように操れるんだ。財布の中身を、この人の手のひらに乗っけ、面倒なことは止めようよ。「石打ちの刑」とか「生きたまま皮を剝ぐ」とか言ってたろ。

羊飼い　お取り次ぎくださるなら、手持ちの金ですが、どうぞ。二倍にしますので、取りに行っている間、この若造を担保に置いて行きます。

オートリカス　約束を果たした後か？

羊飼い　さようで、旦那さま。

オートリカス　では、半分とやらを寄こせ。（道化に）おまえも、この件に関係あるのか？

道化　ちょいとばかり、閣下。つまらぬ皮ですが、剝がれたくないです。

オートリカス　剝がれるのは羊飼いの息子だ。首を絞められ、見せしめにされる。

道化　（羊飼いに傍白）元気を、元気を出しなよ。王さまに会って、この不思議なものを見せなきゃ。父さんの娘でも、おいらの妹でもないって、わかって貰おうよ。でなきゃ、お終いだ。――閣下、首尾よくいきましたら、おいらも同じ額を差し上げます、この老人の言う通り、残金が届くまで担保になります。

オートリカス　信用しよう。先に、港に行け、右手を歩け――

おれは生垣で用を足してから、追いつく。

道化　この人に会えて良かった、ほんと、ついてたよ。

羊飼い　言われた通り先に行こう。これは神さまのお恵みだ。

（道化と共に退場）

オートリカス　まっとうな人間になろうと思っても、運命の女神がお許しくださらない——この口に戦利品を落としてくださる。今は、二個の戦利品、一つ目は金、二つ目は、元の主人の王子のためになること、それがおれの出世にどう跳ね返ってくるか、神のみぞ知る？　あの二匹の土竜《もぐら》、盲《めくら》どもを王子の船に乗っけてやるか。王子がやつらを岸に戻すのが適当と考えようと、王への訴えが自分と関わりがないと思おうと、おれを出しゃばりの悪党と呼ぶだけのこと。悪党呼ばわりされ、恥をかくのには慣れっこだ。あいつらを王子に引き合わせよう。旨みがあるかも。〔退場〕

第五幕第一場

〔レオンティーズ、クレオミニーズ、ダイオン、ポーリーナ登場〕

クレオミニーズ　（レオンティーズに）　陛下、十分です
聖者のように、服喪の日々を過ごしてこられたのですから。
どのような罪も償われぬはずがありません。
実に、犯した罪以上の償いをなされました。
天がなさったように、罪をお忘れください。
ご自分をお赦しになりますように。

レオンティーズ　　　　　　　　　　妃が
どれほど貞淑だったかを思い起こすかぎり
我が身の汚れを忘れることが出来ず、未だに
己の犯した罪を思う、罪はあまりに大きく
我が国には世継ぎがおらず
希望の子を授けてくれる最愛の妃を
亡き者にした。そうではないか？

ポーリーナ　　　　　　　　その通りです、陛下。
陛下が世界じゅうの女性と次々に結婚されるか
すべての女性から良いところをお取りになり
完璧な女をお造りになっても、陛下が殺した
お妃さまには及びません。

レオンティーズ　　　　　　そうであろう。殺した？
おれが殺した？　殺したのだ。だが、おれが殺したと
言われると、打ちのめされる。そなたの口から出ると
おれの心にあるかのように、苦痛を伴う。
頼む、めったに口にしないでくれ。

クレオミニーズ　　　　　　　　なりません、奥さま。
世のためになり、あなたの親切が
報われることを
たくさん申し上げるべきでした。

ポーリーナ　　　　　　　　あなたも陛下に
再婚を勧めるお一人なのですね。

ダイオン　　　　　　　　　そうでなければ

国家のことも、王家の永久の存続のことも憂えておらず
お世継ぎがいなければ
いかなる危険が王国に降りかかり
国民を滅ぼすか、[1] 少しも考えていないことになる。
先のお妃さまが安らかにお眠りになっているのを
寿ぐのは、何より尊くないか？
王家の復興のため、世の慰め、未来の安寧のために
王が良き伴侶を得て
再び陛下の寝所が祝福されるのは
何より尊くはないか？

ポーリーナ　　亡きお妃さまほど
陛下に相応しい方はおられません。それにまた
神々は秘めた意図を成就なさいましょう。
アポロ神が仰せられたのでは？
レオンティーズ王は
失われし子が見出されるまで
世継ぎを得ぬまま生きるべし、と。
失われた子を見出すのは、夫アンティゴナスが
墓を破ってわたしのもとに戻って来るのと同じくらい
人間の理性では考えられない。夫は、間違いなく
幼な子と共に死にました。みなさまは、陛下が
天に逆らい、天の意志に背くよう勧めておられる。
（レオンティーズに）お子は諦めなさい。
王冠はお世継ぎを見出しましょう。

アレクサンダー大王は最も立派な人に地位を
譲り、最良の後継者を得ました。[2]

レオンティーズ　　よくぞ、ポーリーナ
そなたはハーマイオニの思い出を
大事にしている——ああ、あのとき
そなたの助言に従っていたら！　今もなお
妃の生き生きした瞳を目にし
あの唇から宝を奪っていた——

ポーリーナ　　奪って
もっと豊かになさっていたでしょう。

レオンティーズ　　その通りだ。
あのような妻はいない、だから、妻は要らぬ。
あれに劣る妻がより大事にされるなら、清らかな霊が
再び亡骸《なきがら》と合体し、[3] 我ら罪人が役を演じる
この世の舞台に、心を痛めて現れ、言うだろう
「なぜ、わたしを？」

ポーリーナ　　そのような力がおありなら
そうする理由があります。

レオンティーズ　　理由がある、わたしを激昂させ
新しい妻を殺させるだろう。

ポーリーナ　　わたしなら、そうします。
地上を彷徨う幽霊なら、こう言います。あの方の
目をご覧ください、どんよりした目のどこが良くて
選んだのかお教えください。それから、聞けば耳が裂ける

ほどの悲鳴を上げ、こう言います
「わたしの目を忘れないで」。

レオンティーズ　星だ、星だった
他の目は燃え殻だ！　心配するな。
妻は迎えぬ、ポーリーナ。

ポーリーナ　わたしが心からお許しするまで
再婚しないと、お誓いくださいますか？

レオンティーズ　絶対に、我が魂が祝福されんことを。

ポーリーナ　それでは、みなさま、誓いの証人になってください。

クレオミニーズ　陛下を試みるのか。[4]

ポーリーナ　ハーマイオニさまの
絵姿にそっくりの方が
目の前に現れるまでは——

クレオミニーズ　奥さま——

ポーリーナ　用件は済みました。
でも、再婚なさるときは——望まれるなら、陛下
しかたがありません——お妃さまを選ぶ役を
わたしにおあたえください。その方は先の
お妃さまほど若くなく、お妃さまが幽霊として現れ
新しいお妃さまが陛下の腕のなかにいるのを見て
喜ぶような方でなくてはなりません。

レオンティーズ　誠実なポーリーナ
そなたが余に命じるまで再婚はせぬ。

ポーリーナ　再婚は
先のお妃さまが息を吹き返すときです。
それまで、再婚なさってはいけません。

〔（紳士）登場〕

紳士　ポリクシニーズ王のご子息で
フロリゼルと名乗る方が妃殿下を伴い——
これまで目にしたこともないお美しい方です——
拝謁を願い出ております。

レオンティーズ　他に誰が？[5]
偉大な父に似合わぬ。儀礼抜きの突然の

1——当時のイギリスでは、エリザベス一世の後継者が定まっておらず、国民の間に不安が広がっていた。
2——二五歳で即位したエリザベス一世は、結婚して子をもうけるよう要請する国会議員たちに、「わたしの後継者はわたしの胎を痛めた子でなくともいいと思っています。神さまが王者に相応しい後継者をお送りくださいましょう」と答え、議員たちの度肝を抜いた。
3——カトリック教徒は、死後、魂が亡骸と合体して天に昇ると信じていた。
4——「イエスは言われた。『あなたの神である主を試みてはならない』」（『マタイによる福音書』四・七）。
5——circumstance=formality, ceremony about important event or action (OED.n.II.7.a).

訪問であるからには、予定されたものではなく
不慮の事故か何かに迫られてのことであろう。
随員は？

紳士　ほんの僅か
それも、身分の低い者です。

レオンティーズ　妃殿下も一緒だと？

紳士　はい。太陽が照らすこの地上で、あれほど
美しい方はおられますまい。

ポーリーナ　ああ、ハーマイオニさま
今という時はいつも、過去より良いと
勝ち誇るもの。ですから、お墓にいるあなたは
今、目に見える方に譲歩しなければなりません。
（紳士に）あなたは口にし、お書きにもなった。
書いたものは、主題のお妃さまより冷たくなった。
並ぶ者なし、かつてもこれからも――あなたの詩には
お妃さまの美しさが溢れ出ていた。みるみる潮が引き
もっと美しい方を見たとおっしゃる。

紳士　ご容赦を奥さま
忘れるところでした――ご容赦ください――
あの方を目にされたら
あなたも称賛なさいましょう。あの方が
新しい宗派を始めれば
他の宗派の信者の熱は冷め、「ついて来なさい」と
言われたら、[6] 改宗するでしょう。

ポーリーナ　そう？　女は別です！

紳士　女もあの方を好きになる
どんな男より立派な方ですので。男もです
比類なき女性ですので。

レオンティーズ　行け、クレオミニーズ
諸卿を伴って出迎え、案内いたせ。
〔（クレオミニーズと紳士）退場〕
まだ腑に落ちない
密かに訪ねて来るとは。

ポーリーナ　宝のなかの宝のような
王子さまが生きておられたら、ボヘミア王子と
仲良しになれましたのに。お生まれも
一月《ひとつき》と違っていませんから。

レオンティーズ　もう良い。止めてくれ。
あの子の話をすると、もう一度死なれた気がする。
ボヘミア王子に会えば、そなたの言葉に
我が子が死なねばならなかった理由を思い出し
理性を失うかも知れぬ。来たな。
〔フロリゼル、パーディタ、クレオミニーズ他登場〕
母上は結婚の誓いをしっかり守られたようだ
父上の面影をしっかり刻んで
あなたを身ごもられた。わたしが二一歳だったら
父上の面影が、そっくりそのまま
あなたに写されているので、[7] かつてのように

兄弟と呼び、以前のように、羽目を外したことまで
話したであろう。心から歓迎しよう
美しい妃殿下も——女神のようだ——ああ、何ということ
わたしは息子と娘を失った、二人は天と地の間に
こうして立ち、驚嘆の念を巻き起こしていただろう
幸福な今のあなたがたのように。その上に——
我が身の愚かさゆえに——立派なお父上との
交わり、友情を失った。今一度
会いたい一心で、耐え難い不幸を
生き永らえてきた。

フロリゼル　父の命《めい》により
シチリアの土を踏みました、父から友として
兄弟にご挨拶を申し上げます。
寄る年波から来る病が、旅への願望を
挫《くじ》かなければ、王ご自身が
二つの王座を隔てる海と陸を越え
お目にかかりに参ったはず
父は——陛下を愛しており——
こう申せと仰せでした——どの王笏より
王笏を手にするどの国の王より愛していると。

レオンティーズ　おお、我が兄弟！
立派な王よ、きみへの酷い仕打ちを
今更ながら悔やむ、それに、このご挨拶
もったいなく、我が怠慢を
まざまざと思い知る。ようこそシチリアへ。
大地に春が訪れたようだ！　それに
この美の化身を、恐ろしい——
少なくとも優しくない——海の危険に曝し
苦難に見合う価値などなく、まして、会う
値打ちさえない男にご挨拶くださるのか？

フロリゼル　陛下
妻はリビアの出身です。

レオンティーズ　武勇の将スラマス[8]の国か？
あの気高い武将は恐れられもし、愛されてもいる。

フロリゼル　ええ、陛下。スラマス殿は涙ながらに
娘を手離してくれました。そこから
幸運にも、南風に乗って海を渡り
陛下に拝謁するようにとの父の命令を

6——「わたしについて来なさい」（『マルコによる福音書』一〇・二一、『ルカによる福音書』九・二三）。
7——hit=to imitate exactly (OED.v.14).
8——プルタークの『英雄伝』にあるシチリアのとある村を治めていたカルタゴ人の武将の名とされる。

果たすことが出来ました。主な供の者たちは
シチリアの港で、任務を解きました。
今はボヘミアに向かい
リビアでのこと、妻のこと
我らのご当地への無事の到着を
知らせることになっています。

レオンティーズ　恵み深い神々よ
お二人が当地にご滞在する間に
大気から疫病をことごとく清め給え。[9]　徳高いお父上
高潔な紳士に
あれほど清い方に、わたしは罪を犯し
そのために、天がお怒りになり
子のないまま捨ておかれた。お父上は
天の恵みを受け、美徳に相応しい
あなたを授けられた。
あなた方のような素晴らしい息子と娘を
持てたら、どんなに幸せか！

〔貴族登場〕

貴族　陛下
これから申し上げることは、これほど近くに証拠がなければ
とうてい信じていただけないでしょう。陛下
名代として、ボヘミア王のご挨拶を申し上げます。
王はご子息の逮捕を要望しておられます
王子は身分も義務も擲《なげう》ち
父君も王位も棄て、羊飼いの娘と
駆け落ちしました。

レオンティーズ　ボヘミア王はどこに？　申せ。

貴族　この町に。わたしは王のもとから参りました。
混乱して申し上げますが、申し上げることも
驚くべきものであります。王は陛下の宮廷に
急いでおられました——この美しいお二方を
追っておられたようです——途中で
妃とおぼしきこの女性の父親と兄に
お会いになりました。その二人も
王子さまを追って国を出たとか。

フロリゼル　カミロが裏切った。
あの男の名誉も誠意も
あらゆる風雪に耐えてきたのに。

貴族　責めはあの方に。
お父上と一緒におられますから。

レオンティーズ　誰が？　カミロが？

貴族　カミロです、陛下。あの方と話をしました。
今、哀れな親子を尋問しています。あれほど
怯える人間を見たことがありません。跪き、大地に
接吻し、宣誓して何もかも否認しております。
ボヘミア王は聞く耳を持たず、拷問という拷問にかけ
処刑してやると脅しておられます。

パーディタ　可哀そうなお父さま！

神々は密偵を放ち、わたしたちの結婚を
祝ってくださらないのだわ。

レオンティーズ　結婚しておられるのだな？

フロリゼル　まだです、陛下、出来そうにもありません。
星々はまず、谷間に接吻するようです。
身分の高い者、低い者を等しく扱う。

レオンティーズ　殿下
この方は王の娘か？

フロリゼル　はい
ひとたび、わたしの妻になりますれば。

レオンティーズ　「ひとたび」はすぐに来そうもない
お父上がこちらに急いでおられるのだ、残念だ
実に残念だ、あなたは父君の愛を断ち切った
子として父に従う義務があったのに
あなたの選んだ人が美しさほど身分に恵まれず
結婚出来ないのだな。

フロリゼル　（パーディタに）元気を出して、愛しい人。
運命の女神、目に見える敵が、父と一緒に
ぼくたちを苦しめても、[10] ぼくたちの愛を
変える力は微塵もない。お願いします、陛下
今のぼくのようにお若かったときを思い出してください。
あのときの情熱で執り成してください。
陛下のお頼みに、父は大事なものも、つまらぬものとして
放棄するでしょう。

レオンティーズ　そうなら、あなたの大切な方をいただこうか
お父上はつまらぬものと見なしておられる。

ポーリーナ　陛下
目に熱がこもり過ぎていますよ。先のお妃さまは
亡くなるほんの一か月前でも、陛下が見つめておられる
方より遥かに美しいお人でした。

レオンティーズ　この人の面に
妻の面影を見ていたのだ。（フロリゼルに）お頼みに
まだ返答していませんな。お父上にお会いしよう。
あなたの名誉が欲望で汚れていなければ
代わりに話をしよう、あなたの使者として
父上にお会いする。だから、ついて来なさい
事をどう運ぶか見ていなさい。さあ、殿下。〔退場〕

第五幕第二場

〔オートリカス、紳士登場〕

9――シェイクスピア作品には疫病に関する語彙が多い。疫病は空気感染すると信じられていた。
10――chase=to persecute, harass (OED.v.1.2.c)、「迫害する」。

オートリカス　その件《くだり》のとき、そこにいたのですか？

紳士　包みを開けるときに居合わせ、老羊飼いが包みを見つけたときの様子を語るのを聞きました。驚きがおさまると、みな部屋を出るよう命じられました。そのとき、羊飼いが子どもを見つけたと言うのを耳にしたように思います。

オートリカス　その後の顚末《てんまつ》を聞きたいものですな。

紳士　きれぎれにしかお話し出来ませんが、王とカミロの変りようは、まさに驚きでした。互いに見つめ合い、目が眼窩《がんか》から飛び出しそうでした。お二人の沈黙には言葉があり、身振りがお気持ちを語っておりました。まるで世界が贖《あがな》われたとか、滅ぼされたというのを聞いているかのような表情でした。酷く驚き混乱しているのが表れていましたが、見ている人はどんなに賢くとも、見た以上のことはわからず、重大事が喜びなのか悲しみなのか言えなかった。けれども、そのどちらかの極みに相違ありません。

〔（ロジェロ）登場〕

彼ならもっと知っているかも知れない。ロジェロ、何か？

ロジェロ　かがり火を焚《た》くしかない。神託が成就された。王の娘が見出されたのだ。この一時間に、驚くべきことが次々に起こり、歌の作り手が歌詞に表せないほどだ。

〔（家令）登場〕

ポーリーナ夫人の家令だ。もっと詳しく教えてくれるはず。どうなった？　このたびの話は真実だと言うが、昔話のようで、信じられない。王は世継ぎを見出されたのか？

家令　そうです、真実が状況証拠によって明らかにされるなら。なにしろ、聞いたことを、見たと誓いたくなるのです。証拠に、実に一貫性があるのです。ハーマイオニさまの外套《がいとう》。襟元の宝石。一緒に見つかったアンティゴナスさまの手紙、筆跡はあの方のもの。王女さまの気品、母上そっくり。お生まれがお育ちに優る気高いご気性、それに、その他、幾つもの証拠から、王の娘であるのは確かです。二人の王の再会の場面をご覧になりましたか？

ロジェロ　いや。

家令　見るべき光景を見逃しましたな、語りきれません。一つの喜びが別の喜びに冠を載せ、悲しみが泣きながら別れを告げると、喜びが涙の浅瀬を渡るといった様子を目にしたことでしょう。目を天に向け、両の手を上げ、気も狂わんばかりの面持ちで、ご衣装を見なければ、お顔からは誰か、見分けがつかないほどでした。我らの王は王女さまを見出した嬉しさで飛び上がらんばかりでしたが、喜びが喪失に変わったかのように、「ああ、そなたの母は、そなたの母は！」と叫び、ボヘミア王に赦しを請い、それから、婿殿を抱擁し、それから、王女さまを狂おしいほど抱きしめました。老羊飼いに礼を言われましたが、羊飼いは、幾代もの王の時代の風雪に曝された噴水のように突っ立っていました。あのような再会は聞いたことがなく、語ろうにも語れず、描写のしようがありません。

ロジェロ　それで、王女さまをここから連れ出したアンティゴナスはどうなった？

家令　これもまた昔話のよう、信じることが出来なくとも、聞く耳がなくとも、問わず語りになります——熊に食いちぎられたとか。羊飼いの息子がそう証言している、息子は真っ正直[11]だから、言っていることは確かであるばかりでなく、ポーリーナさまが覚えているアンティゴナスさまのハンカチと指輪を持っているのです。

紳士　アンティゴナスの船と乗組員は？

家令　あの方の死亡と同じ時刻に難破し、それを羊飼いが目撃しています。王女さまを捨てることに手を貸した者はみな、王女さまが拾われたときに、命を落としたのです。ああ、ポーリーナさまのなかで、喜びと悲しみがいかにけなげに闘ったことでしょうか！　片方の目は夫を失った悲しみに暮れ、もう一方の目は神託が成就した喜びで高揚していました。ポーリーナさまは王女さまを抱き起こし、ピンで胸に留めるかのように、決して失うまいと抱きしめていました。

紳士　その一幕は王侯貴族を観客にする価値がある。まさに王侯貴族によって演じられたのだから。

家令　何よりも美しい場面の一つは、魚ではありませんが、釣られて泣き——貰い泣きしました——お妃さまのご逝去が語られたとき、いかに気高く死に臨んだかを、王が告白し、悲嘆の情を漏らされると、一心に聞いていた王女さまは幾度も悲しみの溜息をつき、「ああ！」と、血の涙を流されたと言わざるをえない。わたしの胸も確かに血の涙を流しました。[12]石の心の持ち主ですら顔色を変えた。気絶する者もおり、誰もが泣きました。それを世界が見ていたら、世界が悲しんだことでしょう。

紳士　ご一行は宮殿に戻られたのか？

家令　いいえ。王女さまが母上の彫像のことをお聞きになったものですから。ポーリーナさまが所蔵され、イタリアの巨匠ジュリオ・ロマーノ[13]が長年かけて制作し、完成したばかりの作品で、巨匠自身が永久不滅のものを持ち、作品に息を吹き込むことが出来るものなら、自然の女神を騙して十八番《おはこ》を奪いかねないほど完璧に自然の女神を模倣しているのです。ハーマイオニさまそっくりに造ったので、語り掛ければ、答えて貰えそうだとか。是非ご覧になりたいと、みなさまがそちらへおいでになり、夕食もそこでお取りになります。

ロジェロ　ポーリーナさまが何か大事なものをそこにお持ちだ

11——innocence=freedom from cunning (OED.n.3)、「ずるくないこと」。
12——溜息をつくと胸から血が流れると信じられていた。
13——Giulio Romano（一四九九頃—一五四六）。

と思っていた、ハーマイオニさまがお亡くなりになって以来、あの田舎の屋敷を、日に二、三度、密かに訪れておられたから。我らも行って、お祝いに加わろうではないか？

紳士　加われるものなら、誰が行かずにおれよう？　まばたきするたびに、何か新しいお恵みが生まれる。その場にいなければ、さらに知る機会を失う。行こう。

〔（紳士、ロジエロ、家令）退場〕

オートリカス　不埒《ふらち》な過去さえなかったら、今や、棚から牡丹《ぼた》餅《もち》だったのに。あの老人とその息子を王子の船に乗せてやった。二人が包みのことを話しているのを王子に知らせた、何のことかわからないけど。あのとき、王子は羊飼いの娘にぞっこん惚れていた——てっきり羊飼いの娘と思っていた——娘は船酔いするし、王子も似たようなもの、少しましだったけど、時化《しけ》続きで、この秘密も明かされずじまい。だが何もかも、おれにとっちゃ同じこと、おれが秘密を発見したとしても、他の悪事の風味が良くなるわけじゃない。

〔羊飼い、（紳士の服装の）道化登場〕

不本意ながら良くしてやった連中が来た。幸運の花、真っ盛りのようだ。

羊飼い　おい、倅。おれは子どもをこさえる歳ではないが、おまえの息子や娘は生まれながらの紳士になるぞ。

道化　（オートリカスに）いいところで会った、旦那。あんときは、おいらが生まれながらの紳士じゃないからといって、決闘を拒んだな。この服が目に入らないか？　目に入らないからといって、紳士の生まれじゃないとまだ思うか。この服は紳士の生まれじゃないって言ってみろ。おいらを嘘つき呼ばわりし[14]、おいらが紳士の生まれかどうか、決闘で試せ。

オートリカス　今や、紳士の生まれと心得ております。

道化　そうだ、この四時間ばかり、ずーっとな。

羊飼い　わしもだぞ、倅。

道化　父さんもそうだ。でも、おいらは父さんより先に紳士の生まれとなった、王さまの息子がおいらの手を取り、お兄さまと呼び、それから、二人の王が父さんをお兄さまと呼び、おいらの弟の王子と、妹の王女が父さんをお父さまと呼び、みんなで泣いた。おれたちが流した初めての紳士の涙だ。

羊飼い　生きていりゃ、倅よ、まだまだ流せるぞ。

道化　そうだね、じゃなきゃ、運が悪かったたってことよ、こんな馬鹿げた[15]身分になっちまったんだから。

オートリカス　畏れながらお願いします、旦那さま、閣下に働いた罪の数々を赦し、王子さまにお執り成しください。

羊飼い　倅、赦してやれ。おれたちは紳士なんだから、紳士らしくしなきゃ。

道化　では、改心するのか？

オートリカス　はい、御意に適えば。

道化　手を寄こせ。おまえが、ボヘミアで誰よりも正直でまっとうな人間であると、王子に誓言してやる。

羊飼い　言うのはいいが、誓言はよせ。

道化　誓言はいけないの、紳士なんだぞ？[16]　言うだけなら、小作人か自作農《ヨーマン》に任せとけ。おいらは誓言する。

羊飼い　嘘だとしたら、どうする？

道化　嘘だとしても、本当の紳士は友達のために誓言するもんだ。（オートリカスに）おまえが勇敢な男で、飲んだくれじゃないって、王子に誓言してやる。でも、勇敢な男じゃないし、飲んだくれだってことは知っている。でも、誓言する、だから、勇敢な男になってくれよ。

オートリカス　せいぜい頑張ります、旦那さま。

道化　あいよ。何としても、勇敢な男だってことを証明しろ。勇敢な男でもないのに、どうして飲んだくれる危険を冒すのかな、良くないよ。（奥で音）おや！　おいらの親戚の王と王子さまたちがお妃さまの彫像を見に行くんだな。おい、ついて来な。おれたち、いい主人になってやるよ。〔退場〕

第五幕第三場

〔レオンティーズ、ポリクシニーズ、フロリゼル、パーディタ、カミロ、ポーリーナ、貴族たち他登場〕

レオンティーズ　ポーリーナ、そなたにどれほど慰められたか！

ポーリーナ　何を仰せです、陛下
思いはあっても、至らぬことばかりでした。
それなのに過分にお報いくださり、その上に
ボヘミア王、それに、ご婚約された
二人のお世継ぎとご一緒に、むさ苦しい我が家を
お訪ねくださり、身に余る光栄、一生かけても
お返しすることは出来ません。

レオンティーズ　ああ、ポーリーナ
その光栄とやらは迷惑であろう。だが
妃の彫像を見に来た。広間《ギャラリー》[17]を通ってきたが
展示されているたくさんの珍しい美術品のなかに
娘が見たがっている
母の彫像は
なかった。

ポーリーナ　生前のお妃さまは比類なきお方
命なき彫像も、これまでご覧になった
いや、人の手になるいかなる作品をも
凌ぎます。それで

14――嘘つき呼ばわりは、決闘の理由となる。
15――preposterous「途方もない」。prosperous「富裕な、繁栄する」の誤用。
16――誓言して、証言出来るのは上流階級の人だけ。
17――galleryは、貴族の館の長めの広間のこと。肖像画や美術品などが飾られ、雨の日には、「散歩道」に、祭りの日には、開放され、領民は君主の肖像画などを目にした。

別に収蔵しております。こちらです。ご準備を。
眠りが死に似ているように、[18]お妃さまにそっくりの
像をご覧ください、そして申し分ないと仰せください。
（カーテンを引く。彫像のように立つハーマイオニが現れる）
沈黙を嬉しく存じます。どれほど驚いておられるか
よくわかります。でも、何かお言葉を――陛下からどうぞ。
あの方に似ておられませんか？

レオンティーズ　生き写しだ！
叱ってくれ、石像よ、そうすれば、そなたが
ハーマイオニだと言える――いや、むしろ叱らないほうが
そなたらしい。ハーマイオニは幼な子や慈悲の女神のように
優しかったから。だが、ポーリーナ
ハーマイオニには、これほど皺《しわ》はなかったし
これほど年を取ってはいなかった。

ポリクシニーズ　そう、これほどは。

ポーリーナ　それだけ、彫刻家が優れており
一六年を経ても、生きておられるかのように
造り上げております。

レオンティーズ　生きているかのようだ
心が刺し貫かれると同じくらい
慰められる。ああ、このように立っていた
気高い命――温かい命を持って――今は、冷たく
立っているが――わたしが初めて愛を求めたときは。
恥ずかしい。石はおれを叱責しないのか
石より冷たいと言って？　ああ、妃の石像よ！
そなたの気品には魔力があり、それが
わたしの悪事を呼び起こし
驚愕するそなたの娘から生気を奪い
傍らに石のように立っている。

パーディタ　どうぞ
偶像崇拝[19]などとおっしゃらないでください
わたしは跪き、お母さまに祝福を乞います。お母さま
お妃さま、わたしが命を得たときに
命を落とされた方
お手に接吻させていただきます。

ポーリーナ　お待ちください！
絵具が施されたばかりです。
乾いておりません。

カミロ　（レオンティーズに）陛下、お悲しみはあまりに
濃く塗り重ねられ、一六たびの冬でも吹き消せず
一六たびの夏でも乾かせません。どのような喜びも
これほど長続きはしませんでした。どのような悲しみも
これほどすぐに、自ら息絶えはしませんでした。

ポリクシニーズ　（レオンティーズに）親愛なるシチリア王
この悲しみの原因であったわたしに
悲しみを取り除く力をあたえ
担わして欲しい。

ポーリーナ　（レオンティーズに）まことに、陛下

ささやかな作品がこうしてもたらす光景を
思い描いていましたら――この石像はわたくしのもの――
お見せしなかったでしょう。（カーテンを閉めようとする）

レオンティーズ　閉めないでくれ。

ポーリーナ　これ以上見つめてはなりません、気の迷いで
動くとお思いになります。

レオンティーズ　そのまま、そのまま！
動いて欲しい、でなければ、死んでもいい――
あれを作ったのは何者だ？　見てくれ、ボヘミア王
息をし、血管に血が流れていると
思わぬか？

ポリクシニーズ　見事な作品だ。
唇には温かい血が通っているようだ。

レオンティーズ　動かぬはずの目が動いている
巧みな技に惑わされているのか。

ポーリーナ　カーテンを閉めましょう。
陛下は我を忘れるあまり
生きているとお思いになる。

レオンティーズ　ああ、ポーリーナ
お願いだ、この先二〇年、そう思わせてくれ。
この世のいかなる正気も
この狂気の喜びには及ばない。そのままに。

ポーリーナ　申し訳ありません、陛下、これほどお心を乱して。
けれど、もっとお苦しめすることも出来ます。

レオンティーズ　苦しめてくれ。
この苦しみは、どんなに心温まる慰めより
甘美な味がする。石像から
息が漂ってくるようだ。
どんなに鋭利な鑿《のみ》でも、息まで刻めるだろうか？
あれに接吻するが
笑わないでくれ。

ポーリーナ　お控えください、陛下。
唇の絵具は乾いていません。接吻なされば
剝げ落ち、お口が
絵具で汚れます。カーテンを閉めましょうか？

レオンティーズ　いや、この先二〇年は。

パーディタ　その間《あいだ》
わたしがお側で見ていましょう。

18――mock=to resemble closely (OED.v.6.b). ことわざ「眠りは死の似姿」(Sleep is the image of death)。

19――superstition=a religious ceremony or observance considered to be of a pagan or idolatrous character (OED.n.II.5.b). 親の手に接吻するのは子としての、あるいは親の愛情を表す仕草だが、プロテスタントのイギリス国教会では、聖像の前に跪き、手に接吻するのは偶像崇拝であると見なされた。

ポーリーナ　お控えになるか
すぐに礼拝堂からご退出するか、さもなくば、ご覚悟を
もっと驚くべき事が。目を凝《こ》らして見ることが
お出来になるなら、彫像を動かし、台座から降ろし
陛下のお手を取らせましょう。そうしますと——
魔術の力を借りていると思われましょうが——
そうではありません。
レオンティーズ　彫像に何をさせても
心安らかに見る。彫像が何を話しても
心安らかに聞く。動かせるのなら
話をさせるのは容易であろう。
ポーリーナ　復活[20]を信じる心が
なければなりません。では、動かれませぬよう。
わたくしが法に触れる魔術[21]を使おうとしていると
お考えの方はご退出ください。
レオンティーズ　始めよ。
誰も動いてはならぬ。
ポーリーナ　音楽を、目覚めさせよ。始めよ！（音楽）
（ハーマイオニに）時が来ました。お降りください。もう
石ではありません。こちらへ。驚かして差し上げて。
お墓はわたしが塞《ふさ》ぎます。動いて——さあ、こちらへ。
石の冷たさは死にお譲りを、貴い命が死からあなたを
解放したのです。彫像が動きます、ご覧ください。
（ハーマイオニが台座から降りる）
驚かないでください。わたしの呪文が正当であると同様に
あの方のなさることは神聖です。（レオンティーズに）
お妃さまが今一度亡くなるまで、避けてはなりませぬ
二度殺すことになります。さあ、あの方のお手を。
お妃さまがお若いときに、陛下は求愛された。お妃さまが
お歳を召された今、求愛させるのですか？
レオンティーズ　ああ、温かい！
これが魔法なら、食べることと同じく
正当なわざと認めよう。
ポリクシニーズ　王を抱擁なさっている。
カミロ　首にすがっておられる。
お命があるなら、お声をお聞かせください！
ポリクシニーズ　そうだ、どこで暮らし
どのようにして、死を逃れたのか。
ポーリーナ　生きておられます
聞かされたら、昔話のようだと、お笑いになりましょう。
でも、生きておられるようですよ、まだ
お口を利いておられませんが。しばらく、見守りください。
（パーディタに）王女さま、お二人の間に入り、跪き
母上の祝福を。（ハーマイオニに）お妃さま、こちらを
お向きください。パーディタさまが見つかりました。
ハーマイオニ　神々よ
ご照覧あれ、そして、聖なる器より、我が娘の頭上に
お恵みを注ぎ給え！　教えて、我が娘よ

どこで生き永らえていたの？　どこで暮らしていたの？
どのようにしてお父さまの宮廷に辿《たど》り着いたの？
わたしも話しましょうね。ポーリーナから
あなたが生きているという神託を聞き
会いたい一心で生き永らえてきました。

ポーリーナ　積もる話を
心ゆくまで語りあうときがありましょう。
誰もがお話をしたいと望まれ、お喜びが
損なわれるといけません。さあ、ご一緒に、大切なものを
勝ち得たみなさま。喜びを分かち合ってください。
老いた雉鳩のわたしは、枯れ枝に飛んで行き、そこで
あいまみえることのない夫を
命を終えるまで悼みます。

レオンティーズ　そこまで、ポーリーナ！
わたしの承諾で、夫を得るがいい
そなたの承諾で、わたしが妻を得たように。これは
双方の誓いによって結ばれる縁組だ。そなたが
わたしの妻を見つけた仔細《しさい》はいずれ尋ねよう。
この目で見たし、死んだと思い、墓に空しい
祈りを捧げてきた。わたしがそなたの夫を見つける番だ
遠く行くには及ばない——彼の気持ちを
幾分承知しているからだ——さあ、カミロ
ポーリーナの手を取るがいい、そなたの
立派な人柄と誠実さは誰もが知っている。ここで
我ら二人の王がその証人となろう。さあ、行こうか。
（ハーマイオニに）どうした？　兄弟の顔を見なさい
二人とも赦してくれ、そなたたちの清らかな表情に
あらぬ疑いをかけた。この青年がそなたの義理の息子
ボヘミア王のご子息、神々のお導きにより
そなたの娘と結婚の約束を交わした。頼む、ポーリーナ
案内してくれ、あちらで、ゆっくりと
離れ離れになって以来、この長い年月に
それぞれが演じてきた役について
語り合おう。さあ、案内してくれ。〔退場〕

20——faith=belief in and acceptance of the doctrines of a religion, typically involving belief in a god or gods (OED.n.III.5). faith は、キリスト教信仰の神髄である主の復活。

21——黒魔術は法に触れ、白魔術（薬草術のような魔術）は容認されていた。

繁栄を謳歌するシチリアと貧に喘ぐボヘミア

『冬物語』の冒頭、ボヘミアの貴族とカミロの会話から浮かび上がるのは、二国間の驚くべき経済格差である。

アーキダムス　カミロ、わたしのように、陛下のお供をしてボヘミアにお越しになる機会があれば、ボヘミアとシチリアには大きな違いがあるのが、おわかりになりましょう。
カミロ　ご訪問のお返しに、陛下はこの夏ボヘミアへ行かれるおつもりです。
アーキダムス　お恥ずかしいことに、満足のゆくおもてなしは出来ませんが、心を込めてお迎えし、その埋め合わせを致します。実は――
カミロ　お続けください――
アーキダムス　知るかぎりのことを、ありのままに申し上げます。わたくしどもはこれほど豪勢なおもてなしは出来ません――あまりに素晴らしく――何と申したら良いか。眠気を誘うお酒を差し上げて、行き届かぬ点に気付かれず、お褒めにあずかれずとも、お咎《とが》めを受けずに済みますれば。
（第一幕第一場）

ボヘミア王は、山海の珍味溢れる食卓や音楽や舞踏会を伴う豪華なもてなしを受けながら、シチリアに九か月滞在。その返礼に、シチリア王をボヘミアに招く心積もりだが、供するものは酒以外にないと、アーキダムスは告白する。

一六世紀を通じて、シチリアの政治は安定し、経済は発展し続けた。一方のボヘミアは経済的に衰退し、退廃へと急速に歩を進めていった。

ボヘミアは、一四世紀に、カレル一世の指揮のもと強力な国家として頭角をあらわし、黄金時代を迎えた。カレル一世に因《ちな》み名づけられたプラハのカレル大学は東ヨーロッパ初の大学である。ヨーロッパの新教運動の中心となり、有名な宗教改革者ヤン・フスが学び、教鞭《きょうべん》をとった大学としても知られている。その後、ハプスブルク家の王を迎えると、新教徒と旧教徒の対立が深刻になり、国家は分裂した。貴族階級が農民を圧迫した結果、多くの農民が農奴に転落し、経済的に疲弊していった。

　経済的困窮と政治的混乱のために、衰退の一途を辿《たど》るボヘミアとは対照的に、シチリアはヨーロッパの穀倉地帯として繁栄した。[1]

　シチリアのみならず、イタリア全土が西ヨーロッパで最も高い経済的発展を遂げ、豊かな生活水準を誇った。ルネサンス文化がイタリアのフィレンツェで生まれ、イタリア全土に広がったのは、経済的な繁栄と無縁ではない。

　というわけで、イタリアと、ボヘミアでは、経済的にも、文化的にも、月と鼈《すっぽん》ほどの違いがあったのである。格差は怨嗟《えんさ》を生む。冒頭の場面、穏やかで友好的な会話に見えても、底流には、羨望、卑下、優越感など、見えない力が蠢《うごめ》いているのである。

なぜあの人は嫉妬深いのか？——地理学の台頭

　ボヘミア王のシチリア滞在は九か月。一国の王がこんなに長い間、国を留守にして良いものか。ポリクシニーズが、暇乞《いとまご》いをすると、レオンティーズはさらなる滞在を強要する。貧に喘ぐボヘミア人が夢のように豪勢なもてなしを長い間受けたらどう感じるか。感謝を通り越して心理的な苦痛を感じているのではないか。だが、シチリア王は客の心情に無頓着。王妃ハーマイオニに加勢を頼み、王妃が懇願すると、ボヘミア王は快く応じる。シチリア王は喜びながらも、不審に思う。自分が頼んでも聞き入れなかったのに、王妃の頼みに二つ返事で応じたのはなぜだ？　突如、嫉妬に駆られる。

レオンティーズ　（傍白）　度が、度が過ぎる！
友情も度が過ぎると、血の交わりになる。
心臓が激しく鼓動している。心臓が鼓動している
嬉《うれ》しい、嬉しいからではない。王妃の

1——David Abulafia, *Commerce and Conquest in the Mediterranean, 1100–1500*. Aldershot: Variorum, 1993, p.21.

もてなしぶりには、何ら疚《やま》しいところはなく
真心、寛容、温情から自《おの》ずと出たもので
女主人として称賛に値する——それは認める——
しかし、今のあの二人のように
手のひらを撫《な》でたり、指をそっと絡めたり
鏡を覗《のぞ》くかのように作り笑いをしたり
射止められた鹿のように呻《うめ》いたりするのは——そんなのは
気に食わぬ。寝取られ亭主の角はご免だ——
（第一幕第二場）

王妃は九か月の身重、ボヘミア王のシチリア滞在は九か月。胎の子の父親はボヘミア王ではないか！『ハムレット』、『オセロー』、『リア王』、『マクベス』では、主人公の心の変化と苦悩に深く踏み込んだシェイクスピアが『冬物語』では、嫉妬に駆られる過程を省き、いきなり嫉妬に狂う王を提示する。人物造形が未熟ではないか、と批判する批評家もいる。

当時の人びとは、人間の性格や気質を星のせいにするか、体液のせいにした。行商人で盗人のオートリカスはこう言ってはばからない。「親父がおいらをオートリカスと名づけた、盗賊の神マーキュリーの星のもとに生まれたからね」（第四幕第三場）。

また、人間には四つの体液があり、それが多いか少ないかで気質が決まった。多血質は勇敢で楽観的、胆汁質は短気、粘液質は冷静、黒胆汁質は憂鬱症。シチリア王は多血質、ボヘミア王は胆汁質と思われる。

ところが、大航海時代の到来と共に、さまざまな国の存在が知られるようになり、地形や気候が人間の気質や国民性に関わりがあると考えられるようになる。それと共に、地理学が一躍脚光を浴びる。当時の地理学は、今日におけるコンピューター・サイエンスのような存在だったと考えて良い。一六世紀に最も読まれ、最も大きな影響を及ぼした地理学の本は、フランスの作家ジャン・ボーダン著『歴史の方法』（*Methodus*、一五六六）で、シェイクスピアも愛読したと思われる。イギリスの作家ロバート・バートンは『憂鬱の解剖』（一六二一）のなかで、男女に課せられた抑制、その違いは地理に起因すると見なすボーダンの説を披露してから、こう述べている。

占星術師たちは、星々を人間の桁はずれの熱情の

原因だと考えている。占星術は、ある人間が嫉妬深いか否かを占ってくれる。しかし、ボーダン等の地理学者は、人間の気質を国土や気候に大いに関係すると考え、この問題を幅広く論じ、こう言っている。

南ヨーロッパの人は北国の人よりずっと熱く（hot）、放縦（lascivious）で、嫉妬深い（jealous）。暑い気候に自制できず、桁はずれの欲情に身を委ねる。アフリカの地理学者レオ・アフリカーヌスによると、同郷のアフリカの人びと、特に、カルタゴの人びとは欲望と嫉妬に身を委ねるというが、信じられないような話である。地理学者は、アジア、トルコ、スペイン、イタリアでも同様であると考えている。ドイツには大酒飲みはさほどおらず、イギリス人はタバコ依存症、フランス人は踊り好き、オランダ人は船乗り、嫉妬深い夫がいるのはイタリアだけである。[2]

シチリア王レオンティーズが突然の嫉妬に駆られるのを見ても、シェイクスピアの観客は驚かなかったであろう。イタリア人だから嫉妬深いのは当然と思ったに違いない。

人種的に言って、ボヘミア人もロシア人もスラブ系民族である。シェイクスピアの時代の人びとが思い描いたスラブ系民族の特徴は、四角ばった顔つき、いかつい体形、赤みがかったブロンドの髪、オレンジ色を帯びた茶色の目などである。[3] スラブ系のチェコ人とスロバキア人は五世紀に南下し、西のボヘミアにはチェコ人が、東のスロバキアには、スロバキア人が定住した。のちに、彼らの定住地が合体し、チェコスロバキアが成立する。しかし、近年（一九九三）、チェコ共和国とスロバキア共和国に分離した。

スラブ系のボヘミア王ポリクシニーズとハーマイオニは似たような肉体的特徴を持つ。人種的に親戚関係にあるからだ。

シチリア王レオンティーズは、地中海民族の特徴を

2——Robert Burton, *The Anatomy of Melancholy, What it is, with all the kinds, causes, symptomes, prognostickes, & several cures of it. In Three Partitions, Philosophically, Medicinally, Historically, opened and cut up* by Democritvs Jvnior. London: The Nonesuch Press, 1925, II, p.502.

3——Julian S. Huxley and A. C. Haddon, *We Europeans: a survey of 'radical' problems*. New York: Harper, 1935, p.220.

持っている。波のようにうねる黒髪、平均背丈は一メートル五、六〇センチくらい。痩せ形で、細長い頭、卵形の顔。まっすぐでいくぶん幅広い鼻。黒い目。スラブ系のハーマイオニとレオンティーズとは対照的である。

黒い肌はしばしば南方系の人と関連され、黒い肌の人は白い肌の人より文化的・社会的に劣ると考えられていた。シェイクスピアの時代には、肌の色に起因する人種差別はいま以上に過酷であった。シェイクスピアは『冬物語』の前に、肌の色の違いから生じる悲劇をテーマに『オセロー』を書いている。

褐色の肌のレオンティーズの嫉妬と不安は、オセローの場合と同様に、ロシア人の妻とボヘミア王が似たような肉体上の特徴を持ち、似たような気質で、同様の文化圏で育ったために、親しく接し合うことに起因する。レオンティーズはボヘミア王の暗殺を企てるまでに、追い詰められる。

白い手のハーマイオニ

ハーマイオニとポリクシニーズの間には、同じ人種同士のみが持つ親しみと気安さがある。ポリクシニーズと一緒にいるときのハーマイオニはくつろぎ、会話を楽しむ。二人が語らう様子に、レオンティーズは、その親密さを曲解する。

レオンティーズは、ボヘミア王の説得に成功したばかりのハーマイオニの手に目をやる。白く美しい手が目を射る。そして、求婚したときのハーマイオニを思い起こす。

ハーマイオニ　……前にも一度良いことを言ったのね？　いつ？
　さあ、何か教えて——お願い。

レオンティーズ　　　　　　　他でもない
　何の進展もないまま、死ぬほど辛い三か月が過ぎ
　ついに、そなたが白い手を開き
　わたしの愛に応えてくれたときだ。そなたは言った「わたしは永遠にあなたのもの」。

（第一幕第二場）

「白い手」は北方人の特徴である。かつて愛でた妻の白い手は、レオンティーズに北方人と南方人の違いをまざまざと見せつける。

ロバート・バートンは『憂鬱の解剖』のなかで、北国の人についてこう記している。

　温泉保養地バーデンの記述のなかで、アルマトリウス・ポギウスとマンスターは、あらゆる階層の男女が、何の疑いも抱かずに、大っぴらに連れだって温泉地に行くと報告し、マンスターは「嫉妬などという言葉を聞いたことがない」と言っている。フリースラントでは、女性は酒を飲みながら男に接吻し、接吻を受ける。オランダでは、乙女が若い男と手を繫《つな》いで家を出て、氷の上を一緒に滑る。彼らはこういったことは害のない自由であると考え、何の疑いも抱かず一緒に外泊する。このようなことは、イタリアでは、純潔を汚す行為と見なされる。フランスでは、ちょっと知り合っただけで、男は他の男の妻に求愛し、家を訪れたり、通りを手を繫いで歩くが、非難されることはない。[4]

白い手の北方の女性は、南方ヨーロッパの女性よりも性的に解放されている、自由である、放縦であると考えられていたのだ。デズデモーナに嫉妬したムーア人オセローのように、妻の白い手に言及するレオンティーズの言葉には、嫉妬と怒りが込められている。白い手のハーマイオニは夫の目を盗んで不貞を働く性癖なのだ。

　北方の女性たちが性的に比較的自由だったのに対して、南方の女性たちには、そういった自由がなかった。人類学者の言葉に耳を傾けてみよう。

　我々がよく知っているように、シチリアのような地中海沿岸に住む人びとの日常生活においては、名誉がとても重んじられた。名誉は、こういった社会を詳細に比較するための基盤となりうる。……

　地中海沿岸社会では、義務は伝統的に口頭での同意に基づく。個人の名誉、何よりも、共同体の名誉、その名誉のみが約束の遵守とその履行を保証したか

4――Robert Burton, *The Anatomy of Melancholy*, op.cit., II, p.502.

らである。だから、誰もが、生まれ落ちたときに、一家あるいは一族に伝わる名誉を守る義務を負わされる。その子は、彼の一家、一族といった全体の一部であって、その他もろもろの事と一緒に、共同体の名誉を義務として守り、個人として、それを高める義務を負う。名誉は一家、一族の結束に属し、遺産として一つの世代から次の世代へ受け継がれてゆく。名誉は、男女を含め、個々人の名誉ある行為によって高まりもし、恥ずべき行為によって貶《おとし》められもする。共同体の名誉を構成する要素とその尺度は、女性の場合は、貞節である。共同体の純血、結束を守るために、一族に侵入してきた義理の息子、外国人の妻の息子は除外される。男性の場合は、戦場での勇気である。名誉が、危機に瀕した場合は、一族の女性を汚名や誘拐から守り、一族の者が殺された場合には、結束して殺人者に復讐しなければならない。[5]

北方ヨーロッパの国々における比較的自由な男女関係と、南ヨーロッパにおける規制、それが『オセロー』でも『冬物語』でも、激しく衝突する。白い手のハーマイオニがシチリア王レオンティーズの側に寄り添っただけで、当時の観客は北と南の人種と文化の違いを理解した。

格差や人種の違いを乗り越えるには

ジャン・ボーダンは、世界に平和を築くためには、さまざまな人種が混じり合い、文化が交流し合うのが良いと考えている。「種の混血は人間の習慣や性質を少なからず変える[6]」。ボーダンは種の混血によって、新しい国家と都市が生まれると考えた。

イタリア人を父に、ロシア人を母に持ち、ボヘミア人の羊飼いに育てられたパーディタは、身分や人種の垣根をいとも簡単に越える。

世継ぎなき王国というテーマは、シェイクスピアの時代の人には、特別に深い意味を持っていた。エリザベス女王が結婚しないまま老年を迎え、後継者を指名しなかったために、女王の死後、誰が玉座に即くのかと、国民は不安を募らせた。空白の世継ぎ問題は国家的な苦悩であったのだ。

一六〇三年に女王は没し、スコットランド王ジェームズ六世（ヘンリー八世の姉マーガレットのひ孫、イギリス王としてはジェームズ一世）が、イギリス王を兼ねることになり、幾世紀にもわたって敵対してきた二つの国が結ばれる。

シチリア王女パーディタとボヘミア王子フロリゼルの後継者は三つの国の血を引く子となり、ジェームズ一世のように、シチリアとボヘミアの二国の君主となる。

『冬物語』は、一六一二年から三年にかけてのクリスマス・シーズンに、ジェームズ一世の娘エリザベスとプファルツ選帝侯、バイエルンのフリードリヒ五世の結婚を祝して宮廷で上演された。それから六年後、フリードリヒはボヘミア王となる。

エリザベス王女は陽気で美しく、また勇気ある若い女性として国民の人気の的だった。エリザベス王女がパーディタに、フロリゼルがフリードリヒに重ねられていないだろうか。文化的・人種的な差異を乗り越えるのに、混血を提案したボーダンの地理学が浮かび上がってこないだろうか。

今でも外国人嫌いと言われるイギリス人、シェイクスピアは四〇〇年以上も前に、民族の混血による融合と平和に諸手を挙げて賛成した。天才は時代の先をゆく。しかし、さすがの天才も、エリザベス王女と結婚したフリードリヒがボヘミア王になるとは予想もしなかった。シェイクスピアは、その三年前に亡くなっている。

5——Maria Pia di Bella, "Name, Blood and Miracles: the Claims to Renown in Traditional Sicily," in *Honor and Grace in Anthropology*. Edited by John George Peristany and Julian Pitt-Rivers. Cambridge: Cambridge University Press, 1992, p. 151.

6——Margaret Trabue Hodgen, *Early Anthropology in the Sixteenth and Seventeenth Centuries*. Philadelphia: University of Pennsylvania, 1964, p. 282.

テンペスト

The Tempest

『テンペスト』

登場人物

アロンゾー……ナポリ王
セバスチャン……アロンゾーの弟
プロスペロー……正統のミラノ公爵
アントーニオ……プロスペローの弟、ミラノ公爵位を簒奪《さんだつ》
ファーデナンド……ナポリ王の息子
ゴンザーロー……アロンゾーの老顧問官
エイドリアン……ナポリ貴族
フランシスコー……ナポリ貴族
キャリバン……島の原住民
トリンキュロー……道化
ステファノー……飲んだくれの酒蔵係
船長
水夫長
水夫たち
ミランダ……プロスペローの娘
エアリエル……空気の精
イーリス、ケレス、ユーノー、妖精《ニンフ》たち、刈り取り人たち……魔法の幻のなかの妖精たち

翻訳底本は The Arden Shakespeare *The Tempest.* Edited by Virginia Mason Vaughan and Alden T. Vaughan. London: Bloomsbury, 2011.

第一幕第一場

〔嵐、稲妻。船長と水夫長登場〕

船長　水夫長！

水夫長　ここです、船長。大丈夫ですか？[1]

船長　そこか、水夫たちに言え。すぐに帆を降ろせと、さもないと、座礁する。[2]急げ、急げ！〔退場〕

〔水夫たち登場〕

水夫長　おーい、みんな、がんばれ、[3]がんばれ、みんな！　早く、早くしろ！　トップマストを降ろせ。船長の笛に注意しろ！（嵐に）炸裂するまで吹きまくれ、出来るものなら。

〔アロンゾー、セバスチャン、アントーニオ、ファーデナンド、ゴンザーロー他登場〕

アロンゾー　いいか、水夫長、油断するな。船長はどこだ？　みんな、しっかりやれ！

水夫長　下にいてください！

アントーニオ　水夫長、船長はどこだ？

水夫長　船長の笛が聞こえませんか？　邪魔だ。船室にいてください！　嵐の味方をするんですか。

ゴンザーロー　わかった、気を鎮めろ。

水夫長　海が鎮まればな！　どいてくれ。荒れ狂う海が王の名なんか知るか？　船室へ戻って！　黙れ！　邪魔するな。

ゴンザーロー　わかった。だが、誰を乗せているか忘れるな。

水夫長　我が身第一。あなたは顧問官。この波風を鎮め、宥《なだ》められるなら、おれたちが縄《ロープ》を操る必要はない。権力を使うがいい！　それが出来ないなら、長生きしたことに感謝し、船室で、いざという時に備えて覚悟を決めておけ、今にも。――がんばれ、みんな。――おい、どくんだ！〔退場〕

ゴンザーロー　あの男にだいぶ励まされた。あれは溺れる男ではない――まさに縛り首になる面《つら》だ。[4]運命の女神《めがみ》よ、あの男をしっかり縛り首にしてください。あいつの運命の首縄を我らの太索《ふとづな》にしてください。我らの太索は役に立ちません。あの男が縛り首になる運命に生まれついていないなら、我らが助かる見込みはない。〔退場〕

〔水夫長登場〕

水夫長　トップマストを下げろ！　早く！　もっと下げろ、もっとだ！　速度を落とし、嵐を乗り切れ。（奥で叫び声）畜生、何たる喚《わめ》き声だ！　嵐より、号令より喧《やかま》しい。

〔セバスチャン、アントーニオ、ゴンザーロー他登場〕

1――What cheer?=how do you feel, how are you (OED.cheer.n.P5).
2――run ourselves aground. run aground=on or to the bottom in shallow water (OED.aground.adv.2.a).
3――cheerly=a cry of encouragement (OED.adv.1.b).
4――ことわざ「縛り首になるべく生まれついた人間は溺れない」（He that is borne to be hanged will never be drowned）。

またですかい？　何をなさるおつもりで？　諦めて溺れますか？　沈むご覚悟は？

セバスチャン　喉を梅毒でやられるがいい、怒鳴り散らし、口汚く[5]冷酷な[6]犬畜生め。

水夫長　それなら、ご自分でどうぞ。

アントーニオ　縛り首にしてやる、野良犬め！　縛り首だ、私生児、傲慢な大口叩きめ！　貴さまと違って、溺れるのを怖がるものか。

ゴンザーロー　この男は絶対に溺れません。たとえこの船が胡桃《くるみ》の殻《から》より脆《もろ》く、お喋り女のように水漏れしていても。

水夫長　舳先《へさき》を風上、風上に向けろ！　主帆を二つとも張って沖へ出ろ！　沖へ出るんだ！

〔ずぶ濡れの水夫たち登場〕

水夫たち　一巻の終わりだ！　祈ろう、祈ろう！　終わりだ！

水夫長　えっ、海の藻屑《もくず》となるのか？[7]

ゴンザーロー　王も王子も祈っておられる。一緒に祈ろう、呉越同舟[8]の運命だ。

セバスチャン　もう辛抱出来ない。

アントーニオ　飲んだくれに命を騙《だま》し取られるだけだ。この法《ほ》螺《ら》吹き野郎――貴さまなぞ溺れて、潮が一〇回も満ち引きする間、波打ち際に横たわるがいい[9]！

ゴンザーロー　ですが、こいつは縛り首になる運命、海水の一滴一滴がそうさせまいと、大口開けて飲み込もうとしてもです。

〔奥で、混乱した叫び声〕お慈悲を！――難破だ、難破だ！――妻、子よ、さらば！――兄弟よ、さらば！――難破だ、難破だ、難破だ！

アントーニオ　みな、王と共に海の藻屑となろう。

セバスチャン　王にお別れの挨拶を。〔（アントーニオと）退場〕

ゴンザーロー　一エーカーの荒地が手に入るなら、海なぞ、いくらでもくれてやる――細長い荒地、灌木《かんぼく》、何でもいい。みな心のままに、だが、陸《おか》で死にたい。〔退場〕

第一幕第二場

〔プロスペロー、ミランダ登場〕

ミランダ　お父さま、魔法を使って
海を荒れ狂わせたのなら、鎮めてください。
空が嫌な臭いの黒い油の雨を激しく降らせているよう
でも、海が空の頬に届くほど盛り上がり
海水を稲妻に打ちつけている。ああ、苦しむ人たちを
見ているわたしも苦しいのです――あの豪華な船には
高貴な人が乗っているに違いないけれど
砕けて粉々に。ああ、あの叫び声は
この胸を激しく打つ。[10]可哀そうに、溺れてしまった。
わたしに神さまの力があれば
海を陸《りく》の底に沈めたのに
海があの立派な船と、船に乗っていた
人たちを飲み込む前に。

プロスペロー[11]　落ち着きなさい。
もう怖がり驚く必要はない。そなたの優しい心に
言っておやり、みな無事だと。

ミランダ　ああ、酷《ひど》い日。

プロスペロー　みな無事だ！
ただ、そなたのため為した
そなた、愛《いと》しい我が娘を思ってのこと
そなたは己《おのれ》の身の上も知らぬし、わたしがどこから
来たか、粗末な洞窟のあるじのプロスペロー、
そなたの父親である以上の、偉大なる身分の者
であることも知らぬ。

ミランダ　それ以上のことを
知りたいと思ったことはありません。

プロスペロー　知らせるべき
時が来た。魔法の衣《ころも》を
脱ぐのを手伝ってくれ。魔法の衣よ
そこにおれ。涙を拭い、心を楽にしなさい。
船が難破する恐ろしい光景は
そなたの優しい心を傷つけたようだが
魔法を用いて
無事であるよう手を打っておいた、一人として——
いや、髪の毛一本、失われておらぬ。[12]
そなたは乗船者の叫び声を聞き
船が沈むのを目にした。お座り。
さらに知らねばならぬことがある。

ミランダ　お父さまは
しばしば、わたしの身の上を話し始めては止《や》め
お尋ねしても甲斐なく、「そのうちに」と
終えられました。

プロスペロー　語る時が来たのだ。

5——blasphemous=abusive, slanderous (OED.adj.2).
6——incharitable=not charitable, uncharitable (OED.adj.).
7——must our mouths cold. ことわざ「口が冷たくなる＝死」（to be cold in the mouth）。
8——our case is as theirs.
9——海賊は捕らえられた近くの海岸で縛り首になり、遺体は三回潮が満ち引きする間、波打ち際に曝された。
10——knock against=strike with sounding blow, as with the fist (OED.v.1.a)、「拳骨のような硬い物で叩く」。
11——「プロスペロー」は、幸運をもたらすという意味。
12——ことわざ「髪の毛一本失わない（傷つけない）」（To hurt (or lose) a hair）。

よいか、耳を澄まし
心して聞くのだぞ。
この岩屋に来る前のことを覚えておるか？
覚えておるまい、そなたは
三歳にもなっていなかったから。

ミランダ　確《しか》と覚えています。

プロスペロー　何を？　どこか別の家か家人か
何でもいい、記憶にあることを
言ってご覧。

ミランダ　おぼろげで、覚えているのは
確かでなく、夢のようなのですが。わたしの
世話をする女性《かた》が四、五人いませんでしたか？

プロスペロー　いたとも、もっと、ミランダ。だが
どうしてそれが心に残っているのだ？　かすかな
ぼんやりした時[13]の隙間に、[14]他に何が見える？
ここへ来る前のことを何か覚えているなら
どうやってここに来たかも覚えていよう。

ミランダ　いいえ。

プロスペロー　あれから一二年、ミランダ、あれから
一二年、そなたの父はミラノ公爵にして
力ある君主だった。

ミランダ　では、わたしの父ではないのですか？

プロスペロー　そなたの母は貞節の鑑《かがみ》
そなたをわたしの子だと言った。そなたの父は
ミラノ公爵、そなたはたった一人の世継ぎ
高貴な身なのだ。

ミランダ　まあ！
どのような悪巧みに遭って、ミラノからここに？
それとも、神さまのお計らいなのですか？

プロスペロー　その両方だ。
そなたの言う通り、悪巧みによって追われたが
幸いにも、神の計らいによってここに。

ミランダ　心が痛みます
おかけした苦労を思うと。
それさえ覚えておりません。お願い、もっと。

プロスペロー　わたしの弟、そなたの叔父、アントーニオは
——よく聞きなさい、実の弟が
あれほど不実であろうとは——この世で、そなたに次ぎ
誰よりも愛していた弟に、公国の統治を
委《ゆだ》ねた。当時、ミラノは
どの公国よりも権勢を誇り
わたしは筆頭公爵、名声を[15]馳せ
人文主義の学問においては
並ぶ者がなかった。わたしは学問に没頭し
統治は弟に任せ
公務に疎くなり、学問、とりわけ魔術に
のめり込んでいった。邪《よこしま》なそなたの叔父は——
聞いておるか？

ミランダ　ええ、耳を澄まして。
プロスペロー　いかに請願に応じるか、いかに拒むか
誰を昇進させるか、過度の野心家をいかに牽制するか[16]
わたしの部下だった者を新たに任命するか、配置換えするか
再編し直すか。[17]ひとたび役人と役職の二つながらを
掌握する術《すべ》を会得し
すべての民の心を
自分の耳に心地良い音色に合わせ、それから
蔦《つた》となって、わたしという大公の幹をおおい隠し
わたしの生気を吸い取った。聞いていないのか!
ミランダ　ああ、お父さま、聞いております。
プロスペロー　聞いてくれ。
こうしてわたしは世事を疎《おろそ》かにし、ひたすら
引き籠り、学問で精神の涵養《かんよう》に努めた。
俗事から退いたおかげで、学問は

人智を超えるまでになったが、邪な弟の
邪悪な性質を目覚めさせた。わたしの信頼は
悪い子を産む良い親のように、弟のなかに
信頼と同じほど大きな背信を生んだ。
信頼には際限がなく
信任には境界がなかった。こうして弟は権力を掌握し[18]
公爵に伴うわたしの歳入のみならず
権力に伴う報酬まで懐《ふところ》にした。
嘘をついて真実にするうちに
己の記憶を罪人にし
己の嘘を信じ
真の公爵だと思い込み
代理を務め、公爵の権利や特権を
行使しているうちに
野心が膨れ上がり——聞いているか?

13——dark backward. dark=indistinct, discernible (OED.adj.II.6.c).
14——abysm of time. abysm=a profound chasm of gulf (OED.n.2.a).
15——当時の学問はギリシア・ラテンの古典に基づき、文法、論理学、修辞学、算数、幾何学、音楽、天文学の七科目から成っていた。イギリスの人文主義学問の第一人者は、『ユートピア』(一五一六)の著者トマス・モア。プロスペローの過ちは、学問を公国の統治に生かさなかったことにある。
16——trash for over-topping. trash=to hold back (OED.v.1).
17——new formed them. form=to form anew, reshape (OED.v.1.a).
18——He being thus lorded. lord=to grant (a person) power to govern (OED.v.3.a).

ミランダ　お話は、耳の遠い人を治してしまいますわ。[19]
プロスペロー　演じている役と
演じている自分との境がなくなり
何としてもミラノの君主にならねばと思った。
わたしには、哀れにも、書斎が公爵領に匹敵する広さ。
弟は、わたしには統治能力がないと見なした。
権力を渇望するあまり、ナポリ王と結託し
年貢を納め、臣従《しんじゅう》の誓いをし
ミラノの宝冠をナポリの王冠の支配下に置き
屈したことのない公国の膝を曲げ、品位を落とした。
ああ、哀れなるかな、ミラノよ！
ミランダ　あんまりだわ！
プロスペロー　ナポリとの協定とその結果を聞き
弟に相応しいか考えてくれ。
ミランダ　おばあさまが
立派じゃなかったと思えば、罰が当たります。
立派な母親も悪い子を産みます。
プロスペロー　さて、協定だが。
わたしの宿敵だったナポリ王は
弟の嘆願に耳を傾け
臣従の誓いと、金額はわからぬが
貢物の見返りに
ただちに、わたしと家族を
公国から追放し、麗しきミラノをすべての
栄誉と共に、弟に授与するというものだった。
それに基づき——反乱軍が召集され——
運命のとある深夜、弟は
ミラノの城門を開け、闇夜に紛れて
陰謀の手先たちが、わたしと、泣き叫ぶそなたを
城門から急《せ》き立てた。
ミランダ　ああ、何と酷い！
そのとき、どれほど泣き叫んだか覚えていないので
もう一度泣きます。悲しいお話に
目から涙が絞り出されます。
プロスペロー　いましばらく聞きなさい。
それから、今の状況について教えよう。
それを聞かなければ、この話も
見当違いになる。
ミランダ　なぜ、そのとき、わたしたちを
殺さなかったのでしょう？
プロスペロー　よくぞ聞いてくれた、娘よ。
そう聞きたくなるはずだ。敢《あ》えて殺さなかったのだ
民がわたしに抱く愛があまりに深く
陰謀に血生臭い跡をつけることが出来なかった
だが、卑劣な目的を綺麗《きれい》な色で塗りたくった。
手短に言えば、我らを急いで小舟に乗せ
沖に連れ出した、そこに
朽ちた襤褸《ぼろ》舟を用意していた、策具《さくぐ》はなく

引き綱《づな》も、帆も、マストもない――溝鼠《どぶねずみ》でさえ
本能的に逃げ出した。我らはその舟に放り込まれ
海に向かって泣き叫び、海は吠え返し
風に溜息《ためいき》をつくと、哀れんだ風は溜息を返し
哀れみは仇《あだ》になるばかりだった。

ミランダ　ああ、わたしは
さぞ重荷だったでしょうね？

プロスペロー　何の、天使だった
そなたが救ってくれた。そなたは微笑み
天から、不屈の精神を吹き込んでくれた
わたしは塩辛い涙で海を飾り
重荷に呻《うめ》くだけだったが
来るべき運命に耐える
勇気を奮い起こしてくれた。

ミランダ　どうやってこの浜辺に？

プロスペロー　神の摂理《せつり》だ。
いくばくかの食べ物、それに真水《まみず》、それを
ナポリの貴族、ゴンザーローが、憐れみから――
この企みの実行役に指名されていたのだが――
用意してくれた。他に、上等な衣服、リネン類や
日用品や必需品もあり、今でも助かっている。
とても高潔な人物で
わたしの書物好きを知っていて
祖国よりも大事に思う蔵書を
書斎から持ち出してくれた。

ミランダ　いつか、その方に
お目にかかりたい！

プロスペロー　さて、立ち上がるとするか。[20]
そなたは座ったまま、悲しい海の話の結末を聞きなさい。
我らはこの島に流れ着き、ここで、わたしは
そなたの教師として、世の王女たちが受けるより
ずっとためになる教育を授けてきた。王女たちは無益な
ことに時間を費やし、教師もそれほど配慮しないものだ。

ミランダ　感謝しています。お願いです、お父さま
胸がまだどきどきしていますが、どうして
嵐を起こしたのですか？

プロスペロー　ここまでの経緯《いきさつ》はわかったな。
実に驚くべき偶然によって、恵み深い運命の女神が
今はわたしの味方の女神が、我らの敵を
この岸に運んでくれたのだ。私の予知力からすると

19――cure deafness. cure=remedy, rectify (OED.v.II.5.a).
20――プロスペローは立ち上がりながら、決意を込めた台詞を言う。

運命の頂点がとても幸先の良い星にかかっており
今、その力を乞い求めずに無視すれば、運勢が
衰えるのだ。もう訊くのはお止め。
眠くなってきたであろう。心地よい眠りに
身を委ねるがいい。抗うことは出来ない。
（エアリエルに）おいで、僕《しもべ》よ、おいで。覚悟は出来た。
ここへ、空気の精エアリエル、おいで。
〔エアリエル登場〕
エアリエル　万歳、偉大なる先生。万歳、厳めしいご主人
ただ今参上、何なりと、空を飛び
泳ぎ、火に飛び込み、渦巻く雲にも
乗りましょう。エアリエルと仲間たちは
ご命令に従い、精一杯努めます。
プロスペロー　　　　　　　　エアリエルよ
命じた通りに、嵐を起こしただろうな？
エアリエル　一点の抜かりもありません。
王の船に乗り込みました。舳先にいたかと思うと
船の真ん中に、甲板に、ことごとくの船室に
火を吐き、[21]驚かしてやりました。ときに
身を分かち、あちこちで燃え上がり――
トップマストで、帆桁《ほげた》で、帆柱《バウスプリット》で、別々に燃え
それから、一つになって燃えました。ジュピター神の稲妻
恐ろしい雷鳴の先触れも、あれほど儚《はかな》く
目にも留まらぬ速さで燃えることは出来ず

雷鳴と稲妻[22]の炎と炸裂《さくれつ》音は偉大なる海の神ネプチューンを
包囲するかに見え、荒ぶる波を震え上がらせ
ええ、海の神の三叉《さんさ》の鉾《ほこ》を揺さぶりました。
プロスペロー　　　　　　　　よくやった
この騒乱に、沈着冷静
理性を狂わせぬ者はいたか？
エアリエル　　　　　　一人も。
狂気の熱に冒され、自暴自棄になる者も。水夫たちを除き
みな泡立つ海に身を投げ、船を見捨てました。
それから、全員、わたしと一緒に燃え上がり
王の息子ファーデナンドは髪を逆立て
髪というより葦《あし》の茂みのようでしたが
誰よりも先に飛びこみ、叫びました。「地獄は空《から》だ
悪魔はみなここにいる」。
プロスペロー　　よし、それでこそ、我が妖精！
この近くの岸ではなかったか？
エアリエル　　　　　　近くです、先生。
プロスペロー　みな無事か？
エアリエル　　　　髪の毛一本失っていません。
体を浮かせた衣服に染《し》み一つなく、前よりも
新しくなりました。ご命令通り、やつらを
幾組かに分け、島のあちこちに分散させました。
王子だけは、独りで上陸させ
島の辺鄙《へんぴ》な場所の隅に放置しましたが

溜息であたりの空気を冷やしながら、座り込み
悲しげに腕組みをしております。

プロスペロー　王の船や
水夫たちや
艦隊の他の船はどう処理した？

エアリエル　王の船は無事に
港に停泊中、いつぞや真夜中にお召しになり
絶えず嵐に見舞われるバミューダー[23]から
露《つゆ》を取って来いとお命じになったあの入江深くに
隠しました。船倉に閉じ込められた水夫たちは
嵐との闘いで疲れきった上に、魔法をかけられ
眠っております。艦隊の他の船は
分散させた後、再び合流させ
今は地中海を
悲しげにナポリへ向かっています。
王の船が難破するのを目撃し
王が海の藻屑になったと思っています。

プロスペロー　エアリエル
見事に任務を果たした。だが、まだ仕事がある。
何時《なんどき》か？

エアリエル　正午過ぎです。

プロスペロー　二時にはなっていよう。
今から六時まで、時を大切に使わねばならぬ。

エアリエル　まだ仕事があるのですか？　散々
働いたのですから。お約束を思い出してください。
まだ実行されていません。

プロスペロー　何だ？　その仏頂面《ぶっちょうづら》は？
要求は何だ？

エアリエル　自由の身です。

プロスペロー　期限が切れる前に？　だめだ！

エアリエル　どうか
しっかりお仕えしてきたのを思い出してください
嘘はつかず、仕事はしくじらず
不平も文句も言わず、お仕えしてきました。予定より
一年減じてやると、お約束くださいました。

プロスペロー　おまえを
どんな苦しみから救ってやったか、忘れたか？

エアリエル　いいえ。

21——flamed amazement. flame=to send forth or convey by flaming (OED.adv.4.b).
22——sulphurous roaring. sulphurous=applied to thunder and lighting (poet.), hence to thundery weather (OED.adj.2.b).
23——バミューダー諸島は米国ノースカロライナ州東方約九三五キロの大西洋上の群島。バミューダー、フロリダ半島、プエルトリコ島を結ぶ三角海域では不可思議な海難事故が多発した。

プロスペロー　忘れておる。だから、塩辛い海底の
泥の上を歩いたり
肌を刺す北風に曝されたり[24]
凍りついた大地で働くのが
嫌になったのであろう。

エアリエル　　そんなことはありません。

プロスペロー　嘘つきの、性悪《しょうわる》者。
邪悪な鬼婆シコラクス、寄る年波と嫉みから
輪のように腰の曲がった鬼婆を忘れたか？　忘れたか？

エアリエル　いいえ、先生。

プロスペロー　　忘れておる！　生まれはどこだ？
言え、言ってみろ。

エアリエル　アルジェ[25]です、先生。

プロスペロー　　おお、そうかい？
月に一度は、おまえの境遇を語らねばならぬ
忘れるからな。あの忌《い》まわしい鬼婆シコラクスは
数々の悪行と聞くも恐ろしい魔術のために
知っての通り、アルジェから
追放された。たった一つの
行為のために、命だけは救われた。そうではないか？

エアリエル　そうです、先生。

プロスペロー　目に隈の出来た鬼婆は、身ごもったまま
水夫たちに連れて来られ、ここに置き去りにされた。
おまえはあの女の召使いだったと、自ら言った
そして——おまえは心根が優しい[26]あまり
粗野で不快な命令[27]を務められず
鬼婆の重大な要求を拒絶した——鬼婆は
強力《ごうりき》の手先たちの助けを借り
冷酷無情な怒りに駆られて、おまえを
引き裂いた松の木[28]に閉じ込め
その裂け目に、痛ましくも、一二年、監禁し
その間に、あの鬼婆は死に、おまえは
そこに放置され、水車が水を打つように
せわしなく呻き声を上げていた。当時
この島には、鬼婆が産み落とした
あのそばかすだらけの餓鬼《がき》の他に、人間の姿をした
ものはいなかった。

エアリエル　　いました、鬼婆の息子キャリバン[29]が。

プロスペロー　たわけ、そう言っているのだ——あいつ
あのキャリバンをわたしが今召使いにしている。
どんな苦しみに遭っていたか、よくわかっていよう。
おまえの呻き声に、狼《おおかみ》が吠え
獰猛《どうもう》な熊が胸を貫かれた。あれは呪われた者に
科される責め苦、シコラクスには解けぬ責め苦。
わたしがこの島に着いて、その呻き声を聞き
魔法を用いて松の木を裂き
おまえを出してやった。

エアリエル　　感謝しています、先生。

プロスペロー　さらに、つべこべ言うなら、柏《かしわ》の木を裂き
瘤《こぶ》だらけの幹のなかに、おまえを打ちつけ、冬が一二たび
過ぎるまで吠えさせてやる。

エアリエル　　お赦しください、先生。
ご命令に従い
妖精の務めを静かに遂行します。

プロスペロー　そうしろ、そうすれば、二日後に
自由の身にしてやろう。

エアリエル　それでこそ、気高き先生。
何を致しましょう？　何を？　何を致しましょう？

プロスペロー　海の妖精《ニンフ》に姿を変えろ。
おまえとわたしの目には見えても
他の者には見えぬ姿になれ。その姿で戻って来い。
さあ、行け！　しっかりやれ。〔（エアリエル）退場〕
（ミランダに）目を覚ませ、愛しい娘よ、目を覚ませ！
よく眠ったな。目を覚ましなさい。

ミランダ　　想像も出来ないお話に
うとうとしてしまいました。

プロスペロー　眠気を払いなさい。さあ
奴隷のキャリバンのところへ
あいつは言うことを聞いたためしがない。

ミランダ　卑しい悪党
見るのも嫌です、お父さま。

プロスペロー　だが
あいつがいないと困る。火を起こし
薪《まき》を運び、いろいろ役立つ仕事を
してくれる。——おい、奴隷！　キャリバン
おい、土塊《つちくれ》[30]、おい。返事をしろ！

24——run upon the sharp wind of the north. run=to expose oneself (OED.v.I.iii.29.b).

25——アルジェリア北部の港湾都市で首都。

26——delicate=fine or exquisite in quality in nature (OED.adj.II.6.b). プロスペローがエアリエルを呼ぶときにつける修飾語。

27——Her earthy and abhorred commands. earthy=coarse, unrefined (OED.adj.I.4). abhorred も同様の意味。同じ意味の単語を繋げて強調する二詞一意の手法。

28——「呻《うめ》いて『話すのは／元フラデューゴオー　今は木／みじめ男でみじめな木／魔女が恨みを晴らすため／こんな姿で原に置く』」（スペンサー『妖精の女王』一・二・三三）。

29——キャリバン＝Caliban は cannibal「人肉食らいのカリブ族」（コロンブスによる造語と言われている）の派生語。西インド諸島のカリブ族は戦闘的で人肉を食べたという。

30——キャリバンは土（earth）に、エアリエルは空気（air）に結びつけられている。

キャリバン　（奥で）　奥に、薪がたんとあるよ。
プロスペロー　こっちへ来い、他の仕事がある。
来い、薄のろの亀野郎、おい？
〔水の妖精《ニンフ》に扮したエアリエル登場〕
見事な化けようだ！　優美なエアリエルよ
耳を貸せ。
エアリエル　かしこまりました、ご主人さま。〔退場〕
プロスペロー　不快極まる奴隷、悪魔が
性悪な鬼婆に産ませた奴隷。こっちへ来い！
〔キャリバン登場〕
キャリバン　おふくろが、鴉《からす》の羽を箒《ほうき》代わりに
沼地から掻き集めた有害な露がおまえら二人に
降りかかれ！　南西の風がおまえらに吹き
全身水ぶくれになれ。[31]
プロスペロー　よいか、罰だ、今夜は、痙攣《けいれん》で苦しみ
脇腹が引きつり、息が詰まるぞ。
針鼠《はりねずみ》に化けた小鬼《ゴブリン》どもに、夜のしじま、[32]おまえに
悪さをさせてやる。ひっきりなしに抓《つね》られて
蜂の巣のようになり、抓られるたびに、蜂に
刺されるより痛むだろう。
キャリバン　飯を食わなくちゃ。
この島はおいらのもの、おふくろのシコラクスから貰った
それをあんたが奪った。あんたが初めてここに来たとき
おいらを丸め込め、甘やかした。
木の実の入った水をくれ、教えてくれた
夜と昼に燃える大きな光は何と言い
小さな光は何と言うかを。[33]だから、あんたを好きになり
この島の特徴を全部教えた。
真水の湧く泉、塩水の溜まり、痩せた土地や肥えた土地。
馬鹿なことをしたもんだ！　シコラクスの魔除《まよ》けがみな——
蟇蛙《ひきがえる》、甲虫《かぶとむし》、蝙蝠《こうもり》が——おまえに取り憑《つ》くがいい
あんたの家来は、おれ一人
おれはこの島の王さまだった。ここに
こんな堅い洞窟においらを押し込め、その間に
おいらから、島を奪った。
プロスペロー　大嘘つきの奴隷めが
鞭打ち以外に動かす手はなく、情けは通じない。
おまえのような卑しいものに人情を持って接し
岩屋に住まわせてやった
娘を辱《はずかし》めようとするまではな。
キャリバン　あっはっは！　やっちまえばよかった。
あんたが邪魔した、じゃなきゃ、この島を
キャリバンの餓鬼で一杯にしていた。
ミランダ　嫌らしい奴隷
良いことは何一つ吸収しない
悪いことは何でも吸収するのに。おまえを哀れみ
話せるように骨折り、一時間毎に
一つ二つ教えた。野蛮なおまえは

自分の言っていることの意味がわからず
獣のように、喚くだけだったが、おまえの思いに
言葉をあたえ、わかるようにしてあげた。
言葉は覚えたけど、野蛮な生まれには
善良な人たちが
一緒にいられないものがあった。
だから、この洞窟に閉じ込められて当然
それ以上の罰を受けるべきだった。

キャリバン　言葉を教わったおかげで、悪態が
つけるようになった。おれに言葉を教えた罰だ
疫病でくたばれ！

プロスペロー　鬼婆の餓鬼、失せろ。
薪を持って来い――さっさとやれ――身のためだ――
他にも仕事がある。肩をすくめたな、文句があるか？
命じられたことを怠ったり、嫌々ながらしたら
いつもの痙攣で苦しめ
骨という骨が痛み、呻かせてやる。その呻きを
聞けば、獣さえ震え上がる。

キャリバン　止めろ、お願いだ。
（傍白）言うこと聞くか。あいつの魔術は強力で
おふくろの神セテボス[34]だって
家来にされた。

プロスペロー　さあ、奴隷、失せろ。〔キャリバン退場〕

〔（ファーデナンド）目に見えないエアリエル、演奏し、歌いながら登場〕

エアリエル　（歌う）　おいで、黄色の砂浜[35]に
手に手を取り
お辞儀をし、接吻し
荒波を鎮めよう
軽やかに踊れ、ここあしこ
優しい妖精[36]たちよ
リフレインを歌え

31――疫病の病原菌は沼地から上がる霧や空気で広がると信じられていた。キャリバンの「露」（dew）は、プロスペローがエアリエルにバミューダーから運ばせた、魔法に使う「露」と対極にある。南西の風は暖かく湿っていて健康に悪いとされていた。
32――as thick as honeycomb. thick=frequently (OED adv 3)
33――「神は二つの大きな光る物を造られた。大きいほうの光る物には昼をつかさどらせ、小さいほうの光る物には夜をつかさどらせた」（『創世記』一・一六）。
34――南米大陸南部のパタゴニア人に崇拝された神。
35――yellow sands. ティテーニアの台詞「海辺《うみべ》の黄色い砂浜に並んで座り」（『夏の夜の夢』第二幕第一場）。

（奥で、ワン、ワンの声）

妖精たち　お聞き、お聞き！　ワン、ワン
番犬よ、吠えろ、ワン、ワン

エアリエル　お聞き、お聞き、聞こえるよ
威張って歩く雄鶏《おんどり》の歌
コケコッコー

ファーデナンド　この音楽はどこから？　空か、大地か？
もう聞こえない、この島の神に
捧げる歌に違いない。岸辺に座って
父上の船が難破したのを悲しみ泣いていたら
あの音楽が海原に乗ってぼくに忍び寄り
優しい調べで海の怒りとぼくの悲しみを
鎮めてくれた。追い掛けたら
というより、引き寄せられたら、消えた。
いや、また始まったぞ。

エアリエル　（歌う）　お父上は五尋《ひろ》[37]の海の底。
骨は珊瑚《さんご》
目は真珠に
朽ちしところなく
姿を変えられて
貴い宝石に
海の妖精《ニンフ》が鳴らす、一時間毎の弔いの鐘

妖精たち　ディン、ドン。

エアリエル　お聞き、ああ、聞こえるよ。

妖精たち　ディン、ドン。

ファーデナンド　詩《うた》は、溺れた父上を悼《いた》んでいる。
人間の業《わざ》でも、この世の調べでもない。
今は、頭上から聞こえる。

プロスペロー　（ミランダに）　瞼を上げ
向こうに、何が見えるか言ってご覧。

ミランダ　何かしら、妖精？
お父さま、あたりを見回しているわ。
何と素敵な姿。でも、妖精なのね。

プロスペロー　いや、違う、食べもし眠りもし
我らと――同じ感覚を持っている。あの若者は
例の難破船に乗っていた。若さを蝕《むしば》む
悲しみにやや損なわれていなければ
貴公子と言ってよい。仲間を見失い
捜しながら彷徨《さまよ》っているのだ。

ミランダ　あの方を
天上の人と呼びます。あれほど気高い人を
見たことがありません。

プロスペロー　（傍白）　思い通りに
事が進む。（エアリエルに）妖精よ、上出来だ
二日以内に、自由にしてやるぞ。

ファーデナンド　あの歌は
この女神に捧げられているのだ！――お答えください。
この島にお住まいなら

ここで、どう振る舞えば良いか
お教えください。最初にお尋ねしたいことが
最後になりますが、ああ、何という驚き![38]
人間の娘さんでしょうか?[39]

ミランダ　驚きになる必要はございません
間違いなく、人間の娘です。

ファーデナンド　わたしの国の言葉? 驚いた!
この言葉を話す者のなかで、わたしは最高位の人間
その言葉が話される国にいればですが。

プロスペロー　何? 最高位?
ナポリ王が聞けば、その身はどうなる?

ファーデナンド　わたしが今、他でもないナポリ王、あなたが
ナポリ王のことを話すとは驚きだ。王はわたしの言葉を
聞き、泣いている。我こそナポリ王、父なる王の難破を
目にして以来、目から涙の潮が引く間がない。

ミランダ　お気の毒に!

ファーデナンド　そう、貴族たちもみな——ミラノ公と
その高貴なご子息もろとも。[40]

プロスペロー　（傍白）　ミラノ公と
さらに高貴な娘が、おまえを思いのままに出来るが
今はその時でない。二人は一目で
思いを交わした。（エアリエルに）優しいエアリエルよ
褒美に自由にしてやるぞ。（ファーデナンドに）一言、話が。
由々しき間違いを犯しているようだ。一言。

ミランダ　（傍白）　なぜこんな無作法な言い方をするの?
この方はわたしがこれまで目にした三番目の人間。
わたしが焦がれる最初の人。お父さまが同情し
わたしと同じ気持ちになればいいのに。

ファーデナンド　あなたが
汚れなき乙女で、[41] 心を寄せる人がいなければ

36——burden=the refrain or chorus of a song. 歌の終わり部分の繰り返し文句（OED.n.IV.10）で、「ワン、ワン」のようなお囃子《はやし》の声。

37——Full fathom five.

38——ミランダの名前には、ラテン語の mirandus（驚くべきこと、不思議なこと）の意味がある。

39——スペンサーの『妖精の女王』のなかで、深手を負って倒れているティミアスを、身分の高い女の狩人ベルフィービーが傷の手当をして助けるが、息を吹き返したティミアスが「天使それとも女神様?」と尋ねると、ベルフィービーは「女神でも天使でもなく／ある森のニンフの娘」と答える（三・五・三五—六）。

40——アントーニオの息子は、以降、言及されない。王とその随行員たちとは別の船に乗っていたか、作者が言及し忘れたか、削除し忘れたか。

41——王位継承者は処女と結婚しなければならない。嫡子だけが正統な王位継承権を持つ。

ナポリ王妃にお迎えしたい。
プロスペロー　おい、待て、もう一言。
（傍白）惹《ひ》かれ合っている、だが、この一目惚れ
軽々と進めさせはせぬ、軽々しく手に入れると
軽々しく扱うものだ。（ファーデナンドに）もう一言。
聞くがいい。王でもないのに
王を騙《かた》るとは、密偵として
この島に入り込み
島を奪い、王になる魂胆であろう。
ファーデナンド　いいえ、そんな。
ミランダ　このような神殿に、悪が住まうはずがない。
これほど美しい館に悪しき心が住めば
善なるものたちも住みたいと先を争います。
プロスペロー　〔ファーデナンドに〕　ついて来い――
こいつを庇《かば》ってはならぬ。反逆者なのだ。――来い。
首と足に足枷をかけ
飲み物は海水。食い物は
食えない淡水貝と、しなびた根っこ、どんぐりの
揺り籠だった殻だ。ついて来い！
ファーデナンド　嫌です
そんな扱いに屈するものか
敵に倒されないかぎり。〔剣を抜く、魔法で動けなくなる〕
ミランダ　ああ、愛するお父さま
酷い目に遭わせないで
立派な方で、危険はありません。
プロスペロー　何だと
指図《さしず》する気か？　剣を納めろ、反逆者め
剣を見せびらかしても、突けはしまい。良心が
罪の意識で苛まれているからだ。構えを解け
この杖でおまえの力を奪い
剣を叩き落とせるのだ。
ミランダ　どうか、お父さま――
プロスペロー　どけ。衣を摑《つか》むな。
ミランダ　哀れと思し召して。
わたしが保証人になります。
プロスペロー　黙れ！　もう一言言えば
叱責するぞ、憎まぬまでもな。何と
この騙り屋の肩を持つ気か？　黙っておれ。
この男とキャリバンしか見ておらぬから
これほどの男はいないと思うのだ。馬鹿娘めが
並の男に比べたら、こいつはキャリバン
こいつに比べたら、並の男は天使だ。
ミランダ　それでは
わたしの思いはごく控え目なのです。この方以上に
素晴らしい人に会いたいとは思いません。
プロスペロー　〔ファーデナンドに〕　さあ、ついて来い。
おまえの筋肉は幼児に還《かえ》り
力が失せたのだ。

ファーデナンド　そうかも知れません！
気概が、夢うつつのように、がんじがらめに。
父を失ったことも、この無力感も
友の難破も、わたしが屈しているこの男の脅しも、
些細なことに過ぎない
牢獄から、日に一度
この乙女を目に出来れば。地球のどこも
自由な人が使えばいい。わたしには
そういう牢獄で十分だ。

プロスペロー　（傍白）狙い通りだ。（ファーデナンドに）
来い——エアリエルよ、よくやった。——ついて来い——
やって貰う仕事が他にある。

ミランダ　〔ファーデナンドに〕気を楽にしてください。
父は、口ほどになく
優しい人です。このような仕打ちは
いつもの父とは違います。

プロスペロー　〔エアリエルに〕山の風のように
自由にしてやるぞ。そのために、命令を
抜かりなくやり遂げるのだ。

エアリエル　　細部にわたって。

プロスペロー　〔ファーデナンドに〕さあ、来い。——庇うな。
〔退場〕

第二幕第一場

〔アロンゾー、セバスチャン、アントーニオ、ゴンザーロー、
エイドリアン、フランシスコー他登場〕

ゴンザーロー　陛下、どうか、元気を出してください。
わたしたちみなそうですが、お喜びになる理由があります。
命拾いをした者の数は落命した者の数を上回ります。
こうした災難はよくあること。毎日、水夫の妻や
商船の船主や荷主が同じような災難に
見舞われております。ですがこの奇跡、つまり
九死に一生を得たことを語れるのは、一〇〇万人に
一人もいない。ですから、陛下、難破だけでなく
驚くべき幸運もお考えください。

アロンゾー　　頼む、黙っててくれ。

セバスチャン　（アントーニオに）幸運も冷めた粥《かゆ》のようだな。[1]

アントーニオ　（セバスチャンに）慰問者[2]は諦《あきら》めませんよ。

セバスチャン　見ろ、やつは知恵時計のネジを巻いている。今[3]
に鳴り出すぞ——

1——ことわざ「熱い粥に、冷めた粥」（pease-porridge hot, pease-porridge cold）のもじり。
2——The visitor. visitor=one who visits from charitable motives (OED.n.2.a). 病人を見舞う教区司祭などのこと。

ゴンザーロー　（アロンゾーに）陛下――
セバスチャン　一つ。数えろ。
ゴンザーロー　悲しみの受容者が訪れる悲しみをことごとく抱きしめると、受容者には――
セバスチャン　金《ドーラ》が入る。
ゴンザーロー　悲しみ《ドーラ》[4]が入る、実に。意図した以上に的を射ましたな。
セバスチャン　その方は、当方が思ったより抜け目ない。
ゴンザーロー　ですから、陛下――
アントーニオ　まあ、よく舌が回るやつだ！
アロンゾー　頼む。止めてくれ。
ゴンザーロー　ええ、止めました。ですが――
セバスチャン　止められないのだ。
アントーニオ　あいつかエイドリアンか、どっちが先に鳴くか賭けますか？
セバスチャン　老いぼれ雄鶏《おんどり》だ。
アントーニオ　若い雄鶏ですよ。
セバスチャン　よし！　何を賭ける？
アントーニオ　笑いを。
セバスチャン　決まり！
エイドリアン　この島には人気《ひとけ》がないようで――
アントーニオ　はっ、はっ、はっ！
セバスチャン　賭け金を払ったな。
エイドリアン　住むに適せず、人を寄せつけず――
セバスチャン　ですが――
エイドリアン　ですが――
アントーニオ　そう来ると思った。
エイドリアン　優しく、穏やかで、快《こころよ》い気候《テンペレンス》に違いなく――
アントーニオ　気候《テンペレンス》？　そう、テンペレンスは快い女だった。[5]
セバスチャン　ええ、それに優しい、あいつが学者ぶって言ったように。
エイドリアン　吹きかける空気は甘い。
セバスチャン　腐った肺から吹きかけるよう。
アントーニオ　あるいは、沼地で香りづけされたよう。
ゴンザーロー　ここには、命に益するものがすべてあります。
アントーニオ　その通り、生きる術を除いては。
セバスチャン　生きる術はなきに等しい。
ゴンザーロー　瑞々《みずみず》しく生い茂る草！　何と青々と！
アントーニオ　地面は、まことに赤茶け。
セバスチャン　緑がほんの少々。[6]
アントーニオ　そこそこ当たっている。
セバスチャン　いや。酷く外れている。
ゴンザーロー　驚くべきは、ほとんど信じ難いほどに――
セバスチャン　驚くべきことがほとんどそうなのだ。
ゴンザーロー　我らの衣服、海水に浸ったのに、色褪《いろあ》せず艶やか、塩水で汚れるどころか、染めたばかりのよう。
アントーニオ　ポケットに口が利けるなら、嘘だと言うのでは？

セバスチャン ああ、こっそりポケットに隠すかも。[7]
ゴンザーロー 我らの衣服は、クラリベル王女とチュニジア王の婚礼の折に、アフリカで袖を通したときのままです。
セバスチャン 素敵な婚礼だったし、帰りも順風満帆《じゅんぷうまんぱん》。
エイドリアン チュニジアがあれほどの美女を妃に迎えたのは初めてです。
ゴンザーロー やもめのディド[8]以来ですな。
アントーニオ やもめ！ こんちくしょう。なぜやもめのディドなんだ？ やもめのディドだと！
セバスチャン 男やもめのアイネイアスと言ったとしたら？ まあ、まあ、気にするな！
エイドリアン やもめのディドとおっしゃいましたね？ カルタゴの女王で、チュニジアの女王ではありません。
ゴンザーロー よいか、チュニジアはカルタゴだったのだ。

エイドリアン カルタゴ？
ゴンザーロー そうだ、カルタゴだ。
アントーニオ あいつの言葉は、テーベの壁を築いた奇跡の竪琴[9]より迫力がある。
セバスチャン 城壁を築き、都市も築いた。
アントーニオ 次は、どんな不可能を可能にして見せるか？
セバスチャン この島をポケットに入れて持ち帰り、りんごだと言って息子にくれてやるのだろう。
アントーニオ その種を海に蒔《ま》き、島を増やすか！
ゴンザーロー さよう——
アントーニオ おっ、うまいね。
ゴンザーロー 陛下、我らの衣服が、今や王妃となられたお嬢さまの婚礼で、チュニジアで着用したときのままの新しさであるのを話しておりました。

3——ちなみに、ぼんぼん時計は一六世紀にニュールンベルクで発明された。
4——dolour=sorrow, grief (OED.n.2.a).「金」（dollar）と同じ発音。
5——エイドリアンの言葉尻を取って、茶化している。
6——With an eye of green in it. eye=a slight tinge, touch (OED.n.II.15.a). green は草木のこと。
7——ことわざ「痛みをポケットに隠す」（To pocket up an injury）。
8——カルタゴの建設者と言われる女王。ウェルギリウス作『アエネイス』では、夫に先立たれたディドは、カルタゴに漂着した、トロイの王子アイネイアス（妻に先立たれていた）と恋に落ちる。アイネイアスがローマ建国のためにカルタゴを離れると、ディドは焼身自殺する。カルタゴは北アフリカに位置し、チュニジアの近く。
9——テーベ（ナイル川に臨むエジプトの古代都市）の王アムピオンは竪琴の名手で、竪琴を奏でたら、石が独りでに動きだし、城壁を築いたという。

アントーニオ　至極、稀有《けう》なことだ。
セバスチャン　いいか、やもめのディドは省け。
アントーニオ　やもめのディド？　ああ、やもめのディドね。
ゴンザーロー　この上着は、初めて袖を通した日のままの新しさではありませんか？　多少ではありますが。
アントーニオ　多少とは、うまい言い換えだ。
ゴンザーロー　王女さまの婚礼の席で着用したときと。
アロンゾー　この耳に、そんな言葉を
詰め込むのは止めてくれ。
あんなところに娘を嫁がせていなかったら、その帰りに
息子を失い、それに娘も失い
娘はイタリアから遥《はる》か遠くにいるのだから
もう会うこともないだろう。ああ[10]
ナポリとミラノの我が後継ぎよ、いかなる奇怪な魚が
おまえを貪《むさぼ》り食らったか？
フランシスコー　陛下、生きておられます。
王子さまが逆巻く波を叩いて屈服させ
波の背に乗っているのを目にしました。海水を蹴り
海の敵意を振り切り[11]
膨れて襲いかかる大波をついて進んで行きました。
喧嘩腰の波の上に、凜々《りり》しい頭をもたげ
逞しい両腕を櫂《かい》に、力強く
岸に泳いで行きました。波に疲れた絶壁は頭を下げ
王子さまを救おうと、屈んでいるかのようでした。
無事に上陸されたのです。
アロンゾー　いや、いや、逝ってしまった。
セバスチャン　兄上、これほど大きな喪失、ご自分に
感謝なさい。娘をヨーロッパに嫁がせず
アフリカ人にくれてやった。[12]　そこでは、ともかくも
兄上に会うことは叶わない。兄上が
涙に暮れるのは当然でしょう。
アロンゾー　頼む、もう言うな。
セバスチャン　我らは、みなで跪《ひざまず》き
思いとどまるよう懇願した。美しい姫は
嫌でたまらない気持ちと親への恭順の意を秤にかけ
どちらへ傾くべきか測りかねていた。我らは
王子も失った、おそらく永遠に。
このたびのことで、ミラノとナポリに未亡人が増え
彼女たちを慰めるために、我らが連れて帰る
男の数では足りない。
これも兄上の責任です。
アロンゾー　大切な息子を失ったのも。
ゴンザーロー　セバスチャンさま
その通りですが、少々思いやりに欠け、今、それを
口にすべきではありません。膏薬《こうやく》を塗るべきなのに
傷口に塩をすり込んでおられる。
セバスチャン　そうだな。
アントーニオ　いっぱしの外科医[13]ぶってやがる！

ゴンザーロー　陛下が曇っておられると
我らみなが悪天候になります。
セバスチャン　　　悪天候？
アントーニオ　　　　　しけ模様。
ゴンザーロー　わたしがこの島を植民地にすれば、陛下——
アントーニオ　刺草《いらくさ》の種でも蒔くか。
セバスチャン　　　雑草か銭葵《ぜにあおい》でも。
ゴンザーロー　この島の王ならば、どうするとお思いで？
セバスチャン　酒がないから、酔えまい。
ゴンザーロー　我が国家では、何もかも真逆にし
商取引は認めません。
行政官はいない。
高尚な学問は存在しない。富も、貧困も
労役も、ない。契約も、相続も
境界も、区域も、耕作地も、葡萄《ぶどう》畑も——ない。
金属も、穀物も、酒も油も用いない。
仕事はなく、男はみな、みんな遊び暮らす。
女も同じ、けれども、無垢で清らか。
君主はいない——
セバスチャン　　　なのに、王になる気だ。
アントーニオ　国家論の終わりは始まりを忘れている。
ゴンザーロー　大自然が何もかも恵んでくれる。
汗水垂らして働く必要はない。反逆も、殺人もなく
剣、槍、短刀、鉄砲、あるいは、いかなる武器も
持たない。だが、大自然が
すべての滋養を、有り余るほどもたらし
我が無辜《むこ》の民を養ってくれます。
セバスチャン　無辜の民は結婚もしないのか？
アントーニオ　しない。みな遊び暮らす——淫売と悪党たちだ。
ゴンザーロー　かくのごとき政治を完璧に行いますと、陛下、
かの黄金時代[14]を凌《しの》ぎます。
セバスチャン　国王陛下万歳！
アントーニオ　　　　ゴンザーロー万歳！
ゴンザーロー　あのう——お聞きですか、陛下？——

10——アロンゾーはナポリのみならず、ミラノもファーデナンドに継がせるつもりだった。
11——fling aside. fling aside-to disregard, reject (OED.fling.v.II.14).
12——loose her to an African.『ハムレット』の第二幕第二場で、ポローニアスがオフィーリアをスパイとしてハムレットに放つときに同じ表現を使う（I'll loose her to him）。
13——chirurgeonly=like a (properly trained) surgeon (OED.adv).
14——民が幸せで戦争も病気もなかった神話的な理想郷。黄金に続くのは白銀、青銅、黒鉛の時代。

アロンゾー　頼む
もうよい。そなたの話はわたしにとり何でもない。
ゴンザーロー　仰せの通りですが、このお二方に機会を提供しようと思いまして、敏感《びんかん》で敏捷《びんしょう》な肺[15]をお持ちで、何でもないことに大笑いなさいます。
アントーニオ　あなたを笑っていたのですぞ。
ゴンザーロー　こうしたお戯れでは、あなたに比べれば、わたしは何でもなく、これまで通り、何でもないことにお笑いください。
アントーニオ　何と見事な一撃！
セバスチャン　峰打ちではなかった。
ゴンザーロー　勇ましいご気性ですな。月が五週間も満ち欠けしなければ、軌道から外すのでしょう。
（厳かな音楽を奏でながらエアリエル登場）
セバスチャン　さて、塒《ねぐら》にいる鳥を捕まえに行くか。[16]
アントーニオ　まあ、そう怒るな、閣下。
ゴンザーロー　いえ、怒ってなど。そう簡単に分別を失うものですか。笑いで寝かしつけてください、酷く眠い。
アントーニオ　眠れ、聞いてろ。
（アロンゾー、セバスチャン、アントーニオを除き、眠る）
アロンゾー　何たること、みなすぐに寝入ったのか？
瞼を閉じ、瞼と一緒に、辛い思いを閉ざしたい。
どうやら、そうなりそうだ。
セバスチャン　陛下、お眠りください
眠りの誘いを逃してはなりません。
眠りが悲しみを訪れることはまれ。訪れは
慰めになります。
アントーニオ　お休みになられている間
我ら二人がお守りし、何事もなきよう
警護致します。
アロンゾー　有難い。酷く眠い。（眠る。エアリエル退場）
セバスチャン　何とも奇怪な眠りに取り憑かれたものだ！
アントーニオ　島の気候のせいでしょう。
セバスチャン　なぜ
我らの瞼《まぶた》は閉じない？
いっこうに眠くならない。
アントーニオ　わたしも。頭が冴えている。
みな一斉に、申し合わせたかのように、眠りに落ちた。
雷に打たれたかのように、眠った。どうします
敬愛するセバスチャン、ああ、どうします――？　いや。
でも、顔に書いてある
何をすべきかが。好機がきみに合図している
おれの強烈な想像力で、王冠がきみの頭上に
落ちて来るのが見える。
セバスチャン　おい、目が覚めているのか？
アントーニオ　この声が聞こえませんか？
セバスチャン　聞こえる
確かに、戯言《たわごと》

寝言だな。何と言った？
奇怪な眠りだ、目をかっと開けて
眠っているとは——立って、喋って、動いて
なのに、ぐっすり眠っている。
アントーニオ　　気高いセバスチャン
きみは好運を眠らせて——いや、死なせている。目覚めているのに、目を閉じている。
セバスチャン　　きみは高鼾《たかいびき》。[17]
その鼾にはわけがある。
アントーニオ　わたしはいつもより真剣です。
あなたもそうなるべき、お聞きくだされば
三倍も偉くなれます。
セバスチャン　　だが、おれは引き潮だ。
アントーニオ　上げ潮の方法をお教えします。
セバスチャン　　教えてくれ。
引き潮は、生来の怠け癖が教えてくれる。
アントーニオ　　ああ
こんな風に茶化しながら、見通しをどれほど
大事にしているか、脱ごうとして、どれほど
身につけたいか、おわかりになりさえすれば。引き潮の
人間は、実に、たいがい恐怖や怠惰のために
しばしば水底に沈むものです。[18]
セバスチャン　　頼む、続けてくれ。
その目つきと顔つきは
何か重大なことを宣言しかけ、生み落とすのに
苦しみを味わっている。
アントーニオ　こういうことです。
耄碌《もうろく》したこの方は——土に埋められたら
すぐに忘れられてしまいますが——
さきほどここで、王を説得しかけた
何せ、説得力を持った人間、説得がお役目
王子は生きていると。
王子が溺れ死んでいないなど、ありえない
眠っているこの男がここで泳ぐのと同じく。
セバスチャン　　望みはない
王子は溺れ死んだ。

15——肺は笑いに敏感だと信じられていた。
16——go a bat-fowling. bat-fowling=the catching of birds at night when at roost (OED.n.1)、「夜、止まり木にいる鳥を捕まえること」。
17——snore distinctly. distinctly=in a distinct manner (OED.adv.1.a). snore=an act of snoring (OED.n.3.a).
18——『リア王』の第五幕第三場で、リアはコーディリアに「お偉方の派閥や徒党は月の満ち欠けのように盛衰するものだ」と語るが、アントーニオとセバスチャンも潮の満ち引きの語彙を用いて野心の達成を謀る。

アントーニオ　ああ、その「望みはない」から
何と高い望みを得られるか！　あちらの望みのなさは
こちらの望みの高さ、野心で先は少しも
見通せないが、[19]野心が露見する恐れはない。
王子が溺死したことは
お認めになりますね？

セバスチャン　死んだ。

アントーニオ　それなら、お教えください
ナポリの後継者はどなたですか？

セバスチャン　クラリベルだ。

アントーニオ　チュニジアの王妃です。人が一生かけても
辿り着けないところにお住まいです。[20]ナポリの情報は[21]
太陽が飛脚にでもならないかぎり――受け取れますまい。
月に住む男ではのろすぎる――赤ん坊に鬚《ひげ》が生え
剃刀《かみそり》が必要になるほど遠くにお住まいです。
王女の婚礼の帰途に、我らはみな海に飲まれた、しかし
何人か岸に打ち上げられ、運命により、一芝居演じる。
これまでのことはその前口上、これからがあなたと
わたしの出番なのです！

セバスチャン　その戯言は？　何が言いたい？
兄の娘は確かにチュニジア王妃
クラリベルがナポリの王位後継者、チュニジアとの間に
いかなる距離があるとしても。

アントーニオ　その距離のことごとくが
叫んでいるよう、「あのクラリベルを
いかにしてナポリへ引き戻せるか？
チュニジアにいていただき
セバスチャンに目覚めて貰おう」。
この人たちを捕えているのが死だとします。
今より悪くならない。眠っているこの方だけでなく
ナポリを統治出来る者は他にもいる。ゴンザーローのように
たっぷり無駄口を叩ける貴族も。
わたしだって、あの程度のお喋り鴉になれます。ああ、
あなたにわたしの決意があれば！　この眠りは
あなたの出世のため！　おわかりになりますか？

セバスチャン　わかる、と思う。

アントーニオ　おわかりになるなら
幸運に転じてはいかがです？

セバスチャン　確か
そなたは実の兄プロスペローを追放したな？

アントーニオ　ええ。
ご覧ください、この衣装、以前よりずっと
似合っていませんか。兄の召使いたちは
わたしの同僚でしたが、今は家来です。

セバスチャン　だが、そなたの良心は？

アントーニオ　ああ、殿下、良心は、どこにあるのでしょう？
踵《かかと》のあかぎれが痛むなら、室内履きを履けばいい
でも、良心って、痛くも痒《かゆ》くもない。わたしとミラノの

間に立ちはだかる二〇もの良心を、わたしを悩ます前に
凍らせ、溶かしてやる！　ここに兄君が横たわっている。
身を横たえる土塊《つちくれ》と何ら変わりはない。
今のような状態なら、つまり、死んでいるなら
この従順な剣でひと思いに——三インチで——
永遠の眠りに——その間、あなたは、こうして
この老いぼれ赤ん坊[22]、この分別居士《こじ》の目を
我らのやり方を叱責させないために
永遠に閉ざすのです——他の連中は
猫がミルクを舐《な》めるように、こちらの言い分を
真に受け、我らの思いのままに
時刻を合わせてくれる。[23]

セバスチャン　友よ、そなたの例に倣おう。
きみがミラノを手に入れたように
ナポリを手に入れてやる。剣を抜け！　一撃で
貢ぎから自由にしてやり
王として、贔屓《ひいき》にしてやる。

アントーニオ　一緒に抜きましょう
わたしが手を上げたら、剣をゴンザーローに
振り降ろしてください。

セバスチャン　その前に、一言——

〔エアリエル登場、音楽と歌〕

エアリエル　先生は、友人のあなたに迫る危険を魔法で
察知し、おいらをここに寄こした。この人たちを
生かしておかないと、先生の計画[24]が頓挫《とんざ》する。
〔ゴンザーローの耳元で〕鼾をかいて寝ている間に
油断ならぬ陰謀が
実行される
命が大事なら
眠気を払って警戒しろ
目を覚ませ、目を覚ませ！

アントーニオ　それでは、さっさと。

19——Ambition cannot pierce a wink beyond, /But doubt the discovery there. (not) a wink=(not) the slightest amount (OED.wink.n.3.b)、「僅か」。
20——ナポリとチュニジアは三八〇マイル離れているに過ぎない。
21——note=intelligence (OED.n.III.11.b).
22——ancient morsel. morsel=applied humorously to a small person, esp. a child or baby (OED.n.1.f). ゴンザーロのこと。
23——tell the clock to any business.
24——ミランダとファーデナンドの結婚。

ゴンザーロー　（目覚める）　善き天使たちよ、王を護り給え！
アロンゾー　（目覚める）　おい！　目を覚ませ！　なぜ剣を？
なぜ、そのように恐ろしげな顔を？
ゴンザーロー　どうされました？
セバスチャン　お休みの陛下を警護していましたら
今しがた、雄牛かライオンの唸り声かと思われる恐ろしい
声がしました。それでお目覚めになったのかと？
耳を劈《つんざ》くような声でした。
アロンゾー　何も耳にしておらぬ。
アントーニオ　おお、化け物の耳を怖がらせ――大地を揺るがす恐ろしい声でした！ライオンの群れが
吠えたのかもしれません。
アロンゾー　聞いたか、ゴンザーロー？
ゴンザーロー　陛下、確か、ハミングのような
奇妙な音で、それで目を覚ましました。
陛下を揺さぶり、大声を上げました。目を開けると
お二人の抜き身の剣が目に入りました。音がしました
確かです。守備態勢に入るか[25]
この場を離れるか。剣を抜きましょう。
アロンゾー　この場を離れ、哀れな息子の捜索を
続けよう。
ゴンザーロー　神よ、王子を野獣からお護りください。
この島におられるに違いありません。
アロンゾー　先導してくれ。

エアリエル　おいらの働きを先生に知らせよう。
だから、王さまよ、安心して息子を捜し続けな。

第二幕第二場

［薪を担いだキャリバン登場。雷の音］
キャリバン　お天道さまが沼地や、湿地や、浅瀬から[26]
病原菌を吸い上げ、プロスペローに降りかかり
じわじわ[27]病気になれ！　家来の妖精どもが聞いていても
呪わずにおれるか。あいつが命じなければ
おいらを抓ったり、小鬼になって脅《おど》かしたり、泥んこに
突き落としたり、暗闇を、鬼火のように引っ張り回して
迷わせたりするものか。それにしても
つまらないことを仕掛けてくるよ。ときに、猿みたいに
しかめ面をし、ペチャクチャ喋り、それから
噛《か》みつき、おいらが裸足《はだし》で歩く道に針鼠《はりねずみ》みたいに
寝転がり、おいらの足音を聞くと毛を逆立てる。
ときに、毒蝮《どくまむし》に絡《から》みつかれ
裂けた舌でシューシュー音を立て
おいらの気を狂わせる。ほら、見ろ。
［トリンキュロー登場］
家来の妖精だ。薪の運びかたが
のろいと言って、おいらをいじめる気だな。
這いつくばっていようか。気がつかないかも。
トリンキュロー　ここにゃ、雨露を凌ぐ茂みも灌木もまったくあ

りやしない、また嵐になりそうなのによ。嵐が風んなかで歌ってら。向こうの真っ黒な雲、向こうのでっかいやつ、酒を撒《ま》き散らす汚ねえ酒袋みてえだ。さっきみてえに雷が鳴ったら、頭をどこに隠せばいいやら。向こうのあの雲の様子じゃ、バケツをひっくり返したみたいに雨が降るぞ。（キャリバンを見る）なんじゃ、こりゃ？　人間か魚か？　死んでるか生きてるか？　魚だ。魚の臭いがする。まさに古魚、魚の一種の臭い、新鮮じゃねえ魚の――干し魚だ。奇怪な魚だ！　今イングランドにいるとして、一度行ったことがあるけんど、この魚を看板に描いて貰えさえすれば、銀貨の一枚、恵まない祭り見物の間抜けどもはいない。あそこでなら、この化け物で一財産作れる。あそこでなら、どんな奇怪な獣も金になる。足なえの乞食にゃ、ビタ一文恵まないけんど、死んだインディアンを見るためなら[28]、いくらでも出す。人間みてえな脚、腕みてえな鰭《ひれ》！　やっ、温《あつた》かい！　考えを変えるか、こだわらないぞ。これは魚でなく、さっきの雷でやられた島の住民だ。ああ、また嵐になる。こいつの外套に潜《もぐ》り込むのが一番。このあたりにゃ、他に隠れ場所がないもんな。逆境にあれば、奇怪なやつとも床を共にする[29]！　嵐の酒袋が底をつくまで、ここに隠れていよーっと。

〔ステファノー歌いながら登場〕

ステファノー　もう、海にゃ、海にゃ、出ない
死ぬなら、陸《おか》の上
葬式で歌うにしちゃ、品がない。
さて、おれの楽しみはこれ。〔飲む（歌う）〕
船長、甲板拭き、水夫長、それにおれも
砲兵隊の兵士も、その相棒も
マル、メグ、マリアン、マージョリーに惚れた
でも、ケイトに惚れるやつはいない
口が悪いからさ

25――stand upon our guard. stand=to take up an offensive or defensive position against an enemy (OED.v.I.10). guard=in a position of defence (OED.n.5.a).

26――沼地（bogs）にはこけ、湿地（fens）には草、浅瀬（flats）には淀んだ水、こういったところから上がる湿気には病原菌が含まれ、空気によって伝染すると信じられていた。

27――by inchmeal. inchmeal=inch by inch (OED.adj.b)、「少しずつ」。

28――一五七六年に、マーティン・フロビッシャーが北アメリカを発見して以来、土着のアメリカ人が連れて来られて、市《フェア》の見世物となり、人気を博した。

29――ことわざ「窮すれば、妙な他人とも床を共にする」（Misery makes (acquaints men with) strange bedfellows）。旅人が見知らぬ人と宿の一つ床に寝るのは普通のことだった。

水夫には「くたばれ！」と抜かす
タールと油《ピッチ》の臭いが嫌いなくせに
仕立屋になら、痒いところを掻《か》かせる
なら、みんな海に出ろ。あんな女は縛り首に！
これも品がない、でも、おれの楽しみはこれ〔飲む〕

キャリバン　いじめないでくれ！　痛いっ！

ステファノー　何だ、こりゃ？　悪魔か？　野蛮人やインディアンとグルになって誑《たぶら》かす気か？　はっ！[30]　おまえの四つ脚にびくつくために、溺れ死ぬのを逃れたわけじゃない。「いやしくも四つ脚で歩くまともな男は退却せぬ」[31]って言うじゃないか。ステファノーさまが鼻で息をしている間にもう一度言ってやらあ。

キャリバン　妖精がいじめるんだ！　痛いっ！

ステファノー　この島の四つ脚の化け物だ、どうやら、瘧《おこり》に罹《かか》っているらしい。この悪魔、いったいどこで、おれたちの言葉を覚えた？　そういうことなら、気つけ薬をくれてやるか。瘧を治して飼い慣らし、ナポリへ連れて行き、こぎれいな革靴を履く皇帝へ献上しよーっと。

キャリバン　いじめるな、お願いだ。さっさと薪を運ぶよ。

ステファノー　発作の最中で、ちゃんと話せない。これを飲ませてやるか。飲んだことがなければ、発作がおさまるかも。こいつを治して飼い慣らせば、いくらでも高く売れる！　買ったやつからいくらでも金を搾《しぼ》り取れる、それもしこたま。

キャリバン　まだあんまりいじめてないな。じきに始める気だ。その震えからわかる。プロスペローが魔法をかけているな。

ステファノー　こっちへ来い。口を開けな。こいつは、おまえが口を利けるようにしてくれる、猫ちゃんよ。[32]口を開けな！　これで震えを振り落とせる、いいか、しっかりとだ。（キャリバンの口に酒を注ぐ）誰が友達かわかんねえのか。もう一度顎《あご》を開けな。

トリンキュロー　あの声には聞き覚えが。確か——いや、やつは溺れた、こいつらは悪魔だ。おお、お助けを！

ステファノー　脚が四本、声が二つ——何とも造りの精巧な化け物だ！　前の声は味方を良く言い、後ろの声は悪態をつき、腐《くさ》している。酒袋の底がつくまで飲ませて、瘧を治してやるか。アーメン！　もう一方の口にも少し飲ませるか。

トリンキュロー　ステファノー！

ステファノー　一方の口がおれを呼んだ？　お助け、お助けください！　悪魔だ、化け物なんかじゃない。逃げよう。長いスプーンなんか持ち合わせていないよ。[33]

トリンキュロー　ステファノーか？　ステファノーなら、触って、話し掛けてみろ、トリンキュローだよ！　怖がるな——親友のトリンキュローだってば。

ステファノー　トリンキュローなら、出て来い。短いほうの脚を引っ張るぞ。トリンキュローの脚なら、これがそうだ。（外套から引っ張り出す）本物のトリンキュローだ！　どうやって、この化け物の糞《くそ》になった？　こいつにトリンキュローを糞みてえに押し出せるか？

トリンキュロー　こいつがてっきり雷にやられたと思った。でも、おまえは溺れていないよな、ステファノー？　溺れなかった。嵐は鎮まったか？　嵐が怖くて、この死んだ化け物の外套に潜り込んだ。生きているな、ステファノー？　おお、ステファノー、ナポリ男が二人生き延びたんだな？

ステファノー　頼む、ぐるぐる回すな。胃がむかむかする。

キャリバン　妖精じゃないなら、お偉いさんだ。一人は気高い神さまで、天上の飲み物を持っている。あの方に跪こうっと。

ステファノー　どうやって助かった？　どうやってここへ来た？　この酒袋に誓って、どうやってここに来たか言え？　おれは水夫たちが海に投げた酒樽に乗って助かった――この酒袋に誓って、岸に打ち上げられた後、木の皮でこの酒袋を作った。

キャリバン　その酒袋に誓って、あなたの忠実な僕になります。その飲み物はこの世のものではないものな。

ステファノー　さあ、どうやって助かったか言え。

トリンキュロー　家鴨《あひる》みたいに、岸に泳ぎ着いたのさ。家鴨みたいに泳げるから、誓って本当だよ。

ステファノー　さあ、ぐいと飲め。（トリンキュロー飲む）家鴨みたいに泳げても、造りは鵞鳥《がちょう》だな。

トリンキュロー　ステファノー、酒はもっとあるのか？

ステファノー　樽ごとな。おれの酒蔵は海辺の近くの岩のなか、そこに隠している。さても、化け物くん！　瘧はどんな具合かね？

キャリバン　天から降って来なさったか？

ステファノー　月からだ、本当だ。その昔、月に住んでいた。

キャリバン　月のなかのあんたを見たことがある、崇《あが》めます！　女主人があんたと犬ころと柴のことを教えてくれた。[34]

ステファノー　さあ、これに誓え。ぐいと飲め。すぐに注《つ》ぎ足

30――Ha=used as an interjectional interrogative, esp. after a question (OED.int.2).

31――ことわざ「杖をつく三本脚の人間を見て逃げる者はいない」(As fine a fellow as ever went on crutches cannot make him yield) のもじり。キャリバンとトリンキュローの脚四本を見て言っている。

32――ことわざ「飲めば猫でも喋る」(Liquor that would make a cat speak)。

33――ことわざ「悪魔と食事をするときは長いスプーンを」(He must have a long spoon that will eat with the devil)。長いスプーンだと、悪魔の影響を受けずに済む。

34――『夏の夜の夢』で職人たちの演じる芝居に、犬を連れ、柴の束を手に、「月の男」が登場する。民俗伝承によると、ある男が、安息日に、規則を破って薪を集め、薪を手にしたまま愛犬と一緒に月に追放された。

してやる。誓え！（キャリバン飲む）

トリンキュロー　お天道さまに誓って、実に浅はかな化け物だ。こんなやつを怖がったのか？　実に臆病な化け物だ。月に住む男？　騙されやすい哀れな化け物だ！　化け物くんよ、飲みっぷりが、実にいいね。

キャリバン　この島の肥えた土地をみんな教えてあげる
あんたの足に接吻する。おいらの神さまになってくれ。

トリンキュロー　お天道さまに誓って、実に不実な飲んだくれの化け物だ。ステファノー神が眠ったら、酒袋を盗む気だ。

キャリバン　あんたの足に接吻し、家来になるって誓う。

ステファノー　さあ、そうしろ、屈んで誓え。

トリンキュロー　子犬のお頭《つむ》なみの化け物に、笑い死にする。実にろくでもない化け物だ。ぶん殴ってやりたい――

ステファノー　さあ、接吻しろ。

トリンキュロー　哀れな化け物が酔っていなきゃな。不快な化け物だ！

キャリバン　島で一番の泉を教え、木の実を採ってやる。
魚を釣ってもやるし、薪もたんと運んでやる。
おいらをこき使った暴君は疫病でくたばれ！
金輪際、薪なんか運ばず、あんたについて行く
驚くべきあんたに。

トリンキュロー　実に馬鹿げた化け物だ――つまらぬ飲んだくれを驚くべき、などと抜かしやがって。

キャリバン　りんごがなっているところに案内させてくれ
この長い爪で、芋を掘ってやる
懸巣《かけす》の巣に連れて行って、すばしこいキヌザルを
罠にかける方法も教えてやる。
榛《はしばみ》が鈴なりになっているところに連れて行き
岩間から、鷗《かもめ》の雛を盗んでもやる。一緒に来るかい？

ステファノー　無駄口を叩かずに、案内しろ。トリンキュローよ、王さまと供の者たちはみな溺れた、だから、この島を相続しよう。この酒袋を持ってろ。トリンキュロー、じきに、一杯にしてやるからな。

キャリバン　（酔っぱらって歌う）
さいなら、先生。さいなら、さいなら！

トリンキュロー　吠える化け物、酔いどれ化け物！

キャリバン　ダムを堰《せ》き止め、魚なんか釣らないもん。
薪を運ばないもん
木皿拭きも、皿洗いも、しないもん。
バン、バン、キャーキャリバン
新しいご主人、あんたは新しい家来を見つけな
自由だ、ヘイ。ヘイ。自由だ。自由だ、ヘイ、自由だ。

ステファノー　勇ましい化け物よ、案内いたせ。〔退場〕

第三幕第一場

〔薪を担ぐファーデナンド登場〕

ファーデナンド　苦痛を伴うスポーツもあるが
喜んでやれば、辛さは和らぐ。

肉体労働に従事していても、気高さは保てる。
ごくつまらない事柄[1]も豊かな結末を迎えることもある。
この卑しい仕事、不快で辛いものになっただろうが
お仕えするあの女性《ひと》が、死んだものを生き返らせ
辛さを喜びに変えてくれる。ああ、あの女性は
つむじまがりの父親より一〇倍も優しい
父親は冷酷そのものだ。
父親の厳命で、何千本という丸太を運び
積み上げなければならない。あの優しい方は
おれが働くのを見て涙ぐみ、誰も、これほど卑しい
仕事をしたことはないと言う。おっと、仕事に戻ろう。[2]
あの方を思うと、忙しく働くほどに
辛さが和らぐ。

〔ミランダ、プロスペロー（離れたところに）登場〕

ミランダ　ああ、どうぞ
そんなに一生懸命お働きにならないで。さっきの稲妻が
丸太を燃やし尽くしてくれればよかったのに！
丸太を降ろしてお休みください。この丸太が
燃えるとき、あなたを苦しめたと言って泣くでしょう。
父は書斎で研究に余念がありません。お休みください。
三時間は大丈夫ですわ。

ファーデナンド　優しいお嬢さま
日が暮れる前に
仕事を終えなければなりません。

ミランダ　お座りくださるなら
その間、わたしが運びます。その丸太をください。
積み上げますから。

ファーデナンド　いいえ、大事な方。
わたしが何もせず、じっと座っている間に
こんな卑しい仕事をしていただくくらいなら
筋をひねり、背骨を折るほうがましです。

ミランダ　あなたに
相応しいなら、わたしにも相応しいはず、それに
わたしはもっと楽々と、喜んでしますから
あなたは嫌々なさっておられる。

プロスペロー（傍白）　可哀そうに、恋患いだ！
ここに来たのがその表れだ。

ミランダ　お疲れのようですね。

35——プロスペローの魔術に屈したキャリバンは、ステファノーの酒にも屈する。
1——most poor matter. poor=of a low or inferior standard (OED.adj.2.a).
2——I forget. ファーデナンドは我に返る。

ファーデナンド　いいえ、お嬢さま、側にいてくだされば
夜でも、わたしにはすがすがしい朝だ。お教えください——
祈りのときに唱えたいのですが——
お名前は？

ミランダ　ミランダです。[3]——ああ、お父さま
お言い付けに背いてしまいました！

ファーデナンド　驚くべきミランダ！
真に、驚嘆の極み
この世で最も尊ばれる方！　これまで多くの
美女たちを好意を持って目にし、幾度も
美女たちの甘い言葉は、熱心すぎるわたしの耳を
虜《とりこ》にしました。幾つかの美徳ゆえに
幾人かの女性を好きになりました。でも
完璧な人はおらず、何らかの欠点が
その人が持つ一番の美点と争い打ち負かした。
でも、あなたは、ああ、あなたは
あまりに完璧で比類なく、生きとし生けるものの
最高のものから造られている！

ミランダ　他の女の人を
知らず、女の人の顔も——
鏡に映る自分の顔しか知りません。男と呼ぶ人は
あなたと父の他に見たことがありません。
他の土地の人がどんな姿をしているか
知らず、でも
大切な持参金の宝石、純潔に懸けて、この世で
あなた以外に、一緒にいたいと思う人はおらず
あなた以外に心を奪われる人を
思い描けません。
あら、お喋りが過ぎ、お父さまの言い付けを
忘れてしまいました。

ファーデナンド　実は、ミランダ
ぼくは王子なのです。王かも知れない
そうでないのを願うばかりだ！　だから
銀蠅《ぎんばえ》がこの口に卵を産みつけるのを許せぬ以上に
丸太運びの奴隷仕事には我慢がならない！
魂の叫びを聞いてください。あなたを見た瞬間
心があなたのもとに飛んで行き、お仕えし
お側に留まり、奴隷になった。あなたのためなら
丸太運びも厭《いと》いません。

ミランダ　愛してくださるの？

ファーデナンド　ああ、天よ、ああ、地よ、言葉の
証人となり、わたしが真実を語れば
幸運の王冠を授けてください。偽りであれば
約束された幸運を災いに変えてください！
わたしは、この世の何にもまして
あなたを愛し、大切にし、敬《うやま》います。

ミランダ　嬉しいのに
涙を流し、わたしって何と馬鹿なの。

プロスペロー（傍白）　類いまれなる二つの
愛の美しい出会いだ！　天よ、二人の間に生まれる子に
恵みの雨を注ぎ給え。

ファーデナンド　なぜ泣くのですか？

ミランダ　わたしのいたらなさに、差し上げたいものを
差し上げる勇気がなく、死ぬほど欲しいものも
受け取る勇気がないから。でも、これは些細なこと
隠そうとすればするほど膨らみ、現れてしまいますもの。
もう、恥じらう振りはせず
気取らない清浄な汚れなさに、導いて貰います！
結婚してくださるなら、妻になります。
でなければ、乙女のまま死にます。
妻になるのを、あなたが拒めば
どうお思いになろうと、召使いになります。

ファーデナンド　愛しい方
ぼくこそ謹んであなたの召使いに。

ミランダ　では、わたしの夫に？

ファーデナンド　はい。奴隷が
自由を求めるより遥かに熱い心を持って。この手を。

ミランダ　わたしの手も。心を込めて。では
半時後に、お会いしましょう。

ファーデナンド　何千回も、ご機嫌よう！

〔（ミランダとファーデナンド）退場〕

プロスペロー　我が喜びはあの二人に敵わぬ。
何もかもに驚いているであろう。だが、これほど
嬉しいことはない。書物に戻ろう。
夕食前に片づけなければならぬ大仕事がある。〔退場〕

第三幕第二場

〔キャリバン、ステファノー、トリンキュロー登場〕

ステファノー　野暮は言うな。酒樽が空になりゃ、水を飲む。それまで一滴も飲むものか。だから、しゃんとして、飲み干せ。[4] 化け物の家来よ、おれに乾杯しろ。

トリンキュロー　化け物の家来？　この島の珍獣《フリーク》か！　この島に住むのはたったの五人とか。そのうちの三人がおれたち。残り二人の脳がおれたちみてえなら、島はぐらつくな。[5]

ステファノー　飲めと言うときは、飲め、化け物の家来よ。目がもう頭に据わってるぞ。

3——ミランダ（Mirand）はイタリア語で mirando「驚くべき」という意味。『イザヤ書』に基づくと思われる。「その名は『不思議な助言者』」（『イザヤ書』九・六、he is called his own name wonderful, *Bishops' Bible*）。

4——bear up and board 'em. bear up=stand firm (OED.v.PV.4.c)、「しっかり立つ」。board 'em は航海用語で、ここでは「飲み干す」（drink up）。

5——the state totters. totter=to rock and shake to and fro on its base (OED.v.3.b)、「ぐらぐら揺れる」。

トリンキュロー　頭じゃなきゃ、どこに据わるんだ？　尻に据わりゃ、立派な化け物になる。

ステファノー　化け物の下男の舌は酒に溺れていやがる。おれさまは、海に溺れはしなかった。岸に着くまで三マイル、あっぷあっぷしながら[6]泳いだ。お天道さまに懸けて、おまえを副官か、旗持ちにしてやる。

トリンキュロー　何なら副官に。旗を持つどころじゃねえ。

ステファノー　おれたちゃ脱走はしねえ、化け物閣下。

トリンキュロー　歩けもしねえ。なのに、おまえは犬みてえに伸びて、[7]口も利けねえ。

ステファノー　おい、化け物、出来のいい化け物なら、口を利いてみろ。

キャリバン　ご機嫌いかが？　靴を舐めさせてくれ。こいつには仕えたくない。弱虫だ。

トリンキュロー　でまかせ言うな、無知蒙昧《もうまい》の化け物め。おまわりとぶつかる[8]覚悟だってある。やい、腐った魚、やい、今日、おれが飲んだほど飲める弱虫がどこにいる？　半分魚、半分怪物のくせに、奇怪な嘘をつく気か？

キャリバン　見ろ、おいらをなぶりものにした！　言わせておくのかい、ご主人さま？

トリンキュロー　ご主人さまだと？　大馬鹿者の化け物め！

キャリバン　ほら、また！　あいつを嚙み殺してくれ。

ステファノー　トリンキュロー、口の利き方に気をつけろ。上官に反抗すれば――あの木に吊るす！　この哀れな化け物はおれの家来、侮辱されるのを見過ごすわけにゆかん。

キャリバン　恩にきます、高貴なご主人さま。さっきの頼み、もう一度聞いてくれますか？

ステファノー　よし、聞こう。跪いて、もう一度言え。立って聞く、トリンキュローも。

〔エアリエル登場、姿は見えない〕

キャリバン　前にも言ったけど、おいらは暴君の家来
暴君は魔法使いで、狡猾《こうかつ》な魔法で
この島をおいらから巻き上げた。

エアリエル　（トリンキュローの声で）嘘つき。

キャリバン　おまえこそ嘘つき、おまえはまだら服の阿呆猿。[9]勇ましいご主人にやっつけて貰うぞ。嘘なんかついていない。

ステファノー　トリンキュロー、話の邪魔をすると、この手に懸けて、おまえさんの歯を引っこ抜く。

トリンキュロー　何だよ、何にも言っちゃいないよ。

ステファノー　なら、黙ってろ、口を出すな。続けろ。

キャリバン　あいつは、魔法で、この島を手に入れた。
おれから島を奪った。あんたの偉大な力で
仇を討ってくれるなら――あんたには出来る
でもこいつには、無理だけど――

ステファノー　そりゃそうだ。

キャリバン　あんたを島のあるじにしてやる、おいらは家来だ。

ステファノー　どうしたら、仇が討てる？　仇のところに案内

出来るか？

キャリバン　もちろん、ご主人さま、寝ているところへ。そこで、そいつの脳天に釘を打ち込めばいい。[10]

エアリエル　（トリンキュローの声で）嘘つき、出来ゃしない。

キャリバン　こいつはまだら服の阿呆か？　卑劣な阿呆だ！　偉大なるご主人さま、こいつを殴って酒袋を取り上げてください。底をつけば海水を飲むしかない、でも、真水の湧く泉なんか教えてやらない。

ステファノー　トリンキュロー、これ以上口出しするな。この化け物の話に一言でも口を挟めば、この手に懸け、情けを叩き出し、干し鱈《だら》にしてやる。

トリンキュロー　えっ、おれが何を？　何もしちゃいないよ。離れていようっと。

ステファノー　こいつに嘘つきと言わなかったか？

エアリエル　（トリンキュローの声で）嘘つき。

ステファノー　おれが？　これでも食らえ。（トリンキュローを殴る）気に入ったら、もう一度、嘘つきと言ってみろ。

トリンキュロー　嘘つき、なんて言ってないよ。正気を失い耳まで？　酒袋に呪いあれ！　酒袋と酒のせいだ。化け物が疫病に罹り、指を悪魔に持って行かれろ！

キャリバン　はっ、はっ、はっ！

ステファノー　さあ、話を続けろ。（トリンキュローに）うんと離れてろ。

キャリバン　うんと殴れ。後でおいらも殴ってやるから。

ステファノー　（トリンキュローに）離れてろ。（キャリバンに）さあ、続けろ。

キャリバン　うん、さっきも言ったけど、午後に昼寝をするのがあいつの習慣だ。そのとき、脳天を砕いて殺せるやつの本を奪うのが先決、でなきゃ、丸太で頭蓋骨をぶち割る、あるいは杭で腹を突く

6——off and on=intermittently, at intervals (OED.adv.1). 第二幕第二場で、「酒樽に乗って助かった」と言っているが、整合性がない。

7——ことわざ「歩けないやつは走れない」（He may ill run that cannot go）。「犬のように野原に寝そべる」（to lie in field like a dog）は何もしないこと。

8——jostle=to come into rough collision with (OED.v.II.4).

9——トリンキュローはまだら模様の道化服を着ている。

10——knock a nail into his head. knock=to drive by striking (OED.v.6.a). 「ヘベルの妻ヤエルは天幕の鉄のくいを取ると、手に槌を持ってそっと彼のところへ近づき、彼のこめかみに鉄のくいを打ち込んで地に刺し通した」（『士師記』四・二一）。

あるいは、短刀で喉をかき切る。いいか
まず、本を手に入れる、本がないと
やつはただの阿呆、おいらみたいに
妖精一匹、操れない。妖精たちはみな、おいらの
ように、心底やつを憎んでいる。焼くのは本だけだ。
やつは家具とかいう結構なものを持っている。
家を建てたら、そいつで飾るんだとさ。でも
何より深く考えなきゃいけないのは
娘が別嬪《べっぴん》だってことだ。やつは自分で、絶世の美女だと
抜かしている。おいらが目にしたのは
おふくろのシコラクスとあの娘《こ》だけだけど。
おふくろよりずっと器量がいい
月と鼈《すっぽん》ほども違う。

ステファノー　それほど結構な娘か?

キャリバン　うん、ご主人さま。あんたのお床にぴったり、請け合う。結構な餓鬼を産んでくれるよ。

ステファノー　化け物、おれがそいつをやっつけてやる。その娘とおれは王と王妃——万歳!——そんで、トリンキュローとおまえは副王。この話、気に入ったか、トリンキュロー?

トリンキュロー　最高だね。

ステファノー　手をくれ。殴ってすまなかった、だが、生きている間は口を慎め。

キャリバン　半時もしないうちに、やつは昼寝する。
そうしたら、殺《や》ってくれるか?

ステファノー　ああ、名誉に懸けて。

エアリエル　(傍白)　このことを先生に知らせよう。

キャリバン　おかげで愉快な気分だ。たまらなく嬉しい。
陽気に行こう。さっき教えてくれた
追っかけ歌を歌ってくれるかい?

ステファノー　何なりと、化け物よ。筋が通っていりゃ、何でもやる。さあ、トリンキュロー、歌おうぜ。
馬鹿にしてやれ、茶化してやれ
茶化してやれ、馬鹿にしてやれ
思いは気まま

キャリバン　節《ふし》が違うよ。

〔エアリエル、小太鼓と笛で節を奏する〕

ステファノー　何だい、ありゃ?

トリンキュロー　おれらの追っかけ歌の節だ、誰でもない人間[11]が奏でているのだ。

ステファノー　人間なら人間の姿を見せろ。悪魔なら好きに化けろ。

トリンキュロー　ああ、我が罪を赦し給え!

ステファノー　死人に借りはなし。[12]　出来るものなら、やってみろ!　お慈悲を!

キャリバン　怖いのか?

ステファノー　いや、ちっとも、化け物よ。

キャリバン　怖がるな。この島は、騒がしい音や
調べや甘い空気で一杯、楽しいだけで悪さはしない。

ときに、幾千もの弦楽器が耳元で
音を立てる。ときに、歌声も
長い眠りの後で目覚めても
また眠りに落ちる夢を見ながら
雲が割れ、宝物が膝の上に、今にも
落ちて来る気がする、それで目覚めても
また夢が見たくなる。

ステファノー　この島は素敵な王国になる、無料で音楽が聞けるんだ。

キャリバン　プロスペローをぶっ殺しちまえばな。

ステファノー　すぐにそうしてやる。話は覚えておく。

トリンキュロー　音が遠のいてゆく。音について行き、仕事は後回しだ。

ステファノー　案内しろ、化け物。ついて行く。小太鼓叩きを見てみたい。力強く叩いていたじゃないか。[13]

トリンキュロー　（キャリバンに）行くか？　おれはステファノーについて行くよ。〔退場〕

第三幕第三場

〔アロンゾー、セバスチャン、アントーニオ、ゴンザーロー、エイドリアン、フランシスコー他登場〕

ゴンザーロー　マリアさまに懸けて、もう歩けません。老いた骨が痛みます。迷路を歩いているよう、まったくわけがわかりません。
まっすぐの道、曲がった道！　お許しをいただき[14]
休みとうございます。

アロンゾー　　無理もない、責めはせぬ
かく言うわたしも疲労困憊、気力が失せた。座って休もう。
希望は捨てよう、嬉しがらせを言う者のために
希望を取っておくまい。
王子は溺れたのだ。こうして捜し回ったが
陸《おか》を空しく捜す我らを
海が嘲笑《あざわら》っている。もう逝《ゆ》かせてやろう。

アントーニオ　（セバスチャンに傍白）王が希望を
捨てたのは結構。一度の失敗で、決めたことを
諦めてはなりません。

11——picture of Nobody. 頭と脚と腕だけで、胴体のない、誰でもない（nobody）人間の宿屋の看板があり、喜劇 *No-body and Some-body* (1606) のタイトル・ページにもなった。

12——ことわざ「死はすべての負債を返済する」(Death pays all debts)。死ねば、借金がチャラになると言っている。

13——he lays it on. lay on=to strike, beat (OED.v.V.34).

14——By your patience. patience=permission, leave (OED.n.2).

セバスチャン （アントーニオに傍白）次は
完璧にやって見せる。
アントーニオ 今夜にしましょう。
連中は歩き回って疲労困憊。
元気なときほど
警戒しないし、出来もしない。
セバスチャン 今夜だ。決まった。
〔厳かで一風変わった音楽。高所にプロスペロー、姿は見えない。異様な扮装の妖精たち登場、宴会のご馳走を運び入れる。優雅な身振りで挨拶しながら、食卓の周りを踊り、食するよう王他を食卓へ招き、退場〕
アロンゾー この調べは？ みな、耳を澄ませ！
ゴンザーロー 驚くほど美しい調べです！
アロンゾー 天よ、護り給え！ 今見たのは何だ？
セバスチャン 生きた人形芝居です！ 今や信じるぞ。
一角獣《ユニコーン》は存在する。アラビアに
不死鳥《ふしちょう》の王座の木があり、今、この時
一羽の不死鳥が君臨している。
アントーニオ そのどちらも信じます。
それに、信用し難いことを聞かれても
真実だと誓います。旅人たちは嘘をつかなかった
祖国の阿呆どもが信じなかっただけです。
ゴンザーロー もし、ナポリで
今、この話をしたら、人は信じるでしょうか
もし、あのような島人を見たと言ったら？
確かに、この島の人ですから
あの人たちは奇怪な姿形《すがたかたち》をしていても
物腰は、人間より上品で優雅、我らの国には
あれほどの人間はそれほど多くは――
いや、ほとんどいません。
プロスペロー （傍白） 誠実な顧問官だ
よくぞ言った。おまえたちのなかには
悪魔より悪い人間がいる。
アロンゾー 驚きを禁じえない。
あの姿形、あの身振り、あの音楽
口こそ利かなかったが、無言のうちに
素晴らしい効果を上げていた。
プロスペロー （傍白） 褒め言葉は去り際に。
フランシスコー 消え方が奇妙でした！
セバスチャン そんなことは
どうでもよい。食い物を置いていってくれた
みな腹ペコだ。何か召し上がりますか？
アロンゾー わたしはいい。
ゴンザーロー 陛下、心配なさいますな。子どもの頃
雄牛のように喉の皮膚がたるみ
肉の巾着のようになっている
山岳民族がいると、誰が信じたでしょう？
顔が胸についている人間がいて、今や

貿易商人がその証拠を持ち帰り、預けた保証金の
五倍もの報奨金を手にするのでは？[16]
　　　　　　わたしが

アロンゾー
味見をしよう。最後の食事になろうとも
構うものか。生き甲斐が失われた。
弟よ、ミラノ大公よ、さあ、食そう。

〔雷鳴、稲妻。怪鳥ハーピーの姿のエアリエル登場。食卓の上で羽ばたく。巧妙な仕掛けで、ご馳走が消える〕

エアリエル　おまえたち三人とも罪人だ
この下界と、そこにいるものを手先とする
運命が、飽くなき海に命じて、おまえたちを
人住まぬこの島に――
人間界で生きるに値しないゆえ――
吐き出させた。わたしがおまえたちを
狂わせた。狂った勢いで、人は首を括《くく》り
身投げするものだ。

（アロンゾー、セバスチャン、アントーニオが剣を抜く）

　　　　　　愚か者！　わたしと仲間は
運命の神の使いだ。四元素[17]に鍛えられた
おまえたちの剣が唸る風に傷を負わせようと
暗殺し損ねた一撃で、再び閉じた海を
殺そうとも、わたしの羽衣《うい》の
羽枝《はねえだ》にさえ触れることは出来ない。わたしの仲間も
不死身。我らを傷つけようにも
その剣は、今や、おまえたちには重すぎ
持ち上げることさえ出来まい。だが、覚えておけ
そう命じるのが我が務め、おまえたち三人は
善良なプロスペローといたいけな子を
ミラノから海に放逐《ほうちく》した。海はそれに報復したのだ。
神々は悪行を

15――ジョン・マンディヴィル（一三七二没）の『旅行記』（*Travels of Sir John Mandeville*、一四九九年版、英国ケンブリッジ大学図書館蔵）の一九章には、食人種、肩に目がある怪物、鼻・口のない人間、唇が顔ほども大きな人間、耳が膝まで垂れる人間、頭が犬の人間、脚が一本で体を覆うほど長く大きい人間など、さまざまな怪物の挿絵が掲載されている。大航海時代、このような見聞録が次々と出版され、ブームを巻き起こした。シェイクスピアはこの書を読んだと思われ、オセローは自分が経た冒険譚のなかで、頭が胸についている人間について語るが（『オセロー』第一幕第三場）、ゴンザーローも同様の人種について言及する。

16――貿易商人は航海に出る前に、保証金を仲買人《ブローカー》に預けるが、航海が成功して、見聞や新しい発見の証拠を持ち帰ると、保証金の五倍の報奨金を手にした。

17――elements は土（earth）、気（大気＝air）、火（fire）、水（water）。

猶予《ゆうよ》はしても、忘れはせず、海と陸を
——そう、被造物のすべてを——怒りに駆り立て
平穏を打ち砕いた。アロンゾーよ、神々はおまえから
息子を奪った、わたしを通して神々の宣告を聞け
一瞬で終わる死よりも厭わしい
だらだらと続く破滅が、歩調を揃え[18]
おまえと、行く先々に付きまとう。その怒りから
逃れるには——ここ、この荒涼《こうりょう》たる島で
頭《こうべ》を垂れ——心から悔い改め
清廉に生きる他ない。
〔エアリエル、雷鳴と共に消える。心地よい音楽、妖精たち再び登場、顔をしかめて踊り、食卓を持ち去る〕

プロスペロー　怪鳥ハーピーの役、見事に
演じたな、我がエアリエルよ、優雅だったぞ。
言うべき台詞では
わたしの指示を何一つ疎かにしなかった。
脇役の妖精たちは幾つもの役を、生き生きと
細部に気を配り、立派にこなした。高尚な魔法は
功を奏し、敵どもはみな狂乱の体《てい》。今や我が掌中に。
しばらく狂気のうちに捨て置き
やつらが溺死したと思っているファーデナンドと
その恋人、我が愛する娘を訪れよう。〔退場〕

ゴンザーロー　陛下、どうなさいました？
驚きの眼《まなこ》で突っ立っておられますが。

アロンゾー　　ああ、恐ろしい
恐ろしい！　大波が口を利き、おれの罪を言いたてた。
風がおれの罪を歌って見せた、雷までが——
低く恐ろしいパイプオルガンの響きで——宣告した
プロスペローの名を。おれの罪を低い音で奏した。
その罪ゆえに、我が子が海底の泥に横たわっている。
錘《おもり》が測ったことのないほど深い海底を捜し回り
息子と共に泥にまみれて横たわろう。〔退場〕

セバスチャン　一度に悪魔一匹
悪魔の全軍と戦ってやる。

アントーニオ　　助太刀します。
〔セバスチャンとアントーニオ〕退場〕

ゴンザーロー　三人とも自棄《やけ》になっている。
後で効く毒のように、大きな罪が今や
生きる力を蝕み始めている。みなさま、お願いします。
動ける人は急いであの方たちの後を追ってください
狂気に駆られて、何をなさるかわからない。
お止めしてください。

エイドリアン　　すぐに、あなたも、どうか。〔退場〕

第四幕第一場

〔プロスペロー、ファーデナンド、ミランダ登場〕

プロスペロー　（ファーデナンドに）辛くあたり
過ぎたなら、その償いをしたい

ここで、命の三分の一、[1] わたしの生き甲斐を
差し上げる、さあ、今一度
きみの手に。辛くあたったのは
きみの愛を試すためで、きみは
その試練に立派に耐えた。ここ、天の前で
我が宝を贈る。ああ、ファーデナンド
娘を自慢するわたしを笑わないでくれ
今にわかる、どんな褒め言葉も追いつけず
足を引き摺って後をついて行くだけだと。

ファーデナンド
神がそうではないと言っても。　　信じます

プロスペロー　それでは、わたしの贈り物として
きみが勝ち得たものとして、娘を受け取るがいい。
だが、神聖な結婚式が
正式で聖なる儀式でもって執り行われる前に
きみが乙女の純潔を汚せば
天は、この結婚を実り豊かにする聖水を
降らせはしまい。それどころか不毛の憎悪、
敵意の目の軽蔑と不和が、結婚の新床《にいどこ》に
忌むべき雑草を撒き、[2] その床を、二人とも
嫌うようになる。だから、心せよ、結びの神
ヒュメンの松明《たいまつ》に照らされるように。

ファーデナンド　　わたしの願いは
安らかな日々、健やかな子、長寿
今のような愛。真っ暗な洞窟や
人目につかない場所や、悪霊が仕掛ける
強い誘惑などが
わたしの名誉を溶かして情欲に変えて
婚礼の日の喜びを剝奪したりせず、その日には
アポロ神の駿馬《しゅんめ》が躓《つまず》いたか、夜の神が地獄で鎖に
繋がれたかと思うでしょう。

プロスペロー　　よくぞ申した。
さあ、娘と語り合いなさい。娘はきみのもの。
おい、エアリエル！　働き者の僕エアリエルよ！
〔エアリエル登場〕

エアリエル　先生、御前に、いかなるご用でしょうか？

プロスペロー　おまえも、仲間の妖精たちも
最後の務めを立派に果たした、おまえを用いて

18――step by step=keeping pace with another (OED.n.I.5.b).
1――「三分の一」については諸説有。（1）ミランダは一五歳、プロスペローはその三倍の四五歳ほど。一五は四五の三分の一。（2）プロスペローの宝は、娘、公国、魔術、あるいは、娘、自分、亡き妻。（3）ミランダはプロスペローの幸せの三分の一。（1）を採用。
2――新床には花を撒く習慣。

もうひと働きせねばならぬ。仲間たちを操る
力を授けるゆえ、ここへ連れて参れ。
すぐに仕事にかかるように
若いこの二人に、魔法の幻を
見せたいのだ。そう約束した
二人とも楽しみにしている。

エアリエル　　すぐに、ですね？

プロスペロー　そう、まばたきする間《ま》に。

エアリエル　「それ」、「行け」とおっしゃり
二度息をし、「そうか、そうか」とおっしゃる前に
素早く飛んで行き
顔をしかめ、こちらへ。
先生、わたしを愛していますか？　それとも？

プロスペロー　愛しているよ、優しいエアリエル。
呼ぶまで出て来るな。

エアリエル　　かしこまりました。〔退場〕

プロスペロー　〔ファーデナンドに〕　誠実であれ。
戯れの手綱《たづな》を緩《ゆる》め過ぎてはならぬ。[3] 固い誓いも
情欲の炎の前では、藁《わら》のごとし。節度を持て
さもないと、誓いに別れを告げる羽目に！

ファーデナンド　　ご安心を。
汚れなき乙女がわたしの胸に雪を降らせ
肝臓の情熱を冷ましてくれます。[4]

プロスペロー　　よかろう！——
さあ、エアリエル。手下の妖精をこちらに。
足りないより余るほど。[5] 姿を現せ、素早く。〔静かな音楽〕
口を閉じ、目を凝らせ。静かに！

〔妖精イーリス登場〕

イーリス　ケレス、豊作の女神、あなたの豊かな畑には
小麦、ライ麦、大麦、空豆《そらまめ》、カラス麦、エンドウ豆。
羊が草を食《は》む緑なす丘陵
羊が食む牧草で覆われた平たい牧草地。
芍薬《しゃくやく》で覆われ、[6] 柳の枝で補強された堤[7]
雨の四月が、あなたのご命《めい》で、堤の縁を飾り
清らかな妖精《ニンフ》たちが花冠を作る。
金雀枝《えにしだ》の木立、その陰で憩うは、恋人に
捨てられた恋する男。柵で囲まれた葡萄園
岩だらけの不毛の浜辺
そこであなたは散策する——大空の女神ユーノーは
虹[8]の架け橋のわたしを使者にたて、あなたに
命じます、住み慣れた住処《すみか》を離れるようにと。

〔ユーノーが降りて来る〕

ユーノーさまと一緒に、この草原でお遊びください。
まもなく、孔雀《くじゃく》の牽《ひ》く戦車が飛んで来ます。
こちらへ、豊作の女神ケレス、丁重にお迎えください。

〔ケレス登場〕

ケレス　虹色の使者よ、ご機嫌よう
ジュピター神の奥方に忠実にお仕えする方。

あなたはサフラン色の翼で、わたしの花々に
蜜のように甘い雨を撒き、驟雨《しゅうう》を瑞々しくし
青い弓の両端を広げ、灌木の茂みや
高原を覆う。
女神さまがこの青々とした芝地に
わたしをお召しになったのはなぜでしょう？

イーリス　真の愛の契りを祝し、祝福された
恋人たちに贈り物を惜しみなく授けて
いただくためです。

ケレス　神々しい虹よ、教えてください
愛の女神ヴィーナスか息子のキューピッドはまだ
ユーノーさまに仕えているのでしょうか？　冥界の王が
我が娘を連れ去って以来
あの女神と目隠しをした息子の恥知らずな親子とは
顔を合わせないと誓ったのです。

イーリス　その心配はありません。
女神とその息子が鳩に牽かれた戦車に乗って雲を切り
キプロスのパポス[9]に向かうのを目にしました。
この若者と乙女に淫らな魔力をかけようとしましたが
二人が、結びの神ヒュメンの松明で照らされるまで
床を共にしないと誓ったので、徒労《とろう》に終わりました。
軍神マルスの愛人ヴィーナスは引き返しました。
怒りっぽい悪たれ小僧は矢を折り、二度と
弓を引き絞《しぼ》らず、雀と戯れ、子どもに
還ると、率直に[10]誓いました。

ケレス　最高の女神、偉大なる
ユーノーさまがお見えに。足取りから、わかります。

ユーノー　豊作の女神、我が妹、ご機嫌よう。こちらへ。
この二人の若者が幸せで子宝に恵まれるよう
祝福してください。〔ユーノー、ケレス歌う〕

3――ことわざ「手綱を緩める」(Give one the reins)。好き勝手にする。
4――情熱は肝臓に宿ると信じられていた。
5――お喋りは魔法を解くと信じられていた。
6――pioned=covered with peonies. *The New Oxford Shakespeare: The Complete Works.* Edited by Gary Taylor and others. Oxford: Oxford University Press, 2017.
7――twilled=reinforced with entwined willow branches, ibid.
8――虹は神と地を結ぶ契約のしるしと考えられている（『創世記』九・一三）。
9――ヴィーナス崇拝の聖地。
10――right out=without reservation (OED.adv.P.2.a).

名誉と、富と、結婚の幸せが
永久《とわ》に続き、いや増し
いつも喜びに恵まれるように
ユーノーが祝福し、歌う
ケレス　大地は富み、実り豊かに
納屋も穀倉も空にならず
葡萄の木はふさふさと
果樹はたわわに実り
収穫の後、すぐに
春が訪れるように！
困窮《こんきゅう》や欠乏《けつぼう》に苦しまないよう
ケレスの祝福が二人の上に
ファーデナンド　何と厳かな幻なのだろう。
うっとりするほど調和している。
妖精なのでは？
プロスペロー　妖精だ、わたしが
魔法を使って住処から呼び出し、この幻を
演じさせた。
ファーデナンド　ここに永遠に住まわせ[11]てください！
これほどの秘法に通じた驚くべき父上が一緒なら
この島は楽園です。
〔ユーノーとケレスは小声で話し、イーリスに用を命じる〕
プロスペロー　さあ、静かに！
ユーノーとケレスは真剣に小声で話している。
他に何かやることがあるようだ。シィー、静かに。
さもないと、魔法が解ける。
イーリス　曲がりくねった小川の精たちよ[12]
菅《すげ》の冠を被り、無垢なる顔の精たちよ
さざ波を立てる流れを離れ、この緑の芝地で
お召しに応じなさい。女神ユーノーがお呼びです。
さあ、おいで、慎み深い水の精たちよ。真の愛の契りを
祝福するのを手伝っておくれ。さあ、おいで。
〔水の精たち登場〕
八月の収穫で疲れ果て、日焼けして鎌《かま》持つ
刈り取り人たちよ、畑を離れ、楽しみなさい。
休日です！　みな麦藁帽子《むぎわらぼうし》を被り
溌剌とした妖精たちと
田舎踊りに興じなさい。
〔刈り取り人たちが晴れ着を着て登場。水の精たちと優雅に踊る。踊りが終わる頃、プロスペローが突然ぎくりとする。その後、くぐもり異様で混乱した音と共に、幻があっという間に消える〕
プロスペロー　（傍白）忘れていた
人でなしのキャリバンと仲間がこの命を狙っている。
悪巧みは、今にも決行される。（妖精たちに）
よくやった。去れ、もうよい！（妖精たち退場）
ファーデナンド　（ミランダに）おかしい。お父上が激怒し、
酷く心を乱されている。[13]

ミランダ　父があれほど怒りに
駆られたことはありません！
プロスペロー　我が息子よ、動揺し
あっけに取られているようだな。元気を出せ。
余興は終わった。あの役者たちは
先に言ったように、みな妖精、そして
大気に、触れることの出来ない[14]大気に溶けた。
そして――実体のない織物のあの幻のように――
天を摩する塔も、豪華な宮殿も
厳かな寺院も、この大いなる地球そのもの[15]も
そう、地球が受け継ぐ一切が溶解し
あの幻の[16]幻影《パジェント》が消えたように
後に、霧[17]さえ残さない。我らも
夢と同じ糸で織られ、儚い一生は
眠りで締《し》め括られる。息子よ、わたしは苛立っている。
わたしの弱さを堪《こら》えてくれ。老いの頭が乱されている。
気遣う必要はない。
よければ、岩屋に行き休むがよい。
わたしはしばらくあたりをぶらつき
乱れる心を静めるとしよう。
ファーデナンドとミランダ　お心に平安が訪れますように。
〔退場〕
プロスペロー　すぐ来い、エアリエル、礼を言う。さあ！
〔エアリエル登場〕
エアリエル　何なりと。ご用は？
プロスペロー　妖精よ、キャリバンと対決する準備をせねば。
エアリエル　はい、指揮官。ケレスを演じているとき
それを申さなければと思いましたが
お怒りを招いてはと、控えました。
プロスペロー　再度聞く、あの悪党どもをどこに放置した？
エアリエル　申し上げた通り、連中は酒のせいで
気が荒くなり[18]、顔に吹きかかると

11――wondered=performing such rare wonder (OED.adj.3).「驚くべきミランダ」（第三幕第一場）に呼応する。
12――naiads. naiad=a nymph of fresh water, thought to inhabit a river (OED.n.1.a)、「淡水に棲む水の精」。
13――that works him strongly. work-to agitate, excite (OED.v. VI.39.b).
14――thin air. thin=unsubstantial, intangible (OED.adj.II.3.b).
15――great globe. シェイクスピアが活躍したグローブ座を暗示。
16――insubstantial=not real, imaginary (OED.adj.1).
17――rack=mist, fog (OED.n.3.b).

言っては、空気を打ち、足に触れると言っては
地面を千鳥足で物憂げに歩き
悪巧みに向かって前進。わたしが小太鼓を叩くと
その音で、乗り慣らされていない子馬のように
耳をそば立て、瞼を上げ、音楽の臭いを嗅ぐかのように
鼻を突き上げました。そこで、耳に魔法をかけると
子牛のように素直に、モウモウ鳴くわたしについて来て
鋸《のこぎり》のような茨《いばら》、棘《とげ》の灌木、ちくちくする
針金雀枝《はりえにしだ》や山査子《さんざし》をかいくぐり、柔な脛《すね》は棘だらけ。最後に
あなたの岩屋の向こうの、浮き滓《かす》の汚い水溜まりに放置し
そこで、顎まで浸かってあっぷあっぷ、汚い水溜まりは
連中の足より臭《くさ》い臭《にお》いに。

プロスペロー　上出来だ、可愛いやつ。
人の目に見えぬ姿のままでおれ。
岩屋にある例の安ピカ服、そいつを持って来い。
盗人《ぬすっと》を捕らえる罠にする。

エアリエル　わかりました。〔退場〕

プロスペロー　悪魔、生まれつきの悪魔だ
あの性根は直せぬ。人知のかぎり、どれほど骨折ったか[19]
――すべて、すべて徒労、徒労！
年を取るにつれ、図体は醜くなり
心は徐々に崩壊した。やつらをみな懲らしめ
泣き喚かせてやる。さあ、服はその木に。
〔派手な衣装を担ぐエアリエル登場。キャリバン、ステファノ

ー、トリンキュロー、ずぶ濡れ姿で登場〕

キャリバン　そっと歩いてくれ、目の見えない土竜《もぐら》に
足音を聞かれちゃならない。やつの岩屋はすぐそこだ。

ステファノー　おい、化け物、おまえの妖精は悪さをしないっ
て抜かしたけど、おれたちをからかいやがった。

トリンキュロー　化け物、馬の小便《しょうべん》の臭いにまみれ、鼻が大層
おかんむりだ。

ステファノー　おれの鼻も。聞いているか、化け物よ？　おれ
が機嫌を損ねると、どうなるか！

トリンキュロー　死んだ化け物になる。

キャリバン　ご主人さま、今までどおりご贔屓に。
ご辛抱のほどを。これから献上する品で、この災難の
埋め合わせをします。だから、穏やかに話してくれ
あたりは真夜中みたいにしんとしているから。

トリンキュロー　だが、酒袋を水溜まりで無くしたとなると――

ステファノー　不面目とか不名誉ではすまん、化け物よ、甚大
な損害だ。

トリンキュロー　おれには、ずぶ濡れになるより被害甚大だ。
これが悪さをしない妖精のやることか、化け物よ。

ステファノー　酒袋を取って来る。耳まで水溜まりに浸かって
もかまうものか。

キャリバン　どうか、陛下、静かに。ほら、ここだ。
ここが岩屋の入り口。音を立てずに入ってくれ。
あの立派な悪事[20]を決行して、この島を永遠に

あんたのものにしてくれ、そうすれば
キャリバンは永遠にあんたの足舐め野郎だ。

ステファノー　手を。残忍な思いがむくむくと湧いてきた。

トリンキュロー　（服を見る）[21]おお、ステファノー王！　おお、陛下、高貴なるステファノー！　見ろ、あんたの衣装だ！

キャリバン　ほっとけ、阿呆。ただの襤褸だ。

トリンキュロー　何を抜かす、化け物。古着にかけちゃ玄人《くろうと》だ！　おお、ステファノー王！（古着をまとう）

ステファノー　脱げ、トリンキュロー。この手に懸けて、その外衣《ガウン》はおれがいただく。

トリンキュロー　では、どうぞ、陛下。

キャリバン　阿呆、水ぶくれになって死んじゃえ！
そんな襤褸着とじゃれている場合か？　ほっとけ
殺しが先だ。あいつが目を覚ましたら
爪先から頭のてっぺんまで抓られ
怪物にされちまうぞ。

ステファノー　黙らぬか、化け物。シナノキの奥さま、[22]これはわたしの胴着ですね？　今や、赤道直下ですな！　さても、毛が薄くなり、禿《はげ》になりますぞ。[23]

トリンキュロー　うまい、うまい！　陛下、よろしければ、職人技で、[24]盗みましょう。

ステファノー　その冗談に礼を言う。この服が褒美じゃ。この国の王であるかぎり、礼をせずにおるものか。「職人技で盗む」とは実に気の利いた物言い。服をもう一着授けよう。

トリンキュロー　さあ、化け物、指に鳥もちつけて残りを持って行け。

キャリバン　そんなもの、いらない。時間を無駄にすれば
馬鹿なフジツボか

18――were red-hot. red-hot=fiery, violently enthusiastic (OED.adj.2.b).

19――イギリスを代表する人文学者トマス・モアは、ヒトは学ぶことによって動物と異なる存在になると信じていた。『テンペスト』は「人間とは何か」を終始問いかけている。

20――good mischief. 矛盾する言葉を繋いで意味を強調する語法（撞着語法）。

21――『オセロー』（第二幕第三場）で、酒に酔ったイヤゴーが「スティーヴン（ステファノー）王は立派なお方……」と歌う。

22――Mistress Line. 服を掛けたシナノキ（linden）のこと。Line については諸説有。

23――胴着（jerkin）のなめし革には動物の毛が織りこまれていた。古着の胴着の毛は薄くなっている。禿の原因は高熱や性病と考えられ、水夫たちは、禿になるのを恐れて、赤道を通過する前に頭を剃ったという。「赤道直下」（under the line=at the equator. OED.line.n.II.10.b）。

24――by line and level=with methodical accuracy (OED.line.n.I.4.b)、「正確に」。ことわざ「正確に仕事をする」（To work by line and level）、「職人技で正確に仕事をする」（To work with craftsmanly precision）。

額の狭い猿にされちまう。

ステファノー　化け物、戦闘に参加せよ。こいつを酒樽のところへ持って行け、さもなきゃ、おれの王国から叩き出す。さあ、持って行け。

トリンキュロー　これもだ。

ステファノー　ほい、これもだ。

〔狩人たちの声。幾人かの妖精が猟犬の姿で登場。プロスペローとエアリエルは猟犬をけしかけ、猟犬は三人を追い回す〕

プロスペロー　そら、マウンティン、そら！

エアリエル　シルヴァー！　そら、行け、シルヴァー！

プロスペロー　フュリー、フュリー！　そら、タイラント、そら！　そら、そら！

〔妖精たちはキャリバン、ステファノー、トリンキュローを追いながら退場〕

行け、小鬼に命じろ、やつらの関節を
引き付けで痛めつけ、筋肉をいつもの痙攣で
苦しめろ。抓って痣《あざ》だらけにし
豹《ひょう》や山猫よりも斑《まだら》にしてやれ。

エアリエル　ほら、喚いている！

プロスペロー　徹底的に追い回せ。これで
敵はみな思いのまま。
やがて、おれの計画はすべて終わり、そうすれば
おまえを空気のように自由にしてやる。もうしばらく
わたしのために働け。〔退場〕

第五幕第一場

〔魔法の衣を着たプロスペロー、エアリエル登場〕

プロスペロー　さて、我が企ては沸点に達する。[1] 魔法は
沸騰しても吹きこぼれない。妖精たちは命令に従う。
時は荷物を背にまっすぐ歩んでいる。何時だ？

エアリエル　六時です。六時までに
仕事は終わると仰せられました。

プロスペロー　そう言った
嵐を起こしたときにな。さて、エアリエル、王と
供の者たちはどうしておる？

エアリエル　ご指示されたときのまま
一つ所に閉じ込められ
みな、捕らわれの身、岩屋を風雨から守る
シナノキの木立のなかにいます、先生。
先生が解放なさるまで、身動き出来ません。
王とその弟、そして先生の弟の三人は揃って
狂乱の体、他の者たちはその有様を嘆き
悲嘆と狼狽《ろうばい》に暮れております。なかでも、先生が
「高潔な老顧問官ゴンザーロー」とお呼びの方は。
その方の涙は鬚にしたたり落ち、まるで、冷たい雨の滴《しずく》が
葦葺《あしぶ》き屋根からこぼれ落ちているよう。魔法の効き目が
強すぎ、今、あの人たちをご覧になれば
哀れと思し召すでしょう。

プロスペロー　そう思うか、エアリエル？

エアリエル　はい、人間ならば。
プロスペロー　　　　　　わたしもそう思う。
空気に過ぎぬおまえがやつらの苦しみに
触れ、感じるのだ、やつらと同じ人間であり
やつらの難儀に強く動かされるわたしが
おまえ以上に心を動かされずにおれようか？
非道な仕打ちに骨の髄まで砕かれたが
それでも、怒りに逆らい
気高い理性を持って臨みたい。稀有な行為は
復讐にではなく、赦しにある。連中は悔いている
それこそが究極の目的、もう険しい顔はすまい。
さあ、やつらを解放してやれ、エアリエルよ。
魔法を解こう。五感を回復させ
元通りにしてやる。
エアリエル　　　連れて来ます。〔退場〕
プロスペロー　（円を描きながら）丘や小川や湖や森の
妖精たちよ、潮が引くと、海の神ネプチューンを
砂浜に跡もつけずに追い掛け、潮が寄せると
ひらりと跳ぶ妖精たちよ、おまえたち小さきものは
月の光で、黴《か》びた
雌羊も食わぬ緑の輪[2]を作る。気晴らしは
月夜の茸作り、厳かな消灯の鐘[3]に
喜び躍る、わたしはその力を借り——
非力なれど——
真昼の太陽をおおい隠し
暴風を呼び[4]
紺碧《こんぺき》の海と碧空《あおぞら》の間に
嵐を巻き起こした。ごろごろ鳴る雷に
炎をあたえ、ジュピターの柏の大木《たいぼく》を
落雷で引き裂いた。強固な土台の岬を
揺さぶり、松の木と杉の木を引き抜いた。
墓が、わたしの命令で、眠る人たちを
目覚めさせ、口を開けて吐き出した。
だが、この手荒な魔法を、今、放棄する。

1——my project gather to a head. gather=accumulate and come to a head (OED.v.II.19.b). 錬金術の用語で、「沸騰点に達する」。プロスペローは錬金術師。
2——toadstools（からかさ状の茸）という毒茸が原因で出来る跡だが、妖精の輪踊りのせいだと信じられていた。
3——通常、夜の九時に鳴る晩鐘。これを合図に妖精たちが、夜明けまで自由に動き回る。
4——紀元前九世紀のギリシアの叙事詩人ホメロス作とされる『オデュッセイア』の主人公オデュッセウスは、一〇年を費やす旅に出るときに、風の神アイオロスから渡された袋を、好奇心に駆られて開けたところ、猛烈な風が吹き、行く手を阻まれた。

これから、妙なる音楽を奏でさせ
この幻想的な魔力が、かれらの五感を
正気に戻したら、魔法の杖を折り
大地の底深くに埋《うず》め
書物を、錘が届かぬほど
深い海の底に沈めよう。〔厳かな音楽〕

〔エアリエル登場。ゴンザーローに付き添われたアロンゾーが取り乱した様子で登場。セバスチャンとアントーニオも、エイドリアンとフランシスコーに付き添われ、同様の状態で登場。全員、プロスペローの輪のなかに入り、魔法にかけられて立ちすくむ。プロスペローは観察し、語る〕

プロスペロー　荘厳な調べ、乱れる心にとり
何よりの慰め、頭蓋骨のなかで煮えたぎる
役立たずの脳を癒してくれ。そこに立っておれ
あなたがたは魔法で縛られている。――
徳高きゴンザーロー、高潔な男よ
我が目は、そなたの涙を目にして一層、同情の
涙の滴[5]がしたたり落ちる。（傍白）魔法はすぐ解ける
朝が夜に忍び寄るように
暗闇を溶かし、目覚めつつある五感が
明晰な理性を覆う無知なる蒸気[6]を
追い立てる。――ああ、善良なゴンザーロー
我が真の命の恩人、従う者には忠義の士
そなたの恩には、言葉と行いで
存分に報いよう。――おい、アロンゾー、おまえは
わたしと我が娘に残酷極まりない仕打ちをした。
おまえの弟がその助長役。――
セバスチャンよ、それゆえ、今、苦しめられている！
血と肉を分けた、我が弟よ、おまえは野心を抱き
哀れみも人情も投げ捨て、セバスチャンと共に
ここで、王を殺害しようとした、ゆえに
内なる痛みは誰よりも強い。おまえを赦そう
人情に悖《もと》るとはいえ。（傍白）やつらの分別が
上げ潮に乗り、近寄る潮が間もなく
理性という、今は汚れて泥まみれの
岸辺を満たすだろう。やつらの誰にも
わたしが見えず、わたしとわからぬはず。――
エアリエル、岩屋から、帽子と剣を持って来てくれ。

（エアリエル退場。すぐ戻る）

魔法の衣を脱ぎ
今や、かつてのミラノ公に戻る。急げ、妖精よ
まもなく、自由にしてやる。

エアリエル　（歌いながら、衣を脱ぐプロスペローを手伝う）
蜂が蜜を吸うところで、蜜吸って
黄花九輪桜《きばなのくりんざくら》のなかに横たわり
鸚鵡《おうむ》の声で寝につく
蝙蝠の背に乗って飛び
陽気に夏を追いかけ

楽しく、楽しく暮らそう
花咲く小枝の下で

プロスペロー　おお、それでこそ、我が優美なエアリエル！
寂しくなる、だが、自由にしてやる。――これでよし。――
王の船へ行け、おまえの姿は見えずとも。
水夫たちが船倉で
眠っている。船長と水夫長は
目を覚ましている、力ずくで連れて来い
すぐに、頼んだぞ。

エアリエル　空気を飲むように飛び、先生の脈が
二つと打たないうちに戻って来ます。〔退場〕

ゴンザーロー　この島には、苦痛、苦労、驚嘆、感嘆が
宿っている。天の力が我らを導き、この恐ろしい島を
脱出出来ますように！

プロスペロー　見るがいい、国王陛下
不当な仕打ちを受けたミラノ大公プロスペローだ！
生身の大公である証拠に
おまえに話し掛け、おまえの肉体を抱擁する。
おまえとおまえの供の者たちを
心から歓迎しよう。

アロンゾー　そなたが存在するか、しないか
あるいは、先ほどまでわたしを誑かしていた何か
影のような幻が[7]存在するか、わからぬ。そなたの脈は
生きた人間のように鼓動している。それに、そなたを
目にしてから、心の苦しみが癒された、苦しみのせいで
狂気に囚われていたようだ。これが――
事実であれば――とてつもなく奇怪な話だ。
公国を返上する、不当な仕打ちの
赦しを請いたい。それにしても、どうして
プロスペローが生きて、ここに？

プロスペロー　（ゴンザーローに）何よりもまず
高潔な友よ、老いたそなたを抱かせてくれ。敬愛の念は
計り知れず、言葉では表せぬ。

ゴンザーロー　これが現実か
そうではないか、わかりません[8]。

プロスペロー　この島の

5――fellowly drops. fellowly=characteristic of befitting a fellow (OED.adj.a).
6――ignorant fumes that mantle/Their clearer reason. mantle=to cover, surround (OED.v.2.a). fume=something which 'goes to the head' and clouds the reason (OED.n.I.6). fumes=vapours. 沸騰するときに出る蒸気。
7――some enchanted trifle. enchanted=invested with magical powers (OED.adj.1).
8――whether this be/Or be not, I'll not swear. 直前のアロンゾーの台詞「そなたが存在するか、しないか……わからぬ」と同様、ハムレット

魔法の砂糖菓子[9]をまだ味わっているせいで、確かだと
信じられぬのであろう。ようこそ、みなさま。
（セバスチャンとアントーニオに）だが、そこの二人組
その気になれば、陛下からお怒りをもぎ取って投げつけ
謀叛を証明することも出来る！　今は
止めておく。

セバスチャン　悪魔がこの人のなかで喋っている。

プロスペロー　　まさか。
おい、極悪人、おまえを
弟と呼ぶのさえ口が汚れる、悪臭を放つ罪は
赦してやる——ことごとく、そして
公国の返還を求める
返還せずにすむまい。

アロンゾー　　そなたがプロスペローなら
生き永らえた経緯を詳しく話してくれ
いかにして、ここで我らに出会ったか
我らがこの島の岸に打ち上げられて三時間
大切な息子ファーデナンドを失った。
思い出すと、胸が刺される！

プロスペロー　　お気の毒です、陛下。

アロンゾー　息子を失ったことは償いがつかず
忍耐は力が及ばないと言っている。

プロスペロー　　忍耐の助けを
求めておられぬようですが、同じような喪失に
わたしは忍耐の助けで、優しいお恵みを得て
心が穏やかになりました。

アロンゾー　　同じような喪失？

プロスペロー　ごく最近。わたしには喪失の
埋め合わせをする術がありません
陛下にはおありになりますが[10]
娘を亡くしたのです。

アロンゾー　　娘御を？
何と！　娘御と王子がナポリで生きておれば
王と王妃だ！　二人が生きているなら
息子が横たわる泥の海底に
埋められてもいい。いつ娘御を亡くされた？

プロスペロー　この嵐で。——みなさま方は
この偶然の出会いに驚き
理性を失い
目が正常に機能しているとも、あるいは言葉が
信頼に足るとも、信じておられぬようだ。——しかし
いかに分別をなくそうとも、わたしが
プロスペローで、ミラノを追放された公爵なのは
確かにおわかりだ、奇しくも、わたしも
みなさまが難破したこの島の海岸に漂着し
この島の主となった。この話は、これにて
日を次いで語るに相応しい物語
朝食の席にも、初めての

出会いにも相応しくない。――ようこそ、陛下。
この岩屋がわたしの宮廷。従者はおらず
臣下もいない。どうぞ、お入りください。
公国を返還くださったお礼に
良きものでお報いしたい。
少なくとも公国返還に劣らぬ
驚きをお見せし、ご満足いただきましょう。
［プロスペローは、チェスに興じるファーデナンドとミランダを披露する］

ミランダ　酷い方、騙したのね。

ファーデナンド　　　　　　　違うよ、愛する人
世界を貰ってもそんなことしない。

ミランダ　王国を二〇貰えるなら、そうするでしょう。
そのときは、立派な手と呼んで差し上げますわ。

アロンゾー　　　　　　　　　　　　これが
この島の幻なら、大切な息子を
今一度、失うことになる。

セバスチャン　　　　　　凄い奇跡だ！

ファーデナンド　（アロンゾー他を見る）海は恐ろしいが
慈悲深い。理由もなく、海を呪っていた。（跪く）

アロンゾー　　　　　　　　　　　喜び溢《あふ》れる父の
祝福がそなたを包むように！　立ち上がり
どうしてここへ来たか話してくれ。

ミランダ　　　　　　　　　　驚いたわ[11]！
何と沢山の素敵な生き物がいるのでしょう！
何と人は美しいのでしょう！　ああ、素晴らしい新世界
こんな人たちがいるなんて。

プロスペロー　　　　　　そなたには新鮮であろう。

アロンゾー　チェスをしていたこの娘さんは？
知り合ってから長くても三時間。
我らを引き離し、このように
一緒にしてくれた女神さまか？

ファーデナンド　　　　　　陛下、この世の方です
でも、この世ならぬ神の摂理によってわたしの妻に。

の to be, or not to be—that is the question「存在するか、しないか――そこが肝心だ」（第三幕第一場）と同じ文脈・構造。

9――subtleties.（1）王侯貴族の宴会で、食卓を彩るために具された、白鳥とか城とか戦車とかを模した、度肝を抜くような大型の砂糖菓子のこと。ここでは、（1）プロスペローが魔法で生みだした精巧な幻影のこと。（2）プロスペローの巧妙な企みのこと。

10――アロンゾーには、娘を嫁がせても王子がいる（王子が生存していることをプロスペローは知っている）、しかし、ミランダを失うプロスペローの悲しみは計り知れない。

11――O wonder! wonder=marvelous character or quality; wonderfulness (OED.n.1.1.b). ミランダの名の意味「驚くべき」と呼応。

妻にしたときは、ご助言を仰ぐことが出来ず
生きておられると思ってもいませんでした。
高名なミラノ公爵のお嬢さまです――
公爵のお噂をしばしば耳にしましたが
お会いしたことはなく――公爵から
第二の命を授けていただきました。お嬢さまが
第二の父を授けてくださいました。

アロンゾー　わたしはお嬢さまの
第二の父。
だが、ああ、妙に聞こえるだろうが、我が子に
赦しを請わなければならない。

プロスペロー　陛下、そこまで。
過ぎ去った悲しみの重荷を、思い出に
負わせないようにしましょう。

ゴンザーロー　心で泣いておりました
でなければ、声を上げました。神々よ、ご照覧あれ
この若い二人に、祝福の冠をお授けください
しるしをつけ[12]、ここに我らを導いたのは
あなたなのですから。

アロンゾー　かくあれかし、ゴンザーロー。

ゴンザーロー　公爵がミラノを追われたのは、ご子孫が
代々のナポリ王になるためだったのでしょうか？
ああ、常ならぬ喜びを言祝ぎ、これを
凱旋門に金文字で刻みましょう。一度の航海で
クラリベルさまはチュニジアで夫を
兄君のファーデナンドさまは、亡くなったところで
伴侶を得ました。プロスペローさまは、不毛の孤島で
公国を奪還されました。正気を失っていた
我らはみな我に返りました。

アロンゾー　（ファーデナンドとミランダに）　その手を。
二人の幸せを願わぬ者の胸には
苦悩と悲嘆が常に宿るように。

ゴンザーロー　そうあれかし。アーメン。

〔エアリエル、茫然《ぼうぜん》自失の船長と水夫長を連れて登場〕

あれを、陛下、ご覧ください、仲間が増えました！
わたしは予言した、陸《おか》に絞首台があるかぎり
この男は溺れないと。（水夫長に）神を冒瀆し
恩寵を船外に出したくせして、陸では
悪態の一つもつけぬか？　知らせは何だ？

水夫長　何よりの吉報は、国王とご一行の
ご無事を確認したことです。次に、我らの船が
ほんの三時間前に[13]、難破したと報告しましたが
航行能力があり、装備は整い[14]
初航海のときのままです。

エアリエル　（プロスペローに）　先生、あれから
わたしが全部やりました。

プロスペロー　あの手この手の妖精だ[15]！

アロンゾー　自然の成り行きとは思われぬ。ますます

奇怪だ。で、どうやってここへ？

水夫長　はっきり目が覚めていたと思えるなら
何とかお話しが出来ますが。死んだように眠りこけ
それに――どういうわけか――みな船倉に閉じ込められ
そこで、先ほどまで、奇怪で雑多な音、唸り声
叫び声、吠え声、鎖がじゃらじゃら鳴る音
色んな、まったく恐ろしい音で
目が覚めました。たちまち体が自由になり
身なりに乱れはなく、我らの立派な、堂々たる
船をあらためて目にしたのです。
船長は跳びあがって喜びました。あっという間に
夢のなかにいるかのように、仲間から切り離され
ここに連れて来られたのです。

エアリエル　（プロスペローに）　上出来でしょう？

プロスペロー　よくやった、働き者よ。[16] 自由にしてやるぞ。

アロンゾー　こんな奇怪な迷路に、誰も踏み込んだことはない。
この出来事には、この世ならぬ方の
お導きがある。神託を仰ぐ他に
知る術はない。

プロスペロー　陛下
この出来事の奇怪さをあれこれ考えて
お心を煩わせませぬよう。折を見て
近いうちに、内々《ないない》に、[17] ご説明致します。
それで、事の一切を、ご納得いただけましょう。
それまで、晴れやかなお気持ちで、何もかも
好意的にお考えください。
（エアリエルに）　こっちへおいで、妖精よ。
キャリバンとその一味を自由にしてやれ。
呪縛を解いてやれ。（エアリエル退場）
（アロンゾーに）　ご気分はいかがですか、陛下？
ご一行の者で、ご記憶にない、いまだ行方不明の
奇態《きたい》な者たちがおりますが。

〔エアリエル、盗んだ服を着たキャリバン、ステファノー、トリンキュローを追い立てながら登場〕

12――have chalked forth the way. chalk forth=mark out (OED. v.4.b)、「チョークで印をつけるように、運命を描く」。
13――tight and yare. yare=moving lightly and easily (OED.adj.2.b).
14――bravely rigged. rigged=prepared for going to sea (OED.adj.1.a).
15――my tricksy spirit. tricksy=full of or given to tricks or pranks (OED.adj.2).
16――my diligence. diligence=diligent person (OED.n.1.d).
17――shortly, single. セバスチャンとアントーニオのいない、二人だけのとき。

ステファノー　人間すべからく他人に尽くし、我が身を思うべからず、[18]すべて運次第。度胸だ、化け物よ、度胸が肝心だ。

トリンキュロー　頭に生えているのが節穴でなければ、見物《みもの》。

キャリバン　おお、セテボス神、素敵な妖精たちだ！
先生も何て綺麗なんだ！
おいらを折檻するかも。

セバスチャン　はっ、はっ！
こいつらは何者だ、アントーニオ？
金《かね》で買える代物か？

アントーニオ　そのようですな。このなかの一匹は魚
まちがいなく金になりますよ。

プロスペロー　ご一同、この者たちが着ているものにご注目を。
それで、正直者か、おわかりになります。
この不恰好な悪党、これの母親は魔女、月を支配する
ほどの魔力を持ち、月の力を使わずに
上げ潮、引き潮、思いのままやってのけた。
三人はわたしの物を盗み、この半分悪魔の
私生児は、他の二人と謀って
わたしの命を狙った。この二人を
ご存じのはず、あなたのものですから。
この黒いものはわたしのものです。

キャリバン　死ぬほど抓られるぞ。

アロンゾー　ステファノーか、飲んだくれの酒蔵係？

セバスチャン　今も酔っている。どこで酒を手に入れた？

アロンゾー　トリンキュローも千鳥足！　どこで
酒を手に入れたのだ？　顔が真っ赤だ。
どうしてこれほど酒浸りに？

トリンキュロー　最後にお姿を拝見して以来、酒浸りでして。
骨の髄まで酒浸り。蠅に卵を産みつけられる心配はありません。

セバスチャン　おい、ステファノー、気分はどうだ？

ステファノー　触らないで。瘧で痛いのなんのって！

プロスペロー　おまえはこの島の王になろうとしたな？

ステファノー　そうなら、痛ましい王になっていた。

アロンゾー　こんな奇怪なものは見たことがない。

プロスペロー　見た目と同じく
根性も歪んでいる。おい、岩屋へ行け。
仲間も連れて行け。赦して貰いたければ
岩屋を掃除しておけ。

キャリバン　うん、わかった。これからは賢くなり
気に入られるよう努めるよ。何たる大馬鹿者か
こんな飲んだくれを神さまだと思い
こんな阿呆を崇めたりして！

プロスペロー　さあ、行け！

アロンゾー　（ステファノーとトリンキュローに）　失せろ。
その襤褸は見つけたところに戻しておけ。

セバスチャン　盗んだところにですよ。

（キャリバン、ステファノー、トリンキュロー退場）

プロスペロー　陛下、お供のみなさま
貧相な岩屋にお招きします、そこで
今宵は、お休みください、必ずや、一夜の
ひとときがあっという間に過ぎる
お話を致しましょう。――わたしの身の上や
この島に着いてからの
数々の出来事をお聞かせします――朝には
みなさまを船にご案内し、ナポリまでお供し
ナポリで、愛する二人の婚礼が挙行されるのを
見届けます。
それから、ミラノに戻り
ひたすら墓に入る日を思い、過ごします。

アロンゾー　是非
身の上話を伺いたい
聞き入ってしまうに違いない。

プロスペロー　何もかも
お話ししましょう、海は穏やか、風は良好
船足は速く、遥か彼方《かなた》の陛下の艦隊に
必ずや追いつけます。（エアリエルに）可愛いエアリエル
命令だ。さあ、大気へ
自由になれ、さらばじゃ！
（一同に）みなさま、こちらへ。〔退場〕

エピローグ

プロスペロー　魔法をことごとく放棄した今
わたしに残るは
か弱い、己の力のみ。ここに
留め置かれるか、ナポリへ送還されるか
みなさま次第。
公国を取り戻し
裏切り者を赦しましたゆえ、この無人島に
留まれと、呪文をおかけになりませぬよう。
拍手喝采をもちまして[19]
留め置かれた身を解放してくださいますよう。
みなさまの優しい息吹で
船の帆を膨らませてください、さもなければ
お楽しみいただこうとのわたしの企ては水の泡。
もはや、妖精を動かす力も、魔法をかける術もない。

18――ことわざ「何人も自力でやりくりし、他人を思うなかれ、我らを苦難から救うのは運命」のもじり。
19――一六世紀のオランダの人文学者デシデリウス・エラスムスは『痴愚神礼讃』を「拍手喝采を」で締めくくる。この締めくくりは、ローマの喜劇で幕引きに際して舞台の上から観客に語りかける言葉であった。本書『夏の夜の夢』第五幕第一場注39参照。

祈りで救っていただかなければ
わたしの幕切れは絶望
祈りは慈悲の心を貫き

すべての罪を解放します。
みなさまが罪から赦されるのでありますれば
惜しみない拍手で、この身を自由にしてください。〔退場〕

解説　帝国化する祖国

キャリバンのフリークショー

シェイクスピアの劇には、当時の社会を鋭く批判する作者の冷徹なまなざしがある。このまなざしのために、作品は、女王から見習い職人まで、社会のあらゆる階層に親しまれながらも、大衆劇、娯楽で終わらず、人びとの心を鷲摑《わしづか》みにしてきた。

『テンペスト』に込められた批判の目は、大航海時代のまっただなか、未開の土地を次々に植民地化してゆく祖国イギリスに向けられている。

プロスペローは弟アントーニオのクーデターによってミラノを追われ、公国を奪われた。幼い娘ミランダと小舟に乗って大海の小島に辿《たど》り着き、現地人のキャリバンから島を奪い、「王」となる。簒奪者《さんだつしゃ》アントーニオ、その共謀者ナポリ王アロンゾーとその弟セバスチャンを乗せた船が難破し、プロスペローの島に漂着する。アントーニオとセバスチャンはナポリ王の暗殺を企てるが、未遂に終わる。キャリバンは島を奪い返そうと、漂着したナポリ王の道化と酒蔵係を懐柔して、プロスペローの暗殺を画策、これも失敗に終わる。この短い作品のなかで、「国盗り物語」が違った角度から四度も照射されている。

キャリバンを目にした侵入者の誰もが、見世物にして金を儲けることを考える。キャリバンに最初に出くわすのは道化トリンキュローである。

トリンキュロー　……なんじゃ、こりゃ？　人間か魚か？　死んでるか生きてるか？　魚だ。魚の臭いがする。まさに古魚、魚の一種の臭い、新鮮じゃねえ魚の——干し魚だ。奇怪な魚だ！　今イングランドにいるとして、一度行ったことがあるけんど、この魚を看板に描いて貰えさえすれば、銀貨の一枚、恵まない祭り見物の間抜けどもはいない。あそこでなら、この化け物で一財産作れる。あそこでなら、どんな奇怪な獣も金になる。足なえの乞食にゃ、ビタ一文恵まないけんど、死んだインディアンを見るためなら、いくらでも出す。人間みてえな脚、腕みてえな鰭《ひれ》！　やっ、温《あった》か

い！（第二幕第二場）

トリンキュローの頭のなかにあるのは、ロンドンの有名なバーソロミュー・フェアであろう。

バーソロミュー・フェアはヘンリー一世（一〇六八―一一三五）お抱え道化師レヒアによって始められた。[1] 旅回り一座、焼き豚売りの女、馬の乗り手、洋服商、人形使い、偽薬売りなど、さまざまな商人が集まってきた。フェアの最大の呼び物は見世物。「奇形児」のショーや、けばけばしい活人画や、亡霊や魔術や人肉食らいといったおどろおどろしい見世物が人びとを惹きつけた。驚くべきもの、珍しいもの、奇怪なものを陳列しさえすれば、大儲け出来た。新世界の発見以来、原住民が戦利品として連れて来られ、奴隷として売られたり、労働力として酷使されたりしたが、祭りの広場で奇形児と一緒に見世物にされ、大評判となり、祭りの客を呼び込んだ。

トリンキュローの相棒の酒蔵係ステファノーも、人間の言葉を話す「化け物」に驚き、見世物にすることを思いつく。「瘧を治して飼い慣らし、ナポリへ連れて行き、こぎれいな革靴を履く皇帝へ献上しよーっと」。（第二幕第二場）

キャリバンを見て金儲けを思いつくのは下々の者だけではない。ナポリ王の弟セバスチャンはキャリバンを目にすると、「金《かね》で買える代物か？」とアントーニオに聞く。アントーニオは答える。「そのようですな。このなかの一匹は魚／まちがいなく金になりますよ」。（第五幕第一場）

『テンペスト』には、原住民を展示して金儲けをするイギリ人の浅ましさが曝け出されている。

異様なものを凝視すること

「四つ脚の化け物」を見たときのステファノーの反応は、野蛮な異人を目にするときの人びとの驚愕《きょうがく》と恐れ、異様なものへの尽きない興味をあらわしている。大航海時代を迎え、人びとは世界にはさまざまな人間がいることを理解し始めた。

ゴンザーロー　陛下、心配なさいますな。子どもの頃
雄牛のように喉の皮膚がたるみ
肉の巾着のようになっている
山岳民族がいると、誰が信じたでしょう？

顔が胸についている人間がいて、今や
貿易商人がその証拠を持ち帰り、預けた保証金の
五倍もの報奨金を手にするのでは？

（第三幕第三場）

「顔が胸についている人間」は、デズデモーナに語るオセローの冒険譚にも登場する（第一幕第三場）。王や高位身分にある者が、王権やこの世の富や権力の空しさを忘れないために、あるいは人間の死すべき運命や不完全さを思い起こすために、道化をはべらせた。そのように、[2]シェイクスピアの時代の人びとは、異様なものを凝視し、嘲《あざけ》り、そして「自と他、自己《エゴ》と他者の……区別が幻想である」[3]ことを知るために、見世物を欲した。

フランスの小説家ジャン・ラスパイユ（一九二五生）は『アラカルフ——忘れられた人間たち』（三輪秀彦訳、白水社、一九八八）のなかで、西洋文明との出会いによって、絶滅の危機に追いやられたアラカルフ（南アメリカのチリ南端、パタゴニアの海に生きる民）の悲劇を哀感を込めて感動深く描いている。

一五二〇年、最初の世界周航者マゼランがアラカルフを発見したとき、かれらの平和な生活は終わり、島は宣教師とスペイン軍に蹂躙《じゅうりん》された。宣教師は原住民を教化しようとし、軍隊は刃向かう民を撃った。一九世紀後半、ビーグル号に乗ったチャールズ・ダーウィンは旧石器時代も同然の生活を営むかれらを目にして、野獣のごとき種族と断罪した。一九世紀末のパリ万国博覧会では、拉致されたアラカルフの一家族が展示された。チリ政府が保護に乗りだしたときには、もはや数十人しか生き残っていなかった。アラカルフの悲劇は特殊な例ではなかったはずだ。「蛮族」として断罪されるべきはどちらなのか。

1——S・ビリントン『道化の社会史——イギリス民衆文化のなかの実像』石井美樹子訳、平凡社、一九八六、一二頁。
2——ビリントン、前掲書、三六頁。
3——レスリー・フィードラー『フリークス——秘められた自己の神話とイメージ』伊藤俊治・旦敬介・大場正明訳、青土社、一九八八、三四—五頁。

キャリバンは「半分悪魔の私生児」「悪魔」「鬼婆の餓鬼」「悪党」「化け物」と呼ばれ、徹頭徹尾、忌み嫌われている。確かに、その姿は醜く、「化け物」と呼ばれるに相応しい。

その一方で、プロスペローの教育のおかげで、キャリバンは、トリンキュローやステファノーやアントーニオとは違い、プロスペローが創る島の音楽や美を愛《め》でる心を持ち、プロスペローやミランダと同じ言葉で、それも韻文で語る。プロスペローの音楽に誰よりも敏感で、誰よりも酔いしれるのはキャリバンなのである。

キャリバンは人間の精神性の不毛、荒々しく野蛮な原始、わたしたちが日ごろ目を背け、触れたくないと思っている人間の秘めやかな闇を象徴している。キャリバンという荒々しく野蛮な原始を突きつけられることによって、誰よりも人間としての根本を問われるのは、プロスペローである。プロスペローは最後に、自分の命を狙った悪党キャリバンを「この黒いものはわたしのもの」と認め、赦しをあたえる。最も醜く、最も愚かな者が最後に赦される。

新世界発見

『テンペスト』が初めて上演される（一六一一年一一月一日）前に、イギリス艦隊が座礁するという事件があった。

一六〇九年五月、トーマス・ゲイツ卿とジョージ・サマーズ卿の指揮下、五〇〇人の乗組員を乗せた九隻の艦隊がイギリスの入植地、北アメリカのヴァージニアに向かった。七月二五日、嵐のために、ゲイツ卿とサマーズ卿を乗せた「海の冒険号」は艦隊と離れ離れになり、北大西洋西部のバミューダー島沖で座礁した。幸いなことに、乗組員全員が無事に島に上陸した。島は風光明媚《めいび》で、自然の恵みに溢れていた。乗組員たちの間に軋轢《あつれき》が生じていたが、それを乗り越え、座礁した船から食料や装具を運び出し、新たに二隻の船を建造して、およそ九か月後の翌年五月、島を出発し、目的地に着いた。一六一〇年九月、トーマス・ゲイツ卿の一行は無事に帰国した。「海の冒険号」の座礁のニュースはその年の終わり頃に、本国に伝えられた。

船の座礁、乗組員の遭難・救助、ヴァージニアに無事到着などの知らせは大きな話題となり、国民に深い感銘をあたえた。誰もが神の恩寵を感じた。

航海中と帰国直後に書かれたウィリアム・ストレイチーの「座礁に関する真実の覚書」の手稿（*A True Reportory of the Wracke, and Redemption of Sir Thomas Gates, Knight*出版は一六二五年）は関係者の間で回し読みされた。シェイクスピアも読んだと思われる。[1]『テンペスト』冒頭の嵐の場面には、その影響が色濃く見られる。本翻訳が依拠した底本の付録1に、その一部が掲載されている。

『テンペスト』は話題沸騰の大事件、海難事故が取り入れられたことにより、時事的作品となり、大きな反響を呼んだ。人間の罪を断罪する重いテーマにもかかわらず、全編に流れる音楽と絵画的美しさも相まって、今なお世界中で愛される作品となっている。

1 ——The Arden Shakespeare *The Tempest* (2011), p.42.

訳者あとがき
——被災地の人びとの心の復興を願って

宮城県多賀城市の深谷晃祐市長を表敬訪問したのは、二〇二一年秋のことだった。二〇二四年に多賀城市は創建一三〇〇年を迎えることになっていた。多賀城には陸奥国府が置かれ、西の大宰府と肩を並べ、政治・文化の中心として繁栄した。創建記念事業の一つとしてシェイクスピア劇を上演したいとの意向であった。落ち着いた色のスーツに身を包んだ男女の若手職員たちが若い市長を取り囲む。新しい息吹を感じた。選ばれたのは『冬物語』。多賀城市の職員のたっての希望によるものと聞く。舞台を手がけるのは仙台を拠点とする劇団シェイクスピア・カンパニー。

一九九四年、イギリス人演出家エイドリアン・ノーブルがロイヤル・シェイクスピア・カンパニーを率いて来日、銀座セゾンで、『冬物語』を上演した。わたしも足を運んだ。一六年の時の流れを表すのに用いられたのは、天井からぶら下がる色とりどりの無数の風船、超ビジュアルな舞台は未だに脳裏に焼き付いている。件《くだん》の職員もこの舞台を観た。不和と亀裂と死と絶望が、人間の営みによって、再生へ導かれる劇の流れに、滂沱《ぼうだ》したという。

二〇一一年三月一一日、多賀城市は津波に襲われ、壊滅的な被害を受けた。インフラの復興はほぼ終えたとはいえ、大切な人を失った人びとの心の復興はいまだ途上にある。創建記念事業に通底するテーマは「ともに生きる」。連綿と培われてきた悠久の歴史や文化、多彩な人々の営み、復興への希望を伝えるのに、『冬物語』ほど相応しい作品はない。死んだはずの王妃が一六年後に「生き返り」、捨てられたはずの王女が生きていることがわかり、シチリアの後継者として帰還。嫉妬から生じたシチリア王とボヘミア王の亀裂は修復され、二つの国の繁栄を示唆して幕を閉じる。

わたしは『冬物語』の翻訳を提供した。製本された『冬物語』を手に、市民たちの稽古が始まった。それから一年ほど後に、稽古用脚本、下館和巳作『みちのおくの国の 冬物語』が完成した。舞台は飛鳥・奈良時代の陸奥国《むつのくに》（シチリア）と出羽国《でわのくに》（ボヘミア）、行商人オートリカスはドジョウ掬い、アポロの神殿は多賀城の神社……ＳＦファンタジーのように、三〇〇年の時の流れを飛翔する。役者たちは翻訳と翻案を手に、イギリスと日本の二つの文化を行き来した。

被災地で暮らす人びとの心のよすがとなることを願って、シェイクスピア劇が上演されるのは、世界でも類を見ない。

『真訳　シェイクスピア四大悲劇』と『真訳　シェイクスピア傑作選』を叩き台に、新しい翻訳が生まれること、新たな翻案が創出されることを切に願う。

ＯＥＤや、シェイクスピアが生きた時代の文学や社会や歴史を反映させた翻訳を世に送りたいとの筆者の悲願に深い理解を示し、応援を惜しまず、同志のように寄り添ってくださった河出書房新社の渡辺史絵氏に、心からの謝意を捧げたい。

二〇二四年秋

石井美樹子

【著】ウィリアム・シェイクスピア　William Shakespeare

1564年、ストラトフォード・オン・エイボンに生まれる。20歳頃から役者として活動した後、座付作家に。「四大悲劇」など約37編の劇作を創作。現在でも、世界でもっとも著名な文学者のひとり。1616年没。

【訳】石井美樹子　（いしい・みきこ）

ケンブリッジ大学専任講師を経て、神奈川大学名誉教授。津田塾大学大学院博士課程修了。1974-78年、ケンブリッジ大学大学院で中世英文学・演劇を専攻。イギリス史を中心に執筆・翻訳活動を行っている。文学博士。著書に『シェイクスピアと鏡の王国』『エリザベス：華麗なる孤独』『マリー・アントワネット：ファッションで世界を変えた女』など、訳書に『真訳 シェイクスピア四大悲劇』などがある。

真訳　シェイクスピア傑作選
ロミオとジュリエット・夏の夜の夢・お気に召すまま・
十二夜・冬物語・テンペスト

2024年10月20日　初版印刷
2024年10月30日　初版発行

著　者　ウィリアム・シェイクスピア

訳　者　石井美樹子

装丁者　松田行正+杉本聖士

発行者　小野寺優

発行所　株式会社河出書房新社
〒162-8544　東京都新宿区東五軒町2-13
電話　(03) 3404-1201［営業］(03) 3404-8611［編集］
https://www.kawade.co.jp/

印　刷　株式会社亨有堂印刷所

製　本　小泉製本株式会社

Printed in Japan
ISBN978-4-309-20915-9

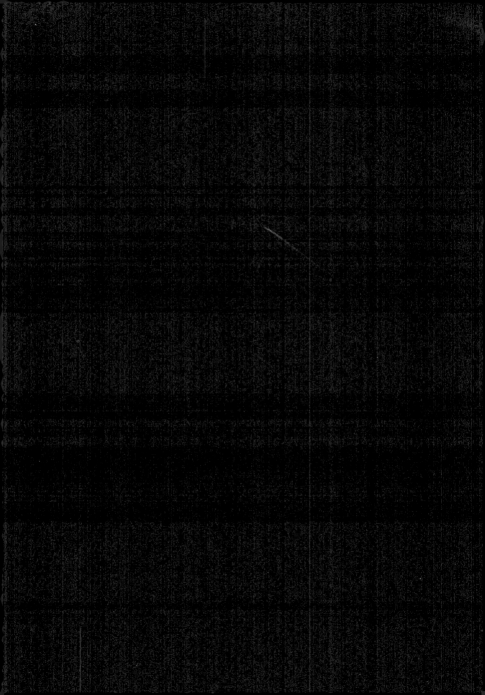